범우비평판 한국문학 40-❶

이익상 편

그믐날 (외)

책임편집 · 해설 오창은

범우

국립중앙도서관 출판시도서목록(CIP)

그믐날(외) / 지은이:이익상; 책임편집:오창은. -- 파주 : 범우,
2007
   p.;   cm. -- (범우비평판 한국문학 ; 40-1 - 이익상 편)

ISBN 978-89-91167-30-8 04810 : ₩18000
ISBN 978-89-954861-0-8(세트)

810.81-KDC4
895.708-DDC21   CIP2007001752

한민족 정신사의 복원
—범우비평판 한국문학을 펴내며

　한국 근현대 문학은 100여 년에 걸쳐 시간의 지층을 두껍게 쌓아왔다. 이 퇴적층은 '역사'라는 이름으로 과거화 되면서도, '현재'라는 이름으로 끊임없이 재해석되고 있다. 세기가 바뀌면서 우리는 이제 과거에 대한 성찰을 통해 현재를 보다 냉철하게 평가하며 미래의 전망을 수립해야 될 전환기를 맞고 있다. 20세기 한국 근현대 문학을 총체적으로 정리하는 작업은 바로 21세기의 문학적 진로 모색을 위한 텃밭 고르기일 뿐 결코 과거로의 문학적 회귀를 위함은 아니다.

　20세기 한국 근현대 문학은 '근대성의 충격'에 대응했던 '민족정신의 힘'을 증언하고 있다. 한민족 반만 년의 역사에서 20세기는 광학적인 속도감으로 전통사회가 해체되었던 시기였다. 이러한 문화적 격변과 전통적 가치체계의 변동양상을 20세기 한국 근현대 문학은 고스란히 증언하고 있다.

　'범우비평판 한국문학'은 '민족 정신사의 복원'이라는 측면에서 망각된 것들을 애써 소환하는 힘겨운 작업을 자청하면서 출발했다. 따라서 '범우비평판 한국문학'은 그간 서구적 가치의 잣대로 외면 당한 채 매몰된 문인들과 작품들을 광범위하게 다시 복원시켰다. 이를 통해 언어 예술로서 문학이 민족 정신의 응결체이며, '정신의 위기'로 일컬어지는 민족사의 왜곡상을 성찰할 수 있는 전망대임을 확인하고자 한다.

'범우비평판 한국문학'은 이러한 취지를 잘 살릴 수 있도록 다음과 같은 편집 방향으로 기획되었다.

첫째, 문학의 개념을 민족 정신사의 총체적 반영으로 확대하였다. 지난 1세기 동안 한국 근현대 문학은 서구 기교주의와 출판상업주의의 영향으로 그 개념이 점점 왜소화되어 왔다. '범우비평판 한국문학'은 기존의 협의의 문학 개념에 따른 접근법을 과감히 탈피하여 정치·경제·사상까지 포괄함으로써 '20세기 문학·사상선집'의 형태로 기획되었다. 이를 위해 시·소설·희곡·평론뿐만 아니라, 수필·사상·기행문·실록 수기, 역사·담론·정치평론·아동문학·시나리오·가요·유행가까지 포함시켰다.

둘째, 소설·시 등 특정 장르 중심으로 편찬해 왔던 기존의 '문학전집' 편찬 관성을 과감히 탈피하여 작가 중심의 편집형태를 취했다. 작가별 고유 번호를 부여하여 해당 작가가 쓴 모든 장르의 글을 게재하며, 한 권 분량의 출판에 그치는 것이 아니라 작가별 시리즈 출판이 가능케 하였다. 특히 자료적 가치를 살려 그간 문학사에서 누락된 작품 및 최신 발굴작 등을 대폭 포함시킬 수 있도록 고려했다. 기획 과정에서 그간 한번도 다뤄지지 않은 문인들을 다수 포함시켰으며, 지금까지 배제되어 왔던 문인들에 대해서는 전집 발간을 계속 추진할 것이다. 이를 통해 20세기 모든 문학을 포괄하는 총자료집이 될 수 있도록 기획했다.

셋째, 학계의 대표적인 문학 연구자들을 책임편집자로 위촉하여 이들 책임편집자가 작가·작품론을 집필함으로써 비평판 문학선집의 신뢰성을 확보했다. 전문 문학연구자의 작가·작품론에는 개별 작가의 정신세계를 더욱 구체적으로 살펴볼 수 있는 한국 문학연구의 성과가 집약돼 있다. 세심하게 집필된 비평문은 작가의 생애·작품세계·문학사적 의의를 포함하고 있으며, 부록으로 검증된 작가연보·작품연구·기존 연구 목록까지 포함하고 있다.

넷째, 한국 문학연구에 혼선을 초래했던 판본 미확정 문제를 해결하기 위해 최선의 노력을 기울였다. 특히 일제 강점기 작품의 경우 현대어로 출판되는 과정에서 작품의 원형이 훼손된 경우가 너무나 많았다. 이번 기획은 작품의 원본에 입각한 판본 확정에 특별한 노력을 기울여 근현대 문학 정본으로서의 역할을 다했다.

신뢰성 있는 전집 출간을 위해 작품 선정 및 판본 확정은 해당 작가에 대한 연구 실적이 풍부한 권위있는 책임편집자가 맡고, 원본 입력 및 교열은 박사 과정급 이상의 전문연구자가 맡아 전문성과 책임성을 강화하였다. 또한 원문의 맛을 최대한 살리기 위해 엄밀한 대조 교열작업에서 맞춤법 이외에는 고치지 않는 것을 원칙으로 했다. 이번 한국문학 출판으로 일반 독자들과 연구자들은 정확한 판본에 입각한 텍스트를 읽을 수 있게 되리라고 확신한다.

'범우비평판 한국문학'은 근대 개화기부터 현대까지 전체를 망라하는 명실상부한 한국의 대표문학 전집 출간을 목표로 한다. 따라서 권수의 제한 없이 장기적이면서도 지속적으로 출간될 것이며, 이러한 출판 취지에 걸맞는 문인들이 새롭게 발굴되면 계속적으로 출판에 반영할 것이다. 작고 문인들의 유족과 문학 연구자들의 도움과 제보가 지속되기를 희망한다.

2004년 4월

범우비평판 한국문학 편집위원회 임헌영·오창은

1. 이 책은 이익상의 소설과 비평, 수필을 묶은 것이다. 이익상의 신문연재 장편 소설을 제외한 대부분의 소설과 비평, 수필은 새롭게 발굴해 수록했다.

2. 최초로 지면화 된 작품들을 원전으로 삼았다. 다만, 이익상의 유일한 단행본인 《흙의 세례》(문예운동사, 1927)는 예외로 하여, 단행본에 수록된 작품을 저본으로 삼았다.

3. 발표 연도나 게재지는 글의 뒤에 달아 독자와 연구자들이 참고할 수 있도록 했다.

4. 작품 중 훼손으로 인해 해독이 불가능한 부분은 ○으로 표기했다.

5. 원전에 표현된 작가의 의도를 살리기 위해 노력했다. 작가의 어투와 표현을 살리면서도 현대 독자들이 읽기 쉽도록 현대 표기로 고쳤다.

6. 한자는 부기하였으며, 해설이 필요한 단어나 용어는 주석을 달아 설명했다.

7. 이익상의 희귀자료를 흔쾌히 제공해 준 오영식 선생님(보성고등학교)께 감사드린다.

이익상 편 | 차례

발간사 · 3
일러두기 · 7

I 소설 —— 11

II 평론 —— 345

소설

어촌漁村

1

T어촌 앞 해변에는 십여 척 되는 어선이 닻을 언덕 위에 높이 던져주고 수풀처럼 늘어졌다. 이 어선들은 고기 잡으러 앞 바다 먼 곳을 향하여 나아가려고 만조를 기다리고 있다.

이 마을 바로 앞에 끝없이 보이는 황해는 봄날 아지랑이 속에서 깊이 잠든 것 같이 고요해 보였다. 다만 길게 보이는 백사장 위에서 꾸무럭거리는 사람들의 발자취 소리와 수풀처럼 늘어선 어선 안에서 무엇이라 중얼대는 뱃사람의 말소리와 바위 너덜에 부딪혀 깨어지는 물결소리만이 봄날 황해의 곤한 졸음을 흔들어 깨우려는 듯이 시끄러울 뿐이었다.

어선 안에서 북소리가 '둥둥' 울리어 오더니 "물 들어온다"라고 외치는 소리가 길게 들리었다.

해변에 있던 여러 사람들은 모두 배 매인 물가로 바삐 모여들었다. 이 모여드는 사람 가운데에는 어장漁場 주인들도 있었다. 어물魚物을 무매貿買하러 온 상인들도 있었다. 또는 농부로서 고기잡이 한철을 어선의 품팔이꾼이 되어 일년 동안의 농사 밑천을 장만하러 온 이도 있었다. 일평생을 두고 정한 처소가 없이 다만 한 조각배를 집을 삼아 금일

今日에는 충청도—명일明日에는 경기도—하는 유랑생활을 하는 선인船人들도 있었다. 또는 이 어촌에 집을 둔 사람으로 그들의 가족을 보내려고 나온 사람도 있었다.

이 여러 사람 가운데에 성팔聖八의 처도 어린 아들 점동點童을 데리고 자기 남편을 보내려 나왔다. 그의 남편은 지금 들어오는 조수에 배를 띄우고 바다 먼 곳으로 고기잡이하러 나아가려고 배를 단속하며 모든 것을 준비하기에 바빴다. 그의 처는 배 떠나려는 남편을 주려고 먹을 것을 싼 보퉁이를 한편 손에 들었다. 그것을 들은 편 어깨는 아래로 축 늘어졌다.

아들 점동은 이 지방의 고유한 '액센트' 로
"아빠!"라고 배를 향하여 불렀다.

이 부르는 소리가 끝나자 배 안에서는 검붉은 남자 한 사람이 쑥 나왔다. 흰 수건으로 테머리를 하였다. 그리고 동여맨 머리 한가운데에는 기름을 번질하게 바른 상투가 뒤로 비스듬히 드러누웠다. 상투 끝에는 산호珊瑚 동곳[1]이 빨갛게 뵈었다.

역시 특별한 '액센트' 로 "점동이 왔냐?"라 대답한 그의 얼굴에는 반가워하는 빛이 나타났다. 뱃전에 걸쳐놓은 판자를 타고 그의 처와 아들이 서 있는 언덕 위로 덥벅덥벅 걸어왔다. 처는 손에 들었던 보자기를 그의 남편에게 주었다. 남편은 그것을 한편 손으로 받으며 한편 손으로는 점동의 머리를 한번 쓰다듬더니 검붉은 얼굴에 흰 이빨을 내놓고 히히 웃었다.

"이게 무엇이야? 점동이나 주지 그런가?"

보자기를 들며 성팔은 바로 그 속에 든 것이 무엇인가를 짐작하였다. 그 안에는 남편이 시장할 때에 먹으라고 정성을 다하여 만든 것이

---

1) 상투를 짠 뒤에 풀어지지 않게 꽂는 물건.

들었다.

 그의 처는 남편의 웃는 얼굴을 처음에 본 것처럼 기뻐 따라 웃으며
"점동이 먹을 것은 집에 있으니 염려 말아요"라 하고 남편에게로 디밀
었다.

 성팔은 그것을 받아들고 다시 배 안으로 향하여 들어갔다. 가면서도
뒤를 돌아다보며 "점동아! 나는 모레나 나올 터이니 엄마 말 잘 들
어!······ 응······"라 하였다.

 그 남편은 배 안으로 들어갔으나 그의 처는 이때에 중요한 것을——
남편의 금번今番 뱃길에는 특별히 중요한 것을 잊어버렸다. 처는 "아이
고머니!"라 혼자 중얼대며 치맛자락을 앞으로 걷어들고 거기에 찬 주
머니 속에서 조그마한 장난감 같은 붉은 주머니를 하나 끄집어내었다.
그 주머니 속에는 그 해 정초正初에 어느 점쟁이에게 점을 치고 얻어둔
누런 종이에 붉은 글씨로 쓴 부적이 들어 있었다. 점쟁이는 성팔의 집
식구의 신수身數를 다 본 뒤에 다른 사람은 다 좋으나 벌주伐主[2] 성팔의
신수身數가 좋지 못하다 하였다. 아무리 하여도 수난의 수가 있다 하였
다. 그리고 이 수난을 면하려면 용왕제를 지내라고 하였으나 성팔의 집
에는 그러한 여유가 없다. 처는 더욱 이것을 섭섭히 여겼다. 그리하여
간편한 방법으로 이 수난을 면하려는 것이 곧 뱃길 떠날 때에 부적을
지니게 함이었다. 이 홍상紅裳[3] 속에 들은 부적은 곧 성팔의 생명을 보
호할 호신부護身符이었다. 처는 아들 점동을 불러 치마 안에 깊이 찼던
그것을 내주며

 "이것을 아빠 갔다주어!"라고 말을 일렀다. 점동은 그의 어머니 시키
는 대로 붉은 주머니를 들고 부친에게로 갔다.

 성팔은 아들이 준 것을 받아들고 배에로 돌아나가려는 발길을 다시

---

2) 밭을 갈아 들추는 주인, 즉 가장.
3) 붉은 치마.

멈추고 자기 처를 돌아

"이것이 무엇인가?"

처는 무엇이라 대답하여야 남편이 곧 알게 될까를 생각하는 것처럼 한참 동안이나 가만히 섰다가 대답하기가 좀 거북한 빛으로 대답하였다.

"그것 알아 무엇하게요……. 암말 말고 잘 간수해요……. 부적이니—".

성팔은 그 주머니를 눈앞에다 높직이 들고 쳐다보더니 "내게 부적이 무슨 소용이 있어야지!"라 말하고는 흰 이빨을 내놓고 다시 히히 웃었다. 웃는 얼굴은 먼데서 보면 그것이 웃는 얼굴인지 우는 얼굴인지 알 수 없을 만큼 여러 가지 표정이 나타났다. 그는 들고 보던 주머니를 다시 저고리 끈에 매어 차고 굽어다 보았다. 옷고름에 채인 붉은 주머니가 그에게도 부조화해 보였던지 그는 소리를 높여 크게 웃었다.

어느덧 조수는 성팔이 탄 배 밑으로 기어들었다. 다시 배와 언덕 사이까지 점령하였다. 성팔과 그 처와 아들과의 사이는 물이 가로막았다. 조수가 사뿐사뿐 조그마한 발자취 소리를 내고 들어올 때마다 그들 사이는 멀어졌다. 물결이 한번 물러갔다가 다시 들어올 때에는 지금껏 젖지 않고 보였던 모래가 거무충충하게 젖어 버리었다. 이와 같이 젖었던 모래는 어느덧 다시 물거품 속으로 들어가 버리고 말았다.

이 배 저 배에서 북소리가 요란하게 들리었다. 채색彩色 깃발은 그 배들의 돛대 끝마다 바람에 휘날리었다. 배는 삐걱삐걱 움직이는 소리가 들리더니 물결을 헤치는 노 젓는 소리가 들리며 벌써 바닷가에서 멀어지기 시작하였다. 어선들은 다시 돛을 달고 기름을 끼었은 듯한 봄바다 위로 달아나 버렸다.

2

흰 모래가 덮인 바닷가 언덕으로 한 걸음 한 걸음씩 사뿐사뿐 기어올라오던 조수도 봄날의 기나긴 해가 황해의 수평선 저 편에 가까이 내려 갈 때에는 육지에 대한 모든 동경을 다 버린 것처럼 한 걸음씩 두 걸음 씩 옛터를 찾아 다시 물러갔다. 물러가는 물결은 자기의 존재란 것을 이 바닷가에—이 육지 위에 표시하려는 것처럼 물거품과 해초조각을 바닷가 흰모래 위에 남겨두고 갔다. 이것은 흡사히 그것을 말하는 듯하 였다.

물결에 젖고 흐트러진 모래가 다시 말라서 제자리에 놓이기도 전에 따뜻한 김을 한없이 불어줄 듯하던 태양은 어느 동안에 검붉은 운하만 을 수평선상에 남겨두고 서쪽나라로 돌아가 버렸다.

태양이 그 열렬한 자태를 수평선 위에 감추자 T촌 앞 바다에는 물결 이 일기 시작하였다. 동편 하늘로부터 어두움과 함께 이 마을을 찾아온 구름께는 바다와 마을을 싸가지고 어느 먼 나라로 가려는 것처럼 마을 의 뒷산 봉우리에서 해면海面을 향하여 나직하게 날아 퍼졌다. 또 바람 이 일기 시작하였다. 마을 주위에 우뚝우뚝 서 있던 나무들은 흔들리었 다. 낮은 가지는 땅에 '키스'할 듯이 나부끼었다. 바닷가의 바위 낭떠 러지에 부딪히는 파도 소리는 더욱 높았다.

하늘이 울었다.

한 방울…… 두 방울…… 비가 떨어졌다. 어느덧 소낙비로 변하였다. 이 바다와 마을은 검은 구름으로 덮이고 어두움에 잠기었다. 그리고 비 에 젖었다. 바람과 물결의 휘파람 소리에 깨었다. 어두움과 구름과 비 바람은 이 마을을 정복하여 완전히 점령하였다.

파도와 바람비의 부르짖음과 속살거림이 마치 이 마을의 모든 생령生 靈[4]을 저주하는 소리처럼 들리었다. 모든 생령은—이 마을의 모든 사 람은 이 저주에 몸을 떨었다.

---

4) 생명(生命).

그들은 바다에―거친 바람 성내인 파도가 온 데에 자기의 가족을 보낸……젊은 아내, 늙은 어버이, 어린 아이들이었다.

성팔의 집도 이 저주에 빠지지 않았다. 공포와 불안에 떨고 있는 집의 하나였다. 그 처는 어린 점동과 단 둘이 앉아서 그 날 낮이 조금 늦었을 때에 고요한 바다로 외로이 떠나간 남편의 신상身上을 적이 걱정하였다.

점동은 어머니의 걱정에 싸인 얼굴을 유심히 바라보더니 물었다.

"엄마! 왜 이렇게 바람이 분다우?"

어머니는 아들의 이러한 묻는 말에 어느 아픈 상처를 주물린 것처럼 깜짝 놀라는 빛으로 대답하였다.

"하나님 조화이니까 별 수 있느냐……."

"이렇게 바람이 불어도 아빠 배는 괜찮을까?"

"괜찮지 어째……."

이렇게 어머니는 대답을 하기는 하였으나 실상은 남편의 안부를 몰라 태우는 가슴에 어린 점동의 물음이 불을 더 붙이었다.

"날이 언제나 들까?"

"그야 알 수 있나. 하나님의 하시는 일이라……. 그렇지만 내일쯤은 개이겠지……."

"그러면 이렇게 날 궂은 날은 아빠는 어디가 있어?"

"배 속에 있지 어디가 있어……."

"배 안은 관계찮을까?"

어머니는 다시 공포에 떨었다. 그의 얼굴에는 그러한 빛이 나타났다. 아들은 어머니의 대답을 기다리다가 또 물었다.

"아빠 탄 배는 지금 어디 있을까?"

"글쎄! 어디 있는지 알 수 없다……. 어느 섬으로나 들어갔으면 하겠다마는……."

그는 어느 곳으로든지 무사히 피난하기를 마음으로 빌었다.

아들은 이러한 바람에 배가 부서지는 일이 있는 것을 잘 알았었다.

"엄마! 아빠 배는 새 배니까 요까짓 바람에는 암스랑찮겠지?"

벌써 아버지의 생사가 배의 운명과 함께 될 것을 알았다. 그리하여 어린 그도 그 불안을 스스로 위로하고자 하여 이러한 말을 한 것이었다.

성팔의 처는 밤이 깊을수록 공포의 날카로운 화살이 불안에 타는 자기 가슴을 꿰는 듯한 아픔을 느끼었다.

"너는 잠이나 자려무나."

아들에게 자라고 권하였다.

"잠 안 와……. 아빠 배는 새 배지?"라고 또 물었다.

"배는 새 배지마는……."

어머니는 이와 같이 중얼대다시피 힘없이 대답하였다. 그러나 그 다음을 무엇이라고 이어 말하여야 좋을지는 알 수 없었다.

몇 해 전에 이러한 폭풍우가 이 마을을 한번 휩덮어간 뒤에 그곳에 남은 것은 울음소리뿐이었던 것을 성팔의 처는 생각하였다. 오늘밤의 폭풍우도 그때에 지지 아니할 만큼 맹렬한 것을 문 바깥의 시끄러운 소리로 넉넉히 짐작하였다.

모든 불길한 예감이 그의 가슴에서 자라났다. 더욱 선명하게 가슴을 파고 들어갔다. 이러한 상서롭지 못한 모든 생각을 하지 않으리라고 하였다. 그리고 남편의 새로운 배가 다시 무사히 앞바다에 떠 들어오리라고 하였다. 그러나 생각하면 생각할수록 남편 탄 배가 다시 떠 들어온다는 것은 그에게는 꿈에나 볼 수 있는 어떠한 기적을 바라는 듯한 느낌이었다. 더욱이 어린 아들의 부친의 안부를 걱정하는 질문에 그의 폐장肺臟을 꿰어가며 스스로 위로한다는 것은 그에게 지금까지 한번도 경험한 일이 없는 스스로 속임이었던 것이다.

그는 마음이 미칠 듯하였다. 생각나는 그대로 하면 그는 그 자리에서 몸을 일으켜 사나운 비를 무릅쓰고 또 굳세인 바람을 헤치고 다시 성내인 파도 위에 떠서 어두운 가운데로 남편의 배를 찾아가고 싶었다.

산과 같은 미친 물결에 낙엽과 같이 번롱翻弄[5] 하는 조각배에서 손을 치면서 구원을 비는 남편의 초조한 형상이 그의 눈앞에 나타났다. 그는 또다시 이러한 무서운 환영을 보지 않으려고 눈을 감았다. 그러나 감은 눈에는 더욱 분명하였다.

아들은 무엇을 생각하여 깨친 것처럼 어머니를 바라보고 말하였다.

"엄마! 암만 새 배라도 이런 바람에는 못 견디겠구만……."

어머니는 아무 말도 없었다.

바깥에는 바람비 소리가 몹시 요란하였다.

바람이 '휙휙' 소리를 내면 그 뒤에는 방문에 부딪히는 빗방울 소리가 박자를 맞추는 것처럼 났다. 그리고 문틈으로 새어드는 바람결에 등잔불이 휘휘 흔들리었다. 심할 때에는 곧 꺼질 듯 가물가물하였다.

"엄마! 그때가 언제지, 그때는 이보다도 바람비가 더 몹시 불었지? 그래도 아빠는 아무 일이 없이 돌아왔지?"

"그때는 그랬다……. 오늘도……."

성팔의 처는 지난 여름에 이와 같이 바람비 오던 날의 하룻밤을 뜬눈으로 새던 일을 생각하였다. 그리고 또 그와 같이 애태우는 이튿날 석양에서 뛰어내리는 남편을 맞을 때에 그가 마음에 어떻게 반가웠던 것을 생각하여 보았다. 그리하여 내일에도 다시 그러한 반가움을 얻기를 빌었다.

비바람 소리는 갈수록 더욱더욱 높아갔다. 성난 파도는 이 어촌을 한 입에 삼켜버리려는 것 같이 바닷가에 가까이 와서 노호怒呼[6]하였다.

"엄마! 저게 무슨 소리?……."

---

5) 이리저리 마음대로 놀림.
6) 성내어 소리지름, 또는 그 소리.

"물소리! 아이구 해일海溢이 나려나부다!"

"아이구! 불이 꺼지려고 하오……."

휙—문틈으로 기어들은 바람이 사기등잔의 희미한 불을 꺼버리고 말았다.

바람에 불린 빗줄기는 방문을 두들겼다. 파도의 웅얼대는 소리는 악마의 저주처럼 길게 울리었다.

3

이튿날 석양에는 해가 비치고 바람이 잤다. 비바람이 어촌의 모든 오예污穢[7]를 하룻밤 동안에 다 씻어간 것 같이 들과 집과 바닷가 모래까지가 더욱 깨끗해 뵈었다. 뒷산은 청초한 얼굴을 공중에 반듯이 들고 황해의 저편을 바라보는 듯 하였다. 다만 아직도 안정되지 못한 이 바다의 파도만이 그 전날 밤의 폭풍우가 거쳐간 자취를 말할 뿐이었다. 그러나 언제든지 앞 바다 멀리 보이던 돛을 달은 배들은 하나도 보이지 않았다. 아직도 노함이 덜 풀어진 물결만이 높았다 낮았다 할 뿐이었다.

마을 사람들의 수심스러운 얼굴이 바닷가에 끊임없이 나타났다. 그들은 전날에 떠나간 배가 돌아오기를 기다렸다. 그러나 돌아오는 배는 하나도 없었다.

하루를 더 기다려도 없었다. 이틀을 기다려도 없었다.

그들은 벌써 나간 배가 돌아오는 것을 기적으로 여기게 되었다. 그러한 바람에 나아간 배가 무사히 마을로 돌아온 적이 적었었다. 그들은 그것을 알면서도 오히려 갯가에 나와 기다리기를 마지않는 터이다.

폭풍우가 지난 지 이틀 뒤에 마을 사람들은 남아있던 배를 타고 행방 모르는 동리洞里 배를 찾으러 나갔다. 이것은 황해 가운데 외로이 있는

---

7) 지저분하고 더러움, 또는 그런 것.

B도島 부근에서 많은 어선이 난파하였다는 비보飛報가 이 마을에 도착한 까닭이었다.

이 비보가 마을에 전파하게 되매 일루一縷[8]의 소망을 붙이고 있던 T촌의 가족을 내보낸 집집에서는 울음소리가 낭자하였다. 온 마을에 수심의 암운暗雲이 덮이었다. 웃는 얼굴을 지닌 사람은 거의 볼 수가 없었다. 그리고 서로 인사하는 말은 배의 소식을 들었느냐는 것이었다. 그러나 물론 들었다는 사람은 하나도 없었다.

온 마을 사람들은 행방이 불명된 배를 찾으러 내보낸 뒤에 바닷가에 나와서 그 배가 돌아오기를 기다렸다.

들어온 조수가 아직 물러가기 전인 그 날 석양 앞 바다에 두어 척 어선이 암암히[9] 보였다. 이 배의 그림자를 바라본 마을 사람들은 그 배에 한줄기의 희망의 줄을 멀리 던지고 그것이 가까이 오기만을 기다렸다. 기다리는 그들의 마음은 봄날 석양의 서늘한 바람에도 오히려 따가움을 느끼었다. 그들의 마음은 불에 넣은 가죽처럼 죄어들면서도 몸은 얼음 섞인 물을 끼얹는 듯이 걷잡을 수 없이 떨리었다.

한줄기의 희망이 시선과 함께 모여들은 그 배가 앞바다 가까이 들어옴에 따라 그들의 희망의 줄은 날카로운 칼을 휘둘러 베이는 듯이 끊어져버리기 시작하였다.

그 배는 폭풍우가 불어가기 전에 고기잡이하러 나간 배들이 아니었다. 난파된 배를 찾으러 나간 배들이었다.

"저것은 우리 배가 아닌간만?……"

이라고 말하는 것은 어머니를 따라나와 돌아오는 배를 기다리던 점동이였다.

그 어머니는 "그렇다! 우리 배는 새 밴데……"라고 힘없이 대답하였

---

8) (한 오리의 실이라는 뜻으로) '몹시 미약하여 겨우 유지되는 정도의 상태'를 비유하여 이르는 말.
9) 잊혀지지 않고 가물가물 보이는 듯이.

다.

이와 같은 회화가 점동 모자의 사이뿐만 있을 뿐 아니라 거기에 모인 여러 사람 가운데에 거의 한결같이 있었다.

배는 바닷가에 닿았다. 여러 사람들은 배를 향하여 모여들었다. 배는 배 밑으로 주르륵 모래를 긁는 소리를 내고는 무슨 비장한 보고나 할 것 같이 언덕 위에 닻을 던지고 우뚝 섰다. 배 안에서 물가에 선 여러 사람의 얼굴로 던지는 뱃사람의 시선은 벌써 배 안에 어떠한 것이 있는 것을 말하는 듯 하였다.

그 배 안에는 다만 물에서 건진 시체 오륙 개가 누워있을 뿐이었다. 뱃사람은 뱃머리로 높이 올라서서 그 시체의 가족의 이름을 불렀다.

그 가족들은 그 배로 들어갔다. 배 안에서는 울음소리가 처량하게 울리었다. 이름을 미친 듯이 부르며 '허…… 허……' 웃는 소리조차 섞인 울음소리가 들리었다. 다른 사람들 가운데에는 이 울고불고 할 행복조차 얻지 못함을 원망하는 듯한 얼굴로 초연히 돌아가는 이도 있었다.

얼마 뒤에 그 시체는 바닷가 모래 언덕 위로 옮기었다.

그러나 물에 빠진 시체인 그 사람들이 생명이 붙어 있어서 노도광풍怒濤狂風과 싸울 때에 무엇을 생각함이던지 그 시체들은 서로 손과 손을 생선 엮듯이 단단히 매었다.

이 손과 손을 서로 묶은 것은 마을 여러 사람에게는 해석하기 어려운 미어謎語[10]였었다. 물론 시체를 수용하러 나간 마을 사람들이 묶은 것은 아니었다. 그들은 물에서 건진 그대로 배에 싣고 돌아온 것이었다. —그들이 난파를 각오하고 생명이 떠난 시체로 마을에 돌아갈 것으로 스스로 절망할 때에 뒷날 시체 찾는 사람의 수고를 덜기 위하여 또는 한 배에서 최후의 운명을 같이 하였다는 것을 표하기 위하여 손과

---

10) 수수께끼.

손을 단단히 맨 것이었다.

이것이 생선 엮음처럼 늘어놓은 시체를 위하여 대변하는 말이었다.

이 시체들은 집으로 돌아갈 권리조차 생명이 떠나는 동시에 잃어버리었다. 그 바닷가에서 밤을 지내게 되었다. 이것은 그들의 남아있는 가족의 행복을 위함이었다. 다시 그러한 저주에 걸리지 않기를 바람이었다.

해는 다시 졌다. 시체가 놓인 바닷가에는 신화燃火[11]가 밝았다. 신화燃火는 바다 물결에 길게 비치었다. 물결이 움직일 때마다 불빛이 바다 위에서 뛰놀았다. 울음소리만이 가끔가끔 들리었다.

* * *

오륙 개 시체가 마을에 돌아온 뒤로는 나머지의 다른 사람의 소식은 영영 알 수 없었다. T어촌 앞 바다에 배가 떠올 때마다 소식을 모르는 가족을 가진 사람들은 가슴을 뛰놀리며 갯가로 덤볐으나 그것은 매양 알 수 없는 장삿배나 그 마을 다른 사람들의 돌아오는 배였다.

성팔의 처도 이와 같이 애를 태우는 사람의 하나이었다. 그의 집에는 의례히 끼니마다 성팔의 밥그릇이 그 방 아랫목에 파묻혀 있었다. ─ 이것은 성팔이나 행방불명이 된 뒤로 그 생사를 점하기 위하여 그러함이었다. 이 마을에는 이러한 미신이 전부터 있었다. ─성팔이와 같이 행방불명된 사람으로 밥 담은 식기의 뚜껑을 열 때에 그 뚜껑에서 물방울이 떨어지면 그 식기 임자는 아직도 살아있는 것을 표하는 것이오 그렇지 않고 물기가 없으면 그 사람은 죽은 것으로 판단한다는 것이었다.

그리하여 그들은 식기를 방 아랫목에 묻어두고 밥을 바꾸어 담을 때

---

11) 사람의 힘으로는 알 수 없는 불가사의한 불.

마다 뚜껑을 열고 물이 떨어지는가 그것을 살펴보던 터이었다.

이것을 열어보는 것이 그 모자에게는 거의 큰 일과가 되고 말았다. 점동은 가끔 식기의 뚜껑을 열어보는 일이 있었다. 식기 뚜껑에 맺히었던 이슬은 주르륵 굴러내렸다. 이러할 때마다 자기 아버지 살아있는 것을 기뻐히 여겨

"어머니! 이것 보아! 물이 떨어지네!" 라고 부르짖었다.

그러나 성팔은 영영 돌아오지 않았다. 식기 뚜껑에서는 물이 의례히 떨어졌다.

— 《흙의 세례》, 문예운동출판사, 1927.

광란狂亂

청계천淸溪川! 청계천! 경성京城의 한가운데를 동서東西로 꿰어 흐르는 청계천!

이 청계淸溪란 이름이 어떻게 아름다운 것이냐. 그러나 이 이름 좋은 청계천은 청계淸溪가 아니오 탁계濁溪이다. 오계汚溪이다. 검고도 불그스름한 진흙 모래밭 가운데로 더러워진 끄나풀같이 거무충충하게 길게 흘러가는 그 곤탁涸濁한 물을 보고야 누가 청계淸溪라 하겠느냐!?

이름 좋은 청계천은 경성 삼십만 생령生靈이 더럽혀 놓은 구정물이란 구정물을 다 받아내는 길이다. 약을 대로 약아버린 도회인의 땟국이란 땟국은 다 그리로 흘러 들어간다. 대변, 소변, 생선 썩은 물, 채소 썩은 물, 곡식 썩은 물, 더럽다 하여 사람이 버리는 모든 오예汚穢[1]는 다 그리로 흘러 들어간다. 그래도 도회인은 이것을 청계천이라 한다. 신경이 예민해질 대로 예민해진 도회인은 오히려 청계라 한다. 청계라 부르면서 아무 모순도 부조화도 느끼지 않는다.

—라고 중얼대며 영순英淳은 청계천의 북쪽 천변川邊을 걸어갔다. 때는 첫 봄날 석양이었다. 목멱산木覓山과 인왕산仁王山 봉우리를 연결한

---

1) 지저분하고 더러움, 또는 그런 것.

선의 중간쯤에 걸린 해는 오히려 청계천 북쪽 천변川邊을 환하게 비추었다. 가끔가끔 내 위로 불어가는 바람에는 겨울의 추위가 아직도 섞이었다. 그러나 천변에 늘어선 집의 벽에 반조反照된 광선에는 봄다운 따뜻한 맛이 있다. 이 천변을 내왕來往하는 사람들은 모두 양지陽地의 따뜻함을 빈貧함인지 그늘진 남쪽 천변으로는 다니는 사람이 극히 적어 보였다. 참으로 꼭 남쪽 천변에 볼일이 있는 사람이라야만 그 쪽으로 다니는 듯 하였다. 그리고 내로 향하여 오탁汚濁을 흘려버리는 도랑과 수채의 어구에는 삼동三冬을 두고 얼어붙은 고드름이 아직도 녹지 않았다. 그것은 마치 더러운 것이란 더러운 것이 다 흘러 들어가도 그래도 청계냐고 비웃느라고 입을 벌리며 혀를 쑥 내민 것처럼 보였다.

옳다! 그래도 청계천이다! 다른 의미에서 청계이다. 장안長安을 깨끗하게 하기 위하여서의 청계천이다. 백악白岳 목멱木覓 인왕仁王의 골짝과 골짝의 바위틈에서 샘솟아 흘러내릴 때의 물 그것들은 물론 알았다. 이러한 땟국 섞인 물이 아니었다. 바위틈으로 혹은 나무뿌리 밑으로 새어 나올 때의 정淨한 것은 벌써 잃어버렸다. 경성을 깨끗하게 하기 위하여 잃어버렸다. 그러나 모든 더러운 것을 받아가지고도 아무 불평 없이 그대로 흘러간다 —라고 또 중얼댔다. 기울어가는 해는 아무 미련 없이 따뜻한 볕을 한꺼번에 흠씬 주고 가려는 것처럼 호듯호듯 하였다.

영순은 어느덧 관수교觀水橋에 당도하였다. 다리가 아파서 바로 뚫리어 보이는 창덕궁昌德宮 돈화문敦化門의 주사朱土빛이 석양의 엷은 광선을 비스듬히 받아 더욱 선명하게 뵈었다. 먹줄로 퉁긴 듯이 반듯한 신작로 위에 사람의 그림자가 희끗희끗 드문드문 뵈었다. 그는 다시 북을 향하고 전차 다니는 종로 길로 나섰다.

청계천! 청계란 말이 어떻게 아름다운 말이냐? 아귀같은 이 삼십만 되는 인종이 허위虛僞의 허위虛僞의 권화權化인 도회인이 삼각산三角山을 향하여 모여들기 전의 청계천! 오백여 년 전 청계천! 그것은 북악北岳

바위틈에서 흐른 그대로 목멱木覓의 나무뿌리 밑으로 숨어나온 그대로 인왕仁王의 잔디풀을 목욕시킨 그대로의 맑은 물이 흰모래 틈으로 굽이굽이 감돌아 논 도랑 사이로 밭 언덕 밑으로 고기새끼를 놀리며 흘러가던 청계천! 아! 어떻게 아름다웠던 청계천이냐? —라고—또 중얼대었다.

그는 다시 동대문 쪽으로 향하여 걸었다. 거무스름한 성문의 윤곽만이 넓고도 무디게 '커브'를 그린 큰길 끝에 우뚝 서 뵈었다. 전차는 경종警鐘을 땡땡 울리며 일례를 긋고 굴러갔다. 자동차는 뿡뿡거리며 가솔린과 먼지를 내뿜고 달아난다. 우차牛車 마차馬車는 덱데굴덱데굴 굴러갔다. 인력거人力車 끌고 가는 이의 헐떡이는 소리가 들린다.

청계천! 이름 좋은 청계천! 청계이면서도 땟국만 흘러가는 청계천!

그러나 이 땟국인 청계천이 흘러 들어간 도도滔滔한 한강漢江물이 혼탁混濁하다고 누가 말하겠느냐? 다시 한강이 흘러 들어간 양양洋洋한 대해大海를 누가 오지汚池라 말할 수 있겠느냐?

옳다! 큰 것 앞에는 —절대의 큰 것 앞에는 오汚도 청淸도 없다. 혼混도 정淨도 없다. 악惡도 선善도 없다. 절대의 큰 것으로 돌아갈 때에는 죄罪도 악惡도 가지고 갈 수 없다. 선善이란 것도 가지고 갈 수 없다. 다만 본연한 그것을 절대의 큰 것이야 용납하여 준다. 저 대양大洋이⋯⋯ 저 대해大海가⋯⋯ 저 대하大河가 청淸과 탁濁을 의식적으로 가리지 않는 것과 마찬가지로—라고—중얼대었다.

털목도리 댄 외투를 모가지까지 깊숙이 무릅 쓴[2] 신사가 지나간다. '가마니' 자락을 어깨에다 만도 두르듯 두른 거지가 양지에 웅크리고 앉았다. 조바위[3] 쓰고 비단 두루마기 입은 분 바른 미인이 향수 냄새를 풍기고 천천히 걸어간다. 보퉁이를 머리 위에 인 노파가 굴러오는 전찻

---

2) 위에서 내리덮이는 것을 그대로 들쓰다.
3) 여자가 쓰는 방한모의 한 가지.

길을 바쁜 걸음으로 가로 건너간다.

영순은 종로 사정목四丁目 전차 교차점交叉點에 이르렀다. 다시 창경원
昌慶苑 편으로 들어섰다. 전매專賣⁴⁾ 연초烟草⁵⁾ 공장의 연와煉瓦⁶⁾ 담이 감옥
처럼 뵈었다. 연초烟草 냄새와 기름 냄새가 코를 찔렀다. 얼굴이 핼쑥한
직공들이 벤또 그릇을 끼고 길로 걸어 나온다.

총독부 의원 앞에 다다랐다. 약 냄새가 나는 듯 하였다. 병인의 신음
소리가 들리는 듯 하였다. 집으로 돌아가는 젊은 간호부 떼가 포플러
나무가 늘어선 병원 안 언덕길에서 내려왔다. 창경원 안에서는 학의 예
연히⁷⁾ 우는 소리가 들렸다. 그리고 날개 치는 소리조차 들렸다. 농籠과
책柵 속에서 모든 동물의 신음하는 소리가 들리는 듯하였다. 병원 뒤
송림松林에서는 어둔 빛이 나오는 듯하였다.

영순은 걸음을 멈추었다. 머리가 횡횡 내둘리었다.⁸⁾ 앞이 캄캄하였
다. 정신이 아찔하였다.

그는 자기의 묻는 말을 대답할 사람이 곁에 섰는 것처럼 물었다. 그
러나 마음으로 묻고 마음으로 대답할 뿐이었다.

'너는 지금 어디로 가느냐?'

'여관으로……'

'무엇 하러?……'

'밥 먹고…… 잠자러……'

'무슨 밥……'

'돈주고 사먹는 밥…… 턱찌끼⁹⁾인지 무엇인지 알 수 없는 맛없는
밥……'

---

4) 국가가 특별한 목적으로 특정의 물품을 생산에서부터 판매에 이르기까지 독점하는 일.
5) 담배.
6) 벽돌.
7) 즐거운 듯이.
8) 정신이 아찔하여 어지러워지다.
9) 먹다 남은 음식.

'잠은?……'

'단칸방 …… 빈대피로 그림 그린 방! 그리고 차기가 얼음장 같은 방……'

'밥은 먹어 무얼 해?'

'안 죽으려고……'

'잠은 자서 무엇해?……'

'그저…… 잠이 오니까……'

'안 죽어 무엇해?……'

'살려고……'

'살아 무엇해?……'

'그저…… 모르지……'

영순은 다시 걷기 시작하였다. "그저 다…… 그저 살려 함이다!" 라고 중얼대었다. 또 발을 멈추었다. 창경원 궁장宮墻[10]에는 아직도 해가 환하게 비치었다. 반사하는 광선에 눈이 부시어 머리가 횡횡 내둘리는 듯하였다.

이렇게 열병환자처럼 초秒와 분分으로 변하여 냉열무상冷熱無常한 영순의 머리에는 무엇이 물굽이치고 있었을까?

그는 또다시 물었다. 그러나 이 문답問答은 영순의 마음 밖에는 아무도 아는 이가 없다.

'그러면 너는 턱찌끼인지 무엇인지 알 수 없는 맛없는 밥을 먹는 그것만으로도 살기만 살아가면 만족하겠느냐?'

'아니다! 나는 좀 더 맛있는 것을 원한다. 고량진미膏粱珍味[11]를─천하의 감지甘旨를 먹으려 한다.'

'빈대피로 그림 그린 단칸방으로도 만족하겠느냐?……'

---

10) 궁성宮城.
11) 기름진 고기와 곡식으로 만든 맛있는 음식.

'아니다. 나는 아방궁阿房宮[12] 같은 집을 원한다. 고대광실高臺廣室[13]을 원한다. 동화에 나온 호박琥珀주렴에 산호珊瑚기둥을 세운 용궁 같은 집을 원한다.'

'너는 언제든지 고독을 원하느냐?'

'아니다. 온 천하의 미색美色을 내 앞에 두기를 원한다. 양귀비를 '크레오파트라'를……'

'너는 언제든지 무명無名인 영순으로 만족히 여기느냐?'

'아니다! 나는 이 못난 영순으로는 있기 싫다. '모하메트'와 같이 씩씩하게! 불차佛佗[14]와 같은 자비하고 야소耶蘇[15]와 같이 비장하게…… 그러한 이름을 가지고 싶다!'

가가대소呵呵大笑[16] 하는 소리가 영순의 마음의 귀에 들렸다. 또 두어 걸음 걸어갔다. 또 문답이 시작되었다.

'너의 지금 먹는 것은 무엇이냐? 또 자는 것은 어디이냐?'

'먼저 말한 바와 마찬가지다! 턱찌끄러기나 다름없는 밥! 빈대피로 그림 그린 단칸방! 그것이다.'

'누구와 함께 있느냐?'

'나 혼자다. 만일 다른 무엇이…… 내가 원하는 것이 있다하면 벽에 붙인 유화의 미인이다……. 그 풍만한 육체를 가진…….'

'네 이름을 아는 사람은 누구이냐?'

'집주인, 회사의 동료, 약간 알고 지내는 친구들— 그밖에 내 이름을 아는 사람은 하나도 없다.'

'너는 어떻게 먹고사느냐?'

---

12) '광대하고 으리으리하게 지은 집'을 비유하여 이르는 말.
13) 규모가 굉장히 크고 잘 지은 집.
14) 부처.
15) 예수.
16) 껄껄거리며 한바탕 크게 웃음.

'벌이해서…… 월급을 받아서.'

'월급은 얼마…….'

'겨우 한달 동안에 식은 밥덩이나 얻어먹을 만큼—또는 피곤한 몸에 하룻밤의 휴식을 줄만큼'

영순은 생각하였다. 이 어떻게 비참한 자기의 현실이냐고—그리고 모순이냐고…….

그에게는 산해山海의 진미眞味가 뵈었다. 금전옥루金殿玉樓¹⁷⁾가 비쳤었다. 천하의 미인의 아양부리는 얼굴이 나타났다. 역사가 뵈었다. 위인의 초상이 뵈었다. 찬송가가 들렸다. 염불 소리가 들렸다.

이것이 모두 영순에게는 환영이었다. 그가 거의 병적으로—발작적으로 뵈이는 환상이었다. 그리고 다시 더욱 분명히 눈에 나타나는 것은 그가 매일 다수히 주무르는 금고에 가득한 돈이었다. 지화紙貨¹⁸⁾ 뭉치였다. 그는 그것을 종로 네거리에서 내어 뿌려보았다고 생각하였다. 바람에 날리어 이리로 저리로 날아 흩어졌다. 길가는 사람들이 모두 덤벼들었다. 늙은이도 젊은이도 거지도 부자도 신사도 학생도 미인도 노동자…….

영순은 지금까지와는 다른 어떠한 나라에 방황하는 듯하였다. 자기가 다리를 붙이고 선 곳이 어딘지를 거의 의식하지 못할 듯하였다. 그는 이만큼 머리에 혼란을 느끼었다. 다시 부르짖었다.

"서투른 양심을 버려라! 미즉한 생활욕生活慾을 끊어버려라! 그리하여 그 양심과 생활욕을 뒷동산 양지 끝에 단단히 파묻어라! 그리고 한번 놀아보자!"라고…….

그는 발을 돌이키어 창경원 앞길의 정적靜寂을 버리고 종로통의 집료熱鬧로 다시 향하게 되었다.

---

17) 규모가 크고 화려하게 지은 전각과 누대.
18) 지폐紙幣.

영순이 이와 같이 난혼亂混한 태도로 거의 발작적으로 뛰어가는 곳은 어디일까? 또는 무엇하려! 창경원 연못에서 나는 학의 울음이 길게 들렸다. 차차 길어가는 초봄 해도 벌써 서편 하늘에서 그 얼굴을 감추어 버렸다.

* * *

영순이가 이와 같이 발작적으로 흥분하여 무의식적으로 뛰어간 곳은 그가 근무하는 회사였다. 그 회사는 어느 개인이 경영하는 곳이었다. 영순은 그 회사의 충실한 사원 가운데의 한 사람이었다. 그런데 여관으로 돌아가던 영순이 무슨 까닭으로 다시 그 회사로 발길을 돌이켰을까? 더구나 무의식적으로…… 발작적으로…… 어찌하여?—몇 시간 뒤에 연출한 영순의 행동이 그렇게 발길을 돌이킨 이유를 웅변으로 보여주었다.

영순은 밤이 깊으려 할 때에 종로 네거리에 나타났다. 영순은 저 한 사람뿐이 아니라, 동행 이삼 인과 함께 남대문통으로 무엇이라 떠들며 걸어갔다. 떠들며 걸어가는 영순의 모양은 극히 흥분해 뵈었다.

"그런데 여보게 자네, 오늘 저녁에 웬일인가?"

라고 묻는 친구의 말이 들렸다.

"웬일이란 무슨 말이야. 사람이면 그럴 일도 있고 저럴 일도 있는 게지…… 영순 나는 벌써 전달 영순이가 아닐세……."

라 대답하는 흥분한 영순의 말소리가 들렸다.

"참으로 알 수 없는 걸! 내일은 해가 아마 서쪽에서 떠오를걸!"

또 한 사람의 말소리가 들렸다.

"왜?"

라 하는 것은 흥분한 영순의 반문하는 소리였다.

"어디로 가나?……."

"S관館으로 가서 한잔 먹세그려……."

이러한 문답을 하면서 걸어가는 영순 일행은 남대문통의 포도鋪道를 거의 차지하였다.

그들은 S관 요리집으로 들어갔다.

요릿집 휘황한 전타電打 불빛 아래 나타난 영순은 참으로 전날에 볼 수 없던 영순이었다. 머리에서 발끝까지 새로워졌다. 얼굴빛조차 창백하게 변했다. 그는 때묻은 떨어진 양복을 입고 사무상事務床 앞의 높은 걸상에 걸터앉아서 수판數板을 놓고 장부를 들썩거리던 영순으로는 아니 뵈었다. 중역重役 앞에서 네—하며 머리를 수그리던 그이로도 뵈이지 않았다. 손가락에서는 보석 반지가 번쩍거렸다. 가슴에는 쇠사슬 같은 시계줄이 걸렸다. 털 댄 외투로 깊숙이 싼 목은 '불독'의 대가리처럼 험상스럽게 뵈었다. 새 외투자락 밑에서는 '에나멜' 구두가 반짝거렸다.

그들은 특별히 조용한 방을 찾아 들어갔다.

요릿집 뽀이들의 눈이 이상스럽게 반짝거렸다. 뽀이들도 영순과 같이 머리에서부터 발끝까지 새 것으로만 차린 손님을—그렇게 고귀한 것으로만 차림 손님을 아마 그렇게 용이容易하게 볼 수는 없는 듯하였다.

기생을 불러왔다.

음식이 들어왔다.

술을 먹었다.

취했다.

이야기를 시작했다.

이 모든 것을 영순 한 사람 외에는 다 의외로 여겼다.

영순을 술이 취했다. 눈에 보이는 것이 휘휘 내둘러뵈었다.

그는 혀 꼬부라진 소리로 말했다. 기생들에게 향하여—

"이아! 너희들 좋아하는 게 무어니? 세상에서 제일 말⋯⋯이다⋯⋯."

술을 따르려고 병을 손에 들은 기생이— 그 중에서 제일 얌전하여 보이는 기생이 빙긋 웃으며

"좋아하는 것은 알아 무얼 하세요? 어서 약주나 잡수세요⋯⋯"라 하였다.

이 말소리가 난취亂醉[19]한 영순에게 어떻게 들렸을까? 그 보드라운 목소리가⋯⋯ 영순은 술을 한숨에 들이마시고 더운 숨을 확확 품으며 새삼스럽게 기생을 가리키며 말하였다.

"너는 누구라 했지⋯⋯ 무엇 홍련紅蓮이? 얘는 옳지! 난향蘭香이? 그리고 또 저 애는 무엇이라 했지. 옳지! 옥섬玉蟾이? 응⋯⋯."

"약주 취하셨네⋯⋯."

"제일 좋아하는 게 무엇이야?"

"그걸 알아 무얼 하세요?"

"내가 말할까—돈? 돈?"

"나리는 돈을 싫어하십니까?"

"옳다! 옳다! 돈 싫어하는 사람이 어디 있겠니? 너희들 아는 범위 안에서는⋯⋯ 말이다."

"그런 말씀은 그만두세요!"

"그만두어?⋯⋯하⋯⋯하⋯⋯얘들아! 너희들도 돈이 많이 있었더라면 모모某某[20]한 집 아가씨란 말을 들었지⋯⋯ 또는⋯⋯ 뉘집 영부인令夫人⋯⋯ 뉘 집 마님이라고 세상 사람들이 말하겠지? 돈이지? 돈이지? 돈만 있으면 그만이지?⋯⋯."

"그만두세요! 왜 그렇게 쑥스러우세요?"

---

19) 만취漫醉.
20) 아무아무. 누구누구.

"쑥스러워? 돈 말하는 것이?"

영순은 양복 '포케트'에 손을 집어넣었다. 집어넣던 손이 조금 떨려 나왔다. 그 손에는 지화紙貨 뭉치가 쥐었다. 그는 그 뭉치로 요리상을 한번 탁 치며

"이것이 돈이지! 이 돈을 가져 보려무나…… 응…… 속가俗歌에 그런 노래가 있지—잘나고도 못난 놈—못나고도 잘난 놈—잘난 년도 못 난 년 못난 년도 잘난 년! 이게 어떻게 무서우냐! 이게 어떻게 인생의 타락을 그대로 폭로시킨 말이냐"라고 연설 구조口調로 부르짖었다. 방 안이 조용하였다.

"자네 너무 취했네."

한 벗이 이렇게 말하였다. 그러나 그 소리 역시 취한 소리였다.

영순은 지화 뭉치를 기생 있는 곳으로 내밀며

"자! 이것을 다 혼자서 가져! 너희들이 가장 신용하는 이것을 아니다, 온 세상 사람이 다 절하는 이것을—" 부르짖었다.

그러나 그것을 집는 사람은 하나도 없다. 영순은 그것을 보고 다시 부르짖었다.

"그래도 너희들에게는 노력 이외의 부정한 것을 취치 않는다는 양심 이 있는 모양이로구나! 그런데 이 세상에는."

"여보게 여보게 자네 취했네! 취했어…… 이게 무엇이람! 사람을 모 욕을 해도 분수가 있지!" 라고 친구가 말하였다.

영순은 허…… 허…… 웃으며 부르짖었다.

"자네들에게도 모욕이란 관념이 있나? 모욕을 느낄 감관感官[21]이 있 나? 기적일세! 내가 말하는 모욕? 어떠한 돈이 명예? 재산이란 어떤 것 인 줄 아나? '프르롱'이 무엇이라 했나?"

---

21) 감각 기관의 준말.

"이 사람이 정말 취했나? 대체 돈이 어디서 그렇게 났나?……."

"말할 것도 없지! 훔쳤네 훔쳐!"

이 영순의 훔쳤다는 말이 그들에게 어떻게 큰 경이驚異를 주었을까? 그리고 또 지금까지의 의문을 어떻게 쉽게 해석함을 얻었으랴?

그들은 지금껏 취한 술기운이 일시에 깨어 정신이 번쩍 났다.

영순은 또 부르짖었다.

"놀라지 말게! 여러 벗이여! 나에게 금강석金剛石 지환指環[22]이 무슨 상관이 있나? 이 손가락을 보게! 수판壽板알을 퉁기느라고 못 박힌 이 손가락을 보게! 또 나에게 백금 시계와 황금줄이 가당[23]이나 있는 말인가? 한 달에 겨우 밥값도 잘 벌지 못하는 나에게—그리고 이러한 의복을 날마다 팥죽땀을 흘리는 나에게 얼토당토 않는 과분의 것일세……. 나도 그렇게 알아왔고 세상 사람도 다 그렇게 알지 않나? 그러나 나는 도적질한 결과로—재산이란 것이 나의 손에 들어온 결과로 이 세상의 부자 녀석들이 하는 이러한 호윤豪潤한 생활을 사치스러운 향락을 다만 일시라도 맛본 것일세! 이러한 향락! 이런 사치—인류의 타락한 생활을 도절盜竊한 재산의 결과로 해보았네! 그러나 도적질하는 데에도 그 수단방법이 교묘할수록 이러한 향락, 이러한 사치를 영원히 누리게 되는 것일세! 나는 그 수단이 재미스럽지 못하였네! 방법이 틀렸었네— 그러니까 요만한 향락과 사치를 하룻밤 밖에는 못 누리게 될 것이로세! 알았나? 응……. 나는 오늘밤에라도 이 밤보다 더 캄캄한 뇌옥牢獄[24] 으로 들어가게 되는지 알 수 없네! 물론 들어가는 것이 마땅한 일이겠지! 이러한 인류의 타락을 스스로 기뻐하였으니까? 그러나 방법수단이 교묘한 자가 그대로 있는 것은 좀 알 수 없는걸! 허…… 허…… 이애 기생

---

22) 가락지.
23) '가당하다(합당하다, 걸맞다)' 의 어근.
24) 죄인을 가두어 두는 곳. 감옥.

들! 그 돈을 집어라! 아무 말 말고……이야 너희들이 장안長安 한가운데로 흘러가는 내 이름이 무엇인지 아느냐? 청계천이다! 너희들이 부르는 시조時調 가운데에서 볼 수 있는 청계淸溪다! 구정물이 흘러도 청계다! 희검창이나 구정물이 흐른다고 청계淸溪를 탁계濁溪라고 부르는 사람은 하나도 없다. 세상이란 모두 그러하다! 내가 주는 돈을 싫다고 도적질을 한 돈이라니까."

영순은 여기까지 한참동안이나 말하였다. 그리고 더운 숨을 내뿜었다.

방 가운데 모든 사람들은 어떠한 영문인지를 모르는 것처럼 영순의 얼굴만을 바라보았다.

영순은 다시 부르짖었다.

"옳지! 부자의 가진 돈! 세상 사람이 지금 내가 가진 돈과는 다른 것으로만 여기고 모두 절하고 받아갈 것이다. 아니다. 절하여 주기를 원할 터이지! 하……하……."

방안에 험악한 기운이 물구 비쳤다. 모든 사람들은 얼굴빛이 확실히 변하였다. 그들은 오늘밤의 모든 것을 불행한 신수身數[25]로 여겼다. 먹은 것을 될 수 있으면 게워서라도 내놓고 싶다. 그들 가운데에 한 사람이 "나는 가겠네……"하고 비틀걸음을 하고 바깥으로 나갔다. 영순은 아무 말 없이 그대로 보내었다. 또 한 사람이 그와 같이 나가버렸다. 기생들도 하나씩 둘씩 다 나아가 버렸다. 남은 것은 영순과 낭자浪藉한 배반뿐이었다. 영순은 혼자 중얼대었다.

"아! 무엇에게 단단히 붙들린 자들아! 그만두려무나! 탁계濁溪인 청계천도 한강에 들어가면 맑아지고 대해로 들어가면 더 맑게 뵌다. 대자연 앞에는―절대의 큰 것 앞에는 선도 악도 없다! 내가 오늘 한 일은

---

25) 사람의 운수.

틀림없이 죄악인지 알 수 없다! 그러나 대자연은—절대의 큰 것은 그것을 용서할 것이다! 그러함에 이를 때는 정화하여 줄 것이다……. 아! 모르겠다!……"

뽀이가 들어왔다. 영순은 돈을 손에 집히는 대로 한줌 쥐어 주었다.

그는 비틀걸음을 걸으며 S관을 나왔다.

밤은 이미 깊었다. 휙휙 귀를 때리며 불어갔다. 전찻길 곁에 포도鋪道로 나왔다. 보기 좋게 늘어선 가등街燈[26]이 찬 밤을 고요히 지키고 있었다.

비틀거리는 영순의 곁으로 시커먼 무엇이 허리를 구부리고 손을 내밀며 따라왔다.

"나리! 돈 한 푼 줍시오! 돈 오 전이 없어서 구세군에 가서 못 잡니다. 한 푼 보태 줍시오. 나리! 으흥……"라 우는 소리인지 떠는 소리인지 알 수 없는 소리가 났다. 이것은 부대조각으로 등을 덮은 걸인이었다. 이 걸인 등에는 또 검은 그림자가 하나 따랐다.

영순은 발을 멈추었다. 그리고 배고픈 소리로 말하였다.

"네가 거지로구나! 동물 중의 못난 것 가운데 제일 못난 거지지? 제일 유순柔順한 거지? 제일 비겁한 거지? 그렇게 애걸할 것 무엇이냐? 이 세상에는 더운 밥이 어떻게 많이 있는 줄을 모르겠니? 따뜻한 잠자리가 어떻게 많이 있는 줄을 모르겠니? 이렇게 구걸을 아니 하여도 밥 얻어먹고 잠 잘 도리는 얼마든지 있어……도—"

이때에 "여보! 어디가?"하고 영순의 팔을 단단히 붙드는 이가 있다. 영순은 거지를 보는 눈을 돌리어 팔 붙드는 이를 보았다.

"어디가? 이리로 좀 와! 조사할 일이 있으니……."

이렇게 말하는 이는 누구였을까? 말할 것도 없이 행색불번行色不番[27]

---

26) 가로등의 준말.
27) 행동하는 태도로는 알아볼 수 없도록 하면서 임무를 수행하는.

으로 뒤를 밟은 관헌官憲이었다. 영순은 벌써 알았다.

한편 손을 '포케트' 안으로 집어넣다. 집어넣은 손은 무엇을 쥐었을까? 그에게는 촌철寸鐵[28]이 없었다. 포케트에서 쑥 잡아 빼는 손에는 지폐 뭉치가 쥐었다. 그는 그것을 공중으로 내던졌다.

그리고 부르짖었다. "거지! 저것을 집어라! 그리고 미즉한 생활욕을 버리라! 부패한 인생을, 타락한 인생을 구할 것은 저것을 버리는 것이다! 부패한 자야! 타락한 자야! 저것을 집어라! 어서……" 지화紙貨 뭉치는 전신주에 탁 부딪히며 우수수 하며 떨어졌다. 떨어진 그것이 찬바람에 날리었다.

"어서 주워라! 집어라! 너를 구할 다만 하나의 저 돈을!"

그러나 걸인은 번쩍거리는 관헌의 눈을 가만히 쳐다만 보고 벌벌 떨었었다.

관헌의 호각 소리가 획…… 호르륵 났다. 돈은 바람에 더그럭 바삭바삭 굴렀다.

－이월二月 십육일十六日 야夜－

— 《흙의 세례》, 문예운동출판사. 1927.

---

27) 관리 (특히, 경찰 관리를 가리킴).
28) '작고 날카로운 쇠붙이나 무기' 를 이르는 말.

쫓기어 가는 이들

닭이 거의 울 때가 되었다. 이렇게 깊은 밤에—더욱이 넓은 들 한가운데의 외로운 마을에 사람 기척이 있을 리는 없으나 그래도 득춘得春은 귀를 기울여 사람기척이 있나 없나 가끔가끔 바깥을 살핀다. 그러나 바깥은 한결같이 고요할 뿐이요 다만 이웃마을의 개 짖는 소리가 멀리 들릴 뿐이다.

득춘은 이와 같이 한참 동안이나 두 팔로 무릎을 에워싼 채 펑퍼짐하게 앉아 무엇인지 생각하다가 문득 무슨 생각이 난 듯이 세운 무릎을 아래로 내려놓으며 조끼 호주머니에서 궐련 한 개를 끄집어낸다. 그것을 대물[1]에 찔러 사기 등잔불에 대이고 빡빡 빨기 시작한다. 대추씨 만한 석유불은 궐련과 대물뿌리를 통하여 전부가 그의 입으로 빨려 들어가는 듯하다. 그리하여 그다지 밝지 못한 방안이 더욱 어두컴컴해 버린다. 그 궐련 끝에서 등불빛보다 더 붉은 빛이 희묽은[2] 연기 가운데에서 두세 번 반짝거리더니 꺼질 듯한 불이 다시 살아나며 방안이 환하게 밝아진다.

득춘은 궐련을 한참 동안 뻐금뻐금 빨다가 등잔 밑에다 부비어[3] 끄고

---

1) 대로 만든 물부리.
2) 희고 보기에 단단하지 못하다.

방 아랫목에 벽을 향하고 드러누운 아내를 부른다.

"여봐!…… 웬 잠을 그리 자?"

아내는 아랫목 벽으로 향했던 얼굴을 남편 있는 편으로 돌이킨다. 그의 아내가 잠을 잘 리가 없다. 그다지 밝지도 못한 등불에 더구나 담배 연기가 꽉―차서 윗목에 쪼그리고 앉은 남편이 봄날 아지랑이 속에 들어있는 산처럼 희미하게 밖에 아니 보인다. 조금 날카로운 소리로 대답한다.

"자기는 누구가 자?"

득춘은 부비어 꺼버린 궐련에 다시 불을 붙여 들고 조심성스러운 낮은 소리로

"잠만 자지 말고 옷이나 좀 챙겨보지 그래?"라 한다. 아내는 이와 같이 조심스럽게 하는 말을 듣고는 몸을 일으키어 해진 치맛자락으로 앞을 가리우고 윗목으로 앉아서 걸어온다. 득춘 있는 곳까지 오더니 그는 뒤에 내려진 머리를 다시 고쳐 쪽지며 "챙겨볼 만한 무엇 하나 변변한 것이 있어야 하지!"라 중얼댄다.

* * *

득춘의 아내는 겨우 스물 한 살밖에 아니 되었다. 그러나 언뜻 보면 스물 사오 세나 되어 뵈었고 거기에다 좀더 에누리하면 거의 서른이 되어 뵈었다. 그는 열 일곱 살 되는 해에 득춘에게로 시집을 왔었다. 그때에 득춘은 스물 두 살이었었다. 두 사람의 혼인이 성립될 때에 여러 가지 어려운 문제도 있었으나 여자의 부모에게 득춘의 똑똑한 것이 다만 마음에 들어서 혼인이 되고 말았다. 그러나 이 믿음직한 똑똑도 그들에

---

3) 비비다의 잘못.

게는 아무러한 행복을 주지 못하였다. 이 똑똑이란 것이 도리어 그들의 생활을 곤경으로 이끌어 넣는 일이 많았다.

같은 동리에서 돈푼이나 있는 사람, 또는 땅 마지기나 가진 사람, 다른 사람의 토지를 관리하여 세력을 부리는 사람, 세금 같은 것을 받으러 다니는 군청과 면청의 관리 양반들, 이러한 사람들에게 귀염을 받지 못하였다. 이러한 사람들에게 귀여움을 받지 못하는 동시에 자기 동무들 가운데에서도 돌러놓은 사람이 결국은 되고 말았다. 따라서 사회적으로 압박을 받아온 일도 많았다.

득춘은 결혼한 지 이태 뒤에 오랫동안 살아오던 황해안黃海岸에 있는 D어촌을 떠나 우리나라에서 제일 가는 보고寶庫란 이름이 있는 전북평야의 외로운 마을 C촌으로 이사오게 되었었다. 이와 같이 C촌으로 이사하기를 결정하기까지는 여러 가지로 어려운 사정이 있었다. 득춘이 여러 가지로 동리 사람들에게 아니꼬운 일을 당할 때마다 그는 하루라도 빨리 그 지방을 떠나갈까 하였으나 첫째 삼 년 전에 죽은 어머니가 그것을 허락하지 않았었다. 어머니는 '암만하여도 살던 고장이 좋으니 이사는 무슨 일이냐 하며 반대하여 왔었다. 이것이 원인이 되어 마음에 마땅치 못한 꼴을 당하면서도 바로 그곳을 떠나지 못하였었다. 그러다가 득춘이 결혼한 그 이듬해에 그 어머니는 이 세상을 떠나가게 되었다. 그 얼마 아니 되어 득춘은 얼마 되지 못한 살림을 뭉뚱그리어 가지고 오랫동안에 잔뼈가 굵어진 고향을 떠나게 되었다. 그때에 아내는 비록 어릴망정 시어머니의 삼년상이나 지난 뒤에 이사를 하자고 남편에게 권하였으나 득춘은 이것을 단연히[5] 거절하고 그대로 이사를 하였었다.

득춘이 이 C촌으로 오게 된 동기로 말하면 그의 팔촌 형 되는 이가

---

4) 고립되다. 따돌림을 당하다.
5) 맺고 끊음에 결연한 태도가 있다.

서울에서 유명한 어느 귀족의 마름이 되어 C촌 부근에 있는 토지를 관리하고 있는 까닭에 이것을 반연[5] 삼은 것이었다.

그러나 득춘은 오던 해에는 땅 마지기도 변변한 것을 얻어 짓지 못하였다. 비록 좋은 땅 마지기의 소작을 얻어 하게 되었다 할지라도 득춘과 같이 타관에서 떠들어온[6] 사람으로는 같은 마을이나 이웃 마을 사람들과 서로 도와주는 사이가 될 수가 없었다. 더욱이 그 인근 마을 사람들에게는 득춘이란 사람이 떠들어온 것이 큰 불안이었다. 득춘은 근방 토지를 관리하는 마름과 친척의 관계를 가졌으므로 자기들 짓는 토지가 어느 때에 득춘의 수중으로 들어가게 될는지 알지 못하는 것이 항상 득춘을 시기하고 위험성 있게 보이는 것이다. 그리하여 첫 해에 농사는 거의 자기 한 손으로 지었다고 할 수도 있었다.

득춘은 이러한 눈치를 차리지 못한 것은 아니나 억지로 그들과 사귀려고 하지 않았다. 결국은 너는 네 떡 먹고 나는 내 떡 먹는 셈이니 서로 상관할 것 무엇이냐 하는 것처럼 서로 냉랭하게 지내었다. 또한 이렇게 서로 범연히 지내는 한편에는 득춘을 친하려는 사람들도 많았다. 친하려는 그들은 대개가 득춘의 팔촌 되는 사람의 관리하는 토지를 소작으로 얻지 못한 이들이었다. 그들 심중에는 그 토지 마지기나 얻어 지어볼까 하는 것이 자연히 득춘을 친하게 된 것이었다. 그러나 사실 득춘은 다른 사람이 위험스럽게 여기니 만큼 넉넉한 토지도 가지지 못하였고 다른 사람이 친하려는 그것만큼 토지에 대한 권리도 없었다. 다만 팔촌이란 친척 관계가 마름과 있을 뿐이었다.

득춘은 이러한 가운데에서 삼 년 동안을 지내어 왔다.

* * *

---

5) 권력 있는 사람에게 의지하여 출세함.
6) 정처 없이 떠돌아다니던 사람이나 짐승이 들어오다.

지금으로부터 한 달 전에 득춘의 근근히 지내어 가는 집에 큰 사건이 생기었다. 이것은 팔촌 되는 사람의 마름이 떨어지게 된 것이었다. 그리하여 새로 나온 마름이 그 토지를 전부 관리하게 되었다. 득춘의 팔촌이 마름 노릇할 때에 토지를 여러 해 소작을 하여 오던 작인들 사이에는 큰 공황恐慌이 일어났다. 이 공황은 물론 득춘이 이사올 때에 여럿이 느낀 불안보다 몇 배나 더 큰 불안을 그들로 하여금 느끼게 하였다. 이 중에서도 가장 큰 불안을 느낄 처지에 있는 이는 전날에 마름과 특별히 친근한 관계를 두고 지내오던 사람들이었다.

득춘은 자기 팔촌의 마름 떨어졌다는 소문을 듣고는 인제는 또다시 이 마을을 떠나게 되었다고 생각하였다. 그리하여 미리부터 준비하고 있었다. 그래도 팔촌이 마름으로 있을 때에는 아무러한 시기와 질투가 자기에게 모여들었다 할지라도 그의 생활을 직접으로 위협하지는 못하였으며 또 한편에는 여러 가지로 자기를 위하여 편의를 도모하여 주는 사람도 있었다.

그러므로 삼 년 동안을 무사히 생활하여 온 것도 어쨌든 직접 간접으로 팔촌 마름의 힘을 입었던 것이다. 득춘은 이 C촌으로 이사올 때에 농사 밑천이란 것도 물론 없었다. 그러나 마름의 친척이라 하여 동리에서 다른 이들에게 돈 십 원, 색거리섬(이 C지방에서는 지주나 또는 조금 넉넉한 소작인들은 곡식을 변을 놓아 봄철이나 여름철에 곤란한 소작인들에게 꾸어주고 그 해 가을에 와서 한 섬에 대한 반 섬 혹은 한 섬씩 변을 쳐서 받는 곡식을 색거리라 함)이나 얻어먹기는 용이하였다. 그리고 가을에 와서 조금 기한이 지나도 갚을 날짜를 얼마큼은 연기할 수도 있었던 터이다.

그러나 오늘 득춘에게는 물론 그러한 융통도 없어질 것이오 그뿐 아

15) 물고기와 자라.

니라 이삼 년 동안 미뤄 내려온 빚도 금번 가을에는 아니 갚고는 배겨 낼 수 없을 형편이다. 그 동안 첫살림 하기에 걸머진[7] 빚이 득춘의 한 해 농사 진 것으로는 갚을 수 없을 만큼 많았다. 아무리 형편은 이러하다 할지라도 이 C촌에서 살려면은 이 빚 마감을 아니 하고는 견딜 수 없게 되었다. 그 동안에 대개는 빚을 빚으로 막아왔다. 그러나 오늘에 와서는 빚을 막아야 할 곳은 많았으나 막을 빚을 내어올 곳은 하나도 없다.

그리하여 득춘 부부는 이러한 곤란을 어떻게 하면 피할 수 있을까 하여 여러 날을 두고 생각한 결과 이 촌을 슬그머니 도망하는 수밖에 없다고 마음에 작정하고 말았다. 아무리 생각해도 눈앞에 닥쳐오는 곤란을 피할 도리가 없었고 또는 그런 곤란을 어떻게든지 마감한다 하여도 장래에 엄습하여 오는 생활곤란은 방비할 계책이 막연하였다. 이러한 여러 가지 타산이 이 C촌을 도망하도록 결심케 한 것이었다. 그리하여 득춘은 농사지어 놓은 것을 한꺼번에 매갈이[8]에다 팔아버리었고 오막살이집도 다른 사람에게 넘기어 버리었다. 이렇게 전 재산을 바꾼 돈 이백 원이 그 떨어진 호주머니에 깊이 들어있었다. 세간 집물[9]이란 것도 솥단지 몇 개와 장독대에 있는 항아리 같은 것과 사기그릇 나부랭이 뿐이었다. 이것이 득춘 떠난 뒤에 뭇 빚쟁이들의 나누어갈 다만 하나의 재산이었다.

득춘이 이 일을 계획하면서도 처음에는 몇 번이나 주저하였다. 만일 자기들이 떠난 뒤에라도 '도적놈이니, 무지한 자니' 하는 그런 소리가 반드시 일어날 것을 생각하매 차마 그 일을 실행할 수 없었다. 또는 이러한 짓이 자기의 장래 일에도 큰 방해나 끼치지 아니할까 하는 두려움

---

7) 임무·사명·책임 따위를 맡아 지다.
8) 벼를 매통에 갈아서 현미(玄米)를 만드는 일, 혹은 매갈이를 하는 사람.
9) 살림살이에 쓰이는 온갖 기구.

이 없는 것도 아니었지마는 그가 그대로 C촌에 머물러 있도록 할 희망과 믿음직한 것이 그에게로는 하나도 없었다. 또 한가지 득춘으로 하여금 용단[10]을 내어 결국 이 일을 실행케 한 것은 득춘이 방금 실행하려는 그러한 일 같은 것이 이 전북평야 지방에는 비교적 많은 것이었다. 많은 가난한 사람들은 도조[11]로 치룰 수 없고 다른 얻어 쓴 빚도 갚을 수 없어 집을 지니고 살 수 없는 경우이면 그대로 농사진 것을 얼마 되던지 뭉뚱그리어 가지고 다른 먼 지방으로 도망을 하든지 그렇지 않으면 집안 식구가 다 각기 흩어져 바가지를 들고 걸식을 하였다. 이것이 그들의 이 세상을 살아가는 계책의 하나이었던 것이다. 그리하여 그들은 그와 같이 정처 없이 유랑 생활을 하는 것을 자기네의 운명처럼 여기던 것이다.

평일에는 득춘이 이러한 무리를 볼 때에 한 경멸輕蔑과 조소嘲笑로 대하였었다. 그러하던 득춘 자신이 이러한 일을 자기 스스로 실행하게 되었다. 이것을 생각하매 이러한 파멸에 갇힌 운명에 우는 자기 자신을 동정하는 동시에 평일에 업수이 여기는 눈초리로 그런 유랑 가족流浪家族을 대한 것이 도리어 부끄러운 생각이 난다. 그러나 부끄러운 생각만으로 이 계획을 중지할 수는 없었다. 세상에는 자기 같은 짓을 하는 이가 하나뿐이 아니란 생각이 도리어 이 일을 실행하도록 힘을 주고 말았다. 그리하여 오늘 저녁에는 이 계획을 실행하려고 밤이 깊기를 기다리고 있는 중이다.

* * *

득춘의 아내는 남편 시키는 대로 방 윗목으로 나와 먼지가 부옇게 앉은 행담[12]을 열고 의복을 집어내어 보로 싼다. 옷을 집어내는 손은 조

---

10) 용기 있게 결단을 내림.
11) 남의 논밭을 빌려서 부치고 그 세로 해마다 무는 벼.

금씩 떨리고 눈에는 눈물이 괴인다.

득춘은 아내의 그 모양을 물끄러미 바라본다. 하도 민망하고 조급한 듯이

"그렇게 꾸무럭거릴 것이 무어 있어!" 하고 재촉한다.

"별로 입을만한 것이 있어야지—모두 걸레밖에 안 되는 것뿐인데……"하고 아내는 다 해진 치마를 하나를 끄집어내어 남편 앞에 펴 보인다. "그런 것을 지금 보면 무슨 수가 있어. 그런 건 내버리고 가지." 이렇게 득춘은 말을 하기는 하였으나 몇 해 동안 같이 살면서도 의복 한 벌을 변변히 해주지 못한 것이 새삼스럽게 부끄러운 생각이 났다.

그가 시집올 때에는 그네들은 그렇게 값 많은 좋은 것은 아니었지만 그래도 장롱 속에서 옷을 내 입었다. 그리고 장롱 안에는 사철 입을 의복이 들어 있었다. C촌으로 이사올 때에 장롱조차 팔아버리고 또 촌을 남몰래 떠나가는 오늘에는 두 식구의 의복이 부담[13] 상자 하나에 차지 못하였다. 그리하여 상자에 들었던 의복이 다시 보따리 속으로 들어가게 되었다. 이것을 생각할수록 오늘이 오히려 행복스러웠는 것이라 하였다. 장래는 이보다도 더 불행하게 되면 그때에 자기네는 어떻게 될까 하는 어떠한 호기심에 가까운 두려움도 일어났다. "우리는 이보다 더 못되면 어떻게 될까요."하고 아내는 눈물 머금은 눈으로 득춘을 바라본다.

"글쎄 그런 말을 해서 무얼 해……. 잔말말고 행장이나 차려!" 득춘은 미안한 듯이 이렇게 말한다.

"이렇게 가면은 어디로 간단 말이어?"

"잔말 말어! 다 작정이! 있으니—여기서 굶어 뒤어져도 부등가리[14]

---

12) 길 갈 때에 가지고 다니는 작은 상자.
13) '부담롱(물건을 담아서 말에 싣는 농짝)'의 준말.

살림만 붙들고 있으면 그만이람! 굶어죽는대야 누가 쌀 한 알 줄 터이야? 빨거벗고 얼어 꼬드라진대야 누가 옷 한 벌을 줄 터이야? 잔말 말고 어서 참아보아! 내둥 간다고 하더니 지금 와서 다시 어떻게 될 것을 물어서 무엇할 터이야!" 하며 득춘은 조금 흥분한 얼굴로 아내를 바라본다.

"글쎄 생각을 곰곰 해보니 모든 것이 걱정이 되야서 하는 말이지!" 하고 옷 행담에서 옷 몇 가지를 가지고 방 아래쪽으로 가서 갈아입기 시작한다.

떨어진 행주치마와 기름때 묻은 저고리를 벗고 분홍 명주 저고리에 옥색 명주 치마를 갈아입었다. 이것은 그에게는 깊이깊이 간수하여 두었던 다만 한 벌의 나들이 옷이다. 동리 집 혼사 구경이나 또는 읍내에 볼 일이 있어 출입 갈 때에는 반드시 입던 귀중한 의복이었다. 상의옷 입은 그대로 이 밤중에 도망하게 되면 더욱 행색이 수상하게 뵈일까 그것을 염려하여 아끼고 아끼는 다만 한 벌인 나들이 옷을 입게 된 것이었다.

옷을 갈아입은 아내는 딴 사람처럼 어여뻐 뵈인다. 득춘은 저의 아내라고는 생각할 수 없을 만큼 어여쁘다고 생각하였다. 이러한 어여쁜 아내의 얼굴을 본 적은 결혼한 지가 사오 년이나 되었으나 열 손가락을 다 꼽지 못할 만큼 그 수회가 적었다. 일년에 한두 번밖에는 볼 수 없었다. 이것은 아내가 새 의복 입는 때가 한두 번밖에는 아니 된 까닭이다.

득춘은 컴컴한 등잔불에 은근히 보이는 아내의 아름다운 태도에 취한 듯이 물끄러미 바라보았다. 풀머리로 쪽진 것이며 희묽은 얼굴 빛깔이며 분홍 저고리며 옥색 치마며 모든 것이 빈 틈 없이 조화된 것 같았

---

14) 부삽 대신으로 쓰는 제구. 오지그릇, 질그릇 깨진 조각으로 만들어 씀.

다. 그는 아내를 바라보면서 '우리 여편네도 의복 치장이나 잘시키고 화장이나 좀 하였으면 훌륭한 미인이 되리라' 하는 생각이 자기가 방금 어떠한 길을 떠나는지를 전혀 잊어버리게 한 것처럼 나온다. 그는 이렇게 생각하는 순간에는 모든 불행에서 구원을 받은 듯 어떠한 행복을 느끼었다. 그리고 장가들던 시절의 모든 기억이 꿈결처럼 생각되었다. 그때는 지금보다도 더 아름다웠다 하였다. 이러한 기억이 문득 지나가매 결국은 '너도 남편을 잘못 만나 이런 밤중에 도망까지 하게 되었구나!' 하는 탄식만이 입가에 떠돌았다. 이렇게 곱게 보이는 아내의 얼굴에는 암만 하여도 사오 년 동안을 두고 가난과 싸운 흔적이 역력히 보인다. 근심과 걱정이 밤낮으로 왔다갔다한 자취가 은근히 보인다. 다만 얼굴의 고운 모습이며 눈과 코 입과 귀가 꼭 놓일 곳에 놓인 것만이 옛날의 아름다운 것을 변함 없이 그대로 내어보일 뿐이다. 어쨌든 보는 사람을 끄는 어떠한 알 수 없는 힘이 있었다.

한참 동안이나 넋을 잃고 아내를 바라보던 득춘은 그 앞으로 가까이 가서

"이슬 내리는 밤에 명주 치마는 그만두지!" 한다. "다른 입을 것이 있어야지!" 하고 아내는 잠깐 생각하더니 입었던 명주 치마를 벗고 해진 무명 치마를 앞에 내어놓았다.

득춘의 집안은 부부의 말소리조차 끊이었다. 컴컴한 등불만이 고요히 움직였다.

* * *

먼 마을에서 울기 시작한 닭소리가 C촌까지 길고 가늘게 울리어 왔다. C촌의 모든 닭도 울기 시작한다. 득춘은 아내를 앞에 세우고 가만히 사리문 밖으로 나왔다. 득춘의 뒤 등에는 보따리가 매달리었고 그

아내의 머리 위에는 보퉁이가 뇌었다[14]. 그들은 조심스럽게 마을 앞으로 통한 큰길로 나아간다. 동리집 개는 이상스러운 두 발소리를 듣고 짖기 시작한다. 몹시 짖던 개는 다시 수상한 남녀 두 그림자를 보고 내달렸으며 악착스럽게 짖는다. 득춘은 가슴이 덜렁하였다. 아내도 그러하였다. 득춘은 하다 못하여 내닫는 개를 보고 손사래를 치며 "쉬"하고 나무랐다. 개들은 '쉬' 소리가 듣던 소리든지 짖던 것을 그치고 그대로 슬금슬금 제 집으로 돌아간다. 개와는 이만한 친함이 있었던 것이다. 그들은 큰길 위에서 자기 집을 다시 한 번 바라보았다. 때는 벌써 늦은 가을밤이라 찬이슬은 곧 두 사람의 의복을 후줄근하게 적신다. 찬 기운이 엷은 의복을 뚫고 살로 숨어드는 듯하다. 몸이 절로 웅크러진다. 하늘에는 구름 한 점 뵈이지 않는다. 수없이 반짝거리는 별만이 밤의 하늘을 완전히 점령하였다. 그들은 가던 발을 멈추고 다시 집을 돌아다본다. 그러나 컴컴한 지붕만이 무슨 괴물같이 보일 뿐이다. 마을 앞에 늘어선 포플러 나무의 찬바람에 흔들리는 것이 괴물의 말을 전하는 것처럼 들린다. 그들에게는 이것이 마치 그대로 저를 내버리고 간다 하여 원망함을 표시함이나 다름없이 생각된다. 아내는 뒤를 돌아다보며 눈물을 흘린다. 어쩐지 걸음이 걸리지 않는다. 떼어놓는 발은 그 밑에다가 천근이나 되는 납덩이를 달아 놓은 것처럼 무거웠다. 그들은 생활에 찌들려 편한 날이 없이 이 땅에서 지낸 것을 잊어버린 것처럼 도망의 길을 떠나는 오늘밤에는 전날에 상상치도 못하던 섭섭한 설움을 느끼었다. 그대로 내버린 몇 개 아니 되는 살림 기구도 모조리 그들을 원망하고 있는 듯 생각난다. 그들의 흥분된 신경에는 그 원망하는 소리가 확실히 들린다. 득춘은 몸을 떨었다. 아내도 몸을 떨었다. 그들은 눈에 눈물을 머금었다. 그러나 그들의 마음에는 피가 괴었다. 그리하여 득춘

---

14) '놓이다'의 준말.

의 아내는 몇 번이나 가던 발길을 다시 돌이켜 집으로 들어갈까 생각하
였으나 무서운 결심이 영영 그를 붙들어매지는 못하고 말았다. 그들은
잘 걸리지 않는 걸음을 억지로 걸었다.

삼 년 전의 D어촌을 떠나올 때와도 확실히 그 느낌이 달랐다. D를
떠나 C촌으로 올 때에는 아무리 자기네가 잔뼈가 굵었으며 부모의 뼈
다귀가 묻힌 곳이라 할지라도 그다지 섭섭하지는 아니하였었다. 그러
나 오늘에는 눈물이 절로 흐른다. 이전 D를 떠날 때는 잠깐 볼일이 있
어 어느 곳에 다니러 가는 듯한 느낌이 있었다. 그러나 오늘밤은 다시
돌아올 수 없는 길을 떠나는 듯한 느낌이 있다. 이전에는 자기 스스로
떠나가던 느낌이 있었으나 오늘밤은 다른 사람에게 쫓기어 가는 듯한
느낌이 있다.

그 괴물 같은 지붕도 어느덧 어둠에 싸여 버리고 말았다. 찬바람에
움직이는 포플러 나무도 흐르는 별빛과 같이 사라지고 말았다.

그들은 인제는 틀림없이 자기의 집을 하직한 사람이 된 것을 다시 깨
닫게 되었다. 득춘은 아내를 돌아보며 말한다.

"인제는 집도 안보이네……. 참 팔자를 잘못 타고나면 별 고생을 다
해보는 것이야……."

아내는 아무 말도 없다. 두 사람은 발 밑만 찬찬히 굽어보며 걸어간
다. 그들의 집을 떠나는 지독한 슬픔은 옮기어 가는 발자취를 따라 차
차 엷어지는 듯하다. 그 대신에 그들의 마음에는 자기들의 수상한 행색
이 아는 다른 이에게 들키면 어찌할까 하는 염려가 점점 깊어간다. 그
들은 발 밑을 주의하며 급히 걸을 수 있는 대로 급히 걸어갔다.

어둔 가운데에도 신작로만은 희미하게 비춰어 보인다. 그러나 수레
지나간 우툴두툴한 자욱과 가끔 가다가 우뚝 솟은 돌부리에 그들 발뿌
리가 툭툭 걸어채인다. 이러할 때마다 그들의 울렁거리는 가슴이 더욱
울렁거린다.

한참 동안은 아무 말 없이 걸었다. 득춘은 허둥지둥하는 아내의 팔목을 이끌어준다. 아내는 한편 팔에 힘을 주어 남편이 끄는 대로 따라갈 뿐이다.

끌리어 따라가는 아내는 자기의 한평생이 그의 손목을 붙들리어 가는 것이나 다름없이 생각난다. 모든 장래에 대한 불안이 일어났다. 그리하여 '우리는 장차 어떻게 되겠느냐.' 물어보고자 하였으나 다른 사람이 자기네의 뒤를 밟아오는 듯하여 말을 끄집어 내었다가도 멈추고 몇 번이나 뒤를 돌아다보았다.

이와 같이 동편을 향하여 허둥지둥 서너 시간을 걸은 뒤에야 비로소 동편 하늘이 밝아온다. 처음에 남빛 유리를 대이고 보는 듯이 모든 것이 여명黎明의 푸른 놀에 싸여 있다. 들 건너 희미하게 둘러서서 보이는 연산連山이 더욱 짙은 남색으로 뵌다. 이러한 검푸른 하늘빛이 동편 하늘에서부터 차차 익은 수박 속 같이 붉어온다. 호남선湖南線 선로가 눈앞에 달아난다. 그리고 멀리 보이는 정거장 구내의 신호등이 하늘의 약간 남아있는 별과 함께 반짝거린다. 득춘은 이제야 숨을 겨우 내려쉬었다. 여러 시간을 두고 밤길을 걸은 것이 꿈결처럼 생각난다. 그러나 명랑한 일기를 미리 일러주는 것 같이 들 가운데에서 서편으로부터 한편 구석이 안개에 잠기기 시작한다.

아침해가 훨씬 올라왔을 때에 북행열차北行列車는 K역에 당도하여 밤길 걷기에 온몸이 피로하여진 득춘 부부를 싣고 북으로 북으로 달아났다.

* * *

득춘이 아내를 데리고 C촌을 떠나 도망하여 온 곳은 경부선과 호남선이 접속하는 T역이었다. 이 곳으로 온 목적은 돈을 한번 흠씬 모아서 고생하던 옛날을 말하여 가며 잘 살아보자는 것이었다. 이것이 다만 그들의 이 세상을 살아가게 되는 큰 바람이었다. 그는 그러한 것을 꿈꾸지 않을 때가 별로 없었다. 그가 자기 고향에 있을 때에 다른 발이 널리 돌아다니는 어느 친구에게서 이 세상에서는 돈벌이하는 데는 음식장사가 제일이란 것을 들었고 또 이런 장사를 하기에는 철로의 승객이 많이 내리고 타는 정거장 근처가 가장 마땅하다는 것도 들었다. 그리고 여러 정거장 가운데에서 제일 유망한 것은 T역이란 것도 친구는 말하였었다. 그리하여 이 T역을 오게 된 것이다. 득춘은 T역에 도착하여 여관에서 수일을 머무른 뒤에 이 지방의 자세한 형편을 여관주인에게 물었다. T여관 주인은 득춘을 볼 때부터 시골 농촌의 부부가 이러한 데 와서 머무르게 된 것을 심히 의심하였으나 그들은 딴 사람끼리 몰래 도망하여 온 것도 같지 아니한 까닭에 그대로 두고 보던 터이라. 그리하여 모든 것을 친절히 일러준다. 득춘은 C촌에서 생각한 바와 같이 돈 모으기가 그렇게 용이한 일이 아닌 것을 주인의 말을 듣고 깨달았다. 그러나 한 번 내어 논 걸음이라 어찌 할 수 없이 주인에게 부탁하여 정거장에서 조금 떨어져 있는 곳에 가게[15]를 한 채 세로 얻었다. 그 집 바로 앞에는 호남지방으로 통하여 가는 일등 도로가 놓였다. 그 길에는 날마다 자동차, 짐차, 인력거, 말, 소 같은 것이 끊임없이 지나간다. 음식영업을 하기는 참으로 좋은 장소라고 생각하였다. 그는 약간 살림 기구를 장만한 뒤에 바로 그곳에 술가게를 열었다. 영업허가니 무엇이니 하여 여러 가지 절차를 차리느라고 며칠 동안은 그대로 보내었으나 별다른 고장 없이 허가도 쉬이 나오고 기구 같은 것도 곧 손쉽게 손에 들어와 바로 영업을 시작하게 되었다.

　시작하는 며칠 동안에는 손[16]이 그다지 많지 못하였다. 그러나 날이

---

15) 본문에는 '가가'(가게의 본딧말)로 되어 있다. 이하 '가게'로 총칭한다.

갈수록 술꾼이 붙어왔다. 이것은 새로 술집이 생기었다는 소문을 듣고 술맛이 어떠한가 맛보러 오는 주객酒客도 있었으나 대개는 주모의 얼굴이 어여쁘다는 소문을 듣고 보러 오는 이들이었다. 물론 득춘의 가가에는 아직 양조허가釀造許可를 맡지 못하여 다른 곳에서 사다 파는 술인즉 그 맛이 특별히 좋을 것도 없었고 C같은 마을에서 자란 여자의 솜씨인즉 안주 맛이 별달리 맛 날 것도 없었다. 그러나 그 얼굴만은 이러한 주막에서 쉽게 볼 수 없는 어여쁜 얼굴이다.

득춘은 자기 아내를 이러한 곳에서 술을 팔게 하는 데에는 적지 않은 불안을 느끼었다. 그리하여 여러 번 주저도 하였다. 첫째, 본인 되는 아내가 그것을 기뻐하지 않았다. 그리고 큰 수치로 여겼다. 이것이 도리어 득춘으로 하여금 아내의 마음에 대하여는 안심하게 된 것도 사실이나 술 먹으러 게걸대고 모아드는 중에는 사람다운 자가 하나도 보이지 않는 것을 볼 때에 장래에 대하여 알 수 없는 어떤 위험과 불안을 아니 느낄 수 없다. 어떤 때에는 이런 짓을 그만두고 문제가 일어나기 전에 다시 고향으로 돌아가는 것이 도리어 좋지나 아니한가 하는 생각도 났다. 그러나 그들에게는 그대로 C촌이나 예전 고향으로 돌아갈 면목이 없다. 그런 것을 도무지 모른 체 할 용기도 없다. 또는 이런 영업은 그만두고 다른 것이나 하여볼까도 하였으나 그들 부부에 상당하다[17]고 할 직업은 없다.

이일 저일을 생각할수록 득춘의 마음은 미칠 듯싶었다. 그러나 기왕에 이렇게 된 이상에는 일이 년 동안 혀를 깨물고라도 참아보는 수밖에 없다는 부르짖음이 절로 나왔다.

그리고는 이따금 공중누각空中樓閣을 그려본다. 이것은 자기의 고향에다 좋은 토지를 몇 섬지기 장만하여 두고 그 토지에서 멀지 아니한 곳

16) 손님.
17) 어느 정도에 가깝거나 알맞다.

에 정결한 집을 지은 뒤에 그 집에서 충실한 머슴이나 두엇 부리어 농사나 착실히 지어가면 아내와 함께 어떻게 자미[18]스러운 날을 보내게 됨이랴 하는 것이다. 이런 생각만이 그의 마음의 전부일 때에는 그는 뛰고 놀 듯이 기뻤다.

이러한 공상과 불안과 번뇌로 그들은 며칠 동안을 보내었다.

술꾼도 다 돌아가고 밤은 이슥히 깊었다. 이 밤이라야만 그들은 비로소 부부답게 얼굴을 대하여 왔다. 이 밤은 그들에게 몹시 기다리는 것의 하나였다. 지금까지 밤이 이다지 그리운 일이 없었다. 그러나 술을 팔게 된 이후로 참으로 밤이 그리웠다. 밤이라야만 자기네 천지에 노는 듯하였다. 그리고 득춘은 그 아내는 언제든지 자기의 것이란 의식이 이 밤에라야만 비로소 난다.

그러나 밤이 되면 더욱 적막한 생각이 났다. 아는 사람 하나 없는 타관에 외로이 있다는 것을 새삼스럽게 느끼는 일이 많았다.

* * *

술을 판 지 그럭저럭 십여 일이 지난 뒤의 밤이다.

C촌을 떠나올 때보다는 일기는 훨씬 추워졌다. 문틈으로 새어드는 바람은 바늘 같이 사람을 찌른다. 득춘은 안방 아랫목에 목침을 베고 드러누워서 가만히 생각하여 보았다. 자기 신세가 이렇게 될 줄은 몰랐다 하였다. 그래도 자기는 자기 고향에서 똑똑하단 말을 들었다. 똑똑한 자식이 제 계집에게 술을 팔게 해…… 하는 조소가 한없이 귀에 울리어 온다. 그는 벌떡 일어났다. 방 안으로 두루두루 걸었다. 가겟방에서 술 취한 사람의 탁한 목소리가 가끔 들린다. 그리고 너털웃음소리도

---

18) 재미의 잘못.

가끔 들린다. 이따금 무엇이라 대답하는 자기 아내의 가는 목소리도 들린다. 그는 가슴이 뛰놀았다. 다시 목침을 드러누워 담배를 피웠다.

한참 지난 뒤에 손들이 돌아가는 소리가 들리더니 아내가 피곤한 기색으로 들어온다. 그는 원망하는 듯한 얼굴로 득춘의 앞 가까이 와 앉는다.

"여봐요 이런 짓은 인제 그만두고 바가지라도 들고 나서서 차라리 빌어라도 먹지!"

아내는 눈물이 그렁그렁하며 말한다. 득춘은 아무 말 없이 한참 바라보다가 겨우 입을 연다.

"누가 이따위 짓을 하고 싶어서 허나! 참으로 창피한 일이지!"

"인제야 창피한 것을 알어? 제 여편네를 끌고 와서 주막쟁이를 만들 생각이 날 때에는 그런 창피한 일이 있을 것도 짐작 못하였든 것이로구면……."

이렇게 말하고는 아내는 눈물을 씻는다. 득춘은 오늘 저녁에 심상치 않은 일이 있었던 것을 알았다.

"무슨 일이야. 말을 하고 울든지 붓든지 하지! 알 수가 있어야지."

아내는 아무 대답도 없다.

"그러면 어떻게 하자는 말이야! 조금만 참어보지. 정 하다가 할 수 없으면 달리 어떤 방약[19]을 내보세. 그렇게 짜증만 낼 것이 무엇이야! 걱정 마소—."

득춘은 이와 같이 아내를 위로한다.

"그런 말은 그만두어! 주막질을 해서 돈을 모으면 얼마나 모으며 모은들 그 돈이 무슨 소용이 있드람! 아무리 좀 뻔뻔한 생각을 가지고 장사를 해보려해도 되어야지 말이지. 나는 날이 새면 죽을 날이 가까운

---

19) 처방에 따라 지은 약.

것 같드만……."

"그만해두고 잠이나 자세! 주막질보다 더한 것이라도 해서 돈만 모을 수 있으면 모아보는 것이지 별 수 있어. 주막질한 돈이라고 주면 누가 안 받을 것인가. 별 말 다하네. 그저 일년 동안만 눈을 찔긋 감고 이대로 가보세. 그래서 논마지기 밭마지기나 장만할 수 있으면 그만 치워버리고 C촌이든지 어디든지 고향 가까운 곳으로 가면 그만 아니야! 그리고 C촌에서 못 살고 밤중에 도망하던 일을 좀 생각해보아요. 참 기가 막히네……."

득춘은 이렇게 아내를 위로하기 겸 말을 하기는 하였으나 그의 가슴에 불덩이 같이 뜨거운 무엇이 놀았다.

"그러면 일년 동안만 견디어 보지! 지금 어떻게 한대도 별 수가 없을 터이니 창피하지만 좀 참을 밖에……."

아내는 도리어 남편을 위로하듯이 대답한 뒤에 눈을 감았다.

그들은 서로 아무 말도 없이 딴 곳을 바라본다.

한참 동안을 아무 말 없이 서로 바라보다가 아내는 득춘의 무릎 위에 쓰러지며 컥컥 느끼어[20] 운다. 득춘은 오늘밤에 심상치 않은 일이 난 것을 짐작하였다.

"여봐! 왜 그래! 말을 좀 해."

그러나 아내는 아무 대답도 없이 한갓[21] 느끼어 울 뿐이다. 득춘은 힘을 주어 등을 흔들며

"말을 하고 우! 웬 까닭인지를 알 수 있어야 하지!" 한다.

그래도 아내는 아무 말 없다. 득춘도 한참 동안이나 아내의 엎드러진 것을 굽어볼 뿐이다.

그리하다가 다시 묻는다.

---

20) 설움이 북받쳐 흑흑 가쁜 소리를 내다.
21) 그것만으로. 다만. 단지.

"그래! 오늘 무슨 못 당할 일을 당하였단 말이야? 술꾼들이 무엇이라고 하든가? 응…… 대답을 좀 해……"

아내는 그제야 머리를 남편의 무릎에서 들고 눈물을 씻는다. 그러나 눈물은 역시 두 눈으로 흘러내린다. 그는 이런 말을 남편에게 하여 좋을는지 그대로 두어 좋을는지 처음에는 알지 못하였다. 이 말을 그대로 자기 가슴에 넣어 두는 것보다도 차라리 말하여 버리는 것이 속이나 시원할 듯하였다. 그리하여 입을 떼었다. 그러나 말이 잘 나오지 않는다. 혀가 구부러지는 듯하였다.

"어서 말을 하고 울든지 지랄을 하든지 해!"

이렇게 꾸짖는 듯한 말이 아내에게 용기를 주었다.

"남부끄러워 살 수 없어!"

이 말 들은 득춘은 가슴에서 무엇이 쿵 하고 내려앉는다. 그 다음을 아니 들었으면 하는 생각이 문득 났다. 그러나 그 말을 그만두라 할 용기가 없다. 그대로 물끄러미 바라볼 뿐이다. 그러다가 짐짓

"주막장이야 남 보기 좋은 영업이 아닌 줄은 누가 모르나. 별안간 왜 그런 말을—?" 하고 다시 아내의 얼굴빛을 다시 살핀다.

아내는 자기가 말한 부끄럽다는 뜻을 이만큼 밖에 해석할 줄 모르는 남편에게 다시 더 말하여 무엇하나 하는 생각이 난다. 도리어 이만큼만 말해 두는 것이 남편의 속을 상하지 않게 하는 것이오 또는 자기네 부부간 정의를 유지하는 데에도 도리어 유리한 것이 되리라 하였다.

그리하여 다시 어찌하여 남부끄러운 이유는 말하지 아니하려 하였다.

"무엇이 그렇게 남부끄럽단 말이어?"

득춘은 이와 같이 또다시 채쳐[22] 묻는다.

아내는 다시 생각하였다. 그 이유를 말하지 않는 것이 사실보다 더

---

22) 몹시 재촉하다.

큰 의심을 도리어 남편에게 주는 것이라 하였다. 그래서 용기를 내어 대답하였다.

"얼굴 검고 키가 후리후리한 남자가 우리 가게 열던 그 이튿날부터 날마다 왔지! 그게 어떤 놈이어?"

득춘은 그 자가 연해 며칠을 날마다 다니므로 좀 수상하여 밥해 주는 머슴에게 물어본 일이 있다. 머슴 말에는 건너 동리 사는 부잣집 서방님이라 하였다. 과연 모양 차리고 다니는 것이 어려운 집 자식은 아니었다. 이러한 주막으로 술 사먹으러 다니는 자로서는 때물이 훨씬 벗었다. 명주로 위아래를 감아 입고 인모 사람의 머리털 망건에 호박 풍잠[23]을 떡 붙이었다. 어쨌든 이와 같은 시골에서 잰 체하는 사람이었다. 긴 담뱃대를 물고 신발을 질질 끌고 가는 것을 볼 때마다 득춘은 아니꼬운 생각이 났다.

아내의 말을 듣건대 그 사람이 분명히 그자이다.

"왜 그래? 그자가 어쨌어. 무어라 욕설을 하든가?"

득춘의 생각에는 아내의 남부끄러 하는 것이 이 욕설에 지나지 않기를 마음으로 바랐다.

"욕만 하면 좋게! 손을 붙들고…… 그리고…… 입을……."

여기까지 말하고는 다시 남편의 무릎에 쓰러진다.

득춘은 무엇이라 대답하여 좋을는지 알 수 없어서 묵묵히 앉았다.

아내는 겨우 다시 얼굴을 들어 그…….

"그리고 주머니에서 지표를 한 주먹 끄내더니 이것 보아 나하고 오늘 밤에……." 겨우 말을 꺼내고는 그대로 느끼어 운다.

득춘은 마음이 쓰리었다. '그래도 자기는 제 고장에서는 똑똑하다는 말을 들어왔다. 똑똑한 자식이 계집에게 이러한 고통을 주게 해! 말아

---

23) 갓모자가 넘어가지 않도록 망건당 앞쪽에 꾸미는 반달 모양의 물건.

라. 어서 이런 짓을 그만두고 차라리 빌어먹어라. 너는 너의 계집을 팔아먹으려는 자이다.'

이러한 꾸지람이 그의 마음에 들린다.

"여봐요. 이런 영업은 그만하고 얻어먹어도 우리 고장으로 가도록……."

아내는 탄원하는 것처럼 말한다.

"그렇게 허지."

득춘은 이렇게 대답하기는 하였으나 이것을 그만두고 어디로 갈까 하는 작정은 물론 없다.

"모두가 내 잘못이어!" 또다시 중얼대듯이 말한다. 두 사람은 잠깐 아무 말도 없이 서로 바라보고 앉았다. 득춘은 무릎 위에 놓인 아내의 손을 굽어보았다. 얼마 전에 그 얼굴빛깔 검은 상투쟁이가 잡은 손이다. 그리고 다시 발그스름하게 꼭 다물은 입을 보았다. 그 입에는 술에 썩어가는 그자의 수염이 시첫거리였을 것이다. 득춘은 주먹이 절로 쥐어진다. 그리고 가슴이 벌떡거린다. 아내가 가엾은 생각이 전신에 사무치는 듯하다. 그리하여 그는 아내를 껴안았다. 바깥은 고요하다. 다만 분노와 감사와 동정의 숨소리만이 득춘의 방에서 들릴 뿐이었다.

＊　＊　＊

밤이 이슥히 깊었다. 득춘 부부는 겨우 잠이 들까말까 하는 때였다. 그런데 요란히 대문을 두들기는 소리가 들린다. 득춘은 처음에는 이웃 집인가 하고 그대로 가만히 있었다. 부르는 소리는 분명히 자기집 문 앞에서 난다.

"아무나 없냐! 술 팔어! 이런 제기……"하는 부르짖는 소리도 들린다. 득춘은 짐짓 가만두고 하회[24]를 보려 하였다. 그러나 그들은 가지 않고 이번에는 발길로 문을 차는 소리가 들린다.

득춘은 할 수 없이 옷을 찾아 입고 바깥으로 나아갔다. 그리하여 차는 문을 열었다. 바깥에는 키 후리후리하고 얼굴빛 검은 부자댁 서방님이 어떤 자 하나를 데리고 왔었다.

그는 빈정대는 소리로

"술 안팔어! 벌써 돈냥이나 잡은 모양인걸!" 하며 문 안으로 들어온다.

득춘의 가슴에서 무엇인지 치밀고 올라왔다. 그리고 두 주먹이 불끈 쥐인다. 이것을 어떻게 하여야 좋을는지 몰랐다.

이리하는 동안에 득춘의 아내도 방문 바깥으로 나와 큰 소동이나 아니 날까 두려워 떨고 있다.

부잣집 서방님은 비틀걸음을 치며 안으로 들어온다.

득춘은 참았다. 내일이라도 이런 장사를 그만두면 이런 꼴을 볼 이치가 없다. 술 취한 자를 가리어 말하면 무엇하나 하여 참았다. 그리하여 부드러운 소리로

"오늘 밤이 늦어서 술을 팔 수 없소" 하였다.

부잣집 서방님은 잘 돌아가지 않는 혀로 "팔 수 없소? 팔 수 없소? 왜 팔 수 없어? 팔 수 없습니다 하는 말은 모르는 모양인 걸!" 하며 득춘의 앞으로 대든다.

"밤이 늦어서 안 판다는데 무슨 잔소리여!" 득춘의 전신에 피가 뛰어놀았다.

"이놈 봐라! 막한幕漢으로는 꽤 번접한 놈이다!" 하며

술 취한 이는 비틀걸음으로 달겨들어 득춘의 멱살을 붙들고 따귀를 한 개 보기 좋게 붙인다.

득춘은 정신이 아찔하였다. 두말 할 것 없이 발길로 부잣집 서방님의

---

24) 어떤 일의 결과로서 빚어진 상황이나 결정.

가슴을 한번 질렀다. 그자는 뒤로 내 동그라진다. 이것을 보고 섰던 따라온 자가 또 덤비었다.

그리하여 득춘의 집 마당에는 일대 격투가 일어났다.

득춘은 몸을 빼쳐[25] 부엌으로 들어가서 참나무 장작개비를 손에 들고 나왔다. 눈에 뵈고 손에 닥치는 대로 힘껏 두들기었다. 두 자는 쓰러져 누웠다. 득춘은 가슴을 헤치고 헐떡이는 숨으로 진정하여 가며 부르짖는다.

"이놈들 먹고 살 수 없어 주막질을 해먹으니까 남의 여편네조차 빼앗아도 관계없는 줄 아냐. 그래도 나는 내 고장에서는 내노라! 하는 임득춘이다. 돈만 있으면 그만이냐. 좀 본띠기를 해줄 터이나 나도 내일부터 이 짓만 않으면 그만이다."

거꾸러진 자들은 또 덤빈다. 그는 또 장작개비로 후려갈긴다. 또 그들은 거꾸러진다.

이러한 동안 동리 사람들은 하나씩 둘씩 모여들기 시작한다. 술 취한 자들은 다른 동리 사람에게 붙들리어 바깥으로 나아갔다.

득춘은 숨을 한 번 내쉬었다. 아내는 벌벌 떨고 그 곁에서 남편의 소매를 끌고 방으로 들어가기를 권한다. 득춘은 지금까지의 자기의 살아가려고 애쓰고 다른 사람에게 굴종한 것이 무엇보다도 부끄러웠다. 그러한 굴종에서 벗어나서 이렇게 복수할 때의 기쁨이 어떻게 큰 줄을 비로소 알았다. 아! 그 부자놈! 나를 업수이 여기는 부잣집 서방님이라는 놈! 나의 주먹에 거꾸러져 낑낑대는 그 약한 자를 볼 때의 유쾌한 마음!─이것이다! 이것이다.

그리고 아내의 손에서 또는 입에서 더러운 것을 모두 씻어버리고 다시 예전과 같은 깨끗한 입을 대하는 듯하였다. 그는 그리하여 부르짖

---

25) 빠져나오게 하다.

었다.

"이놈들 나는 처음으로 이 세상을 지내갈 방침을 정하였다. 내일 죽어도 좋다! 악은 악으로 갚을 터이다." 그리고는 이를 악물었다. 아내는 떨며 그의 가슴에 안기어 울었다.

* * *

이 그 이튿날부터 득춘 부부는 역 부근에서 얼굴을 볼 수가 없었다. 그 동리에 돌아다니는 말을 들으면 득춘은 제 고향으로 갔다기도 하였고 또는 경찰서에 잡혀갔다가 다시 감옥으로 갔다기도 하였다.

그리고 부잣집 서방님은 주막장이 계집에게 반하여 다니다가 그 본남편에게 죽을 매를 맞아 병상에 드러누웠다 하며 조방꾼[26]으로 따라갔던 자도 역시 그러하다 하였다.

—《개벽》 65호, 1926. 1.

---

26) 남녀 사이의 온갖 일을 주선하고 심부름하는 사람을 일컫는 말.

위협의 채찍

넓은 C평야 거의 한가운데에 조그마한 산이 솟아 있고 그 산 남쪽 산줄기에는 백여 호 되는 마을이 있다. 그리고 그 산의 서쪽 모퉁이를 차지한 사오 채나 되는 일본 가옥이 있으니 이것은 일인이 경영하는 K농장이다. 이 농장은 게딱지처럼 땅에 들러붙은 조선가옥에 비하면 그 마을에서는 보기 좋은 왕궁이나 다름없다.

* * *

이 K농장의 소작료 받는 마지막 날이 왔다. 일반 농민들은 농장에서 정해준 기한 날을 어기는 일은 비교적 적었었다. 대개는 그 기한 전에 받았고 늦어도 기한한 그 날에는 반드시 받았다. 그리고 기한을 넘기는 자가 있으면 소작권을 빼앗아 버리어 왔다. 이 소작권을 빼앗는 것이 소작인들에게 제일 큰 위협이었다.

오늘에 소작권을 이어 오랫동안 가지려는—노예 계약을 스스로 유지하려는 소작인 기십 명이 그 넓은 농장 마당에 들끓었다. 혹은 지게에 한 섬도 채 못되는 벼를 짊어지고 온 이도 있다. 어떠한 사람은 소에게 여러 섬을 실리고 오기도 하였고 또 어떤 사람은 구루마에 싣고 오기도하였다.

소작인들은 그들의 집 앞에 우두커니 서서 창고 문 열기만 기다리고 있다. 그러나 창고 문은 열리지 않고 농장 사무실에서 머리에 '짓구' 칠을 반즈런하게 한— 이러한 시골에서는 '하이칼라'라 할 만한 청년이 문을 열고 나오더니 여러 소작인들에게 사투리 섞인 어조로 오늘 도조 내고 갈 사람들은 농장일을 좀 하기 위하여…… 어디로 가서든지 돌을 한 짐씩 지고 오라 명령한다. 그리고 '돌을 가져오지 않는 사람은 도조를 받지 않겠다.' 하며 돌 놓을 장소를 가리킨다. 그곳에는 크고 적은 돌이 산과 같이 쌓여있다.

그러나 이 말을 듣고도 소작인 가운데에서는 그렇지 않다고 감히 이유를 말하는 사람은 하나도 없다. 다만 서로 얼굴만 바라볼 뿐이다.

농장 '하이칼라' 사무원은 어서 가서 돌을 주워 오라 재촉한다. 얼핏 가고 싶은 사람은 얼핏 주워 오라 한다. '어서~ 그러고만 있으면 밤이 새게 될는지도 알 수 없으니……' 거듭 말한다.

여러 사람은 멀거니 바라보고 있다가 농장 사무원이 사무실로 들어간 뒤에야 비로소 '제기 붙을 것!' 이라 중얼대며 지게를 어깨에 매고 농장 문 밖으로 나아간다. K농장 앞뜰에는 부려놓은 볏짐이 늘어 놓였을 뿐이다.

김성삼金成三도 소작료 납입기한이 꽉 찬 오늘에 도조賭租를 대러 온 무리 가운데의 한 사람이었다. 그는 만일 오늘이 기한이 아니었으면 차마 집안을 떠나지 못할 형편이었다. 농장과 그가 사는 동리와는 상거[1] 가 십여 리나 되는 까닭에 농장에 두어 섬 되는 도조를 대러 온다면 아침 일찍이 집을 떠나 두어 차례 왕래하면 하루 품은 꼬박 버리게 된다. 이러한 터에 그 집에는 목숨이 한 시간 뒤에 끊어질는지 두 시간 뒤에

---

1) 서로 떨어져 있는 것. 또는, 떨어져 있는 두 곳의 거리.

끊어질는지 알 수 없는 병자가 있다. 그 병인은 성삼의 늦게야 얻은 여섯 살 된 아들이었다. 그 아들이 십여 일 전에 시름시름 앓기 시작하였다. 그러나 처음에는 그렇게 중대하게 보지 않았다. 전에는 병이 난 일이 있었으나 대개는 며칠만 뜨거운 방에서 조리하면 쾌복²⁾ 되었었다. 그러하던 것이 금번에는 열흘이 지나도 병세가 덜리지 않고 도리어 삼일 전부터는 위중하여졌다. 그는 병이 위경에 이르도록 의원에게 진맥 한번 똑똑히 시켜보지 못하고 약 한 첩을 변변히 써보지 못하였다.

  그러다가 어제에야 비로소 이웃 동리 의원을 청하여다가 진맥하여본 결과 병인은 그 날을 무사히 넘기기가 어렵다는 것은 알게 되었다. 성삼은 크게 놀랐으나 벌써 때는 늦었다. 할 수 없이 명이 끊어지기나 기다려보는 수밖에 없다고 단념하기는 하였으나 가끔가끔 평일의 모든 재롱 부리던 일이 생각나고 따라서 자기의 과실로 진즉 서둘러 보지 못한 일이 뉘우쳐질 때마다 그는 가슴을 쥐어짜는 듯이 아팠다. 머리를 어느 바위덩이에나 부딪쳐 깨어버리고 싶었다. 이렇게 고통하는 가운데도 오늘이 소작료 납입 기한이란 생각은 결단코 떠나지 않았다. 이러한 생각을 할 때마다 논 이정표移定標가 눈에 어른 나부끼었다. 그리고 한 해 동안의 주림으로 남은 가족이 사방에 흩어지게 되리라는 예감이 자주 아픈 가슴을 찔렀다.

  그리하여 성삼은 할 수 없이 병든 자식의 운명은 하늘에 맡기고 그 날 아침 일찍이 벼 한 짐을 단단히 지고 동리를 떠나왔다. 그리하여 벼 두어 섬을 두 번에 운전하는 데에 세 시간이상이 걸리었다. 그 아들의 병세는 첫 번째 집을 떠날 때보다 두 번째가 더욱 위중하였다. 그리하여 두 번째에는 차마 집을 떠날 수 없었으나 먼저 한 섬 갖다 둔 벼도 있으므로 할 수 없이 숨이 어느 때 끊어질지 알 수 없는 병인을 두고 그

---

2) 쾌차快差.

대로 나왔다. 그러나 발이 땅에서 잘 떨어지지 않았다. 뒤만 돌아다 뵈었다. 그러나 생활의 위협은 기어코 그를 K농장으로 몰아갔다.

그리하여 그는 도조 되는 것을 보고 아무쪼록 일찍이 집으로 돌아올까 하고 초조한 마음으로 도조 받아주기를 기다렸으나 도조를 일찍 받기는커녕 도리어 돌 주워오는 일을 시킨다. 처음에는 하도 어이없어서 가만히 섰다가 나중에는 생각을 돌이키어 그 사무원에게 자기의 사정을 이야기하려고 사무실로 들어갔다. 그리하여 성삼은 유리창 밖에서 사무실 안을 기웃 엿보다가 문을 열고 들어갔다. 방 안에는 따뜻한 기운이 가득하여 밖에서 싸늘하여진 뺨이 호듯하였다. 그리고 곱게 머리를 가른 조선 양반과 일본 양반들이 어른어른 얼굴이 비치는 '테이블' 앞에 앉아서 차를 마시기도 하며 담배를 피우기도 한다. 한편 구석에서 소리를 높여 수판을 놓고 있는 이도 있다.

"날 보시오. 제 건 좀 일찍 받아주시우!" 성삼은 용기를 내어 힘껏 소리를 질렀다.

사무실 안의 모든 눈이 그곳으로 모여들었다. 성삼이가 만일 눈이나 얼음으로 된 사람이었으면 그 모든 시선이 넉넉히 그를 녹여버리고 말았을 것이다.

"안 돼— 어서 가서 돌을 한 짐 져와……." 먼저의 하이칼라 사무원이 눈을 아니꼽게 뜨고 말한다.

"저는 일찍 가야겠어요……." 성삼은 다시 애원하였다.

"안 돼……"란 날카로운 소리가 또 거듭할 뿐이었다. 성삼은 다시 두 말 못하고 그는 벼 지고 온 지게를 지고 여러 사람을 따라 돌을 주우러 나갔다. 그의 눈앞에 나타나는 것은 병든 아들의 파리한 얼굴이었다. 살 한 점 없이 바싹 말라붙은 뺨 위에 우뚝 나온 광대뼈, 움푹 들어간 눈자위, 멀건한 눈동자, 새카맣게 탄 입술 모든 것이 하나도 성삼의 가슴을 아니 아프게 하는 것이 없다. 그는 도조니 무엇이니 다 돌아볼 것 없이 그대로 뛰어가서 숨 넘어가는 가엾은 아들의 입술에 물 한 모금이라도 넣어주고 싶었다. 이렇게 생각할수록 마음이 미칠 듯하였다. 이러한 한편에는 그렇게 애처로운 광경을 차라리 아니 보는 편이 낫다는 생각도 없지 않았으나 이러한 비참한 최후를 다만 아내 한 사람이 당할 때에 오죽이나 갑갑할까 그것을 생각하매 더욱 초조한 생각이 났다. 그러나 생활의 위협은 그로 하여금 돌을 주워담게 되었다. 그는 돌을 힘껏 내붙이었다. 마치 돌이 자기의 자식의 목숨을 빼앗아가는 것처럼…… 또는 생활을 위협하는 것인 것처럼…… 그러나 C평원은 돌이 극히 적은 들이었다. 그만큼 비옥한 들이었다.

성삼은 길가와 다른 사람 집 담 밑과 산 위, 논두렁으로 돌아다니며 겨우 한 짐 되는 돌을 줍기까지는 거의 두 시간이 걸리었다. 주운 돌을 이리로 저리로 운전하여 다니는 동안에 몸은 대단히 피곤하였다. 그러나 한 짐 될 때에 그는 겨우 숨을 한 번 크게 내어 쉬었다.

* * *

그는 허둥지둥 바쁜 걸음으로 자기 동리에 돌아갔다. 가면서도 그의 귀에는 어린 시체를 안고 느끼어 우는 자기 아내의 울음소리가 들리는 듯하였다. 또 한편에는 아들의 병이 보지못한 다만 몇 시간 동안에 병줄이 놓이어 쾌복의 길로 들어오지나 아니하였는가 하는 요행을 바라는 마음도 있었다. 그러나 아무리 하여도 지금까지 목숨이 붙어있지 않으리라 하는 예감이 더욱 힘있게 그의 머리에 울리어 왔다.

그가 자기 집 사리문 안에 들어설 때에 가슴에서 무엇이 쿵 내려앉았다. 그는 벌써 방안에서 흘러나오는 아내의 울음소리를 들었다.

방에는 홑이불로 덮어놓은 어린 시체가 고요히 누워 있었다. 성삼의 아내는 이불을 벗기며 울면서 "이것을 좀 봐……"한다. 백랍白蠟으로 지어 만들은 듯한 얼굴에 인형과 같이 움직이지 않는 눈을 반쯤 뜬 채 드러누웠는 시체를 그 아내는 바싹 껴안고 뺨으로 뺨을 문지르다가 한 손으로 뜬눈을 어루만지며 "아빠 왔다! 어서 눈을 감고 돌아가거라!" 하고는 그 자리에 쓰러져 버렸다. 성삼도 눈에서 눈물이 쭉 빠지며 목이 꽉 메었다.

　두 시간이나 애써 주웠던 돌을 그대로 그 놈들에게 주어버리고 온 것이 후회가 나는 듯해 뵈었다. 지금 성삼의 마음 같으면 그 주운 돌로 농장 사무실 안에 거만히 앉았던 자들을 모조리 때려죽여도 분이 오히려 아니 풀릴 듯하였다. 그는 다시 이를 한 번 악물었다.

＊　＊　＊

　그 날 저녁에 홑이불로 둘둘 싼 어린이 시체가 성삼의 품에 안기어 앞 동리 공동묘지로 갔다.

―《문예운동》 1926. 1.

망령亡靈의 난무亂舞

"옳다. 산지기 사는 동리가 아마 저곳이야"

창수昌洙는 혼자 이렇게 중얼대며 신작로 넓은 길에서 활등처럼 굽은 S산 및 송림松林 사이로 희미하게 보이는 T촌으로 뚫린 좁은 길로 들어섰다.

커다란 배암이 기어가는 것처럼 구불구불하게 신작로와 송림을 연락한 기다란 언덕 한가운데에는 좁은 길이 실낱같이 뵈었다. 그리고 언덕 좌우에는 물이 가득히 괴인 논이 거울과 같이 번듯하게 놓였다.

이른 봄날도 거의 저물었다. 언덕 위로 힘없이 걸어가는 창수의 그림자가 홀로 그 물 위에 길게 누웠다. 그는 그림자를 바라보고 발작적으로 중얼대었다.

"내가 지금 무슨 짓을 할 것은 내 그림자 저 놈이 잘 알겠지! 그리고 나의 뒤를 영원히 따라온 것은 저것밖에 없다. 그러나 내가 묘를 파고 묘귀墓鬼란 말을 듣는 내일부터는 저 그림자조차 없어질 터이지! 좋다! 아무리 해도 좋다! 내일의 그림자는 그만두고 이 온 몸이 없어져도 좋다. 그것을 누가 아니?!"

그는 칠팔십 리 되는 길을 바쁜 걸음으로 걸어왔다. 어찌한 줄 모르고 정신없이 걸어오다가 자기가 목적한 마을을 눈앞에 바로 얼마 안 남은 것을 보매 별안간 힘이 탁 풀어졌다. 힘 풀어진 두 다리는 몽둥이의 무게에 눌리어 삼노[1] 처럼 배배 꼬이는 듯 하였다. 그는 최후의 힘을 다하여 꼬이는 다리를 겨우 폈다. 그럭저럭 T촌 들어가는 어귀에 있는 솔밭까지 들어왔다.

천이나 만으로 헤아릴 만한 **빽빽**이 들어선 소나무는 모두 공중을 향하여 기운차게 쭉쭉 뻗었다. 검푸른 구름과 뭉클뭉클한 솔잎뭉치로 차일 친 듯한 그 밑으로는 석양 햇빛이 비듬히[2] 기어들어 나무 몸통에 걸치고 기구한 것이 피부병환자의 몸뚱이처럼 뵈었다. 그리고 굳센 바람결이 숲 위로 스쳐갈 때마다 쐐— 하는 엄숙한 소리가 들렸다.

'묘를 파? 무덤을 헤치어?…… 그리고……' 그의 신경은 저물어 가는 태양광선의 끝과 같이 날카로워졌다.

"저놈의 바람은 왜 저렇게 부나? 저놈의 소나무는 왜 저렇게 대가리를 흔드나? 내가 온 것이 좋지 못하단 말이겠지! 그리고 또 쐐- 하는 저놈의 소리는 무엇이야? 내가 온다고 마땅치 않다고 입맛을 다시는 것이겠지?"

그의 비꼬인 신경은 이렇게까지 중얼대었다.

그는 힘없이 걷던 발길을 잠깐 멈추고 어디 앉을 데나 없나 하고 사면을 둘러보다가 큰 소나무뿌리를 찾아 거기 앉았다. 한참 동안 서늘한 바람을 쐬어가며 정신을 가다듬었다.

그는 육칠 년 전까지 이 곳에 해마다 철을 찾아 성묘를 왔었다. 그 성묘 길에 묘지기 찾아볼 그 때의 자기와 성묘할 철도 아닌 오늘에 찾아온 자기를 비교할 때에 주위의 모든 것이 자기를 조소하는 듯하였다. 업수이 여기는 눈초리로 흘겨보는 듯하였다. 벌써 자기 자신부터 자기 보기를 그러하였다. 예전에는 올 때마다 인력거 여러 대가 큰길에 죽

---

1) '삼노끈(삼 껍질로 꼰 노끈)' 의 준말.
2) '비스듬하다' 의 준말.

늘어 있었고 자기를 따라온 친척과 하인이 사오 명은 의례히 있었다. 많을 때에는 십여 명 된 일도 있었다. 그러나 오늘에는 자기 홑몸으로 왔다. 따라온 무엇이 있다하면 그것은 그림자뿐일 것이다. 그림자도 돌아갈 때는 없어질는지 누가 알까? 아니다! 그는 벌써 마음 속에서는 그림자조차 잃어버렸다. 변명할 여지없는 외톨이다. 또한 인력거가 다 무엇이냐? 다 해진 고무신이 그에게는 그 대신이다.

오장이 썩어버린 듯한 내쉬는 숨기운이 자동차의 '가솔린' 처럼 그의 코를 찌를 뿐이었다.

그는 소나무 밑에 앉아서 자기의 차림차림과 몰골을 아무 동정 없이 냉정한 눈으로 굽어볼 때에 산지기의 놀랄 것을 상상하였다.

그는 산지기를 찾아보려면 탈을 쓰든지 그렇지 않으면 특별한 용기를 내어야 할 것을 스스로 알았다. 십 년 묵은 운동모자, 해진 고무신, 뒤꿈치 나온 양말, 기름때가 조르르 흐르는 두루마기, 닷 푼이나 길은 수염, 귀까지 내려 덮인 머리—모든 것이 산지기의 업신여김과 조소를 일으키기에는 규격이 맞게 되었다. 옛날의 털외투, 칠피구두, 사철 두고 갈아입는 값비싼 양복, 위아래를 쏙 빠뜨리던 비단의복, 자동차, 인력거, 보석반지, 백금시계들의 간 곳은 어디며 여러 십 리나 빼뜨리던 거드름! 어떻게 버려 버렸으며 교만과 망상은 어디로 쏙 들어갔을까? 이 모양을 본 산지기의 옛날의 굽었던 허리가 갱소년 한 것처럼 빳빳하여지며 풀솜과 같이 보드랍던 말소리가 상어꺼풀처럼 꺼끄러워질 때에 느낄 모든 모욕이 그를 커다란 소나무뿌리에 단단히 동여매는 것 같았다.

그러나 창수는 부르짖었다.

"왜? 옛날 일을 또 생각해? 옛날의 청년신사인 창수는 오늘은 묘적,[3]

---

3) 묘구도적墓寇盜賊 ; 무덤을 파헤지고 그 속의 물건을 훔쳐가는 절도 혹은 도둑의 줄임말.

보화를 땅속에 파묻어 두고 산 사람이 죽을 수야 있나?"

　그리하여 그는 용기를 내어 몸을 일으켜 동리를 향하여 들어갔다.

＊　＊　＊

　밤이 되었다.

　창수는 산지기에게 부탁하여 산지기와는 친한 동리 사람을 삯꾼으로 얻어 가지고 묘 팔 준비를 바삐 하여두었었다. 그리하여 밤이 들자 그는 묘지기와 삯꾼을 데리고 산소로 올라갔다.

　창수가 그와 같이 불초한[4] 모양으로 산지기를 찾았을 때 산지기는 처음에는 물론 딴 사람으로 알았다. 영락한[5] 그의 생활이 그 얼굴조차 이 세상에서 잊어버리게 한 것이었다. 산지기는 묘를 파 보겠다고 할 때 질겁을 하였다.

　"묘를 파다니요. 어디로 이장하실 작정이신가요?"

　창수는 물론 자기가 어떻게 할 것은 바로 일러줄 수는 없었다.

　"여보! 그대도 아는 바와 같이 우리 집안이 전에야 어디 요 모양으로 지내었소? 그래도 여러 대를 두고 의식걱정은 아니하고 지내다가 나는 요 모양이 되었소 그려."

　이렇게 말할 때에 묘지기는 실지로 보는 창수의 차림차림과 미리부터 들어두었던 소문이 빈틈없이 맞는 것을 비로소 알았다.

　"그야 당신 댁 뿐이신가요? 우리 조선사람 살기가 다 그렇게 되어 가는 판이 아닙니까?" 하고 창수를 또 한 번 위로하듯 말했다.

　"아니랍니다. 조선사람이라고 다 요 모양이겠소. 우리 같은 사람이나 그렇지요! 그래도 우리가 예전에야 요 모양은 아니었었지요. 하도 갑갑

---

4) 못나고 어리석음, 또는 그러한 사람.
5) 살림이나 세력 따위가 아주 보잘것 없이 됨.

하기에 산수 탓이나 아닌가 하고……."

창수는 여러 가지 말을 하기는 하였으나 그 다음 말이 잘 나오지 않았었다.

"그래서요? 무어요? 묘를 파보자는 말씀입니까?"

산지기는 갑갑한 듯이 물었었다.

"그래요……. 물이 들었나 불이 들었나 좀 알아보려고요."

"그러면 어느 산소를 파보신단 말씀인가요?"

이 산소 있는 곳은 창수에게는 가족공동묘지나 다름없는 곳이었다. 여러 대의 분묘가 그곳에 있었다. 창수의 집이 좀 넉넉하게 지낼 때에는 이 묘지를 창수의 이름으로 창수가 관리하게 되어있었다. 그러나 그가 여러 가지 투기사업에 실패를 보고 홧김에 화류계에 몸을 던져 방탕한 생활을 하게 되매 문중이 공의를 하고 이 묘지의 관리하는 권리를 창수의 오촌 되는 이에게로 빼앗아가 버렸다. 이것도 벌써 육칠 년 전 일이다. 어쨌든 이 묘지에는 창수에게 직접으로 화복禍福의 영향을 미치게 될 산소가 여러 군데 있으므로 묘지기가 어느 것인지 그것을 묻는 것도 상당한 일이었다.

창수는 대답하기가 좀 거북하였다. 그러나 몇 시간 후면 곧 알 일이라 이것이야 어찌 속일 수 있을까 하고 바로 말하였다.

"내 마누라 산소를 파보려고……." 이렇게 대답한 창수의 얼굴은 얼마큼 붉었다.

"마누라님 산소를 파보세요?……."

산지기는 질색을 하며 이렇게 재차 물었다. 그가 괴이히 여기는 것도 무리한 일이 아니었다. 묘의 해로 창수의 집안이 망하였다 하면 창수에게 직계존친直系尊親으로 아버지와 어머니도 있고 조부모도 있고 또 그 위로도 창수에게 화복의 영향을 줄 만한 분묘가 많이 있다. 그런즉 그 여러 묘 가운데에서 파볼 묘가 따로 있으리라고 생각하였더니 뜻도 아니한 자기 배우자의 묘를 파겠다고 대답한 까닭이었다.

"전에는 집안이 요 지경이 아니다가 별안간 이렇게 망하게 되기는 여편네 묘를 쓴 뒤에 그렇게 된 일인 듯해서요……."

창수는 처음에는 산지기의 질문을 얼핏 대답하지 못하고 한참 주저하다가 겨우 이렇게 꾸며대었다. 산지기도 그럴 듯하게 여긴 것처럼 잠자코 있다가 그는 무엇을 잠깐 생각한 뒤에

"산소이치란 건 참으로 알 수 없지요. 아내의 묘 바람에 남편에게 미치는 모양이지요……." 하고 물었다.

"그렇다고도 하지요……."

창수는 무엇이라 대답하여야 좋을는지 알 수 없어 그저 이렇게 우물쭈물 대답하기는 하였으나 그의 마음은 아팠다.

그리하여 산지기도 오랫동안 성묘도 아니 오던 창수가 별안간 오게 된 뜻을 알게 되었었다. 또한 어느 묘를 파보겠느냐 들은 것도 만일 창수 이외에도 다른 자손이 있는 묘일 것 같으면 창수 한 사람의 말만 듣고 그 묘를 파게 하는 것은 산지기의 책임상에도 허락할 수 없는 일인 까닭이었다. 그리하여 그는 제가 제 마누라 묘를 파는 데야 무어라 말할 수 없다 생각하고 창수가 하는 데로 곁에서 굿만 볼 생각이었다.

"제물을 좀 준비할까요……."

모든 것을 준비할 때에 산지기는 이렇게 물었다.

"이제야 제물이 다 무엇이오. 제물을 준비할 수 있으면 묘를 파겠소?……."

"그래도요. 좀 어떻게……."

"제물은 없어도 괜찮아요. 어디 딴 곳으로 이장하는 것이 아니니까……."

창수는 묘지기와 이와 같이 이야기가 있은 뒤에 겨우 삯군만을 얻어 가지고 밤들기를 기다려 산소로 향하여 오게 된 것이었다.

* * *

　묘지 가는 산길에 발이 익은 산지기가 유리등을 들고 앞을 섰다. 그 뒤에는 그 동리에서 장사 지내는 데에 가장 경험이 많다는 늙은 농부와 총각 한 사람이 따랐다. 그리고 창수는 맨 뒤에서 희미한 등불을 의지하여 길을 찾아 걸어갔다. 사면은 고요하였다. 이따금 불어가는 바람에 소나무는 흘러가는 물소리처럼 쐐— 쐐— 울리어온다. 소나무 사이로는 신작로 주막거리의 등불이 꺼질 듯 말 듯 끔뻑거려 뵈었다. 솔밭에 잠들은 밤새들은 여러 사람의 발자취소리와 등불 빛에 잠을 깬 것처럼 가끔가다가 푸덕거렸다. 바람이 움직일 때마다 흙냄새와 송진의 쌉쌀한 냄새가 창수의 날카로운 후각을 찌른다. 그는 힘없는 다리로 앞서 걸어가는 사람들을 따라 기계적으로 움직이며 걸어갔다. 돌멩이와 나무뿌리에 그의 발은 몇 번이나 걸어 채였다. 그럴 때마다 그는 거꾸러질 듯 하였다. 소나무 잎보다도 더 검고 캄캄한 하늘이 약간 깜빡거리는 별빛이 나뭇가지 사이로 뵈었다.

　그들은 얼마 아니 되어 묘 있는 넓은 곳으로 나왔다. 앞이 환하게 보이고 뒤에 약간 송추[6]가 늘어선 두리뻥뻥하게 뚫린 벌 한가운데에는 여러 해 손을 대지 아니한 납작한 봉분이 우뚝하게 뵈었다.

　여러 사람은 메고 온 괭이와 가래 같은 땅파는 기구를 묘 앞 잔디밭 위에 부려놓고 '후—' 하고 차오르는 가쁜 숨을 내쉰 뒤에 등불을 에워싸고 앉아 담배를 피우기 시작한다. 창수는 뒷짐을 끼고 이리로 저리로 머리를 수그리고 걸어다녔다. 그의 다리에는 힘이 더욱 풀어졌다. 그는 묘등 뒤에 가서 혼자 쪼그리고 앉았다. 그는 다시 생각하였다.

　'—아! 나는 나의 일시의 곤란을 면하기 위하여, 얼마 동안의 생명을

---

6) 산소山所에 심는 나무.

부지하기 위하여— 아니다 죽을 때에 넣어준 약간의 금이나 은을 도로 빼앗아 가기 위하여 풍수의 화복설禍福說을 진실로 믿는 것처럼 꾸며 가지고 애처愛妻의 유해를 가장 위하는 것 같이 아닌 밤중에 여러 사람을 속여 데리고 와서 그의 시체 위에 괭이와 가래질을 하게 되었다. 아— 나로 하여금—수천 금의 많은 돈도 사랑하던 처를 위해서는 아끼지 않은 나로 하여금 —고양이 새끼라도 그것이 죽은 송장이라면 얼굴을 다른 편으로 돌리고 보기를 두려워하던 나로 하여금 이렇게까지 용기를 내게 한 것은 그 무엇이랴? 양심을 이만큼 마비하게 한 것은 무엇이냐?—'

그는 이러한 일을 엄두에 내어 가지고 여기까지 오게 된 자기란 것이 스스로 무서웠다. 이러한 일도 꺼리지 않고 넉넉히 하게 된 자기로써 이보다도 더 무서운 일을 다시 아니하리라고 누가 보증할까? 아! 무서운 일이다.

묘 파는 일만은 그만두자. 사랑하던 아내의 유해 위에 괭이질하는 일만은 그만두자! 그는 여러 사람에게 묘 파보는 일은 그만두고 돌아가자고 입을 떼어볼까 하였다. 그는 그러나 입이 떨어지지 않았다.

아니다. 나는 사랑하던 아내이니까 죽은 아내의 사랑을 믿고 이러한 짓을 감히 하러 온 것이다. 만일 아내가 살아있고 그가 그러한 보물을 지니고 있다 하자. 그렇다 하면 내가 요전 사흘 굶을 때에 벌써 내주었을 것이다—아니다. 몇 해전 내가 병들어 친구의 집에 누웠다가 나가라는 구박을 받을 때에 내어주었을 것이다. 아니다. 그보다 더 일찍이 떨어진 의복을 몸에 처음으로 걸쳐볼 때에 내어놓았을 것이다. 설령 그가 죽었다 할지라도 그 영혼에게 산사람과 같은 활동이고 의식이 있다 하자. 그는 지금이라도 곧 그 관속 머리맡에 다복히[7] 놓은 돈과 평상시

---

7) 탐스럽게 소복하다.

에 지니던 금은 지환[8]과 노리개 같은 것을 서슴지 않고 아까운 빛 없이 내주었을 것이다.

그러나, 그러나 이러한 것을 생각하는 자기는 어떻게 못난 사람이랴, 자기를 사랑하리라는 것만을 믿고 또는 자기가 어떠한 일을 하였던지 용서하리라는 것을 상상하고 유해와 망령에게 욕을 끼치려는 자기의 천박하고 비열한 생각을 아니 미워할 수 없다. 아! 어찌하여 나는 이러한 의기 없는 남자가 되었는가? 낯가죽이 두툼한 비렁뱅이가 되었는가? 아! 알 수 없는 일이다. 알 수 없는 일이다.

이러한 모든 복잡한 감정과 뉘우침이 그의 가슴에 가득히 차올라올 때에 그는 그 사랑하는 아내의 무덤 곁에 새로운 구멍을 파고 들어가고 싶었다. 아니다. 이렇게 조그마한 의기니 염체니 하는 것을 차릴 때가 아니다! 차릴 내가 아니다! 죽으려느냐? 살려느냐? 살기를 원한다. 살려고 지금껏 못 받을 모욕과 욕과 천대를 받아왔다. 그러한 천대와 모욕을 받기 전에 나는 마땅히 내 사랑하던 처의 무덤을 찾아야 하였을 것일까? 아주 할 수 없이 끝난 판에 찾아온 것이 옳은 것일까? 모른다! 모른다! 살려하니 할 수 없다!

창수는 거의 마음의 평온을 잃었다. 주위의 엄장한 기분과 신비의 밤하늘이 몇 십만 근 되는 힘으로 그의 파리한 몸을 늘리고 좁히는 듯 하였다.

그는 한참 동안이나 쪼그리고 앉아 생각하다가 크게 결심한 것처럼 등불을 앞에 두고 담배를 피우는 여러 사람을 불렀다.

"여보! 얼핏 일을 시작합세다!"

이 분부하는 말 한마디는 이성과 감성 또는 반역과 굴종, 저주와 예찬, 모든 것이 한 교향악처럼 울리어 들렸다. 그는 얼음같이 찬 이성에

---

8) 반지.

물어보았다. 몇 개 불쌍한 생명이 구원을 받을 것을 그대로 땅속에 파묻어두는 비실리적非實理的인 것을 부인하였다. 그의 감정[9]은 사랑하던 처의 유체 위에 괭이를 대고 이로부터 영원히 가질 아내의 귀히 여기던 물건을 꺼내는 것을 허락하지 않았다. 그는 모든 인습이나 법률상으로 보아 허락치 않는 무덤 파는 반역적 행동을 하였다. 그는 그러한 것이 도덕이나 법률에 허락치 아니함을 저어하여 사람을 속이고 밤을 타서 무덤을 파게 된 동기를 풍수화복설에 붙이고 말았다. 이것은 변명할 수 없는 현대 모든 제도에 대한 굴종이다. 그는 이와 같이 양심을 속이고 감정과 이성을 서로 싸우게 함은 현실생활의 결함이다. 그는 이 현실세계의 결함을 저주치 아니할 수 없었다. 죽은 아내의 살가운 감정의 품에 한평생이 영원히 행복하리라 생각하던 그립던 옛날을 이와 같이 막다른 행동을 하는 이 자리에서 아니 예찬할 수 없었다.

그는 미친 듯이 다시 여러 사람 앞으로 달려들었다.

"자! 어서 파 보시오!"

"네! 그러지요!"

하고 그들은 무엇이라 속살거리다가 어디서부터 일 시작할 것을 결정한 뒤에 한사람이 괭이를 높이 들어 한쪽 뗏장을 뒤집었다. 괭이를 공중으로 높이 들 때에 괭잇날은 별빛에 번쩍하였다. 번쩍하며 동시에 뗏장의 풀뿌리를 끊고 들어가는 소리가 '꽉 삐꺽' 하고 들렸다. 번쩍 하는 괭잇날은 흙을 뚫고 풀뿌리를 끊는 동시에 창수의 파리한 가슴의 여윈 늑골을 자르고 염통을 죽 찌르는 듯하였다. 심장의 풍선구風船求처럼 터지는 소리는 '꽉 삐꺽' 하는 날카로운 소리와 조화가 되어 인생의 최후의 숨 끊는 소리와 같이 들렸다.

창수는 거의 반사적으로 눈을 감았다. 머리가 휘―하였다. 몸이 비

---

9) 원문은 '잠정' 으로 되어 있음.

척비척 흔들렸다. 그는 겨우 두 팔을 뒤로 내어 땅을 집고 비듬히 드러누워 공중을 쳐다보았다. 하늘에는 캄캄한 가운데에 별들만이 의연히 깜빡거리고 있을 뿐이다.

괭이소리는 번갈아 자주 들렸다. 그러나 그 소리는 어느 먼 나라에서 가늘게 울려오는 듯하였다.

괭이소리가 그치고 가래질하는 소리가 들린다. 섭푼섭푼 흙 밀어내는 소리와 헐떡이는 일꾼의 숨소리만이 솔밭을 울리며 불어가는 바람소리와 함께 창수의 뼛속까지 사무쳐 들렸다.

밤이 거의 자정이 되었을 때 무덤의 한편은 평지가 되고 다시 괭이소리가 울렸다.

칠 년 전의 장사지낼 때에 덮어둔 석회는 어느덧 성석成石[10]이 되어 괭이와 흙의 부딪히는 소리는 쇠와 돌의 맞부딪치는 소리였다.

이 쇠와 돌이 맞부딪치는 한 소리가 점점 땅 밑으로 깊이 들어가는 듯하였다. 시간이 지나갔다. 시간이 갈수록 찬바람은 사면에서 불어왔다. 창수의 몸은 싸늘하게 식었다.

사면에 흩어져 있는 무덤 위에서 수를 헤아릴 수 없는 많은 망령들이 활개를 벌리고 춤을 추는 듯하였다. 그리고 눈을 부라리며 '망령을 모욕하는 자여!' 하며 부르짖는 듯도 하였다. '불쌍한 이 손자여! 너는 어서 돌아가라. 네가 이 세상을 떠나 우리나라로 올 때 무슨 얼굴로 너의 아내를 대할 터인가? 어서 무덤을 덮고 빨리 돌아가라!' 하며 나무라는 듯도 하였다. '아! 이 못난 아들이니 무엇을 할 짓이 없어 묘를 파는가! 이 묘적墓賊이여 어서 이리 오라. 너의 못생긴 마음보를 이 자리에서 빼어줄 터이니. 어서 오라!' 위협하는 듯도 하였다.

그리고 그와 같이 많은 망령 가운데는 갑주甲冑[11]를 입고 칼을 든 이도

---

10) 회灰 따위가 굳어져서 돌처럼 됨, 또는 그 돌.
11) 갑옷과 투구.

있는 듯하였다. 관복을 입고 홀을 든 이도 있는 듯하였다. 원삼 쪽두리에 곱게 연지 찍은 여자도 있는 듯하였다. 커다란 갓에 도포를 입고 검은 띠 띤 선비도 있는 듯하였다. 푸른 장옷에 곱게 단장한 여인도 있었다. 그러다가 그들은 모두 관을 둘러쓰고 춤을 추는 듯하였다. 그리고 거기에 나타난 망령의 무리는 모두 창수의 이름을 부르는 듯하였다.

창수는 떴던 눈을 다시 감고 머리를 수그렸다. 그러나 감은 눈과 숙인 머리 위에 모든 망령은 떠나지 않았다.

창수는 만일 그 자리에 일하는 여러 사람이 있는 것을 의식치 못할 만큼 그가 정신을 차리지 못하였다면 그는 조금도 서슴지 않고 가슴을 헤치고 머리를 두드리며

'아! 할아버지! 증조할머니여! 아버지여! 어머니여! 형님이여! 어린이여! 늙은이여! 너희들은 나를 나의 하는 대로 가만히 두고 보라! 나는 원통히 거리에서 망령이 되고 싶지 않다. 아귀가 되고 싶지 않다. 젊은 피가 마르기 전에 너의 나라로 가고 싶지 않다. 나는 물론 너희들 중에서 애써 모아준 모든 것을 헛되이 없앤 지도 알 수 없다. 아니다. 헛되이 없앴다. 그 위에 무엇을 더 탐하여 투기사업에 모든 것을 내버렸다. 술을 먹었다. 여자를 간음하였다. 그리고 다른 사람을 학대하였다. 그러나 나는 아직껏 남의 것을 빼앗지는 아니하였다. 남에게 몹쓸 짓을 하지 아니하였다. 내가 내버린 그것만치 다른 사람이 얻었을 뿐이다. 나는 적선을 하였다. 어! 보기 싫다! 이 망령들이여! 물러가라! 사라지라! 나를 괴롭게 마라!' 하고 부르짖었을 것이다.

또한 땅속에 묻혀 있는 사랑하던 아내에게 '사랑하던 아내여! 나의 오늘날 하는 행위를 용서하라! 그대에게 거짓 행동을 많이 한 것을 용서하라! 그리고 그대의 지나고 있는 모든 보물을 이리 내노라. 그리하여 나의 남은 생을 즐겁게 하라. 나는 아직도 젊은 피를 가졌노라! 나는 그대가 죽을 때 모든 것을 그대의 관속에 깊이 깊이 넣은 것도 말하자

면 모두가 허위였노라! 그대의 혼을 위로하려는 양심으로만 그런 것이
아니라 체면을 보았고 이름을 얻으려 하였고 또는 그밖에 여러 불순한
감정이 있었던 것이 사실이다. 그대여! 아내여! 나의 불순한 동기로 준
모든 선물을 나에게로 돌려보내라. 그 쓸데없는 물건을—그 물건이 내
손에 들어온 뒤에 나는 다시 그것으로 이 젊은 몸의 불순한 피에 다시
불을 붙이려 하노라. 나는 다만 이것을 어떻게 쓰겠다는 것을 그대에게
맹세할 수가 없노라. 그대여 원망치 마라. 미워하지 마라. 저주하지는
더욱 말라! 내가 그대의 나라로 돌아갈 때 모든 것을 그대에게 사과하
리라' 하고 엎드려 부르짖었을 것이다.

그러나 창수는 아직 거기까지는 정신을 잃지 않았다.

괭이소리는 도끼소리로 변하였다. 커다란 쇠망치로 두꺼운 철판을
두들기는 소리가 땅 밑 여러 자리에서 울려왔다.

창수는 그 도끼가 석회덩이를 두드리고 석회덩이가 다시 썩은 관판
에 부딪치고 그 관판이 또다시 관에 든 촉루髑髏[12]에 툭툭 떨어지는 것
을 상상하였다. 그는 몸이 다시 떨렸다. 그 뼈만 남은 송장이 움푹 들어
간 눈과 앙상한 이빨로 두 활개를 벌리며

'아! 불쌍한 남편이여! 그래도 이런 몸을 당신에게만 온전히 바치었
던 몸이랍니다. 당신을 위해서만 나는 이 세상에 나온 줄 알았습니
다. 어찌하여 이렇게 되었습니까? 어서 당신의 참마음 참뜻으로 이 몸
을 한 번 안아주십시오. 그리고 저승의 고요한 나라 찾아서 피 도는 꽃
과 살 붙는 꽃과 숨쉬는 꽃을 따다가 이 몸을 어서어서 문질러 주십시
오. 그래서 다시 한 번 이 사파娑婆[13]구멍을 식혀 주십시오. 어서! 어서,
이 무상한 남편이여! 이 야속한 이여!' 하고 덤비는 듯하였다.

창수는 두 팔을 앞으로 내밀며 그 환영을 붙들려 하였다. 그는 눈을

---

12) 해골.
13) 사바. 불교에서 중생이 갖가지 고통을 참고 견뎌야 하는 괴로움이 많은 이 세상.

번듯 뜰 때에 앞에는 아무것도 없다. 그 앞에는 거의 한 길이나 깊은 땅 밑에서 담아 올리는 횟덩이를 받는 묘지기의 땀흘린 얼굴이 희미한 등불에 비치어 뵈일 뿐이다.

그는 다시 눈을 감았다. 쿵쿵 울리는 소리는 분명히 들렸다. 창수는 정신을 가다듬어 관머리 위로 조그맣게 구멍을 뚫으라 하였다. 그리고 관판이 뵈이거든 다른 사람은 하던 일을 멈추고 위로 올라오라 하였다.

도끼소리가 의연히 울린다. 창수는 눈을 감은 체 몸을 부르륵 떨었다. 도끼소리가 잦아갈수록 그는 어떠한 무서운 시험을 받을 시간이 닥쳐오는 듯 하였다.

"다 파내었습니다……" 하는 소리가 땅 밑에서 악마의 조소처럼 들렸다. 창수는 두 주먹을 쥐고 벌떡 일어났다. 그의 입은 어느덧 꽉 물렸다. 사지가 먼저보다 더욱 떨렸다. 이마와 등에는 땀이 척척히 젖었다.

"그 등불을 이리 좀 주오……" 이렇게 말하였으나 이 소리는 다른 사람이 겨우 알아들을 듯 말 듯한 가는 소리였다. 그는 혀가 거의 마비된 것이었다.

그는 등을 한편 손에 들고 그 안으로 뛰어내렸다. 천 길이나 만 길 되는 깊은 나락으로 무거운 돌이 한없이 떨어져 들어가는 듯하였다. 그는 정신이 아찔하였다. 눈앞에 보이는 것이 모두 두셋으로 어른어른하게 뵈었다.

그는 겨우 정신을 진정하려 했다. 그러나 다리에 힘이 탁 풀어지며 다시 머리가 휘휘 내둘렸다. 천 길이나 만 길이나 깊은 골짜기로 떨어지는 듯한 몸이 어느덧 다시 천 리나 만 리 먼 창공으로 훨훨 가벼이 날아 올라가는 듯하였다. 그 밑에서는 수의 입은 수많은 망령이 부축을 하는 듯하였다.

창수는 정신을 다시 차렸다.

'약한 자여! 망령을 불에 집어넣을 악마의 힘을 가지라!' 하고 왈칵 관머리 위로 뚫린 구멍에 손을 집어넣으려 하였다. 그는 정신이 다시 아찔하였다. 등불이 홱 꺼졌다.

한 길이나 높은 위에서 등불과 창수를 지키던 여러 사람들은 "앗"하고 소리지르며 그 안으로 뛰어내려갔다.

* * *

위로 끄집어올린 창수의 손에는 몇 개의 금은지환과 노리개가 단단히 쥐어졌고 바삭바삭 썩은 기름기 없는 머리칼이 손가락을 잔뜩 감기었었다.

"그 자식이 왜 밤중에 와서 야단을 치노 하였더니 다 내력이 있어서 그랬든 것일세!"

"그게 사람이야. 제 여편네 묘를 파려고!"

"잘못했어. 그 자식을 어젯밤에 그 구멍에다 그대로 파묻어 버릴 걸 그랬어……."

"여북 생각다 못해 그런 짓까지 하겠나……." 이러한 말이 그 동리 묘 파러 갔던 사람들 사이에 돌아다니게 되었다.

"그것 참으로 아까운 일이야. 물이 들었느니 불이 들었느니 야단을 꾸미더니 그런 명당이 없던걸 그래! 그렇게 오래된 묘지 관 안이 조촐하기가 방 안 같아……. 그리고 밤이라 자세히 보지는 않았지만두 무슨 김이 물컥 나오던걸!"

이것은 묘지기의 하는 말이었다.

"그게 명당 기운이라네! 조금 참았으면 셈평[14]이 필 것을 고새를 못 참아서…… 할 수 없어……."

---

14) 생활의 형편.

이것은 다년 장례 지내는 데에 다니던 경험 많은 늙은이의 탄식하는
말이었다.

창호의 그림자는 며칠 뒤에 파는 묘 있는 편으로 향하여 길게 누운
채 T촌을 떠나가 버렸다. 그 후에 그 묘를 찾아오는 사람은 영영 없었
다.

—《개벽》 69호, 1926. 5.

버릇

명수明秀는 오늘밤에도 역시 얼큰하게 취한 기분으로 거의 열두시 되었을 때에 자기 집 문을 두드렸다. 그는 문 열기를 기다리는 동안에 밤 늦게 돌아와서는 의례히 하던 후회를 다시 하게 되었다. 최근 일년을 두고 그가 저녁에 집에 붙어 앉은 일이 별로 없었다. 대개는 친구에 얼려서[1] 밤늦도록 술잔이나 기울이거나 그렇지 않으면 비록 일찍이 돌아왔다가도 저녁밥상이 나가기가 무섭게 그는 있지 못할 곳에 있었던 것처럼 밖으로 뛰어나가 버렸다가 밤이 늦은 뒤에 돌아와서는 혀꼽은 소리로 가족을 깨워왔었다. 그리하여 가족이 곤한 잠을 못이기어 눈을 비비면서 문을 열어줄 때마다 그는 진심으로 미안한 생각을 하고 이 다음부터는 아무쪼록 밤출입을 하지 않고 될 수 있으면 나갔다가도 일찍이 돌아올 것을 마음으로 맹세하고 자기의 불규칙한 생활을 부끄럽게 생각하였었다. 그러나 그 이튿날이 되면 무슨 일이든지 반드시 생겨서 그로 하여금 밤늦게 돌아가는 구실을 만들어 주었다.

오늘 저녁에는 비교적 일찍이 집안에서 아내의 대답이 나왔다. 그는 더욱 미안한 생각이 났다.

---

1) 친구의 요구에 응하거나 말을 잘 들도록 그럴듯한 방법으로 구슬림을 당하다.

"아이들은 다 자우?"

하고 명수는 대문 안으로 들어서며 물었다.

　아내는 남편을 안으로 들이고 문을 잠그면서

"시골 석호 조카가 왔어요."

"석호가 왔어……"

　명수는 정신이 번쩍 났다. 석호가 이렇게 먼 서울까지 찾아올 줄은 뜻밖의 일이었다.

　석호는 명수의 당질이었다. 시골에서 거의 같이 살아나다시피 한 친척이요 죽마고우였다. 그 때의 명수의 사촌은 그의 고향 C지방에서는 굴지하는 부호였었다. 그리하여 당질 석호는 부자집 외아들로 금지옥엽으로 자라났다. 그의 부모들까지도 석호의 뜻을 받기에 다른 생각을 할 틈이 없었으므로 그의 왈패스러운 행동과 기탄없는 버릇이 그 집에서 신세지는 돈 없는 집 아들을 흔히 울리었지마는 그 반면에는 인정도 있고 의리도 알아서 세상의 다른 부자집 바보아들과는 두뇌가 좀 달랐다. 명수의 종형은 자기 아들의 교육에 가장 열심을 가지고 그 아들이 보통학교를 마친 뒤에는 서울로 유학을 시켰다. 그 때에 명수도 경성에서 어느 중학교를 다니었다. 석호는 서울로 온 뒤에 집안 감독도 없고 또는 부자집 아들이란 바람에 유인하는 잡놈들이 들러붙어서 연극장 같은 곳으로 꾀이는 까닭에 그가 겨우 중학교 이년 급부터 광무대에서 이름이 높은 어느 광대기생을 상관하게 되어 매일 불량자와 추축이 되어 학교는 가지 않고 학비만 이 핑계 저 핑계하고 갖다 썼다. 그 때에 명수의 집은 넉넉치는 못하였으나 자기의 종형 석호의 아버지는 C주의 부호였으므로 명수의 학비까지라도 도와주어 오던 터이었다. 그만큼 명수는 자기의 종형에게 장래를 촉망받아오던 터이었다. 명수는 비록 어렸었지만 조카의 방탕한 생활에 머리가 아니 아플 수 없었다. 그의 방종한 생활이 자기의 학비에도 어느 때이면 영향을 미치어 학교에 월사금도 내지 못하고 하숙에서 낮잠을 자게 하였다. 이러할 때마다 명수는 진심으로 석호에게 충고를 하였다. 그러나 석호는 분세수를 하고 비단옷으로 몸을 감고 밤이면 무대 앞 가까이 가서 광대 기생의 유혹의 추파에 녹고 돌아오는 버릇을 놓지 않았다. 필경은 명수도 하는 수 없이 자기 종형에게 석호의 행동을 편지로 고하였다. 그 편지가 도리어 자기 종형에게도 불유쾌한 감정을 일으키게 되었고 석호에게는 아주 악감을 사게 되었다. 그리하여 필경은 한 하숙에 있으면서도 언어 상통까지도 없고야 말았다. 그 때 어린 명수의 처지는 참으로 딱하였다. 종형의 도움을 받으면서 그 아들과는 말도 하지 않게 된 것은 허물이 누구에게 있었든지간에 그 종형에 대하여 퍽이나 미안한 일이었다. 어떠한 때이면 학교도 다 그만두고 시골로 내려가서 장사를 하든지 농사를 짓든지 월급쟁이 노릇을 할까하는 생각을 하고 어린 가슴을 매우 태웠었다.

그 뒤 얼마 아니되어 석호는 일본으로 유학을 가고 명수는 그대로 서울에 처져 있었다. 명수는 그 뒤에 학비의 곤란으로 퍽이나 많은 고생을 하였으나 석호가 있을 때에 창피하고 미안한 생각을 하던 그때보다는 마음은 편하였다. 명수가 조카 석호가 있을 때 같이 형의 도움을 받을 수 없는 것은 자기 아들과 같이 있지 않다는 그러한 정소[2]한 종형의 생각도 생각이려니와 그 종형의 아편중독으로 세상일을 제쳐 놓고 거기에 향락하는 까닭에 종래의 학비곤란 같은 것은 전혀 안중에 넣을 틈조차 없었던 것이었다.

명수가 온 여름내 하숙의, 눈치 밥을 얻어 먹어가면서 남산공원의 《벤치》에서 이슬을 후즐근하게 맞아가며 밤을 새이는 것을 아편에 도취하여 공중에 환상을 그리고 무아지경에서 방황하는 그 종형이 알 리

2) 정분(情分)이 벌어져 틈이 생기다.

가 없었던 것이었다.

명수가 이십 전후에 성격상으로 파산한 사람같이 남의 얼굴빛을 살피고 할 말을 못하고 기가 죽어지낸 것은 전혀 학비곤란으로 극도의 신경쇠약에 걸렸던 것이다. 명수가 (설리설리) 중학을 마치고 고향에 돌아갔을 때는 종형의 사기는 벌써 기울어져서 날마다 가산이 차압경매를 당하고 아편 빠는 것이 세상에 알리어 C고을의 큰 소문거리가 되었었다. 종형은 필경 아편을 떼고 다시 한번 권토중래의 세를 보이려다가 운수가 좋지 못하여 떼려던 약의 중독으로 그는 영영 세상을 떠나게 되었다. 그 때의 젊은 명수의 생각에는 자기 종형의 죽음이 매우 깨끗한 죽음이라고까지 생각하였었다. 종형은 허물을 고치려다가 죽었다. 그만큼 그의 최후를 동정하고 존경하였었다. 타락한 생활에서 뛰어나오려고 죽음과 다툰 그의 용기를 마음으로 칭찬하였다. 그러나 종형의 집안상태는 난마亂麻와 같았다. 일본에서 돌아온 석호는 집안형편이 어떻게 된 것은 조금도 몰랐다. 그는 부잣집 도련님 그대로 있었다. 이름 높았던 부호이었던만큼 아직도 먹을 것이 남아 있나 아니한가 하고 협잡꾼들은 여름 석양에 모기떼같이 모여들었다. 망한 부호집을 중심으로 여러 가지로 갈등이 생겨서 서로 공을 다투고 서로 보호자가 되려다가 집안 대세는 이미 망하는 편으로 기울어지게 되어 재산 전부를 C고을에서도 남의 재산을 횡령하기로 제일 경험도 많고 이름도 높은 실업가에게 보호하고 정리해준다는 아름다운 말 앞에서 보기 좋게 송두리째 횡령을 당하고 당질되는 석호는 술값, 밥값을 그에게 얻어 쓰게 되었다. 횡령한 부호는 도리어 생색을 내었다. 이야말로 제것 주고 빌어먹는 셈이었다. 명수는 종형 죽은 뒤에 C고을 떠나 어느 시골소학교 교원노릇을 갔었다. 그 뒤로는 석호의 집 형편이 어떻게 되었단 말을 풍편에 더러 듣기는 하였지만 자세한 것은 모르고 지내다가 사오 년 뒤 여름에 명수는 참으로 놀랍고 기막힌 사실을 하나 발견하였다. 이것은 다른 것이 아니오 아편과는 원수가 되어야 할 석호가 '모루히네?'³⁾ 중독자가 된 것이었다. 아비를 죽이고 가족을 곤궁에 빠지게 한 아편과 석호가 떠날 수 없는 인연을 맺고 있다는 것은 암만해도 곧이 들리지 않아서 처음에는 그러한 이치가 없다하여 석호의 아편중독설을 부인하였었다. 그러나 사실은 어찌할 수 없었다. 명수는 그 때에 석호에게뿐 아니라 모든 인간의 약한 마음에 일종의 환멸 비슷한 비애까지 느꼈었다. 아편으로 죽은 사람의 아들이 그 아비 죽은 지 몇 해가 되지 못하여 잇대어 아편중독이 되고 만 야속한 사실은 세상 사람의 침 뱉고 나무라는 목표가 아니 될 수 없었다. 석호야말로 아편과 인연을 떼지 않고 그대로 지낸다는 것은 북망산의 초빈⁴⁾ 밑에 숨어지내는 묘귀墓鬼나 다름없는 처지에 있었던 것이다. 명수는 얼마동안 자기의 볼 일을 제쳐놓고 석호의 아편인을 떼려고 혹은 병원에서 혹은 절에서 그의 병마와 석호 자신 이상으로 다투어 보았으나 모두 실패를 하였다. 심지가 약한 자가 흔히 타락되는 것이 이 아편의 중독병이지만 석호처럼 철저하게 약한 것은 처음 보았다. 그는 절에서 치료를 하다가 도망질을 쳤다. 병원에서도 의사와 싸우고 도망질을 쳤다.

그리하여 명수는 "이것은 사람 못되고 말 것이라"고 단념한 뒤에 그의 행동에 대하여 아무런 간섭이나 충고도 없이 사오육 년을 지났었다. 이것은 명수가 교원도 그만두고 일본에 가서 여러 해를 방랑하다가 그대로 서울에 눌러서 생활을 하게 되어 서로 거리가 떨어져 있는 것도 원인이었지만 그것보다 전인격적으로 당질에 대해서 멸시하는 감정을 참을 수 없는 까닭이었다. 그 안 해에 C고을에 볼일 있어 들렀더니 석

---

3) 모르핀(morphine). (아편 추출물로 만들며 진통·진해鎮咳·진정·최면 효과가 있다. 만성 중독이 되면, 금단현상이 일어나는 마약이다.)
4) 초빈草殯은 장례풍속을 일컫는 말이다. 시신을 넣은 관을 바로 땅에 매장하지 않고, 관을 땅 위에 올려 놓은 뒤 이엉 등으로 덮어 두었다가 2~3년 후 뼈를 골라 땅에 묻는 장례 풍습이다. 초분草墳·고빈藁殯·출빈出殯·외빈外殯이라고도 한다.

호가 찾아왔다. 그 때의 석호는 신수 좋은 거지였었다. 마침 아편중독자로 그가 검거가 되어 감옥에서 아편을 떼고 나온 지가 얼마 아니되는 까닭에 얼굴만은 거의 완전한 사람으로 뵈었다. 명수도 마음으로 기뻐하였다. 그러나 마음으로 더 괴상하게 생각한 것은 그의 행동에는 어디인지 아직도 양심에 가책을 받는 듯한 곳이 남아 있는 것 같은 것이었다. 그의 약간 금전을 청하는 태도가 매우 비열해 보일 뿐이었고 사람이 궁하다고 저렇게까지 품성이 썩었을까 생각할 때에 옛날에 지내던 정분으로 보든지 혈육의 관계로 보든지 눈물이 없을 수 없었다. 저러한 석호는 아니었었다. 그는 부잣집 아들인만큼 사람에게 굴치 않는 기개도 있었다. 아무리 아쉬운 일이 있어도 남에게 혀짧은 소리를 하지 않던 그이였었다. 그러한 기개는 간 곳 없고 비열과 허위만 남겨가지고 있는 석호를 아무리 생각해도 완전한 사람으로는 보기 어려웠다.

그 이튿날 바로 석호의 흘린 눈물과 고백의 한숨이 허위였던 것을 들었다. 그는 그날 바로 아편쟁이 소굴로 가서 아편을 찔렀다는 것을 보고 하는 일 좋아하는 이가 있었다.

이러한 일이 있은 뒤로는 석호에게 찾아올 운명은 종로 네거리에서 가마니대기 '케프'[5]를 입고 정류장 근처에서 구걸하는 그들과 조금도 다름없으리라고 명수는 아주 절망하였었다. 그 뒤에 들어도 석호가 아편 떼었단 말은 없었다.

이와 같이 사람같이 생각지도 않던 못된 석호가 별안간에 서울로 자기를 찾아와서 넓지 못한 집에 자리를 보전하였다는 것은 뜻도 하지 않은 일이었다. 명수는 석호 왔단 말에 술이 번쩍 깨는 것 같았다. 늦게 돌아올 때마다 느끼던 가족에게 미안한 생각도 오늘 저녁만은 나올 여유가 없다. 그러나 어떻게 되었든 그가 악인이든 선인이든 어떻게 되었

---

5) 케프(cape), 후드 달린 망토 혹은 어깨 망토.

나 하는 보고 싶은 생각도 번쩍 나서 그는 바쁜 걸음으로 방으로 들어섰다.

웃목에 커다란 남자가 술이 취한 얼굴로 코를 쿨쿨 골고 드러누웠다. 얼굴이 알아보지 못할 만큼 유들유들해 뵈었다. 그러나 저가 아편을 아주 떼었다 하는 생각은 한 의문으로만 나왔고 아주 떼었구나 하는 기쁜 생각은 없었다. 이 의문도 술 취한 얼굴을 보고 일어난 것이었다. 아편쟁이로 술도 잘 먹는 이가 없는 것은 아니지만 저렇게나 취하도록 먹은 것은 보지 못한 까닭에 긴가 민가 하는 생각뿐이었다. 명수의 수선거리는 바람에 석호는 눈을 뜬 모양이다. 그는 부스스 일어나며 "인제 오시오"하고 인사를 한다. 명수는 어쨌든 오래간만에 본 것만은 반가웠다. 그 집안 안부와 C고향의 소식을 몇마디 물은 뒤에 명수는 몸이 피곤하여 그대로 잠이 들고 말았다. 실상인즉 무엇보다도 먼저 석호더러 아편 떼고 안 뗀 것을 대문에서 그의 와 있단 말을 아내에게 들을 때부터 물어보리라 하였지만 꼭 당하고 보니까 어쩐지 그 말이 너무나 괴롭게 하는 것 같아서 그대로 참고 딴 말을 꺼낸 것이었다.

그 이튿날 아침이었다. 명수는 일찍 일어나서 석호의 동정을 살폈다. 그러나 석호는 아편인이 몰리어 고통하는 기색은 보이지 않았다. 얼마쯤 안심이 되었다. 명수의 말에는 자연히 반갑다는 빛이 어울려 나오게 되었다. 아편으로 계집까지 잃고 늙은 어머니를 모시고 어린 자식을 데리고 조반석죽도 넉넉히 못 먹고 지내는 석호가 서울까지 노비를 만들어 가지고 머나먼 서울까지 온 이면에는 적지 않은 소망과 계획이 있을 것은 물론이겠지만 그것이 무엇인지는 알 수 없었다. 그가 아침 밥상을 대할 때에 술을 청하였다. 아침 밥상에 반주까지 먹는다는 것은 아편과는 그만큼 인연이 멀어졌단 것을 말함이라 생각하매 술은 얼마든지 먹이고 싶었다. 그는 밥을 먹어가면서 자기의 지낸 형편도 대강 요령 있게 말하였다. 그리고 그는 자기의 금후의 생활해 갈 방침과 현재의 궁

상을 대강 말한 뒤에

"아저씨 생각은 어떠시오" 하고 의견을 묻는다.

"생활이라면 즉 경제문제이니까 좌우간 어디서 먹을 것을 구하느냐가 문제이니까 첫째는 자기의 일신의 건강을 완전히 회복하고 세상의 신용을 얻어야 될 것 아닌가" 하고 명수는 비로소 은연한[6] 가운데 아편 떼고 안 뗀 것을 물어 보았다.

"지금에 떼였다 해도 곧이 들을 사람은 적을 것이니까 지금까지 다른 사람에게 고백한 일도 없소이다마는 두고 보시면 짐작하시겠지요."
하고 석호는 자세한 대답을 피한다. 명수도 특별히 따져서 무얼 하리 하고 꼬치꼬치 묻지 않았다. 좌우간 그를 완전히 구하려면 상당한 물질의 여유가 있다든지 어떠한 직업을 준다든지 하지 않고는 마음으로만은 아무러한 효용이 없을 것을 잘 아는 명수는 그의 장래를 어떻게 하려느냐고 묻기도 어려워서 자기의 입에서 말 떨어지기만 기다리고 하루를 지났다.

석호는 필경 입을 떼게 되었다.

"어떻게 했으면 좋겠어요. 암만 생각해도 도리가 없어서 갑갑하기도 하고 또 아저씨 말씀도 들어볼까 하고 여기까지 왔으니까요. 생각 드시는 대로 지도를 좀 해주시오."

아편쟁이로 극도의 미움을 세상사람에게 받아오던 석호를 위하여 별안간 생활문제에 좋은 방침이 있을 리가 없었고 비록 있다 할지라도 그것을 실행하기는 그렇게 용이한 일이 아닌 것을 명수는 짐작하는 까닭에

"자네는 어떻게 하면 좋겠다고 생각한 일이 있겠지⋯⋯. 그것이 없고야 다른 사람의 말이 자네에게 참고될 것이 무엇인가" 하고 반문하였

---

6) 겉으로 확연히 드러내지 않고 은근히.

다.

석호는 한참 무엇인지 생각하더니

"어머니하고 어린 자식 걱정만 없으면 저는 어디로든지 방랑생활이라도 해서 이 세상의 보기 싫은 꼴을 안 보았으면 좋겠어요."
하고 눈을 다른 데로 돌린다.

그에게는 지금까지 부자로 호화롭게 지내던 기억이 아직도 남아 있는 것이 분명하였다. 자기의 처지가 아편쟁이를 벗지 못한 것은 자기의 잘못이 아니요 사회가 자기를 그 곳으로 몰아 넣은 것이라 하여 세도인 심世道人心[7]을 저주하여 온 것이 온 세상을 등지고 표랑해 보겠다는 말에서 충분히 찾아낼 수 있었다. 명수는 얄미운 생각이 났다.

"자네가 그렇게 유랑생활할 생각을 진작에 하였으면 자네 어머니나 자식이 고생이나 덜 할 것인데 좀 늦었네……."

사실 종형 죽은 뒤의 종형의 유족 형편으로 보아 석호란 아편쟁이가 대를 이어 생기지 않았으면 부자의 살림 끄트머리니 지금에 와서도 밥 걱정은 없었을 것이요, 또는 C고을에서는 누대의 고가이니 그래도 친척이나 고구古舊[8]가의 의리상으로 보아도 어떻게 돌보든지 밥을 굶게야 할 리는 없었다. 그러나 자식이 아편쟁이란 바람에 중이 미움을 받으면 가사까지 벌을 입게 된다는 세음으로 그런 것은 도와줄 필요가 없고 도와주는 것이 도리어 그를 타락케 하는 것이라는 이름 좋은 구실을 박정한 세상 사람들에게 주고 만 것이었다. 그러므로 석호의 존재는 그 가족에게는 큰 불행을 불러온 원인이었다.

"세상인심! 다 소용없어요. 제 것 있을 때 말이지요. 지금은 떠나려해도 차마 버릴 수가 없습니다. 어떻게 하든지 집간이라도 의지하고 농토 마지기라도 부쳐놓아야만 있겠어요."

---

7) 세상의 도의와 사람의 마음.
8) 고구(故舊)의 오기. 사귄 지 오래된 친구.

"자네가 만일 그렇게 가족을 위해서 걱정이 된다면 자네 처지로는 취할 길이 두 가지밖에 없는 줄 아네……."

"두 가지는 뭐입니까……."

"하나는 가두街頭로 나서는 것이요, 한 가지는 수도입산修道入山해서 참회생활을 하는 것인 줄 아는데."

"가두로 나서다니요."

"사람은 누구든지 과거의 꿈을 잊기는 어려운 일이지만 아무 것도 없이 알몸뚱이로 나온 자네가 벌써 자네 가족을 먹여 살리는 것이 떳떳한 일이니까 자네가 노동이라도 해야 된단 말일세."

석호는 하도 어이가 없는 것 같이 명수의 얼굴을 바라본다. 차마 노동이야 할 수가 있느냐는 표정이었다.

'이 어리석은 자야! 네가 아직도 옛날 부르주아의 근성을 버리지 못하였구나. 아편을 먹을 돈이 없으니까 인제 와서 밥이나 좀 얻어먹자는 수작이로구나. 어서 죽어라. 너의 밥을 너의 어머니나 자식이 한 숟가락이나 더 먹게' 하고 명수는 나무랄까 하다가 노동은 차마 못하겠다는 그 표정에 좀 동정할 점도 없지 아니하여 그대로 참고 다만 "자네 고생 좀 더 해야 하겠네" 하고 석호의 얼굴을 엿보았다. 아무리 보아도 아직 아편이 그리운 모양이다.

— 《문예공론》 제3호, 문예공론사, 1929. 7. 15.

그믐날

1

성호性浩는 잠이 깨었다. 아직껏 전등불이 힘없이 켜져 있다. 그러나 창문에는 희번한[1] 밝은 빛이 비치었다. 분명히 날은 새었다. 곁에서 자는 아내도 보이지 않았다. 그리고 다만 아내가 누웠던 자리를 반이나 차지하고 누워있는 것은 네 살이 된 그의 아들 문환文桓이었다.

전구 안의 심지는 누르게 물들인 굵다란 실같이 뵈었다. 그것이 하룻밤을 밝혀주었으리라 생각할 수 없을 만큼 새어나오는 빛이 가늘었다. 그래도 성호는 그 전등을 한참 바라보는 동안에 눈이 부시어졌다. 다시 그는 눈을 스르륵 감고 말았다. 감고 있는 그의 눈앞에는 오늘의 할 것이 벌어지기 시작하였다─빚쟁이, 원고지, 사진, 활자, 전차, 먼지, 윤전기輪轉機, 시, 소설, 감상문, 활동사진 같은 모든 것들이다.

그는 아내가 누웠던 반이나 남은 자리까지 차지하여 가지고 몸을 좌우편으로 뒤적거리며 마음껏 편히 뒤둥구려 보았다. 그는 다시 두 활개를 뻗쳐 기지개를 펴보았다. 팔이 곁에 누웠던 어린 문환의 대가리를 건드렸다. 이때에 가늘게 비취었던 전등도 담방[2] 꺼져버렸다. 방 안이

---

1) 동이 트면서 허연 기운이 비쳐 희미하게 밝은.
2) 원문은 '탐방'으로 되어 있음.

파래진 듯하였다. 지금까지 붉은 빛으로 물들인 방이 파란빛으로 덧바른 듯하였다. 창문으로 흰 광선이 기어들었다. 그의 눈에서도 새로운 기운이 일시에 나왔다. 그는 뻗쳤던 손으로 눈을 부비고 한번 하품을 큼직하게 하였다.

기지개 켜는 바람에 잠이 거의 절반이나 깨었던 어린 것은 이 하품소리에 두 눈이 번쩍 떴다. 그는 두 주먹으로 눈을 부비며 부시시 하고 일어났다. 그리고는 사면을 한참 동안이나 무엇을 찾으려는 것 같이 바라보다가 "엄마!"를 부르고는 "응아!" 하고 울음을 내놓는다. 성호는 "인제 잠은 다 잤군! 이게 또 울기 시작하니……" 하고 중얼거리며 벌떡 자리에서 일어나서 이불로 앞을 가리우고 어린것을 달래었다.

"울지 말어! 참 착하다. 착한 사람은 안 우는 법이야!" 이렇게 달래는 어조는 그다지 순하지 못하였다. 거의 나무라는 데에 가까웁다 할 만큼 뻣세었다[3].

아기는 달래는 말도 들은 척 만 척하고 울며 엄마만 부른다.

성호는 골이 났다.

"망할 것이 네 살이나 처먹어 가지고 울기는 왜 울어? 아침마다 꼭 재랄[4]을 부려!……" 하고 나무라는 성호의 높은 말소리와 문환의 울음소리에 부엌에서 밥을 짓던 아내는 물 젖은 손을 앞치마자락에다 씻으면서 방으로 들어왔다.

"오오! 내 새끼! 울기는 왜 울어?! 착한 아이는 안 우는 법이야―."

아내는 우는 문환을 이렇게 어르며 두 손을 아이의 겨드랑이에 넣어 번쩍 일으켰다.

아이는 두 발이 방바닥 위에 대롱대롱 매달리면서 "엄마! 과자―." 하고 울음 섞인 소리로 칭칭댄다.

---

3) 뻣뻣하고 거세다.
4) '법석을 떨거나 분별없이 함부로 행동하는 짓'을 욕으로 이르는 말.

아내는 문환에게 자리옷을 벗기고 다른 옷을 갈아입히면서

"안 울면 과자주지! 착한 아이는 자고 일어날 때에 안 운단다. 그리고 어머니 안녕히 주무셨소, 아버지 안녕히 주무셨소 하고 인사를 하는 법이란다. 너도 내일부터는 인사를 해야지 응……" 한다. 그러나 어린애는 칭얼거리는 것을 그치지 않았다.

아내는 책상 위에 놓았던 새양털 갑에서 값 헐한 '비스킷'을 한줌 내어 어린 것의 손에다 쥐어준다.

문환은 언제 울었던가 의심할 만큼 어느덧 그의 두 눈은 새별처럼 반짝거리고 입은 함박꽃처럼 벙글벙글하였다.

아내는 어린 것을 달래어놓고 다시 바깥으로 나간다. 문환은 자기 어머니의 치마꼬리를 잡고 바로 뒤를 따라나간다.

성호는 이제야 눈을 부비고 일어난 아이에게 과자를 주는 것이 마음에 좀 마땅치 못하였다. 그러나 어린 것이 눈을 부비고 일어나면 반드시 과자를 손에 쥐어야 하는 것이 한버릇이 되다시피 하였다. 그리하여 근일에 와서는 자고 일어나서는 의례히 쥐일 줄 알고 또한 어머니 되는 이는 의례히 쥐어줄 줄 알았다. 이런 것을 볼 때마다 저 버릇을 고쳐주어야겠다고 성호는 늘 생각은 하였으나 입밖에 내어 말한 적은 없었다. 그러나 다행이 과자를 주고도 별 탈이 없는 것이 그대로 성호의 간섭을 막아버리고 마는 것이었다. 그래서 오늘도 성호는 마음으로만 불긴하게[5] 생각할 뿐이었다.

아내와 어린 것이 바깥으로 나간 뒤로는 방 안이 대단히 고요하였다. 성호는 다시 자리에 몸을 던져 누웠다.

곁방에서는 아내가 어린것을 데리고 무엇이라 말하면서 밥상 차리는 소리가 들렸다. 이 소리에 성호는 귀를 기울이며 한편으로는 생각

---

5) 꼭 있어야 하는 것이 아니다.

하였다.

"아침밥을 어떻게 짓게 되나?"

그에게는 아침밥을 짓게 되는 것이 희한한 일처럼 생각이 났다.

그리고 또다시 "아—참, 오늘이 그믐날이지!" 하는 생각이 문득 일어나서 별안간 잠이 간 곳 없고 가슴이 답답해지는 듯했다.

그는 자기 다니는 신문사에서 월급을 두 달이나 받지 못하였다. 월급이 제달제달 그 날짜를 어기지 않고 나올 때에도 그의 받는 것만으로는 세 식구의 생활을 유지할 수가 없었다. 집세, 쌀값, 반찬값, 신문대금, 전기등값, 수도값, 이모로 제하고 또 저모로 제해버리면 달달이 부족이 이십여 원이 났었다. 이 부족한 것은 시골에 있는 친구에게 구걸을 하거나 또는 다른 신문잡지사에서 주는 약간의 원고료로 겨우겨우 보충하여 오던 터였다. 이러한 그의 살림에 월급이 두 달이나 밀리고 보니 그의 지냄은 말할 수 없는 궁경[6]에 이르고 말았다. 그리하여 그들이 밥을 먹는 것은 즉 욕을 먹는 것이었다. '맥貘'[7]이란 놈은 꿈을 먹고 산다 하더니 우리는 욕을 먹고 사는 셈이야' 하고 성호가 자기 아내에게 너무 면괴面傀[8] 할 때면 우스운 말 비슷하게 이런 말도 하여 오던 터였다.

집세를 내지 못한 것은 오히려 그들에게 걱정은 아니었다. 쌀 가게, 반찬 가게, 두부장수, 무엇 할 것 없이 거래가 다 막히었다. 이와 같은 자질구레한 빚을 두 달 동안을 두고 오늘내일 연해 밀려왔다. 어떠한 때이면 '내일 주지' 하는 말을 아무러한 대중도 없이 그대로 내놓는 일이 있었다. 그는 이런 대답이 어느 구석에 숨어 있다가 자기 양심 몰래 그대로 나오는 것이라 생각나는 때도 더러 있었다. 그리하여 성호는 이 즈음에는 이렇게 오늘내일하고 밀어내려온 실신[9]을 한번 회복해볼 작

---

6) 궁지窮地.
7) 중국 전설에서, 인간의 악몽을 먹는다는 동물.
8) 남을 마주 보기가 부끄럽다.

정으로 무척 한 번 날짜를 늦추어 잡고 이 달 그믐으로 한번 미루어 두었던 것이었다. 이것은 월급이 아무리 늦어도 이십 칠팔 일이면 넉넉히 될 줄을 단단히 믿은 까닭이었다. 그리하여 그믐날로 미룰 때에 여러 사람이 몇 번이나 꼭 되겠느냐 하고 다지는 것을 그는 꼭 된다고 장담을 해두었다. 그러나 사오 일 전에 되어야 할 월급이 그믐이 되어도 아직 되지 못하였다.

성호는 이러한 생각을 자리 속에서 되풀이할 때에 '오늘을 어떻게 하면 무사히 넘기냐' 하는 것이 그의 의식의 전부였었다.

그는 아무리 생각하였으나 지폐뭉치를 손에 쥐기 전에는 별 도리가 막연하였다.

이것도 성호 혼자이면 일찍이 집을 떠나 신문사 같은 데로 가서 목전의 조그마한 창피는 피할 수도 있었다. 그러나 아내더러 혼자 집에서 그러한 창피를 당하라는 것은 너무나 염치없는 일이었다. 그도 어찌할까 하고 생각하였으나 별수가 없었다.

2

"어서 세수하고 진지 잡수세요"하는 아내의 부르는 소리에 깜짝 놀래어 성호는 밖으로 나갔다.

아침밥이 벌써 다 된 모양이었다.

성호는 부엌에서 세수를 하며 물었다.

"오늘 아침은 왜 이렇게 일소?"

아내는 밥상 위에 밥그릇을 올려놓으며

"오늘은 일찍 좀 나가려고요……" 한다.

"무슨 일이 있소? 어디를 가."

---

9) 신용을 잃음.

"오늘이 그믐날이 아니야요. 졸리기 싫으니까."

"집은 어떻게 하고? 온종일 말이지……."

성호는 이렇게 묻기는 하였으나 속으로는 일이 무던히 되었다고 생각하였다. 자리에 누웠을 때부터 여편네 혼자 빚쟁이에게 졸리라고 할수도 없는 일이요 그렇다고 어느 곳으로 피난을 가라고 권할 수도 없었다. 아내가 자발적으로 피난설을 끄집어낸 것은 참으로 오늘하루를 아무 일이 없이 지나기에는 무던히 잘된 일이라고 하였다.

"살림이라고 뭐 잊을 것이 무엇 있어야하지요. 요 알뜰한 부등가리 살림을……."

아내는 이렇게 말하기는 하나 그의 얼굴에는 불쾌한 빛이 감출 수 없이 보인다.

성호는 아무 말도 다시 못하고 얼굴을 씻기만 하였다.

"나 혼자 어떻게 졸려요? 대체 월급이 언제나 된대요?"

아내는 주부의 직분을 버리고 피난하게 된 것은 부득이한 이유라는 것을 설명하듯 이렇게 재차 묻는다.

"오늘 될는지는 알 수 없어……. 오늘내일 하니까"

성호는 또 역시 확실한 대답을 못하였다.

"오늘도 만일 안 되면 큰일났구려!"

아내는 성호에게 확실한 대답을 얻지 못하고는 더욱 신명 없는 얼굴을 뵈었다.

성호는 수건으로 얼굴을 닦으며 밥상머리에 앉았다.

밥상은 말짱하였다[10]. 된장찌개와 김치뿐이었다. 성호는 이와 같은 것도 먹게 된 것이 감사하다고 생각하였으나 생각과 입맛은 좀 달랐다. 밥이 잘 들어가지 않았다. 두어 숟가락 들다가 자기 아내를 불렀다.

---

10) 전혀 터무니없다.

"여보, 반찬도 없는 밥을 따로따로 먹을 것 무엇 있소. 이리 와서 같이 먹읍시다……."

어린 것은 손가락을 물고 자기 어머니의 치맛자락을 붙들고 칭칭댄다.

"문환아 네 밥 가지고 이리 온……"하고 성호는 어린 것을 불렀다.

"당신도 같이 오구려."

하고 아내도 불렀다.

어린 것은 자기 어머니의 동의를 구하는 것처럼 얼굴을 쳐다보며 치맛자락을 잡아끈다.

아내는 못이기는 체 하고 자기 밥그릇과 어린 것의 밥그릇을 들고 남편 밥상 곁으로 왔다. 그러나 그 밥상은 세 식구의 밥을 늘어놓고도 오히려 빈틈이 있었다.

아내도 밥그릇을 앞에 놓고 숟가락을 들었다.

어린것은 밥그릇을 앞에 놓기는 하였으나 숟가락을 들지도 않고 손가락을 입에 넣고 칭칭대기만 한다.

아내는 밥을 뚜껑에 조금 덜어 된장찌개를 부어서 자기가 맛을 보며 "참 맛있다. 어서 먹어! 참 착하다……" 하고 문환에게 권하였다.

그러나 어린것은 고개를 쌀쌀 내두르고 심술을 편다.

"왜 그러니! 어서 먹어……" 하고 어머니는 눈을 한 번 딱 부릅뜬다. 그래도 어린 것은 고개를 흔들며 울음이 곧 터져 나올 듯 입을 삐죽거리기 시작한다.

"왜 그래?" 하고 아내는 큰소리로 부라린다.

"달걀!"하고 어린 것은 울음 섞인 소리로 희미하게 대답하였다.

"달걀 말이야. 어디 달걀이 있니? 오늘 아침은 그대로 먹자! 응."

아내는 속을 스스로 눅이어[11] 이렇게 달랜다.

"싫—여—" 하고 어린 것은 또 고개를 내두른다.

사실 어린 것에게 얼큰한 찌개 말국[12]으로만 밥을 먹으라는 것은 무리였었다. 그리하여 그날에도 이와 같이 반찬 없는 때이면 성호부부는 맨밥을 먹을지라도 어린 문환에게는 사오 전을 주고 달걀을 사다가 입을 막아왔었다. 그리하여 문환이는 달걀을 어른보다도 잘먹었다. 오늘에도 반찬 없는 밥인즉 자기 앞에는 달걀이 의례히 오르리라고 미리부터 기대하였던 것 같았다. 그러나 바라던 달걀은 오지 않고 매콤한 찌개만 오르게 된 것을 불평으로 알고 까탈을 부리던 판이었다.

아내는 다시 눈을 부릅뜨고 어서 먹으라 어르며 어린 것을 위협한다.

어린것은 들었던 숟가락을 놓고 삐쭉삐쭉 울음을 터트리려 한다.

아내는 울려는 문환을 자기 앞으로 잡아당겨 앉히고 자기가 친히 숟가락으로 밥을 떠서 그의 입에다 대주며

"이거 봐……. 참 맛있지! 그대로 먹으면 저녁에는 아버지하고 진고개 가서 좋은 장난감하고 맛있는 과자하고 또 좋은 옷감하고…… 막 이렇게 사가지고 오자……. 응……" 하고 한편 손으로 물건을 어떻게 많이 살 것을 형용을 해가며 달랜다.

"과자…… 응……. 장난감 땡땡 전차 사줘……."

하고 어린 것은 주는 밥을 받아먹고 다시 숟가락을 자기 어머니에게서 빼앗아서 제가 들고 펑펑 먹기 시작한다.

성호와 그의 아내는 겨우 안심이 된 듯이 숟가락을 들고 밥을 뜨기 시작하였다. 그러나 성호의 입에는 밥 넘어가는 것이 평일보다는 몹시 껄끄러운 것을 느꼈다.

"이것 까딱하면 또 어린 것에게까지 거짓부리[13]를 하게 되겠군. 저이가 무슨 돈으로 진고개를 간다고 하나!"

---

11) 마음을 부드럽게 가지어.
12) 국물의 잘못.
13) 〈거짓말〉의 속된 말.

하고 성호는 말을 하고 싶었으나 어린 것이 울음을 그쳤으므로 그대로 참았다. 아내도 가끔 어린 것을 달래어가며 밥을 먹기는 하는 모양이나 역시 잘 넘어가는 것 같이는 뵈이지 않았다.

밥을 다 먹은 뒤에 성호는 옷을 주섬주섬 차려입고 나서 아내에게

"피난을 하려면 준비를 일찍 해야지요……" 하였다.

"먼저 나가시구려! 나는 천천히 문환이허고 나갈 테니까요……."

아내는 밥상을 치우면서 대답하였다.

"가면 어디로 가는 줄이나 알아야 하지."

하고 성호는 물었다.

"가면 어디 별로 갈 데나 있어요. K의 집으로 가지요."

하고 아내는 귀찮은 듯이 대답한다.

"그러면 이렇게 합시다. 오늘 돈이 되는지도 알 수 없으니까 당신이 사(社)로 전화를 한번 걸어주구려!"

성호는 만일 월급이 되면 문환에게 약속한데로 과자도 좀 사주고 장난감도 하나 사주려고 아내와 함께 진고개라도 가볼까 하는 생각이 난 까닭이었다.

"언제쯤 하면 좋겠어요? K 옆집에 전화가 있지……."

하고 아내의 얼굴에는 얼마큼 반가워하는 기색이 나타난다.

"'시메기리'[14]가 두 시쯤 되니까 세 시쯤 걸어보구려."

성호는 사에서 나올 시간을 대중하여 이렇게 일러주었다.

"오늘은 꼭 좀 되었으면 살겠는데……."

아내는 또 이상한 듯이 이렇게 중얼댄다.

"돈이 오늘 되거든 진고개나 갑시다. 문환 놈에게 거짓말을 할 수 있나……."

---

14) 'しめきり'(기한의) 마감.

성호는 이렇게 말하고 아내와 자식의 얼굴을 바라보았다.

과자! 장난감! 장난감! 사주게―이러한 단편적 말에 어린것도 귀가 뜨인 것 같이 벙글벙글 웃는 듯하다.

"자! 그러면 어서 피난 갈 준비나 해야지."

하고 아내는 빙그레 웃는 얼굴로 성호의 얼굴을 바라보며 방으로 들어가서 거울을 내놓고 머리를 고쳐 쪽지기 시작한다.

성호는 문을 열고 해를 대중하여 보았다. 평일보다는 한 시간이나 이른 듯 하였다. 여름 해는 아직도 낙산駱山 위에서 몇 길이 되지 못하게 올라왔다. 그는 혼자 나가기도 뭣하였고 또한 아내가 나들이 준비를 다 차리도록 기다리기도 좀 어쩌하였다. 그러나 오늘은 시간도 이르고 다만 한 시라도 아내 혼자 집에다 내버려두는 것은 너무나 무자비한 것 같았다. 또한 이와 같이 채귀[15]에 몰려 피난을 하게 된 이상에야 같이 피난하는 것도 떳떳한 것처럼 느끼었다. 그리하여 그는 이왕에 이렇게 시간이 일렀으니 같이 나가보겠다고 마음으로 작정하였다.

"여보! 그러면 같이 나갑시다!"

하고 성호는 모자를 벗어 벽에 걸고 다시 앉았다.

"그러면 좋지요. 아직도 시간이 이르니까 기다려 주세요. 얼핏 차릴 터이야요!"

아내는 이렇게 기쁜 듯 말하고 다시 어린 문환을 보며

"아버지도 같이 가신데. 그리고서 K아주머니 집에 가서 아가도 보고……" 하고 일러준다.

성호는 책상 위에 있는 신문을 집어들고 보기 시작하였다.

아내는 급히 머리를 쪽지고 얼굴에 분을 바르고 옷을 갈아입고 문환에게 새 옷을 입히느라 한참동안 부산한 모양이었다.

---

15) '몹시 조르는 빚쟁이'를 악귀(惡鬼)에 비유하여 이르는 말.

한 삼십 분 동안이나 그는 신문을 보고 담배를 피우며 기다리었다. 모든 차림이 다 끝난 뒤에 세 식구는 집 문을 단단히 잠그고 밖으로 나왔다. 그들이 집을 떠날 때까지 아무 빚쟁이도 찾아온 사람은 없었다. 그들은 무사히 집을 벗어났다.

3

행길로 나선 성호 세 식구는 누가 보든지 아침저녁을 걱정하는 가난 뱅이로는 보이지 않을 만큼 그들의 외양은 번질하였다. 그들의 의복은 그래도 모직물毛織物이 아니면 비단이었다. 더욱이 어린 문환의 빨아서 입힌 양복이며 철은 좀 지났으나 전氈[16] 으로 만든 고운 모자며 신긴 구두며 모든 것이 어느 부잣집 아기에게 조금도 손색이 없을 만큼 산뜻하였다. 그리고 아내의 의복차림도 수수한 것이지만 어쩐지 곱게 꾸민 어린 문환을 앞세우매 훨씬 돋보였다. 다만 성호의 양복이 조금 조촐하여 보인다면 보인다고도 하겠으나 그도 보는 사람의 해석의 어떠함을 따라 단벌호사를 한 부랑자에 비하면 어느 곳인지 고상한 곳을 가진 것 같이 보였을는지 알 수 없다. 어쨌든 빚에 쫓겨가는 월급쟁이로는 좀 과분하다 생각할 수도 있었다.

성호는 잡지와 원고지를 함께 둘둘 말아 바른손에 쥐었고, 아내는 오른손으로 연붉은 '파라솔'을 받치어 아침 엷은 광선을 가리고 왼손으로는 어린 문환의 손을 이끌고 천천히 걸어간다.

성호는 아내와 자식을 앞에 세우고 느르적 느르적 걸었다. 시간이 너무나 이름인지 평일의 아침과 같이 여러 월급쟁이의 행렬을 만나지 못하였다. 그들이 사는 동리는 동소문 안 한적한 곳인 까닭에 집세도 싸고 또는 공기도 좋았다. 그런 관계인지 일본사람 조선사람 할 것 없이

---

16) 짐승의 털로 무늬 없이 두껍게 짠 피륙의 한가지.

월급쟁이가 많이 살았다. 그리하여 자기 집에서 창경원 전차종점까지 아침저녁으로 왕래하는 동안에 온 길에 드문드문 널려 걸어가는 것은 거의 전부가 월급쟁이로만 평일부터 보아오던 터였다. 그러다가 오늘 일찍이 집을 떠나 자기 가족끼리만 걸으면서는 그러한 여러 사람을 보지 못하게 되매 어찌함인지 좀 훼척殼瘠한[17] 생각도 문득 났다. 사실 그가 자기와 같은 처지에 있는 월급쟁이라 하는 어떠한 동류의식에서 그러한 생각이 났는지 또는 빚쟁이를 피하려고 처자를 인솔하고 집을 떠나게 된 자기 처지에 대한 불평과 또는 장래에 대한 불안이 그러한 감상적 기분을 일으켰는지 알 수 없으나 어쨌든 성호의 가슴을 오롯이 채운 것은 이 훼척한 기분이었다.

길에 왕래하는 사람은 대개가 부지런한 학생이나 또는 막벌이꾼, 시골 농꾼 같은 사람들이 많았다. 성호의 가족과 같은 그러한 정도의 외양을 꾸민 사람들은 극히 드물었다. 그래 왕래하는 사람층 중에서는 군계 가운데의 봉이라 할만큼 이채를 보인 것이었다. 성호 자신도 별로 다른 사람보다 우월하다는 의식을 가지려 해서 가진 것은 아니로되 어쩐지 그의 마음의 어떤 한 구석에 저들과 자기와는 다르다는 의식이 머리에 숨어있는 듯하였다. 이러한 의식이 본능적으로 그의 머리에 떠오를 때에 성호는, 자기의 생각이 너무나 번잡하다고 스스로를 나무라고도 싶었다.

집에서 나오면서부터 아무런 줄 모르는 어린 것은 별말을 다 물어본다—새삼스럽게 어디를 가느냐, 저것은 무엇이냐, 저 말은 어디로 가느냐, 저건 무슨 나무냐, 저걸 꺾으면 나쁘냐—등 자기가 보고 느끼는 것이면 반드시 앞뒤를 돌아보고 자기 어머니에게 묻는다. 그러면 어머니 되는 이도 귀찮지도 아니한지 일일이 '아주머니 집에 간다, 저건 능

---

17) 너무 슬퍼해 몸이 쇠하고 마름.

금나무다, 꺾으면 걱정을 듣는다……' 대답을 해가며 어린 것과 거의 보조를 맞추다시피 걸어온다.

성호는 속이 갑갑한 적도 없지는 않았지마는 자기도 역시 자기껏 딴 생각을 하느라고 걸음이 자연히 늦어졌다.

물론 이와 같이 이른 아침부터 집세 재촉이나 신문값 같은 것을 받으러 온 사람도 없겠고 또는 불행히 만나게 된다 할지라도 이러한 큰 행길 한가운데서 설마 창피를 줄 사람이야 있을 리는 없으리라고 생각을 하면서도 그는 어쩐지 그들을 만나면 어떻게 할까 하는 두려움이 머리에서 떠나지 않았다. 이런 이유로 그는 행길에 가는 사람을 딴 생각만 하는 중에도 가끔 유심히 바라보고 오던 중이었다. 그들 세 사람은 박석고개에 이르렀다.

성호는 문득 생각난 것이 있었다. 그것은 자기 주머니에 전차표가 한 장은 있지만 아내의 탈 차비가 있는지 없는지 하는 것이었다.

"여보, 전차표 있소?"

하고 성호는 아내에게 물었다.

"오전밖에 없어요……."

하고 아내는 옷춤에서 지갑을 꺼내려 한다.

"꺼낼 것 없어―그러면 되었군……. 내게 전차표는 한 장 있으니까……."

성호는 겨우 마음이 놓였다. 만일 오전이 없었으면 자기는 자기 신문사까지 꼭 걸어가는 수밖에 별 수가 없었다. 아내더러 어린것을 데리고 걸어가라고야 물론 할 수 없는 터이다. 그는 창경원 앞 전차정류장에서 돈 오 전으로 일어날 미운 이별을 겨우 면하게 된 것을 마음으로 얼마큼 다행이 여겼다. 그는 이러한 찰나의 안심과 또는 조그마한 곤란에서도 우연히 벗어나게 되는 것에서 어떠한 일종의 기쁨을 느끼는 자기 마음이 얼마나 천박한 것을 웃고도 싶었다. 그러나 이러한 찰나찰나의 마음이 졸이고 늦추어지게 되는 기쁨조차 없다면 일생은 얼마나 영영 고적하고야 말 것을 생각하매 이 역시 살아가는 동안의 조그만 파문의 심기회전心機廻轉이라 하였다.

그는 박석고개에서 아래로 비듬히 내려 질린 큰길 한편으로 걸어갔다. 창경원의 돌담위로 넘어다보는 소나무 위에는 벌써 아침해가 비쳐 새움의 연한 녹색과 옛잎의 거무충충한 녹색이 분명히 보인다. 그리고 담 밑 풀과 총독부병원의 '아카시아' 잎에 맺힌 아침이슬은 아직도 사라지지 않고 햇빛 받는 대로 수은주水銀柱처럼 반짝거려 보인다.

아침의 박석고개와 창경원 일대의 길을 오기는 썩 드물던 성호는 어떠한 상쾌한 생각이 났다. 그러나 그것은 순간이었다. 그 모든 광경도 몇 걸음 걷는 동안에 어느덧 눈에 익어 버리고 말았다. 그는 다시 생각이 오늘도 만일 월급이 안되면 어찌할까 하는 데로 돌아가고 말았다. "피란—내일에도 일찍이…… 그러다가 만나보면 더 창피……."

이렇게 여러 가지로 생각을 하는 가운데에도 성호의 가슴을 가장 아프게 때리는 것은 요러한 조그마한 곤란이 또는 불행이 오히려 자기의 전 감정을 움직이게 하는 성격의 약한 것을 스스로 한탄하는 마음이었다. 결국 자기는 순간의 감정에서만 살고 영원한 의지에서는 살지 못하는 것인가 하였다. 이것이 고통 위의 고통을 느끼게 하는 자기의 인격의 비판이었다.

이러한 때마다 그는 마음으로 부르짖었다.

'무엇을 그렇게 괴로워해! 우리에게는 이 세상에서 어떻게 하든지 살 절대의 생존권이 있다. 그러면 모든 창피를 받는 것은 산다는 큰 사실 앞에는 소소한 조건에 지나지 못하는 것이다. 그렇게 좁게 조그마한 절벽의 지배를 받을거야 무엇 있나……' 하고.

이와 같이 자기의 마음을 늦추었다 죄었다 하는 동안에 성호는 전차 정류장 가까이 왔다.

어린 문환은 전차를 보더니 자기 어머니의 손을 도리어 이끌고 전차로 올라가려 한다. 성호도 천천히 올랐다. 전차 안에도 사람이 비교적 적었다. 그들은 종로통 사정목에서 동서로 갈리었다. 아내는 어린것을 데리고 동대문행을 탔다. 아내는 남쪽벽 막는 나무창을 열고 남편을 보며 "세 시쯤 해서 전화 걸 터이야요"하고 말을 던지고 전차 움직이는 대로 그대로 가버렸다. 성호는 '피난도 같이 못하게 되나' 하고 혼자 속으로 헛웃음을 쳤다.

4

여름의 긴 해는 오후 다섯 시가 되었어도 오히려 서편 하늘에 높이 떠있었다. 남대문통 동편에다 가지런하게 늘어선 집들은 서편의 광선을 비듬히 받아 불에서 구워낸 돌처럼 따뜻한 기운을 넓은 길을 향하여 한없이 내뿜고 있다. 그 아래의 포도 위에는 사람의 그림자도 드물었다. 길 가운데로는 자동차, 인력거, 짐차 같은 것이 더운 공기를 헤치고 먼지를 일으키며 왔다갔다 한다. 성호는 바쁜 걸음으로 서편 포도 그늘진 데로 이마의 땀을 씻으며 급히 걸어갔다.

성호는 그 날 다섯 시쯤 해서 다행이 두 달 월급을 찾게 되었던 것이다. 그는 세 시에 아내의 전화를 받을 때에 네 시쯤 해서 월급이 된다 하니 조선은행 앞으로 오라 하였었다. 그래서 만나가지고 진고개로 가려던 것이었다. 이 전화가 처음 왔을 때에 '규지'가 와서 '어떤 여인한테서 전화가 왔습니다' 하고 통기를 할 때에 곁에 있던 동료들은 '어키! 이성에게서…… 오늘 한 턱 하지!' 하고 놀리다가 성호가 수화기를 손에 쥐고 '다섯시쯤 해서…… 어디로…… 조선은행 앞으로…… 그렇게 하구려……. 그런데 그리로 올 전차 삯이나 있어……' 하는 소리에 동료들은 비로소 안 듯이 '마누라님이시로군! 진고개로 물건을 사러 가신다고……' 하고 다시 놀렸었다.

그리하여 지금 다섯 시가 되기를 기다리어 성호는 급히 조선은행 앞을 바라보고 허둥지둥 걸어가게 된 것이었다.

성호는 경성우편국 앞으로 와서 조선은행 근처를 휘휘 둘러보았다. 아직 아니 온 모양이었다. '이게 웬일일까?' 하고 혼자 중얼대며 바람이 비교적 잘 통하는 전찻길로 나서서 동대문 방면에서 오는 전차를 기다렸다.

용산가는 전차를 두 세 채 기다리자 비로소 아내는 아이의 손을 잡고 내려왔다.

"이게 웬일이오?"

하고 성호는 책망하듯 물었다.

"곧 오려는 것이 그렇게 되었어요. 퍽으나 기다렸지요……."

하고 아내는 별로 다른 변명도 하지 않는다.

이번에는 성호가 문환의 손을 끌고 본정통本町通으로 들어섰다. 아내는 땀을 닦으며 뒤를 따라 온다.

성호는 이제야 생각이 났던지

"전차 삯은 어디서 났소"하고 묻는다.

"꾸었지요. 돈 오전 없단 말이 나와야지요. 퍽으나 망설이다가 시간은 부쩍부쩍 가고 할 수 없이 입을 떼었지요……."

이렇게 말하는 아내의 얼굴은 붉었다.

"그러기에 내가 아까 그리로 가는 것이 어떠냐고 전화할 때 묻지 않았소?"

성호는 도리어 아내를 책망하였다.

"거기까지 어떻게 오세요. 당신이 그리 왔다가 또 이리 오면 괜히 돈만 더 들 듯해서요…… 좀……" 하고 아내는 변명을 한다.

"그런 이해를 가릴 만큼 이기적이면서 좀 뻔뻔하게 전차 삯 없단 말은 어찌 나오지 않았을까" 하고 좀 비꼬아보았다.

아내의 얼굴은 빨개졌다.

성호는 동정하는 눈으로 바라보았다. 너무나 가엾은 생각이 난 까닭이었다.

아내는 다시 말도 내지 않고 걸어올 뿐이다. 자전거가 종을 울리고 곁으로 홱 지나가는 바람에 성호는 뒤로 주춤하였다. 그러면서 뒤따라오는 아내를 보았다. 얼굴에 암상[18]이 흘렀다. 그의 불쑥 내논 말이 아내의 자존심을 깨뜨려 버린 것이었다. 생각하면 미안하기도 하고 가엾은 생각도 났다.

"문환아 너는 엄마하고 오너라!"

하고 성호는 잡아 든 문환의 손을 아내에게로 보내며 말을 걸어 보았다.

"이리온……."

하고 아내는 문환의 손을 끈다. 성호는 다시 할 말이 없었다.

"과자는 어디가 쌀까"

하고 성호는 다시 말을 붙였다.

"아무데나 깨끗한 데로 가지요……."

하고 아내는 신명 없이 대답한다.

어린 것은 과자란 말에 귀가 번쩍 띈 것 같이 "과자, 전차…… 아버지 흥……" 한다.

조그마한 과자집에 들어가서 여러 가지로 문환의 두고 먹을 것과 손님 오면 대접할 것을 사들고 나왔다. 어린 것은 과자를 보고는 신명이 난 것처럼 연해 자기와 어머니와 아버지에게 말을 걸어본다.

성호는 서점으로 들어가서 잡지를 서너 권 샀다. 아내는 남편이 책을 사는 동안에 문환이를 데리고 그림책을 구경하고 섰다. 성호는 책을 싸

---

18) 남을 미워하고 샘을 잘 내는 잔망스러운 심술.

서 들고 아내더러 가자고 하였다. 아내는 어린것의 손을 잡고 나오려 하였으나 문환은 나오지 않고 책을 사달라고 칭얼거린다. 성호는 아들더러 마음에 드는 책을 고르라 했다. 한참 동안을 두고 고른 것이 전차 그림이었다. 그것을 손에 쥐고 나온 문환은 행길에서 책을 펴들고 보려고 한다. 아내는 "집에 가서 나하고 함께 보자! 응"하고 말린다. 그러나 그는 듣지 않았다. 자전거와 인력거는 뿡뿡거리고 지나간다. 성호는 조마조마한 위태한 생각에 걸음이 걸리지 않았다.

"그러면 장난감 안 사준다."

하고 성호는 한번 위협을 해보았다. 그 위협은 바로 효력이 생겼다. 아이는 책을 자기 어머니에게 맡기고 손 잡힌 대로 그대로 아무 소리 없이 따라온다.

그들은 다시 장난감을 샀다. 어린이의 얼굴에는 기뻐하는 빛이 더 나타났다. 그는 좋아서 땡땡, 징징을 연해 부른다.

그들이 S백화점 앞에 당도하였다. 그 '쇼윈도' 안에는 여름의 '파라솔', '숄', 속옷, 양말, 여러 가지 잡화를 빛깔의 조화와 물건의 배치에 아무 결점을 발견할 수 없을 만큼 보기 좋게 꾸며 놓았다. 아내는 어린것의 손을 잡은 채로 우두커니 서서 그 안을 굽어다본다. 그 얼굴에는 하나 샀으면 하는 기색이 말은 못하나 나타나 보인다.

성호는 아내의 것이라고는 아무 것도 산 것이 없는 까닭에 좀 미안한 생각이 났다.

"여보, 당신 것도 뭐 하나 삽시다. '숄', 양말, 속옷……"하고 눈에 닥치는 대로 물었다.

"관두지요. 돈도 적은데……"

하고 아내는 사양을 한다.

"온 김에 하나 사 가지고 갑시다."

하고 성호는 앞을 서서 들어갔다.

"분이 없는데요⋯⋯. 왜비누도⋯⋯."

아내는 실용품을 말한 것 같이 뵈었다.

"그러면 나온 김에 다 사가지고 가지⋯⋯."

하고 성호는 호주머니에서 봉투를 내어 오 원 짜리 한 장을 집어내어 주었다.

아내는 그것을 받아들고 이리저리 다녔다.

"이것을 다 쓰면 안 되겠지요⋯⋯."

하고 아내는 묻는다.

기왕에 한 번 내놓은 것이라 그 중에서 남기라고 말하기는 어려운 것 같아 성호는 "여기도 많이 있으니까 살 것 있거든 다 사구려." 하였다.

아내는 이것저것 자기가 긴급히 소용될 것은 골라놓고 값을 치른 뒤에 남편을 바라보며

"그것 얼마 안 될 줄 알았더니 오 원이 거진 되어요"하고 미안한 얼굴을 보인다.

산 물건 가운데에는 성호의 '넥타이'와 양말까지도 들었다. 성호는 아내가 제 것보다도 성호 자신의 것에 많은 돈을 들이는 것이 미안하기도 하고 기쁘기도 하였다.

"'넥타이'는 이것도 좋은데 그만두구려."

하고 성호는 말렸다.

이 '넥타이' 문제로는 평일에도 아내와 여러 번 말하여 오던 터였다. 돈만 생기면 가가에서 감을 떠다가 만들자거니 또는 만든 것을 사자거니 하고 때묻고 헐은 '넥타이'를 맬 때마다 문젯거리가 되어오던 터였다.

이렇게 물건을 사는 동안에 어느덧 서편 하늘에 높이 있던 해도 서편으로 훨씬 기울었다. 본정통의 좁은 길에는 석양 햇빛과 땀 흘린 사람으로 가득 찼다. 성호 부부의 등에도 땀이 차 올랐다. 그리고 그들은 허

출한[19] 기운이 들었다.

"우리 무엇을 좀 먹고 갑시다……."

하고 성호는 말을 내었다.

"무엇을 먹어요. 그대로 집에 가서 밥이나 일찍 지어먹지요."

하고 아내는 반대를 한다.

무엇을 먹는다는 소리에 문환은 어머니의 손을 끌며 '빵'을 사달라 한다.

"여보, 너무 더우니 '아이스크림'이나 하나 먹읍시다."

하고 성호는 두말하지 않고 일본 사람의 빙수 가게로 들어갔다.

아내도 어찌 할 수 없이 따라 들어갔다.

그들은 그 가게에서 선풍기의 바람에 땀을 들이고[20] '아이스크림'에 헛 장단을 친 뒤에 행길로 다시 나왔다.

"조금 앉았더니 더 피곤해요. 인제는 다리에 힘이 풀리는 것 같아요."

하고 아내는 피로한 것을 말한다.

"나도 퍽 피곤한데……."

성호도 웬 셈인지 정신이 평일보다 흥분된 것도 같았고 몸에 맥이 풀린 것도 같았다.

"어서 가서 밥을 또 지어야 하지—."

하고 아내는 걱정하는 또는 탄식하듯 말한다.

아내의 '또 밥을 지어야지' 하는 '또'의 의미는 이제 가서 밥을 또 어떻게 짓나 걱정하는 마음을 감출 수 없이 그대로 내보인 것이었다.

"여보 오늘은 기왕에 늦었으니 어디든지 가서 간단하게 양식이라도 사 먹고 밥짓는 건 그만두지."

---

19) 허기가 져서 출출한.
20) 땀을 식히거나 멎게 하고 .

하고 성호는 아내의 의견을 물었다.

"비싼 것을 사먹어서 무얼 해요. 귀찮지만 고기나 좀 사가지고 가서 구워먹지요."

하고 아내는 반대를 한다.

"이따금 가다 양식 같은 것도 먹어보지 그래."

"돈이 들어 걱정이지요."

"어째 그런 돈을 아낀다고 더 잘살라고요―갑시다……."

하고 성호는 다시 앞을 서서 황금정으로 내려와 조촐한 C '레스토랑' 으로 들어갔다.

그리하여 성호 세 식구는 저녁을 마친 뒤에 '레스토랑' 을 나와 행길로 걸었다.

해는 벌써 저물었다. 온종일 더위에 부대낀 사람들의 그림자가 낮보다도 큰 행길에 훨씬 많았다. 그러나 더운 볕에 다른 행길에는 아직까지도 더운 김이 식지 않았다. 거리로 새어나오는 각 상점 전등불은 더욱 더워 뵈었다.

5

그들이 이리로 저리로 산보를 하고 천천히 걸어서 자기집으로 돌아올 때는 벌써 밤 열 시가 가까웠다.

집에 들어와서 의복을 갈아입고 방문을 훨씬 열어놓고 서늘한 바람을 쏘이고 있었다. 문환이는 행길에서부터 잠이 와서 칭칭대었다. 할 수 없이 성호는 양복저고리를 벗어 아내에게 들리고 어린것을 업었다. 업음질이 익숙하지 못한데다 잠든 어린아이의 허리와 고개가 제대로 놀아서 근드렁 거리었다. 도저히 업고만 걸어갈 수 없다. 그는 할 수 없이 아내에게 다시 어린아이를 업히고 돌아왔었다. 아내는 이와 같이 아이까지 업고 온 까닭에 더 몹시 피곤해 보였다.

아내는 땀난 몸을 냉수에 수건을 빨아 씻고 옷을 갈아입고 나오며 "이제야 정신이 납니다. 당신도 몸을 좀 닦으시지요"하고 권한다.

"그렇게 해볼까. 몸이 끈끈해 견딜 수가 없는걸!"

하고 성호도 부엌으로 들어갔다. 수통 옆에 가서 콸콸 쏟아져 나오는 물에 수건을 빨아 몸을 닦으려 하였다. 아내는 방 안에 모기장을 치고 문환이를 그 안에 뉘었다. 그리고 부엌으로 나오더니 "제가 잘 씻어 드릴까요?"

하고 수건을 성호의 손에서 뺏으려 한다.

"그만두구려! 다 씻었으니까……."

하고 성호는 수건으로 얼굴을 문지르며 방으로 들어왔다.

더위도 어지간히 물러갔고 또한 물로 몸을 닦은 까닭에 온몸의 피로를 잊을 만큼 정신에 상쾌한 맛이 났다. 그러나 몸이 가뿐하기는 하면서도 역시 전신에 씩씩한 힘은 없었다. 그리하여 성호도 모기장 속으로 들어가 누웠다. 모기장 안은 얼마큼 더운 듯하였다. 그러나 못 견딜 더위는 아니었다.

아내는 부엌으로 곁방으로 무엇인지 한참동안 찾아다니다가 그 날 사 가지고 온 물건을 전등 앞에서 일일이 다 풀어 검사한 뒤에 넣을 곳에다 넣고 전등을 끄고 모기장 안으로 들어와 남편과 아들 사이에 누웠다.

바깥에서는 동리 애들이 장난치고 다니는 소리가 들린다. 그리고 더위를 피하여 집 앞 넓은 곳으로 나온 여러 동리 사람들의 수군대는 소리도 들렸다.

성호는 잠이 올 듯하고도 잠이 잘 오지 않았다.

"퍽 곤하지! 돈 쓰고 몸 고달프고……"

하고 성호는 입을 떼었다.

"아주 맥이 탁 풀리는걸요……. 문환이도 꽤 곤한 모양이야요."

하고 손으로 문환의 뺨을 쓰다듬어 준다.

"내 양복저고리 안 '포케트'에 돈이 들었으니까 내일 일찍 일어나거든 동리의 외상값 같은 것은 미리 갖다주구려!"
하고 성호는 내일 아침 일을 부탁하였다.

"오늘 와서 욕을 아마 산더미같이 했겠지……들."
하고 아내는 욕먹은 것이 안된 것처럼 말한다.

"물론 했겠지……."

"참으로 창피해요……."

"그래도 돈만 주면 오늘 한 욕은 잊어버린 듯이 다시 굽실굽실 하겠지. 사람이 욕 안먹고 한 세상 살아갈 수 어찌 있겠소."
하고 성호는 하품을 속으로 가만히 하였다.

"욕도 먹을 데 먹어야지요. 외상값 안주고 먹는 것은 좀 안됐어요……."

"안되기야 안되었지……."

"참으로 이런 살림은 귀찮아 못 하겠어요……."

"그렇지만 어떻게 하는 수 있소."

"이런 월급생활 말고 어떻게 달리 살 도리가 없을까요. 더구나 그것을 믿을 수도 없는데 날마다 졸리어서 못살겠어요. 마음을 하루라도 편히 먹고 살 수 없을까요……."
하고 아내는 잘 나오지도 않는 월급에 붙매어 사는 것을 원망하듯……말한다.

"글쎄 지금 형편으로는 별 도리 없지요. 글줄이나 쓴대야 그것으로는 한달 집세도 못되고 또는 자본 없이 장사도 할 수 없고 자본이 있다고 해도 장사치로 나설 천성을 타지 못하였고 그렇다고 굶어 죽을 수도 없고 한 '테러리스트'나 '니힐리스트' 같은 행동은 마음이 약해 할 수 없고 결국 월급량이라도 받아가지고 어린 것 배 안 곯리도록 해보는 수밖에 별 도리가 없겠지요."

하고 한참 동안 숨도 쉬지 않고 대번에 이렇게 절망적으로 대답하였다.

이렇게 말하는 동안에 성호도 얼마만큼 흥분하였었다.

"참으로 딱한 일도 많아요……."

하고 아내는 한숨을 내쉰다.

"별 수 없겠지. 이도 못해서 굶어 죽은 사람도 많으니까. 우리는 무던한 편이라고 뱃속을 좀 편하게 먹는 수밖에 별 도리 없겠지……."

"글쎄요……."

하고 아내는 시원치 못한 대답을 한다.

성호의 눈에는 월급 받는 때의 자기의 광경, 그것을 받아 가지고 조선은행 앞으로 달음질을 하는 광경, 걸어가면서 아내와 다퉜던 광경, 물건 살 때의 광경—모든 것이 다시 어떠한 환영처럼 전개되었다. 어떠한 딴사람의 행동을 비판하는 눈으로 바라보는 사람과 같은 느낌이 있었다. 지금 누워서 생각하는 먼저 돌아다니던 사람과는 딴 사람 같은 느낌이 있다.

아내도 무엇인지 생각하는 듯하였다. 다만 문환이만 곤한 잠이 들어 가끔 잠꼬대을 할뿐이었다.

어두운 가운데에 두 혼은 활개를 치고 떠놀았다.

— (十二月 十五日)—

—《별건곤》 3호, 1927. 1.

흙의 세례洗禮

1

명호明浩의 아내 혜정惠貞은 앞마루에서 아침을 먹은 뒤에 설거지를 하다가 손을 멈추고 방 안을 향해 "저 좀 보세요"하고 자기 남편을 불렀다.

명호는 담배를 피워 물고 앞에다 신문을 놓고 쪼그리고 앉아서 들여다보다가 혜정의 부르는 소리에 재미있게 보던 흥미를 잃어버린 것 같이 얼굴에 조금 불쾌한 빛이 나타나 보였다. 그리하여 그는 허리를 굽혀 앞 미닫이를 소리가 나게 열고는 조금 퉁명스러운 소리로 "왜 그러우?" 하였다.

이와 같이 불쾌한 듯이 섞이어 들리는 '왜 그러오?' 하는 대답에 혜정은 어느덧 그 다음에 하려던 말의 흥미를 절반 이상이나 잃어버리고 말았다. 그리하여 '저 보세요'라 부르기만 하여두고 한참 동안이나 남편의 얼굴을 바라다보았다. 그리고 혜정은 남편이 또 무슨 생각에 열중한 것을 짐작하였다. 명호는 어떠한 생각에 열중할 때에는 아무리 불러도 대답을 할 줄도 모르고 또는 대답을 한다 하여도 퉁명스러운 소리가 나오던 것이었다. 이와 같은 퉁명스러운 대답이 이 마을로 이사온 뒤로는 더욱 많아진 것은 명호가 무슨 생각에 열중하는 기회가 많다는 것을 의

미한 것이었다. 그리고 또한 이러한 생각하는 기회가 불어졌다는 것이
혜정에게 대하여는 불쾌한 생각을 느끼는 때가 더 불었다는 것이었다.
그들의 이전 생활도 그다지 장한 생활이라 할 수 없었으나 이러한 시골
로 내려오게 된 것은 조금 장유長悠한 시일을 보내어보자는 것이 동기
가 되었었다. 그러나 유장悠長[1]과 흐리멍텅한 것은 이 명호에게서 거의
구별할 수 없는 형용사가 되고 말았다.

"이걸 어떻게 하면 좋아요? 오늘은 밭을 좀 갈아야 할 것이 아니에
요. 앞집 칠봉 아범을 하루 동안만 삯꾼으로 얻어 볼까요?"

혜정은 얼굴에 수심스러운 빛을 띄워가지고 이렇게 말하였다. 그런
데 이 칠봉 아범이란 것은 명호 부부가 이 동리洞里로 이사 오던 그 날
부터 서로 친하게 상종하는 다만 하나의 이웃사람이었다. 집안에 조금
하기 어려운 일이 생길 때면 흔히 칠봉 아범에게 부탁하게 되었다. 그
는 젊은 명호 부부를 위하여서는 자기 집 볼일이 있어도 그것을 제쳐놓
고 명호의 일을 보살필 만큼 충실한 이웃사람이었다. 그러므로 오늘도
밭 갈 일이 급한 것을 걱정하는 혜정이 칠봉 아범을 삯꾼으로 얻고자
한 것은 자연스런 일이었다.

"글쎄…… 어떻게든지 해보아야 하지……."

명호는 겨우 이만한 대답을 하고는 미닫이 바깥으로 담배연기를 내
뿜었다.

혜정은 이러한 흐리멍텅한 대답에 조금 역증[2]이 났다. 그리하여 그의
말소리는 자연히 조금 높았다.

"글쎄 글쎄라 말만하면 됩니까? 어떻게든지 일을 시작하도록 하셔야
지요. 그러면 제가 가서 칠봉이 아범을 불러올까요?"

명호도 아침에 일어날 때부터 밭을 갈아야 하겠다는 생각이 물론 없

---

1) '유장하다(길고 오래다)' 의 어근.
2) 역정(逆情).

었던 것은 아니로되 매양 무슨 일에든지 생각만 하고 바로 착수하지 못하는 것이 거의 병적으로 버릇이 되고 만 그가 아내에게 재촉을 다시 당하면서도 속이 시원하도록 대답 한마디조차 오히려 하지 못한 것은 어떤 특별한 이유가 있을 듯도 하였다. 그러나 물론 아내에게 대한 감정으로 나온 것은 아니었다. 그밖에도 별다른 이유가 있는 것은 아니었다. 큰 의문으로 있는 것은 이렇게 생활을 하여야만 할 필요가 어디 있을까라 생각하는 것이었다.

명호는 한참 있다가 앞마루로 나오며 겨우 입을 떼어 말하였다.

"글쎄 그러면 불러오구려!" 하고 그는 다시 두 활개를 벌리고 기지개를 켰다. 소리를 높여 하품을 크게 하였다.

혜정은 기지개 켜며 하품하는 남편의 얼굴을 유심히 흘겨보고는 숨을 한번 크게 내쉬었다. 이 숨은 그 찰나의 그의 감정을 가리움 없이 표시한 것이었다. 그리고는 아무 말 없이 앞 토방³⁾을 돌아 부엌으로 들어갔다.

"한숨은 왜 쉬오?"

명호는 부엌으로 들어가는 아내의 뒤를 바라보며 조금 불쾌한 말로 이렇게 물었다.

"생각해보세요. 한숨이 아니 나올까—어쩌면 모든 것을 그렇게 흐리멍텅하게 하십니까?"

혜정은 부엌에서 개숫물통에 물을 떠 부면서 이렇게 대답하였다.

"무엇이 흐리멍텅하다우? 속 모르는 말은 이 담부터는 하지도 마오." 하고 명호는 마루에서 마당으로 내려왔다. 이때에 혜정은 개숫물 그릇을 들고 다시 부엌에서 앞마루로 나왔다.

"좀 생각해보세요. 지금이 언제인지 알으십니까? 벌써 사월이 가까

---

3) (마루를 놓을 수 있게 된) 처마 밑의 땅.

워 왔습니다. 다른 사람들의 농사짓고 사는 것을 좀 보시지요. 지금까지 아직도 밭을 그대로 둔 집이 어디 있는가……. 이왕에 이러한 생활을 하신다면은 이것이나마 좀 의의 있게 하여야 할 것이 아니에요?"

명호는 가만히 듣고만 섰었다. 그에게 대답할 말이 없었다. 혜정은 남편의 대답을 기다리다가 실망한 듯이 다시 입을 열었다.

"그런데 어떻게 그리 모든 일에 등한等閒하셔요. 밭 갈아야 할 것을 말씀한 지가 언제인지 알으십니까? 벌써 일주일이나 되었어요. 저는 농사가 어떠한 것인지 자세히 알 수도 없지마는 때를 잃으면 안된다는 것은 알았어요. 다른 사람들의 밭에서 벌써 싹이 나지 않았어요? 그런데 우리 밭은 아직 괭이 맛도 보지 못하였지요. 어떻게 되겠습니까. 밭이 잘되고 못되는 것은 그만두고라도 남이 부끄럽지 않아요."

혜정은 이렇게 숨도 쉬지 않고 한참동안을 지껄이다가 숨이 차 올라와 겨우 말을 그치었다.

그러나 또다시 명호에게는 대답할 말이 없었다. 대답할 만한 무엇이 있다 하면 그것은 말할 것도 없이 어떠한 폭군이 충실한 신하의 간諫하는 말을 들을 때에 취하는 조포粗暴[4]한 태도나 언사 같은 것이었을 것이다.

혜정은 다시 말을 내었다. 이번에는 애원하듯이 말하였다.

"저보세요! 이러한 농촌에서 무엇을 하려고 고생할 필요가 있어요! 이런 생활–불철저不徹底한 생활은 그만두고 우리에게 적당한 도회로 가는 것이 어때요? 손발이 고고한 사람에게는 이러한 생활을 하겠다는 것이 벌써 틀린 수작이라고 합니다. 암만해도 당신 성격에는 농촌 살림은 적당치 못해요……."

이것은 명호에게는 참을 수 없는 실망과 비애를 주는 말이었다.

---

4) 거동이 몹시 거친 모양.

"여보! 그런 쓸데없는 말은 그만 허구려! 지금에 와서 이러한 말을 하면 무슨 소용이 있소? 그만두려거든 당신이나 그만두고 이전처럼 가서 다시 지내구려!"

혜정은 이러한 최후의 말에는 무엇이라 대답할 수 없었다. 명호 부부는 이러한 말다툼이 일어날 때에 두 편이 다 같이 흥분한 태도를 가지는 일은 이전부터 없었다. 그리하여 어디까지든지 자기를 주장함이 자기를 생활에 얼마만한 영향을 줄는지 그것을 그들은 알았음으로 한편이 격앙激昂할 때에는 한편은 누그러져 버렸었다. 이것이 가장 그들로 하여금 오늘까지의 결혼생활을 파멸로 인도치 않은 큰 원인의 하나였다. 말하자면 이 부부의 사이를 떨어지지 않도록 꼭 붙게 한 거멀못[5]이었다.

그리하여 혜정은 두말 하지 않고 바깥으로 칠봉 아범을 부르러 나갔다.

명호는 아무 대답 한마디도 못 하고 초연히 바깥을 향하여 나가는 혜정의 그림자가 사립문 밖으로 사라질 때에 그는 기침을 크게 한번 하였다. 명호의 이러한 기침은 그가 어떠한 충동을 받거나 또는 흥분할 때에 보통사람의 한숨이나 눈물을 대신하는 한 표정이었다.

그러나 이제에 한 기침은 사립문 밖으로 나간 아내에게 대한 것이 아니요 말하자면 그가 스스로 인정하는 자기의 약한 성격에 대한 것이었다.

명호는 항상 자기가 자신의 행동을 조종할 만한 의지의 힘이 박약하여 필경은 아무 긴장한 맛이 없는 생활조차 마음대로 얻을 수 없는 것을 부끄럽게 생각하였다. 그러나 이것은 자기의지가 박약한 것만이 원인이 아니라 시시각각으로 일어나는 일과 또는 귀와 눈에 활동이 있는 이상에는 반드시 아니 뵈이고 아니 들리면 아니 될 여러 가지 사상이

---

5) 나무 그릇 따위의 벌어지거나 금간 데에 거멀장처럼 걸쳐 박는 못.

도리어 자기라는 육肉과 영靈의 화합이 아니오 혼합인 덩어리를 절망의 구렁으로 떠미는 것이 생에 대한 권태를 일으키고 이 권태가 다시 얼마 남아있지 못한 기력을 소모함인 것이라 하였다. 그리하여 많은 다른 소위 승리자와 같이 무엇이든지 이기고 나아가지 못하는 이 섬약纖弱한 의욕에는 증오를 아니 느낄 수 없었다. 이러한 증오를 느끼게 됨도 그가 어떠한 동기로든지 무슨 충동을 받을 때의 일이요 평상에는 염두에 올리지도 않은 것처럼 태연해 보였었다. 이러한 증세는 물론 그가 삼년 전에 중증의 신경쇠약을 앓고 난 뒤부터 더욱 심하여졌었다. 그러므로 이러한 흐리멍텅한 것은 결코 그 자신이 스스로 원하는 것이요 자기의 힘으로는 어찌할 수는 없는 불가항력으로 말미암은 것이다. 그러나 이러한 반면에 남모르게 자기의 속을 태우는 우수憂愁가 없는 것은 아니었다. 어떠한 때에—냉정히 자신을 비판할 때에는 자신에 반드시 두 가지의 다른 형식으로 표현된 이중성격이 있음을 부인할 수는 없었다. 결국은 자기 자신의 불순不純을 느끼는 동시에 다른 모든 것이 불순不純하여 뵈었다. 따라서 모든 것을 부정하는 처지에서 바라보고 싶었다. 모든 것을 부정하는 그에게는 제왕帝王도 없었다. 모든 권력도 없었다. 이상理想도 없었다. 있다 하면 그것은 자기의 힘으로도 어찌할 수 없는 생활의 힘이었다. 날카로운 비수를 가슴에 댄다 하여도 그의 전 인격이 그것을 두려워함이 아니요 다만 생활하겠다는 본능이 그것의 위혁威嚇에 전율할 뿐이었다. 이렇게 대담하면서도 어떠한 때에 곁에서 보는 사람이 웃을 만큼 쉽게 그는 희로喜怒의 감정을 나타내었다. 또는 자기와 친한 친구나 친척이 죽었다는 말을 들을 때에 오히려 눈썹 하나를 까닥하지 않고 '사람이란 죽는 것이니 할 수 없이 언제든지 반드시 죽을 터이니까…… 그가 사람인 이상에는……' 이라고 다른 사람들이 저 사람에게는 뜨거운 피가 있는지 없는지 그것을 결심할 만큼 냉혹해 보였다. 그러한 대신에 어떠한 때면 소설 같은 것을 보다가도 눈물을 흘리게 되어 보드라운 감정을 가진 것도 뵈었다.

지금에 이러한 명호가 초연히 사립문 밖으로 나아간 아내를 바라보고 아무 느낌이 없을 수는 없었다. 여러 가지 복잡한 감정 가운데에 무엇이든지 한가지가 정正히 나타날 때였다.

그는 아내를 언제까지든지 그러한 고통에 두어서는 안 될 것을 더욱 간절히 느끼었다. 그는 사랑방으로 들어갔다. 그는 의복을 갈아입고 다시 바깥으로 나왔다.

그가 사랑에서 옷을 갈아입는 동안 아내는 칠봉의 집을 다녀서 벌써 돌아왔다.

혜정은 헌옷을 갈아입고 사랑방에서 나오는 남편을 보고 이상스러운 생각을 하며 말하였다.

"칠봉 아범은 벌써 다른 데로 일나갔어요. 그러면 오늘도 할 수 없이 틀렸습니다그려!"

"여보! 칠봉 아범이 없어도 염려 말구려. 오늘은 내가 일을 좀 시작해 보겠소"하며 명호는 앞마루 밑에서 헌 짚신을 내어 발에 꿰고 마당으로 나왔다.

혜정은 남편의 차림이 하도 서툴러 보여서 한편 손으로 입을 가리우고 웃었다. 남편의 하는 일이 갈수록 우습게 생각되었다. 일주일 전부터 밭을 갈아야 하겠다 하여 그와 같이 혀가 닳도록 말할 때에는 글쎄글쎄 하던 그때의 남편으로는 생각할 수 없었다. 그러나 그는 어떠한 충동을 받을 때에는 의외의 일을 대담하게 하는 일도 없지는 아니하였으나 그것은 일년이나 이년에 한번 볼는지 말는지 한 일이라 기괴奇怪히 아니 여길 수 없었다. 그리고 어쨌든 혜정에게는 반가운 일이었다. 그는 도리어 먼저 남편에게 성나는 대로 함부로 말한 것을 뉘우치어 생각하였다. 또는 한가지 마음에 적이[6] 의심치 아니할 수 없는 것은 '나는 밭갈 수 없어-귀찮아……' 하고 밭가는 괭이를 내던지고 흙 묻은 발로 방으로 뛰어들어가지나 아니할까 하는 것이었다.

"정말이세요……." 혜정이 물었다.

"정말이야!"

"그러면 저도 가서 조력해 드리리까?"하고 혜정은 안방으로 들어가 끄나풀[7]로 허리를 단단히 졸라매고 수건으로 머리를 덮어썼다. 그리고 바깥으로 나왔다. 명호는 괭이를 매었고 혜정은 호미를 들었다. 그리하여 부부는 자기 집 뒷밭으로 나아갔다.

2

봄날 아침 하늘빛은 은망사[網紗]와 같은 아지랑이를 통하여 푸르게 흐릿해 보였다. 그사이로 흘러내리는 광선은 오히려 호듯호듯하였다. 이따금 불어가는 바람은 미적한 손으로 봄볕에 호듯해진 그들 부부의 뺨을 문질러 주었다. 며칠 전에 비에 젖은 아직 물기 있는 흙덩이를 밟을 때에 그들은 이상스러운 촉감을 느끼었다. 담 밑의 양지[陽地]에 파릇파릇한 이제야 움나는 풀과 울타리 밖에 자주빛 '펑키'를 칠한 듯이 붉고도 윤택해 보이는 포플러 가지 빛은 봄 하늘빛과 조화가 되어 보드라운 자극을 주었다.

그들은 신발을 밭도랑 언덕에 벗어놓고 맨발로 밭 위로 올라섰다. 그들의 희고 파리한 빛과 흙의 거무충충한 빛과는 너무나 부조화해 보였다. 모래와 돌멩이 섞인 깔끄럽고 단단한 밭흙 위에 그들의 희고도 연한 살이 닿을 때에 그들은 반사적으로 발을 움츠렸다. 발바닥 밑에는 추도[墜道]가 뚫렸다. 그들은 다만 발뒤꿈치와 앞부리로만 땅을 디뎠다. 비로소 이 땅을 밟는 데에 어떠한 경건한 마음을 느낀 것처럼—그리하여 그들은 될 수 있으면 뒤꿈치나 그렇지 않으면 앞부리의 하나로만 땅

---

6) 약간. 다소. 얼마간. 조금.
7) 끈의 길지 않은 토막.

을 딛으려 하였으나 대지의 힘은 그들의 전체를 흙 속으로 깊이깊이 끌어당기려 함인지 발바닥의 전면적全面積을 요구하였다.

혜정은 "아이구! 따가워요. 간지러워요"하며 명호를 바라보았다. 명호 역시 괴상스럽게 찡그린 얼굴로 혜정을 바라보았다.

명호는 "에그! 얼른 시작합시다……"하고 괭이를 들어 밭 한편 구석에서부터 파기 시작하였다. 그러나 팔에 힘을 잔뜩 들인 괭이는 그렇게 깊이 그 날이 흙에 파묻히지 않았다. 혜정은 남편이 파놓은 흙덩이를 호미로 깨트리고 골랐었다.

그들의 흰 발등에는 어느덧 검은 흙이 덮였다. 그리고 발에 간지러움과 따가운 것을 느낄 만한 신경은 벌써 마비되고 말았다. 혜정의 고운 손가락 끝은 흙투성이가 되고 말았다.

그들은 봄날의 따뜻한 광선과 흙냄새에 취하였다. 두 가슴에는 아침에는 뜻도 못하였던 행복감을 다 각각 품게 되었다. 그들이 봄바람이나 흙냄새에 취하였다는 것보다는 차라리 이러한 순간의 행복감에 취한 것이었다. 혜정은 언제든지 남편이 이처럼 용기를 내어 일하는 용사와 같이 여겼다. 그리고 영원히 무슨 일에든지 용맹을 내는 일꾼이 되기를 바랬다. 또 자기는 언제든지 남편의 뒤를 따라다니며 그 뒤 추종하는 사람이 되고 싶었다. 그러하는 데에서 자기의 행복을 발견하고 싶었다.

명호는 자기가 평일에 동경憧憬한 생활의 세례洗禮를 오늘에야 처음으로 받은 듯하였다. 그러한 경건 조차 그는 느꼈다. 그리고 자기의 발 밑에서 그의 괭이로 파헤쳐 놓은 흙덩이를 아무 말 없이 호미로 깨트리고 앉아있는 혜정을 내려다볼 때에 지금까지에 얻을 수 없던 서로 이해하는 반려伴侶를 얻은 듯하였다. 어느 때 까지든지 변함없이 저와 같이 괴로움을 나누는 착실한 동무가 되기를 마음으로 원하였다.

이러한 행복스러운 생각으로 손이나 발과 같이 머리를 활동시키면서 그들은 일을 이어 하였다.

명호의 팔에는 힘이 풀어졌다. 그는 괭이로 땅을 짚고 뒤에서 흙덩이를 깨트리며 고르는 처를 돌아다보며 더운 숨을 한번 내쉬었다.

"여보! 정말 되구려[8]! 암만해도 손발이 흰 사람은 이러한 일은 못해 먹겠소!"

이렇게 말하고 명호는 바른팔 소매로 이마의 땀을 씻었다. 혜정은 흙투성이가 된 두 손을 남편의 눈앞으로 높이 들고 말하였다.

"이걸 좀 보세요. 손가락이 다 닳았나봐요. 몹시 아픈데요!"

이와 같이 말할 때에 흰 수건 밑으로 일하느라고 상기上氣한 얼굴이 더욱 아름다워 뵈었다. 그의 이마와 입모습에는 땀이 가늘게 구슬처럼 맺혔다.

명호는 아내의 반짝거리는 눈을 수건 밑으로 바라보다가 다시 괭이질을 시작하였다. 그리고 말하였다.

"여보! 우리 같은 사람은 이런 것은 못 해먹을 팔자인 모양이야! 정말 되어서 못 견디겠는 걸! 팔이 아프고 숨이 차서 할 수 없는걸! 어떻게 할까요!?"

"그러면 좀 쉬어가며 하시지요."

"쉬기야 쉬겠지마는……."

"그렇지만은 누구든 이러한 일을 어렸을 때부터서 해야만 하겠습니까. 어찌할 수 없으면 누구든지 다 하게 되겠지요."

"게 누가 이런 것을 꼭 좋아서만 하겠소 만은 먹고살려니까 하지요."

명호는 괭이로 큰 돌멩이를 파서 밭도랑 위에로 올려놓으며 말하였다.

"누구든지 이러한 일을 하면 먹고 살 수 있을까요?"

"그러면 당신이 지금 밭을 파고 있으니까 이러한 일을 한 것만으로

---

8) 힘에 겹다. 벅차다.

얻어먹고 살겠습니까? 다른 사람에게는 이러한 일 하는 것이 생명을 얻으려는 노력이지만은 우리들에게는 이것이 유희나 위안거리밖에 안 되는 것 같은데요. 그렇지 않습니까?"

혜정은 가쁜 숨을 쉬어가며 이렇게 말하였다. 이 말에 명호의 가슴은 무슨 비수로나 찔린 것처럼 아팠다.

"그러면이요 지금 하는 일은 장래에 생활을 얻으려고 미리부터 준비 하여두는 노동의 연습이라 하면 어떠할까요. 그러면 우리의 지금 하는 일은 다른 사람들이 일평생 사업으로 여기고 노력하는 사업의 신성神聖 을 더럽히는 일이 없게 되겠지요. 그리고 자기가 생활에 대한 기능을 얻게 되는 셈이지요."

명호의 말이 끝남에 혜정은 빙그레 웃으며

"그러면 다른 사람들의 신성한 식업識業을 유희로 아는 것과 같은 모 독은 없겠지요. 우리의 태도를 변호하는 말만이 물론 아니겠지요" 하 였다. 명호도 따라 웃었다.

명호는 농촌으로 돌아오던 날부터 마음속에 여러 가지 갈등과 모순 을 느꼈다. 이것은 자기의 일한 보수가 넉넉히 생활을 지탱치 못하고 다만 부모의 약간 유산으로 그 날을 지낸다 하면 도리어 다른 사람의 생존을 위하여 일하는 직업의 신성한 것을 모독함이 아닌가 생각함이 었다. 처음에는 자기가 농촌으로 돌아간다는 것은 무모한 일이라 하였 다. 농촌에 파묻히는 그것보다도 자기에게는 적당한 다른 무엇이 반드 시 있으리라고 생각하였다. 핼쑥한 살 밑에서 새파란 힘줄이 줄기줄기 비치는 손을 들여다볼 때에—또는 자기 아내의 고운 얼굴빛과 연약한 태도를 바라볼 때에 그러한 느낌이 더욱 간절하였다. 그리고 또 그 사 상思想으로써 '톨스토이' 의 참회 생활 가운데에 농부 노릇한 것과 또는 일본의 어떠한 장군이 농부를 모방하여 똥통을 메었다는 것을 다른 사 람의 직업을 유희시遊戱視한 것이라 하여 위선이라 단정을 내던 자신으로 이러한 모독을 다시 하게 된 것을 인생의 어떠한 보복이라 하였다.

그런데 자신의 이 사회에 대한 조금 많은 불평! 또는 여러 사람 가운데에 뜻을 얻지 못하였다는 실망 그것만으로 온 인생에 대한 자기의 인생관이 변하여 이러한 농촌을 찾게 된 것은 냉정한 생각이 그를 에워쌀 때에는 그러한 소극적인 행위를 그의 양심은 부인하였다. 그리고 또는 자신으로…… 어떠한 개념 생활에 열중하였든 그로서 한편 호주머니에 폭탄을 넣고 다니는 '테러리스트'가 되지 못한 것은 큰 유감이었다. 그의 천연天然의 유나柔儒[9]한 성격이 그것을 허락치 아니하였다. 그는 항상 혼돈한 사회에서 몹시 자극받을 때에는 어떠한 '테러리스트'가 되든지 그렇지 않으면 극단이라 할 만한 은둔적 생활을 하는 것이 자신에 배태胚胎[10]한 생명력을 신장伸張시킴이라 하였다.

명호는 이 두 가지를 두고 오랫동안 생각한 결과 그는 T라는 남쪽나라의 따뜻한 지방으로 돌아오게 된 것이다. 이러한 의견에 대하여는 처도 찬성하였었다. 이와 같이 '테'냐 '퇴退'냐 하는 갈림길에서 '퇴退'를 취한 그로서도 오히려 다른 사람의 직업 모독함이라 하는 데에서 그동안 오래 괭이 잡기를 주저하게 된 것이다.

그러다가 오늘 아침의 우연한 기회에 혜정의 흐리멍텅하다고 충동질한 말이 오랫동안 생각하느라고 피곤한 명호의 신경에 자격刺激을 주어 그를 이 밭에로 끄집어내게 된 것이었다.

그리하여 그들은 여러 시간을 두고 여러 가지로 장래에 대한 생활을 꿈꾸면서 일을 계속하였다.

낮이 조금 지났을 때에 그들은 밭을 거의 다 갈았다. 새삼스럽게 기쁨을 느꼈다. 자기들의 미미한 힘에 오히려 이러한 땅을 갈고 '에너지'가 잠재한 것을 느꼈다. 그리하여 거의 몸의 피곤한 것을 잊어버릴 만

---

9) '유나하다(유약하고 겁이 많다)'의 어근.
10) 어떠한 일이 일어날 빌미를 속으로 지님.

큼 기뻐하였다.

"벌써 다 되었어요. 인제는 씨를 뿌려야 하지요."

이렇게 말하고 혜정을 씨앗을 가지러 갔다.

명호는 괭이 자루를 짚고 우두커니 서서 파놓은 밭의 흙을 들여다보았다. 이때에 나오는 흙냄새는 몹시 향기로웠다. 그이는 흙을 두 손으로 담뿍이 쥐어 온몸에 뿌리고 싶었다.

혜정은 바쁜 걸음으로 씨앗주머니 넣은 상자를 가지고 왔다. 상자를 밭도랑 위에 내려놓고 씨앗주머니를 하나씩 펴보며 남편을 향하여 "이것은 파씨! 이것은 아욱씨! 이것은 상추씨!" 하고 일일이 그 씨앗의 이름을 일렀다. 그리고 다시 혜정은 밭도랑으로 다니며 그 씨앗을 뿌렸다.

명호는 담배를 피워 물고 우두커니 서서 바라보았다.

"당신은 씨를 잘 뿌리는군! 언제 그렇게 배웠소! 우리는 암만 해도 그렇게 고르게 뿌리지 못할 것 같은데……."

"저는요 어렸을 때에 이런 것 하기를 퍽 좋아하였어요. 그래서 학교 다닐 때에도 제 집 넓은 데에 씨는 제가 다 뿌렸어요" 하며 혜정은 허리를 굽히고 이리로 저리로 돌아다니며 줄줄이 뿌렸다. 다시 그 위에 흙을 엷게 손으로 흐트려 덮었다.

그는 이렇게 하여 갈은 밭에 거의 다 씨를 뿌리고 겨우 한 평쯤 되는 데를 밭 한 편에 남겨두었다. 그리고 손을 털고 숨을 길게 쉬고 나왔다.

이것을 보고 섰던 명호는 이상스러웠던지 물었다.

"거기는 왜 그대로 남겨두오? 뿌리려면 아주 다 뿌려버리지 그러오?"

혜정은 웃으며 대답하였다.

"꽃을 심으려고요!"

"꽃은 심어 무엇하오!"

명호는 속으로 여자란 것은 역시 언제든지 이러한 것인가라 생각하였다.

"꽃은 심으면 못씁니까? 입으로 먹는 것도 좋지만 눈으로 보는 것도 좋지 않아요?"

혜정은 이렇게 말하고 남편의 얼굴을 바라보았다.

해는 낮이 훨씬 지났다. 볕은 그러나 아직 훗훗하였다. 흙냄새는 그들을 취하게 하였다.

3

밤이 되었다. 처음으로 하여본 하루 동안 일에 명호 부부는 대단히 피곤하였다. 팔다리가 뻣뻣하였다. 굴신[11]할 수도 없이 아팠다. 그러나 그들은 바로 자지 않고 사랑방에서 이야기를 하였다. 명호와 혜정은 책상을 한가운데에 두고 앉았다. 혜정은 그 날 서울서 온 신문을 보고 명호는 일기책을 앞에 놓고 오늘 일기를 썼다. 사랑방이라 하여도 이름이 좋아 사랑방이오 실상은 도회지에 있는 행랑방만도 못하였다. 천장이 낮아서 키가 조금 큰 사람은 방안에서 허리나 다리를 굽혀야 걸어다닐 만 하였다. 그러나 도배한 지가 얼마 아니되는 고로 다른 시골 방 같이 그렇게 어두컴컴한 기운은 적었다. 방안의 넓이가 좁고 도배한 지가 얼마 아니되었다는 것이 조그마한 '램프'로도 오히려 더욱 밝아 보이게 하였다. 방 안에 늘어놓은 것은 다만 책을 가지런히 넣은 책장과 흰 보로 덮은 책상이었다. 그러나 이와 같이 비교적 정결한 방에 다른 동리 사람들이 손님으로 온 일이 극히 적었다. 다만 칠봉 아범이 두어 번 들어왔을 뿐이다. 그리하여 명호는 흔히 저녁이면 자기 아내와 함께 이 방에서 서로 쓸데없는 이야기나 독서로 날을 보내던 터였다. 어떠한 때

---

11) 몸을 굽힘.

에는 혜정이 바느질감을 가지고 와서 밤이 깊도록 옷을 짓는 일도 많았
었다. 실상은 이 방이 내실인지 사랑인지 알 수 없었던 것이었다. 더욱
혜정이 이 방으로 나오게 되는 것은 안방보다는 등불이 훨씬 밝은 까닭
이었다. 그리하여 일할 것이 많이 있고 다른 찾아온 사람이 없으면 반
드시 이 사랑방으로 나왔다.

혜정은 신문 들은 손을 등불에다 비추어 보았다.

"이것 보세요. 손이 부르텄습니다 그려!" 하고 명호의 앞으로 내밀었
다.

"안 되었구려! 그대로 가만 두구려. 건드리면 안 되오."

명호는 이렇게 말하고는 자기의 손바닥을 들여다보았다. 그리하여
자기 손도 부르터 물이 잡힌 것을 발견하였다. 그는 손을 아내가 자기
앞에 내어 보이듯이 자기의 아내에게로 내어 보였다.

"나는 두 군데나 물이 잡혔는걸!"

"이제는 일만 하면 손이 늘 부르트겠지요!"

혜정은 걱정스러운 듯이 말하였다.

"물론 그럴 터이지! 부르터지다 못하면 나중에는 칠봉이 어머니 손
같이 되겠지요……."

명호는 웃으면서 이렇게 말하였다. 혜정은 칠봉 어멈의 손을 생각하
였다. 그 손을 무엇이라고 형용하여 말할 수도 없었다. 그 장작개비같
이 굵은 손가락! 왜호박같이 쭈글쭈글한 손등! 주먹같이 툭툭 나불거진
손가락 마디! 그는 몸을 떨었다. 그리고 다시 그 곱게 흐르는 선과 선으
로 된 자기 손을 내려다보았다. 그 토실토실한 살비듬! 잘숙잘숙 들어
간 손가락 마디! 수정처럼 얼굴이 비칠 듯한 고운 손톱! 아! 이 모든 것
이 그렇게 변한다 생각할 때에 그는 다시 몸을 떨었다. 또다시 남편을
바라보았다. 곱슬곱슬한 머리와 총기가 듣는 듯한 눈이며 패려悖戾운[12]
듯하나 그래도 고상하여 보이는 얼굴빛이 더욱 귀여웁게 생각났다.

"그러면 당신도 필경은 칠봉 아범과 다름없이 되겠지요. 이렇게 십년이고 이십 년이고 지내면 말이에요?"

"그렇게 되겠지요! 사람은 다 같은 사람이니까—똑같은 환경에 있어서 나 혼자만 변치 말라는 법이 어디 있겠소? 그렇게 변하는 것이 당연한 일이지!"

혜정은 머리가 다시 횡횡 내둘리었다. 그리고 앞이 캄캄한 듯하고 정신이 아찔하였다.

칠봉 아범의 험상궂은 얼굴! 비굴하여 보이는 웃는 입! 썩은 생선 눈깔 같은 희멀건 영기 없는 눈! 손가락처럼 보기 싫게 나불거진 손과 다리에 보이는 힘줄! 모든 것이 눈앞에 떠올랐다. 그는 다시 나직이 한숨을 내쉬었다.

명호는 쓰던 일기의 끝을 막고 혜정을 향하여

"여보 내 일기를 읽을 터이니 들어보구려"하고 가늘게 명료하게 읽었다.

'나는 '테러리스트'가 되지 못하였다. 그러한 모험할 성격이 없는 것은 큰 유감이다. 명예와 공리만을 위하여 인간의 참생활에서 거리가 너무 먼 단적端的 문제만에 구니拘泥[13] 하는 허매망량魑魅魍魎과는 언제까지든지 길을 같이 할 수 없다. 나는 그러한 비열한 생활수단을 취하여 사회적으로 성공자가 되는 것보다 차라리 자기 양심을 속이지 않고 진실한 내면의 요구에 응하기 위해서는 사회적으로 실패자가 됨을 도리어 기뻐한다.

나는 이 첫 시험을 다른 사람의 직업의 신성을 더럽히었다. 그러나 나의 생을 개척하는 길은 다만 여기에 있음을 믿은 까닭에 때의 느낌을 돌아보지 않고 살아가는 첫 연습을 하였다. 첫걸음을 배웠다! 그러나

---

12) 성질이 순직하지 못하고 비꼬임.
13) 어떤 일에 얽매임.

이것이 또한 영원히 우리의 시달린 령을 잠재워줄 것으로 믿을 수는 없다. 나는 이 세상에 믿는 것이 없는 까닭이다. 그때가 되면—우리 생활을 다시 핍박하는 그때가 오면 나는 다시 이곳에 불을 놓고 밭을 해뒤치고 논을 내버리고 표랑의 길을 떠나자! 그러할 때에 같이 갈 이가 없으면 나는 혼자 가자! 끝없는 곳으로—그러다가 들 가운데에 거꾸러져 죽어도 좋고 바다에 빠져도 좋다! 나는 그때를 무서워하지 않는다. 그때를 도리어 반겨 맞이하자! 그때야말로 나의 모든 문제를 해결하여 줄 터이니까……. 그러나, 그러나 오늘의 흙냄새는 사향麝香보다도 더 향기로웠다. 나는 언제든지 그러한 흙냄새를 맡고 싶다……. 나는 비로소 흙의 세례를 받았다. 흙의 세례를 받았다.'

여기까지 읽고 그는 일기책을 집어 책상 장에다 놓으며 "그 다음은 읽을 것이 없지요" 하였다.

혜정은 일기를 한마디도 빼놓지 않고 들으려고 매우 주의를 하는 듯하였다. 그의 눈에는 눈물이 그렁그렁해 뵈었다.

명호는 다시 처를 향하여 고적에 싸인 듯한 웃음을 웃으며 말하였다.

"여보 알겠소! 이러한 생활이 당신에게 맞지 않거든 언제든지 당신 좋을 대로 하시오. 나는 당신이 어떻게 하든지 그것을 조금도 원망치 않을 터이니까……."

혜정은 아무 말 않고 가만히 남편의 얼굴을 쳐다보다가 원망스러운 듯한 빛으로 말하였다.

"지금에 와서 그러한 말씀을 할 것이 무엇이오. 물론 그래요. 내가 언제든지 이러한 살림에 싫증이 나고 또는 당신과 서로 나누어야 할 필요가 생기면 당신의 말씀을 듣지 않고라도 언제든지 내 마음대로 할 것이 아니에요? 그것은 우리가 처음에 서로 만날 때부터 서로 약속한 것이니까요. 당신도 언제든지 이 혜정이 주체스럽거나[14] 또 혜정 때문에 당신의 참으로 하여야 할 일을 못하게 되거든 말씀하여 주세요. 그때에

나는 당신을 위하여 눈물을 머금고라도 당신에게서 떠나갈 터이에
요……."

명호는 다시 천정을 한참이나 쳐다보았다.

혜정은 눈물이 고인 눈으로 다시 신문을 들여다보았다. 그들 사이에
는 잠깐 동안 침묵이 계속하였다.

혜정은 신문을 한참 아무 말 없이 굽어보다가 남편을 불렀다.

"이것보세요. 정숙이가 벌써 시집을 가서 훌륭한 가정의 주부가 된
모양입니다!"

이렇게 말하고 혜정은 신문을 자기 남편 앞으로 내놓았다. 명호는 아
내가 가리키는 곳을 내려보았다.

S신문의 가정란家庭欄에 서양집으로 꾸민 서재를 배경으로 삼고 박은
정숙의 부부 사진이 있었다. 그리고 기사에는 두 사람이 다 사회적으로
의의 있는 사업을 한다는 것이 조금 과장적으로 쓰여 있었다. 그리고
특별히 정숙은 여류 문학가라는 것을 기재하였다.

"벌써 정숙이가 사회에 명망 있는 여류작가가 되었어요. 사회적으로
성공할 사람들은 근본이 다른 것이어요!"

"왜—요?"

"정숙이는 저보다 나이도 어리지만 학교를 졸업할 때까지 그 사람의
참 속은 모르고 지내어 왔어요. 졸업한 뒤에는 물론 서로 그 뿐이었지
요?"

명호는 이와 같은 처의 말에는 어떠한 의욕이 이것을 말하게 한 것을
알았다. 그의 마음에도 아직도 자기 명망[15]이란 것을 무엇보다도 좀더
날려보자는 본능이 대단히 굳센 것을 짐작하였다. 이것을 상상할 때에
명호의 마음을 점령한 고적은 그도 동감되는 힘으로 그를 괴롭게 하였

---

14) 처리하기가 어렵거나 힘들어 짐스럽고 귀찮다.
15) 명성과 인망.

다. 명호는 다시 눈을 감았다.

혜정은 가만히 앉아 신문을 보다가

"우리가 이대로 여기에서 늙어죽을 때까지 아무도 알 사람이 없겠지요. 이 동리 사람 외에는—그리고 알려고 하는 사람도 없겠지요. 그저 어떠한 늙은이와 늙은이가 살다가 죽었다고 하겠지요. 혹 자손이 생긴다 하면 그것들이 조금 섭섭한 생각을 하다가 얼마 지나면 그대로 잊어버리겠지요, 네?"

명호는 아무 말도 없었다.

그들은 정신이나 육신에 한가지로 피로를 느꼈다. 어둠의 장막이 고적과 싸우는 두 혼을 덮었다.

—《흙의 세례》 문예운동출판사, 1927.

구속拘束의 첫날

　창호가 회사에 출근하려고 자기 방에서 양복을 급히 입으려 할 때에
안방에서 그의 아내의 "응—" 하고 앓는 소리가 들리었다. 그는 벌써
알아차렸다. "인제는 기어이 집안 식구가 하나 더 불게 되나부다"하고
양복 윗저고리에 손을 꿰어 입으면서 안방으로 건너갔다. 아내는 크다
란 배를 두 팔로 단단히 부둥키고 벽에 몸을 기대고 앉아서 끙끙 앓는
소리를 하다가 들어오는 남편을 보고 비기었던[1] 몸을 두 팔에 힘을 주
어 일으키면서 "오늘 회사는 구만두어요" 한다.

　창호는 미리부터 예정한 일이었으므로 그렇게 놀라지는 아니하였으
나 그러나 무슨 일이든지 오랫동안을 두고 기다리다가 기다리던 그 일
이 문득 성취할 때에 모든 사람이 놀라게 되는 것과 같은 놀라움을 아
니 느낄 수 없다. 그리하여 자기 처의 옆으로 가까이 가서 일어나려는
몸을 부축하여 주면서 물었다.

　"언제부터 그러우?"

　"말은 안 했지만서도요, 몸이 거북하기는 어저께부터였어요. 그러더
니 인제는 아주 견딜 수 없을 만큼……" 아내는 겨우 여기까지 말하고

---

1) 비스듬히 기대었던.

다시 허리를 앞으로 구부리고 배를 거머쥔다.

창호는 가슴이 두근거리었다. 어떠한 큰 난관이 눈앞에 당도한 듯하였다.

"여보! 그러면 인제는 정말 해산할 때가 왔나보오."

전일에도 가끔 가다가 자기 처가 배가 아프다 하여 밤중에 산파를 부르러 간 일도 있었고 또는 약국으로 약을 지러 간 일도 있었다. 그러할 때마다 창호는 혼이 떴다. 그리하다가 그와 같은 배 아픈 증세가 가라앉아 겨우 안심한 뒤에는 반드시 자기 처에게 기왕 당할 일이면 얼핏 당하였으면 좋겠다고 말한 일도 있었다. 이렇게 말하면 그의 아내도 "그래요. 맞을 매는 얼핏 맞어버리는 것이 시원하다는데요—" 하며 걱정스러운 듯이 말하여오던 터이었다.

"그러면 내가 지금 가서 산파를 불러오리다" 하고 창호는 배를 거머쥔 아내를 그대로 두고 급히 문 바깥으로 나아가려 하였다. 아내는 고통에 못 이기어 힘없이 나오는 소리로 "이불하고 요를 좀 내려주어요" 하며 방 윗목에 개켜놓은 이부자리를 가리킨다.

창호는 밖으로 나아가려던 발길을 방 윗목으로 다시 돌이켜 이부자리를 들어다 아내에게 눕도록 자리를 내려준다. 아내는 앉았던 자리에서 요 위로 옮겨 누우면서 다시 크게 "응—" 하고 앓는 소리를 한 번 질렀다.

그는 핼쑥한 듯도 하고 상기된 듯도 한 아내의 얼굴을 다시 한번 유심히 바라보고 바깥으로 나와 구두를 신을 때에 방 안에서 "얼핏 다녀오세요!" 하는 소리가 신음하는 소리와 함께 섞이어 또다시 들리었다.

* * *

창호가 행길로 나온 뒤에도 어서 다녀오라는 아내의 부탁하는 말소리가 그의 귀에서 오히려 떠나지 않았다.

그는 바쁜 걸음으로 A동네 거리 전차 종점까지 걸어나간다. K동에 있는 산파의 집까지 도보로 걸어가도 10분 밖에 아니 걸릴 것을 창호는 급히 전차에 뛰어 올랐다. 전차는 잠깐 섰다가 C길 네거리로 향하여 종을 울리며 달아나기 시작하였다. 서울 전차는 평일에도 소걸음 같다는 별명을 얻어오던 터이나 오늘에는 더욱이 아내의 해산 기미를 보고 산파를 데리러 가는 창호에게는 몹시도 더디움을 느끼게 하였다. 그리하여 A동에서 C 네거리까지는 두어 정류장 밖에 아니 되는 가까운 거리이나 창호에게는 몇십 리나 되는 것처럼 먼 생각이 났다.

그는 두 정류장 사이를 사오분 되는 적은 시간에 타고 오면서도 여러 가지로 생각하였다. 아내는 그동안에 해산이나 아니하였는가 하는 생각도 있었다. 또는 해산을 하였으면 혼자 손에 어떻게나 황망히 지내는가 하는 염려도 없지 않았다. 물론 처음 해산이라 그렇게 쉽게 될 리는 없지마는 평일에 가끔가다 신문 삼면 기사같은 것을 보면 혹은 별안간 해산기미가 있어 전차 안에서 아이를 낳는 일도 있으며 행길에서 아이를 빠트렸다는 것도 있었다. 심히 말하면 뒤간에서 뒤를 보다 아이를 난 일도 있었다. 이러한 것이 모두 남의 일이라고만 생각되지 않는다. 설마 그러할 리는 없으리라고 그의 의심하는 것을 그가 스스로 부정하기는 하였으나 역시 어떻게 되었는지 알 수 없다는 불안은 그에게서 떠날 수 없다. 그리하여 그는 다만 몇 분 시간이라도 자기 대신으로 동리 늙은이 한 사람을 간호하도록 아내 곁에 두지 못한 것을 후회하는 생각이 났다. 어쨌든 창호의 생각의 전부를 차지한 것은 배를 붙잡고 신음하는 그의 아내의 거북해 뵈는 몸이었다. 이러하는 동안에 전차는 C 네거리에 당도하였다. 그는 다른 승객의 앞을 질러 전차가 정거하기도 전에 뛰어 내렸다.

* * *

　창호는 C 네거리에서 D문 행 전차를 바꾸어 타고 B 정류장에 내려 K
동의 산파 집을 바쁜 걸음으로 찾아간다. 산파를 찾아가면서도 한가지
염려되는 것은 산파가 어디 다른 곳에나 가지 아니하였는가 하는 것이
다. 산파는 바쁜 직업을 가진 사람이라 혹은 다른 곳에 진찰을 갔던지
또는 다른 사람의 해산이 맞닥쳐서 자기 집에는 올 겨를이 없게 되는지
모르는 것이 걸어가는 동안에도 그의 마음에서 떠날 사이 없이 그를 괴
롭게 하는 걱정이다. 물론 지금 찾아가는 산파만이 산파가 아니오 그밖
에도 무수히 있으나 그래도 지금껏 자기가 신뢰하여 아내를 보여왔다.
또는 그의 아내도 그 산파는 대단히 용하다고 믿어오든 터에 별안간 시
간의 상치[2]로 오늘껏 보여오던 산파의 손을 빌리지 못하고 다른 사람
의 손을 정작 해산하게 된 임시에 빌리게 된다는 것은 어쨌든 산부에게
도 불안심 되는 일이라 하여 적이 걱정을 하면서 산파 집 문에 당도하
자 창호는 두말하지 않고 산파의 있고 없는 것을 그 집안 하인에게 물
어보았다.

　이 산파는 나이도 그렇게 젊지도 않고 여러 해 동안을 C병원에서 조
산부助産婦로 봉직한 일도 있고 또는 그가 사사로 개업한지도 오래인즉
해산에는 다른 젊은 사람들보다도 많은 경험을 가지고 있다는 것을 다
른 사람들에게서도 들었으며 창호 자신도 가끔 진찰하러 왔을 때에 말
을 들어보아서도 그가 산파로서 수완이 넉넉한 것을 충분히 신뢰할 수
있다고 생각하여 오던 터이었다.

* * *

---

2) (일이나 뜻이) 서로 어긋남. 어그러짐.

창호가 산파 집 대문 안에 들어서며 산파가 집에 있다는 말을 듣고 마음이 절반이나 놓였다. 그는 창황[3]히 안으로 들어갔다. 이때에 산파는 마침 일어나서 세수를 하고 있다. 창호가 황망한 모양으로 뛰어 들어오는 것을 보고 산파는 벌써 모든 것을 짐작한 것처럼 빙그레 웃고 창호를 맞으며 말한다.

"어떻게 되었습니까. 무슨 기미가 좀 있습니까?"

창호는 올라오는 숨을 진정하며 말하였다.

"어서 좀 가주십시오. 만일 댁에 아니 계시면 어찌하나 하고 어떻게 맘이 조였는지 알 수 없었습니다. 어서 좀 가주십시오……."

창호는 이렇게 조급히 굴수록 산파는 더 늘어져 보인다.

"언제부터 그래요?"

"어제부터 몸이 좀 거북하더니 오늘 아침부터는 배가 아프다나요! 어서 좀 가보시지요."

"그러면 아직 멀었습니다 그려. 가기는 곧 가겠습니다마는 초산에는 아무리 일러도 열두 시간 이상이 걸리니까 그렇게 일찍 서둘지 않아도 관계찮습니다!"

산파의 말하는 것은 태평이다.

"그렇지만…… 어서 좀 가보아 주시구려!" 이렇게 말하고 창호는 마루 끝에 걸터앉았다가 토방으로 내려섰다. 산파는 세수를 마치고 방으로 들어가며 말한다.

"어제 저녁에도 해산이 있었지요. 그걸 좀 보아주느라고 새로 다섯 시에 겨우 집으로 돌아왔어요. 그래 인제야 일어났답니다. 자연히 늦잠이 들었지요."

창호는 그런 말하는 동안에 어서 갈 준비나 하였으면 좋겠다고 생각

---

3) 어찌할 겨를 없이 매우 급함.

하였다. 한편으로는 산파가 해산 구원하려 간 집의 해산날이 자기의 집과 서로 상치되지 아니한 것을 다행으로 여겼다.

"그 집에서는 아무 탈 없이 순산이나 하였습니까." 창호는 남의 일 같이 생각지 않고 물었다.

"아이구! 말씀 마세요. 어떻게 오래 삐대었는지[4] 알 수 없어요. 아주 난산이었어요. 이틀을 두고 삐대다가 겨우 산파 의사의 손을 대어 낳게 되었답니다!"

창호의 가슴은 다시 뜨끔한다.

"어서 가주세요!"

산파는 창호의 조급히 서두는 것을 조금도 알지 못하는 것처럼 늘어지게 대답한다.

"먼저 가세요. 저도 바로 곧 가겠습니다. 그리고 기계를 다시 소독하여야 하겠어요. 하자면 시간이 걸릴 터이니 먼저 가보시지요."

* * *

창호는 산파더러 일찍 오기를 여러 번 당부하고 그 집을 나왔다. 그는 처음에는 회사로 들어가서 며칠 동안의 수유[5]를 맡아 가지고 올까 생각하였으나 회사에 들어가서 직접 말하기도 좀 거북하고 또는 홀로 신음하고 있는 아내가 마음에 거리껴 1분이라도 자기 집으로 속히 가려고 회사로 가는 것을 중지하고 전찻길로 나섰다. 그리하여 전화로 출근치 못하는 연유를 회사에 통지하려고 어느 상점으로 들어갔다.

전화를 받는 이는 창호와는 친한 동료였으나 창호는 자기 아내가 해산 기미가 있으니까 들어갈 수 없다는 말은 차마 아니 나온다. 그리하

---

4) 한 군데에 오래 진대 붙어서 괴롭게 굴다.
5) 말미를 받음, 또는 그 말미.

여 무슨 일이 있어서 못 들어간다고 그만 어물어물 넘기여 버렸다. 더욱이 어쩐 일인지 상점사람들도 자기의 말에 귀를 기울이는 듯하여 차마 해산 구원한다는 말은 할 수 없었다. 전화 받던 동료는 벌써 짐작한 듯이 "그러면 자네 제 2세가 생기는 모양일세 그려!" 하는 말이 대답으로 올 뿐이다.

창호는 "그래 그래"라 모호하게 대답하면서 얼굴을 붉혔다. 그는 전화를 끊고 자기 집으로 급히 돌아왔다.

아내는 홀로 여전히 신음하고 자리에 누웠을 뿐이었다.

* * *

이와 같이 창호는 바쁜 걸음으로 왔다갔다 하는 동안에 전신에 땀이 후줄근하게 젖었다. 때는 늦은 여름이라 불볕이 앞 좁은 마당에 가득하였다. 해가 올라올수록 더운 기운이 마루로 방으로 차차 올라온다. 아무리 방 안이 더워도 창호는 아내의 고민하는 것을 혼자 그대로 내버려둘 수도 없다. 그렇다고 더운 방에 우두커니 앉았을 수도 없다. 그의 이마에서는 고통하는 아내에게 지지 아니할 만큼 더운 땀이 흐른다. 아내는 몹시 고통되는 것을 참참이[6] 진정한다. 그러다가도 다시 거의 반사적으로 "아이구! 아이구!" 하고 입을 악물고 소리를 지른다. 산파는 창호가 기다리는 그와 같이 그렇게 속히 와주지 않는다. 창호는 방으로 들어갔다 마루에 나왔다 하며 땀을 흘리고 드나들었다. 아내는 가끔 배를 거머쥐고 뒤간으로 간다. 뒤간으로 갈 때마다 그는 뒤간에서 해산하였다는 말이 다시 기억에서 새로워진다. "여보 아프지만 참고 가만히 누웠구려!" 하고 창호는 만류하였다. 그러나 아내는 이러한 말을 들은

---

6) 이따금.

뒤에도 오히려 도수가 잦게 변소로 드나든다.

창호는 한 귀를 아내의 앓는 소리에 기울이고 한 귀를 대문간에 기울이었다. 무슨 소리가 조금만 나도 산파가 오는가 주의하여 본다.

얼마 아니 되어 산파가 들어왔다. 창호는 뛸 듯이 반가웠다. 산파가 밖으로 들어와 아내의 옷을 끌러 다시 매고 손으로 배를 어루만져 보며 태아胎兒의 위치를 진찰한 뒤에 끙끙 앓고 누웠는 산부를 위로하는 듯이

"인제야 좋은 귀동자가 나오게 되었습니다 그려. 그런 좋은 보배를 얻으려면서 이만한 고통도 없어서 되겠습니까. 몇 시간만 이를 꽉 물고 참으세요" 하고는 자기가 가지고 온 보자기를 끄르고 그 안에서 여러 가지 기구를 끄집어내어 앞에 벌려 놓는다.

산파는 다시 벌려 놓은 것을 정돈하면서

"조수할 사람이 더 있어야 할 터인데요. 누구든지 하나 얻어주세요." 한다.

창호는 그 동안 자기 집에 드나들며 밥도 해주고 빨래도 해주던 뒷집 늙은 여편네를 부르려고 미리부터 마음에 먹었었으므로 급히 뒷집으로 그 여자를 부르러 갔다.

그러나 그 늙은이는 아침에 출입[7] 하고 없었다.

창호는 할 수 없이 늙은이 집 사람더러 "들어오거든 곧 와달라." 부탁만 하고 자기 집으로 돌아왔다.

산파는 해산 준비로 만들어 두었던 포대기와 기저귀 같은 모든 것을 다시 앞에 벌려 놓고 앉아서 모든 것을 차례로 준비한다.

아내는 조금도 다름없이 참참이 소리를 질러가며 신음한다.

"일 보아줄 늙은이가 출입하고 없습니다." 이렇게 돌아와 대답하는

---

7) 잠깐 다녀올 셈으로 밖으로 나감.

창호의 말을 들은 산파는

"그러면이오 아버지 되실 분이 좀 조수노릇을 하시지요. 우선 물을 끓여 주셔야 합니다" 한다.

창호는 부엌으로 들어가 풍로에 숯을 하나 가득히 넣고 솔가지를 살러 부채질을 하여 불을 피고 큰 물수대에 물을 지어다 그 위에 놓았다. 그리고 다시 부채로 부치었다. 창호의 전신은 땀으로 목욕을 감았다.

물이 엔간히 끓어오를 때에 창호는 다시 안방으로 들어갔다.

* * *

아내의 그 고통하는 모양은 참으로 보기 어려웠다. 그 곁에 앉아서 "참으시구려. 아스랑찬하니……" 하는 애연한[8] 산파의 얼굴이 다시 보였다. 창호는 다시 밖으로 나왔다. 산파는 나아가는 창호를 다시 부른다.

"좀 계시구려. 이렇게 부대끼는 것을 보고 그대로 나가십니까?"

창호는 할 말이 없다.

"내가 보고 앉았으면 무엇을 합니까!"

"그렇지만 잠깐 계세요. 사람 손이 부족하고 그런데 좀 조력이나 하여 주셔야지요."

창호는 아내의 힘없는 눈이 자기의 얼굴로 향하여 오는 것을 보았다. 다시 두말하지 않고 신음하는 아내의 자리 곁으로 갔다. 아내는 남편의 손을 쥐더니

"아이구! 나는 인제 죽는가봐요!" 한다.

창호는 무엇이라 위로하여야 좋을는지 알 수 없다. 한참이나 있다가

---

8) 슬픈 기분을 자아내는 느낌이 있는.

겨우 입을 떼었다.

"여보. 죽기는 왜 죽겠다는 말이오. 그러면 온 세상 여자는 다 죽게요. 조금만 참구려!"

산파는 "더운물을 좀 주세요" 한다. 창호는 끓는 물수대에서 대접에 물을 떠가지고 방으로 들어왔다. 산파는 그 물에 왜비누를 풀어 관장주사에 넣어 가지고 관장을 한다. 창호는 방에서 바깥을 나왔다.

관장한지 얼마 아니 되어 아내는 여러 번이나 변소로 출입하게 되었다. 얼마 아니 되어 뒷집 늙은이도 왔다. 창호는 반가웠다. 늙은이는 온 즉시부터 산파가 시키는 대로 아내를 껴안아 주기도 하고 손발을 문질러 주기도 한다. 또는 다른 시중도 한다.

이렇게 삼사 시간이나 계속하였다. 때때로 일어나는 아내의 고통은 그 도수가 잦아졌다. 거의 몇 분이 못되어 고통은 계속하며 일어났다. 관장한 뒤로는 쉬는 참수站數⁹⁾가 더욱 줄어지고 고통은 심하였다.

창호는 그 자리에 앉아서 고통하는 것을 차마 볼 수 없으므로 곁에 조금 앉았다가는 다시 바깥으로 나아갔다. 이렇게 고통하는 것을 창호가 출생한 뒤로는 물론 한 번도 본 일이 없었다. 방 안에 앉았는 사람은 다 땀옷을 입었다. 창호는 더욱 심하였다.

고통이 조금 가라앉아 사이가 띄게 될 때마다 아내는 겨우 정신을 차리어 자기 남편을 돌아보며

"너무나 미안합니다. 대단히 더우시지요" 한다. 그러다가도 다시 배가 틀어올라 고통이 시작되면 창호의 손을 그의 전신의 힘을 다하여 단단히 붙잡고 눈을 휩뜨며 "아이고 죽겠어요. 죽나봐요" 한다. 이러함이 한두 번이 아니었다. 이러할 때마다 창호는 머리를 돌이키어 그의 고통하는 얼굴을 아니 보려고 하였다.

---

9) 쉬는 횟수.

고통하는 도수는 각각으로 잦아간다.

창호는 견디다 못하여 안방을 뛰어나와 건넛방으로 들어갔다. 책상 머리에 팔을 기대고 앉아 담배를 피웠다. 안방에서 아내의 고통하는 소리는 여전히 들린다. "아이구머니! 응―꿍" 하는 소리가 쉬일 새 없이 들린다. 그리고는 "휘―" 숨을 내쉬는 소리도 들린다. 창호는 다시 안방으로 들어갈 용기가 없다. 될 수 있으면 이대로 어디로 가버렸다가 며칠 지낸 뒤에 돌아올까 하는 생각도 있다. 그러나 한편에는 '그대로 모르는 체 하고 있을 수 없다. 바로 안방으로 뛰어가서 고통하는 아내를 껴안고 위로하고 싶다. 될 수 있으면 그의 고통을 자기와 나누고도 싶다'고 부르짖는다.

"이리 좀 와 주세요."

산파의 부르는 소리가 안방에서 들린다. 창호는 할 수 없이 다시 안방으로 건너갔다.

아내는 거의 기진한 얼굴로 창호를 바라보며

"왜 그렇게 그 방으로만 가세요!" 하는 그의 눈에는 아무 영기조차 없어 보인다.

창호는 과연 자기 아내가 먼저 말하던 것과 같이 죽지 아니할까 두려운 생각이 왈칵 난다. 그리하여 손을 잡고 맥을 주물러 보았다. 맥은 급격히 뛴다. 그러나 힘은 없어 보인다. 그는 소리를 질러 앓지 못하고 응응댈 뿐이다.

창호는 하도 갑갑하여 산파에게 물었다.

"시간이 거진 되어가지 않습니까? 그런데 웬일인가요?"

산파는 예사로 대답한다.

"조금만 더 지체하면 되어요. 태아의 위치도 바로 잡았으니까요. 얼마 아니 되면 순산할 터이니 염려마세요."

창호는 얼마큼 안심이 된다. 그러나 어느 때까지 그 자리에 앉아 그 고통을 볼 수 없어 다시 건넛방으로 돌아왔다.

* * *

건넛방에 홀로 앉아 신음하는 소리에 귀를 기울이고 앉았는 창호는 여러 가지 공포와 공상이 한데 뒤범벅이 되어 어지러진 머리에서 두서없이 나오기 시작한다.

아무리 해도 자기 아내는 순산을 못하고 그대로 죽는 듯싶다. 그는 자기 아내가 잉태한 뒤로 여러 가지 해산에 관한 책을 자연히 유의하여 보게 되었었다. 극도의 난산으로 모체母體와 태아胎兒가 흔히 같이 죽게 되는 예가 많다는 것을 본 일도 있었고 또는 들은 일도 있었다. 이러한 생각이 절로 난다—아내가 아이를 낳다가 그대로 죽어버린다 하면 어찌하나 하고 생각하매 그의 전신은 떨리었다. 그러나 그리할 리는 없다고 하였다. 한편에서는 사람의 운명을 누가 알겠느냐고 비웃는 듯도 싶다. 어떠한 불안과 공포가 다시 온다. 자기 홀몸이 태아와 산부의 두 시체를 붙들고 한숨을 쉬이는 장면조차 눈앞에 나타나는 듯 한다.

창호는 스스로 자기 마음을 꾸짖었다. 이렇게 악한 생각을 왜 하게 되나 하고 해산하다 죽는 일은 천이나 만에 하나인 것을 하필 자기 아내에게 붙여 놓고 생각하는 것은 너무나 자기의 신경질인 생각에서 나온 것이라 하고 마음을 돌리었다. 그리고 창호 자신과 가난한 살림을 하는 자기의 아내로서는 난산難産은 없으리라 믿었다. 그는 평일에 여러 사람에게 빈민계급에는 그렇게 난산이란 것이 없고 부호계급이나 상류가정에 난산이 비교적 많다는 말을 들었다. 그 이유는 다만 상류나 부호계급의 부녀자들은 잉태하였을 때에 조금도 활동을 하지 않는 까닭에 태아가 너무나 커져서 해산하기가 어렵고 빈민이나 하층 계급 가정의 부인들은 만삭이 될 때까지도 오히려 편히 쉬일 틈이 없이 부득이 일을 하게 됨으로 태아가 자라지 못하여 해산하기는 용이하다는 것이었다. 이런 말을 들을 때 '가난한 집 자식은 뱃속에서부터 말라가지고 나오는 것인가' 하는 한 가지의 비애를 느끼면서도 그의 마음에는 이러한 경우에는 빈한한 것도 한 도움이 되는 때가 있나하고 웃어버린 적도 있었다. 그리하여 실상은 순산한다는 것은 무산자의 한 특전처럼 생각하여 오던 터이었다. 그는 이러한 이유로 만삭된 자기 아내에게도 아무쪼록 일을 좀 많이 하도록 권하게 되었었다. 물을 긷는 것이라든지 또는 자기 아내의 힘으로는 할 수 없는 일 이외에는 아내 손수 하도록 시켰었다. 아내도 순산한다는 바람에 아무 불평 없이 가쁜 숨을 쉬어가며 열심으로 하여왔다. 그리하여 해산기미가 있는 그 안날[10]까지도 해산 뒤에 빨래가 밀린다 하여 자기의 벗은 옷과 창호의 속옷까지라도 깨끗하게 빨아두었던 터이었다.

이와 같이 부지런하게 활동을 많이 하여 온 아내가 난산할 리는 만무하리라 하였으나 창호는 한편으로 적이 걱정되는 것은 있었다. 이것은 부호나 상류계급의 여자들은 산월이 되면 원기를 돋운다 하여 여러 가지 보약을 먹이기도 하고 좋은 음식과 편한 잠자리로 해산할만한 '에너지'를 넣어 주는 것이었다. 그러나 자기 아내는 그 전날까지 죽도록 일만 하고 보약은커녕 된장찌개 한 그릇도 반반히 못 얻어먹었은즉 원기가 있을 리가 없다는 것이었다. 기운이 없어 자연히 난산하게 되는지 알 수 없다는 생각이 새삼스럽게 났다. 해산을 하지 못하고 그대로 죽는다 하면 죽는 아내야말로 참으로 불쌍하게 생각된다. 더구나 세상에 나오지도 못한 태아가 더욱 가엾이 생각된다. 쓸데없는 이러한 공상을 하는 동안에 문득 눈물이 앞을 가리운 것을 알았다. 무엇을 하고 그는 다시 마음을 돌리었다. 안방에서 신음하는 아내의 소리는 먼저보다도

---

10) 바로 전날.

더 힘없이 들린다.

* * *

　창호는 거의 하루 동안에 제정신다운 정신을 차릴 수 없이 긴장한 태도로 안방과 건넛방으로 왔다갔다 하였다. 이러하는 동안에 여름 긴 해도 벌써 저물었다. 어느덧 전등이 켜지고 황혼이 찾아든다. 모기의 소리는 방구석에서 울리어 나온다. 어둠이 농후하여 갈수록 모기는 몹시 찌른다. 할 수 없이 모기장을 치고 그 안으로 모두 들어갔다.

　창호는 다시 건넛방으로 와서 여러 가지로 공상을 하였다. 하루 날의 긴 것을 창호는 처음으로 맛본 듯하였다. 담배를 피워 물고 안방에 다만 귀를 기울이고 앉았을 때에 안방에서 "모기장을 거두―" 하고 수근거리는 말소리가 들린다. 한참이나 수선수선하더니 아내의 몹시 신음하는 소리가 가늘게 들린다. 그러한 소리가 연해 들린다……. 자주 계속하여 들린다. 창호는 곧 뛰어갈까 하다가 어쩐 일인지 무시무시한 생각이 나서 그대로 책상 앞에 앉았다.

　안방에서 아무 소리도 없이 왼 방이 긴장한 듯하였다. 안방에서 흘러나오는 산파와 늙은이의 숨소리조차 힘없이 들린다. 그곳에서 흘러나오는 긴장한 기운이 전파와 같이 창호의 가슴에 감응되는 듯하였다.

　이러한 엄숙하고 긴장한 기운이 잠깐 계속하더니 "응아―" 하는 소리가 이 모든 긴장과 엄숙을 깨뜨리고 건넛방으로부터 흘러왔다.

　창호는 어떠한 악한 꿈을 번쩍 깨인 것처럼 마음이 풀리고 가슴이 뛴다. 바삐 안방으로 뛰어 갔다. 뛰어 들어가려 할 때에 산파는 아직 들어오지 말라 한다. 그리하여 그는 마루에서 한참 기다리다가 안방으로 들어갔다. 방 안의 어스름한 전등불 아래에 벌어진 광경은 무엇이라 형언할 수 없다. 둘둘 말아 놓은 피 묻은 기저귀, 혈색을 잃고 가만히 누워

있는 산모, 사람 같이 보이지 않는 빨가숭이! 코를 콕 찌르는 비린내 모두가 처참한 광경이었다. 만일 그때에 새로운 생명 하나가 그 자리에 없다 하면 이것은 완전히 지옥의 한 형벌하는 장소를 그대로 내어보이는 것이다 하였다.

"이것 좀 보세요! 옥동자가 생겼습니다!" 하며 산파는 빨가숭이를 창호의 앞으로 내민다.

이때에 창호는 아들이니 딸이니 하는 그러한 생각할 여가가 없다. 어쨌든 무사히 해산된 것이 다행으로 여겼다. 창호는 아내의 얼굴에는 혈색은 없으나 만족히 여기는 빛은 나타나 뵈인다. 산파가 시키는 대로 창호는 더운물을 커다란 빨래대야에 떠서 가져왔다. 창호는 다시 어린 생명을 물끄러미 바라볼 때, 창호는 큰짐을 졌다가 풀어놓은 것 같이 몸이 가뿐하였다. 그러나 한편으로 마음에 어떠한 큰짐을 진 듯도 하였다. 그는 "나도 인제는 아버지가 되었구나!" 라고 가만히 중얼대었다.

* * *

창호가 건넌방으로 갔다가 다시 안방으로 들어오매 거기에는 다시 모기장을 쳤으며 산모 곁에 주먹보다도 오히려 작아 보이는 새 생명이 눈을 뜨고 꾸무럭거리며 누웠다. 산모는 입모습에 웃음을 띠워가지고 어린 생명을 바라보고 있다. 창호는 모기장을 떠들고 그 안으로 들어갔다.

산파는 밖으로 나왔다. 창호를 물끄러미 바라보는 산모의 얼굴에는 땀이 구슬처럼 맺히었다. 창호는 아내의 손을 붙들고

"어쨌든 순산하였으니 다행이구려!" 하였다.

"아이구 인제는 살 듯해요. 그렇게 이틀만 더 부대끼면 죽겠지요. 나중에는 어떻게 그렇게 잠이 오는지 알 수 없어요……. 졸려 죽겠어요."

하고 산모는 '아기'의 머리를 쓰다듬어 본다.

"이것도 사람이라 할까! 무엇! 어찌 이리 보기 싫게 되었나!" 하고 창호는 다시 모기장 밖으로 나왔다.

* * *

얼마 아니 되어 모기장 안에서는 산모와 어린애의 곤히 잠자는 숨소리가 들리었다.

창호에게는 이 숨소리가 어떠한 쇠사슬을 제글제글 끄는 것처럼 들린다. 이 쇠사슬은 창호와 그의 후세를 영원히 연결하는 동시에 창호 자신을 움직이지 못하도록 얽매는 것이라고 생각되었다. 창호는 얼마 아니 되어 아기의 응아하는 소리에 깜짝 놀라 다시 안방으로 들어갔다.

— 《개벽》 62호, 1925. 8. 1.

다시는 안 보겠소

　영배榮培의 아내가 해산을 마치고 산파도 아이를 목욕시켜 놓은 뒤에 다른 데로 또 해산을 보러 갔다. 집안은 난리 치른 것처럼 허청하였다. 영배는 마루에서 부채를 부치고 앉았다. 그 아내는 방에 모기장을 치고 갓난아이를 곁에 누이고 드러누웠다. 해는 떨어지려면 아직도 두 시간이나 남았다. 그러나 모기장을 벌써 친 것은 파리가 너무나 꼬이는 까닭에 그것을 막으려는 것이었다. 영배는 그 안날 아침부터 오늘 낮까지 하루 동안 지난 일이 꿈결 같았다.

　그의 아내가 아이를 밴 뒤로부터 칠팔 개월 동안을 두고 그는 매일처럼 여자의 해산에 대하여 호기심과 공포심을 아니 품은 적은 없었다. 여러 가지로 상상할 수 있는 데까지 상상해 보았다. 자기가 자기를 의식하고 자기 역시 어머니의 태반胎盤을 떠나올 때의 여러 가지를 상상할 때에는 언제든지 어떠한 신비를 느꼈다. 그래서 자기의 처가 해산할 때에는 기어이 한번 실지로 보고싶다고 생각하였었다. 그리하여 자기 상상과 얼마나 틀리는지 또는 맞는지 그것을 알고자 하는 호기심은 아내의 배가 달이 차서 불러가는 그 비례로 자라왔었다. 물론 이러한 호기심을 가지고 해산하는 것을 상상할 때에 여러 가지 나쁜 결과까지 아니 생각한 것도 아니었다. 그는 난산難産으로 그대로 영영 죽어버린 여러 사람의 일까지라도 아니 생각한 적은 없었다. 반드시 그런 위험을 느꼈었다. 그러면서도 해산이란 어떠한 것인지 보고 싶었었다.

그러나 자기가 소원하던 바와 같이 해산하는 것을 보고 난 뒤로는 보고싶은 생각은 그만두고 해산이란 말만 들어도 지긋지긋한 생각이 났다.

그 안날 아침에 아내가 커다란 배를 내밀고 괴로운 듯이 숨을 쉬어가며 뒷간에서 나오더니 방 안에 들어와서는 배를 붙이고 그대로 드러누웠었다. 영배는 가장 눈치나 빠른 듯 곁으로 가까이 가서 "여보 기미가 있소?" 하고 물었다. 오랫동안 두고 벼르고 기다리던 것이 비로소 실현하게 된 것을 기뻐하였던 것이었다. 그러나 아내의 얼굴에는 불안한 빛이 보였었다. 이 때 뿐이 아니라 그 전날에도 그 아내가 조금 몸이 불편하여 눕게 되기만 하여도 '인제 해산을 하게 되나봐!' 하고 덮어놓고 물었다. 그러나 대개는 영배의 기대가 비꾸러져버리고[1] 말았었다. 이러할 때마다 그는 속으로 '낳으려면 얼른 낳아 버리지. 왜 사람의 마음을 졸이게 해……' 하고 중얼댄 일도 있었다.

그 아내도 역시 몸이 고달플 때면 입버릇처럼 '이왕에 나올 것이면 얼핏 해산을 해야 몸이 좀 가벼워질 텐데……' 하고 영배의 속노래에 장단을 맞추던 일이 없지 않았다. 이렇게 늘 내려오던 터였다. 그러다가 오늘 아침에야 해산을 하게 되었다.

마루에 앉은 영배는 무엇인지 한참 생각하다가 "여보 이 다음 당신이 해산을 또 할 때에는 나는 어디로 도망질을 치겠소." 불쑥 말하고는 입을 다문다.

모기장 안에서 그의 아내는 곁에 누운 갓난아이의 명주실처럼 보드

---

1) 그릇된 방향이나 딴 데로 벗어져 나가고

라운 새카만 머리를 조심스럽게 쓰다듬고 있다가 남편의 하는 말에 귀가 번쩍 뜨인 듯 쓰다듬던 손도 멈추고 핏대가 선 눈으로 슬쩍 한번 남편을 흘겨본다.

영배의 얼굴은 피로의 엷은 '베일'로 한 꺼풀 싼 것 같이 보였다. 입을 한번 딱 벌리고 선하품을 한번 하였다. 잠이 가득한 눈에는 하품이 끝나자 눈물이 반사적으로 빙그레 돌았다. 그러나 물론 슬픈 눈물은 아니었다. 티가 들어가서 흐르는 것과 마찬가지였다. 그는 하품 섞인 소리로 말하였다.

"생각해봐요. 누가 이 가엾은 것을 보고 있겠소? 아이구 지긋지긋……해……."

"누가 해산 구원을 해달랬어요? 당신이 그러고 싶어서 그래놓고는……" 하고 아내는 아랫목 벽을 안고 홱 돌아눕는다.

영배는 괜히 이런 말을 불쑥 내놓았다고 생각하였다. 기왕 말을 하려면 차라리 우스운 말이나 농담 비슷하게 하는 것이 좋았다고 뉘우쳤다. 그 아내의 홱 토라져서 돌아눕는 것을 보매 자기의 하는 말이 너무나 진정으로 나왔던 것을 짐작할 수 있었다.

어쨌든 막 해산한 산모의 정신을 흥분시키는 것이 좋지 못한 일이라 그는 생각하였다. 더욱이 산후에 몸을 함부로 움직이게 하는 것은 영배 자신도 좋지 못한 줄로 알고 있던 터이었다. 아내가 한편으로 홱 돌아누울 때에 그의 머리에는 아이가 들어있던 배의 휑하게 비인 부분에 다른 장부臟腑와 피가 우르륵 우르륵하고 몰려들어가는 듯한 생각이 났다. 그리하여 그는 깜짝 놀라며 부르짖었다.

"가만히 누웠구려 그러지 말고……."

그 아내는 아무 말도 없이 다시 반드시 몸을 전과 같은 위치로 돌리고 드러누웠다.

한참 있다가 그 아내는 무엇을 생각한 것처럼 이마에다 손을 얹으며 말하였다.

"염려마세요. 이 다음에는 다시 해산 같은 것은 안 할 터이니까……."

"마음대로?……."

"아이구 지긋지긋해요……."

하고 아내는 얼굴을 찌푸리고 한숨을 내쉰다.

"그렇지만 여자는 그것이 천직이니까 하는 수 없지요."

하고 영배는 아내의 찌푸린 얼굴을 바라보았다.

"아이구 천직? 다 그만 두어요. 귀찮은 천직……."

이렇게 말하고 아내는 힘없는 손으로 다시 갓난이의 머리를 쓰다듬는다.

"당신을 그렇게 고생시킨 아이이지만 그래도 어여쁜 생각이 나서 머리는 쓰다듬는 모양이요 그려?……."

하고 영배는 벌떡 일어나서 모기장 안으로 들어갔다.

모기장 안에 들어가자 그는 숨이 콱 막힐 듯이 갑갑한 생각이 났다.

"여보 모기장이나 걷어 버립시다." 말하고 싶었으나 파리 처치가 문제였다. 그리고 방안에서 피비린내에 젖은 그의 코에도 오히려 구역을 느낄 만한 괴상한 냄새가 물컥물컥 났다. 그러나 영배는 차마 코도 씰룩거리지 못하였다. 그 아내가 또 흥분을 해 가지고 무엇이라 중얼댈까 염려가 된 까닭이다.

영배는 강보에 싸인 그대로 새근새근 숨을 쉬고 자는 갓난아이의 곁에 바짝 쪼그리고 앉아서 찬찬히 내려다 보았다. 아무리 하여도 사람 같이 보이지 않았다.

"여보 이게 어디 사람 같소? 꼭 원숭이 새끼 같구려."

"누구든지 첨에는 다 그렇겠지요. 이렇게 자랐으니까 큰소리를 하지……."

이렇게 말하는 아내의 맘은 어느덧 누그러진 듯하였다. 영배는 적이
마음이 놓였다. '인제야 풀리셨군' 속으로 중얼대며 두 손가락으로 갓
난이의 볼을 한 번 짚어보았다. 아내는 깜짝 놀래며

"말아요. 자는걸……"하고 손을 잡아뗀다.

영배는 못이기는 체 하고 손을 움츠리었다.

"여보 그러나 큰일났소. 식구는 이렇게 늘어가는데 먹을 것이 있어야
하지요."

"그런 걱정은 그만두구려. 저 먹을 것은 제가 다 타 가지고 나오니까
쓸데없는 소리는 그만두고 어서 저 방으로 가서 못 잔 잠이나 주무시구
려 나도 인제 잠을 좀 자야 할 터이니까요……."

아내는 이렇게 말하고 눈을 스르륵 감으려고 한다.

"어쨌든 걱정이야……. 이걸 다 키워내자면……."

영배는 혼잣말처럼 중얼거리었다.

"글쎄 걱정말고 어서 가요. 몇이나 되어서 걱정이요?"

하고 아내는 감았던 눈을 다시 뜨고, 아니꼽게 바라보며 힘없이 애원
하듯 말하였다.

영배는 모기장 바깥으로 다시 나왔다.

그의 이마에는 땀이 흘렀다. 그리고 저고리가 젖어서 등에 붙었다.
마루로 나오자 그는 겨우 정신이 차려지는 듯하였다. 여름날에 방에 불
을 넣고 모기장을 치고 드러누운 아내와 애기의 땀 한 점 아니 흘리는
것이 기적처럼 생각이 났다. 그들은 인간이란 지경 밖에서 홀로 사는
딴 종류의 동물이나 아닌가 하는 의심조차 없지 않았다. 또한 여자는
그런 데에는 운명을 타 가지고 나온 것이나 아닌가하는 생각이 났다.

그는 뜰에서 불어오는 바람결에 겨우 정신을 차렸다. 그리고도 부족
한 듯 다시 부채를 들었다.

영배가 방 바깥으로 나온 지 얼마 아니 되어 모기장에서는 곤히 잠든

듯한 산모와 갓난아이의 숨소리가 가늘게 들리었다. 그는 다시 모기장 안을 들여다보았다. 어느덧 산모는 잠이 들고 말았다. 그는 잠이 그렇게 쉽게 들까 하고 부러운 생각이 났다.

잠자는 아내의 얼굴을 그는 한참 동안 유심하게 바라보았다. 초록빛 모기장을 통하여 바라보이는 얼굴빛은 그 본 얼굴빛보다도 더 희푸르러 뵈었다. 그는 해산하기 전까지의 본 얼굴—그보다 더 일찌기 아이 배기 전까지의 얼굴을 상상하였다. 그의 얼굴은 지금 모기장 안에서 창백하게 보이는 저러한 얼굴은 아니었다. 좀더 생기가 있고 핏빛이 돌고 순결을 가진 귀인성[2] 있는 얼굴이었다. 잉태한 뒤에 아내는 가끔 거울을 보고는 '여편네는 아이를 나면 그만이야요. 온 얼굴이 버짐 천지야요……. 그리고 광대뼈가 요새는 불쑥 나왔어……' 하고 다른 사람의 귀에는 아니 들릴 만큼 가만히 한숨을 내쉬는 때도 있었다. 이러할 때마다 영배는 '여자는 별 것 근심을 다하는군! 얼굴이 야위어 가는 것이 그렇게 걱정이 되나!' 하고 속으로 생각만 하고 아무 말을 아니하였었다. 그러나 역시 자기 아내의 미美가 점점 파괴되어 간다고 생각할 때에 역시 마음의 한편 구석에서 손에 쥐었던 물건을 앉았던 자리에 떨어뜨리고 그대로 일어설 때에 느끼는 바와 같은 섭섭한 생각도 없지 않았다.

오늘 해산한 뒤의 잠자는 얼굴을 바라볼 때에 영영 다시 찾을 수 없이 잃어버린 물건을 생각하는 것과 같은 섭섭한 느낌이 있다. 아내의 얼굴에는 누른빛이 떠돌았고 그리고 얼굴과 수족까지 모두 부석부석 부었다. 현저히 나타나 보이는 것은 그의 눈뚜껑이었다. 그리고 더욱 불쾌를 느끼게 하는 것은 해산할 때에 헤매던 그 아내의 모든 태도였다. '아이구머니!' 하고 발작적으로 소리를 지르며 두 손에 젖 먹던 힘

---

2) 귀인다운 고상한 성질이나 바탕.

까지 다 올리어 자기의 팔을 잡고 충혈된 눈으로 바라보는 그의 형용은 다시 눈앞에 현연이 나타났다. 그리고 조금만 떨어져 나가려고 할 때에 원망하는 듯 흘겨보던 그 눈초리는 아직도 그 모기장 안에서 쏟아나오는 듯하였다. 그리고 '나는 인제 죽나봐요. 아이구머니!' 거의 죽어가는 소리로 부르짖던 소리도 아직 귀에 그대로 담겨 있는 듯하였다. 그리고 더욱 영배의 간장을 서늘하게 한 것은 해산이 너무나 늦은 것이었다. 산파는 아내의 곁에 앉아서 위로도 해주며 모든 것을 수용하여 주면서도 얼굴에 수심이 떠올랐었다. 그리고 가끔 아내의 배를 만져보기도 하고 또는 청진기를 배에다 대고 듣기도 하였었다. 그리고는 '인제 얼마 아니 가면 해산하겠으니 조금만 참으세요' 하고 위로는 해주었으나 이 '조금만'이란 시간이 한정 없이 길었다. 초산初産이면 대개 십여 시간 만에 해산을 하게 된다는 것이 해산 기미가 있은 뒤로 거의 일주야가 되도록 아무 소식이 없었다.

이러한 시간의 관념이 머리에 떠나올 때마다 그는 아내와 자식을 한 상여에 떠메게 되지나 아니할까 하는 공포가 초조한 그때에 얼음물을 끼얹은 것 같이 선뜻 놀라게 하였었다. 그렇게 되지 않겠지 하고 스스로 위로하였으나 역시 그러한 공포는 차례차례로 그의 머리 속에 뜬구름처럼 지나갔었다.

"여보시오, 정 이럴 것 같으면 산과의사産科醫師를 좀 청할까요?" 하고 영배는 산파더러 물어보기도 하였다. 이렇게 물어본 것은 뒤에 어떻게 될 것이며 또는 자기 현재 호주머니 계산 같은 것은 물론 초월한 것이었다.

"의사가 오셔도 좋겠지만 조금만 더 기다려 보세요. 이 해산이란 것은 어디까지든지 자연의 힘을 빌어야 됩니다. 인공으로 억지로 할 것이 아니야요……."

산파는 이렇게 말하고 '아내'의 배를 만지기도 하고 맥을 짚어보기도 하고 눈뚜껑을 뒤집어보기도 하였다.

산파가 있는 것이 어디까지든지 영배의 약한 마음에 힘을 주었으나 암만 해도 그는 이번에 아내와 자식을 잃는가보다 하는 의구 의식을 씻어줄 수는 없었다.

영배는 평일에 해산할 때에 포도주 같은 것을 조금 산모에게 먹이면 순산한다는 것을 들은 까닭에 달이 차던 얼마 전에 포도주 한 병을 사다둔 일이 있었다.

"여보시오 아마 기운이 지친 모양이니 포도주를 좀 먹이는 게 어때요?" 하고 영배는 아내의 머리맡에서 산파에게 물었다.

"조금은 관계찮겠지요. 그렇지만 많이는 안 됩니다. 신경을 마춰시키면 도리어 좋지 못해요……."

산파는 이렇게 대답하고 영배가 벽장에서 내놓은 포도주를 반 컵쯤 먹였다. 아내는 목이 마른 끝에 쿨덕 한숨에 켜 버렸었다. 못 먹는 술에 반 컵이나 마신 그의 얼굴은 더욱 화끈화끈해졌었다. 이마에 짚은 영배의 손은 흐듯흐듯한 촉감을 느꼈었다.

이렇게 온 집안 식구가 야단법석을 하는 동안에 행랑어멈은 물을 끓였다. 온 집안 식구라고 해도 영배 내외 간 뿐이었다.

어쨌든 이와 같이 오래 두고 빗서던 아이를 무사히 낳은 것이 큰짐을 영배의 마음에서 벗겨 내렸다.

그러나 이런 것이 이삼 년 뒤에 또다시 반복하며 올 것을 생각함에 그는 정이 떨어졌다.

그리고 더욱이 애기가 흥아[呱呱]하고 첫소리를 이 세상에 내보내던 그 찰라 또는 산파의 손이 피투성이가 되고 산모가 거의 혼도하던 순간—이러한 것을 일부러 보고자 하던 자기의 호기심 모두가 참혹과 잔혹의 덩어리로밖에 아니 생각되었다.

영배는 이 다음에는 어떻게 할까 하는 생각이 들 때에 다시는 안 본다고 그는 마음으로 맹세했다.

—《별건곤》 2호, 1926. 12.

번뇌煩惱의 밤

1

저녁 상을 막 치우고 난 숙경淑卿의 집 안방에서는 어린 시동생 영희永熙와 숙경과 방주인 되는 시어머니의 세 사람이 환하게 비치는 램프 불 아래에 아래 윗 폭으로 늘어앉아서 이야기를 시작하였었다.

숙경은 이와 같이 식구가 모여 앉았을 때에는 알 수 없이 기쁘고도 슬픈 듯한 마음이 그의 가슴에 가득하였다. 그는 어떠한 행복스러운 것을 느꼈다. 그러나 그의 마음에는 형언할 수 없는 불만과 섭섭한 것이 반드시 있었다. 걱정과 두려움이 그의 행복스러운 이 평화스러운 순간을 항상 위혁威嚇[1] 하였었다. 그는 만일 자기의 남편이 이 자리에 있었으면 하는 생각에 마음을 태웠다. 또 만일 자기 남편이 역시 이 자리에 같이 앉았으면 어떠하겠다는 여러 가지 일을 생각하고 있었다.

이러한 공상이 그의 시어머니의 살림에 대한 이야기와 시동생 영희의 학교 이야기를 들으면서도 항상 그의 머리에 떠나지 않았었다.

장지문을 격隔한 윗목방에서는 하녀 복순福順이가 솜을 타려고 솜뭉치를 손에 든 채로 꾸벅 졸고 있었다. 이것을 바라본 영희는 무슨 재미

---

1) 위협.

[滋味]스러운 일을 발견한 듯이 "어머니 저것 좀 보시요." 하면서 소리를 쳐서 웃었다. 숙경과 그의 시어머니도 따라 웃었다. 이리할 점에 "저녁 잡수셨소" 하면서 미닫이를 열고 들어오는 이가 있었다. 그는 이웃집 노파였었다. 이 노파는 아들도 딸도 없는 고독한 신세였었다. 그러나 몸은 젊은이보다도 튼튼하므로 추석이나 설 때가 되면 각처로 돌아다니며 비단장수를 하여서 아무 부족 없이 살림을 하였다. 몇 십 년 동안 이러한 생애를 하였으므로 인근 지방에서 상당한 생활을 하는 집 치고는 이 할멈을 모르는 집이 없었다.

십 수 년 동안을 단련해온 그의 교제수단은 어떠한 집에를 가든지 애대欸待를 받았었다. 숙경은 친가에서도 그를 알았고 이 시집에 와서도 축일逐日[2) 상봉을 하게 되었다.

그 노파는 오늘 저녁에도 상투常套의 너스레를 (어성)치며 "세 분이 무슨 재미있는 이야기를 하십니까? 나도 들어 관계찮을까요……"하며 들어와서 윗목에 앉았다.

숙경과 숙경의 시어머니는 자리를 아랫목으로 권한 뒤에 "무슨 재미있는 이야기가 있소"하고 물었다.

그 노파는 "참 댁의 큰아드님처럼 점잖고 얌전하신 이는 없어요." 주인의 환심을 산 뒤에 이야기를 꺼냈다. 그 이야기는 대개 이러했다.

그 노파가 친히 다니는 인근 읍 어떤 집에서 그 집 둘째 아들을 열 다섯 살 때에 장가들였는데 신부는 신랑보다도 두 살이나 손위가 되었다 한다. 그런데 혼인한 지 일년 뒤에 그 집 신랑 되는 둘째 아들은 일본으로 공부하러 갔었고 일본에 들어간 지 이 년까지는 여름이나 겨울 방학에 나와서라도 내외간에 그렇게 정답지도 아니한 대신에 그다지 불화不和하여 보이지도 않았었다. 그러나 그가 자기 아내의 무식한 것을

---

2) 하루 하루 거르지 않고 날마다.

민망히 여기는 빛은 가끔 감출 수 없이 나타나 보였다 한다. 이와 같은 냉랭한 기운은 해가 갈수록 두 사람 사이에 더 하였고 필경에는 그가 동경에서 어떠한 여자와 친밀한 관계를 맺어서 서로 잊을 수 없는 사이가 되었다는 소문이 그 집으로 들어왔다.

그래서 그 학생은 방학에 집으로 오지 않고 일본 각지로 여행을 다니느니 무엇을 하느니 하고 집에서는 학비만 보내었다 한다.

그럭저럭 칠팔 년이 지난 뒤에 그 학생은 졸업하고 집에 돌아온 뒤에도 집에는 며칠 있지도 않고 경성에 무슨 긴급한 일이 있다 하고 자기 부모가 만류하는 것도 듣지 않고 올라가 버렸다 한다. 집에 있을 동안에도 그의 처와는 한마디 말은 그만두고 처가 앞에 어릿대기³⁾만 해도 이마를 찌푸리고 눈살을 찌푸렸다.

그 아내 되는 이는 그 뒤로부터 식음을 전폐하다시피 하고 날마다 눈물로 세월을 보내었다. 서울에 올라간 그의 남편은 서울에서 살림하게 되었으니 돈을 보내라고 하더니 돈 보내준 지 며칠 아니 되어 그 아내 되는 이는 한 장 편지를 받아보았다. 그 편지에는 '부부 사이에는 제일 무엇보다도 애정이 있어야 할 것. 그런데 우리 두 사람 사이에는 아무 애愛가 없으니 피차에 연緣을 끊을 일이 두 사람에게 피차 행복이 될 것과 당초에 결혼한 것은 우리들의 부모네 끼리 자기네들 의사대로 작정한 것이지 우리 두 사람은 피차간에 우리 결혼한 데 대하여는 책임을 질 필요가 없다. 우리가 부부의 관계를 맺는 것은 누구보다도 우리 두 사람의 행복을 구함이오 부모나 형제간의 행복을 구하는 것이 아니므로 우리들에게 불행한 결과를 오게 할 것 같으면 우리는 용감스럽게 행복의 길을 찾는 것이 인륜에 떳떳한 것이라' 는 의미로 길고 길게 쓰여 있다 한다. 이 편지를 받은 그는 기절하였고 그 뒤에는 방문을 닫고 절

---

3) 어렴풋하고 어지럽게 눈에 어리거나 움직이다.

식絕食[4]하여 자처自處하려 하였다. 그 가족들이 지성껏 위로하여 그는 그의 친정에 가서 날마다 눈물로 비참한 세월을 보내게 되고 그 남편은 일본에서 정들어 나온 여자와 결혼식을 한 뒤에 그 부부는 음악회니 극장이니 하고 함께 팔을 끼고 다니는 한 편에서 그 처 되는 이는 친정에서도 시집살이 못한 년이라고 구박을 받아 어떤 절에 가 승 노릇을 한다.'

노파는 여기까지 말을 한 뒤에 한숨을 휙 내어쉬며,

"생각하여보시오. 꽃같이 젊은 나이에 그 모양을 당하고 승이 되러 갈 때에 감태甘苔[5] 같은 머리채에 가위가 들어갈 때에 그 생각이 오죽이나⋯⋯" 하면서 치맛자락을 들어 눈물을 씻었다.

숙경의 시어머니도 눈에 눈물이 그렁하였다. 영희는 이러한 이야기에는 자기는 무엇이라 말할 수 없는 것처럼 '참⋯⋯' 하고 세 사람은 동정에 잠긴 얼굴을 서로 쳐다보고 있었다.

숙경은 그 노파의 이야기에 남을 동정하고 슬퍼한다는 것보다도 어떠한 공포와 불안의 생각이 가슴을 찔렀었다. '사람의 마음이란 것은 알 수 없다⋯⋯ 운명이란 것은 알 수 없다⋯⋯' 생각이 이에 이를 때에 몸이 오싹 떨렸었다. 이 노파가 나의 일을 점쳐줌이 아닌가 하였다—노파는 일본에만 가면 아내 소박을 하는 것처럼 말하며 숙경의 남편의 진실하고 인정스러운 것을 칭찬하였다.

숙경의 시어머니는 숙경 너는 걱정 말라는 것처럼 수심과 불안과 공포에 싸인 숙경의 얼굴에 자애에 타오르는 눈으로 위로를 주며

"사람마다 그러하겠냐. 가속家屬[6]이 저 하기에 있고 금슬琴瑟이 있고 없는 데에 달렸지—" 숙경 너는 걱정 말라 하는 듯이 말했다.

---

4) (자기 자신을 어떠한 사람으로 여기고) 스스로 그렇게 처신함.
5) 보라털과의 해초.
6) 가족.

밤이 깊은 뒤에 노파는 돌아가고 숙경도 평일보다 일찍 그의 방으로 왔었다.

2

숙경은 자기 방에 들어왔었다. 방 안에는 쓸쓸한 기운이 가득하였었다. 침구를 펴고 그 위에 피곤한 몸을 힘없이 던졌다. 침구의 찬 기운이 몸에 선뜩 새어들어 올 때마다 그는 몸을 조금씩 떨었었다. 절로 떨렸었다. 그는 머리에 미통微痛을 감感하였고 사지를 움직이기에도 힘이 없었다. 그의 머리에는 노파의 하는 말이 오히려 남아있었다. 따라서 자기의 남편이 근일 어떻게 있는가를 염려하였다. 근일에는 편지가 자주 오지 않는 것이 혹 무슨 까닭이 있나? 아까 노파가 말한 바와 같은 그러한 선고나 없나 하였다. 사람의 마음은 알 수 없다. 내가 나의 맘도 알 수 없다. 그러면 참으로 그것이 아닌가. 내가 이러한 생각을 하게 되는 것은 천지의 자연한 힘이 이것을 나에게 통지함이 아닌가. 만일 그렇다 하면…… 그는 다시 몸이 떨렸다. 나의 남편처럼 남에게 칭찬 받는 이가 그러할 리가 있나. 이러한 의심을 두는 자신이 불충실함이 아닌가 하고 스스로 꾸짖었으나 이것은 자기의 양심을 속이는 거짓말 같이 곧 없어졌었다.

그는 힘없는 눈으로 천정만 쳐다보았다. 천정을 바른 그슬린 반자지斑子紙[7]에 그린 붉은 모단화牡丹花 숭어리[8]와 넌출[9] 사이에 자기의 남편과 머리도 이상하게 틀어 쪽진 여자가 무엇이라 속살거리며 그를 비웃는 것이 환영으로 보이는 듯하였다. 숙경은 내가 왜? 이러한 생각을 하나 할 때에는 그것이 사라지고 붉은 모단화 송이만 희미하게 보였었다.

---

7) 반자의 겉면(천정)을 꾸미기 위해 바른 종이.
8) 꽃이나 열매 따위가 굵게 모여 달린 덩어리.
9) 길게 뻗어 나가 너덜 너덜 늘어진 식물의 줄기.

그는 몸을 이리로 뒤챘다. 역시 불안하였다. 다시 몸을 돌렸었다. 그래도 편치 못했었다. 그는 다시 일어나 앉았었다. 머리가 휭휭 내둘렸다. 내둘리는 머리를 들어 천정을 쳐다보았다. 보기 싫게 검붉은 모단화 송이 그림이 흩어져 있을 따름이었다. 창 위에는 오래된 설경의 수채화의 편액扁額[10]이 걸리고 그 좌편에는 숙경의 남편이 동경에서 여러 학우들과 함께 박은 기념사진이 걸렸었다. 숙경의 시선이 거기에 머무를 때에 그는 무거운 몸을 일으켰었다. 숙경은 등불을 돋우고 그 사진을 굽어볼 때에 언제든지 조금 느끼던 질투의 마음이 전신에 불꽃처럼 일어났었다. '아까 노파가 말하던 여자들도 이러한 여자 가운데서 나온 것이다……. 여자가 남자와 사진을 박아……' 사진을 놓으면서 그의 남편이 이 사진을 보내며 한 편지의 말을 그는 생각하였다. 새 여자들은 남자와 다름없이 모든 일을 하며 교제한다고 자기를 비웃는 듯한 말을—.

이 중에 그의 남편과 좋아하는 이가 없는지 누가 보장하랴. 알 수 없다. 아! 있으면…… 그는 사진을 던지고 아랫목에 다시 쓸쓸한 잠자리로 들어갔었다. 노파의 말이 의연依然히 귀에 울려온다. 서로 애정이 없으니까…… 부모끼리 자기 맘대로…… 애정이란 것은 어떠한 것인지 알 수 없다. 남자들이 요구하는 애정이란 어떠한 것인지 과연 알 수 없고 자기가 지금 그의 남편을 생각함에 어떻게 하여야 애정이 있다 할까 어떻게 더 극진히 생각하여야 애정이 샘물 솟듯 하는지 알 수 없었다. 부모끼리 자기들 의사대로 이것은 나의 형편도 노파가 말하던 그 불쌍한 여자와 빈틈이 없이 맞는다.

나도 나종那終에는…… 이렇게 생각을 태울 때에는 숙경은 가슴에서 무엇이 내려앉고 몹시 두근거리며 숨이 가빴었다.

---

10) 방 안이나 문 따위의 위에 거는, 가로로 된 긴 액자.

그는 생각이 필경 극단에까지 이르렀었다. 그는 노파가 말한 그 불쌍한 여자와 같은 경우를 당한다 하면 자신은 어찌할까? 나도 그렇게 무정한 버림을 받을 때에는 어이할까? 숙경은 속으로 힘있게 부르짖었다. '그때에는 두말 할 것 없이 죽어버리면 그만이다. 밤에 가만히 나가서 우물에나 바다에 이 몸을 던지면 그만이다.' 그러면 저희들은 시원하다 하겠지. 친정의 부모, 시어머니, 영희 들은 그의 시체를 붙들고 슬퍼하겠지. 숙경은 느껴[11] 울음이 나왔다. 친정 부모들은 이러한 참혹한 일을 당하는 것은 모두 자기들의 허물이라 하겠지. 여자라고 교육을 시키지 않은 까닭이라고 회한의 눈물을 흘리며 용서해라 내가 잘못했다 하겠지. 그러나 이것이 죽은 뒤에는 그만이라 하였다.

이러한 명상에 잠긴 숙경은 자기의 생각이 너무 무서운 것을 문득 깨달았다. 그러면 그 사람처럼 친정으로 또 중이 되어─역시 죽는 수밖에 다른 길은 없다 하였다.

숙경의 머리는 생각이 깊어갈수록 산란하고 아팠다. 이런 생각은 그대로 두려 하였었으나 그럴 리가 없다고 억제하였으나 그것은 거짓말 같았었다.

이와 같이 여러 가지의 생각이란 생각은 모두 숙경을 괴롭게 하고 마음을 태우게 하는 것이 아니면 공포, 불안, 비애뿐이었었다. 생각하고 생각하고 또 생각하다가 피로가 전신에 퍼져서 눈감고 생각하는 그 모양 그대로 잠이 들었다. 그러나 그는 어떠한 감각만 무뎌졌을 뿐이오 그는 몽몽濛濛[12] 한 운무[13]중에서 방황하는 것처럼 모든 불안한 의식이 막연히 활동하였었다.

---

11) 설움이 북받쳐 흑흑 가쁜 소리를 낸다.
12) 앞이 자욱하고 몽롱하다.
13) 구름과 안개.

3

숙경은 창살 사이로 스며드는 희미한 빛의 연기에 그을리고 더러워진 실내를 개개풀린[14] 눈으로 둘러보았다. 그는 머릿속에 무수한 연철鉛鐵[15]의 탄편彈片을 담고 잡아 흔드는 것 같은 무거움과 아픔을 느꼈다. 힘없는 두 팔을 들어 좌우 이마를 눌러 보았으나 역시 무겁고 아플 따름이었었다. 그는 머리를 손으로 누른 채로 간밤에 생각하던 생각을 다시 하였다.

아침해는 벌써 앞산을 넘고 처마 안으로 길게 들어와 창살 두어 개의 그림자는 밝게 비치는 종이 위에 검게 인印쳐[16] 있고 온 방 안은 환하게 밝았었다.

"학교 시간 늦어간다." 하녀를 단속하는 그의 시어머니 소리에 숙경은 무거운 머리를 들고 일어났었다.

'어머님께서 노하셨다……' 하는 의심과 두려운 생각을 하며 흐트러진 머리를 흡트리고 침구를 치운 뒤에 솜과 같이 풀어진 피곤한 몸을 움직여 마루로 나왔었다.

그가 마루에 나설 즈음에 대문에 뛰어들어오며 그의 얼굴을 유심하게 바라보는 영희를 보았었다. 항상 활발하고 인정 있고 부지런하고 자기의 남편을 축소시킨 것처럼 꼭 닮은 무사기無邪氣한 그의 어린 시동생을 보면 언제든지 귀여운 생각이 났었다. 오늘 아침에도 그 천진이 듣는 듯한 얼굴을 보는 순간에 모든 우려에서 벗어난 것 같이 기쁜 때에 웃는 벙그레한[17] 얼굴로 보았었다.

영희는 고개를 한편으로 갸웃하게 기울이고 쳐다보며 "아주머니도 늦잠 잤네……" 하고 방그레 웃으며 그 곁으로 와서 다시 "아주머니 어

---

14) 눈에 정기가 없이 흐리멍덩해지다.
15) 납과 철이 섞여 있는 광석.
16) 도장을 찍다.
17) 만족한 듯이 입을 조금 크게 벌리면서 소리 없이 부드럽게 웃는 모양.

디 불편하오?" 이상히 여기는 눈으로 쳐다보았다.

숙경은 이렇게 인사하는 그의 시동생에게 무량한 감사를 느꼈다. 그의 하룻밤의 번뇌가 어린 시동생에게 발견된 것을 생각할 때에 얼굴이 문득 붉어졌다. 영희는 아침 재촉을 두어 번 하더니 다시 대문을 향하여 나아가면서 높고 가늘은 울리는 소리로 "바람서리 거칠은 때 담그늘에 핀 국화야. 너의 향기 흩어지고 너의 잎사귀 시들 날 오늘인가 내일인가." 창가하며 나아갔었다.

숙경은 영희의 그림자가 대문에서 사라지도록 그곳을 바라보았다. 숙경의 세계는 다시 적막하였다. 영희가 부른 창가의 구절이 숙경을 더욱 슬프게 하였다. 무슨 암시를 하는 듯이 슬픔과 불안이 한 덩어리로 그의 진정해 가는 머리를 다시 산란하게 하였다. 은쟁반 같은 아침해가 앞산 두어 길 위에 올라와 윤습潤濕한 천지에 명랑한 빛을 폭포처럼 떨어뜨리고 있었다. 정하게 쓸어놓은 앞뜰에 동편 담의 포플러 나무의 그림자가 길게 누워 있었다. 아침 바람에 날리어 이리로 저리로 다니는 낙엽이 힘있게 내려 쏘는 아침 광선을 받아서 그 찬이슬에 젖은 부분만 반짝 빛이 나며 바스락 소리를 내며 날아다녔다.

숙경은 부엌으로 내려갔다.

4

영희도 시간 안에 학교에 가고 다른 식구들도 아침을 마친 뒤라 집안이 고요하여졌었다.

숙경은 따뜻한 가을 광선이 내리쬐는 앞마루에 바느질 그릇과 옷감을 들고 나아가 앉았었다. 바늘을 나르기에도 힘이 없었다. 그는 자기의 맘이 남모르게 괴로움을 더욱 괴로워하였다.

옅은 연대색烟黛色으로 물들인 듯한 창궁蒼穹[17]에서 아무 거침없이 내려오는 가을볕에 전신이 따뜻하여지다가 뒷숲을 거쳐 낙엽의 바스락

소리를 일으키고 불어오는 바람결에 다시 싸늘하여지고 말았다. 앞뜰
(前坪)에 새 쫓는 '우—우여······' 하는 부르짖는 날카로운 소리가 가을
늦은 아침의 고요한 공기를 무수히 흔들어 그 침묵을 깨트렸다.

숙경은 바늘을 들고 기력 없는 눈으로 앞산을 바라보다가 그의 시어
머니의 부르는 소리에 바늘을 놓고 시어머니 방으로 들어갔다. 그의
시어머니는 이야기책을 두 쪽에 접어 한편 손에 들고 아랫목에 누웠다
가 한 손으로 쓰고 있던 뿔테 돋보기 안경을 이마로 옮기면서

"이야! 일본에서 아무 소식도 없으니 무슨 탈이나 없는지 갑갑하구
나! 편지나 해보려므나!" 걱정스러운 듯이 말했었다.

숙경은 그대로 자기 방에 들어가서 연상硯床[18]을 내려놓았다. 언문 간
독簡牘[19]에서 몇 번이나 보고 외우다시피 한 예투例套[20]의 말로 오륙 행
끄적거리고 보니 다시 무엇이라 할 말도 별로 없었다. 그 서투른 글씨
와 비뚤한 글줄을 볼 때마다 그의 눈에도 불쾌하였었다. 그대로 보낼
수는 과연 없었다. 전일前日보다도 더욱 고민하는 것을 그는 스스로 우
습게 생각하면서도 몇 번이나 썼던 편지를 두 손바닥으로 뭉쳐버리고
다시 쓰기를 시작하였었다. 그는 사오 차나 정서正書한 뒤에 겨우 국문
편지 한 장을 써 놓았었으나 봉투는 자기의 시동생 영희의 어린 손을
빌게 되었었다. 그래서 영희를 기다렸다.

숙경은 그의 남편이 그 무식함을 조롱할 때마다 아무리 여자라도 편
지나 한 장 쓰고 신문이나 볼 줄 알아야지 다른 여자들은 국사를 하느
니 사회를 위하느니 하는 때에 저런 위인은 무엇을 하노! 잊을 수 없다.
이러한 기억이 한편 구석에 있다가 이러한 경우에는 반드시 일어났었
다. 이와 같은 기억날 때에는 무식한 자신보다도 무식하게 만들어 놓은

17) 맑게 갠 새파란 하늘.
18) 벼루 따위의 문방구를 놓아두는 작은 상.
19) 여러 가지 편지를 본보기로 모아 엮은 책.
20) 상례가 된 버릇.

친정 부모를 원망하지 않을 수 없었다. 또 그 주위에는 모든 사람을 미워하지 않을 수 없었다.

숙경은 자기의 정력을 다하여 쓴 이 편지가 자기의 마음의 만의 하나라도 자기의 마음을 말하지 못한 것을 슬퍼하며 자신의 무식한 것이 남편에 대한 한 죄악 같이 생각하여진다. 따라서 이 편지가 자기 남편의 어떠한 불유쾌한 생각을 일으킬지는 알 수 없다는 염려가 다만 두어 마디 안부인사로 끝을 맺게 한 것이다. 숙경은 다시 머리에 미통微痛을 감하였고 몸이 으쓱 하였었다.

* * *

그 편지를 부치고 그 뒤에 숙경은 매일 괴로운 생각을 하였었다. 며칠 뒤에 숙경의 편지를 보기 전에 그의 남편의 편지가 왔었다. 전에 없던 위로하여주고 집에서도 공부하라는 정다운 글이었다. 숙경은 적이[21] 안심하였으나 때때로 불안과 비애가 그의 가슴을 침노하였었다.

—《학지광》 22호, 1921. 6.

---

21) 약간.

연의 서곡

1

우리 합숙하는 C사숨에 K양이 들어온 뒤로 사내에 일종의 암류暗流[1]가 흘렀었다. 일개 이성의 내습來襲이 사생숨生들에게 얼마큼 긴장한 기분을 주는 동시에 일면으로는 호상간互相間에 의문의 눈으로 대하게 하는 불순한 감정을 가지게 하였다. 외면으로는 더욱 활기가 있고 평화로운 듯하여 보였지마는 기실은 그 이면에 질시와 시의猜疑[2]가 가득하였었다.

사생 그들 중에는 다수는 성性에 체험이 있었으나 그들의 속에 산재한 애愛의 본질인 동경憧憬은 이성을 대할 때마다 함부로 대상을 구하려던 것이었었다. 그들은 지금껏 본능의 만족은 얻어본 경험은 있었으나 세상 사람의 항용 떠드는 연애에는 실감이 없고 다만 적지 않은 동경만을 가졌었다. 그래서 그 성적性的 만족과 애愛의 정신적 위안과는 아주 별세계의 물건인 것처럼 상상하고 있었었다.

밥을 먹은 뒤에나 산보를 마친 뒤에 모여 앉을 것 같으면 화제의 중심이 흔히 연애에로 돌아갔었다. 그리하여 누구는 누구누구와 사랑한

---

1) 겉으로 드러나지 않는 불온한 움직임.
2) 시기하고 의심함.

다는 등 여학생 모某는 애인을 둘씩 두었다는 등 여러 가지의 남녀간의 이야기가 항상 말하는 흥미의 중심이 되었었다. 그 결론은 소위 공부하러 온 학생들이 연애전문을 한다고 비훼誹毀[3]하는 데에 이르렀다. 기중其中에도 영어 준비하러 다니는 B가 더욱 분개하였었다.

B는 사생 중에서 큰기침하기로 유명하였었다. 기침을 크게 한 뒤에 담을 뱉고는 트림을 길게 하는 버릇이 있었었다. 식사를 마친 뒤에는 기침하고 담痰 뱉고 트림하느라고 십여 분 시간을 허비하였었다. 동경東京에서 이 세 가지가 사교에 대기大忌[4]인 것을 아는 C사생들은 가끔가끔 B에게 큰기침, 트림, 담에 대하여 조롱하는 것처럼 주의를 주면 B는 불같이 성을 내며 '별 것을 다 간섭하는구려. 기침도 마음대로 못해……' 하고 반항하였었다. 그러면 흉내 잘 내는 K와 C는 일부러 큰소리로 '켐 탁…… 끄르륵……' 기침, 담, 트림의 흉내를 내었다. 그러면 B는 모른 체 하고 배를 어루만지며 자기 책상 앞으로 가서 곰방대에 담배를 넣어서 두어 모금 피고는 자기磁器 재떨이에 재를 떨었었다. 그 재떨이는 소리가 트림하는 소리에 박자를 맞추는 것처럼 들렸었다. C와 K는 중학생인 어린 사람인 까닭에 그러한 흉내내는 데에는 한 흥미를 가지고 있었다. 그래서 아무리 나이 좀 많은 B도 둘이 한편이 되어서 덤빌 때에 흔히 못이기는 체하고 말았다. 그러나 그 기침, 담 뱉는 것, 트림은 근기根氣[5] 있게 고치지 않았다. 어떠한 때에는 C사의 모든 회계와 사무를 담당하여 보던 Y가 하도 그 B의 방종한 것에 참을 수 없었던지 종용從容하게[6] 말하던 터이었다.

"여보게! B군! 이것이 자네 집인 줄 아나! 이것은 동경東京의 여러 사람이 함께 공동생활하는 C사일세! 어린 사람들이 부끄럽지 않은가. 그

---

3) 남의 약점이나 허물 따위를 드러내어 헐뜯음.
4) 매우 꺼림. 몹시 싫어함.
5) 참을성 있게 배겨 내는 힘.
6) 조용하게.

러고 자네 큰기침소리, 담 뱉는 소리, 트림소리에 동리 사람이 잠을 못잘 것일세. 좀 조심하게!"

B는 여전히 트림을 한번 끅 하며 이마를 접고 입술을 조금 떨으면서 "별 것을 다 간섭하네……. 그럴 것 같으면 내가 C사에서 나가면 그만 아닌가……." Y는 비웃는 어조로

"자네 한 사람이 나간다고 C사가 없어질 바 만무하니 그것은 자네 마음대로 하게……. 그러나 그렇게 큰기침소리, 담 뱉는 소리, 트림하는 소리를 어느 하숙에 가드래도 고치지 않으면 쫓겨날 것일세. 자네 한 사람 때문에 여러 사람이 불쾌한 생각을 하여 쓰겠나……. 쫓겨나지는 않는다 하더라도 날마다 이웃방의 항의에 꽤 창피한 것일세……."

이와 같은 과격한 언쟁이 가끔 있었다. 그러나 B는 언설言說[7] 할 그때뿐이었다. 조금 지나면 그러한 시비와 언쟁이 언제 있었던가 잊어버린 것처럼 태연히 웃고 이야기하고 놀았었다.

연애 문제가 나오면 턱을 디밀고 덤벼 들다가 결국에는 사랑하는 사람들을 욕설하는 것이 그의 버릇이었다. B의 그 욕설은 일종의 질투에서 나온 것을 짐작하는 나는 어떠한 때에는 '여보 B군! B군을 지금 어떠한 여성이 사랑하겠다고 덤비면 어쩔 터이오……. 그리고 당신이 아니면 죽는다고 달라붙으면 어찌할 터이오? 말 좀 하구려!' 일부러 충동시키는 듯이 말하면 B는 참으로 그러한 일을 상상만 해도 기쁜 듯한 빛이 나타나며 '우리 같은 사람에게 그럴 여자가 있겠소. 가령 있다고 하면 말라고 권고하시오' 하면서 허허 웃는 일이 많았었다.

어쨌든 K양이 들어온 뒤에 B부터 그 태도에 뜬 기운이 있었다. 그래서 큰기침, 담, 트림 세 가지 외에 창가唱歌 한 가지가 불어서 네 가지 것이 되었었다. 그래서 밥만 먹으면 마루로 뒤골마리[8]에 손을 집어넣

7) 의견을 말하거나 무엇을 설명하거나 함, 또는 그 말.
8) 뒷주머니.

고 두루두루 다니며 창가를 시작하였다. 그 비음적非音的인 창가 소리에 사생들은 적지 않은 불쾌를 느끼었었다. 그래서 여러 사생들은 '어! 좋다!' 하며 그 창가를 권하였었다. 그러면 B는 모른 체 하고 창가를 중지하였었다.

그 중에도 성에 체험이 없는 C는 B를 더 잘 조롱하였다. C는 B의 행동에 특별할 주의를 주었던 것은 C 자신이 K양에 대하여 어떠한 동경을 가졌던 까닭이었다.

2

K양은 그렇게 미인이 아니었다. 몸이 좀 똥똥하고 얼굴빛이 거무스름하였다. 미美로서는 사람을 끌 수 없었으나 그 육체에는 폭신폭신한 따뜻한 기운이 듣는 듯할 일종의 매력을 가졌었다. 그리고 그 소탈스럽고도 무사기無邪氣할 듯한 행동에는 사람을 끄는 적지 않은 힘이 있었다. 더욱 빙그레 웃고 앞니를 반짝 내놓으며 무슨 엷은 사紗로나 가리운 듯한 검은 눈을 깜짝일 때에는 이성은 알 수 없는 위압을 느끼었다.

K양이 C사에 올 때까지 또는 들어온 그 뒤에도 오히려 그를 무사기無邪氣한 소녀라고만 나는 생각하였다. 어떠한 이성으로 대하는 관념이 적은 까닭에 나의 태도는 언어에 나타나는 것으로만 보아도 존경이란 것은 하나도 없었다. 반말, 하게 비스름한 말을 들을 그때에 만일 K양이 성에 눈떠서 자기는 벌써 소녀가 아니라고 생각하였을 것 같으면 그는 반드시 내가 자기를 업수이 여긴다고 불소不少한 불평을 나에게 대하여 품었을 것이다. 그러나 그는 천성이 남에게 대하여 원한이나 불평을 품고 또는 반항하는 것을 가지지 않았다. 그래서 그는 최후까지 온순한 태도로 나에게 소녀의 대우를 달게 받았다. 나도 어떠한 때에는 나의 양심을 속여가면서도 어디까지든지 그를 소녀로 대접하였다.

K양이 건너 사첩반방四疊半房에 온 지 이일二日 후 어느 날 밤에 나는

동경東京 시내에 볼일이 있어서 늦게야 사에 돌아왔었다. 때가 벌써 유월 중순이었으므로 조금 바쁜 걸음으로만 걸어도 등에 땀이 축축이 젖었었다. 그리고 매우梅雨[9] 시절이라 매일 비 아니 오는 날이 없어서 교외의 신개新開한 통로는 진흙으로 덮이었었다. 정거장에서 사까지 칠팔 정町[10] 걸어오는 동안에 다리의 힘이 풀어져서 전일보다도 더욱 피로를 느끼었었다. 습기가 가득한 공기는 땀 묻은 의복을 축축하게 적시어서 자못 불유쾌하였다.

"K양이 당신을 몹시 기다리는 모양이오"라는 B군의 그 '몹시'라는 말에 어떠한 조롱이 없는가 생각함에 자못 불쾌하였었으나

"왜? 나를……" 대답하여두고 식당으로 들어갔었다. 저녁을 먹으면서도 '몹시'라는 것과 또는 '무슨 까닭으로 나를 기다리나' 하는 생각이 부절不絶[11]히 일어났었다. 이러한 생각 가운데에 저녁밥을 마치고 내 방으로 돌아왔었다. 사생들은 툇마루에 둘러앉아서 B의 창가를 중심으로 논전論戰하는 중이었다.

B군은 창가를 하거니 춤을 추거니 나의 자유라 하였었다. 다른 K, C, P들은 공동생활에는 그러한 자유를 인정할 수 없다고 공격하는 중이었었다. 내가 들어가자 그 총중叢中[12]에서 가장진실한 P가 말하였다.

"S씨! 가보시지요. 아까부터 K양이 기다렸어요!"

나는 P의 말이 끝나자 사첩반방四疊半房 앞으로 향하였다. K양이 발자취 소리에 방문을 열고 "저 좀 보세요" 하며 나의 들어옴을 권하였다.

나는 나의 뒤에 나를 비웃는 듯한 시선이 쏘아옴을 알았다. 이러한 때에는 바라보는 그 시선을 나의 시신경視神經으로 느끼지 않더라도 알 수 없는 무엇이 그것을 직각直覺하게 하는 까닭이다. 히—히 웃는 소리

9) 장마.
10) 거리의 단위.
11) 끊이지 않음.
12) 많은 사람 가운데.

도 들리었다. K양이 온 뒤로 그 방에 들어간 일이 그때가 처음인 까닭에 참으로 소녀로만 생각하면서도 그 방에 들어가는 것조차 주저하는 데에는 자기모순을 아니 느낄 수 없었다.

3

나는 K양의 뒤를 따라 방에 들어갔다. 그에게는 무슨 심려되는 일이 있음을 C사로 옮겨오던 그때보다 얼굴이 좀 파리해진 것을 보고 직각直覺하였다. 그리고 한밤중에 내가 잠을 깰 때마다 K양의 방에서 무엇이라 중얼대며 입안소리로 창가 하는 소리가 들리는 것도 반드시 무슨 원인이 있었던 것이라 생각하였다. C사로 온 지 이틀 밤을 다 그렇게 지낸 K양은 매우 피곤하여 보였다.

나는 그의 책상 곁에 쪼그리고 앉으며 물었다.

"무슨 일이 있소?"

"좀 여쭐 말씀이 있어요……."

"무슨 말이오?"

"집의 어머니한테서 편지가 왔는데요, 곧 나오라고요……."

"왜—요?"

K양은 그 말 대답에는 매우 주저하다가 나를 부른 요건要件이 곧 그 말에 있음으로 그는 얼마큼 실망의 애수를 띄우며

"여기는 남자만 있는 데가 아니에요? 내가 남자만 있는 C사로 들어왔다고 했더니요, 그런 데 있을 것 없이 곧 집으로 나오라고 했어요."

K양은 말을 마치고 고개를 수그렸다.

K양이 남의 도움으로 공부하는 줄은 나도 알았었다. 학비 보내던 사람이 그것을 중도에 거절한 까닭에 K양은 여러 달 동안을 고생으로 지내었다는 것도 들어 알았었다. 그리고 사흘 동안 밥을 먹지 못하고 군고구마만 먹고 지내었다는 말도 들었었다. 그러다가 동향인이 많은 C

사 사생의 호의로 당분간 기식하게 된 것이었다. 나는 K양의 집에서는 차라리 공부를 아니 시킬지언정 남자와는 함께 두어서는 아니 되겠다는 것도 완고한 부모들의 처지로 보아서는 그렇게 무리가 아니라고 생각하였지마는 그러한 부모네의 말을 종순從順하려는 K양에게 공부하려는 성의가 있는지 없는지를 시험해 보려는 생각도 없지 않았다. 그래서 나는 말하였다.

"여자가 남자 있는데 있으면 무엇이 어떻다구요?"

"저도 알 수 없어요……."

"모처럼 멀리 공부하러 왔다가 그대로 돌아가도 마음에 아까운 생각이 없소?"

"저는 가기 싫지마는 집에서 그렇게 근심하시니 가서 자세히 말씀해 볼까 해요."

"글쎄요. 가는 것도 좋지마는 우리 기숙사에 들어온 지 이틀이 못되어서 그대로 귀국하였다 하면 다른 사람들이 어떻게 이상스럽게나 생각지 않을까요."

나는 그것이 그렇게 외문外聞[13]의 관계없을 것을 알면서도 K양의 돌연突然히 귀국하겠다는 원인이 사생 중에서 나오지 않았을까를 알고 싶어서 시험 겸 그렇게 말하였다.

"그것이야 상관없을 듯합니다. 저의 사정으로 귀국하게 된 것이지 C사 여러분에게 무슨 불평이 있어서 그런 것은 아니에요."

"글쎄 당신은 그렇게 생각한다 하드래도 다른 사람이야 어디 그렇게 생각하는 것이라구요?"

"암만해도 집에 가야 하겠어요."

K양이 덮어놓고 귀국을 주장하는 것은 다만 자기 집에서 오라는 것

---

13) 바깥소문.

보다도 자기의 현재의 무슨 형편이 그것을 그에게 강요하는 것인 것을 나는 확실히 짐작하였다. 그래서 나는 눈치를 차린 듯이

"누가 무엇이라 합디까?"

"아니에요! 별로……."

K양의 최후 대답의 어미語尾가 매우 애매함으로 나는 그 대답을 그대로 두지 않았다.

"나도 대강은 짐작하오……."

K양은 잠깐 아무 말도 없다가

"무엇을 짐작하세요. 참으로 알으세요……."

"네! 알겠소이다……."

"그렇지 않아도 집에서 걱정하는데요. 만일 그러한 소문을 들어보세요. 어떻게 되겠어요?"

나는 B가 늘 창가를 하고 뜬 기운으로 지내는 까닭에 B군이 혹은 무엇이라고 K양을 건드리지나 아니했나 하는 의심이었다. 다른 사람에게 대한 의심은 적었었다.

"대관절 어떻게 된 일이요. 자세히 말하구려!"

"그렇지 않아도 남의 말하기 좋아하는 세상에 없는 말 보태어서 소문을 낼 것이 아니에요……."

K양의 그 주위를 살피는 것과 소문을 두려워하는 데에 소녀 같은 어린 것도 있고 성에 눈뜬 처녀 같은 부끄럼도 있었다.

"그러나 그런 것을 그렇게 두려워할 것이 무엇이오. 이 C사에 있는 사람들은 다 친형 같으니까 사내에서 무근한 말을 지어낸다든지 또는 사내 말을 바깥에 전한다든지 하는 일은 없을 듯하오."

K양은 부끄러운 듯이 얼굴을 조금 붉히며 말하였다.

"C씨가 제게 이 집에 온 뒤에 편지를 여러 번 하였어요. 이 방에다 가끔 편지를 던지세요!"

C군은 성에 아무 경험이 없는 동정童貞을 가진 중학생이었었다. 나는 제일 혐의한 B군이 아니요 무사기無邪氣한 C군이었음으로 하도 어이가 없었다. 그리고 B군에게 대하여는 어떻게 미안하였는지 알 수 없었다. 만일 그때에 B군이 나의 앞에 있었더면 나는 머리를 수그리고 그에게 사과하였을는지도 알 수 없었을 것이다.

C군은 K양보다도 연하였었다. 그 말을 마친 K양은 바느질 광주리 속에서 편지 뭉치를 집어내어 나의 앞에 놓으며 바깥을 주의하면서 말하였다.

"좀 보아주세요."

나는 그 편지를 일일이 내려보았다. 그것을 읽으면서도 나는 어린 C에게 큰 미안을 느끼었었다. 만일, K양이 자기의 연서戀書를 일일이 나에게 뵈었다는 것을 C가 알고 보면 철모르는 C는 아무 이해하는 것도 없이 전일 존경과 신용은 다 어디로 내어다 버리고 그 대代에 반목과 질시로 향하리라 생각함에 고소苦笑¹⁴⁾를 금할 수 없었다. 그리고 어린이의 단꿈을 여지없이 흔들어 깨는 것처럼 생각하였다. 한편으로 그러한 사람의 비밀을 하필 나에게 하소하는가 생각함에 K양의 치기를 귀엽게 생각하는 동시에 신뢰한다는 그 의미에는 어떠한 책임관責任觀을 아니 느낄 수 없었다.

그 편지의 내용은 여러 장이 다 한 뜻이었었다. 나를 사랑하여 달라는 말이었다. 그리고 어렸을 때에 항용 쓰는 엷다란 감상적 문구가 나열하였었다. 편지를 K양에게 돌려주며

"그래서 무엇이라 답장하였소?"

"네!⋯⋯"

"무엇이라 하였었소?"

---

14) 쓴웃음.

"사랑해 주신다니 고맙다구요."

"그러면 당신은 C군의 사랑을 받은 것이 아니오." 나는 허—허 웃으며 말하였다.

"아니에요. 하도 답장을 하라 하기에 답장하면 다시 편지가 아니 올까 하여서 했었어요."

"그러면 사랑할 마음도 없이 편지 오는 것이 두려워서 답장을 하였다는 말이오 그려?"

"네!"

나는 그러한 문답을 하여 갈 때에 우스운 생각이 절로 났다. 그리고 어린이들의 사랑 유희 가운데에서 좌니 우니 지도하는 것 같은 웃음거리처럼 생각하였다.

"그러나 지금 어린 사람들이 사랑이니 연애니 우스운 말이오마는 C와 참으로 사랑할 생각만 있으면 말하구려! 나도 C군의 형과 상의하여 약혼이라도 되도록 할 터이니……"이라 하고 나는 가벼운 헛웃음을 쳤었다. K양은 까만 눈을 빼꼼히 뜨고 물끄러미 나의 얼굴을 쳐다보며 말하였다.

"생각해보세요. C씨는 저보다도 나이 어리지 않아요? 저는 동생처럼 생각할 따름이에요."

나는 소녀로만 여긴 K양이 연령 계산을 하며 동생처럼 생각하는 밖에도 또 어떠한 것이 있다는 의미의 말에 나의 소녀의 꿈은 확실히 깨뜨려졌었다. 역시 K양은 성에 눈떴다 하였다. 그 위에 연戀에 선택력까지 가졌다는 데에는 아니 놀랄 수 없었다.

"모든 것을 그렇게 잘 생각한다면 걱정할 것이 무엇이오. 편지 사건으로 그렇게 귀국까지 하겠다는 것은 나는 알 수가 없는 걸요."

"그래도 다른 사람들은 그렇게 생각하는가요. 편지가 왔다갔다하면 필경은 소문이 나서 말거리가 되지 않아요. 집에서 알게 되면 걱정이 아니에요……."

　이와 같은 문답하는 동안에 K양은 극히 소심한 소녀라는 것보다도 선택에 최선은 다하여 연(戀)의 대상을 구하려는 처녀란 의식이 나에게 더욱 농후하여 왔다. 그리고 편지 투입 문제만 없으면 그대로 C사에 머물러 있을 뜻도 뵈었었다. 나는 여러 말하지 않고자 하였다.

　"그럴 것 같으면 편지에 답장을 그렇게 애매하게 할 것이 아니라 아주 분명하게 말하구려! 나는 C씨를 동생으로밖에 생각지 않는다고……. 그리고 우리들은 아직 중학 시대의 어린 사람이니 사랑이니 무엇이니 하는 것보다 공부나 더 착실히 하자고 하구려!"

　"그래도, C씨가 저를 원망치 않겠어요?"

　K양은 한집에 있으면서 서로 불평한 얼굴로 대하는 것이 무엇보다도 그에게 불안인 것인 것 같았다. 나는 그의 뜻을 알음으로 그 문제에 대하여는 아주 안심하도록 말하였다.

　"그것은 염려 마오. C도 나이는 어리지마는 모든 소견이 상당한 사람이니까 그런 것으로 사람을 원망하는 일 같은 것은 아마 없으리다."

　이와 같은 말은 어느 의미로 보든지 C군을 격찬한 것이다. 서로 동경하는 마음으로 연의 대상을 고르는 K양 앞에서 예사로 C를 칭찬하면서도 그러면 거절하는 편지를 쓰구려 말하는 것이 확실한 모순이었다. 그리고 C의 어린 가슴에 타오르는 사랑의 불꽃에 기름을 붓는 듯한 생각을 할 때에 나는 스스로 웃지 않을 수 없었다.

　말의 본의는 당분간 C사에서 기식하고 걱정 말라는 것이었다.

　나는 나의 방으로 돌아왔다. B군은 나의 얼굴빛을 유심하게 살피며 "무슨 이야기가 그렇게 길었어요?" 아―하― 웃는다. 나도 "아니 별일 없었소……" 하며 따라 웃었다. 나는 모기장 속으로 들어갔었다. 그래서 혼자 웃었다. 아주 소녀로만 알았더니 맹랑한걸! 참으로 성에 눈뜬 여성인걸! 하고 생각함에 말할 수 없는 호기심이 나왔었다. 그리고 하필 나를 불러서 그러한 말을 고백할 것이 무엇이냐! 그러면 나를 가장 신뢰한다는 말인가. 여성이 남성을 신뢰! 젊은 피가 아직도 가슴에 물결치는 청년 남녀가 서로 신뢰! 또는 나를 방편으로 수단으로 사용함이 아닌가! 여러 가지 공상에 잠기었었다. 혹은 나의 공상하는 것이 더욱 우스운 것이라 생각할 때에 목을 움츠려 이불 속에 파묻히고 싶었다. 녹색 교장蛟帳[15] 사이에로 보이는 전등은 희끄무레하게 조는 듯이 보였다. 그리고 그 광선은 저녁 습기에 젖어서 더욱 창백하였었다. 나는 무한한 자격刺激을 그 광선에 느끼다가 잠이 들었었다.

4

평일과 같은 시각에 기상하였다. 나는 매일 조조에 일어나서 비가 아니 오는 날이면 반드시 C사 부근을 산보하는 것이 습관처럼 되었었다. 시간은 대략 삼십 분이 걸렸었다. 삼십 분 시간을 돌아다니다가 C사에 돌아오면 그때까지도 코고는 소리가 방에서 들렸었다. 그때에 나는 다른 사람보다 일一시간의 절약하는 것이 그 사료俟僚들보다 어떠한 우월감을 자신에 가지게 하였다. 그래서 내가 책상에 앉아서 독서할 때에야 비로소 사료俟僚들이 기침하는 것이었다. 나는 그 날에도 뜰로 향한 빈지[雨戶]문門[16]을 열고 나왔었다. 그렇게 넓지 못한 뜰이지마는 두견화杜鵑花[17], 회목檜木[18] 등을 심었었다. 왜철쭉은 늦게 핀 붉은 꽃송이가 푸른 잎사귀 사이에 보였었다. 매우梅雨 시절에는 그렇게 자주 볼 수 없는 호천기好天氣이었었다. 파란 하늘에는 물같이 맑은 별 두셋이 깜박거리고 있었다. 방 안에서 B의 코고는 소리가 들리었다. 나는 단장短杖을 끌고 문 밖으로 향하려 하였다. 뜰에서 바로 문 밖에로 나가려면 K양의 사

---

15) 모기장.
16) 한 짝씩 끼웠다 메었다 하게 된 문.
17) 진달래꽃.
18) 노송나무.

첩반방을 지나야 하므로 나는 K양 방 앞 좁은 길로 들어갔다. 그때에 K양은 벌써 일어나서 앞 살창 미닫이를 열고 있었다. 그리고 그 창살에 면경面鏡을 비스듬히 놓고 머리를 고쳐 쪽지는 중이었었다. 내가 창 앞에 당도할 때에 K양은 정면으로 나를 대하게 되었었다. 창살에 거울을 비겨놓고 보던 중이었으므로 K양은 앞으로 흐트려 내렸던 머리를 뒤에 재치며 빙긋빙긋 웃으면서

"벌써 일어나셨어요!" 인사하였다.

나는 K양을 볼 때에 그의 안색이 얼마큼 초췌한 것을 알았다. 다른 것은 다 그렇게 현저치 않다 하더라도 눈의 꺼풀진 것이 괴로운 것을 분명히 말하였다. 나는 그 살 창문 앞에서 방안을 들여다보았다. 침구와 책상도 다 정돈되어 있었다. 나보다도 일찍 일어난 것을 알았다. 나는 나의 몸을 뒤에 짚은 단장에 조금 의지한 채로 말하였다.

"당신은 나보다도 일찍 일어났구려? 벌써 방 안 정돈까지 되었구려!"

K양은 의복 입은 것을 고치었다. 그는 가는 붉은 띠를 매었었다. 일어나 뒷 태도를 창살에 비겨놓은 거울에 비치며 맨 띠를 고치었다. 그래서 그의 뒷 태도가 나의 정면에 나타났었다. 그는 얼굴만을 돌리어 거울에 비친 자기의 뒷태를 살피는 눈으로 가끔가끔 나를 내려다보며 빙긋빙긋 웃었다. 나는 그 북슬북슬한 고운 선이 내린 K양의 뒷태를 잠깐 여념 없이 바라보았었다. 그러다가 나는 문득 놀란 듯이 그 자리를 옮기려 할 때에 K양은 나를 "저 좀 보세요……"하고 불렀다. 나는 다시 그 엷은 여름옷 위로 가늘고 곱게 흘러내리는 곡선을 물끄러미 바라보았다. 나는 다시 무슨 몽둥이로 머리를 맞은 듯이 깜짝 놀랠만한 충동을 느끼었다. K양은 다시 흘깃 보며

"어디 가세요?"

"좀 산보하려고요—."

"아침마다, 산보하시지요. 어제도 아침에 나가시는 것을 제가 보았어

요—."

"아침마다, 산보하는 것이 습관이 되니까 안하고는 못 견딥니다."

"저도 매일 산보할렵니다. 좀 같이 가도 관계없어요?"

"관계없지요……"라고 대답하였으나 나는 마음에 또 이상하다고 생각하였다. 남모르게 편지를 받는 데에도 다른 사람의 구설口舌을 저어하는 K양이 이성과 매일 아침 산보를 청하는 것을 어제 저녁의 그 K양인 것처럼은 생각할 수 없었다. 그러면서도 나의 마음에는 그가 매일함께 산보하겠다는 것을 기뻐하였다. 그리고 C사에 또 문제 거리가 생기나보다 생각함에 홀로 문 밖으로 달음질하여 나가고 싶었다. 그러나함께 어깨를 견주어 사람 적은 들의 아침 길을 걷는다고 생각함에 그발을 다시 멈추고 다시 K양이 "저는 그만두겠어요. 혼자 가시지요"란말이 나올까를 저어하였다.

K양은 띠를 바삐 매고 옷을 가다듬으며 현관으로 향하였다. 현관 앞에서 다시 K양과 만나서 어깨를 가지런히 맞추어 행길로 나왔었다. 아직 이른 아침인 고로 길에도 그렇게 사람이 있지 않았다. 상점도 아직가게문을 열지 않았었다. 공장에 가는 듯한 소년들이 변도[辨當] 그릇을들고 잠에 잠기어 보이는 눈을 비비며 우리 앞으로 지나갔었다.

상점의 즐비한 큰길을 바로 건너서 넓은 들로 가는 좁은 길로 들어갔었다. 길 좌우 언덕에는 밤이슬에 젖은 어린 잔디풀이 덮였었다. 그 좁은 고요한 길을 걸으며 K양은 입을 열었다.

"아침 일찍 일어나는 것처럼 마음이 상쾌한 것은 없어요……."

"그렇고말고! 아침잠을 포근하게 자는 것도 좋지마는 아침에 일찍 일어나서 산보하는 것도 참으로 좋지요……."

"S씨가 C사에서는 제일 일찍 일어나시지요, 아마!" 하며 까만 눈으로나를 바라다보았다.

"사람은 될 수 있으면 일찍 일어나야 합니다."

"나도 웬일인지 C사에 온 뒤에로 저녁에 늦도록 잠을 못 자고 그래도 아침이면 일찍 일어나져요—."

"나보다 일찍 일어나는 사람이 하나 생겼으니까 나는 제이第二 근면 가가 되었소 그려. 허……허." 나는 웃었다. 그리고 다시 말을 이었다.

"사람은 늦잠 자는 것이 일평생에 큰 손損이지요?"

K양은 질문하는 듯한 어조로 물었다. 정녕 나의 말을 물어보려던 것이었었다.

"왜—요, 아침에 단잠을 마음대로 자는 것이 손損이에요……."

나는 아주 연설 구조口調로 설명하였었다.

"그것도 그럴듯 하지오마는 사람들이 항용 장수하는 것을 행복으로 생각지 않는가요! 그런데 우리 이 인생의 잠자는 시간은 아무리 심장이 벌떡벌떡 뛰놀았다 할지라도 의식 없는 동안이 아닌가요. 무의식한 동안을, 우리가 참으로 생명 있는 생이라고 할 수 없을 것이 아닌가요! 사람을 보통 만萬 시간만 수면하면 충분하다고 생리학자가 말하지 않는가요. 그러면 의식 없는 시간이 일일 이십 사 시간의 삼분의 일이 아니요. 만일 우리가 팔八 시간 중에 일— 시간을 다른 사람보다 일찍 일어난다 하면 그만한 동안은 의식 있는 생을 얻지 않소? 일년이면 삼백 육십 시간, 인생 오십이라 하면 일만팔천 시간이나 다른 사람보다 의식 있는 동안을 얻는 것이 아닌가요. 간단히 말하면 그만큼 한 생명을 연장함이 아닌가요……."

K양은 불복不服이 있는 듯이

"만일 사람이 팔八 시간 휴식하여야 할 것을 칠七 시간이나 육六 시간에 단축하여 건강치 못함으로 육십 살 것을 오십에 죽는다 하면 도리어 손損이 아닌가요……."

"그도 그러하지오마는 사람이 반드시 팔八 시간 수면이야만 장수한다는 것은 아니지요. 그러나 지금 사람들 팔시八時만 수면하는가요. 다 이상의 수면을 탐합니다. —"

그와 같은 분명치 못한 논리로 K양은 설복說服할 수는 없었다. 그러나 K양도 나의 말을 그렇게 추궁치 않았었다.

우리는 이 말을 하는 동안에 그 좁은 길을 지나 들 가운데의 길에 나왔었다. 들 건너에는 무사시[武藏] 평야의 잡목림이 아침 안개를 통하여 거무스름하게 보였었다. 물이 가득가득하게 고인 논은 혹은 둥글게 혹은 길게 혹은 모지게 여기저기에 거울처럼 번듯 누워 보였다. 그리고 그 논과 논 사이 언덕은 늙은 사람의 괴로운 손등 힘줄처럼 얽히어 보였었다.

K양과 길 곁 전신주 아래에서 아침 안개에 싸인 야경野景을 바라보고 섰었다. 우리가 서 있는 전신주 바로 앞에는 도랑물이 맑게 흘렀었다. 맑게 흐르는 도랑물은 서늘해 보였다. 그 물 가운데에는 고기새끼가 헤엄치며 다녔었다.

아무 말도 없이 우두커니 섰던 K양은 바로 발 밑에서 헤엄치는 고기떼를 보고 '옷—옷' 손바닥을 치며 몰았다. "저것 한 마리 잡았으면……"하더니 흙덩이를 주어 던지었다. 나는 다시 귀여운 소녀처럼 생각하였다. 역시 무사기無邪氣한 소녀라 하였다. 그렇게 떠드는 소리에 고기떼들은 어느 틈에 덤불 밑에 그 몸을 숨기어 버렸다.

K양은 다시 무엇을 찾는 듯이 이리저리 도랑물을 따라 다니다가 "다 숨었다……"하고 다시 나의 곁으로 왔다. "엇—어—엇" 소리에 나왔던 고기는 다시 덤불 속으로 도망갔었다.

"고기를 보려거든 가만히 두고 보구려!"

"고기도 퍽—영리해요. 못난 사람보다도 눈치가 빨라!"

"생각해보오. 죽고 살긴데—! 그것은 눈치가 아니라 본능적이요! 살려는 본능이라우!"

이라고 말하면서도 K양의 그 고기를 영리하다 칭찬하는 의미가 극히 엷은 여자의 공통한 센티멘탈한 기분이라 함에 나의 설명이 도리어 무의미한 것을 알았다.

아침 안개는 점점 거두어져 갔다. 들 건너 잡목림도 그 정체가 분명히 뵈었다. 동편 하늘의 붉은 빛이 차차 엷어갈수록 연하煙霞[19]의 장막 가운데에서 모든 것이 나타났었다. 인가人家의 지붕의 이슬은 아침볕을 받아서 반짝거리어 뵈었다. 노방[20]의 풀잎에서는 물방울이 구슬처럼 떨어지며 구르는 것이 뵈었다. 무사시 평야의 서편에 푸른 연산連山[21]의 고저부제高低不齊한 선이 하늘에 닿았었다. 그리고 그 머리에 백설白雪의 관을 쓴 듯한 후지산[富士山]도 우두커니 서서 그 웅장한 것을 뵈었었다. 나는 손가락으로 가리키며

"저것이 후지산이라우!"

K양은 나의 손가락질하는 곳을 따라서 한참 보다가

"네! 저것이에요? 아—고 높기도 하지오! 아이고 눈이 하—연 걸이요. 저 푸른 산들을 다 후지산 앞에 있는 산들이지오!"

"그 연산連山 뒤에서 후지산이 넘어다보는 것 같구려!"

K양은 곧 후지산 노래를 흥겨워 부르기 시작하였다. 아침 고요한 들에 간수澗水[22]처럼 맑고 가는 소리가 흐를 때에 나는 잠깐 실신할 만큼 그것에 주의하였었다. 나는 그의 발그스름한 뺨에 키스하고 싶었다. 그리고 그 무사기無邪氣한 천진이란 것이 항상 나의 경건한 마음을 일으키는 동시에 그의 따뜻한 심장의 고동을 항상 나의 귀 곁에 두고 싶었다. 어제 밤의 연서戀書 문제로 나에게 적지 않은 쇼크를 준 K양이 오늘 아침에 모든 아양으로 거기다 더 불을 붙인다. 생각함에 나는 어떠한 알 수 없는 운명의 손에 붙들리어 다시 나올 수 없는 구렁에로 들어가는 듯하였

---

19) 안개와 이내, 또는 안개 낀 부연 풍경.
20) 길가. 노변.
21) 죽 이어져 있는 산.
22) 산골짜기에 흐르는 물.

다. 그래서 다시 정신을 가다듬었다. '너의 현실을 어떻게 하라고? 이성
에 하소하여 보라'는 말이 문득 귀에 울리어 왔었다. 도랑물의 고기를
쫓고 후지산을 보고 후지산 노래를 부른 그 천진인 K양에게 내가 어떠
한 집착을 느끼는 것이 또는 동경을 가지는 것이 도리어 불순한 나의 감
정이라 하면서도 그 불순한 감정을 나의 자신이 부인할 수 없었다.

아침볕은 동편 수풀에서 명랑한 빛을 한없이 쏘고 있었다. 나는 그
자리를 천천히 움직이었다. K양도 나의 뒤를 따라오면서 좌우를 면별
眄瞥하였었다. 좌우의 모든 것에 끌리어 '아!' '아―고!'의 감탄사를 연
발하였었다. 나는 어느 때에는 K양과 어깨를 가지런히도 하고 또는 앞
에도 뒤에도 서서 다시 좁은 길로 들어서 C사로 돌아왔다.

C사 여러 사람들은 아직 일어나지 않았었다.

나는 마음에 부끄러움이 없으면서도 K양과 산보한 것을 다른 사람이
색안경으로 바랄까 하는 것을 저어했었다. 전일의 산보는 무미건조한
산보이었었다. K양과 함께 한 산책이 나에게는 무슨 긴장한 의미의 시
간이었었다. 홀로의 산보에는 고독을 무한히 느끼는 것 밖에 아무 것도
없었다. 다만 고독 가운데에서 모든 것을 구하려 하였다. 후지산, 무사
시 평야, 잡목림이 다 고독의 대상이었었지만은 K양과 걸은 그 순간에
는 환희의 대상처럼 생각하였었다.

K양은 자기 방에 들어가며 콧소리로 찬송가를 부르기 시작하였다.
나는 가끔가끔 그 찬송가에 귀를 기울였었다.

B는 눈을 비비어 일어나며 큰기침을 하며 마루에 나아가서 담을 뱉
었다. C사 안이 다시 시끄러워졌다. 그러나 나와 K가 아침 일찍이 산
보한 줄은 아무도 몰랐었다.

5

그 뒤 며칠 동안은 다행히 천기天氣가 좋아서 K양과 늘 함께 산보함

을 얻었었다. 그러나 처음에 산보하는 그 날과 같은 위안은 없었다. C
사 내에 일어난 일을 서로 이야기할 뿐이었다. 극히 단조單調인 가운데
에서도 알 수 없는 긴장한 기분은 떠나지 않았다.

어느 날 아침에 우리들은 산보하는 방향을 바꾸어 신사神社 내內에 갔
었다. 신사 내는 극히 한적했었다. 신궁神宮 앞에 늘어선 석등롱石燈籠[23]
사잇길로 그 신궁 뒤에 갔었다. 그곳은 음침하기가 백주白晝에도 야차夜
叉가 뛰어나올 듯하였다. 큰 삼목杉木 밑에는 아해兒孩들 완구 같은 신전
이 있었고 그 앞에는 분향한 재[灰]가 소복하게 놓였다. K양은 나의 뒤
를 따라오다가

"아ー고 무서워요!"라고 부르짖었다. 나는 그 어두컴컴한 삼림 속에
서 조금 광명한 곳을 향하여 나왔었다. 조금 선명한 신사 곁에는 인조
산人造山이 있었다. 그것은 후지산의 모형이었다. 그래서 올라가는 길을
구불텅구불텅하게 만들어놓고 그 구부러진 모퉁이마다 조그마한 석비
石碑를 세워 이합목二合目이니 삼합목三合目이니 내지 팔합목八合目까지 표
식標識하여 놓았었다. 석비石碑로 쌓아올린 간극에는 두견화, 회목檜木,
황양목黃楊木[24] 등을 심었었다. 나는 K와 인조 후지의 등산을 시試하였
었다. K양은 그 구불텅한 길로 올라오는 동안 숨이 찼는지

"후지산 올라가기가 꽤 된 걸이요." 웃으면서 말하였다. 나 역시 웃
었다.

"아침 산보에 부사후지 등산! 아! 우리가 어느 소인국小人國에 온 것
같소 그려!"

참으로 후지산일 것 같으면 그 분화구 근처에 넓은 돌이 놓여 있었
다. 우리는 그 돌에 걸터앉아서 십주十州를 부감하려는 듯이 아래를 내
려다보았다. 삼목의 그늘은 우리의 머리를 덮었었다. 신사의 지붕도 치

---

23) 석등. 장명등.
24) 회양목.

어다 뵈었다. 후지 정상에서 환멸의 비애를 잠깐 느끼었다.

K양도 아무 말 없이 바위에 걸터앉았다. 나도 그러하였었다. K양은 한참 우두커니 무엇을 생각하는 것 같더니 말을 내었다.

"S씨! 세상이 왜 이렇게 야속하고 불공평한가요?"

나는 '이 소녀의 감상주의가 또 나왔군!' 이라 생각하였다.

"무엇이 어떻게요!"

"그렇지 않아요? 어떤 사람들은 물질의 만족을 얻어서 의기가 양양한데요, 저 같은 사람은 남의 밥을 먹고 지내니……."

나는 생각하였다. '단테'의 말과 같이 남의 광을 먹고 남의 섬돌을 밟는 것처럼의 고통 되는 것이 없다는 것을 완미玩味²⁵⁾ 할 때에 K양의 고민도 상당하다 하였다. 그러나 그러한 고통을 느낀 것은 벌써 나의 사오 년 전이라 생각함에 사람으로서 양심이 그래도 한편에 있던 그때가 반갑게 생각났다. 그리고 K양의 금일今日 고통은 아직 고통의 결론이라 하였다.

"여보. 당신이나 나의 지금 형편은 그래도 행복스럽다고 생각하오. 우리들은 그래도 남의 것이 되었든지 제 것이 되었든 먹고 입을 것이 있고 그 위에 장래를 위하여 동경東京까지 유학한다 하지 않소? 아침도 못 먹고 배를 지금 집어쥐인 사람이 어떻게 많은가를 생각해보구려!"

나는 이와 같은 말을 하는 동안 나의 어조는 벌써 연설조가 되었고 소리도 비교적 높았다.

나는 나의 소리에 놀래어 좌우를 돌아보다가 소리를 조금 낮추어 말하였다.

"당신이나 나나 그 사람들에게 비하면 행복이라 해서 그것에 만족한다는 말은 물론 아니지요. 우리들은 물질 이외의 정신의 고통이 더욱

---

25) 음식을 잘 씹어서 맛을 즐김.

많을 줄 믿습니다. K씨가 지금 왜? 세상은 이렇게 불공평한가요, 하셨지요. 우리는 왜? 란 것을 확실히 말하지 않으면 아니될까요. 당신도 지금 당신 댁에서 학비를 내기가 넉넉하다 할 것 같으면 혹은 이 세상에 아무 불공평한 것이 없는 것처럼 생각할는지 알 수 없소마는 그러한 처지에 있을 수 없는 우리들은, 역시 불평이 없을 수가 없지요……."

K양은 한말도 빼지 않고 들으려는 것처럼 주의하는 것이 그 까맣고 반짝거리는 눈에 나타났었다.

"저도 저의 집에서 학비를 준다하면 오늘 같은 고통은 없을 줄 알아요."

"그것이 아직도 보통 사람의 생각이지요. 지금 사회의 사람들은 다 그렇게 생각하겠지요 마는 나는 그렇게 생각지 않소. 나도 작년까지는 그러한 생각을 하였소. 나는 세상 것이 모두 내 것이라 할 수도 있고, 다 남의 것이라 할 수도 있다고 생각하오……."

K양은 나의 말이 무슨 의미인지 알 수 없는 것처럼 의심의 눈을 깜박거리고 있었다.

"왜? 우리는 부모의 것을 제 것처럼 생각합니까. 가령 자기 집에서 부모나 형제가 학비를 보낸다하면 그것은 의례히 받을 것처럼 생각합니까. 그리고 받을 권리가 있는 것처럼 생각하는가요? 부모도 생리상으로 볼 것 같으면 남이지요. 아비의 목을 베이었다고 자식이 죽을 리가 없지요. 그러한 부모가 죽을 힘을 다하여 모은 재산이라도 자기 것처럼 생각한 것은 웬 까닭일까요? 그것은 다만 우리 사회생활의 인습이 그렇게 생각하도록 한 것이지요. 우리가 남인 부모의 것은 자기 것처럼 의례히 부조扶助를 받을 것처럼 생각하는 것 같이 더한 껍질을 벗어버리고 세계가 다 부모형제라고 생각할 것 같으면 우리가 지금 남의 밥을 먹는다는 것이 그렇게 치욕될 것이 무엇인가요? 그리고 세상 물건이 저의 것이란 것이 어디 있겠소. 세상 사람들이 저의 소유가 영원한 저의 것처럼 생각하지마는 우리는 공수空手로 와서 공수空手로 가지 않습니까. 누가 자기의 재산을 극락에나 지옥에로 가지고 갔다는 사람이 있소?"

K양은 까막까막 듣다가

"그러면 왜? 가난한 사람이니 부자이니 합니까? 그래도 제 것 남의 것이 있으니까 그러할 것이 아니에요?"

"옳소? 그러나 제 것 남의 것이란 구별이 본래부터 있어서 그런 것이 아니겠지요. 사람이 제 것을 내고 남의 것을 만들은 데에서 그러한 빈부가 생겼지요."

나의 말의 요령을 K양이 오해한 것을 알았다. K양은 나의 의견이 '세상의 자기란 것도 없으니 가난하면 가난한대로 부자면 부富한대로 그저 원망할 것 없이 불공평을 부르짖을 것 없이 지나가라고 하는 것이다.' 생각하였었던 것이다. 나의 의견의 본지와 K양의 어린 의사로 해석한 것에는 꽤 경정徑程과 착오가 있었다. 그래서 다시 그것을 해석하였다. 듣기 쉬운 말로······.

"지금 말한 것은 우리가 이 사회에 대하여서 불평이 없다는 말이 아니지요. 물론 불평은 크게 있지요. 다 같은 사람으로 어떠한 사람은 자자손손이 부귀와 영화로 사는데 어떠한 사람은 대대로 간난艱難[26]에 빠져서 천역賤役[26]을 하게 되는가요. 이것이 사람의 힘으로 이 사회를 그렇게 만들어놓은 까닭이라는 말이오. 그러니까 제 것이니 남의 것이니 말하는 것도 사람 제 마음대로 만들어놓은 것이란 말이오. 네 것 남의 것 할 것 없이 사람이 다 같이 먹고살게 되었다 할 것 같으면 배불러 괴로워하는 사람과 주리어 죽는 사람의 구별이 있을 리가 있소······."

문제가 하도 복잡에 들어가려 할 때에 나는 화제를 돌리려 하였었다.

---

26) 〈가난〉의 본딧말.
27) 천한 일.

왜? 그것은 K양처럼 일시의 감정이나 자극으로 추상적 불평을 규호呌呼[28] 하는 어린 머리에는 사회주의의 이론이나 그 실제의 행동이 이해될 수 없음으로 그 간단하게 빈부가 생긴 것을 말하였다.

"그리고 왜? 가난과 부가 있는가 하였지요. 세상 모르는 도덕군자들은 저만 부지런하면 부자가 된다 하였지마는 태고 세상에나 통용할 말이지요. 쉽게 말하면 삼인三人에게 쌀 세 말이 있어야 한 달을 지낸다고 합시다. 그리고 쌀은 서말三斗 밖에 또다시 없다 합시다. 이러할 때에 세 사람 중의 한 사람이 쌀을 두 말 닷 되나 차지하였다 합시다. 그러면 나머지 닷 되五升로 두 사람이 한 달을 지내자면 좀 곤란하겠소. 쉽게 말하자면 두 말 닷 되二斗五升 차지한 사람은 부자요 닷 되를 차지한 두 사람은 가난뱅이였지요. 세 사람이 아무 말 없이 지내려면 두 말 닷 되 차지한 사람이 과분의 점령한 것을 온순히 내어놓든지 그렇지 않으면 다만 닷 되五升 차지할 두 사람이 죽어가면서라도 배고픈 것을 참아야 할 것이겠지요. 그렇지 않으면 곤란을 참다못하여 닷 되五升 차지한 두 사람이 단결하여 가지고 두 말 닷 되 차지한 사람에게 덤비겠지요. 그 때에 일어나는 것은 좀 쉽게 말하면 경제혁명이라 하겠지요. 물론 경제혁명이니 사회혁명을 이와 같이 단순한 예로 말할 수 없소마는 대강은 그러한 것이란 말이오……" 라고 간단히 말을 마치며 나는 다시 "아시겠지요?" 하고 재쳐 물었다.

K양은 알아들은 것처럼

"네! 알았습니다."

이와 같이 말하는 동안 해가 벌써 동편에 높게 떠올라왔었다.

K양과 나는 바쁜 걸음으로 사로 돌아갔었다. 이야기하는 동안에 시간이 좀 늦어서 사생들도 벌써 다 일어났었다. 우물가에서 세수하는 사

---

28) 큰 소리로 부르짖음. 올바른 한자는 규호呌嚆임.

람, 자리를 치우는 사람, 마루에서 담배를 피우는 사람, 다 활동하는 이들이었다. K양과 산보한 것을 사생은 다 알았다. B군은 트림을 한 번 하며 "아— 두 분이 산보하셨구면……"하는 어조는 그 가운데에 구슬리는 의미가 들어 있었다.

연서를 투입한 C는 그날 아침부터 나에게 질투의 눈을 던졌었다. 그리고 나를 한 연적처럼 생각하는 것인지 나에게 대한 태도가 확실히 달라졌다. 나는 고소苦笑를 금치 못하였다. 이제는 C사에 참으로 문제거리가 되는가 생각하였었다.

6

C사 내에서는 나와 K양과 문제가 중심이 되기 전에 C사에 침입자가 있었다. C사는 학생의 합숙소이므로 남녀 학생의 내객이 많았다. 일요일이나 기타 휴일이 되면 점심밥을 두어 번 짓는 때가 있었다.

어떤 일요일에 오랫동안 K양을 감독하다시피 한 S양이 왔다. K양은 S양을 '언니'라고 불렀고 S양은 K양을 자기의 동생처럼 사랑하였었다. 그래서 언어에도 '해라'를 깍듯이 띄어 붙이었다. K양의 소개로 S양과 나도 알게 되었었다. S양은 그날 저녁밥을 우리와 함께 마치고 갔었다. 어쨌든 S양의 그 남성스러운 듯한 행동이 나에게 비교적 깊은 인상을 주었었다. 그래서 S양이 돌아간 뒤에도 가끔 K양에게 S양의 동정을 물었었다. 어떠한 때에는 K양이 내가 말하기도 전에 S양의 말을 가끔 내었었다. 그러할 때에는 나는 '이 소녀가 나의 생각을 오해하는군! 맹랑한걸!' 어린 속에 짐작하면서도 모르는 체 하며 K양의 말을 들었었다.

이 S양이 오던 그 날에 K양과 동향인 R이 왔다. R은 아주 수재였다. 나이 이십도 못 되었으나 모든 것이 삼십이나 된 것처럼 조달早達²⁹⁾ 되었었다. 그리고 음악의 천재가 있어서 그렇게 공부한 적 없이도 항용 음악의 소양이 있는 음악청년보다도 아름다운 소리를 내었었다. 그래서 모이는 동모同侔들에게 독창으로 귀여움을 받았었다. 그리고 문예에도 많은 취미를 가져서 시를 논하기도 하고 소설을 평하기도 하였다.

그 일요일에도 여럿이 모여서 R군에게 독창을 청하였다. R군은 그 청아한 소리로 유행하는 창가를 부르기 시작하였다. B군의 트림소리와 비음악적인 창가 소리에 귀를 가리던 사생들도 R군의 소리에는 턱을 디밀고 귀를 기울였다. 그 창가를 듣는 중에 가장 동경을 가진 이는 K양이었었다. K양은 자주자주 독창을 청하였다. 그리고 지필紙筆을 가지고 와서 그 곡보曲譜와 가사의 기록을 R에게 청하기도 하였다. R은 K양 한 사람을 대수對手를 삼은 것처럼 열심으로 부르기도 하고 곡보와 가사를 종이에 기록하여 주기도 하였었다. 이러하는 동안에 흥미를 잃은 사생들은 각옴히 방으로 돌아갔었다. 그리고 R과 K양이 마루에 남아 앉아서 자미滋味스럽게 속살거리고 있었다. R과 K는 눈을 흘기어 보면서 "아주 창가 소리에 홀리었는걸! 아주 정신이 빠졌는걸!" 연해 수근거리었었다. 나 역시 조금 불유쾌한 생각이 났었다. 그러나 나는 그것을 극력으로 취소하고 부인하였다. 그리고 인생의 그 반면의 질시를 사람의 힘으로서는 어찌할 수 없는 것을 알았다. 따라서 R에게 호감을 가질 수는 없었다. 여자에게는 너무 달게 한다는 것이 R에게 대한 마음으로 비훼誹毀하는 것이었다. 그리고 여자들의 그 이성에 대하여 얼굴이나 좀 반주구레하고[30] 특수한 기교나 있으면 곧 홀리는 것을 속으로는 적지 않게 경멸히 여겼었다. 그리고 K양도 그러한 유형의 여성이라 생각하였다. 범사凡事[31]가 소극적인 나는 그때를 기회로 C사 화제의 중심에서 모든 질의의 초점에서 벗어나고도 싶었다.

그래서 나는 마음에는 그 소녀가 나에게서 멀어질까를 두려워하며

---

29) 나이에 비해 올됨.
30) 얼굴이나 모습이 보기에 반반하고.

또는 모처럼 오늘까지의 호감을 서로 저버리는 것을 아까워하면서도 하루라도 속히 문제의 중심에 들어가지 않을 것을 기뻐하였다. 사실 그만큼 비겁하였었다. 그것은 나의 현실이 그것을 이성적으로 판단케 한 까닭이었다.

그 뒤에 R은 자기의 있는 숙소가 불합不合하다고 C사에 잠깐 유숙留宿³²⁾하기를 청하였었다. 그것을 거절할 수 없이 서로 불평을 머금으면서도 같이 있게 되었다. C군의 반감의 중심은 그 날부터 나에게서 옮기었었다. C는 나를 전일보다도 더 존경하였다. 나는 혼자 웃었다.

R은 며칠 뒤에 바이올린을 사 가지고 왔었다. 그래서 틈만 있으면 뜯고 있었다. K양은 흔히 바이올린 앞에서 합창을 하며 지껄이고 날을 보내는 일이 많았었다.

K양과 R군 이는 누가 보든지 이상하다 할만큼 친압親狎하였었다. 이러한 때에 제삼자로 축복하여야 할 것이지마는 그러한 이해를 갖지 못한 C사 사람들은 K양과 R 양인兩人을 아주 권외圈外³³⁾에다 내놓았었다. C는 바이올린 소리만 나면 일기가 그렇게 더운데도 후스마[襖]³⁴⁾ 문[戶]을 소리가 나도록 닫고 들어갔었다.

"아— 이 또 바이올린 소리! 공부를 좀 해야지!"

"R군 좀 가라구 해!"

"K는 아주 반했는걸!"

하는 소리가 사생들의 공론이었었다.

어쨌든 R이 들어온 뒤에 사내의 공기가 험악하여졌었다. R은 눈치를 차리면서도 더욱 사생들에게 질투의 불꽃을 일으키었었다. 그는 더욱

---

31) 모든 일.
32) 남의 집에서 묵음.
33) 일정한 범위의 밖.
34) 맹장지 ; 햇빛 따위를 막기 위하여 안팎에 두꺼운 종이를 겹으로 바른 장지.

더욱 K양을 가까이 했었다. 그러나 어린 K양은 그러한 눈치를 차리지 못한 것 같았었다. 만일 차렸다 할 것 같으면 사람의 구설을 저어하는 K양은 반드시 조심하는 거동이 뵈었을 것이다.

결국 R과 K양의 말이 B의 입으로 발표되었다.

B는 분개한 태도로 나에게 이와 같이 말하였다. 비오는 날 아침이었었다.

"S씨! 이 사내의 풍기가 문란해서 안 되겠소."

나는 B의 흥분한 태도를 아니 웃을 수 없었다.

"왜—요?"

B는 큰 죄악이나 발견한 듯이 두서 없는 말로 이와 같이 말했다.

B가 그 날 아침에 변소에 갔다와서 잠이 들지 않았었다. 그때에 K양이 나와서 모기장 밖에서 R군을 깨웠다.

R군은 K양의 깨움에 눈을 떠보고 모기장 밖에 손을 뻗쳐서 K양의 손을 쥐었다. K양은 손을 쥐인 채로 R군의 일어남을 권하였다. R은 일어나서 K양과 문 밖으로 나갔다 하는 의미였었다.

나는 그 날 저녁에 R군이 K양에게 내일 조조에 일이 있으니 좀 일찍 깨워달라고 청하는 것을 들었으므로 K양이 와서 깨워준 것이 그렇게 괴이한 사실이라고 생각지 않는 까닭에 예상例常으로 대답하였다.

"일찍 좀 깨워 주었다고 그것이 풍기 문제될 것이 무엇인가요?" 그러나 깨우는 K의 손을 쥐었다는 것과 손을 쥐인 채로 가만히 있었다는 데에는 조금 불쾌하였으나 내가 벌써 C사의 화제의 중심에서 벗어난 이상에는 그것을 질투한다는 것은 나의 양심이 허락지 않았었다.

"S씨도 문학가라 다르시구려! 공동생활하는 데에 와서 그렇게 방약무인한 행동을 하는 데에도 연애는 자유이라고 용서하십니까?"

이 문학가란 명칭은 C가 나를 구슬릴 때에나 혹은 나를 자기의 친구에게 소개할 때에 쓰던 말이었었다. 나는 그 말을 그렇게 대응하려고

아니 하였었으나 B의 그 내면의 야심을 짐작하는 까닭에

"여보! 남 좋아하는데 그렇게 시기할 것 무엇 있소? 손을 잡거니 입을 맞추거니 그들이 좋아서 하는 것을!"이라고 말하고 싶었으나 C사의 평화가 일개 이성으로 말미암아 허물어진 것을 아니 아까워할 수 없음으로 아무 말도 아니하고 있었다. B는 입을 달달 떨면서

"R군으로 말하면 연애 전문하는 사람이 아닌가요? 자기 처소도 아닌데 억지로 들어와서 흑작질을 하니…… 미안하지오 마는 제일 친분이 있는 S씨가 다른 데로 옮기라고 말씀하여주시오" 하고 R의 전례前例를 든다.

나는 B를 두남두어³⁵⁾ 말하였다.

"당신 말도 옳소. 며칠 아니 되면 하기 휴업도 될 터이니 있으면 얼마나 있을 것이오. 그러나 R군에게 대하여 사생 제군諸君의 의견이라고 말은 하여 보지요." 나는 그때에 그렇게 할 수밖에 없었다.

이 말이 사내에 터지자 가장 호인인 P까지 그런 사람을 경멸하는 눈으로 대하였었다. 나는 K양에 대한 감정에 이것을 기회로 삼아 불순한 것을 벗어버리려고 애를 썼다. 어떻게 고뇌하였었는지 알 수 없었다. 그러나 질투라고 할 수 없을지라도 바로 그것의 가까운 감정의 눈으로 항상 R군을 대하게 되었었다. 우정을 믿고 K양과 나의 사이가 어떠한 것을 모르는 R군은 사내의 배척이 자기에게 핍박할수록 그는 나를 의뢰依賴³⁶⁾하려 하였었다. 참으로 나에게 우정의 순결이 없었으면 R군을 적으로 삼고 나는 C사 여러 어린이와 그 규揆³⁷⁾를 한결같이 하였을 것이다.

이러하는 동안에는 물론 K양과 산보하는 것도 중단되었었다. 그리고

---

35) 편들어.
36) 남에게 의지함.
37) 법도.

어린 K양이 남자있는 데에 들어와서 여러 사람의 설두舌頭[38)]에 얹혀지는 것도 다만 그 물질의 관계라고 생각할 때에 더욱 미안하였었다. 그리고 C와의 연서사건이 있을 때에 귀국하려는 것을 만류한 것이 나의 책임처럼 생각함에 그때에 K양이 말한 대로 그이의 자유에 맡기지 않은 것을 후회하였었다. 그러나 할 수 없다 하였다. 더욱 미안한 것은 K양은 사생들이 자기에게 직접으로 이도罵倒하는 언사를 던지지 않는다고 그러한 눈치도 차리지 못하고 R의 창가나 바이올린에 덤비는 것이었다. 그래서 나는 그것을 K양에게 좀 주의하여 주려고 틈을 기다렸다.

7

아무 눈치를 차리지 못하는 K양에게 그러한 충고를 드릴 틈은 역시 아침 산보를 부활시키는 수밖에 다른 방편이 없었다.

나는 아침에 일찍 일어나서 K의 방 창살 앞으로 단장을 끌고 갔었다. 나는 태연한 태도로 "K씨! 산보 안 가려우?" 불렀었다.

K양은 일어난 지가 그렇게 시간이 지나지 못하든지 그는 침구도 아직 아니 치우고 우두커니 무엇을 생각하고 앉았던 터이었다. 나의 말에 깜짝 놀래어

"벌써 일어나셨어요? 이 동안에는 왜 산보도 데리고 가시지 않으셨어요?"하고 벙긋 웃으며 흩어진 머리털을 뒤에로 젖히었다. 나는 그 말 대답에는 꽤 주저하였다.

"글쎄요. 자연 그렇게 되었소. 오늘부터 갑시다." 나는 마음에 부끄러워하였다. 그 동안에 계속하던 산보를 그에게 권치 않은 것은 C사 화제의 중심이 되는 것을 저어한 것도 사실이었지마는 R군에 대한 감정

---

38) 혀끝.

적 문제도 있었던 것이다.

그래서 K양은 전일과 같이 그의 뒤를 따라나왔었다. 그 날에는 전일에 다니던 바와는 반대 방향으로 갔었다. 보리가 아직도 누런 밭을 건너서 기차선로를 따라 한참 걸어갔었다. 아무 말도 없이 걸어갈 때에 저편에서 기적 소리가 들리면서 바로 기차가 왔다.

K양과 나는 선로에서도 두어 간이나 떨어져 있는 언덕 밑에서 달려가는 기차를 바라보았다. 나는 그 차륜車輪의 구르는 소리와 연기 토하는 소리에 고요한 생각을 여지없이 흐트러져 버리었다. 기차가 다 지나간 뒤에 K양과 나는 다시 선로로 올라갔었다. 기차가 지나간 뒤에는 검은 연기가 길게 떠 있었다.

K양은 무엇을 생각한 듯이 말한다.

"S씨! 아까 가는 기차 밑으로 들어가면 죽겠지요!"

"물론!"

"나는 어떠한 때에는 그런 것을 생각하여요. 둘둘 굴러가는 기차 밑으로 들어가 죽었으면 하는……."

나는 이 K양이 또 소녀답지 않은 말을 한다 하면서도 나의 어떠할 때의 공상한 것을 생각하였다.

'내가 저 굴러가는 기차 밑으로 들어가 무거운 차체를 실은 수레바퀴가 나의 팔다리 또는 배[腹], 가슴 위에로 뒤굴 굴러간다 하자! 수레바퀴가 처음으로 나의 몸에 닿아서 신경을 자극하는 순간에는 나는 그래도 아픈 것을 감각하렸다. 그것이 번개처럼 지나간 뒤에는 나의 전신에 물결치던 피는 침목枕木, 사역砂礫 레일 등을 빨갛게 물들이렸다. 그리고 팔과 다리, 머리와 가슴, 배와 등이 여기저기 흩어지렸다. 그 날 신문에는 철도 자살……. 모든 사람들이 나의 유서를 찾느라고 황망한 것이다. 그리고 나의 친구들은 나의 자살에 대하여 포폄褒貶[39)]이 불일不一할 것이었다. 가장 나의 신뢰하는 벗 Y와 P들은 나의 유고 수집에 땀을 흘리렸다……'라고 상상한 일이 가끔 있었다. 나는 그러한 생각을 할 때에 소녀인 K양이라고 그러한 생각을 할 자격은 없는 것처럼 생각한 것은 자가당착이라 하였다. 그래서 웃으면서 말하였다.

"당신도 그런 생각을 한 때가 있소그려?"

"있고말구요. 하도 갑갑하면 그런 생각까지 하여요……."

"당신도 그렇게 갑갑할 때가 있소그려?"

"있고말고요! 갑갑한 말을 다 어찌 하여요?"

"그런데 죽는 것이 안 무섭습데까?"

"제가 어디 죽어 보았는가요? 그렇지만 언젠지 죽을 수는 없는 것 같아요……."

"그것은 그러할 것이 아니오. 생물은 생활하는 것이 목적이니까……."

이러한 말을 하는 동안에 우리 C사와는 훨씬 멀어졌다. C사의 지붕이 보리밭 위로 뾰족이 나와 보였다. 그리고 그 앞에 언덕에는 잔디가 앉기 좋게 덮인 곳이 뵈었다. 나는 그리로 걸어갔었다. K양도 잔디 있는 데로 왔었다.

나는 무엇이라 말을 낼까 한참 생각하다가

"여보! 당신이 무슨 일이든지 서로 통정通情할 만 하다고 나를 생각한 까닭에 C의 연서 사건도 나에게 말하지 않았소? 나를 신용한 까닭에……" 말하였더니 K양은 나의 정색에 이상한 눈을 깜박거리고 있다가

"왜? 그러세요?" 물었었다.

"이 말을 하면 당신들이 나를 어떻게 생각할는지 알 수 없지마는 R군에 대하여 당신의 태도가 어떠한 것을 자기들의 일이지마는 모르겠지

---

39) 칭찬함과 나무람.

요."

K양은 조금 얼굴을 붉히며 말하였다.

"별로 다른 것이 없지요. 다른 남자에 대한 것과……."

"그렇지마는 다른 사람들이 그렇게 알는지요. R군과 당신 문제로 사생들이 떠드는 것을 알지요?"

"사생들이 무엇이라 해요? 아이고! 참! 어찌 그렇게 말이 많은가요? 그렇게 볼 것이 무엇이에요?"

"보고 아니 보는 것은 그 사람들의 마음이니까 관계 없지오마는 나는 R군의 과거를 생각하고 K양도 다만 한 유희의 대상이 되지 않을까 염려하는 까닭에 말이오!" 이 말을 하고 나는 쓸데없는 말을 하였다 후회하였다. R의 벗인 내가 그의 과거를 여성에게 고하여 그의 장래를 경고하였다는 것은 아무리 무사려無思慮하고 말았다 할지라도 여성에게 나의 비열을 보였다는 것이라 생각날 때에 될 수 있으면 나는 그 말을 취소하고 싶었다. 취소할 수 없다 생각함에 나는 그 자리에서 달음질하여 R에게 미안한 것을 사과하고 싶었다. 나는 한참을 우두커니 앉았다가 "자, 갑세다……"하고 일어났었다.

"S씨!" 부르는 소리에 나는 뒤를 돌아다보았다. K양의 그렇게 그러한 태도는 전일에는 보지 못하였다. 나는 미안한 생각을 하면서 무슨 말로 위로하여서라도 그 쾌활하고 무사기無邪氣한 태도를 다시 보고 싶었다.

K양은 머리를 수그린 채로 말하였다.

"S씨도 제가 그런 여자라고 생각하십니까."

"내가 당신을 어떤 여자라구요! 가령 당신이 남성과 그러한 연애를 한다고 내가 그것을 무어라 하겠소. 나는 다만 당신의 장래를 생각하고 또는 C사의 여러 문제를 생각하는 까닭에 그렇다는 말이지요."

"만일 S씨도 저와 R씨가 이상하다고 생각하면 저는 참으로 슬퍼요!"

"글쎄 내 말을 모르는구려! B군이 말합데다 그려! 어제 아침에는 당신이 와서 모기장에 손을 넣어서 R과 악수하고 함께 밖으로 나갔다고. 사생들이 떠들기에 하는 말이지요……."

K양은 더욱 얼굴을 붉히며 머리를 수그리고 천천히 걸어왔다.

"나는 다만 R군이 사에 온 뒤로 사생들이 떠들기로 하도 미안하여 잠깐 하는 말이오. 만일 나도 다른 사생처럼 당신을 생각한다면 안 듣는 데서 욕설이나 비방하였으면 그만이지요 이와 같은 주의를 할 것이 무엇 있겠소."

"저는 참으로 S씨를 믿어요. 누가 저의 사정 알아줄 이가 있어야지요. 잘못하는 일이 있으면 잘 가르쳐 주세요. 그리고 용서해 주세요."

나는 이때에 양심에 여러 번 물어보고 또는 장래에 대한 여러 가지 보장을 헤아려본 뒤에 용기를 내어

"나는 당신을 누이동생이나 다름없이 여기니 말이지 남자란 것은 여성에 대하여 모두 악마라고만 생각하면 큰 실패는 없을 것이오. S, 나도 악마인지 알 수 없소. 당신과 같은 아무 경험 없는 처녀들은 극히 조심하여야 합니다……" 말하였다. 나는 나의 주장인 연애는 운명이란 생각과는 저어齟齬되는 말이라 깨달을 때에 나는 나의 무책임한 설교하는 것 같은 태도를 스스로 비웃지 않을 수 없었다. 이것은 나의 욕망의 한구석에 숨겨있던 K양의 마음을 어디까지든지 나의 마음에 품어두고자 하는 마음이 마음에도 없는 말을 예사로 설명하게 한 것이었었다.

다른 사람들이 일어나기 전에 사에 돌아왔었다.

그 날부터 K양은 R군이 독창이나 바이올린을 하여도 나오지 않고 자기 방에서 웅크리고 있었다.

이러한 것을 볼 때에 나는 소녀의 아름다운 동경의 꿈을 깨우친 것을 후회하였다. R군도 며칠 뒤에 다른 하숙에로 옮겨갔었다.

8

더위는 날마다 더하여 왔었다. 매우梅雨도 개어서 불볕이 흐듯흐듯 나
는 날도 많았다. 사생들은 비지땀을 흘리며 휴학되는 날을 기다렸었다.
R은 가끔 정강이[前脛]를 눌러가며 "이것 보세요. 각기脚氣가 들렸소이
다……" 하였었다. 과연 손가락 자국이 한참 동안 움푹 들어간 채 그대
로 있었다. 그러면 B도 힘껏 그의 다리를 누르며 "아! 나도! 각기脚氣인
걸요……"하고 다리를 내밀었다. 자세히 보면 그것은 손가락으로 너무
눌러서 혈관이 압축되어 피부가 하얗게 된 것이었다. 나는 그들의 한편
무릎 위에 한 다리를 걸쳐놓고 손바닥을 넓게 펴가지고 도로 그들의 무
릎을 살짝 쳐서 근육의 반사를 시험하여 주었었다. 사생 그들은 가끔가
끔 진찰을 청하였다. 이것은 선先 병자인 내가 먼저 각기를 앓은 까닭
이었었다.

날이 더워갈수록 그들은 귀국의 날을 기다렸었다. 그들 중에는 벌써
귀국할 여비를 자기 집에 청구한 사람들도 있었다. 그들은 여름 한 철
에 귀국하는 것이 일년 중에 큰 행사이었었다. 귀국할 즈음이 되면 모
자를 사느니 구두를 맞추느니 하복을 맞추느니 가방을 사느니 하여 부
지런히 시가市街 출입을 하게 되는 것이었다. C사에서도 벌써 귀국의
준비가 시작되었었다. 나는 벌써 하복을 맞추었다. B도 흰 구두를 맞
추었었다. 그때에 나는 본국에 강연 여행을 계획한 까닭에 원고 작성에
누몰涙沒하였었다.

칠월이 가까운 날이었다. 나는 상의를 벗고 잠방이(사루마다)만 입은
채로 강연 원고를 쓸 때에 K양이 빙긋 웃고 들어왔었다. 나는 바삐 유
카타[浴衣]를 어깨에 걸치며 일어났었다. K양은 양洋 봉투를 한 장 내주
며 "이것 모르시겠어요?" 하였었다.

나는 그것이 양洋 봉투인 줄만 알고 받아들고 표면과 이면을 살펴보았
으나 흰 봉투 그대로요, 아무것도 기록한 것이 없었다. 그러나 꽉 봉한

것과 봉투 배가 조금 불쑥한 것으로 보면 그 가운데에 무엇이 들은 것은 짐작할 수 있었다.

"이것이 무엇이란 것이요?"

"글쎄 알아맞히세요!"

나는 다시 안팎을 두루 보았다. 그러나 알 수가 없었다. 다시 말하였다.

"이것이 웬 것이오. 알 수 없는걸!"

B와 P가 나와 K의 문답에 호기好奇의 눈을 뜨고 "그것이 무엇인가요?" 하며 덤비었다.

"자세히 보세요! 자세히 보면 알으실 것인데요" 하고 K양은 또 웃었다.

나는 한참 자세히 보았다. 눈을 가까이 대어야 뵈일 만하게 H라 써 있었다. 내가 그 H 두자頭字를 자세히 굽어볼 때에 K양이 빙긋빙긋 하면서

"인제 알으시겠지요!"

"아직 모르겠는걸!"

"왜 아직 모르세요? H 성姓에 S씨 아는 분이 몇 분이나 되세요?"

나는 H 두자頭字의 성을 가진 사람으로 아는 이는 가장 적었다. 일전에 C사에 왔던 S양도 H 두자頭字를 가진 사람이었다. 그래서 제일 첫번에 생각나는 대로 "S양! H군……" 하자 K양은 "아이고 잘 알으시는구면요?" 하였다. 그래서 나는 그 백지인 양봉투가 S양에게서 온 것인줄 알았다.

나는 어쩐지 가슴에 조금 이상한 뜀을 느끼었다. 괴상하다 하였다. S양이 나에게 편지! 처음 본 나에게…… 참으로 괴상하다 하였다. K양은 "좀 뜯어보세요!" 하였다. B군은 무슨 큰 사건이나 생긴 듯이

"아! 한턱 하시구려! 여학생에게 러브레터가 왔으니……."

나는 그 봉투 뜯기를 매우 주저하였었다. 그러나 한편에서는 어서어

서 하는 듯도 하였다. 나는 큰 비밀을 사람의 앞에서 공개하는 듯한 생각을 가지고 그 피봉皮封을 뜯었었다. 뜯는 나의 손은 조금 떨리었었다. 무슨 큰 비밀을 기다리는 것 같이 B와 P는 곁에서 나의 손을 지키고 섰었다.

그 봉투 속에서는 붉은 종이조각 하나와 흰 종이조각 하나가 나왔었다. 붉은 종이는 어느 부인문제 강연회의 프로그램이오, 흰 종이는 활동사진 광고의 인쇄물이었었다. 나는 하도 어이없었다. B라든지 P도 허ㅡ허 웃었다.

그것을 가지고 온 당자인 K양도 "그것이 무엇이에요" 하며 웃었다. 그 붉은 종이와 흰 종이를 B는 곧 해석하려고 자기 일처럼 애를 썼었다. 이것이 잠깐 동안 C사에 한 숙제가 되었었다. 그래서 제 각각 의견껏 해석하였다. "부인 강연회에서 만나자는 말이오. 붉은 종이는." "그리고 활동사진 광고는 함께 활동사진 구경 가자는 말이오" 하는 온갖 우스운 해석을 하여가지고 나를 놀려보는 터이었다. 나도 그 문제 해석에는 남 모르게 머리를 썼었다. 결국은 "이것은 희롱에 지나지 못하는 장난이라" 해석하고는 나는 바로 화和봉투에 S양의 성명과 나의 성명, 즉 수신인과 발신인을 분명히 기록하고 그 안에는 아무것도 인쇄도 않고 쓰지도 아니한 적지赤紙와 백지白紙를 넣어 K양에게 주었었다. 그리고 그것을 본 뒤에 S양의 태도가 어떠한 것을 살펴달라 부탁하였었다.

이것이 또 C사의 문제가 되었었다.

B는 가끔 "S씨! S양이 당신 연애하려는 것이 아닌가요. 한턱하시오!" 하였다.

이러한 구슬리는 말을 K양이 들을 때마다 그의 얼굴에는 고적한 표정이 나타났었다.

그런 뒤 며칠 뒤에 K양이 나에게 "S양이 비관한다 하더라고 전해 달라 하여요" 할 때에 나는 고소하였다. 나는 S양의 모든 것이 장난이 아니면 K양의 위조라고 믿는 까닭에 고소로만 그 말을 대답할 수밖에 없었다.

K양의 나에게 대한 태도는 날마다 신뢰를 더하는 것 같았다. 그는 모든 것을 나에게 상의하였었다. 그러나 가끔가끔 S양이 이리이리 하더라고 말을 전하고는 나의 눈치를 가만히 살피는 것이 분명히 나의 눈에 뵈었었다.

C사는 다시 온미溫味가 났다. 그러한지 사오 일 뒤에 나는 C사생 여럿의 송별을 받아서 동경역을 떠났었다. 나는 무한한 힘을 가지고 나에게로 습래襲來[40]하는 운명을 밀어붙인 것처럼 생각하였다. 그러나 K양을 그 인심이 불은不隱한 C사에 둔 것이 무엇보다도 마음에 걸리었었다. 그리고 어떠한 자미滋味스러운 꿈에서 깬 듯한 섭섭함을 느끼었었다. 귀국하는 차에서 아, 나는 연戀의 서곡序曲을 들었다. 부르짖었었다. 기차는 점점 서에로 달려갔었다. 다시 만날 때를 두려워 하였다.

— 《흙의 세례》, 문예운동출판사, 1927.

---

40) 처들어옴. 덮쳐 옴

어린이의 예어 囈語

1

광필光弼은 찜질하는 칠월 더운 날 석양에 자기의 방 동편 툇마루에서 상의를 벗고 부채질을 하며 종일토록 흘린 땀을 들이고 있었다. 이웃집 개와盖瓦 지붕은 쇠를 녹일 듯한 광선光線을 비스듬하게 받아서 반짝거리며 따가운 숨을 한없이 토한다. 뒤뜰 좁은 그늘이 덮인 사이로 숨어들어오는 바람에 검붉은 얼굴을 쐬이며 괴로운 가슴에도 흠씬 받아서 겨우 정신을 진정하였다.

광필은 삼년 전에 진달래꽃이 피고 개나리꽃이 누럴 때에 경이驚異의 눈을 뜨고 남대문역에 내렸었다. 자기의 시골에서는 매우 똑똑하다는 평을 듣던 그도 경성에 올라온 뒤로 업숭이[1]나 다름없는 대우를 받았었다. 입학시기가 조금 늦었을 때였지마는 어느 명사名士의 소개로 좌청우촉左請右囑하다시피 하여 어느 중학교에 입학하였었다. 입학 그것만이 그의 장래의 모든 것을 결정한 것처럼 어린 가슴을 뛰게 하였다.

그러나 이것도 삼년 전의 단꿈처럼 생각하는 광필은 오늘까지의 모든 것으로 장래를 저어하지 않을 수 없었다. '남의 도움을 받아서 공부

---

1) 하는 짓이 변변하지 못한 자를 조롱하여 부르는 말.

하면 무엇을 하노? 데데스럽게!' 생각하면서도 모처럼 오늘까지 해오던 것을 그만두는 것은 장래를 위하여 일신상一身上의 큰 결점처럼 생각하였다. 그리고 자기를 서울까지 보내놓고 그리고 장래의 모든 것을 스스로 담당할 것을 약속하여 놓고 모르는 체 하는 사촌 원망을 하는 생각도 날마다 깊어갔었다.

중도자폐中途自廢라는 말이 항상 염두를 떠나지 않아서 하숙 주인에게 여러 달 식채食債로 졸리면서도 귀향의 봇짐을 싸지 않게 된 것이다. 그리고 주인의 안색을 보아가며 날마다 고향의 소식을 기다리며 불안의 날을 보내게 되는 터이었다. 오늘에도 자기의 시골에서 사람이 왔다는 말을 듣고 그를 만나려고 수삼數蔘 처처處處로 바삐 돌아다니다가 고향의 반가운 소식도 듣지 못하고 그대로 돌아왔었다. 자기의 고향에는 아편중독자가 날마다 불어간다는 둥 전황錢荒이 심해서 모두 쩔쩔맨다는 둥 그 중에도 자기가 존경하던 이삼의 벗이 화류계에 침염沈染되었다는 것과 현재에 유일의 믿음을 두고 매일 고대하던 학비 보낼 사촌이 가산家産 협물什物까지 전부 차압을 당하였다는 것이 어린 광필의 가슴을 몹시 아프게 하였다.

방탕자되었다는 벗도 벗이려니와 파산에 이를 지경이란 사촌의 소식을 들을 때에 만사휴의萬事休矣라고 실망치 않을 수 없었다.

실망과 우수憂愁와 불안이 가득한 머리를 무거운 듯이 수그리고 자기의 하숙으로 돌아올 때에 그는 몇 번이나 담 밑 그늘을 찾아들어가 혼미昏微한 머리에 새 기운을 들였다. 하숙에 돌아온 뒤에도 더욱 불안의 엷은 놀이 그의 안전에 가득히 떠 있을 뿐이었다.

광필의 방은 대청마루를 가운데로 두고 내실內室과 통하였다. 그래서 아무리 성서盛暑라도 대청 바람이 통하는 문은 닫아두는 때가 많았다.

땀을 들이려든지 또는 달리 파탈擺脫할 때에는 더구나 말할 것도 없이 엄폐嚴閉하여 두던 터였다. 광필은 '방문이나 훨씬 열어두고 지냈으면……' 하는 생각이 날 때마다 자기 시골에서 지내던 일이 절로 생각 난다. 그 맑게 흐르는 시냇물이며 푸른 잎사귀가 가지에 가득한 정자나무 그늘이며 무르녹아 가는 앞산 수풀이며 그밖에 서울 시내에서 볼 수 없는 자연이 안전에 전개하여 왔었다. 서울의 부호나 귀족의 화려한 저택과 별장 같은 데에 있어보지 못하고 다만 학생 하숙집으로 전전한 광필은 '서울 가옥은 사람을 찜질하려고 괴롭게 하려고 만들어놓은 것이라'고 생각도 하였다.

광필이 저고리를 입고 자기 책상 앞에 앉아있을 때 대청문 열리는 소리가 나며 주인 소사金史가 들어왔다.

"더웁겠소. 이 문 좀 열어둡시다." 또 그리고 앉으며 말한다.

광필은 "그렇게 덥지도 않소이다." 사양하는 것처럼 말하였지마는 기실其實은 찬성하며 감사히 여기는 빛을 표하게 되었다. 그러나 다음에 나올 김 소사金史의 말을 기다리는 순간에 아! 또 식가食價 재촉…… 또 무엇이라 대답해…… 하는 걱정스러운 것이 더위에 부대낀 그 산란散亂한 머리에 얼음덩이를 대는 것처럼 선뜻 놀라게 하였다. 광필은 다시 김 소사의 안색을 살피었다. 김 소사는 이전에 없던 웃음빛을 띄웠다. 그러한 얼굴빛이 있었다 하면 그것은 밥값을 먼저 받을 때에나 다른 사람에게 선사 물품을 받을 때였다.

광필은 '이 늙은이가 무슨 말을 하려나?' 생각하면서 '아마 식가食價 재촉은 아닌 것이로군.' 직각直覺하였다. 김 소사는 언제든지 자주 들을 수 없는 순한 음성으로 말한다.

"여보! 박朴 학도學徒, 이 방을 좀 비워주오."

김 소사의 집에 기숙寄宿하는 여러 손님을 머리 깎은 어른이면 김 소사는 다 '나리'라는 존칭尊稱을 붙여서 부르지마는 광필에게는 아직 미장가 전이요 학생이란 의미에서 '학도'를 붙여서 불렀다.

광필은 분노의 감정을 숨길 수 없이 얼굴을 붉히었다. '밥값을 안 내었다고 방축放逐을 하려는구나!' 하고 생각하고 보니 부끄러운 것도 같았고 슬픈 듯도 하였다.

"여보! 나가란 말이오? 다년多年 주객主客으로 있다가 두어 달 밥값을 받지 못했다고 그 손을 쫓아내려고 하는구려! 너무 지독한 걸!"이란 말이 곧 김 소사 말이 떨어지기 전에 나오려 하였으나 그것을 억제하고 다음 말이 나올 때까지 광필은 머리를 수그리고 들었었다.

김 소사는 웃음을 지으며 어린 아이를 달래는 어조語調로

"다른 게 아니라요! 이 방이 간間 반半이나 되고 혼자 있기는 너무 넓지 않소?"

광필은 속으로 '밥값 못 낸 것이 미안이지 방 넓은 것은 걱정이 아니야! 내게는 넓을수록 좋은 데라고……' 생각하면서도 또 묵묵히 머리를 수그리고 눈만 깜빡 하였다. 김 소사는 광필의 얼굴빛을 살피면서 주름잡힌 얼굴에 아양을 띄우며 광필의 묵묵한 것을 끌리는 것처럼 "피차彼此 여러 해 동안 지내서 허물이 없으니 말이오. 내일 시골서 손님 두 분이 오는데요 둘이 함께 있어야 한답니다. 그런데 둘이 있을 방은 이 방밖에 없어요."

광필은 벌써 그 김 소사의 마음이 어떠한 것을 짐작함으로

'이 여우같은 늙은이가 나를 기어이 구박을 주려는구나. 밥값도 아니 내고 방만 좋은 것을 차지하려는 것도 너무 몰염沒廉하다.' 생각하고 곧 "좋은 대로 합시다……" 허락하였다.

광필의 허락에 김 소사는 겨우 미안한 듯이 조금 몸을 앞으로 창 가까이 옮기며 "저―건너방에 있어주…… 참으로 안되었소마는……" 손가락으로 가리켜준다.

광필은 가리키는…… 손가락을 따라 자기가 있을 방을 바라보기만 하고도 벌써 가슴이 답답하고 숨이 차올라오는 듯하였다. '저러한 굴속 같은 방으로 방축放逐을 당해……. 그러나 할 수 있나……. 자기가

벌써 주스러치운 물건이 되어 되는 대로 하지……' 하는 여러 느낌에 자기가 있던 자리가 바늘방석인 듯 생각한 것처럼 곧 몸을 일으켜 "가지요"하며 책상 위에 흩어놓은 서책을 집어 모으며 모든 행구行具를 주섬주섬 정돈하였다.

김 소사는 미안한 듯이

"내일 옮기구려. 오늘 저녁까지 여기서 주무시고……"하면서 대청으로 나아갔다.

"그러할 것 무엇이오. 한번 작정한 것은 곧 해야 시원하지. 있을 사람이 온 뒤에 옮기면 그 사람에게도 미안하니까." 그리고 그 뒤에 '들어올 사람 앞에서 봇짐을 싸는 것은 더욱 창피해……' 하고 싶었으나 광필은 입을 다물고 말았다.

2

얼마 아니되는 서생書生의 행장行裝이지마는 앞마당으로 십여 차나 진땀을 흘리고 왔다갔다하는 동안에 몸은 몹시 피로를 느끼었다. 그 날 저녁부터 잠자게 된 그 건너 방은 행랑行廊에 붙은 방이었다. 북향 전벽前壁이라 바람 한 점 통할 곳이 없고 방문이라 하여도 기어들고 기어나게 되었다. 서울집에서는 희귀하게 여길 만큼이나 지은 집이었다.

또한 그 방문 앞에 바로 배수구가 있었다. 쌀 썩은 물, 생선 썩은 물, 채菜 썩은 물, 더러운 것이란 더러운 것은 반드시 그 창 앞에 괴었다가 다시 썩은 물이 위에서 내려와야 비로소 흘러가게 되었다. 그래서 악취란 악취는 여지없이 방으로 들어와 코를 찌른다. 그리고 북편北便으로 비스듬하게 쓰러져 가는 집이었다. 북편 벽에 몸을 비끼면 마치 안락의자에 앉은 것처럼 편안하였다. '그러나 이 집이 만일 즉각에 쓰러진다 하면 이 방에서 아무 소리도 못하고 그대로 쥐덫에 쥐 치듯 할 사람은 수 개월 동안 식가食價를 못 내고 쫓겨온 이 광필이로군!' 하고 생각할 때에 광필은 슬픈 가운데도 헛웃음을 아니 칠 수가 없었다. '그러나 원통한 일인걸. 나는 내 껏 천금처럼 자중自重하는 몸을 그리고 희망을 가득히 품은 몸을 그대로 없이 해.' 비스듬하게 기울어가는 벽과 천정을 바라보고 기하幾何에서 배운 제형梯形을 연상하였다. 공포, 비애, 분노 모든 감정이 몽롱한 광필의 머리를 채웠다.

일시라도 있는 것이 불안하였다. 생각나는대로 하면 밖으로 뛰어나가 이 밤을 지내는 것이 시원할 듯하였다. 고대광실高臺廣室에 살림하는 이가 일조一朝에 오막살이로 들어가서 그 비좁은 생각이며 구슬픈 생각이 어떠한 것을 비로소 알 듯이 하였다. 기름 같은 땀이 점점 전신에 흘러서 무엇이라 형언할 수 없을 만큼 괴로운 생각을 하였다. 음침陰沈하기가 굴 같은 방이라 모기떼들은 앵앵거리며 삼분심三分心 램프불 앞으로 날아다닌다.

광필은 솥 속에서 찜질을 당하는 생각을 하며 자리를 펴고 누웠다. 잠이 들어서 이 괴로움을 잊을까 한 것이 여러 슬픈 생각과 번뇌가 그의 눈을 갈수록 초롱처럼 밝게 하였다. 또는 여러 해인지 여러 달인지는 알 수 없으나 언제든 주리었던 빈대들은 사정없이 괴로운 광필의 몸을 꼬집는다. 모기들도 빈대와 지지 않을 만큼 손발이며 얼굴을 침鍼질한다. 바늘 끝처럼 날카로워가는 광필의 신경은 더욱 날카로워간다. 그는 껐던 정灯불을 다시 켜고 일어나 앉아서 모든 것을 생각하였다. 명일明日이라도 이러한 곤경에서 벗어날 희망이 없음을 생각함에 더욱 가슴이 갑갑함을 느끼었다.

광필에게는 여름밤 짧은 것이 행幸이었다. 하룻밤을 거의 뜬눈으로 새다시피 하였지마는 그래도 피곤한 몸에는 잠의 구름이 잠깐 덮었었다. 광필이가 잠깐 졸다시피 잠들었던 눈을 뜰 때에는 벌써 밤이 밝아서 거슬린 미닫이가 밝은 빛을 받아서 모든 물건이 분명히 뵈었다. 사방 벽 구석의 불긋하게 배부른 모기들이 붙어있는 것을 침구枕具를 치우면서 보았었다. 저 암자색暗紫色의 불룩한 배에는 자기의 피가 들어있거니 생각하매 광필은 가증한 생각을 금할 수 없었다. 그래서 광필은 가만 다니며 손가락으로 누르고 나는 놈은 두 손바닥으로 쳤다. 암자색의 자기를 빨아먹은 모기 한 마리 두 마리씩 죽어가는 것을 무슨 복수나 한 것처럼 광필은 시원하게 생각하였다. 그 선혈鮮血이 물든 손가락과 손바닥을 들여다볼 때에 알 수 없이 불쾌도 느끼었다. 그리고 자기가 일로부터 아직 많이 남아있는 여름날을 이러한 방에서 어떻게 지낼까를 다시 근심하였다.

광필은 방문을 열고 구부리며 나왔다. 밝기는 밝았으나 비가 곧 쏟아질 듯한 하늘에는 구름의 떼가 남에서 북으로 그의 머리에 닿을 듯이 나직하게 날아간다. 구름떼가 지나간 틈으로 뵈이는 하늘빛은 남색藍色이 더욱 농후하였다. 그는 전벽全壁방에서 훨씬 뵈인 밖으로 나오매 책농柵籠에서 벗어나온 김생의 생각과 같은 상쾌한 것을 잠깐 느끼었다.

김 소사는 몸채 마루에서 나오는 광필의 얼굴을 유심히 바라보며 이제는 좀 견디어 보라는 것처럼 말한다.

"잘 잤소? 물 것이나 없습데까?"

광필은 문득 불쾌하였다. '마님 덕분에 잘 잤소이다' 하고 싶었으나 아무 말도 아니 하고 세숫대야를 집으며 우물로 나아갔었다.

우물로 나아가며 뒤를 흘긋 한번 돌아볼 때에 대청에서 불안한 얼굴로 자기를 바라보는 주인 딸 옥정玉貞이가 서 있다. 그리고 그 시선이 자기의 등을 쏘거니 생각할 때에 부끄러워서 곧 아니 뵈이는 데로 달려가고 싶었다. 저러한 소녀의 앞에서 모욕과 다름없는 대접을 받아서 그러한 동정의 눈이 온다는 것은 비교적 무엇보다도 광필의 자존심을 상하게 하였다. 광필은 세수를 마치고 들어올 때에도 그 동정의 눈에 또 마주쳤다.

3

김 소사는 육십이 되어가는 늙은이였다. 그러나 처음 보는 이는 누구
든지 오십 내외內外라 한다. 그렇게 젊어보였다. 아들은 없고 딸만 둘을
두었었다. 큰딸은 어느 귀족의 양첩을 주었고 작은딸은 현금現今 S여학
교에 다니었다. 학생과 다른 시골 손님을 치루어 자기의 살림을 보조하
여가고 또는 내외 술집처럼 술도 팔았다. 그래서 의식衣食에는 아무 부
족한 것이 없이 지내었다. 밥장수나 술장수 할 것 없다고 그의 큰딸은
말리지마는 자기가 스스로 좋아서 하는 터이다.

김 소사는 천주교 신자였었다. 그래서 그의 방에는 형관荊冠을 쓴 이
마와 못이 박혔던 손바닥에서 임리淋漓한 선혈鮮血이 떨어지는 성상聖像
을 걸어놓고 조석으로 그 성상 앞에서 염주念珠를 세며 손가락으로 가
슴에 십자를 그으며 기도를 드렸었다. 주일이 되면 집안 식구 가운데
누구보다도 먼저 일어나서 인력거를 타고 종현鍾峴 천주교당으로 달려
갔었다. 풍우風雨나 한서寒暑를 가리는 일은 물론 없었다.

그러나 광필에게는 김 소사의 신앙이 어떠한 것인지 또 어디서 그러
한 신심信心이 생겼는지가 한 의문이었다.

김 소사는 예―수를 믿으면서도 술을 잘 먹고 그 술을 다른 사람에
게 팔았었다. 여인이지만은 교제수단이 있어서 그 집에는 단골 술꾼이
늘 끊어지지 않았다. 일요일이나 토요일이 되면 그 집 대청에 여러 술
자리가 벌리게 되었다. 그 술꾼들은 다 점잖아 뵈었고 그렇게 젊은이는
없었다. 김 소사의 연령과 비슷하여 뵈었었다. 김 소사는 그 술꾼들과
한자리에서 술잔을 기울이는 일은 그렇게 이상한 것이 아니었었다. 그
는 술이 엔간히 취하면 주름잡힌 얼굴에 발그스름한 빛을 띄워가지고
사람에게 친압親押하려는 것처럼 평일보다도 잔말을 더 많이 하였다.
그래서 그 청춘의 모든 것이 나타나 뵈었다.

술을 취해 가지고 기도는 꼭 잘 하였었다. 광필은 이러한 것을 볼 때

마다 나오는 웃음을 금치 못했다. '저 늙은이가 천주교당에는 무엇을 하러 다니노. 광사狂邪 들린 노파'라고 경멸하는 말이 나오려 하였었다.

어떠한 때에 광필은 종교개혁의 이야기를 서양사에서 들은 그대로 옮기었었다. 김 소사는 노기怒氣를 띠우고 "그것은 수도승과 수녀가 붙어가지고 미국으로 도망가서 펼쳐논 교敎라우!" 두 말도 없이 반박 이도罵倒를 연해 가며 신교新敎를 마치 종교의 사생자나 서자처럼 여기는 터였다. 이러할 때에 광필은 '네가 술을 먹어가며 무자비한 행동을 혼자 해 가며 믿는 종교가 정통이냐. 이 종교나 신을 더럽히는 요녀妖女!'라고 구역나는 대로 하면 곧 부르짖었을 것이다. 광필은 또 묵묵히 들었었고 다만 조롱과 모욕의 웃음빛이 입가에 나타날 뿐이었다. 그리고 늙은이가 분을 바르고 이성과 술을 먹고 하인들에게는 악독한 욕설을 퍼붓고도 성상 앞에 앉아서 태연히 기도만 올리면 그 죄가 없어지는 것처럼 생각하는 그것이 종교요? 반문하고 싶었으나 저이가 무엇을 아나? 하고 그만두었던 일도 종종 있었다.

김 소사는 술이 취하면

"내가 밥장수나 술을 아니 한다고 밥을 굶겠소, 옷을 헐벗겠소. 그렇지만 내가 나의 손으로 먹고 입어야 떳떳하지."

자기가 아주 넉넉한 처지에 있다는 것을 자랑하는 것처럼 말하는 일도 있었다. 남자의 취한 것은 물론 많이 보았지마는 여자가 주정하는 것은 그 집에 있으면서 김 소사를 보는 것이 처음이므로 일시에는 흥미를 가지고 주정 말 대답을 하여왔었다.

"그러하실 것이오. 이렇게 밥장사나 술장사 할 것 없이 큰따님한테로 가시구려!"

광필은 충동시키는 어조로 말한 것도 있었다.

김 소사는 자기의 큰딸을 두호하고 자랑하는 것처럼 대답하였었다.

"그렇지 않아도 그만두고 오라고 오라고 하지오마는 그러나 옥정이도 있는데……"

이 옥정은 광필에게는 한 의문이었다. 이러한 김 소사에게서 저러한 옥정이가 나왔는가 의심이었다.

수년 있으면서도 크게 말하는 것도 듣지 못하였고 다른 손님방에 한 번 출입하는 것도 보지 못했다. 그리고 걸인이 오면 자기 어머니 모르게 가만히 돈이나 먹을 것을 주는 것을 더러 보았었다. 광필은 참으로 경이할 만한 일이라 생각하던 터였다.

광필은 김 소사와 말할 때에 자기가 먼저 옥정의 말을 끄집어내일 용기는 없었지마는 말끝에 옥정의 말이 나오고 보면 반드시 그 문제로 길게 말하려 하였었다.

"작은 따님과 함께 큰 따님한테로 가시구려!" 광필은 옥정이가 반대하므로 그대로 지내는 것을 알면서도 말하였다. 그러면 김 소사는 "옥정이가 어쩐 일인지 죽어도 언니네 집에는 안 간다 하오. 그래서 이대로 지내갈까 하오!" 작은딸을 자랑하다시피 말하였었다. 그리고 "우리와 같은 늙은이는 알 수 없지오"마는 "학교에서는 항상 우등이라고 합디다. 나는 모르지 참으로 우등인가 무엇인가……" 하고 빙글빙글 웃는 일도 있었다.

광필은 옥정의 동정의 시선을 등에 지고 다시 그 굴 같은 방으로 기어들어왔다. 온 집안 사람들이 자기를 대하여 못난이! 밥값도 못 낸 자—쫓겨난 이라고 조롱의 웃음을 보내지마는 옥정 한 사람만이 '나는 당신을 멸시치 않습니다. 지금에 그러한 자극이 당신의 모든 것을 크게 하고 자라게 합니다' 라고 귀에 속살거리는 듯하였다. 광필에게는 옥정의 어제나 오늘의 모든 표정이 모두 미안이란 것이라 직각直覺되었었다. 옥정의 모든 것에 동정을 가지고 있는 광필은 옥정도 가련한 소녀라 하였다.

탐욕한 김 소사가 그의 큰딸과 같이 어떠한 희생을 만들지 알 수 없다는 것이 광필이가 옥정에 대한 동정과 불안이었다. 아무리 니토泥土 중에서 생장生長한 연꽃일지라도 꺾는 그 사람이 그 연꽃과 같은 결백한 사람일지 니토泥土와 같은 더러운 사람일지 누가 장래를 말할까 함에 광필은 항상 가엾은 소녀 하는 것도 당연이라 할 것이다. 그리하고 옥정은 소녀, 자기는 소년이라고 의식할 제마다 저항할 수 없는 위대한 힘이 그의 가슴을 눌렀었다. 이러한 생각이 무렁 나올 때에는 현금 하숙료를 내지 못하여 방을 쫓겨나온 것도 잊어버리고 그것만 흠씬 생각하는 터였으나 현실에 돌아올 때에는 비애를 느끼었다. 그리고 그의 생각은 학업을 어떻게 계속할까 하는 데로 달려왔다.

광필은 곧 자기 사촌에게 현금의 곤경을 비교적 소상하게 편지로 보냈다. 그는 붓을 들고도 자기의 몰염沒廉한 것과 약한 것을 몇 번이나 생각하였다. 자기의 궁상을 일일이 들어 구걸하지 않으면 아니 될까 생각할 때에 슬픔과 부끄러움뿐이었다. 학비를 보내려거든 보내고 말려거든 말라고 좀 엄격하고 강경한 문구를 쓰려 하였으나 그래도 미련과 약점이 자기에게 있음으로 결국은 부드러운 문구만은 늘어놓고 말았다.

광필은 결심한 듯이 붓을 던지고 생각하였다. 고학苦學—노동—성공 여러 가지 연상이 어지러운 실마리와 같이 머릿속에 엉클어진다. 매약행상賣藥行商, 신문배달, 인력거, 모든 고학생苦學生의 하는 일을 생각하였다.

아! 약봉藥封을 손에 들고 여관이나 노상에서 모자를 벗어 꾸벅거리며 '한 봉封 팔아줍시오' 해 볼까 할 때에 광필은 얼굴이 호듯하였다. 매약행상賣藥行商하는 고학생—그 사절四節을 두고 입는 무명 두루마기 등만 남아있는 양말洋襪, 뒤축 찌그러진 경제화經濟靴, 그 영양부족한 얼굴빛. 그이가 여관에 들어오면 여러 손님들이 그 고학생에게 대한 태도가 어떠하던 것을 생각하였다.

고학생이 들어오면 그 추비한 태도를 보는 학생이나 손들은 '저것 또 온다……' 얼굴을 찌푸리며 못 본 체 하고 슬슬 피하던 것이 생각난다. 그 고학생은 이 사람 저 사람의 얼굴빛을 살피며 저는 고학생이란 표를 내뵈이며 학비에 보태어 쓰겠으니 약을 좀 팔아달라 하면 그 손님들은 내게는 돈이 없느니, 나는 약을 많이 가졌느니, 이 핑계 저 핑계하면 그 고학생은 '미안합니다.' 모자를 벗어 예禮하고 추비한 태도로 기운 없이 나가던 것이 눈앞에 분명히 나타난다. 이러한 광필을 볼 때에 저렇게 창피한 것을 당하며 공부할 것이 무엇이냐. 사람이 학교만 졸업하여야 사람인가 라고 생각하였으나 한편에서 '요녀석 너는 사촌의 덕분에 가만히 앉아서 공부 하니까 그런 생각하지 돈 있는 너희들만 이 세상에 항상 잘 살게' —부르짖어 들리었었다. 이러한 모든 기억이 근일의 광필을 괴롭게 하던 중에 오늘에 와서는 더욱 괴롭게 하였다. 광필은 자기는 매약행상買約行商은 참으로 할 수 없다 하였다. 그의 자존심이 차마 그것을 허락치 아니하였다. 공부를 그만둘지언정 그와 같은 하대下待 능욕凌辱은 차마 받을 수 없다 생각하였다고 그의 한편 귀에는 '요녀석! 너만 귀동자貴童子냐. 우리들도 다 우리집에서는 귀한 사람이야! 그래도 사촌이니 친척이니 믿을 구석이 있으니 그러한 생각이 난다. 그리고 네가 우선은 외상밥이라도 뱃속에 들어가니까 그러한 자존自尊이니 염치이니 하지! 밥을 몇끼쯤 굶어보아라. 너의 눈에 무엇이 뵈나?' 질타하는 소리가 울리어 들리는 듯한…….

또 그러면 무엇을 해…… 노동, 귀향…… 광필은 자기의 힘없는 팔과 다리를 만져보았다. 이 팔다리로 신문을 배달해? 인력거를 끌어? 낮에는 공부, 밤에는 노동. 그리하여서 졸업, 졸업하여서 무엇을…… 이 약한 본질로는 도저히 감당할 자신이 없다 하였다. 노동을 시작한지 몇일 뒤에…… 영양불량과 심신의 피로로 병상에 드러누워…… 이러한 생각이 머리에 돌 때에 일종의 공포가 광필의 단단한 결심을 약하는 것 같았다.

아! 그러면 어이하노? 집으로 편지나 해보고 그저 되어가는 대로 하지. 걱정하면 별 수 있나? 생각하려 하였지만 그의 마음은 역시 어떻게 할까를 생각하였다.

광필은 자기의 의지의 박약한 것을 한하였다. 그에게 부모가 동철銅鐵 같은 강장强壯한 신체를 받지 못한 것을 한하였다. 강건한 신체를 주지 못하였거든 좀더 굳센 의지를 주지 못했소? 둘이 다 못 되었거든 풍부한 유산이라도 주지 않았노? 생각하였다. 또 한편 귀에는 '이놈! 너의 그런 생각이 다 못 쓸 생각이다. 무엇을 아니 주었는가? 그런 것을 말할 때에도 정직하게 말하여라. 제일 첫 번째 풍부한 재산을 왜 아니 주었는가? 라고 양심을 속이지 말고 정직하게 말하여라' 라고 또 꾸짖는다. 광필은 또 몸이 오싹하고 눈에 눈물이 빙글빙글 돌았다.

최초의 결심을 스스로 녹이고 사람을 원망하고 부모를 원망하고 결국에는 다시 사람에게 구걸하고 자심自心을 속이고 그러고도 무슨 희망을 두고 구걸하는 편지를 쓰게 된 자기의 의지박약한 것만을 주저呪詛하고 싶었다.

광필은 하룻밤을 뜬눈으로 새우다시피 하고 또 반일半日은 공상과 우수로 보내었다. 머리는 천근이나 되는 것 같이 무겁고도 아프다. 선하품은 자주자주 나오면서도 누우면 눈이 감기지 않고 여러 가지 사려思慮에만 마음이 달려간다. 오래 드러누워서 공상하는 중에 잠이 들었다가 문득 눈을 뜰 때에는 창 밖에 소낙비 소리가 들리고 그의 몸에는 비지땀이 이슬처럼 맺히었다. 그는 방문을 더 열고 바깥을 내다보고 있었다. 어느덧 비가 그치고 개인 푸른 하늘이 이곳저곳 나타나며 솜을 엷게 편 듯한 조각구름은 아침처럼 남에서 살 같이 북으로 닿고 있었다. 서늘한 맛이 사면에 나타난다. 광필의 머리가 조금 가볍고 정신이 쇄락함을 깨달았다. 그러나 곧 모든 걱정의 구름이 다시 엄습하여 왔다. 해가 지도록 바깥을 내다보고 있었다.

황혼의 빛이 물결 밀 듯이 광필의 방에 먼저 찾아왔었다. 밤 빛이 핍박하여 올수록 광필은 전야의 지난 괴로움을 생각하였다. 그리고 무슨 형벌을 당할 시간이 가까워오는 듯한 두려움과 걱정스러운 것이 밤기운과 함께 그의 마음을 어둡게 하였다.

광필은 저녁밥을 먹은 뒤에 홀로 여관을 나왔다. 하도 갑갑하여 여러가지의 번뇌를 잊어버릴까 나오기는 나왔으나 물론 어디로 가려는 방향도 정치 않았다. 그는 걸어가는 발에 몸을 맡기어 아래만 굽어보며 '어디로 갈까?' 궁리하며 한참 걸었다. 비가 개인 맑은 하늘에는 불가루를 헤친 것처럼 별만 반짝거리었다.

그는 한양漢陽 공원으로 향하였다. C은행 앞 광장을 바쁜 걸음으로 건너서 공원 들어가는 좁은 길로 향하였다. 가정街灯들은 습기에 젖어서 흐릿흐릿하게 깜박거린다. 종일 더위에 시달린 사람들은 큰길이나 좁은 길에 가득하였다. 좌우편 상점에서는 푸르고 흰 광선을 길 가운데로 한없이 토하고 있다. 그 빛 가운데에는 검은 그림자가 천천히 움직였다.

공원 입구에 이르렀다. 공원의 조등照燈은 소나무 사이로 반짝거려 보이고 검은 윤곽만 보이는 남산 덩어리에서는 적막한 빛이 소나무 사이로 흘러내리는 듯하다. 배암 같이 이리저리 굽은 길을 가쁜 숨을 쉬어가며 올라갔다. 희물그럼하게 보이는 한 사람 혹은 두 사람 또는 많은 사람의 떼가 여기저기 움직이었다. 그는 공원 넓은 곳에 올라와서 한양 전시全市를 부감俯瞰하는 동북편 벤치에 피로한 몸을 던지었다. 만이나 천으로 셀 수 없이 흩어져 있는 전시의 정灯불은 모두 무엇을 생각하는 것처럼 또는 무엇을 기다리는 것처럼 깜박깜박 한다. 어둠에 잠기인 광필의 마음도 무슨 암시나 받은 것처럼 상쾌한 것도 같고 침울한 듯도 했다. 거무스름한 북악北岳의 허리에는 희물그레한 저녁안개가 둘러있고 그 밑 경복궁 일대에는 바라볼수록 적요寂寥와 침묵이 물굽이칠 따름이었다. 밤의 한양은 속살거리는 듯하고 침묵한 듯도 했다. 레일을 걷는 전차의 궤성도 가끔가끔 고요함을 깨닫게 했다. 광필은 바라보고 있는 동안에 점점 높아가는 감상의 기분을 금할 수 없이 느끼었다. 광명과 암흑이 섞이어 보이는 한양은 손바닥에 놓고 굽어보다시피 하는 동안에 광필은 어떠한 초연한 생각을 하였다.

"사람들이 저런 데서 오물오물 사는군! 십수만의 생령生靈이 모두 살려고 애를 바득바득 쓰는 것이 참으로 가련해……그런데 자기도 수십만[2] 시간 전에 저 풍진風塵 속에서 나오지 않았어?[3] 그리고 몇 시간이 못되면 아니 곧 지금이라도 다시 속으로 들어갈 것이 아닌가? 무엇이 영측怜惻해?"할 때에 광필은 다시 벤치에서 몸을 일으키었다. 그 광장으로 두루두루 걸었다. 다정스럽게 속살거리며 천천히 거니는 외국인의 남녀 무리, 팔을 OO내고 굵은 몽둥이를 힘없이 끌고 다니는 사람, 또는 학생의 떼가 그 광장에 흩어져 있다. 광필은 다시 남으로 발을 옮기어 어두운 빛과 안개에 잠기어 있는 광야를 바라보았다. 다만 무한한 침묵과 적요를 포용한 듯하였을 뿐이었다.

다시 벤치를 찾아 앉았다. 그의 머리에는 식가食價, 빈대, 모기, 옥정, 김 소사 모든 생각이 꼬리에 꼬리를 물고 움직이었다. '누구든지 위대한 사람은 이러한 곤란을 겪어야 한다. 그리고 슬프고 고독한 데에서 참으로 광명을 볼 수가 있다' 고 귀에 울려올 때에 그는 '무엇 그런 것은 다 많이 먹은 사람이 흔히 하는 소리, 나는 참으로 견딜 수 없는 걸이오……' 대답하였다.

이런 생각에서 저런 생각으로 걱정에서 희망으로 희망으로…… 중복重復하는 동안에 공원에는 사람의 그림자가 점점 드물어졌다. 그러나

---

2) 원문은 '교십만敎+萬' 으로 되어 있음.
3) 원문은 '나오지만햇' 으로 되어 있음.

광필은 내려가려고도 안 했다. 모기와 빈대가 끓는 굴 같은 방…… 그 것을 생각할수록 내려가고 싶지 않았다. 밤은 각일각刻一刻으로 깊어갔 다. 사람의 발자취가 드물어갈수록 한편으로는 불안과 고독을 느끼었 다. 밤이슬은 광필의 몸과 벤치를 축축하게 적시인다. 그는 몸에 피로 를 더욱 느끼어 벤치 위에 누웠다. 새까만 날에서 반짝 하는 불가루 같 은 별들은 광필을 향하여 비오는 듯이 무수히 떨어지는 듯하다. 무수한 깜박거리는 별들을 비추어보는 광필의 눈은 벤치 위에서 깜박 하였다. 이슬 젖은 몸에는 찬 기운이 각각으로 배어들었다.

몸은 더욱 무거워간다. 사람의 자취가 끊이고 시가의 밝은 빛도 점점 희미하여 질 때에 광필은 무거운 다리를 끌고 여관으로 향하였다. 가로 에도 행인이 드물었다. 불안과 비애를 품고 고요한 밤길을 걸으면서 광 필은 생각하였다.

'그와 같이 아름답고 공원의 자연에 안기어 창공의 성문星紋이 찬란 한 이불을 덮고 잠자지 못하고 조그마한 움이라도 제각기 만들고 거기 에서 오물오물하며 살아야만 하게 되었노? 그러한 인생은 그래도 큰소 리를 혼자 하지!'

그의 귀에는 또 큰 부르짖음이 들렸다.

'그 생각이 너의 장래를 정할 것이다. 그것을 진실하게 생각하여라. 그곳에 너의 모든 사명이 있다. 너의 인생을 바라보는 거울이다. 거기 에서 생명의 시詩가 나올 것이다……'

광필은 역시 무거운 듯이 가던 길을 다시 밟으며 그 굴 같은 방으로 돌아왔다.

광필은 한여름 동안을 더운 날이면 한양 공원 벤치 위에서 반半 밤을 흔히 보내었다. '밥값도 아니 내고 밥만 먹는다…… 사람들이 염치가 없지……' 이러한 김 소사의 구누름 소리가 자주자주 들리었다. 고향 에서는 한여름이 거의 가도록 아무 소식이 없었다.

광필은 이대로 가는 것은 아무리 생각해도 어리석은 일이라 하였다. 믿을 수 없는 사촌의 도움을 바라는 것은 남자로서 부끄러운 일이라 하였다. 좌우간 공부를 계속한다든지 그만두고 고향에 가서 괭이 자루라도 붙잡는다든지 그렇지 않으면 고학苦學이라도 한다든지 작정하려 하였다. 집에서 오는 소식과 지금까지 내려온 타성惰性이 그대로 김 소사 행랑방에서 눈칫밥을 먹게 하였다. 그러나 공부를 중도에 폐지廢止하고 그대로 자기 고향에 돌아가는 것은 참으로 무면목無面目하다고 생각하였다. 광필은 자기가 자신의 전도前途를 개척치 않고 누구를 의뢰依賴하는 것부터 그른 것이라 생각하지마는 목전目前에는 여하히 하자는 방약方略도 없었다. '분투奮鬪 분투奮鬪'라고 연해 부르짖지마는 방 안에 앉았는 분투는 그로 하여금 더욱 실망에 떨어지게 할 따름이었다.

광필은 월여月餘나 낮에는 들어앉았고 밤이면 한양 공원 같은 데로 돌아다니는 동안에 머리털이 촌여寸餘가 길어서 참으로 동물원의 곰 대가리 되듯 하였다.

광필은 '아! 벌써 추기秋期 개학이 임박하였는데!' 하고 걱정하였지마는 다시 이와 같은 형편으로는 계속할 수 없으므로 용기를 내어 모든 일을 작정하였다. 그는 고학 뿐이라 하였다. 그러나 같은 고생을 하고 노동을 하려면 손바닥만한 경성에서 하는 것보다 좀더 넓고 문화가 열리고 최고의 학부學府가 많이 있고 자기와 같은 운명에 지배받는 사람이 많다는 동경東京에로 가는 것이 옳다 하였다. 그리고 주먹을 쥐었다. '운명에 맡기어 무엇이든지 되어가는 데로 하자. 백 번 거꾸러지고 만 번 자빠질지라도 노력 분투밖에 없다' 하고 또다시 주먹을 쥐었었다. 경성을 떠나려는 것이 목하目下의 광필에게는 장래 방책方策이었다. 그래서 광필은 수일 전에 동경에서 고학하다 온 Y를 찾으려고 학생복이 떨어진 곳을 약간 기워 입고 여관을 나왔다. 의외의 낮 출입에 주인 김 소사는 놀라며 "이게 오늘은 웬일이오" 묻는다. 광필은 "네! 좀 다녀오리다!"

한참 무르녹은 더위는 지나가고 거리거리의 빙수氷水집의 채색기彩色
旗도 그렇게 세월이 있어뵈이지 않았다. 얼굴과 손등에 비치는 햇빛은
따가웁기는 따가우나 이슬이 젖은 잎사귀 사이에로 불어오는 바람에
맑고 서늘한 맛이 있다. 광필은 육조六曹 앞을 지날 때에 모래 반사되는
광선에 눈이 부시어서 몇 번이나 정신이 혼미하였다. 월여月餘를 들어
앉았는 동안에 몸이 어떻게 피로한 것을 스스로 슬퍼하였다.

안동安洞 Y의 집에 당도할 때에 온몸에 땀이 조르륵 흘렀다. 마침 Y
가 문 앞에 나오다가

"아! 박공朴公 아니시오? 언제 올라오셨소?" 불의不意의 심방尋訪에 놀
란 듯하다. 그리고 유심有心하게 광필의 얼굴을 들여다본다.

광필은 Y가 놀라는 것이 무리가 아니라고 생각하였다. "네! 여름 동
안 서울에 있었소이다."

"그러면 어찌 한번 뵈올 수가 없었습니까? 학교에 운동도 한번 하러
안 오시고……."

Y가 자기의 집으로 들어오기를 권함을 따라 광필은 들어갔다.

Y는 광필의 다니는 학교의 선배였다. 성질이 그렇게 침착한 사람은
아니다. 모든 것을 희롱 반 진실 반으로 해학諧謔과 기담奇談을 일삼아
붕우간朋友間에 그렇게 미움이나 지목指目 받던 사람은 아니었다. 누구
든지 호인好人이라 하였다. 광필이는 자기의 장래의 중대한 일을 상의
하려면서 이러한 Y를 찾을 필요가 없겠지마는 고학하던 경험 이야기
를 들으려 하는 것이다.

광필은 Y에게 동경 고학생 형편을 물었다. Y는 벌써 눈치를 챈 것처
럼 빙글빙글 웃으면서 모든 경험과 형편을 말하여준다.

Y의 말은 이러하였다. 동경에 가서 고학하려는 것은 용이한 일이 아
니란 것이며 고학하러 간다 하더라도 처음 수삼 개월 지낼 학비는 될

수 있으면 준비가 있어야 한다는 것이며 신문배달, 공장노동, 그밖에 여러 가지 직업이 있지마는 너무 과도한 노동을 하지 않으면 밥을 먹을 수 없음으로 자연히 과도한 일은 하게 되고 그러한 노동에 몸을 쓰고 또 야간에 공부한다는 것은 용이한 일이 아니란 것과 인삼人蔘이나 엿 장사를 한다 하지마는 다수多數한 고학생이 다 그것만 하다가는 서로 밥을 얻어먹지 못하게 된다는 것과 지금에 인삼이나 엿장사도 일본 사람에게 모두 신용을 잃어서 잘 팔리지 않는다는 것과 혹 어쩌다 운수가 좋아서 회사원이나 다른 월급쟁이가 되어 공부하는 수도 있지마는 그러한 것은 극히 소수라는 것을 일일이 말하여준다.

광필은 자기가 혼자 생각하던 때보다도 고학이란 것이 훨씬 더 어려운 것을 알았다. Y의 말을 오할五割 인引하고 듣더라도 고학이 용이치 않은 것은 사실인 듯 생각하였다.

"어쨌든 일본 가서 고학이라도 하려면 일어日語를 몰라가지고는 아무 것도 아니 됩니다. 가서 밥만 얻어먹으려면 어디서든지 못 먹겠소 만은 밥 얻어먹고 또 영원한 장래를 연然해서 공부까지 잘할 수가 과연 어려운 일이지요." Y는 이 말을 여러 번 되짚어 말하였다.

광필은 Y의 집을 나왔다. 집에 돌아오면서 또 생각하였다. 그러한 말을 아니 듣고 그대로 뛰어들어갔더라면 하는 생각도 있었다. 그래서 지금껏 다수한 고학생 생활이 동경에 있다 하면 그 사람은 다 어떻게 지낼까? 모든 것은 용기를 내어 결단하리라 하고 동경에 가기로 마음에 단단히 결정하고 집에 왔다. 이러한 뒤에는 광필에게는 장래에 대한 불안과 또는 좋은 결과를 꿈꾸는 동경憧憬은 있을지언정 우려와 번뇌는 확실히 적은 것을 느끼었다.

광필은 이것만으로도 구함을 받은 것처럼 생각하였다. 그리고 신경은 더욱 흥분하여졌었다. 그의 가슴에는 아무것도 없었다. 다만 동경의 고학생 생활이 그 가슴의 전부였다. 서편 하늘이 천색茜色으로 물들을 때에 그는 나뭇가지에서 숨어나오는 매미 소리를 듣고 또다시 주먹을 쥐고 '나는 간다. 동경으로' 부르짖었다.

광필은 모든 것이 정리되는 대로 하루라도 속히 서울을 떠나려 하였으나 동경에 갈 여비는 고姑하고 자기 시골에 갈 여비도 구할 길이 없었다. 모든 것이 그림의 떡에 지나지 못하였다. 여러 가지로 위선爲先 집에 돌아갈 여비라도 구처할 방략方略을 생각하였으나 아무 도리가 없었다.

구월 개학의 날이 남은 것도 불과 이일二日이었을 때에 남대문 역에서 떠나는 동경 유학생 S를 작별하러 갔었다. 지금토록 자기의 선배인 S와 금전金錢이나 물질에 대한 관계는 한번도 없었으나 금일의 광필은 절박한 형편이 시골까지의 여비로 S에게 사정말을 하고 꾸어볼까 하는 생각을 나게 하였다. 그러한 물질로 세 곱 흐려지는 말을 S에게 하게 됨을 부끄러워하였다. 그리고 S는 그렇게 넉넉지 못한 것을 광필은 잘 알음으로 부득이 거절할 때에 S와 자기의 얼굴빛이 어떻게 될 것을 생각할 때에 그는 주저치 않을 수 없었다. 광필이가 정거장에 당도할 때에는 발차發車하기 전 반시간이었다. 시간이 넉넉함으로 대합실에서 잠깐 쉬었다. 그러나 S가 아직 아니 뵈임으로 광필은 정거장 안으로 눈을 두루 주어 S를 찾았다. 개찰구 가까이 맥고모자를 쓴 동경학생인 듯한 사오 인이 무엇이라 지껄이고 있는 것을 보았다. 그 앞으로 두루두루 거닐며 무슨 생각에 깊은 S도 뵈었다. 광필은 바쁜 걸음으로 가서 S의 어깨를 가벼이 흔들었다. S는 놀란 듯이 언제와 같은 웃는 얼굴로 흘끗 돌아보며

"아! 박공이시오? 그런데— 웬일이오?" 한다.

"네! 작별 차로 왔소이다."

"고맙습니다. 박공은 명년明年이 졸업이시지오. 졸업하거든 건너오시구려!" 이와 같이 두어 마디 회화하는 동안에도 고향 가는 데의 노비路

費를 꿀 것이 광필의 머리에 떠나지 않았다. 가뿐해 보이는 여행구旅行具를 앞에 들어놓고 무엇이라 일어 섞은 말로 중얼대고 있는 유학생들에게로 광필의 시선은 늘 갔었다.

발차 시간이 점점 가까워진다. 시간이 갈수록 어떠한 기회를 떨쳐버리는 듯한 두려움이 났었다. 광필은 오던 길에 말해볼까 한 자기의 형편과 방침方針을 말하려 하면서도 차마 입이 떨어지지 않아서 몇 번이나 주저하다가 "쉬이 만나보게 될는지 알 수 없습니다"라고 전제前提를 삼아 자기의 형편과 또는 동경에 가서 고학이라도 할 것을 얼굴을 붉혀가며 말하였다. 그리고 집에 가야 할 터인데 여비가 없으니 오 원만 꾸어주면 집에 가서 곧 부치겠다 말한 뒤에 광필은 머리가 절로 수그러졌다.

S는 참으로 딱한 일이 생겼다는 것처럼 발끝으로 땅을 그으며 잠깐 아무 말도 없다가 "박공이 어련히 생각하실 리가 없지마는 고학이란 것은 그렇게 용이한 일이 아니에요. 그리고 내년이 졸업이 아닌가요? 더 잘 생각하여보시오. 본국에서 중학도 못 마치고 오면 입학에도 더욱 곤란합니다"라고 주저주저 말한다. 광필은 아무 말도 없이 가만히 섰었다.

"그러한 형편이면 좀 일찍 말씀하여 주셨드면 한 걸요. 댁에 가실 노비야 어떻게든지 할 것인데…… 지금 저에게는 가진 것이 없습니다. 내가 K에게 부탁하리다"하고 S는 K를 보러 간다.

광필은 미리 생각하였던 사실이 그대로 실현된 것처럼 다시 S를 쳐다보기에도 얼굴이 화끈화끈하였다. K와 S가 함께 광필에게로 왔었다. 광필은 왜 이러한 말을 하였나 하고 후회하였다. K는 S의 부탁대로—

"박공! 석양에 저의 집으로 오십시오" 하고 다른 곳으로 곧 갔다.

"박공! 약한 몸에 어떻게 고학을 하세요? 집에 가서 잘 의논하여보시구려! 그리고 명년明年에 졸업하고 오시구려!" S는 Y가 말한 말과 같은 말을 간단히 말한다. '더 잘 생각하여보시오' 하는 말이 귀에 울리어 온다. 여러 달 동안 고생하는 중에서 결정한 것을 S가 일언一言 하下에 불가不可라고 하는 데에 조금 불만을 품었다. 자기의 생각이 등하等何의 권위가 없는가 생각할 때에 문득 불유쾌하였다.

이런 생각 저런 생각하는 동안에 발차 시간이 되었다. 개찰구 앞에 벌린 행렬은 하나 둘씩 보곽步廓으로 향하여 몰려들어갔다.

광필도 행렬 속에 싸여 들어갔다.

광필은 S를 보내고 오는 길에 여러 가지 생각이 그의 머리에 가득하였다. S를 보내러 온 여러 벗들의 아주 작별을 아끼는 듯이 악수하고 건강을 비는 것이며 서서히 움직이는 차창으로 내어다보며 꾸벅거리는 얼굴에 어떠한 승리자인 듯한 빛이 감출 수 없는 것이며 그리고 그것을 바라보고 눈에 수건을 대던 두 여학생이며 모든 것이 광필에게 감상의 기분을 일으키게 하였다.

역경逆境에 있을 때에는 모든 일이 하나라도 여의치 못할 것은 말할 것도 없거니와 자신이 진심으로 존경하고 믿어오던 자기보다는 경험도 많고 또 선배인 S의 말에는 얼마큼 용기가 조상阻喪되는 듯 하였다. 좀 더 생각해볼까 하는 마음도 생겼다. 그러나 한번 결정한 것을 그만한 말에 그만둘 수 있나 기어이 간다 하였다.

또 걱정되는 것은 김 소사의 밥값이다. 간 뒤에라도 밥값 떼어먹고 도망하였다는 말은 차마 들을 수 없다고 생각한 광필은 정거장에서 들어오던 즉시에 김 소사에게로 갔었다. 몇 번이나 주저하다가

"주인 마님! 내가 시골에 내려가야 하겠소. 이렇게 오래 식가도 못 내니 집에 가서 어떻게 주선周旋해서 부쳐드리리다" 말하였다.

김 소사는 무슨 볼모 잡은 물품物品을 그저 아니 내놓으려 하듯이

"그게 되는 말이오? 몇 달이나 거저 있다가 집에 가서 부친다니 말이 되오. 사람은 뒤보러 갈 때와 뒤 본 뒤가 다르다오. 지금 있으면서도 아

니 되는데 집에 내려가보오. 부지不知 하세월이지요." 성을 버럭 낸다.

광필은 다시 할 말도 없었다.

"이렇게 있으면 어떻게 되나요."

두어 마디 문답하는 동안에 밖에서 옥정이가 들어왔다. 광필은 더욱 얼굴이 붉어졌다. 그 뒤에는 다시 말을 어찌 못하고 우두커니 마루에 걸터앉았다.

옥정은 자기 어머니와 광필의 이야기가 자기로 말미암아 중단된 것을 미안히 여기는 것처럼 가벼이 머리를 수그리고 안방으로 들어갔다. 옥정의 귀가 창 밑에 기울이고 있는 듯하여 광필은 다시 말을 내지 못하고 그대로 자기 굴 같은 방으로 돌아왔다. 몸이 더욱 무겁고 머리가 아픔을 깨달았다. 그는 자려고 누웠다. 몸이 떨려서 여름 동안 넣어 두었던 이불을 내어 덮었다. 그래도 떨리었다. 그 날에는 K를 찾지도 못하였다. 찾으려고도 안 했다. 익일翌日에 봉서封書 한 장과 엽서 한 장이 왔다. 봉서는 자기 사촌에게서 온 것이었다. 그 동안에 집안이 수라修羅 중으로 지냈다는 것과 구월 중에는 상경할 터이니 모든 것은 그 때 말하자는 것이다. 엽서는 S가 차車 중에서 보낸 것이었다. 자세한 말은 시간이 없어서 듣지 못한 것이 유감이라 하였고 그러나 형의 현장이 여하한 것과 의향이 어떠한 것도 짐작한다 하였고 한편에는 얼마 남지 아니한 학업도 마치지 못할 것이 무엇보다 유감인 것과 또는 지금까지의 고학한다는 여러분의 전감前鑑[4]을 두려워한다는 것이었다. 그리고 조롱하는 듯이 형은 침의沈毅하시고 지모知謀가 있으니까 나의 간섭이나 충고 같은 말을 웃으실 줄로 아노나이다. 아우 전도前途도 많이 인도引導하여 주십시오 하였었다. 끝의 수數 절節은 S 일류의 풍자諷刺라고 문득 불쾌하였다.

---

4) 앞의 일을 거울삼아 비춰보는 일.

광필의 머리는 아침이 되어도 여전히 아팠다. 몸을 일으키기에도 눈이 빙빙 내어둘리어 현훈眩暈을 느끼었다. 그는 누워서 다시 생각하였다. S의 전감이란 데에는 저으기 걱정되었다.

'졸업, 사촌이 미구未久에 상경, 동경의 고생, 질병' 이런 것이 머리의 전부였다. 그래서 광필은 '좀 더 기다릴까'가 '나는 간다. 동경으로' 결심을 굳게 하는 것을 어찌할 수 없었다.

— 《흙의 세례》 문예운동출판사, 1927.

어여쁜 악마惡魔

1

명수明洙는 근일에 와서 일과가 하나가 더 생겼다. 그것은 자기 고향에서 올라온 C란 여자를 저녁마다 방문하는 것이었다.

방문하는 데는 별다른 이유가 없었다. 다만 C가 지금까지의 자기의 처지를 버리고 다시 한번 새로운 생애에 들어가 보겠다는 것을 동정하여 그를 가르치려 함이었다.

C는 자기 시골에서 비교적 이름이 있던 기생이었다. 그는 스스로 지금까지 하던 기생 노릇을 그만두고 몇 달 전에 서울로 올라와서 S동 고요한 곳에 여관을 정하고 낮에는 준비학교에 다니었다. 그리고 저녁에는 명수에게 일어日語, 산술算術 같은 것을 초보부터 배우게 되었었다.

명수가 이전 고향에 있을 때에 다른 젊은이와 작반[1] 하여 S를 찾아간 적이 물론 여러 번 있었다. 그 외에는 별로 깊은 교제는 없었다. 물론 명수도 C에 대하여는 특별히 알음이 없었다. 다만 그가 화류계에 몸을 던진 것을 항상 원통히 생각하고 어떻게 하든지 사람다운 생활을 한번 해보겠다고 동경을 한다는 것은 고향 친구들에게 들은 일은 가끔 있었

---

1) 앞의 일을 거울삼아 비춰보는 일.

었다. 명수는 이런 말을 친구들에게 간접으로 들을 때마다 C에 대하여 어떠한 호기심을 아니 가진 것은 아니었으나 그런 말을 간접으로만 들은 그만큼 친근한 교제는 해보지 못하였던 것이다. 그러나 이러한 인연은 있었다. ─ C가 지금까지 가지고 내려온 화류계 이름을 버리고 여학생다운 이름을 하나 지었으면 좋겠다는 말을 다른 친구에게 듣고 명수는 자기가 어떠한 소설 가운데 여주인공의 이름을 그대로 쓰면 좋겠다는 것을 그 친구에게 말한 일이 있었다. 이것은 그 여주인공의 이름이 가장 명수의 마음에 들던 까닭이었다. 그리하여 지금의 C란 이름은 즉 명수가 친구를 사이에 두고 지어준 이름이었다. 이러한 관계로 보아도 C란 이름이 명수의 귀에는 특별히 감칠맛을 가지고 들어오는 것도 사실이었다. 그러한 데다가 C가 필경 새로운 생애에 몸을 던지려고 첫걸음을 내놓을 때에 고향에서 C를 권고하여 아주 결심을 하도록 한 명수 친구 K가 명수에게 C가 단단히 마음을 먹고 서울을 가니 잘 인도하여 주라 하는 부탁을 받은 일이 있었다. C 역시 서울에 가면 여러 가지로 지도를 해줄 사람은 명수인 줄 알고 왔었던 것이다.

이렇게 되어 몇 달 동안을 두고 명수는 아주 C의 선생 격으로 밤마다 출장 교수를 하게 된 것이었다.

그리하여 오늘밤에도 밥을 일찍이 먹은 뒤에 여관 문 밖으로 나왔다. 나오면서도 그는 생각하였다. '그가 어쨌든 새로운 생애에 들어오겠다고 결심하고 집을 뛰어나온 그것만큼 기특한 일이다. 아니 감복할 일이다. 자기가 자기의 환경을 제 스스로 바꾸는 일이 그다지 용이하다 할 수 없다. 그러면 그는 제가 스스로 자기의 기반을 벗어난 용기 있는 여자라 할 수 있다. 그 사람의 장래가 잘 되고 못 되는 것은 이와 같이 결심한 그것을 잘 지키고 못 지키는 데에 달렸다. 아무쪼록 잘 지도해 보자' 하고 속으로 중얼대었다.

그러나 한편에서는 또한 의심이 일어났다. 그러한 의협심으로 과연 몇 달 동안의 C양을 위하여 이만한 부지런을 내게 될까? 또는 어떠한 이기심이 이와 같이 끈기 있게 만들었는가? 이러한 두 가지 의문에 대답하는 것은 전혀 의협심도 아니요 이기심도 아니요 그 중간에 엉거주춤한 것을 이름인 것 같다는 대답이 양심의 한편 구석에서 곧 알아듣지 못할 만큼 가늘게 부르짖는 듯하였다.

여관문을 나서면서도 그는 다시 그런 의문을 한번 내던지고 스스로 물어 보았다. 역시 전날과 조금도 틀림없는 대답이 나올 뿐이었다.

2

명수는 A동 네거리로 나왔다. 여섯 갈래 길이 방사선放射線으로 갈라진 한가운데에서 조금 못 미친 곳에 정거한 전차는 벌써 '헤드라이트'를 환하게 비췄다. 그리고 여러 사람들은 바쁜 걸음으로 전차를 향하여 달아난다. 어서 타라 재촉하는 전차 종소리가 요란하게 들린다. 그리고 어느덧 C통으로 가는 길 좌우 편 상점에는 전등이 희고 붉게 켜졌다. 명수도 외투 호주머니에 넣었던 손을 빼어 두 주먹을 쥐고 빨리 걸어 전차에 올랐다. 헐떡 숨을 쉬며 참으로 열심인 걸 하고 빙긋 스스로 웃었다. 조금 뒤에 전차는 움직이기 시작하였다. 명수는 전차 안에서도 역시 생각하였다. —대체 어디서 이러한 열심과 의협심이 생겼나—하고. 그러나 별다른 쾌한 해석은 얻지 못하였다. 어쩐지 가고 싶다는 것이 다만 그 이유였던 것이다. 또 하나 이유가 있다면 이것은 근일 저는 저녁마다 출장 교수하는 것이 한 버릇이 되어 그대로 집에 있을 수 없는 것이 하나라 할 수 있었다.

C길 네거리에서 문행을 바꾸어 타고 얼마나 되어 S동에 내렸다. 그는 여러 달 다니어 눈을 감고라도 넉넉히 찾아 들어갈 수 있도록 발이 익은 C의 기숙하는 집으로 찾아갔다. 중늙은이 과부는 처음에는 명수

와 C 사이를 제법 의심하였었으나 차차 두고보아 그렇지 않은 줄을 비로소 알았던지 근래에는 아무 의심 없이 명수의 오는 것을 환영하였었다. 결국은 그 과부가 도리어 더 명수의 오는 것을 환영하게 되었다. 그는 C를 가르쳐주는 곁에 앉아서 흔히 "나도 좀 가르쳐 주시구려!" 하며 일어 같은 것의 발음을 흉내도 내어보기도 하고 혹은 산술글자 같은 것을 공책에다 끄적거려 보기도 하였었다. 어쨌든 누구든지 보기 싫지 않은 과부였었다. 오늘 저녁에도 그 과부 주인은 벌써 명수의 발자취 소리에 앞 미닫이를 열고

"인제 오세요?" 하고 급히 나오더니

"김 선생님! 오늘 저녁때부터 C 아가씨가 한축[2]을 하고 앓아요! 좀 어서 들어가 보세요!" 한다.

명수는 주인 과부의 말이 막 끝나자 바로 C가 있는 방으로 들어갔다. 전등불은 천장에 높이 매달린 그대로 있었다. 그리고 방 아랫목에는 벌써 자리를 펴고 C는 드러누웠었다. 그는 명수의 들어오는 것을 보고 이불을 헤치고 일어나려 하였다.

"그대로 누워 있구려! 어디가 불편하오?"

명수는 윗목에 쪼그리고 앉으며 물었다.

"몸에 열이 있고 가슴이 저려서 그래요. 아마 전에 앓던 늑막염肋膜炎이 재발했는가봐요……."

이렇게 말하는 C의 눈에는 핏대가 섰다. 그리고 입술은 말라보였다.

그 동안에 C와 오래 상종하였으나 그가 전에 늑막염을 앓았다는 말은 그의 입으로 직접 듣기는 이번이 처음이었다.

"전에 늑막염을 앓은 일이 있어요?"

명수는 깜짝 놀라며 묻지 않을 수 없었다.

---

2) 추워서 기운을 펴지 못하고 오그라듦.

"이태 전인가 한번 죽을 고생을 하였답니다. 이러다가도 곧 그 증세가 그치는 수도 더러 있었지만 이번에는 어떻게 될는지 알 수 없어요. 어쨌든 오늘 저녁이나 지나봐야 좌우간 알겠어요……."

가쁜 숨을 쉬어가며 C양은 겨우 말하고 가슴을 부비었다.

주인 과부는 곁에서 걱정스러운 눈을 찌푸리고 두 사람의 하는 말을 듣다가

"몸조섭[3]"을 잘해야 됩니다. 객지에서…… 나는 하느라 하지만……" 하고는 밖으로 나가버렸다.

C는 주인 과부의 나가는 것을 바라보더니 그가 밑창문 밖에 사라진 뒤에

"선생님! 이걸 좀 보세요. 대단히 뜨겁지요?" 하고 명수의 손을 잡아다 자기의 이마에 댄다.

명수는 손을 잡힌 그대로 C양의 머리를 짚어 보았다. 머리가 대단히 더웠다. 자기 손을 잡은 손도 대단히 더웠다. 명수의 손은 안팎으로 더웠다.

"그다지 심하지는 않으나 조금 더운 모양인데요." 명수는 이만큼만 말해서 그의 마음을 조금 놓게 하려 한 것이었다.

"아니야요. 몹시 더워요. 그러면 선생님의 이마 좀 이리……" 하고 C는 자기의 불같은 손으로 명수의 이마를 짚어 본다. 명수는 무엇이라 말할 수 없는 어떠한 '쇼크'를 느꼈다. 그리고 그의 핏대가 선 눈에서 어떠한 미소가 띠어 있는 것을 보았다.

'역시 보통 여자와는 다른 점이 있어!'

이러한 생각이 문득 났다. 명수는 새로운 생애에 들어온 이를 이렇게 생각하는 것은 너무나 가혹하였다.

---

3) 조리調理.

"그러면 오늘 저녁에는 편히 주무시고 좌우간 내일 모레 보아서 병원에를 가든지 해보지요?"

명수는 이렇게 말하고 그대로 집으로 돌아올까 한 것이었다. 이것은 차라리 병인을 맘 편케 그대로 쉬도록 하는 것이 곁에서 쓸데없는 이야기하는 것보다 나을 듯해서 그런 것이었다.

"이렇게 열이 있고야 어떻게 편히 쉴 수 있겠어요. 선생님! 좀 오래 놀다가 가 주세요……."

C는 핏기운 없는 손으로 자기 이마를 다시 만진다.

"괜히 오래 있으면 되나요. 일찍 잠을 잘 도리를 해 보시오."

"잠이 어디 그렇게 오나요. 오면야 참으로 좋지오만요……."

명수는 할 수 없이 그대로 윗목에 펑퍼짐하고 앉았다. 다시 일어나서 위에 높이 걸린 전등을 책상 위로 가까이 내려걸고 주인 과부에게 신문을 가져오라 하여 읽으며 이야기를 시작하였다. 그 날 신문에 열아홉 살 먹은 처녀가 자기 집에서 강제 결혼하라는 것을 거절하고 서울로 뛰어 왔다가 어떤 놈에게 속아서 B정 창기로 팔려서 죽을 학대를 받다가 견디다 못해 자살을 하려고 소동을 일으켰다는 것이 게재되었다. 명수가 여러 가지 기사를 들려주다가 이것을 말하매 C는 숨을 한번 내쉬고는 "그도 부모를 잘못 만난 탓이겠지요" 한다. 그리고는 바로 말을 이어

"선생님! 제가 어째서 늑막염이 든 줄 아세요? 그 말을 어떻게 다 해요. 선생님은 다 아시겠지만 하루는 어둔 밤에 어머니하고 싸우고 도망질을 치다가 문 바깥에서 엎어졌지요. 그래서 든 골병이랍니다!"

C는 열세 살 되는 해에 자기 고향에서 기생을 들어갔다. 처음에는 아무런 줄을 물론 몰랐다. 고운 옷을 입은 것이 무엇보다도 다른 사람에게 자랑거리가 되는 줄로 알던 그는 참으로 기뻤다. 더욱이 기생이 되면 장래에 잘 산다는 것을 자기 어머니가 설법을 하였다. 그가 제철이 나서 자기의 고깃덩이를 팔게 될 때에 자기의 현실에 비로소 눈을 뜨게

되었었다. 눈을 뜨기는 떴으나 역시 분명하게 이 세상을 볼 수는 없었던 것이다. 어떠한 엷은 사紗로 가리우고 보는 듯하였다. 더욱이 자기의 갈 길을 분명히 찾을 수는 없었다. 다만 고통 때문의 고통이었다. 고통을 면하기 위한 고통은 아니었다. 그는 육칠 년 동안에 육체적으로 정신적으로 거의 파멸에 들어가고야 말 지경이었다. 그는 오랫동안 눈을 감고 모든 능욕을 참아왔다. 제 깜냥⁴⁾으로는 살길을 찾기 위하여 죽는 길을 밟아본 것이다. 그러나 죽을 길을 밟는 동안에 그의 발은 어느덧 죽음의 길에 밟히어 다시 살길을 찾게 되고 말았다. 겨우 이 길에 발을 돌려놓은 오늘에도 가끔 그의 발은 미끄러져서 그의 죽음을 찾으려고 하는 때가 종종 생각났었다. 이러한 것을 의식할 때마다 자기의 과거라는 것은 영영 깨끗하게 씻을 수 없는 것을 스스로 슬퍼하였던 것이다. 이리하여 '아! 첫길을 바로 드는 이의 행복이여!' 하고 부르짖기를 몇 번이나 하였는지 알 수 없었다. 정신은 자기의 순결을 지키려 하였으나 그의 육신은 그것을 부인하였다. 어디까지든지 자기의 충동을 그대로 세워보려 하던 것이었다. 이 얼마나 C의 전인격의 싸움이었으랴!

이러한 것을 명수는 생각하였다. 어쨌든 그의 정신에 가실 수 없는 흠집을 내고 또 다시 그의 몸에 지워지지 아니할 낙인을 친 것을 모두 자기 부모의 잘못으로만 아는 그의 어여쁜 치기를 명수는 답답히 아니 여길 수 없었다.

'어찌 한층 더 부모는 어찌해서 가장 귀여운 자식을 희생치 않으면 안될까를 생각지 못하는가.'

이것이 답답한 것이었다. 물론 그런 생각까지 그가 넉넉히 느끼게 되는 때는 그가 반드시 갱생하는 때가 되리라 하였다. 그러나 아직도 인간적으로까지 깨치기는 어려운 것인가 생각하매 적이 불쌍한 생각이

---

4) 일을 가늠 보아 해낼 만한 능력.

가슴에 차 올랐다.

명수는 다시 말을 그만둘까 하다가

"그야 C의 어머니도 그려려고 그랬었을라구요"하였다.

"아니에요. 꼭 시키고 싶어서 그런 것이겠지요." 사람이 병이 들면 누구든지 이와 같이 감상적이 되고 흥분하기 쉽지마는 C가 이렇게 흥분하기는 처음이었다. 평일에는 될 수 있으면 자기의 과거와 또는 그의 신분에 화제가 돌아가지 않도록 힘을 써오던 그이로서 자기의 근본을 스스로 들추어 가지고 이말 저말 내는 것은 그의 신체에 심상치 않은 변화가 생긴 것을 알 수 있었다.

'아! 불쌍한 처지에 생겨난 여성의 불쌍함이여!' 그는 C를 위하여 부르짖고 싶었다.

명수는 적이 염려가 되었다.

"그리 된 것을 지금 와서 말을 하면 무엇하나요. 그러지 말고 장래에 어떻게 할 것이나 생각하는 것이 영리한 사람이겠지요."

명수의 처지로는 이렇게 밖에 할 말이 없었다. 자기 진심도 역시 그러하였다.

"장래는 장래지요 마는 어찌 옛날 일이라고 다 잊을 수 있어야지요."

C는 다시 이렇게 말하고는 목이 마르다고 일어나서 물을 찾는다.

명수는 주인과부를 불렀다. 그리하여 능금과 배를 사 오라 하였다.

C는 사온 과실로 목을 축였다.

"선생님! 너무나 미안해요……" 하고 찬찬히 명수의 얼굴을 바라본다.

"무얼 그래요. 그런 치하는 뒤에나 하고 어서 자시구려!" 명수는 이렇게 위로하였다.

C의 몸이 불편하다 하여 불을 많이 지펴 평일보다 방이 배나 더웠다. 명수의 이마에는 땀이 젖었다. 그러나 문을 열어놓기는 미안하였다. 훈

훈한 방안에는 능금과 배의 향기로운 냄새가 C의 분과 기름냄새에 조
화가 되어 명수의 코를 이상하게도 현혹시키는 듯하였다. 그는 이 냄새
가 코를 찌를 때마다 몽둥이로 대가리를 얻어맞는 듯 느꼈다. 이러할
때마다 그의 이성理性의 날카로운 바늘은 사정없이 그의 가슴을 쿡쿡
찔렀다.

3

명수는 밤이 이윽한 때에 자기 여관으로 돌아왔다. 행길에도 사람의
발자취가 드물었다. A동 네거리에서 전차를 내렸다. 건너편 순사 파출
소 아래에 외투로 대가리를 깊숙이 묻은 경관의 그림자가 오락가락 할
뿐이었다. 명수도 외투 깃을 세워 두 뺨까지 파묻고 바쁜 걸음으로 걸
었다. 군밤장사와 '야기이모[5]' 장사의 외치는 소리가 이층 상점 밑에서
처량히 날 뿐이었다.

여관집은 벌써 단단히 잠겼다. 오늘밤은 특별히 늦었다. 매일 밤마다
문 열라 할 때보다 오늘밤의 명수의 혀는 납근이 매단 듯 무거웠다. 행
랑 어멈은 눈을 부비고[6] 나와 문을 열며

"어디서 이렇게 늦으셨어요?" 특별히 묻는다.

"글쎄! 좀 늦어서……."

모호한 대답을 던지고 그대로 자기 방으로 들어갔다. 집주인네들도
벌써 잠이 들은 듯하였다. 방 아랫목에는 자리가 펴 놓였다. 책상 위에
는 그가 나아갈 때에 벌여놓은 책과 종이가 그대로 질서 없이 흐트러져
있었다. 그는 그 흐트러진 것을 그대로 두고 자리옷을 갈아입은 뒤에
이불을 무릅썼다. 방바닥의 따뜻한 기운을 흠씬 머금은 이불은 아름다
운 사람의 따뜻한 살같이 오는 동안에 싸늘해진 그의 몸뚱이를 녹여주

---

5) 군고구마.
6) '비비다'의 잘못.

었다. 그러나 명수의 머리는 횡횡 내둘리는[7] 듯하였다. 과실 냄새와 그 분과 기름 냄새—그것은 향기로운 정도가 똑같은 듯하였다. 그 두 냄새에 자기의 정신이 얼마나 현란하였던 것을 생각하고 또한 이를 뿍뿍 갈다시피 어디까지든지 C와 순결을 지킨 것이 자기의 지금까지 겪어보지 못한 어떠한 '프라이드'로 생각이 될 때에 자신의 이성도 이만한 정도에 이르게 된 것을 스스로 기뻐하고 믿음직하게 생각하였다. 옳다. 나는 C에게 아무것도 구한 것이 없이 그의 처지에 동정한 것뿐이다. 그러나 그의 호듯한 이마와 손에 자기의 손을 대고 또한 그의 따가운 손이 이상하게 뛰놀던 것을 생각해보매 역시 자기의 가슴에는 정열의 피가 이성을 필경에는 짓밟아 버리고 말 악마와 같은 힘을 숨겨 가지고 있음을 분명히 알 수 있었다. 그러나 오늘 저녁에는 역시 잘 되었다 하였다. 따라서 이렇게 접촉할 기회를 자주 만드는 것은 어떠한 위험성을 띤 것이라고 아니 생각할 수 없었다.

C는 모처럼 지금까지의 모든 생활을 버렸다. 그의 살은 벌써 문둥병 환자나 다름없이 미란靡爛[8]이 되었다. 그러나 그의 영靈 가운데에 이 미란을 벗어나서 살아보겠다는 노력의 보배가 다행히 들어있던 것이다. 육肉에서 발효한 독소와 새로 살아보겠다는 욕망의 김이 조그마한 C의 가슴에서 큰 싸움을 이루고 있는 것을 생각할 때마다 될 수 있으면 육의 미란 독소에 중화할 약을 끼얹고 싶었다. 또 한층 그는 생각이 깊었다. 그러나 이와 같은 갈등이 C의 가슴의 전유專有[9]한 것이 아니요 자기의 가슴에도 쉬일 새 없는 것을 스스로 부끄러워서 하였다. 모처럼 새 광명을 바라보는 사람의 앞길을 아무쪼록 인도하겠다는 인정다운 생각과 그의 모든 과거의 일을 표면적으로만 생각하고 그를 일시의 향락하

---

7) 정신이 아찔하여 어지러워지다.
8) 썩어 문드러짐.
9) 독차지함. 독점獨占.

는 대상을 삼아보아도 아무 관계없다는 가장 무책임한 생각이 기회 있는 때마다 서로 갈등을 이루지 아니하나 하는 의심이 분명히 있었다. 이런 의심은 결국은 자기 마음에 어떠한 상처를 새겨주는 것뿐이었다. 어떻게 되었든 오늘까지 이러한 생각이 명수 마음 속에서 다만 갈등을 이루었을 뿐인 것을 그는 오늘밤과 같이 어떠한 흥분상태를 겪은 뒤에는 자기의 한 '프라이드'로 여겨왔던 것이었다.

그리하여 명수는 오늘밤 외로운 자리에서 홀로 명상하면서 이러한 '프라이드'를 다시 느끼게 된 것이다. 그는 입안으로 부르짖었다. '인간은 어디까지든지 악마의 퇴화한 자이다! 적극적으로 자기의 욕망을 위해서 분투할 힘을 잃은 악마다. 악마 가운데의 우유부단한 악마다!' 하고—또한 이러한 부르짖음은 자기 혼자를 표준한 것이다 라고 아울러 중얼대었다.

4

그 이튿날 아침이다. 명수는 아침밥도 먹은 듯 만 듯 급히 C를 찾아갔다. 무엇보다도 그의 병세가 밤새 어떻게 되었는지 염려가 되었다. 그리하여 허둥지둥 C의 기숙하는 집을 찾아갔다. 명수는 그 집 문 안에 들어서며 걱정을 적이 놓았다. C가 앞마루에서 세수를 하고 있는 것을 본 까닭이다. 얼굴을 씻을 정도면 열이 얼마큼 내린 것을 짐작할 수 있었다. 그리고 그가 나올 때에는 여러 가지 걱정거리가 되었다. 참으로 늑막염의 재발이라면 시골로 내려가든지 또는 상당한 병원에 입원을 하든지 하여야 할 것이다. 그러나 그를 다시 고향으로 돌아가게 하는 것은 모처럼 헤매고 나온 구렁텅이로 다시 몰아넣는 셈이다. 또한 그러하다고 병원에 입원을 하기에는 C의 힘이 너무나 부치었다. 여러 가지로 어떻게 하라고 하여야 좋을까 하는 생각이 자기 하숙집 문 앞을 떠나면서부터 머리에서 떠나지 않았다. 그러다가 조금 차도가 있는 것을 보니 마음이 적이 놓였다. 그러나 어쨌든 의사의 진찰은 한번 받을 필요가 있다고 생각하였다.

　명수는 바삐 들어가며

　"밤새 좀 어떻소?"

하고 C의 얼굴을 자세히 보았다. 평일에도 피로한 기운이 그의 눈에서 떠난 일 없는 C의 눈자위는 더욱 피로해 뵈었다. 눈두덩이 꺼진 듯하였다. 그리고 그 위에 푸르스름한 기운이 더욱 눈에 뜨이게 나타났다.

　"아침에 자고 나니까 몸은 좀 식었어요. 그러나 가슴 저리는 것은 일반이어요."

하고 C는 고적한 미소를 띠운 눈으로 명수를 본다. 그 눈에는 분명히 감사하다는 뜻을 표한 것이 뵈었다. C는 지금까지의 생활이 생활인 것만큼 그의 눈은 반사적으로 자기의 감정을 표하는 데에 가장 예민한 동작을 가졌었다. 즉 표정이 가장 예민하였다.

　"들어오세요……."

　C는 이렇게 말하고 방으로 명수의 앞을 서서 들어갔다.

　"그만하니 다행이오……."

하고 명수도 방으로 들어갔다.

　C는 거울 앞에 앉아 얼굴을 닦았다. 그러나 가끔가끔 반사적으로 "아이구"하고 부르짖으며 가슴을 부비었다.

　"그렇게 무리로 일어날 것 없이 편히 누우시구려! 늑막염이면 더욱 안정하여야 할 터이니까……."

　명수는 민망한 듯 이렇게 말하였다.

　"갑갑해서 누워있을 수가 있어야 하지요?"

　C는 이렇게 말하며 얼굴을 다 닦은 뒤에 손질을 하고 분까지 발랐다. 그리고 다시 "아이구"를 발작적으로 질러가며 머리도 쪽졌다.

　모든 화장을 간단히 마치고 난 C의 얼굴은 언뜻 보면 그 전날에 병으로 고생한 것 같지 않았다. 눈가의 피로한 푸른빛도 어느덧 백분 밑으로 다 숨어버리고 말았다.

"그러고 나니까 암스랑찮은 사람 같구려!"

명수는 빈정대듯 이렇게 말하였다.

"하룻밤 동안에 아주 병인이 되어서는 어떻게 되라고요."

C는 기쁜 듯 또한 자기의 어여쁜 얼굴에 대한 자신이 있는 듯 웃으면서 이렇게 대답하였다.

그리하여 명수는 C와 의논한 결과 좌우간 병원에 가서 한번 진찰이라도 해보기로 되었다.

5

N병원 환자 대합실에는 얼굴빛이 유난히 핼쑥한 환자 육칠 명이 걸상에 걸터앉았다. 명수는 C의 곁에 앉았다. 이 대합실 안에서 명수의 얼굴이 제일 생기가 있었다. 여러 사람은 명수와 C를 번갈아 보며 이상스럽게 여기는 빛을 나타내었다. 명수는 확실히 이 병원에 여러 환자들과 같이 앉을 자격이 없었다. 이 병원은 호흡기병을 전문으로 보는 일본 사람이 경영하는 곳이었다. 이 병원 오는 환자는 대개는 폐병 환자나 늑막염 환자 또는 다른 결핵성結核性을 가진 환자들이었다. 그리하여 그 가운데에는 폐병이 삼기에나 가까운 듯한 눈이 움푹 들어가고 광대뼈가 나온 환자도 이삼 인 뵈었다. 그들은 기침을 할 때마다 수건을 입에 대기는 하였으나 그의 비말飛沫[10]이 명수의 코와 입으로 들어오는 듯하였다. 그의 신경은 대단히 날카로워졌다. 결핵균이 자기 폐에 방금 집을 짓는 것처럼 조마조마한 생각이 났다. 거기에 앉았기가 자못 불안심되었다. 곧 밖으로 뛰어나오고 싶었다. 그러나 C가 곁에 앉았다. 혼

---

10) 잘게 튀어 퍼지는 물방울.

자 나오기는 민망하였다. 이러하는 동안에 명수의 머리는 띵하여 졌다. 그리고 정신이 흐릿하여지는 듯하였다. 대합실 안은 벽을 바른 빛이라든지 또는 기구라든지 모두 단정하였다. 그리고 방 한편에서는 와사瓦斯 난로가 소리를 부욱—지르며 보기 좋게 타오르고 있었다. 파란 불길이 골탄[11]을 빨갛게 태우며 호듯한 기운을 한없이 내뿜었다. 명수는 한참 동안이나 타오른 불꽃을 바라보았다. C도 불유쾌한 듯 명수의 소매를 잡아끌며 바깥으로 나아가자 한다.

명수는 C를 앞에 세우고 병원 낭하[12]로 나왔다. 흰 옷 입은 간호부와 병원 사무원들이 '슬리퍼'를 짝짝 끌고 왔다갔다 하였다.

두 사람은 한편 구석에 서서 창 바깥으로 뜰을 바라보았다.

한참 있다가 일본말로 C의 이름을 부르는 소리가 들렸다. 명수는 그 소리나는 곳을 바라보았다. 그곳에 간호부가 종이를 들고 "C가 누구십니까? 이리 오세요" 한다.

C는 그 부르는 곳으로 갔다. 그곳은 진찰실이었다. 그 방에도 난로가 보기 좋게 타고 있었다. 그리고 방 한편 구석에는 병풍을 쳤었다.

"체중을 달아보게 이리 오세요."

명수는 통역을 하였다. 간호부는 속옷만 입고 겉옷을 다 벗고 달아보라 하였다.

C의 얼굴에는 부끄러운 빛이 나타났다.

그리하여 주저주저하였다. 간호부는 눈치를 차린 듯

"그러면 이리 오셔서 벗구려!"

하고 옷 벗어 놓는 광주리를 들고 병풍 뒤로 들어갔다. C도 따라 들어갔다. 한참 뒤에 저울추 노는 소리가 덜커덩덜커덩 하더니

"당신은 대단히 무겁습니다."

11) 활성탄의 한 가지.
12) 복도.

하는 간호부의 말소리가 들렸다. 얼마 아니되어 C는 치마끈을 허름하게 매고 저고리끈을 풀은 그대로 얼굴을 조금 붉혀가지고 다시 방으로 나왔다. 간호부는 다시 C를 인도하여 건넌방으로 데리고 갔다. 그 방문 위에는 예진像診실이라 써 붙였다. 명수도 또 따라 들어갔다.

간호부는 명수를 향하여

"이 분은 아마 일본말을 모르시지요. 같이 오셨거든 통변을 좀 해주세요."

명수는 진찰하는 통변을 하러 들어간 것이다.

예진실 안에는 여러 가지 기구가 나열하였다. 예심실 겸 실험실, 약국 모두 겸한 듯하였다. 시험관이 보기 좋게 책상 위에 늘어 놓였고 현미경도 여러 개 유리창 아래에 유리항아리 안에 들었다. 한편 벽에는 약장이 놓였었다. 그리고 '테이블' 앞에 회전의자를 타고 앉은 젊은이가 있다. 그는 흰 수술복을 입고 앉았다가 간호부가 가져온 진찰부를 앞에 놓고 C에게 병세를 꼬치꼬치 묻기 시작하였다.

나이, 병이 언제 발생한 것이며 또는 근일에는 병세가 어떠하며 기혼인지 미혼인지 별별 것을 다 자세히 자세히 묻는다. 명수는 일일이 통변을 하였다.

이 통변하는 동안에 명수는 물어 보기도 거북하고 대답하기도 낯이 호듯한 적이 많았다.

의사가 "기혼이오? 미혼이오?"

하고 물을 때 C의 얼굴빛은 무엇이라 대답하여야 좋을는지 당황해 뵈었다. 그는 이름은 처녀나 성적性的으로는 기혼이었다. 그가 대답하기를 주저하는 것도 무리는 아니었다.

명수는 얼핏 미혼이라 대답해 주었다. C는 명수가 대답한 것을 몰라 답답하였던지

"무엇이라고 하셨어요" 하고 묻는다.

"처녀라고요!" 명수는 대답하였다.

C의 얼굴은 조금 붉었다. 그리고 가늘게 한숨을 쉬었다.

또 의사는 월경이 언제부터 있었으며 도수는 어떠하며 월후[13] 할 때에 고통 같은 것이 없느냐고 묻는다.

명수는 얼굴을 붉히면서 통변을 하였다. C는 그 묻는 말을 일일이 대답하였다. 말하는 그의 얼굴빛이 또 붉었다. 의사는 일일이 받아쓴다.

명수는 괜히 이런 통변을 하러 온 것이라고 후회하는 생각도 났다. 그러나 잘 왔다하는 느낌도 없지 않았다.

예진을 다 마친 뒤에 그 진찰부를 간호부가 가지고 나아갔다. 얼마 아니 되어 간호부가 나와 C를 다시 불러 데려갔다. 명수는 또 진찰실로 따라 들어갔다. 그곳에는 외형으로 보아도 박사인 듯한 늙은 의사가 안경을 코 중턱에 걸치고 들어오는 사람을 안경 위로 한번 보더니

"저 처녀가 C씨?"

하고 곁에 있는 간호부에게 묻는다. 간호부는 그렇다 대답하였다. 늙은 의사는 한참동안 진단부의 예진에 기록한 것을 바라보더니 C의 곁으로 가까이 와서 C의 저고리를 벗으라 하고는 전신을 한참 주물러 본다. 그리고 턱과 목의 길이를 자로 재기도 하고 또한 머리의 각도角度를 '콤파스'로 재기도 한다. 명수도 지금까지 여러 번 병원에 가서 진찰을 받아 보기도 하였지만 이렇게 자세히 싫증이 나도록 보는 것은 처음이었다. 그리고 맨 나중에 청진기를 C의 가슴과 등에 빈 데 없이 이리저리 대고 한참동안을 듣는다. 그리고 무어라고 독일말 '악센트'로 부른다. 그 곁에 앉은 조수는 늙은 의사의 부르는 대로 그것을 진료부에다 적어 넣었다.

명수는 이러한 광경을 곁에서 한참 보고 있었다. C의 시선은 늙은 의

---

13) 월경月經.

사를 한 번 보고는 반드시 명수에게로 왔다. C의 그 분통 같은 살결을 주름살이 덮인 쭈글쭈글한 손으로 함부로 주무르는 것이 명수에게는 아까운 듯한 생각이 났다. 그리고 그 가슴에 뚜렷하게 고운 선을 그리고 붙어있던 옛날 '그리스' 조각을 대한 듯한 젖통 사이에서 이리저리 옮겨다니는 상아象牙의 청진기가 그 곱고 보드라운 살에 조화가 되는 듯하였다. 명수는 문득 어떠한 '쇼크'를 느꼈다.

늙은 의사는 C를 한 번 이렇게 진찰한 뒤에 건넌방으로 오라 한다. C를 따라 명수는 또 들어갔다. 그 방문 위에 X선 실이라 하였다. '엑스' 광선으로 진찰하는 방이었다. 방 안에 들어서매 여러 복잡한 기계 장치가 바로 앞에 나타났다. 방 안은 캄캄하였다. 어느 한편 구석에서 유령이 곧 뛰어나올 듯하였다. 방 안이 모두 검은 칠을 칠한 것처럼 답답하였다. 그리고 한편 구석 책상 위에 전등 한 개가 삼면을 가리우고 앞만 환하게 비치고 있다. 그 앞에는 한 사람이 책을 놓고 앉았다. 어떠한 마술실魔術室에 들어온 듯하였다.

C는 방안에 들어서며 깜짝 놀래었다. 그러며 명수의 손을 두 팔로 꽉 안으며 머리를 명수의 가슴에다 파묻고 "아이구 무서워……" 하고 가늘게 부르짖었다.

C의 보드라운 손이 팔에 닿고 그의 머리털이 아래턱을 스쳐갈 때에 몸이 부르르 떨리었다. C의 행동이 어떠한 공포에 무의식적으로 일어났다 할지라도 X광선실이 어떠한 것을 미리 알고 들어와서 그다지 두려움이 없는 명수에게는 큰 '쇼크'를 다시 아니 일으킬 수 없었다. 명수도 거의 무의식적으로 C의 상반신을 얼싸 안았다.

분냄새, 기름냄새가 코를 찌를 때에 명수의 마음은 엑스 광선실보다 더 캄캄해지고 말았다. 그는 일종의 현훈眩暈[14]을 느꼈다. 전등불이 하나 켜졌다. 확 하고 켜졌다.

C는 겨우 정신을 차린 듯 잡았던 명수의 팔을 놓고 의사의 지휘대로

X광선이 방사되는 진공관 앞에 섰다. 의사는 위치를 자세히 살피더니 무어라 군호[15]를 하였다. 켜졌던 전등이 탁 꺼지며 '윙윙 쉬쉬' 하는 요란한 소리가 났다. 의사는 현광판現光板을 C의 가슴에다 대었다.

그 현광판에는 검은 부분과 희고 묽은 부분이 분명한 촉루[16]의 그림 한 장이 나타났다. 그러한 가운데에서도 염통의 부분이 움직여 보였다. 의사는 손가락으로 앙상한 갈비뼈를 짚어가며 역시 이상한 '악센트'로 무어라고 중얼대었다. 그것을 한 조수는 한편만 밝아보이는 등불 아래에서 기록하고 있었다.

명수는 거 앙상한 뼈가 바로 이삼 분 전에 나의 가슴에 덜썩 안기던 C의 뼈라 할 때에 어떠한 이상도 환멸을 느꼈다. 저래도 사람! 몸이 으쓱하였다. C의 눈은 그 촉루 위에서 반짝거렸다. 이때의 반짝거리는 눈은 어떠한 유령의 눈 같았다. 촉루가 검은 보자기로 춤을 추는 듯하였다. 이것이 사람의 정체인가 하는 생각을 할 때에 모든 사람을 한번 X선 앞에다 놓고 보고 싶었다.

한참 있다가 X선 진찰이 끝난 뒤에 다시 진찰실로 들어왔다. 의사의 말이 이러하였다.

"그다지 걱정할 것은 없소. 늑막염이 조금 비후肥厚[17] 하였으니까 살 조섭만 하면 더치지는[18] 않을 것이오. 아무쪼록 공기 좋은 곳에서 자양물을 먹고 지내는 것이 좋소."

그렇게 오래 진찰한 결과가 겨우 이것뿐이었다.

명수는 C를 앞에 세우고 N병원문을 나왔다. C의 여관까지 가는 동안에 그의 머리에서 공기가 좋은 곳, 자양물 많이 먹을 것. 공기가 더러운

---

14) (정신이) 어찔어찔 어지러움.
15) 군중(軍中)에서 쓰이는 암호.
16) 해골骸骨.
17) '비후하다(살이 쪄서 몸집이 크고 두툼하다)'의 어근.
18) (병세가) 도로 더해지다.

도회, 맛없는 여관밥—늑막염—폐결핵—번갈아가며 그의 머리에서 획획 소리치며 돌아다녔다.

6

병원에서 진찰을 한 지 사오 일 뒤다. 그 사오 일 동안 병에도 별다른 증세는 없었으나 C는 만날 때마다 무엇인지 깊이 생각하는 중인 태도가 보였었다. 이러한 얼굴을 대할 때에 명수는 그의 심중을 짐작 못하는 것은 아니었다. 물론 병든 몸을 어떻게 치료할까 하는 경제문제인 것으로 짐작을 못하는 것은 아니나 그에 대한 방법은 별로 없었다.

하루는 C에게서 편지 한 장이 왔다. 그리고 피봉[19]에는 '경성을 떠나면서'라 썼었다. 명수는 참으로 의외였다. C가 병원에서 공기 좋은 곳에 가서 자양물을 많이 먹고 요양을 하라는 진단을 받은 뒤로는 그가 준비학교에도 가지 않고 또한 저녁에 다른 공부도 하지 않았다. 그리하여 날마다 문병 겸 한 차례씩 가는 외에는 별로 C를 만나본 일도 없었다.

그 편지 내용은 대강 이러하였다.

그 동안 여러 가지로 지도를 하여준 것을 감사히 여긴다는 것과 또한 모처럼 결심하고 새로운 생애에 들어가려 할 때에 또한 이러한 병마가 다시 엄습한 것을 저주한다는 것을 '센티멘탈'한 문구로 늘어놓았었다.

그리고

'선생님! 저는 어쨌든 살고 싶어요. 제가 지금까지 겪어온 것을 죄악처럼 여기고 새로운 생애를 한 번 하여 보자는 것도 한 번 잘 살아보자는 것이었습니다. 그러나 중한 병이 들어 그대로 죽는다면 아무 의미가

---

19) 겉봉

없지 않습니까. 저는 어떻게 하든지 살아야 하겠어요. 제가 살자면 돈이야요. 돈만 있으면 저의 병을 건질 수 있어요. 무엇보다 돈이 있었으면 하는 생각뿐이야요. 그러나 저에게는 돈이 없어요. 그리고 이 도회는 저의 병에는 가장 부적당해요, 또한 자양품을 취할 수 없어요. 저는 여러 날 밤을 새워가며 생각해 보았어요. 어쨌든 목숨을 이어가야 되겠어요. 선생님! 할 수 없는 여자라고 노하지 마세요. 저는 돈 때문에—아니 목숨을 구하기 위해서 다시 고향으로 돌아갑니다. 그러나 다른 염려는 마세요. 제가 다시 전과 같은 생활은 않겠으나 이 몸의 건강을 다시 회복하여줄 사람에게로 가겠어요. 저는 무엇보다도 살아야 할 터이니까요……' 하였었다.

명수는 편지를 한참 보았다. 손에 들었던 물건을 떨어뜨린 것 같이 허전하였다.

문득 부르짖었다. "어여쁜 악마!" 하고.

—《동광》 9호, 1927.1.

대필연서

준경俊慶은 아침 일찍 사 년 동안 내리 두고 일과日課처럼 하여 오던 여러 군데서 온 투고와 서신의 정리를 시작하였다. 뭉쳐놓은 것을 차례로 떼어 보아 쓸 만한 것이면 책상 한편에 늘어놓고 그렇지 못한 것이면 조금도 아깝다거나 미안하다는 생각이 없이 휴지통 속에다 그대로 집어던졌다. 이런 일을 맡던 처음에는 다른 이의 정력精力과 심혈의 결정結晶을 이처럼 학대하여 휴지통에다 밀어 넣는 것이 그것을 보낸 당신들에게 매우 미안하다는 생각이 났었으나 사 년을 지낸 오늘에 와서는 '메스'를 잡은 외과의사의 손처럼 쓰지 못할 것이면 조금도 미안하다거나 아깝다는 생각이 없이 주저 없이 내버리는 터였다. 그만큼 그의 심리는 냉정하였고 직업화하였다.

투고한다는 여러 사람의 대부분은 사랑을 노래하고 실연을 저주하였다.

'달 밝은 그 밤에 사랑을 속삭이던 동산에는 벌써 봄이 왔건마는 사랑의 뿌리박힌 나의 가슴은 아직도 겨울이다.'

'오! 님이여! 당신의 따스한 입김이 아직도 저의 싸늘한 뺨에 어리어 있나이다.'

'아! 나의 가슴은 타나이다.'

이 같은 것들이었다. 그들은 대개 이러한 것들은 읊고 노래하였다. 그렇지 않으면

'아! 무산 대중아! 너희는 눈을 뜨라!'

'우리의 고혈을 빨아먹은 원수를 무찌르라!'

'아! 나는 어제도 주리고 오늘도 주리고 내일도 주리게 되었노라! 우리의 눈에 보이는 것은 빵이다. 빵이다.'

것들이었다.

말하자면 식욕과 성욕을 열구하는 부르짖음이었다.

그는 자기의 생각이 헛된 것인지 또는 이러한 부르짖음에 동정이라는 것보다는 차라리 모멸에 가까운 심리를 가지고 있었던 것도 사실이었다. 다른 사람 뿐만에 대한 것이 아니라 자기 자신에도 이러한 모멸의 눈을 가끔 보내었다. 이것은 그가 근일에 와서 우리 인간의 최대 기원이 이것뿐일까. 이밖에 다른 것은 다시 없을까. 하는 좀더 인간의 범용凡庸을 떠나서 무엇이든지 하나 붙들어 보겠다는 막연한 동경을 가지게 된 까닭이었다. 그리하여 이 두 가지 중대한 문제를 언제나 해결하나 적극적 노력이 이러한 감상적 부르짖음에만 있지 않은 것을 느끼는 동시에 더욱이 오래 두고 들어오던 '사랑! 사랑' 하는 춘기 발동기의 청년 남녀의 목 메인 타령은 그야말로 마이동풍이었다.

오늘의 투고 가운데에서도 사랑 타령을 적지 않게 들은 그는 담배를 피워 문 뒤에 다시 서신을 떼기 시작하였다. 분홍 봉투 하나가 눈에 번쩍 띄었다. 발신인의 주소 성명도 겉봉에서는 찾아볼 수 없었다. 그리고 필적은 분명히 여자의 것이었다. 준경은 겉봉을 소리가 좍 나게 뜯어 거꾸로 들고 털털 털었다. 옥색 '레터―페이퍼'에 구슬을 꿰인 듯 곱게 쓴 편지가 소리 없이 떨어졌다.

'선생님! 선생님께서는 저를 모르시겠지요. 그렇지만 저는 선생님을 잘 알아요. 직접으로 면대하여 말씀을 여쭙지 못하였지만 여러 해를 두

고 선생님이 쓰신 것이라면 무엇이든지 읽어왔어요. 그리고 선생님이 나오신다는 강연회이면 어느 곳이든지 가서 들었어요. 그러하오나 세상에도 우연한 일이란 없는 듯해 우연한 기회에서 선생님께 한번 만나 뵈올까 한 것이 지금까지 얻지 못하고 그대로 지내어 왔습니다. 그래서 이번에는 좀 뻔뻔하지마는 선생의 꾸지람을 미리 각오하고 이 글을 올리게 되었어요. 직접 사무 보시는 곳으로 가서 뵈어도 관계없을 줄 아오나 분주히 보시는 사무에 상관이 될 듯하옵고 또한 다른 사람의 이목도 번거할 듯해 이와 같이 글로 써 말씀을 드리게 되었사오니 당돌하다는 꾸지람은 후일에 듣겠삽거니와 선생님의 계신 주소를 한 자 알려 주시기를 원하나이다.'

그리고 편지 끝에 그의 주소와 성명을 해서로 썼다.

이것은 준경의 오늘까지 받아온 편지로는 아직껏 맛본 일 없는 사탕발림이었다. 사카린보다도 더 달콤하였다. 도리어 구역이 날 듯하였다. 어쨌든 이와 같이 달콤하고도 매끄러운 것을 받기는 그로서는 놀라운 일이었다.

'이러한 사탕발림에 넘어갈 내가 아니다' 하고 준경은 그 편지를 휴지통에 집어던지려 하다가 무엇을 생각한 것 같이 다시 손을 안으로 끌어 그것을 호주머니 속에 집어넣었다.

집어넣은 뒤에 그의 머리 속에서 곤두질 치는 것은 주소 가르쳐주는 답장을 할까 말까 하는 생각이었다. 그러다가 그는 무엇을 결정한 듯이 예끼 그만두어라 하고 다른 투고를 정리하였다. 그러나 편지의 사연이나 필적으로 보면 편지 쓴 주인공의 두뇌가 어떠한 것은 대강 짐작할 수 있었다. 필연코 당자는 그 두뇌가 명석하고 유모가 단려端麗[1] 하리라 하였다. 따라서 호기심이 무렁무렁 일어나지 않는 것은 아니었으나 여

---

1) (행실이나 겉모양이) 단정하고 아름답다.

자와 편지를 받고 주고 하는 것이 까딱하면 헤어나오지 못할 구멍으로 들어가는 첫길이 될 위험을 느낀 까닭에 그는 그대로 답장하기를 중지하고 말았다.

사흘 뒤의 일이다. 준경의 책상 위에 눈에 익은 분홍 봉투가 또 놓였다. 역시 그 여자한테서 온 것이었다.

'선생님!

저는 선생님께 글을 올린 뒤에 어떠한 꾸지람이나 내리지 않을까 퍽이나 염려스러운 마음으로 이틀을 지내었나이다. 그러하오나 지금 생각하오면 그런 생각을 제 스스로 한 것이 도리어 부끄러워 머리를 감추고 싶소이다. 어떠한 착오인지 알 수 없사오나 주소 통지쯤이야 옴 직한 터에 오지 않는 것은 중로에서 편지가 소실치나 아니하였나 하는 의심도 없지 않사와 이와 같이 또다시 여쭙게 되었습니다.'

그리고 그 편지 가운데에서 답장할 엽서 한 장이 떨어졌다.

준경은 매우 불유쾌하였다.

'이 여자는 이 사람을 일전 오리 아끼는 고림보[2]로 아는 모양이로군! 그리고 제 처지를 변명하여가며 덤비는 것이 제법 묘한 전술戰術을 가진 투사인걸! 아주 도망할 궁리까지 보아놓고……' 이렇게 중얼거리게 되었다. 그러나 지금에 와서 새삼스럽게 보낸 엽서에다가 자기 주소 쓴 답장을 보내는 것은 자기가 일전 오리 아끼는 고림보가 되고 말 혐의가 있는 듯도 해서 또다시 답장을 잘라먹는 수밖에 없었다. 전에도 이와 같은 답장을 요구하는 편지에 두어 번째 아무 말 없이 그대로 지나면 저편에서도 대개는 탕쳐버리고[3] 마는 것으로 아는 까닭이었다.

사흘 동안을 지난 뒤에 여자로부터 또 편지가 왔다.

'이건 정말 찰거머리로군! 지구전持久戰을 시작하는 게로다!' 하고 준

---

2) 마음이 옹졸하고 하는 짓이 고린 사람.
3) 허탕치다. 아무 소득이 없게 되다.

경은 편지를 또 꺼냈다.

'선생님! 저는 두 번이나 편지 답장을 주시지 않으셨다 해서 퇴각退却할 제가 아니올시다.' 이것은 위협하는 빈 대포 놓는 수작이었다. 그리고

'지금이라도 선생님 계신 주소만 알려면 그렇게 용이한 일은 또다시 없을 것인 줄 압니다. 선생님이 주소를 숨기고 지내시지 않는 이상에야— 그렇지만 저는 기어코 선생님의 주소를 선생님의 입에서나 또는 손에서 알고야 말겠소이다. 그리고 지금까지 온전히 보전하여온 여자의 자존심을 선생님이 짓밟고 말았소이다. 저 있는 곳에는 저 혼자뿐이 아니오 동무가 사오 인 함께 있나이다. 그들은 제가 선생님께 편지 올린 줄을 다 알고 있나이다. 그러하오나 선생님의 답장을 한번도 받지 못하는 저의 얼굴이 어떻게 되겠습니까? 저는 일간 선생님을 기어이 뵈옵고야 말겠소이다.'

이것은 그 여자가 사오 인 되는 동무까지 빙자를 하여 가지고 기습襲擊을 시작하려는 것이었다. 준경은 여자의 약간 구원병이 있기로서니 그다지 무서운 생각이 날 리도 없었으나 어쨌든 배후에 구원병을 모시고 육박해 보겠다는 그 여자의 심리는 한편으로 생각하면 퍽 재미스러웠다. 물론 그 여자가 어떠한 직권을 가지고 주소를 묻는다면 모르거니와 준경 자신은 그 여자에게 자기 주소를 가르쳐 주어야 할 아무런 의무도 없으니 별로 문제될 것이 없었으나 그러나 신문사로나 또는 다른 방면으로 여자가 자기의 주소를 묻고 돌아다닌다면 세상의 색안경에 자기의 정체가 어떻게 비칠까 생각하매 좀 창피한 생각도 없지 않았다. 그리고 여러 사람 있는 곳에서 미인의 (그의 상상하는 미인) 방문을 자주 받는 것도 좀 난감한 생각이 났다. 이러한 '델리케이트' 한 자기 심리의 약점을 덥석 움켜잡는 그 여자에게는 어떠한 곳인지 매서운 것이 반드시 있을 듯하였다.

그리하여 '이번에도 그만 시침을 떼어 그 여자가 어찌 하나 한번 두고 볼까!' 하는 잔혹에 가까운 유희 심리가 없는 바도 아니었으나 그대로 두면 창피한 결과가 생기고야 말 듯해서 그는 할 수 없이 답장을 썼다.

'이 사람의 주소를 알으실려고 하는 필요가 어디 있는지 알 수 없으나 저는 표기表記한 곳에 유숙합니다⋯⋯.'

간단한 답장을 낸 뒤에 주소만 알려주었으면 그만이라 하는 가뿐한 생각도 없지는 않았으나 당장 만으로 이 문제가 해결될 듯도 싶지 않고 또한 이 결과가 자기를 어떠한 위험 지대로 끌고 가는 듯해서 적이 불안함을 느끼었다.

정오가 가까웠을 때이다.

'수이'가 입이 곧 터질 듯이 웃음을 참아가며 조그마한 명함을 준경의 책상에 놓는다.

"손님이 찾아왔어요." 한다.

그 손님은 일주일 이상을 두고 편지로 육박전을 시험하던 그 여자였다. 준경은 '이 여자가 기어이 백병전白兵戰을 해보자고 덤비는 것이다. 아무런 전투의 준비가 없는 이 때에 이러한 장소로 기습을 하여온 여자야말로 그렇게 허수히 볼 대역이 못 된다' 하고 그 여자를 응접실로 모시게 하였다. 잔뜩 벼르고 온 적에게 등을 뵈이는 것은 아무리 생각하여도 불명예 같았다. 명함을 손에 들고 하던 일을 제쳐놓고 벌떡 의자에서 일어났다. 명함이라 하여도 남자의 것에 비교하면 삼분지 일이 될 듯 말 듯 한데다가 글자도 육호활자六號活字로 돋보기 안경을 써야 겨우 보일 듯 말 듯하게 이현정이라 썼다. 그는 평상시에도 여자의 적은 명함만 보면 흔히 느끼는 바이지만은 여자란 명함까지라도 요렇게 잔망⁴⁾하게 만들어야만 여자의 고유한 미美를 발휘한다는 뜻이 어디 있는지를 알 수 없었다. 명함의 대소로써 남녀란 성을 한번 보아 언뜻 알아채게 되는 것도 편리치 않은 것은 아니나 그런 편리를 생각하기 전에 잔망하다는 느낌부터 미리 일어났던 것이었다.

이런 생각을 하며 준경은 응접실로 나아갔다. 문을 펄쩍 열고 발을 방안에 들여놓자 여자는 의자에서 벌떡 일어났다. 준경은 그 여자에게 다시 의자를 권한 뒤에

"제가 김준경이올시다"하고 한편 의자에 몸을 던지었다.

여자는 아무 말 없이 머리를 숙이고 의자에 걸터앉는다. 준경은 여자가 머리를 숙인 것을 기회 삼아 위아래를 찬찬히 훑어보았다. 한참 바라보다가 너무나 뚫어지도록 보는 것이 좀 겸연쩍은 생각이 나서 얼굴을 다른 편으로 돌리었다. 머리를 돌리는 이때는 여자가 준경을 바라보는 기회가 되었다.

잠깐 동안은 아무 말 없이 시선만이 서로 왔다갔다 할 뿐이었다.

이 여자는 언뜻 보기에 다른 남성에 도전할 만한 자격을 충분히 가졌다 하였다. 준경은 아직 절세의 미인이라고 경탄할 만한 여성을 만나본 적이 없었다. 그러나 이 여자는 쌍꺼풀 진 눈과 꽉 다문 입과 보드러워 보이는 살결과 나뭇가지에 앉아서 고기를 엿보는 듯한 물새와 같이 암상스러운 시선이 남성을 정복하는 데에는 자신 있는 무기를 가진 미인인 듯하였다. 옷 입은 맵시와 몸치장한 것이 시골서 막 올라온 처녀나 지금 재학중인 학생 같지도 않았다. 그리고 빛깔에는 썩 민감하였다. '곤세루' 치마를 학의 꼬리와 같이 내려뜨려 입고 연분홍 '하부다에' 저고리를 따오기 날개처럼 떨쳐 입었다. 머리는 일본 여자의 '미미 각구시'로 귀를 덮어 단정하게 틀어 얹었고 그 위에 거미줄처럼 늘어놓은 가는 그물에는 날아가는 파리도 걸릴 듯하였다.

처음에는 이 여자에게서 상당한 공박이 있을 것을 미리 짐작하였으

---

4) 몸이 작고 약하며 하는 짓이 경망하다.

나 그의 가진 표정이 이대로 계속한다면 아무런 백병전도 연출치 않고 무사히 강화 담판이 성립되리라는 자신이 한참 말 없이 서로 바라보는 동안에 일어났다.

편지한 여자와 아주 딴판인 느낌이 있었다. 요만한 적군이면 담배를 피워가면서라도 대적할 수 있다 하고 노려보는 태도를 한참 계속하였다. 어쨌든 오늘 첫 싸움에 준경은 응전할 뿐이오 자기 스스로 나아가서 도전할 처지가 아니므로 그는 적의 총부리만 주의해 보고 앉았던 것이었다. 그러나 어느 때까지든지 얼굴만 바라보고 앉았는 것도 전술이 아닌 듯해서 준경이가 먼저 방아쇠를 그어 첫 불질을 시작하였다.

"여러 번 주신 편지는 잘 보았습니다."

여자는 이 말에 비로소 싸움의 구실을 얻은 것 같이 머리를 들어 준경의 상반신을 슬쩍 훑어보며

"쓸데없이 여러 번 편지를 올려서……" 채 말을 끝도 맺지 않고 고대로 우물쭈물 해버린다.

공격이 인제야 시작되나보다 하고 잔뜩 벼르고 있던 준경은 다시 힘이 풀어져 버렸다. 그러나 그의 이만한 정면 공격이면 어느 때든지 방어할 구실을 일찍이 아침에 만들어 놓았었다. 그것은 답장을 하리라는 제일 요구조건을 벌써 시행하고 앉은 까닭이었다.

"곧 답장을 올리려고 했었지만 좀 바빠서 오늘 아침에야 하였는데 아직 못 보셨지요."

벌써 여쭈려 하였다는 것도 발간 거짓말이오 바빴단 말도 멀쩡한 꾸며대는 수작이었다. 이것을 준경 자신이 모르는 바는 아니었으나 사교상에 허락한 거짓말인 까닭에 그는 주저하지 않고 써본 것이었다. 그리하여 예방선像防線을 쳐 놓았다.

"아침에 하셨어요? 저는 보지 못하고 왔는데요."

여자는 준경이가 예상한 그대로 대답을 한다. 그리고 얼굴에는 이럴

줄 알았으면 공연히 선생님의 감정을 좋지 못하게 하여가며 이런 곳까지 찾아온 것이라는 후회하는 표정이 나타나 보였다. 자기를 유리한 지위에다 놓고 생각하는 준경은 모든 것을 자기에게 유리하게만 해석한 것이다. 적의 약점을 한번 간파한 이상에 그것을 그대로 둘 수 없었다. 곧 공세攻勢를 취하였다.

"무슨 할 말씀이 있나요. 있거든 하시지요."

"별로 여쭐 말씀은 없지만—."

'그러면 무엇 하러 오셨소?' 하고 준경은 요해처5)를 곧 찌르고 싶었으나 너무 가엾은 생각이 나서 조금 늦추고 "마는……"의 밑에서 계속 나올 말을 잠깐 기다리었다.

"이런 데서 오래 말씀 여쭙기도 어려운 일이니까……. 대개 언제쯤이나 댁에 나아가세요?"
하고 여자는 겨우 이렇게 묻는다.

"대개는 네 시쯤이면 나갑니다. 저는 여관에서 유숙하는데요. 바로 돌아가는 때도 있고 다른 곳에 들리는 때도 있습니다."

"그러면 항용 몇 시에나 여관에 계세요."
차차 꼬치꼬치 묻는 것이 심상한 형세가 아니었다.

"있는 때도 있고 없는 때도 있고요. 시간은 일정치 않습니다."

준경은 이와 같이 어리삥삥하게 대답을 하고는 여자에게서 나오는 다음 말을 기다리었다.

"그런데 여관은 어디세요!"

"편지 답장에도 자세 여쭈었지만 기왕 오셨으니 다시 적어드리지요"
하고 준경은 명함을 내어 주소를 지도까지 그려 가르쳐 주었다. 그의 처음의 작전 계획 그대로를 실행하였으면 정녕코 '답장에 썼으니 알고

---

5) 지세가 아군에게는 유리하고 적군에게는 불리한 곳.

싶거든 돌아가서 보시지요' 하였을 것이다 마는 어쩐지 가엾은 생각이
나서 그대로 순순히만 응전하게 되었다. 그리하여 상대한 적에게 비밀
지도까지 제공하고 만 셈이 되었다.

"그러면 한번 찾아가서 뵈옵겠어요!" 하고 그 여자는 무릎에 놓았던
'숄' 과 장갑을 들고 일어선다.

"오시려거든 미리 통지를 하시고 오시지요. 모처럼 오셨다가 제가 없
으면 안 되었으니까……."

준경의 맨 나중에 한 말이 그 여자를 퍽이나 위로한 것이었다.

"그러면 그렇게 하겠어요" 하고 돌아서는 그의 시선은 물에 비친 햇
빛보다도 더 번쩍거리었다.

준경은 뒤를 따라나섰다. 그의 그림자가 문턱에서 사라질 때에 그는
층계를 층층 밟고 바삐 올라왔다.

그의 머리에는 '불량 소녀! 문학 소녀!' 이러한 근거 없는 생각이 전
후좌우로 얽히어졌다. 언어 동작이 결단코 불량 소녀라고는 할 수 없
다. 문학 소녀라면 너무나 몸치장이 과도히 사치해 뵈었다. 그러나 어
느 편으로 보든지 문학에 동경을 가지고 '센티멘탈' 한 분위기에서 헤
매이는 처녀라는 것이 적평適評이라고 생각되었다. 그렇다면 적어도 남
의 앞에 와서는 있는 것 없는 것 모조리 내놓아 기염을 한번 토하는 것
이 그들의 항용 하는 버릇이다. 그런데 도무지 그렇지 않는 것은 참으
로 이상한 일이라 하였다.

준경은 첫 번 편지를 다시 한 번 생각하였다. 그가 삼 년이라는 짧지
않은 동안에 자기의 작품을 하나도 빼지 않고 읽었고 또한 강연회에도
반드시 얼굴을 내놓았다 하면 적어도 그 여자의 개성 가운데에는 자기
의 작품의 개성이 분명히 스며들었을 것이요 스며든 그것이 그 여자의
행동에 큰 영향을 미치게 할 것도 사실이라 하였다. 어쨌든 자기의 작
품을 그가 이해하고 그럼인지 이해치 못하고 그럼인지 그것은 둘째 문

제로 하고 동경을 가졌다는 그것만큼 준경으로서는 백년지기를 만난 듯한 느낌도 없지 않았다. 그러나 문제가 그러한 데에도 들어가기 전에 감사하다는 인사도 듣지 않고 행행히 돌아가는 데에는 또 짐작하기 어려운 곳이 없지도 않았다. 결국 그 여자로 하여금 속히 그렇게 돌아가게 한 것은 자기의 그 여자에 대한 불친절한 태도라고 생각하매 도리어 미안한 느낌만이 한층 더할 뿐이었다.

　그러나 이와 같이 수줍은 여자라는 것이 준경에게는 더욱 위험하였다. 처음 본 인상 그대로 말하면 그 여자는 어떻게 돼 있든 이 세상에서 몹시 시달리어 자라난 여자가 아닌 것만은 분명하였다. 그러한 애상(哀傷)이 얼굴의 어느 구석을 뒤적거려 나오지 않았다. 그리고 어느 곳인지 '노블' 한 데가 있어 보였다. 널따란 집에서 남녀 하인을 두고 아무 부자유한 것 없이 제풀로 세상 물정 모르고 자라난 여성이라면 용감히 다른 남성에게 편지를 하는 것은 기적 같은 사실이었다. 생각할수록 그 여성은 준경에게 한 의문 그대로 남아있을 뿐이었다.

　이틀 뒤이다. 준경은 S사에서 일을 마치고 여관으로 돌아왔다. 주인이 편지 한 장을 내놓는다. 그리고는 빙그레 웃는다. 웃는 표정은 '이 선생님도 남의 여자의 애를 더러 태우는 모양인걸!' 하는 것이 분명하였다. 이것은 주인이 편지 보관하였다는 보관료 청구 대신으로 놀려본 것이었다.

　쓸쓸한 방으로 편지를 들고 들어왔다. 편지 겉봉은 여전히 분홍빛이었다. 분홍을 꽤 좋아하는 여자라 하였다.

　'선생님!

　뜻밖의 심방을 받으시고 깜짝 놀라셨지요. 저는 그러한 기색이 선생님의 얼굴에 씌어 있는 것을 분명히 보았어요. 선생님의 행동이 무엇을 훔치려다가 들킨 사람처럼 매우 당황하여 뵈었어요.' 이것은 너무나 실례였다. 준경의 얼굴에는 피가 올라왔다. 그 다음에

'여럿의 앞에서는 보지 못할 사람을 만난 것 같이 주저하시는 태도에 저도 동감되는 바가 없지도 않았지마는 저란 사람은 과연 그와 같이 남의 앞에서는 사람을 만나 볼 자격이 없을까요. 그렇지만 사과는 해야 되겠지요. 당돌히 찾아간 것을 용서하세요.'

혼자 저울추를 더 놓은 것이었다. 준경은 빙긋 웃었다.

'어떻게 되었든 간에 한번 그립던 선생님을 뵈온 것은 퍽이나 기쁜 일이야요!'

이것은 매우 불온한 말이었다.

'뵈옵기 전에 생각하기는 선생님의 개성은 작품 속에 녹아있는 그것 같이 얼음이나 차돌처럼 차고 단단하리라고 상상하였어요. 그러나 뵈온 그대로 속임 없이 여쭈려면 수달피 털이나 풀솜처럼 보드럽고 따뜻한 맛이 있었어요.'

준경은 픽 웃었다. 그러나 번잡하기가 짝이 없는 처녀라 하였다. 십분 동안이 될 듯 말 듯한 짧은 시간에 말 두어 마디 나누어 보는 개성이 어떠하니 성격이 어쩌니 하는 것은 분명히 소설에 중독된 여자의 말이라 하였다.

'이러한 말씀을 여쭈어 좋을는지 또는 꾸지람을 산더미처럼 얻어들을는지 알 수 없습니다 마는 첫 번 만나 뵈온 인상만으로는 저의 가슴은 기쁨에 넘치게 되었어요.

선생님! 될 수 있는 대로 저에게 만나 볼 기회를 많이 주세요. 이 다음에 뵈올 때에는 여유 있는 시간을 만들어서 말씀을 충분히 여쭙도록 해주세요. 명일 하오 다섯 시쯤 여관으로 찾아가서 뵈옵겠어요……'

뒤풀이가 훌륭하였다. 그러나 달기는 여전히 '사카린' 맛이었다.

그 여자가 자기를 가지고 우롱함이나 아닌가 하여 준경은 남자의 권위가 여지없이 땅에 떨어진 느낌이 있었다. 그 여자가 조롱하겠다고 스스로 선언한 바는 아니건만 어찌함인지 무언한 중에도 그러한 의미가 들어있는 듯해서 이 다음에는 속을 읽히지 않도록 경계하는 수밖에 없다고 그는 생각하였다.

'요 계집아이가 이 다음에 오거든 다시 얼굴을 들지 못하게 꾸지람이나 해 보낼까' 하였으나 또 가엾은 생각이 났다.

준경은 그 이튿날 아침에 여관을 나서면서 주인에게 자기 방을 특별히 소쇄⁶⁾ 할 것을 일러두었다. 사실 그는 홀로 오랫동안의 여관 생활에 마음이 엿가락 늘어지듯 축 늘어져서 방 안의 소쇄나 정돈이 그의 일상생활에 문제거리도 되지 않았었다. 책상 위와 방바닥에 궐련 재가 없는 때가 없고 이불은 아랫목에서 먼지의 피난처가 날마다 되었었다. 그러한 준경이가 오늘에 한해서 방 안의 소쇄와 정돈을 말하는 것은 듣는 주인에게도 일대 경이었다. 그리하여 주인은 눈을 일부러 뚱그렇게 뜨고 '오늘 이게 웬일이야요? 그 방에 어사御使 손님이나 오나봐요!' 하고 희희 웃는다.

준경은 목이 움슥 들어갈 듯하였다. '벌써 알아차렸는걸!⁷⁾ 여러 해 두고 열인閱人⁸⁾을 많이 한 사람인걸' 하고—.

"오늘 미인 손님이 찾아온답니다."

이렇게 말한 것은 좋은 기회에 서투르게 펴놓은 준경의 예방선이었다.

겨울의 오후 다섯 시라면 거의 해가 저물었다.

준경은 바쁜 걸음으로 여관에 돌아왔다. 그가 온 지 얼마 아니 되어 여자가 찾아왔다.

그는 방문을 열고 마루로 나섰다. 여자는 방으로 들어가기를 매우 주저하는 모양이다. 준경은 방으로 들어서며 들어오기를 권하였다. 여자

---

6) 비로 쓸고 물을 뿌림.
7) '방가지위(진실로 그렇다고 이를 만하게)'의 준말.
8) 여러 사람을 겪어 봄(사귐).

는 그제야 방 안으로 들어선다. 들어와서는 앉지도 않고 방 윗목 위에 우두커니 서 있다. 그리고 방 안을 휘 둘러볼 뿐이다. 준경은 '이 여자가 다른 사내 방 안을 검사하러 왔나. 앉지도 않고 한눈만 파니 웬일인가.' 이상히 생각하며 방석을 앞으로 밀어내 놓고 앉기를 권하였다. 여자는 방석을 깔지도 않고 그 곁에 쪼그리고 앉는다. 그리고 치맛자락을 앞으로 끌어내려 발등을 덮는다. 매우 어색한 모양이었다. 그와 같이 달콤한 편지를 해놓고 이와 같이 치사한 태도를 가지는 것은 상상하기 어려운 일이었다.

그의 의복은 벌써 새것이었다. 이틀 전에 입고 온 의복이 불의 재난을 아니 만난 이상에는 아직 갈아입을 시기가 되지 못하리라 생각되었다. 그러나 구김살 하나 보이지 않는 것이 바로 바늘을 쏙 빼인 새것이다. 회색 치마에 미색 저고리 그리고 몸을 움직일 때에 언뜻 보이는 비단 검은 양말은 까마귀 날개와 같았다. 속으로 은은히 비쳐 보이는 살결은 활동사진 여배우의 자랑하는 다리 그것이었다. 그의 몸에서 풍겨 나오는 분방芬芳한 향내에 여러 해 두고 찔은 그의 방 홀아비 냄새도 중화가 되고 말았다. 준경의 머리에서는 향불이 뭉게뭉게 타올랐다. 그는 염치없이 넋을 놓고 여자를 바라보았다. 자기에게 오는 여자의 시선을 몇 번이나 쫓아버렸는지 알 수 없었다.

여쭐 말이 많다고 편지한 그가 웬일인지 아무 말 없이 두리번두리번 하는 데에는 준경이도 어떠한 환멸의 비애를 조금 느끼기 시작하였다. 필경은 할 수 없이 주인 된 준경이가 입을 열었다.

"집 찾기에 곤란이나 아니 보셨습니까?"

"아니야요……." 겨우 대답하고 여자는 다시 입을 다문다.

이 여자의 붓을 잡는 손은 제법 발달되었지만 말을 하는 입은 몇 세기 전 그대로 있나보다고 준경은 생각하였다. 한참 바라보다가 준경은 다른 편으로 시선을 옮기며

"댁이 본래 서울인가요?" 하고 말을 걸치어 보았다.

"아니야요!" 그리고는 또 말이 없다. 꽤 싱거웠다.

"그러면 시골인가요."

"네⋯⋯."

"어느 시골인가요."

"저 퍽 멀어요⋯⋯."

준경은 '이래서야 힘들어 어디 말을 붙여볼 장사가 있나' 생각하고

"멀면 어디란 말씀인가요."

"저 평안북도 강계야요."

지금까지 한 여자의 말 가운데에서는 평안도 사투리를 하나도 발견할 수는 없었다. 강계 산다는 것은 의문이었다.

"서울 와서 계신지가 몇 해나 되셨어요!"

"십여 년이 넘었어요."

"그러면 댁이 모두 서울로 이사를 오셨습니까."

"아니야요. 저 혼자!"

"공부하러 오셨든 것입니까."

"네⋯⋯."

이렇게 말하는 동안에도 이 여자가 무엇을 하러 자기를 찾아왔는지 그것이 준경에게는 의문 그대로 남았다. 말을 하러 온 것이 아니라 말을 들으러 온 것이 되고 말았다.

"무슨 허실 말씀이 있으면 하시지요."

준경은 여자에게 말할 용기를 넣어주기 위해서 좀 싱겁지마는 이와 같이 불쑥 말을 내놓았다.

이 말에 여자는 얼굴에 붉은 빛을 약간 띠우고 그대로 머리를 숙이고 손을 입에다 데고 손톱을 뜯기 시작한다.

갈수록 여자의 찾아온 동기가 무엇인지를 알 수 없었다. 그러나 고운

여성의 부드러운 태도 앞에 앉은 것은 그다지 싫은 것은 아니었다.

"말씀이 있거든 허시지요."

준경은 재촉하듯 말을 하였다.

"……"

할말이 있거든 하라는 준경의 말이 도리어 그의 말을 입에서 막아버리고 만 것이었다. 준경은 좀 갑갑하기는 하였으나 그렇다고 다른 여자의 신상에 대한 이야기를 판관이 심문하듯 염치없이 물을 수도 없었다. 또한 준경 자신이 본래 말이 적은 편인 까닭에 밑도 끝도 없이 덮어놓고 말을 꺼낼수도 없었다. 두 사람 사이에는 침묵이 할 수 없이 계속할 뿐이었다.

준경은 한참 있다가 너무나 심심해서

"학교에 다니시는가요" 하고 물었다. 여자의 의복 차림이 학생같이 보이지는 않았지마는 말꺼리는 그것밖에 없었던 것이었다.

"지금은 놀아요."

"졸업을 하시구요?"

"네……"

"어느 학교를 마쳤습니까?"

"R여학교야요!"

R여학교라면 경성에서 굴지屈指하는 '하이카라' 제조소製造所이다. 이 여자의 대답에 틀림이 없는 것을 그는 알았다.

준경은 R여학교 졸업생 중에 아는 사람이 약간 있는 까닭에 그 사람의 소식을 물었으나 그 여자는 모르는 모양이었다. 아무리 생각하여도 싱거웠다. 그리하여 이제부터는 준경은 상대한 여성더러 말을 하고 싶거든 네가 해라는 것처럼 곁에 있는 잡지를 펴들고 그림 같은 것을 들여다보고 한참 있었다. 전깃불이 확 켜졌다. 여자는 전깃불이 오는 바람에 정신을 차린 것 같이 부스스 하고 일어나며

"저는 인제 가봐야 되겠어요!" 하는 그의 붉은 얼굴은 장미 꽃송이 같았다.

그러나 아무 말 없이 코만 서로 쳐다보는 것보다는 차라리 이렇게 갈리는 것이 두 편에 다 무던히 된 일이었다.

"왜 그러세요. 좀더 이야기 하다가 가시지요."

이것은 준경의 체면 차린 인사말이었다.

"이 다음에 또 와서 뵈옵지요."

하고 여자는 그대로 문밖으로 나아갔다.

여자를 보낸 뒤의 준경의 생각에는 지금 찾아온 여자가 편지 쓴 여자와는 같지 않은 것 같았다. 그러나 붓으로는 자기의 의사를 솔직하게 어느 정도까지 발표하는 자기도 말하는 데 들어서는 세 살 먹은 아이 행세를 하게 되는 것을 생각할 때에 그 여자도 역시 문학 소녀인 그것만큼 말을 못하는 것도 용혹무괴[9]라고 그 의심을 스스로 취소하였다. 또 한편에는 근대 여성들의 그러한 침묵은 남성을 사로잡는 전술의 하나가 되어있는지도 알 수 없다 하였다. 된 말 되잖은 말 함부로 중얼대는 것보다는 훨씬 이성을 당길 힘이 있게 뵈었다. 그러나 준경은 자기도 끌리었나 하고 스스로 물어볼 때에 호기심 밖에는 아무것도 없다고 대답하였다.

그 이튿날이다! 여자에게서 또 편지가 왔다.

'선생님!

어제 선생님을 뵈올 때에 날은 비록 어두컴컴한 석양이었지마는 저의 마음은 아침 햇빛같이 명랑하였답니다. 그러나 가슴은 겨울바다처럼 물결이 일기 시작하였답니다. 가슴의 물결이 가라앉기만 기다리다가 여쭙고 싶은 말도 입 밖에 내질 못하고 거저 돌아오고 말았소이다.

---

9) 혹시 그럴지라도 괴이할 것이 없음.

가슴에 터질 듯이 잠기인 말이 어째서 그렇게 나오지 못하고 말았을까요. 그러나 저는 말없는 가운데에서 무한한 행복을 느끼고 다만 바라만 보는 것만이 행복이었던 것인지도 알 수 없어요. 그리고 영원히 침묵에 잠긴 선생의 얼굴을 저의 약한 시선으로 찬찬 감는 것이 저에게는 다만 하나의 희망인지도 알 수 없어요. 할 수 없이 빗장을 단단히 내리고 돌아온 저는 그래도 또 이 다음 기회에나—하였어요. 이 다음 일요일에 가서 뵈옵겠어요.'

준경은 이러한 달콤한 문구가 어느 곳을 누르면 이렇게 면면히 내려 쏟아지는지 알 수 없었다. 그리고 그 여자가 일부러 찾아와서 거의 한 시간이나 우두커니 앉았다가 돌아간 것이 이와 같은 편지를 쓰기 위한 준비 행동으로밖에 해석 아니할 수 없었다. 생각할수록 무서웠다. 어름어름 하다가는 다시는 돌이킬 수 없는 깊은 구렁으로 들어가고 말 듯한 예감이 나왔다. 준경은 '조심! 조심!' 하고 속으로 부르짖었다.

여자가 찾아온다는 일요일이 되었다. 준경은 아침부터 경계를 하였다. 어쩐지 무시무시한 생각이 난 까닭이었다. 퇴사 시간이 되자 그는 자기 여관과는 반대되는 방향으로 발을 옮기었다. 그리하여 밤이 깊었을 때에 비로소 돌아왔다.

주인은 그를 기다리고 있었던 듯 그가 집에 들어서자 전날 찾아왔던 미인이 또 찾아와서 한참 기다리다가 갔다는 것을 일러준다. 그는 집에 일찍 돌아오지 않은 것이 잘 되었다는 생각도 났고 모처럼 찾아온 사람에게 미안하다는 생각도 났다. 또 한편으로는 자기 자신에 어떠한 공허도 느끼었다.

그 이튿날이다. 여자에게로부터 편지가 또 왔다.

'선생님!

저는 선생님을 첫 번 찾아갈 때보다도 둘째 번 찾아갈 때보다도 더 많은 기쁨과 희망을 가슴에 가득히 안고 바쁜 걸음으로 허둥지둥 갔었어요. 그러나 모든 저의 예상은 물 위에 거품이었어요. 그대로 돌아가기가 하도 섭섭해서 선생님의 방 한가운데 반시간 이상이나 우두커니 서서 쓸데없는 생각에 정신을 팔다가 필경은 하는 수 없이 발길을 돌이켰어요. 행여나 돌아오시나 하고 생각을 태운 것이 도리어 어리석은 것을 깨달았어요. 절망의 탈을 무릅쓰고 여관 문 밖에 발을 내놓을 때에 전신에 오한끼가 으쓱 들었어요. 수그러진 머리와 내려뜨린 어깨의 그림자를 앞세우고 시름없이 한 걸음 두 걸음 내딛을 때에 제 자신이 어떻게 가엾었는지 알 수 없었어요.'

준경은 이 편지를 읽다가 가엾은 생각이 났다. 그러나 자기에게 어떠한 책임이 있다고는 생각지 않았다. 그가 실망을 하고 고통을 하고 번민을 한다 하여도 그 스스로가 사서 하는 것이니 자기로는 어떻게 할 수 없는 일이라 하였다.

눈을 다시 편지에 내려뜨렸다.

'선생님!

이 편지를 쓰는 이 때는 겨울밤 삼경입니다. 참으로 고요해요. 찬바람이 가끔 문풍지를 울릴 따름이야요. 사면의 고적한 것이 저로써는 더욱 견딜 수 없는 고독이야요. 이 세상에 왜 생겨났는가 이런 때에는 더욱 의심이야요. 이러한 생각을 다만 청춘시대의 쓸데없는 '센티멘탈'한 것이라고만 하겠습니까. 어쩐지 선생님을 영영 뵈옵지 못할 것 같은 예감이 들어요. 이것이 저에게는 견딜 수 없는 위협이야요. 이 다음에 만나 뵈올 기회를 주세요—.'

뵈올 수 없다는 것은 목숨을 걸고 내기해 보겠다는 한 위협에 지나지 못한 것을 준경은 잘 알았다. 문학 소녀의 '센티멘탈'한 문구에 용이하게 넘어갈 시대는 벌써 지났다. 준경은 픽 웃을 뿐이었다. 그러나 이 편지보다도 알 수 없는 매력을 폭포처럼 떨어뜨리는 그 여자 실물이 눈앞에서 어른대는 듯한 느낌이 있었다.

그는 편지를 내던지고 편지를 썼다.

'당신과 같은 연기年紀[10]에는 그러한 심리역병이 흔히 생깁니다. 물론 그와 같은 자기 자신의 힘으로도 어찌할 수 없는 동경憧憬과 열정이 청춘을 청춘답게 살리는 원동력이 되겠지요 마는 그것도 정도의 문제입니다. 정도에 넘치면 헛된 동경이 눈을 어둡게 하고 부질없는 열정이 몸을 태워버립니다. 저도 동경을 귀히 여기고 열정을 존경하지마는 눈을 어둡게 하는 동경과 몸을 태워버릴 열정에는 경계를 합니다. 당신의 지금 심리는 감정의 안개 가운데에서 방향을 찾지 못하고 헤매이는 나그네와 같습니다. 모름지기 이지理智의 횃불로 앞길을 비추시오. 다음에 저를 만나 보시겠거든 물건의 거짓과 참을 살필 만한 눈과 소리의 선악을 가려 들을 만한 귀와 책임 있는 말을 할 만한 입을 가지고 오시기를 바랍니다. 제가 비록 변변치는 못하나 그때에는 성심성의를 가지고 말벗이 되겠소이다—.'

준경은 붓끝 돌아가는 대로 기록해놓고 보니 어떤 수신 교과서를 초해놓은 것 비슷하였다. 이 말이 과연 자기의 뱃속 깊은 곳에서 우러나온 문구일까 하는 자신을 의심하는 마음도 없지 않으나 어떻게 되었든 이러한 경계가 감상병에 걸린 여자에 약이 되면 다행이라 하여 그 편지를 보내었다.

그 이튿날 바로 되짚어 편지 답장이 왔다.

'선생님!

저처럼 행복스러운 이는 이 세상에는 다시 없겠지요. 곁에 있는 동무들도 저의 행복을 부러워합니다. 너처럼 행복스러운 여자는 이 세상에 어디 있겠니 하고 찬미하고 축복합니다. 선생님은 길 잃고 어둔 밤 산길에서 헤매는 저에게는 등불입니다. 인생의 고해에서 부침浮沈하는 저

---

10) 대강의 나이.

에게는 구명기救命器입니다. 저는 선생님의 그 말씀을 저의 힘을 다하여 잔뜩 붙들었어요. 절망의 구렁에서 희망의 언덕으로 올라온 것 같소이다. 영원히 인도해주세요. 영원히 말동무가 되어주세요. 그 편지를 가슴에 담뿍 안고 감사의 절을 올리나이다—.'

떼려던 혹에 딴 혹이 덧붙은 듯하였다. 문제가 갈수록 분규할 것 같았다. 섣부른 교훈 비슷한 답장이 풀기 어려운 오해를 사고 만 것 같았다. 그리하여 준경은 이 다음부터는 저편에서 어떠한 '모션'을 보이든지 이편에서는 침묵을 지키기로 작정하였다. 그러나 그의 마음은 역시 평화를 잃었다.

그 편지에는 답장도 하지 않고 사흘을 지낸 뒤 밤이다.

준경은 저녁밥을 먹은 뒤에 외투를 무릅쓰고 산보차로 여관문을 나섰다. 이때에 청년 하나가 바로 눈앞에 우뚝 나타나며

"김선생님 아니세요." 하고 머리를 숙인다.

준경은 청년의 얼굴을 자세히 보았으나 한번도 본 기억은 나지 않았다.

"네. 그렇소" 하고 또다시 보았다. 역시 알 수 없다.

"선생님을 노상에서나 여럿이 모인 곳에서 더러 뵈었지마는 사실로 이렇게 찾아 뵈옵기는 이번이 처음이올시다."

청년의 말소리는 그다지 웅얼차지는 못하였으나 대쪽을 쪼개는 듯 분명은 하였다. 그 분명한 음성이 그 청년의 성격을 말하였다. 준경은 청년에게 말할 만한 흥미를 느끼었다.

"저는 잘 기억이 나지 않습니다."

"선생님을 좀 뵈올까 하고 왔습니다. 그런데 아마 어디 출입을 하시는 모양이니까 이 다음에 뵈옵겠습니다."

하고 청년은 돌아서려고 한다.

준경은 어두운 거리에서 똑똑한 청년을 그대로 보내는 것이 섭섭하

였다.

"별일없이 산보 차로 나왔으니까 조금도 염려할 것 없습니다. 이리 들어오구려!"

준경은 발을 돌이켰다.

"미안합니다."

청년은 준경의 뒤를 따랐다.

준경은 방에 들어와서 외투를 벗고 책상머리에 앉아서 방 윗목에 앉은 청년에게 할 말이 있거든 무엇이든지 하라는 시선을 던졌다.

청년은 영양부족이나 중병 환자처럼 얼굴이 야위고 희푸르렀다. 그리고 머리털은 길게 길러 귀를 덮어 어깨 위에 늘어뜨렸다. 그리고 눈에서는 정력에 넘치는 이채가 흘러내렸다. 그러나 그 청년 전체를 가만히 바라볼 때에 바위 틈에 외로이 서 있는 소나무를 바라보는 듯한 느낌이 있었다. 사람의 동정을 끌 만한 적막寂寞을 가진 얼굴이었다.

청년은 머리를 숙이고 무엇인지 잠깐 동안 생각하더니 조금 떨리는 소리로

"이런 말씀을 별안간 여쭙기는 안 되었습니다 마는 이현정이란 여자를 아십니까?"

이현정이란 근일에 와서 준경의 머리에 떠날 새 없이 자극을 주는 편지질 하는 문학 소녀였다. 그런데 이 청년이 그 여자의 일로 찾아왔으리라고는 꿈에도 생각지 못하였던 까닭에 준경은 아니 놀랄 수 없다. 문제가 괜히 확대하는 것 같아서 처음에는 대답도 하고싶지 않았지만은 대답 않는 것이 상대자의 의심을 살 것 같아서

"네. 알지요. 무슨 일이 있습니까" 하고 되물었다.

"그 여자는 제가 생명으로도 바꿀 수 없이 사랑하는 여자입니다."

청년의 얼굴은 침통沈痛에 싸였다.

준경은 깜짝 놀랐다. 놀라는 순간에는 여러 가지 생각이 번개 같이

지나갔다. 이 청년이 그 여자와 나 사이를 오해하고 복수를 하러 왔나. 그렇지 않으면 여자의 관계로 무슨 상의할 일이 있어서 왔나 하는 생각에 그의 머리는 어느 강박관념에 몰려 난리가 났다. 한편으로는 퍽이나 우스웠다. 그러나 다만 웃고 말 경우가 아니었다.

"당신의 사랑하는 여자인데 어쨌단 말이오?" 준경의 말소리에는 어떠한 흥분이 들어있는 것 같이 들렸다.

"아니올시다. 제가 온 것을 오해하셔서는 안 됩니다. 선생의 태도가 어디까지든지 정중한 까닭에 감사한 말씀을 여쭙고 또한 저의 두 일에 대해서 상의할 일이 있어서 뵈올까 한 것입니다. 다른 뜻은 조금도 없습니다."

청년의 말은 조금도 흐린 곳이 없었다. 그러나 역시 침통한 빛이 있었다. 그의 천성이 침울에 가까웠다.

준경은 겨우 안심이 되었다. 자기의 태도를 구구히 변명치 않고도 상대자의 오해를 사지 않은 것이 다행이었다. 그리하여 그 여자의 자기에 대한 태도가 우스운 것을 토파할까 하다가 먼저

"대체 이현정이란 어떠한 여자인가요" 하고 물었다.

"사랑하는 사람의 말을 제삼자에게 말하는 것이 애인에게 대해서 좀 미안한 일입니다 마는 선생님이니까 말씀합니다. 그는 별로 고등한 교양도 없고 다만 외화와 허영에서 헤매는 여자입니다. 어떠한 수단을 쓰든지 간에 상대한 남자가 자기 앞에서 머리만 숙이면 그것을 천하에 다시없는 영광으로 아는 이입니다. 자기도 그렇게 구차치는 않은 모양인지 달달이 많은 돈을 가져다가는 의복 치레에 물같이 써버리고 항상 쩔쩔매고 지냅니다. 그리고 날마다 활동 사진관이나 연극장으로 돌아다니면서 변사나 배우 달콤한 '세리프'에 정신을 빠뜨리는 것이 그의 일과입니다. 그런데다가 자기 입으로 자기 의사 한번 변변히 발표치 못하고 손으로 편지를 한 줄 똑똑히 쓰지 못하는 사람입니다. 그렇지만 이

세상에는 자기만한 얼굴이 다시없고 자기만큼 똑똑한 이가 또 없는 줄 아는 교만의 뭉치인 여자입니다……."

준경은 들을수록 해괴한 생각이 났다. 첫째 그러한 여자의 손에서 그와 같은 미문을 망라한 편지가 여러 번이나 쓰여졌을 리가 없었고 또한 두어 번 찾아와서 하는 행동을 보아도 그렇게 교양 없는 여자라고는 생각할 수 없었다. 처음부터 그 여자가 어떠한 탈을 무릅쓰고 덤빈 것이든지 그렇지 않으면 이 청년이 그 여자를 중상하여 말하는 것인가 하였다. 의혹은 갈수록 아니 깊을 수 없었다. 청년 남녀가 공모하여 가지고 흑책질[11]을 함이나 아닌가 하는 생각조차 없지 않았다. 그렇게 생각하면 분하고 괘씸하기도 하였다.

"그런 여자를 사랑할 마음이 있습디까?"

"사랑은 이해타산이 아니니까요."

준경은 그럴 듯하다고 하였다.

"그렇게 편지 쓸 줄도 모르는 여자가 나에게는 어떻게 그러한 편지를 하였을까?"

준경은 엄숙한 태도로 물었다.

"그것은 그 여자가 쓴 것이 아닙니다."

"그러면 누구에게 대필을 시킨 것이란 말인가요."

"네. 그렇습니다."

"근래 사람들은 그런 편지까지 동무를 위해서 대필을 하여 주는가요?"

"아니올시다. 그의 동무가 아니라 그 편지 대필한 사람은 여기 앉은 저올시다."

청년은 얼굴에 부끄러운 빛도 없이 태연히 말한다.

---

11) 남의 일을 교활한 꾀로 방해하는 짓.

준경은 하도 어처구니가 없어 아무 말도 못 하고 청년의 얼굴을 뚫어질 듯이 바라보았다.

"그런 편지를 써줄 마음이 생길까요? 더구나 자기의 생명 같이 사랑하는 여자가 다른 남성을 유혹하는 그러한 달콤한 편지를 써줄 생각이 날까요?"

"나고말고요!"

준경은 어이가 없었다.

"다른 남성에게 사랑을 옮기려는 그때에 아무 질투하는 마음 없이 예사로 대필을 한단 말이지요?"

"하고 말고요……."

"그러니까 조금도 질투하는 생각이 없이 자기가 자기 애인에게 대한 듯한 기분으로 편지를 쓴단 말이지요?"

"그러한 기분이 없으면 어떻게 대필할 수 있겠습니까."

준경은 감정이 다른 딴 세계 사람을 대하고 말함이나 아닌가 스스로 의심하였다.

"그 편지를 쓴 사람은 누구가 보던지 아주 '센티멘탈' 한 미숙한 청년 남녀로 알 것입니다. 다시 말하면 질투의 감정이 가장 맹렬할 사람이 썼으리라고 상상됩니다. 그런데 당신은 아무러한 질투를 느끼지 않고 썼단 말이지요!"

"두 번 말씀할 것 없습니다."

"그러면 나의 한 답장도 보았겠소그려?"

"보고말고요. 그 편지가 오면 반드시 제게로 가지고 왔습니다."

"그것을 읽은 감상은 어떻소?"

"태도를 어름어름하게 애매히 가지지 않고 분명히 보이는 것을 감복하였습니다. 선생의 사물을 보시는 태도는 다르지마는 결론에 들어가서는 저희들의 느끼는 것과 똑같은 까닭입니다."

"어떻게 결론이 같단 말씀이오?"

"저는 이현정을 생명같이 사랑하였습니다. 그런데 이현정은 선생님에게 마음이 옮기려 하였습니다. 이때에 지금까지의 평범한 감정으로 말하면 제가 당연히 이현정의 변심한 것을 저주하고 선생님의 존재를 원망하여야 할 것입니다. 그렇지만 저는 사랑하는 사람의 사랑하는 사람이니까 저는 그 사람도 사랑하여야 할 의무는 있을지언정 미워하여서는 안 될 것이라고 생각합니다. 그리고 사랑하는 사이에도 결단코 억지나 무리가 있어서는 안 될 것입니다. 결단코 사랑하는 대상을 자기 소유물과 같이 생각하고 싶지 않습니다. 그래서 그의 모든 것을 자유의사에 맡깁니다. 억지로 붙잡아 맨다고 사랑이 변치 않을 것이 아닙니다. 아무리 사랑하던 사이라도 한편에서 사랑의 대상을 다른 곳에서 또다시 발견할 때에는 그대로 나가도록 축복합니다. 또한 그 대상이 싫어서 나에게로 다시 돌아올 때에는 나의 그에 대한 사랑이 변치 않은 이상에는 다시 받아들입니다. 만일 나의 사랑이 변하면 그때에는 거절입니다. 거기에는 세속에서 말하는 인정이나 의리를 위하여 모호한 태도로 받거나 거절하거나 하지는 않습니다."

청년은 연설구조로 한참 말하였다.

준경은 이 청년은 무엇을 꿈꾸고 있나 하였다.

"그러면 이현정이란 여자가 어떠한 동기에서 나에게 그러한 편지를 써달라고 하였는지 그 목적도 당신은 잘 알겠소 그려?"

"동기와 목적은 모릅니다. 다만 그의 마음이 그렇게 들은 것이 사실인 줄만 압니다."

"그러면 그대들은 사랑은 다만 충동이란 것을 신봉하는 모양이오 그려?"

"저는 신봉이란 어떤 의미인지 잘 알 수 없는 말입니다. 그러한 마음이 일어난 게 사실이겠고 또한 그런 편지를 쓴 것이 사실이니까 사실이외에는 아무것도 모릅니다."

"그러면 사랑을 잃으면 질투하는 것은 이 세상에 많은 사실이니까 질투란 것도 사실인 줄 알겠지요."

"그렇지만 저희들은 그런 것은 경험한 사실이 아니니까 아무런 흥미를 가지지 않습니다. 물론 있는 줄은 압니다."

"그러면 나의 태도가 정중하다고 치하를 온 뜻은 어디에 있는가요?"

준경은 청년의 질투의 감정과 감사하다는 감정이 서로 동기가 된 것을 아는 까닭에 짐짓 물은 것이었다.

"그것은 나의 사랑하는 사람이 당신의 마음을 움직일 수는 없는 것을 알고 다시 나에게로 돌아온 까닭입니다."

"만일 내가 이현정의 사랑을 그대로 받았으면 어떻게 되었겠소?"

"사랑하는 사람을 위하여 축복하였겠지요."

"그러면 당신네 감정 생활에는 질투라는 것이 하나가 모자라는 것이 아닌가요?"

"아니올시다. 질투라는 것을 없애는 감정 하나가 더 있는 것입니다. 그러니까 재래의 감정 생활에 있어서 한 가지가 부족한 두뇌에서 나온 재래의 모든 제도, 그 외면을 수놓은 철학이니 문학이니 종교니 과학이니 하는 것이 저희들에게 아무런 흥미를 가지지 못하게 합니다. 지금 세상 사람들은 '셰익스피어'의 《오델로》 같은 작품에도 영구한 인간성이 있다 하여 눈물을 흘리지마는 우리에게는 아무런 감명도 주지 못합니다."

"그러면 지금 우리 같은 사람이 무엇무엇의 작품을 쓴다는 것은 그대들 시대에 아무런 감명을 주지 못한단 말이지요."

"말씀할 것도 없습니다. 그러나 전부란 말씀은 아닙니다. 그 중에 어떠한 것은 우리 대에도 참고는 되겠지요."

준경은 속으로 부르짖었다—현실을 이와 같이 무시하는 몽유병자도

있구나 하고

"그러나 그대의 대필한 편지에 나타난 기분 그대로 말하면 일개 감상주의자의 콧노래로 밖에 우리에게는 아니 들리는 것을 어떻게 하오."

"그것은 그렇게 들어도 할 수 없겠지요. 듣는 사람의 자유이니까요……."

하고 청년은 일어선다. 준경은 어지간만 하면 더 붙들고 말해볼까 하는 생각도 없지는 않았으나 보는 세계가 하도 엄청나게 달라서 말할 흥미로만 그를 끌 수 없었다.

"그러면 그대들의 결혼은 언제쯤이나 하겠소."

"오늘 저녁이라도 하지요!"

"결혼을 한 뒤에는 어떻게 되오?"

"결혼 안할 때나 똑같습니다."

* * *

청년은 돌아갔다. 세기世紀는 과연 움직이나? 내가 뒤떨어졌나—하고 준경은 중얼대었다.

—《동아일보》 1927. 12. 5~17

가상假想의 불량소녀

병주丙周는 오늘 밤에도 사람의 물결에 휩싸여 창경원 문 안으로 들어섰다. 비 개인 뒤의 창경원 안은 깨끗하였다. 먼지를 먹으러 오는지 꽃구경을 오는지 까닭을 알 수 없을 만큼 번잡하던 창경원 안의 사람도 깨끗하여 보였다. 속취俗趣[1]와 진애塵埃[2]에 젖고 물들었던 꽃과 불은 오늘 저녁만은 꽃다웠고 불다웠다. 병주는 지는 꽃잎이 서늘한 바람에 약간 휘날리는 꽃 밑으로 식물원 편을 향하고 천천히 걸었다. 구경꾼은 여전히 많았다. 그러나 대개는 새 얼굴이었다. 그는 야앵夜櫻이 열린 뒤로 일주일을 두고 하룻밤도 빠지는 일 없이 저녁밥만 먹으면 발이 이곳으로 저절로 놓였다. 이것이 그에게는 이 며칠 동안의 값 헐한 향락이었다. 쓸쓸한 집에 들어 있어서 쓸데없는 궁리만 하는 것보다 이곳으로 와서 꽃구경 불구경 사람구경을 하는 것이 그에게는 적이 않은 위안이 되었다. 어떠한 밤이면 자기 집을 나서면서도 자기를 웃었으나 가는 발을 멈추어 다른 곳으로 돌이킬 만한 아무 유혹도 그는 마음에 가지지 못하였다.

---

1) 저속한 냄새. 俗臭.
2) 티끌, 먼지.

병주는 연못가에 밤마다 앉는 벤치 곁으로 갔다. 다행히 아무도 앉은 이가 없었다. 연못가엔 여러 사람이 둘러서서 물 가운데의 일루미네이션으로 꾸민 탑을 어둠을 통하여 바라보고 섰다. 마치 무지개가 물 위에서 곤두박질치는 것도 같고 댄스 하는 것도 같다. 병주의 머릿속에도 무지개가 섰다. 그 무지개를 사라지게 할 아무런 빛도 아직 발견치 못한 그는 눈을 사면으로 휘둘렀다. 그러나 그로 하여금 저녁마다 호기심을 갖게 한 그 사람은 보이지 않았다. 병주가 쓸쓸한 집에 있지 못하고 이곳으로 오는 이유가 꽃, 불, 사람 그밖에 또 하나 있었다. 이 이유는 그 스스로 자기를 속임이나 아닌가 의심할 만큼 마음속에 깊이 갈무리해 두었던 것이었다. 그러나 이 연못가 벤치에 걸터만 앉으면 그의 저녁마다 이곳에 오는 이유가 물속의 일루미네이션 탑처럼 분명하고 황홀하게 그의 가슴을 괴고 올라왔다.

젊은 사람들이 다정하게 벤치 앞으로 지나기만 해도 완연히 그 곁에서

"오늘 저녁에도 거기 앉으셨군요."

하고 웃음 반 조롱 반 섞인 고운 목소리가 들리는 듯하였다.

병주는 야앵의 첫날 이 벤치에 앉아서 순영順英이가 그 앞으로 지나가는 것을 보았다. 순영이도 병주를 보고는 머리를 숙여 목례하고 바로 앞으로 지났다. 순영의 뒤에는 청년 신사 하나가 따라섰다. 그 두 남녀는 동행인 것을 병주는 바로 알았다.

"어디 가십니까?"

하고 따라 일어서고도 싶었지마는 같이 가는 사내를 끌며 역시 목례로 대답하고 돌아선 두 남녀의 뒤만 바라볼 뿐이었다.

그 이튿날 밤이었다. 병주의 우연히 앉은 곳이 그 전날 밤 순영이가 앞으로 지나가는 그 벤치였다. 그는 담배를 피워 물고 잠깐 다리를 쉴 때이다. 순영이가 또 그 앞으로 지났다.

"오늘 저녁에도 또 오셨어요."

하고 순영이는 씽긋 웃었다. 그러나 순영이를 따르는 남자는 전날 밤 그 남자가 아니었다. 전날 밤의 남자보다는 나이가 좀 더 들어 보였다. 어두워서 자세히 보이지 않았지만 종로 근방에서 장사하는 사람 비슷하였다. 이때부터는 병주의 순영에 대한 호기심은 한층 더 올랐다.

"괴상한 여자도 많구나."

하는 자기 귀에만 들리는 말이 순영의 뒤를 따를 뿐이었다.

그 셋째 날 밤이다. 병주는 이번에는 일부러 이 벤치에 앉아서 오늘 밤에도 순영이가 오지나 않나 하고 그가 지나기를 기다려 보았다. 순영이는 또 그 앞으로 지났다.

"또 거기 앉으셨군요."

하는 말을 웃음과 같이 내던지고 사람 총중叢中[3]으로 숨어버렸다. 그러나 그 뒤를 따른 사람은 첫날 둘째 날의 그 남자들이 아니요 이번에는 조선옷을 입은 오입쟁이 타입의 말쑥한 젊은이였다.

이와 같이 병주는 엿새 되는 날 밤까지 이 벤치에서 순영이를 만났고 만날 때마다 그 여자를 따르는 남자가 달라졌다. 그리하여 야앵이 있는 동안에 병주가 이곳에 와서 순영이와 그 뒤따른 남자를 보내고 이상히 여기는 것이 그에게는 한가지의 일과가 되었던 것이다.

그리하여 병주는

'오늘 밤이 야앵의 마지막인데 저 여자가 어떠한 녀석을 이번에는 달고 오나?'

하고 역시 앉았던 그 벤치에서 그들을 기다려 보던 것이다.

순영이가 벤치 앞으로 지날 시간이 벌써 지났다. 그러나 순영이는 웬

---

3) 많은 사람 가운데.

일인지 보이지 않았다. 병주는 일과의 하나를 거저 넘긴 것 같이 섭섭한 생각이 났다. 이상스럽게도 오늘 밤에는 창경원 안 고사리 끓듯 움직이는 많은 사람 중에서 아는 사람을 하나도 만나지 못한 것이 그를 더욱 쓸쓸하게 하였다. 병주는 벤치에서 몸을 일으켰다. 두어 발 앞으로 연못을 향하여 걸을 때에 김선생 하는 소리가 바로 귀 곁에서 딱총처럼 폭발하였다. 그는 깜짝 놀라 머리를 돌렸다. 거기에는 순영의 웃는 얼굴이 진달래 꽃을 배경 삼고 나타났다.

"웬일입니까?"

하고 병주는 이상한 표정으로 물었다.

"웬일이셔요?"

하고 순영이는 반문한다. 그리고는 빙긋 웃는다.

"같이 오신 분은?"

병주는 이렇게 물으며 순영의 뒤와 옆을 살폈다.

"오늘은 혼자여요……"

"혼자라니 말이 되나요?"

"말 안될 것이야 무어예요."

"대관절 웬 셈이시오? 밤마다 창경원 야앵은 혼자 맡아 보시니……"

병주는 마음을 놓은 듯 순영의 앞으로 가까이 섰다.

"대관절 선생님은 웬일이세요? 밤마다 연못가 벤치를 가시기리⁴⁾를 하시니……."

순영이는 아양을 가득 담은 눈을 병주의 발등에다 쏟았다.

"혼자 오면 심심찮으시우?"

병주는 조금 빈정대었다. 빈정대는 말이 순영에게는 한 기회가 되었다.

---

4) かしきり ; 대절, 전세.

"오늘 밤에는 선생님이 계시지 않아요?"
하고 순영이는 연못 가운데의 일루미네이션 탑을 바라본다.
"그러면 오늘은 내 차례란 말인가요?"
병주는 웃었다.
"병주님은 입버릇이 나빠요……. 저리로 가시지요."
하고 순영이는 병주의 손목을 끌듯이 손을 앞으로 내놓는다.
아무리 밤이기로서니 순영의 끄는 손에 끌려가기는 너무나 창피한 생각이 나서 병주는 자진하여 앞을 서서 연못가를 떠나 화창포花菖蒲 밖 언덕 조용한 길로 들어섰다.
"선생님, 왜 저녁마다 그 벤치 위에서 녹으세요?"
"녹다니?"
"아주 얼빠진 사람같이 그렇게 앉으셨어요?"
"얼이 빠지다니?"
"누구를 기다리시느라고 정신을 놓고 앉으셨어요?"
"기다리는 게 다 뭐요?"
"그러면 왜 그렇게 날마다 거기에만 앉으셨어요?"
병주는 부끄러운 생각이 났다. 뱃속을 내다뵈인 것 같았다. 아무리 호기심이라 할지라도 어떠한 이유이었든지 간 그 자리에서 사람을 기다린 것만은 사실이었다. 그렇다고 당신네 지나가는 것을 보려고 앉았던 것이다 말하기도 창피하였다.
"우연히 내가 앉았을 때마다 당신들이 그러고 지나간 게지요……"
하고 병주는 웃어버렸다.
"참 우연한 일도 퍽 많아요. 어쩌면 그렇게 거의 일주일 동안을 두고 그 자리에서 만나 뵙게 되었어요. 오늘 저녁에 조금만 시간이 틀렸으면 그 우연을 놓칠 뻔했지요."
"오늘 저녁도 우연입니까?"

하고 병주는 짐짓 물었다.

"아이구! 참 내 말이 헛나왔어요. 그러면 이렇게 말하지요.……
저…… 김선생은 거기에서 우연히 저를 만나셨지만 저는 김선생이 꼭
거기에 계실 줄 알고 왔다고…… 그러면 말이 되지요."

"괜한 말씀을 자꾸 하시는구려!"

"선생님! 그 자리를 떠나서 이렇게 다녀도 괜찮으세요?"

"괜찮지 어째요."

"실망할 사람이 있지나 않아요? 만일 그렇다면 다시 그 자리로 돌아
가시지요. 그리고 저는 두 분의 좋은 동무가 되어드릴 터이니까! 걱정
마시구요."

병주는 듣기가 거북하기도 하고 간지럽기도 하였다. 그리하여

"쓸데없는 말씀은 그만두시오."

하고 앞만 보고 발을 천천히 떼었다.

병주는 같이 걸으면서도 그 뱃속에는 웃음과 의심이 가득 찼다.

병주가 순영이와 서로 면대하게 된 지는 벌써 이 년 전이다. 어느 음
악회가 끝난 뒤의 다과회 석상에서였다. 순영이가 시내 어느 음악학교
를 마치고 나서 처음으로 출연하던 날 밤이었다. 병주는 주최자 측으로
이 악사들을 접대하게 되어 인사말 외에 별로 순영이와 이야기를 길게
나눈 겨를도 없었지마는 참으로 순진한 여성 예술가로 장래가 믿음직
하다고 순영에게 대하여 다소간 촉망하였던 것은 사실이었다. 그런 뒤
일년이 못되어 그 여자는 어떤 색마 재산가의 애첩이 되었다는 소문을
들었다. 처음에는 반신반의 하였지만 순영이가 악단에 도무지 나오
지 않는 것을 보면 이 세상에 내놓을 면목을 그가 잃어버린 것은 분명
한 일이었다. 병주는 가석한 애틋하게[5] 일이라고만 여겼을 뿐이었다.

---

5) 애틋하게 아깝다. 안타깝다.

그러다가 이삼 개월 전에 순영이를 일본 활동사진관에서 우연히 또 만나게 되었다. 그때에 순영이는 어떤 남자와 동행이 된 모양이었다. 자리가 마침 이웃이 되어 처음부터 끝까지 함께 앉았게 된 관계로 말을 서로 나눌 경우가 많았다. 곁에 있는 데리고 온 남자의 존재를 아주 잊어버린 것 같이 틈만 있으면 순영이는 말을 걸었다. 활동사진의 스토리가 부자연하다는 둥 배우의 표정이 너무나 교묘하다는 둥 자기도 활동사진 배우가 되어 보겠다는 둥 여러 가지로 말을 하였다. 병주도 그 말에 응하여 그 자리의 말 재료 될 만한 것이면 말을 내기도 하였고 대답도 하였다. 첫 사진이 끝나고 불이 켜졌을 때에 순영이는 같이 온 남자에게 병주를 소개하여 주었다. 여자를 중심으로 두 사내가 이야기를 나누게 되었으나 물론 그동안에 무엇을 한 것 같은 것은 좌석이 좌석인 만큼 물어보지는 않았다.

그러나 그의 말끝을 엉터리 잡아 그동안 들어오던 소문과 종합하여 그가 어떠한 생활을 하여왔고 현재 어떠한 생활을 하는 중인지 그것을 대강 추측을 못한 것은 아니었다. 음악회에서 보던 그때와는 같지 않았지만 어느 구석에인지 아직도 그때 그의 생활이 그 순진을 눌러 두기에 너무나 무력한 것을 병주는 짐작하였었다. 역시 애석한 일이라 생각이 났다.

그리하여 사진이 끝나고 일어섰을 때에

"다시 스테이지에 나설 기회가 없겠습니까?"

하고 병주는 물었다.

"인제는 다 틀렸어요. 저 같은 여자가 스테이지에 나서면 무엇을 합니까? 순결한 악단을 더럽힐 뿐이지요."

하고 순영이는 고독에 넘치는 웃음을 보일 뿐이었다.

순영이를 그렇게 우연히 만난 뒤로는 그의 소식도 듣지 못하다가 창경원 야앵을 기회로 그가 병주의 벤치 앞을 지나게 되어 다시금 모든 의문과 호기심을 일으킨 것이었다.

병주는 활동사진관에서 만난 그때보다 천양天壤의 차이가 있는 오늘의 순영의 행동을 보고는 그를 경멸히 보는 생각도 났지만 한편에는 평일에 그 여자에 대하여 어떠한 기대에 가까운 마음을 가졌던 만큼 환멸의 비애를 아니 느낄 수도 없었다.

만나서 말하기는 이번이 세 번째였다. 그러면서도 백년지기나 다름없이 또는 서로 그리던 사람 동지처럼 질투 비슷한 말로 놀려대는 심리를 생각하면 그런 것은 상식으로는 도저히 판단하기 어려운 일이었다. 일주일이나 두고 그 여자에게다 호기심을 두고 연못 앞 벤치에서 벼른 것이 물론 자기의 실수라면 실수라고도 할 것이다. 그러나 오늘 밤에 우연이 되었든 필연이 되었든 이렇게 만난 이상 자기의 뱃속을 순영에게 뽑힌 그 대가로 지옥이 되었든 천당이 되었든 오늘 밤만은 그와 함께 행동하는 것이 의리의 당연한 일이라고 단념 아니할 수가 없었다. 더군다나 이것은 자기의 며칠을 두고 원하던 바였다.

"순영씨!"

병주는 아무 말 없이 걷다가 불렀다.

"네……"

순영의 대답은 매우 기다렸던 것 같이 반가웠다.

"더 구경하시겠습니까?"

병주는 순영에게 관계되는 여러 가지 소문 또는 이새에 그의 지내는 것, 그동안 어떻게 지낸 것 같은 모든 것을 일일이 좀 물어보고 싶은 생각이 문득 났다. 그리하여 창경원을 나서서 어느 다른 곳으로 가서 조용히 이야기나 할까 한 것이었다. 그는 이렇게 말을 내면서 그 묻고 싶은 마음을 웃었다. 오늘 저녁에 그 여자에게서 어떠한 유혹을 느끼게 된 것은 사실이었다.

"구경할 것이야 무어 있나요."

순영이도 벌써 병주의 눈치를 차렸다.

"그러면 그만두고 조용한 데나 가서 차나 먹지요."

하고 병주는 앞을 서서 사람 많은 꽃 밑 길로 나섰다. 순영이도 아무 말 없이 뒤를 따라 섰다. 병주는 아는 사람을 만날까 두려운 생각이 나서 머리를 숙이고 벚나무 밑 컴컴한 곳으로 걸었다. 순영이는 벌써 짐작하고 시치미를 떼고 사람 틈에서 곁눈으로 거리를 지켜가며 빨리 출구로 향하였다.

병주와 순영이는 출구에서 다시 만났다. 순영이는 벙긋 웃는다. 병주에게는 이 웃음이 연극의 첫막을 무사히 잘 마쳤다는 것으로 밖에 해석되지 않았다. 병주도 따라 웃었다.

창경원을 나서기는 나섰으나 어디로 정향은 없었다.

"문 밖 절로나 가볼까요."

다시 창경원 정문 쪽으로 내려오면서 병주가 말을 내었다. 오래 조용히 이야기하기는 절이 좋을 것 같이 생각된 까닭이다.

"이렇게 늦은데 절은요?"

"그러면 청화원으로 가볼까요?"

"거기도 안되었어요."

"그러면 어디로?"

"진고개 근방으로 산보나 하지요."

이렇게 말하는 동안에 그들은 손을 기다리는 택시의 행렬 사이를 지나 전차 정류장까지 왔다. 돌아가는 관람객으로 전차 속이 몹시 번잡하였다. 그리하여 그들은 본정 종점까지 걷기로 하였다. 가는 길에도 두 사람 사이에 별로 이야기가 없었다. 황금정 네거리까지 왔을 때이다.

"선생님! 저에게 무슨 하실 이야기가 있다고 하셨지요?"

순영이가 묻는다. 이것은 무슨 예방선을 피려는 전제인 줄 병주는 벌써 짐작하였다. 그러나 여기까지 와서 이 여자가 새삼스럽게 이런 말을 다시 내놓는 것이 얼마큼 불쾌한 생각이 났다.

"왜 별안간 그런 말을 다져 물으십니까?"

"선생님같이 붓을 가지고 벌어잡숫는 분들에게는 무슨 말이든지 여쭙기가 좀 거북해요. 어떠한 경우 어떠한 때에 어떻게 되는지 알 수 없으니까요."

하고 순영이는 지금 내놓은 말을 취소할 만한 정도의 아양 섞인 웃음을 내보인다.

병주는 이 말을 듣기가 매우 불유쾌하였다.

"붓으로 벌어먹는 사람이라 해서 말 못 듣고 이야기 못할 것이야 무어 있겠습니까."

"노하셨어요. 내 그 말을 취소하지요. 문필 사업에 종사하는 용사들이라고 여쭙지요."

하고 순영은 소리를 내어 웃으며 병주의 곁으로 다정히 붙어 선다.

병주는 여우에게 홀린 듯 다시 정신을 차렸다. 그러나 그는 분명히 사람이었다. 매력이 물 흐르는 듯한 어여쁜 여성이었다. 여성 중에도 전날에 장래를 촉망하던 음악가의 알[卵]이었다. 일주일을 두고 자기의 호기심을 바짝 끌던 순영이었다. 만일 사람만 없으면

"요 악마야!"

하고 콧잔등이가 톡 불거지도록 두 뺨을 손으로 눌러주고 싶었다. 순영에게 우롱당할 차례가 자기에게 온 것이 분명하였다.

'오늘은 선생님 차례예요.'

하던 말이 다시 귀 밑에서 살아났다.

'요까짓 것이 나를⋯⋯'

하는 자존심이 깨뜨려진 소리가 울릴 때에 병주의 순영에 대한 마음은 정복욕으로 변하였다.

"용사도 아무것도 아니지요. 문필 노동자, 이름 좋은 거지…… 모두 그런 게야……."

하고 병주는 속에 바늘 품은 웃음을 웃었다.

"선생님 참으로 성내셨군요. 제가 말한 뜻을 오해하셨군요. 선생님이 제 말을 그렇게 몰라주시면 어떻게 되요. 섭섭해요."

"노하기는요?"

병주는 나오는 감정을 눌렀다.

그럭저럭 불빛이 휘황한 본정통으로 들어섰다. 양편 쇼윈도우를 번갈아 보면서 천천히 걸어서 본정 이정목까지 왔다. 병주의 호기심이 정복욕으로 변하던 순간부터 순영의 과거나 현재의 어떠한 것을 듣겠다 하는 흥미가 얼마큼은 떠났다.

그들은 다 같이 다리가 피곤하였다. 다리도 쉴 겸 이야기도 좀 할 겸 어느 끽다점喫茶店[6]으로 들어갔다.

여러 가지로 이야기할 흥미가 병주에게서 깨어진 것도 한 원인이겠지만 여러 외국 손이 테이블마다 가득하여 그들 모르는 조선말이지만 병주의 입에서는 잘 나오지 않았다. 순영이만이 비교적 여러 말을 하였다.

병주는 그대로 여기서 갈리는 것이 섭섭하지만 하는 수 없이 회계를 마치고 다시 한길로 나섰다.

"선생님! 제 집 모르시지요?"

순영이는 병주를 따라서며 묻는다.

"네— 모릅니다."

"제 집은 바로 황금정 삼정목이니까 잠깐 들러 가시지요."

"들어가도 관계찮습니까?"

---

6) 찻집.

"아무도 없어요. 어멈 하나 뿐이에요."

"그러면 혼자 사십니까?"

병주는 짐짓 물었다.

"혼자 사는 것이 제일 편하더군요."

"자유스럽고…… 말썽부리는 이 없고……"

"편하다는 것을 그렇게 해석하면 안돼요."

"그러면 어떻게 해석한단 말씀이오?"

"선생님의 지금 말씀한 뜻을 잘 알아요. 사내들은 모두 생각이……"

"생각이 어쨌단 말이오?"

"그것은 나중에 말하지요."

병주는 갈수록 순영의 태도가 이상한 생각이 났다. 존경하는지 우롱하는지 분간하기가 어려웠다. 아무 말 없이 잠깐 걸었다.

순영이는 병주를 세워놓고 과자전 과일전으로 돌아다니며 한 보퉁이 물건을 안고 나왔다.

"너무 지체해서 미안합니다."

하고 또 웃는다. 이 웃음에는 아니 녹을 수 없었다. 역시 웃는 얼굴이 저절로 들렸다.

순영이는 유리쟁반을 내놓고 사가지고 온 과일을 벗겨 담았다. 병주는 순영의 눈을 피해가며 둘러보았다. 볼 만한 문방사우文房四友는 없으나 남아있는 것이 한 개라도 어느 정도까지는 순영의 옛날 상황을 말하였다. 아무 말 없이 과일 벗기는 순영이는 어디로 보든지 숙녀였다. 그러나 이 방에는 뭇 사내의 발길이 날마다 새로 갈아드는 것이라 생각하매 병주는 가시방석 위에 앉은 듯하였다. 유리그릇에 소담스럽게 벗겨 담은 과일에서는 식욕을 돋울 만한 향취가 나왔다. 그리고 그 위로는 순영의 향그러운 숨소리가 통하였다.

"변변치 못하지만 좀 잡수세요."

하고 순영이는 또 방긋 웃는다. 병주는 아무 말 없이 작은 삼지창에 사과를 한쪽 꿰어 들었다.

"모두 우연한 일이지요. 제 집에 이렇게 오실 줄을 뜻도 못했어요. 퍽 반가워요."

하고 순영이는 배를 한쭉 들어 입에 넣는다. 그의 이빨은 배보다 더 희었다. 병주의 가슴의 고동은 갈수록 높았다. 여러 가지로 말도 있음직 하더니 단둘이 이렇게 앉아보니 아무 말도 아니 나오고 말았다.

"왜 아무 말씀도 안하셔요?"

인제는 순영이 편이 도리어 역습을 한다.

"요전 언젠가 일본 활동사진관에서 만나고 이번이 처음이지요?"

병주는 웃으면서 말을 내었다.

"네, 그런가봐요…… 그런데 저, 선생님! 제가 청할 말씀이 있으니 꼭 들어주세요. 저의 지나간 일만은 제발 물어 주시지 마세요, 네?"

순영의 눈은 전등불에 반짝거렸다.

"왜요?"

병주는 이상하여 물은 것이었다.

"지난 일을 제발 물어 주지 마세요. 저 같은 사람에게는 과거도 없고 미래도 없고 현재가 있을 뿐이에요. 지나간 일을 알아서 무엇을 하시려고 그러셔요."

순영이는 웃는지 우는지 알 수 없는 표정을 한다.

"과거와 미래가 없을 수가 있나요?"

순영이의 말뜻을 병주가 모르는 것도 아니었지만 자기 무렴[7]에 지쳐서 물었던 것이다.

---

7) 염치없음을 느끼어 마음이 거북함.

"저는요 과거를 잊어버리느라고 어떻게 애썼는지 알 수 없어요. 그리고 미래를 생각지 않느라고 어떻게 욕보는지 알 수 없어도 아직도 목숨이 붙어있는 것은 그것을 믿고 생각하는 까닭이여요. 장래를 어찌 하려느냐 예전에 어떻게 지냈느냐 그런 말은 물어 주지 마세요. 이런 말을 묻다가 여러 남자들은 저에게서 한 과거가 되고 말았어요. 선생님도 그런 말씀을 너무 물으시면 그 사람 가운데에 한 사람이 되고 말 것이에요. 지금 겪은 일 지내는 일을 이야기나 하세요. 저는 선생님 뵈온 것이 어떻게 반가운지 알 수 없어요. 보시는 바와 같이 저의 지내는 것은 이렇게 자유스러워요. 이리하다가 내일 죽게 될 것을 알아 무얼 합니까? 기뻐할 일이 있으면 지난 일이나 오는 일을 걱정할 것 없이 기뻐하는 것이 제게 유익한 일이에요. 그런 것을 기뻐 못하는 그것만큼 손실이에요."

순영이는 연설투로 한참 지껄였다.

병주는 무서운 생각이 났다. 자기 자신은 도리어 지난 일이나 오늘 일을 염두에 두지 않은 일이 없었다. 과거를 현재에 이용하고 현재를 미루어 장래를 꿈꾸었다. 아무리 생각해도 순영의 말과 같이 그렇게 담박하게 지난 일과 오는 일을 잊고 생각지 않을 수 없었다. 무서운 악마같이 보였다. 그러나 오죽하면 저러할 것인가 한 막연한 동정이 없는 것도 아니었다.

"사람으로서 장래와 과거를 아니 생각한다는 것은 거짓말이에요. 필경은 과거를 돌아보는 것이 너무나 아프고 미래를 생각하는 것이 몹시도 무서우니까 스스로 그 마음을 마취시키려는 것이 아니겠습니까."

별안간 토론하는 것 같은 것이 우스운 생각이 났지마는 비록 순영의 일시적 허튼 수작이라 할지라도 그대로 듣기를 병주의 양심이 허락지 않았다.

"혹은 그런 것인지도 모르겠습니다 마는 당신이 보통 생각하는 여자와 저는 다른 것을 알으셔야 합니다. 첫째 저희들은요 행동으로 과거나 미래를 부인하니까요. 오늘 가령 백 원이란 큰돈이 생기지 않아요. 병 들 때나 다른 아쉬운 때를 미리 걱정하고 지금을 하지는 않아요. 있으면 있는 대로 그대로 쓴답니다. 가령 사랑하는 사람이 있지 않아요. 그 사람의 마음이 장차 어떻게 변할까 미리 겁을 집어먹고 그 사람의 마음을 시험하려다가 현재의 기쁨조차 잃어버리고 마는 그러한 어리석은 짓을 하지는 않는답니다. 그리고 저 남자는 옛날에 다른 여자와 사랑을 한 사람이니까 현재에는 사랑할 수 없다고 생각지 않아요. 현재에 사랑할 마음만 있으면 어떠한 경우에 있든지 사랑하고야 마는 성미예요. 지금 선생님을 이렇게 모시고 온 것이 옛날의 알던 친분도 아니에요. 장래에 무엇을 선생께 의뢰하고 힘입자는 것도 아니에요. 그저 지금에 반가운 생각이 나니까 그런 것이에요."

첩첩이 나오는 말을 병주는 입이 벌려진 채 그대로 들었다. 무엇이라고 대답하여야 좋을는지 몰라 묵묵히 앉았을 뿐이었다.

"그렇지 않습니까……."

순영은 대답을 구한다.

"나는 암만해도 그렇게 생각할 수 없는 걸요. 과거나 미래를 안중에 두지 않는 모든 행위는 이성을 가진 사람으로는 할 수 없는 것이니까요. 만일 그러하면 충동적 생활을 하는 동물들과 무엇이 다르겠습니까?"

병주의 내던지듯 한 말이 순영의 비위를 거슬렀다. 그는 이렇게 말하고도 스스로 우스운 생각이 났다.

"당신같이 평안 무사하게 이 세상에서 자라난 도련님들은 과거도 생각하고 미래도 걱정하겠지만 우리와 같이 한번 몹쓸 역경에 들었던 이는 그런 것을 생각할 여유가 없답니다."

하고 순영은 허허 하고 사내 웃음을 웃는다.

병주는 갈수록 참으로 상상하기 어려운 여자인 것을 알았다. 그 반면에는 호기심이 무럭무럭 올라왔다. 언쟁하는 사람같이 병주는 얼마쯤 상기가 되었다. 두 뺨이 후듯한 것을 느꼈다.

"그러니까요, 현재 저도 아무도 원망하지 않아요. 또한 부러워하지도 않아요. 저는 자유예요. 지금 이와 같이 따뜻한 방에서 싫지 않은 남자와 같이 앉아서 재미있게 나의 뱃속을 말하는 것이 좀 기쁩니까. 예수꾼의 말로 하면 은혜받은 사람이 아니면 얻을 수 없는 것이에요. 좀 좋습니까?"

이렇게 말하는 순영의 얼굴에는 열정이 타올랐다. 그의 눈에서는 써치라이트 같이 푸른빛이 병주의 얼굴을 쏘아 왔다. 병주는 머리가 휑하게 비어감을 느꼈다.

병주가 겨우 정신을 가다듬어 가지고 순영의 집을 나와서 영락정에서 전차를 기다릴 때는 벌써 열두 시가 가까웠다. 여우에게 홀렸던 것이란 회한 비슷한 생각이 휑 비인 그의 머릿속에서 저 혼자 곤두박질을 쳤다. 그러나 한편으로는 전신이 매력으로 뭉쳐 된 듯한 순영의 모든 것이 그의 마음을 힘있게 끌고 있는 것을 느꼈다. 과거도 미래도 없이 순간순간에 산다는 무서운 여성에게 과거를 잊어버리지도 못하고 미래 걱정을 놓지도 못하는 자기가 붙들린 것은 분명히 불길한 운명 때문이 아닐까 하는 생각도 할 것이었다. 그러나 집에 돌아와서도 병주는 '과거도 없고 미래도 없고 다만 현재가 있을 뿐'이란 순영의 말에 몹시도 유혹을 느꼈다.

병주는 그 이튿날에도 순영을 만났고 사흘 되던 날에도 만났다. 순영이는 자기가 한 말 같이 전날의 만났던 것을 생각지 않는 것 같이 만나는 그 순간순간을 행락하였다. 병주는 현재가 기쁠수록 장래가 두려웠다. 두려움과 기쁨의 타력他力[8]에 그는 끌려가는 것을 의식하였다. 그러나 아니 만나고는 지날 수도 없었다.

닷새 되는 밤이다. 병주는 순영이를 찾아 그의 집으로 갔다. 자기와 만난 이후로 닷새 동안에 순영이는 별로 바깥 출입도 없었다. 병주의 소리가 문간에 들리면 그는 마루로 나와서 반가이 맞아주었다. 그런데 웬일인지 오늘 밤에는 밖으로 나와 맞아들이지 않는다.

"순영씨!"

하고 마루 끝에서 불렀다. 아무 대답도 없다. 병주의 부르는 소리에 건넛방에서 안잠자기가 문을 열고 고개만 내밀며

"낮에 나가서 안 들어오셨어요."

한다. 병주는 그대로 돌아설까 방에 들어가서 기다려볼까 잠깐 동안 망설이다가 그는 방으로 들어갔다. 방안은 예전 보는 것과 다름이 없었다. 담배를 피워가며 한참 앉아서 기다렸다. 그러나 순영이는 삼십 분을 지나도 오지 않고 한 시간을 지나도 오지 않았다. 병주는 여러 가지로 의심이 생겼다. 자기는 벌써 과거의 사람이 된 것이라 하였다. 순영이는 분명히 현재를 행락하는 중이라 하였다. 이러한 일이 있을 것은 미리부터 짐작하고 있었지만 너무나 빨리 왔다는 느낌이 없지 않았다. 이번 며칠의 꿈과 같이 보낸 일을 자기의 마음에서 칠판에 쓰인 백묵 글씨 닦아버리듯 닦아버릴 수는 도저히 없었다. 이러한 의심이 날수록 병주의 가슴에서 모든 기억이 새로워졌다.

그는 기다리다 못하여 순영의 집을 나섰다. 길을 걸으면서도 순영의 잊어버린 과거의 한 사람 노릇 할 것을 생각하였다. 어쩐지 분하기도 하고 부끄럽기도 하였다. 그는 마음을 어떻게 결정할 수 없었다. 머리를 숙이고 한참 동안 길로 헤매다가 S극장으로 들어섰다. 방금 사진 영

---

8) 다른 힘, 남의 힘.

사중이라 장내가 캄캄하여 아무것도 보이지 않았다. 그러나 병주는 순영이가 혹 오지 않았을까 하고 부인석을 자세히 살폈다. 어두워서 잘 보이지 않았다. 사진이 끝나고 불이 켜졌다. 병주는 모자를 앞으로 눌러 쓰고 부인석을 살폈다. 남자석을 마주 바라보는 편에 순영이가 제비처럼 앉았다. 병주는 반가웠다. 순영이가 고개를 돌려 이곳을 살피다가 병주를 재치 있게 보고 방긋 웃는다. 그 웃음은 너는 아직 '과거'가 아니라는 것을 암시하는 것 같이 보였다. 병주는 마음이 얼마만큼 놓였다. 잠시라도 의심한 것이 미안하게 생각되었다. 그러나 순영의 시선이 어디로 가는 것만은 힘껏 지켰다. 별로 가는 곳이 없었다. 병주는 안심하였다. 종이 울더니 불이 꺼지고 스크린에 타이틀이 번쩍거렸다. 병주는 다시 한 번 순영이 있는 곳을 보았다. 웬일인지 순영이가 앉았던 자리에서 일어섰다. 변소를 가나 하고 병주는 지켰다. 순영이는 객석 뒤로 돌아 밖으로 나오는 모양이었다. 병주도 따라 일어서서 관람석 뒤로 돌아 나왔다. 그만 보고 돌아가자는 것으로 짐작한 까닭이었다.

병주는 여자석의 출구에 서서 순영이 나오기를 기다렸다. 그러나 순영이 나오는 기척이 보이지 않았다. 병주는 갑갑하여 차츰차츰 여자석 뒤편 낭하로 들어섰다. 벌써 나올 순영이가 아니 나온 이유를 병주는 발견하였다. 순영이는 낭하에서 위아래가 말쑥한 양복쟁이 청년과 수작이 한참 무르녹았다. 순영이는 자기를 바라볼 때보다 더 매력 있는 웃음 머금은 눈으로 남자를 쳐다보고 섰다. 남자는 머리를 돌리고 순영이를 굽어다보면서 구역이 날 듯한 달콤한 목소리로 설법을 하는 모양이다. 병주는 화끈한 얼굴을 번개 같이 돌리고 연극장 밖으로 나왔다. 암만해도 순영의 오늘 밤 태도가 심상치 않을 것을 직각한 까닭이었다.

"필경 과거가 될 차례가 오고야 말았나보다."

하고 그는 수줍은 웃음을 홀로 웃었다.

—《중성衆聲》 1929. 6.

유산流産

경부선 아침 열차가 부평富平평야의 안개를 가슴으로 헤치고 영등포 역에 닿을 때다.

경숙敬淑이는 아직도 슬슬 구르는 차바퀴 소리를 들으면서 차창車窓을 열고 윗몸이 차 밑으로 쏠릴 것 같이 내놓고 '플랫폼' 위를 일일이 점검하려는 것 같이 살폈다. 그러나 영등포까지 쯤이야 맞아줌직한 기호基浩의 얼굴이 보이지 않았다. 그는 집을 떠날 때에 전보로 통지를 하였었다. 만일 그 전보를 받아보고도 맞아주지 않았다면 경숙이 금번 경성 오는 것이 근본적으로 틀린 생각에서 나온 일이었다. 응당 맞으러 올 것이라는 기대가 컸던 것만큼 실망도 컸다. 그의 안색은 비가 쏟아질 듯한 가을 하늘빛 같이 변하고 말았다.

'본래부터 여자에게 달게 굴 줄이란 바늘 끝만치도 모르는 그 사람이지만 오늘 내가 경성을 오는 것은 그 의미가 다르지 않은가. 어쩌면 사람이 그렇게도 무심할까.' 이러한 생각은 경숙이가 기호에게 아직도 호의를 가지고 양해하는 원망이었지만 생각이 생각을 팔수록 기호와 자기 사이에 불길한 광경이 생길 듯한 예감像感이 커졌다.

경성에는 다시 발을 들여놓지 않겠다고 맹세를 하다시피 한 지 반 년이 못 되어 다시금 올라오는 것도 물론 부끄러운 일이지만, 편지로써

그만큼 양해를 청하고 또 일평생에 큰 관계를 가지게 할 이번 길인 것
도 모르는 체하고 기호가 한발도 내놓지 않는 것은 매우 섭섭한 일이었
다. 자기의 진퇴유곡進退維谷인 오늘 형편을 조그만치라도 이해하고 동
정한다면 전보로 맞아달란 그만한 부탁을 이렇게 잘라먹을 리는 만무
한 것이라 생각하였다. 그의 섭섭한 생각은 다시 원망으로 변하고 말았
다. 자기 자신의 몹시도 불쌍한 생각이 새로웠다. 이렇게 생각이 복잡
한 한편에는 그래도 행여나 기호가 이곳까지 맞으러 와서 자기를 찾으
려 이 찻간 저 찻간으로 헤매고 다니지나 않는가 하여 차안을 이곳저곳
으로 다니며 둘러보았다. 그러나 아니 온 기호의 얼굴이 경숙의 눈에
띠일 리가 만무하였다. 그는 실망만 잔뜩 안고 자기 자리로 돌아와 몸
을 던지듯 펄썩 주저앉았다. 그의 눈에는 눈물이 돌았다. '아마 경성역
에는 나와있겠지 용산까지나 왔을까……' 이렇게 생각을 돌이키고 그
는 눈물을 닦았다.

　기차는 어느덧 노량진을 지나 한강철교로 들어섰다. 경숙이는 요란
하게 구르는 차륜車輪 소리와 아울러 자기의 깊은 뱃속에서 새로운 생
명의 고동鼓動을 들었다. 밤이 새도록 놀지도 못하고 한편 구석에 단단
히 뭉쳤던 태아胎兒도 이제야 서울에 당도하였다고 기뻐하는 것 같이
힘있게 배를 치받고 움직이기 시작하였다. 경숙이는 이제야 비로소 이
러다가 유산이나 되지 않을까 하던 근심을 놓았다. 그러나 뱃속에서 아
무것도 모르고 뛰노는 새로운 생명의 더욱 불쌍한 생각이 또 하나 붙었
다. 그는 치맛귀로 손을 넣어 아랫배를 슬그머니 누르고 한숨을 길게
쉬었다. 그 새로 나올 생명은 그의 심장의 고동을 통하여 그의 존재를
알기 전까지는 듣기만 하여도 몸서리가 날 저주를 받아왔다. 경숙이
는 자기 몸에 이상한 기미가 생기고 그 이상한 기미는 의심 없는 잉태
인 것을 알게 될 때에 그는 이 새로운 존재를 몹시도 저주하였다. 물론
처녀로 잉태한다는 것은 말이 안 되는 일이지만 자기가 한번 저지른 일

이니 그의 보복으로 몹쓸 운명 아래 그대로 엎드려 지낼 생각은 없었다. 그는 여자사회에서 지금까지 쌓아놓은 지위가 이 생명 때문에 일조에 무너지고 말 것을 생각할 때에 눈앞이 캄캄하였다. 기호와 어울려 지낼 때에 결과가 여기까지 이르리라고 생각지는 않았다. 여자로서 전문 정도 학교를 마치었다는 것이 조선 여자사회에서는 그렇게 흔한 일이 아니었다. 경숙이가 얼굴이 어여쁘고 연단에 나서면 말을 잘하고 목청이 좋아서 음악을 잘하고 또한 남성에 대한 교제가 능란하다는 여자로 가지기 어려운 여러 가지 조건을 구비하였단 바람에 정신차리지 못한 여러 남자들은 경숙에게 호기심을 두고 덤비었던 것이다. 그때에 경숙이는 여왕처럼 여러 남자를 얼굴의 표정 하나로 울리기도 하였고 웃기기도 하였다. 여러 남성은 노예처럼 그 앞에 무릎을 꿇었다. 이러한 여러 남성 가운데에서 경숙의 호기심을 끈 것이 기호였었다. 기호는 어디에 내놓든지 못생겼단 말을 들을 남자는 아니었다. 그는 키가 후리―하고 얼굴빛이 희고 미목¹⁾이 청수한²⁾ 어여쁜 남자였었다. 그러나 이렇다고 말할 만한 주의나 사상을 가진 남자는 아니었다. 다만 여자의 환심을 사기에 급급한 남자였었다. 자기 마음에 드는 여자의 명령이면 죽는 시늉이라도 부끄러움 없이 하던 여자에게는 양 같이 순한 남자였었다. 이와 같이 마음대로 부릴 수 있다는 것이 경숙의 행락의 대상으로 충분한 유자격자有資格者이었던 것이다. 사람의 앞에 굴복하기 싫어하는 경숙이는 여름 석양의 모기떼처럼 덤비는 여러 남자 중에서 그저 잔재미 보려고 한 위안거리로 선택한 것이 이 기호였던 것이다. 기호와의 관계는 한 비밀에 붙이고 사회적으로 한 번 행세를 하여 보자고 한 것이 어느 동안에 고민의 씨를 자기의 몸에 심고 말았었다. 고민의 씨가 여자의 몸에 뿌려진 것을 알게 된 기호는 원수를 갚으려고 고심하

---

1) 얼굴 모양을 이르는 말.
2) (얼굴 모양이) 깨끗하고 빼어난.

던 사람이 원수를 갚은 것 같이 경숙에게 폭군의 행세를 하기 시작하였다. 그때부터는 경숙이는 자기의 소유물이라는 낙인을 친 것처럼 학대를 하였다. 어떠한 때이면 '여자가 건방지게 사상운동이 다 무엇이람. 집에서 부모봉양이나 하고 자녀나 기르고 남편이나 섬기면 그만이지. 무어니 무어니하고 떠들고 다니는 것은 다 무엇이람!' 하고 비웃었다. 말로는 가정생활을 권하면서도 그 주제 정식으로 가정살림을 시작할 생각은 하지 않았다. 이렇게 말하는 것도 입술의 장난이오 그의 본의는 아니었다. "그러면 여봐요. 정식으로 결혼식이라도 하고 살림이라도 시작합시다 그려. 누구가 살림이 하기 싫대서 그런 말씀을 하시오?"

경숙이는 틀어오르는 비위를 억지로 누르고 이렇게 말하면

"결혼식 할 사람이 다 제금 있지요. 당신 같은 이에게 그런 형식이 무슨 소용이 있소. 결혼식이니 무엇이니 하고 떠들어 놓았다가 당신이 '나는 자유요' 하고 홱 뿌리치고 나가버리면 그때에 다시 이혼식離婚式을 하여야 될 터이니 쓸데없는 식을 두 번이나 지낼 게 무엇이오. 그러지 말고 그저 비밀히 지내다가 서로 보기 싫거든 그대로 헤어집시다 그려!"

기호는 얼음보다 더 싸늘한 표정으로 이렇게 말하고 입가에 조소를 띠었었다.

"그러면 이 뱃속에 든 것은 어떻게 할까요?"

"뱃속에 든 것? 그야 당신 마음대로 하시구려. 동정녀 '마리아'는 예수 같은 아들도 낳았으니까. 요셉 같은 아버지가 생기겠지요."

이것은 아주 마지막 간 말이었다.

경숙이는 기호의 너무나 무책임한 대답에 벌어졌던 입이 오므라지지 않았다. 한참 동안 상대자의 얼굴을 뚫어지도록 바라보다가 머리를 앞으로 탁 숙이고 입술을 깨물었다. 그의 얼굴은 겨울 달 같이 희푸렀었다.

이러한 최후의 장면을 머리에 새기고 경숙이는 그날 밤에 바로 서울을 떴다. 그의 갈 곳은 역시 자기의 친가가 있는 F항 밖에 없었다. 참으로 남자의 무책임한 행동이 이와 같으리라고는 평일에는 상상도 못하였었던 바이다. 다만 아무리 못생긴 남자라도 건방진 생각으로 여자를 압박하고 연민하려는 것을 알았다. 여자를 소유물로 만들려는 야심이 있는 한편에 그래도 약하다 생각하는 여자에 대해서는 신의信義만은 어느 정도까지 가지고 여자의 일에는 책임을 지자는 마음이 있는 줄로 막연히 생각해 왔었다. 그러나 이 생각은 어리석은 처녀의 꿈나라 동경憧憬에 지나지 못하였다. 자기의 눈이 어두워서 또는 행락을 탐하려는 천박한 생각에서 빚어나온 인과응보이지만 생리적으로 심신에 변조變潮가 생긴 경숙이는 한갓 남성을 원망하는 마음에 '저 더러운 자식의 씨를 나의 귀한 뱃속에 넣어둘 것이 무엇이냐. 타태墮胎[3]다. 타태만 하면 그만이다. 아직 조그마한 핏덩이 때문에 일평생을 희생을 할 것이 무엇인가. 그도 이 사회에서 용서한다면 모르되 애비 없는 자식을 기르는 고통을 견딜 것이 무엇인가. 조그마한 고깃덩이 하나를 위하여 생명 있는 커다란 생령의 행복을 그대로 장사지낼 것이 무엇이냐.' 부르짖고 경숙이는 F항으로 돌아간 것이었다. 소문 없이 돌아온 경숙이는 F항에서 개업한 평일에 알던 산과의사産科醫師를 찾아갔었다. 악조증惡阻症[4]으로 그는 피골이 서로 붙어서 북망산에 구르는 촉루髑髏[5]를 연상케 하였다. 초췌한 얼굴로 힘없이

"선생님 저는 본래 폐가 약한데다가 임신을 한 것 같습니다. 저 같은 폐질로 순산할 수 있겠습니까. 이 사이 같이 부대끼다가는 암만해도 오래 못살 것 같아요." 은연한 가운데에 인공유산이라도 해서 모태를 구

---

3) 낙태. 유산.
4) 오조증(입덧).
5) 해골.

해달라는 뜻을 뵈었다. 의사는 자세히 진찰한 뒤에 청진기를 책상 위에 놓으며

"체질이 좀 약하신 듯합니다만 폐에는 그렇게 현저한 고장은 없으니까 너무 걱정마십시오. 초산 때는 흔히 그런 공포를 가지는 임부도 많습니다."

"만일 해산을 하다가 죽어버리면 어떻게 합니까. 정말 죽겠어요. 물한 모금만 먹어도 그대로 넘어오고야 마니 이대로 가다가는 꼭 죽을 것 같아요."

경숙이는 또다시 인공으로 타태를 해달라는 뜻을 뵈었다.

"악조증이 심하면 그런 수도 있습니다. 얼마동안만 참으시오……. 참 언제 결혼을 하셨던가요. 저는 도무지 몰랐어요."

의사의 새삼스러운 수작에 경숙의 희푸른 얼굴에는 새로운 핏기운이 돌았다. 그는 표정을 고치며

"작년 봄이야요. 여자 같이 불행한 것은 없는가봐요. 이러한 고통을 겪어야만 할까요. 정말 죽겠어요."

경숙이는 딴청을 써서 결혼문제를 피하려던 것이었다. 그러나 추근—한 의사는 경숙의 말끝을 놓치지 않았다.

"소리 없이 결혼을 하면 고통을 더 당한다나요. 결혼을 하시면 이런 사람에게도 술잔이나 먹여야 하는 게랍니다."

하고 웃었다. 경숙이는 차마 자기의 사정을 말하지 못하고 그대로 약을 얻어 가지고 집으로 돌아왔었다. 이 뱃속에 든 것을 어떻게 좀 처치해줍시오 하는 말을 아무리 해도 입밖에 낼 수가 없었던 것이다. 그는 집으로 돌아와서 병든 사람처럼 얼마 동안은 위석하여 누웠었다. 집안 누구에게든지 자기의 사정이야기를 토파[6] 하지 못하고 두어 달을 지났

---

6) 속마음을 다 드러내어 말함.

다. 이 두 달 동안이 고민의 연쇄였었다. 그는 정신상으로 고민을 하였다. 육체상으로도 정신에 지나지 않을 만한 고통을 맛보았다. 온갖 행락을 제 마음대로 해보고 아무런 흔적도 없이 뱃속 편히 지내는 남자가 진심으로 부러웠다. 만일 서로 진실치 못한 동기에서 다만 행락을 위하여 서로 몸을 섞고 그 벌로 이와 같은 고민 고통을 받아야 할 것이면 기호와 자기가 한가지로 같은 정도의 것을 맛보아야 할 것이다. 그러나 아무런 책임관념이 없는 남자는 그대로 두고 잔약한 여자에게만 이러한 벌을 씌운다는 것은 너무나 불공평한 일이었다. 참으로 저주함직한 운명의 장난이다.

경숙이는 얼마쯤 지내는 동안에 몸의 고통은 조금씩 덜어졌다. 밥도 차차 먹히기 시작되었다. 얼굴에서도 화색이 점점 돌았다. 촉루 같은 몸에는 살이 붙기 시작하였다. 그는 새로운 생명의 심장의 고동을 듣기 시작하였다. 그리고 그의 약동조차 들었다. 새로운 생명이 나의 몸 안에서 자라난다. 저 저주받던 생명이 그래도 무럭무럭 자라난다. 고요한 밤 외로운 베개 위에서 생명의 움직이는 소리를 남몰래 들을 제 그는 그 생명을 저주한 일이 후회가 났다. 이렇게 자라나는 생명을 없애자고 의사의 집 문 두드린 일이 부끄러웠다. 그는 얼굴을 가리우고 울었다. 그러나 그 생명은 자기의 염통의 피가 구를 때마다 그의 잔인한 생각을 비웃는 것 같이 들렸다. 도리어 저주하고 애원하는 것 같이 들렸다. 그대로 있게 하여 달라고 탄생의 환락을 맛보게 하여 달라고.

'아니다. 이 생명을 위하여 이 새로운 생명을 위하여 내 몸의 연장延長을 위하여 나의 몸을 희생하자. 사회적 조그마한 지위가 다 무엇이냐. 남부끄러운 것이 무엇이냐. 명예가 다 무엇이냐. 이 생명을 살리자! 오, 지금까지 이 어미의 생각이 틀렸다. 너를 저주한 죄를 용서하라. 네가 장성한 뒤라도 너의 존재를 저주하여 없애고자 하던 그 박정한 어미라도 버리지 말라. 이것은 너의 잘못도 아니요 내 잘못도 아니요 이 세상

에서 우리 같은 존재를 장사하려던 이 사회의 인습의 잘못이요 제도의 잘못이다. 이 인습과 다투자!'

경숙이는 이렇게 부르짖고 사랑이 넘치는 부드러운 손으로 배 안의 존재를 어루만졌었다.

경숙이는 자기 혼자 어떻게든지 이 생명을 위하여 남모를 먼 곳으로 갈까 하였다. 그러나 아무리 생각하여도 신랄한 사회와 싸워질는지 그것이 한 의문으로 있었다. 그는 생각다 못하여 서울 기호에게 새로운 생명의 아버지에게 이 자식의 장래를 위하여 아비로서의 책임을 다해 달라는 간곡한 편지를 하였었다. 한번 하여도 답장이 없었고 두 번 하여도 역시 답장이 없었다. 네 번째에야 비로소 답이 왔다. 그 답의 내용이 경숙의 예상한 것과 달랐다. 좌우간 장차 나올 생명에 대하여서는 아비로서는 모든 책임을 지려니와 경숙의 생각 여하에 따라 남편으로서도 책임을 다할 터이니 지금까지 생각하던 건방진 생각은 다 버리고 서울로 올라오면 모든 일은 어떻게든지 다 잘 처치할 것이라 하였고 끝에는 너무 고민을 시켜서 미안하다는 말까지 첨부하였었다.

건방진 생각! 경숙이는 큰 모욕이나 당한 것 같이 또다시 심술이 났다. 그러나 뱃속에 생명의 심장의 울음이 들릴 때에 그는 편지를 놓고 베개 위에 몸을 던졌다. 가자! 서울로 가자. 하는 수 없다. 절망하듯 기뻐하듯 경숙이는 이렇게 부르짖은 지 며칠 뒤에 경성 기호에게 맞아달라는 전보를 치고 F항을 떠났던 것이었다.

경숙이는 기호가 경성역까지야 아니 나왔으리 하는 일루[7]의 소망을 가지고 경성역에 내렸다. 물결 같이 밀려나오는 여러 사람 중에서 기호를 찾으려고 애를 썼다. 그러나 기호는 보이지 않았다. 그 같이 많은 사람의 그림자가 '플랫폼'에 거의 없어질 때까지 사면을 둘러보았으나

---

7) '몹시 미약하여 겨우 유지되는 정도의 상태'를 비유하여 이르는 말.

역시 보이지 않았다. 다만 '아까보'와 역부 몇 사람이 바쁜 걸음으로 이리저리 왕래할 뿐이었다. 그는 힘없는 다리로 무거운 몸을 겨우 받쳐가며 정거장 밖으로 나왔다. 출구 앞에서 기다리지나 않을까 하고 또 살폈다. 역시 보이지 않았다. 그는 하는 수 없이 다시 자동차가 늘어선 사이를 빠져서 정거장 일 이등 대합실로 들어갔다. 별안간 집을 뛰어나온 몸으로 여관을 찾아가기도 좀 안된 생각이 났고 그렇다고 아는 다른 친구 찾기도 너무나 염의[8]가 없었다. 그는 실상 서울을 이렇게 가면 기호가 유숙할 만한 처소쯤이야 준비해 놓았으리라고 믿고 왔다. 그러나 믿은 것이 도리어 어리석은 일이었다. 시간관계로 나오는 것이 좀 늦어진 것이나 아닐까 하는 기다리는 마음과 만일 영영 아니 보이면 어떻게 해볼까. 갈 곳을 작정하려는 마음이 경숙을 잠깐 동안 대합실 '쿠션' 위에다 앉혀 놓았다. 십 분이 지나도 기호는 보이지 않았다. 이십 분이 지나도 또 마찬가지였다. 그러면 기호의 집으로 바로 찾아갈까. 아니다. 홀몸도 아니요 이와 같이 무거운 몸으로 천여 리 먼 길을 오는 사람을 오든 말든 모르는 체 하는 그 사람을 찾아가면 무엇을 하랴. 만일 냉대나 하면 그 집안 여러 식구 앞에서 얼굴에 불을 붙이고 돌아서야 될 것이다. 만일 그렇다면 차라리 찾지 않는 편이 낫지나 않을까. 그러면 어디로 갈까. 아! 무정한 남자! 무책임한 남자! 저주하는 마음이 다시 새로워졌다.

경숙이는 한 시간 이상이나 궁리를 하다가 '쿠션'에서 몸을 힘없이 일으켰다. 아무리 부드러운 자리이지만 그는 바늘방석에나 앉은 것처럼 불안을 느낀 까닭이다. 기차가 떠날 때마다 사람이 바뀌어 들었으나 오는 사람마다 자기의 얼굴을 유심하게 바라보는 것 같아서 늘 머리를 숙인 채로 앉았던 까닭인지 머리를 들자 그는 현기증이 났다. 곧 몸이

---

8) 염치와 의리를 아울러 이르는 말.

쓰러질 듯하였다. 그는 정신을 차리어 쓰러지려는 몸을 겨우 가누어 가며 정거장 광장을 향하고 나섰다. 나서기는 나섰으나 아직도 어디로 갈는지 그 방향을 확실히 정한 것은 아니었다. 그는 다리로 몸을 운전하며 머리로는 갈 곳을 생각하던 중이었다.

그가 머리를 숙이고 맥이 풀어진 채로 전차 정류장의 안전지대 위로 올라가려고 차도를 건널 즈음이다. 자동차의 싸이렌 소리가 바로 귀밑에서 폭발이 되고 사면에서 여러 사람의 외마디 소리가 들리며 경숙이는 자동차의 (헤드라이트) 등 밑에서 아이구 하고 신음하였다. 순사가 왔다. 땅에 거꾸러진 경숙의 창백한 얼굴에서는 붉은 피가 흘렀다.

"신여성이 자동차에 치었다. 안 되었는걸."

이러한 군중의 수군거리는 소리를 뒤에 남기고 기절한 경숙이를 담은 자동차는 S병원으로 달려갔다.

* * *

경숙이는 혼수상태로 반일을 지났다. 그의 '베드' 곁에는 수술복을 입은 의사와 간호부가 서 있었다. 의사는 경숙의 손을 들어 맥을 짚고 있었다. 간호부는 붕대로 친친 동여맨 경숙의 얼굴 가까이 귀를 대이고 가늘게 하는 잠꼬대 소리를 들었다. 무어라 응응거리고 신음하지만 자세히 분간하여 들을 수가 없었다.

"깨어난 모양이나 매우 중태인걸! 대체 이 여자의 집이나 알아야 할 텐데……" 하고 의사는 잡았던 경숙의 손을 가만히 '베드' 위에 놓는다.

"정신을 더 좀 차리거든 물어보지요" 하고 간호부는 환자의 얼굴에서 귀를 떼었다. 의사는 청진기를 수술복 호주머니에 넣고 밖으로 나아갔다.

얼마 후에 경숙의 입에서는 긴 한숨이 신음하는 소리와 어울려 나왔다. 그리고 붕대 감은 사이로 영기靈氣 빠진 눈이 반쯤 떠졌다. 간호부는 가까이 들어서서 "정신 좀 차리셨어요" 하고 조심스러이 다정한 소리로 묻는다.

"여기가 어디야요."

실보다도 더 가는 말이 핏기 없는 경숙의 입술을 흘렀다.

"여기는 S병원이야요. 어디 몹시 아픈 데나 없어요?"

간호부는 경숙의 손을 어루만지며 물었다. 경숙이는 "아이구구" 힘없이 날카롭게 부르짖으며 자기가 누워있는 것이 어디인지를 알았다는 것 같이 눈을 껌벅이며 턱을 앞으로 당기어 머리를 조금 끄덕이었다.

"댁에 통지를 해드려야 하지요."

경숙이는 아무 대답도 없이 눈을 스르륵 감는다. 그의 눈에서는 눈물이 주르륵 흘렀다.

"댁이 어디세요."

간호부는 친절히 묻는다.

"……"

간호부는 물주전자의 귀를 입에 넣어주며 환자의 입술을 축인다.

"댁이 어디세요. 가족에게 통지를 해주어야 하지요."

"저는 집도 터도 없는 가련한 사람이야요. 아무게도 통지할 곳이 없는 이야요……."

경숙의 눈에서는 새로 눈물이 배어나왔다.

"그럴 리가 있나요. 말씀을 하세요."

"……"

"당신은 홀몸도 아닌 모양인데 댁에 통지를 해야 되잖겠어요."

간호부는 환자의 손을 어루만진다.

경숙이는 정신이 날 때부터 뱃속의 새 생명이 세상 바람도 쐬어 보지 못하고 그대로 장사나 지내지 않았나 하여 마음이 아프던 터이다.

"어떻게 되었어요."

하고 경숙이는 잘 움직이지 않는 손을 억지로 배로 가져갔다.

"아직도 알 수 없어요. 대단히 놀란 모양이니까 퍽 조심을 하셔야 합니다."

"관계찮을까요……."

"글쎄요……."

간호부는 시원치 않은 대답에 경숙이는 절망을 느끼었다. 눈을 감고 한숨을 길게 쉬었다. 그는 새로이 복통을 느끼었다. 아랫배가 뻑적지근하였다.

"아! 유산!" 이 생각이 벼락 같이 번뜩일 때에 눈앞이 아주 캄캄하였다.

이와 같이 기화奇禍[9] 만난 것을 기호에게 통지를 하는 게 좋을까. 그렇게 무정한 남자에게 통지를 하는 게 다 무엇이냐. 이 S병원에서 이 잔악한 두 생명이 영영 끊어져도 알려줄 것이 무엇이냐. 알려준다는 것은 구원을 애걸함이다. 아서라. 죽으면 그대로 죽자. 이번 일이 생긴 것이 모두 그 남자 때문이다.

그러나 유산, 세상에 고상한 운명의 장난도 많다. 사회적으로 살아볼까 하고 새로운 생명이 이 몸에 붙을 때에 어떻게 고민을 하였느냐. 어떻게 몹시도 저주를 하였느냐. 인과의 씨! 조그마한 핏덩이 하나를 이 몸에 떼내면 영원한 행복이 올 것 같이 그것을 떼이려고 발버둥을 치지 않았느냐. 이것이 생김으로 인하여 남성의 노예가 될까 두려워하여 의사의 문을 두들기고 혀 꼬부라진 소리로 애걸을 하지 않았느냐. 그러나 그 핏덩이는 영영 떨어지지 않았었다.

---

9) 뜻밖에 당하는 재난.

그러나 다시 사람으로서 어머니로서 뱃속의 새로운 생명에 애착을 느끼게 되지 않았는가. 전날의 저주한 죄를 몇 번이나 남몰래 어린 생명에 애걸하지 않았는가. 이 생명을 위하여 명예도 지위도 개성도 모두 버리자고 약속하지 않았느냐. 그러한 결심이 뭉치고 뭉치어 다시 박정한 남자를 찾아 서울로 올라온 오늘에 이 새 생명의 받은 기화가 웬일이냐. 그를 저주할 때는 떼려도 뗄 수가 없다가 그의 행복을 위하여 어머니로 사랑을 바치려 하는 오늘에 와서는 이 지경이 되지 않았는가. 사랑의 운명이 얼마나 심술이 궂으면 이렇게 장난을 칠까. 다시 앞이 캄캄하였다.

"여보시오. 이 뱃속의 아이를 살려 주세요. 선생님을 좀 오시게 하세요. 네……."

경숙이는 미치듯 부르짖었다.

"너무 흥분하시면 안됩니다. 가만히 계세요. 아직 어떻게 되는지 알 수 없는 것을 미리 걱정하실 것 없어요. 네……."

간호부는 위로한다.

"아니야요. 아니야요. 배가 아파요. 아무 소리도 듣기지 않아요. 나는요 날마다 마음으로 어린 것이 뱃속에서 움직이는 것 때문에 살아왔어요. 네. 어떻게든지 살도록 해주세요."

경숙의 배는 틀어올랐다. 피가 옷에 젖는 것을 느끼었다.

경숙이는 다시 혼수상태를 계속하였다.

* * *

운명은 어디까지든지 사람을 웃었다. 어디까지든지 조롱하였다.

경숙이가 S병원에 떠메어 들어온 지 이틀 만에 여러 의사의 정성껏 치료한 것도 아무런 효험이 없이 필경은 유산이 되고 말았다. 며칠 동안 사선死線을 방황하면서도 기호에게는 통지하지 않았다. 간호부나 의사는 경숙이가 정신을 차릴 때마다 그의 주소와 성명을 물었다. 그러나 경숙이는 묻는 말의 대답을 역시 눈물로써 다시 할 뿐이었다. 묻는 이도 필경은 그의 고집에 지고 말았다. 너무나 미안한 생각이 도리어 나게 된 까닭이었다. 경찰에서도 조사가 왔다. 병원에서는 환자가 위독하다 하여 후일로 조사를 미루게 하였다. 이 환자는 병원에서도 한 의문으로 있었다.

유산한 뒤에 출혈이 심하여 경숙의 생명도 일시에는 위독하였으나 어찌어찌하여 중태를 면하고 베드 위에 띵띵 부은 채 반듯이 드러누웠었다. 누구가 보든지 이 환자가 그렇게 어여쁘던 경숙으로 여기지는 않을 만하게 되었다.

경숙의 뱃속에서 무한한 저주를 받다가 겨우 축복을 받아 그 어머니의 기쁨이 되고 희망이 되고 원기를 돋우던 태아는 유리병 속의 표본이 되고 말았다.

그러나 이 표본을 보는 사람으로 이 태아가 어떠한 경로를 밟아 유리병 속에까지 들어온 것을 아는 사람은 하나도 없었다. 알려고 하는 사람도 없었다.

—《신소설》 1929. 12.

옛 보금자리로

그날의 신문편집은 끝났다. 담배를 피워 들고 숨을 돌릴 때에 책상 위의 전화 '벨'이 때르르 운다. 나는 전화 수화기를 귀에 데었다. 손님이 찾아왔다는 수위의 전화였다. 손님을 응접실로 들이라고 이른 뒤에 피우던 담배를 다 피웠다. 막 좀 쉬려 할 때에 내객来客이 그다지 반갑지 않았지만 편집에 몰려 눈코 뜰 겨를 없이 바쁘게 날뛸 그때보다 오히려 귀찮은 생각은 없었다. 남은 일을 동료에게 부탁하고 바쁜 걸음으로 편집실 문을 막 나설 때에 반가이 인사하는 이가 있었다. 그는 나의 고향사람 K군이었다. 나를 찾아왔다는 이가 그이였었다.

내가 앞을 서서 응접실로 K를 인도하였다. 자리를 정하고 앉은 뒤에 K는 바로 말을 냈다.

"C에 있는 H라는 여자를 아시지요."

H란 여자는 내가 C지방에 갔을 때에 두어 번 만나본 여자였다. H는 C지방에서 기생 노릇을 하던 여자였다. C지방은 나의 고향인 만큼 여행할 틈을 얻을 수가 없는 나로서도 일년에 한번 잘하면 두 번쯤은 내려갔었다. 고향 친구들은 서울에 있는 친구가 찾아왔다 하여 관대[1]를

---

1) 정성껏 대접함.

하였다. 관대를 하는 것이 나로 하여금 일년에 두 번이라도 고향을 찾게 한 것인지도 알 수 없었다. 평소부터 한 '코스모폴리탄'으로 자처하는 나에게 무슨 향토의 관념이 있을 것이랴. 나는 일년에 한두 번 고향의 친지를 만나 통음痛飮[2]을 하고 여러 사람의 사는 형편과 시가의 변화를 듣고 보는 것이 나에게는 생명을 세탁하는 한 기회가 된 까닭에 매년 빼지 않고 기어이 C지방을 찾게 된 것이었다. H란 여자를 만난 것도 물론 여러 벗과 통음할 때의 일이었다. 내가 삼년 전 여름에 H를 처음 보고 인상이 매우 깊었던 것은 사실이다. 인상이 깊은 이유는 간단하였다. 그의 미美가 나의 맘을 끈 것도 아니요 그의 가진 별다른 매력에 인상을 깊이 한 것도 아니었다. 다만 그 골 기생 중에서는 그가 제일 기생 노릇을 싫어한다는 이유뿐이었다. 그는 노래 공부보다도 산술이나 일어 공부를 더 좋아하고 양금이나 가야금보다도 창가를 더 잘한다 하였다. 이것이 화류계 여자로서는 외도外道인 것이 분명하지만 그는 웬일인지 학생 흉내만 내었다 한다. 그뿐 아니라 기억력이 특별히 좋아서 무엇이든지 한번 일러만 주면 잊어버리는 일이 없다 한다. 그래서 기생으로 물론 싱겁기가 한량없지만 그의 기생으로는 외도인 점이 도리어 손님들의 환심을 사서 나와 같은 사람이 외읍에서 오며는 C주의 명물처럼 소개하는 터이라 하였다. 말하자면 C주의 친구들이 나를 위하여 특별히 그 지방 명물로 소개한 것이었다. 그리고 화류계에 대한 아무러한 지식을 가지지 못한 백지인 내가 그 여자에게 반드시 호기심을 가지라는 생각으로 장난꾸러기 친구들이 일부러 H를 불러 술자리의 흥을 돋우자는 뜻인 것이 분명하였다. 친구들의 장난인 줄 번연히 알면서도 그들의 함정에 빠져 H에 대한 호기심은 제법 높아졌었다. 그리하여 나도 술잔이나 들어간 김에 그에게 달근달근 굴게 되었었다. 이

---

2) (술을) 매우 많이 마심.

달근달근하게 구는 태도가 H의 맘에는 마땅치 못했던지 그는 나에게 꽤 쌀쌀한 태도를 보였었다. 그러나 H의 환심을 사야 할 정도의 야심을 가지지 않은 나에게 그의 쌀쌀한 것이 아무러한 관심이 될 것이 없었다. 그는 그러하거나 말거나 나는 나의 호기심에 맡겨 좀 귀찮게 굴었다. 그날 밤이 늦도록 그를 끌고 여러 친구와 함께 요릿집으로 헤매고 다녔었다. 나중에는 그 집에까지 가서 문을 두드리고 야료[3]를 놓았었다.

이러한 일이 있은 뒤로 C주에서 올라오는 그때의 친구를 만나면 말말끝에 H의 이야기가 의례히 나왔다. 그리하여 그 이듬해에 내가 C주를 내려갔을 때에도 친구들은 술좌석을 벌리고 H를 일부러 불러주었다. 그러나 H의 행동은 전 해나 별로 다른 것이 없었다. 조금 성격상으로 우울한 것이 분명히 보이는 듯할 뿐이었다.

H와의 관계는 다만 이것뿐이었으므로 나는 K군의 묻는 말에 서슴지 않고

"H 말이요? 알고말고요. 이새[4] 잘 있나요."

하고 반문을 하였다.

K는 조금 걱정하는 빛으로

"H가 지금 서울로 왔어요" 한다.

나는 K의 말하는 표정으로 보아 H의 상경한 이면에는 무슨 이유가 숨어있는 것을 직각直覺하였다. 그리고 반갑기도 하였다.

"H가 와서…… 서울로 기생 노릇을 왔나요."

이것은 내가 짐짓 묻는 말이었다.

"아니에요. 서울로 공부를 한다고 도망해 왔답니다."

K군은 H를 변호하듯 말한다.

---

3) 까닭 없이 트집을 부리고 마구 떠들어 대는 짓.
4) '이사이'의 준말.

"그가 공부할 형편이 되나요."

나는 이렇게 물었더니 K군은 H가 서울로 도망해온 동기와 경로를 대강 설명한다. 그것을 들으면 대강 이러하였다.

H는 근 일년 동안 기생 노릇을 중지하고 제 집에서 지내었다. 그러다가 그의 부모가 그더러 돈벌이가 잘될 K주로 기생의 호적을 옮겨 그곳에서 대대적 활약을 하려고 하여 오든 계획을 세워서 집 세간까지 옮겼다. 그러나 H는 아무리 생각해도 기생 노릇은 다시 할 수 없었던지 그의 부모가 없는 틈을 타서 집안을 뛰어나왔다. 나올 때에도 다른 사람들의 감시가 엄중한 까닭에 하는 수 없이 목욕을 간다 핑계하고 목욕 제구를 손에 든 채 인력거를 불러 타고 C주에서 삼십 리나 되는 곳에 와서 기차를 타고 서울까지 뺑소니를 친 것이었다.

K군이 H의 도망한 것을 알 리가 없었지만 차중에서 우연히 만나게 되어 이러한 사정 이야기를 들은 것이었다.

"저도 웬 셈인 줄 몰랐다가 H의 이야기를 듣고 보니 퍽 안되었더군요."

하고 자기의 처지를 변명한다.

나는 H가 도망하여 서울로 왔다기로서니 그것을 나에게 이렇게 급히 와서 고할 것이 무엇일까, 이것은 K군이 다른 사람의 말을 잘못 듣고 나를 오해함이나 아닌가 하는 의심을 아니 할 수 없다.

"그가 필경 도망질을 치고 말았군. 하여간 이상한 여자야. 그가 지금 어디 있소" 하고 물었더니 K군은 나의 말을 기다렸다는 듯이

"지금 그것이 문제에요. 여자가 혼자 여관으로 갔다가는 경찰의 문제가 되어 붙들려갈 염려가 있고 해서 있을 곳이 없어 쩔쩔매는 모양입니다."

이 말은 나더러 그의 숨어있을 곳을 구해주라는 의미였다.

"그러면 어느 조용한 여염집에 들어있는 게 좋겠지!" 하고 K군의 의

견을 도리어 물었다.

"우선은 하는 수 없이 저와 같이 온 친구의 일가 집에 가서 잠깐 붙어 있지만 있을 방도 마땅치 못하고 또 주인의 뜻도 자세히 몰라서 퍽 불안히 여기는 듯해요. H도 생각다 못해 한 말인지 알 수 없지만 이 일을 어떻게 하면 선생더러 여쭈어보아 달라고 해서 지금 보러 왔어요" 하고 K군은 딱한 듯한 기색을 보인다.

그러나 나에게 별 지혜가 없었다. "글쎄 어떻게 했으면 좋을까." 혼잣말로 했더니 K군은

"H가 선생을 좀 뵈었으면 좋겠다고 해요."

나에게도 만나보았으면 좋겠다는 생각이 없는 게 아니었다.

"지금 바쁘지 않으시면 저와 함께 가시지요." K군은 함께 가기를 권한다.

나는 K의 말을 실상인 즉 기다렸던 것이다.

"그러면 같이 가 봅시다" 하고 벌떡 이러났다.

"잠깐 기다려주세요. 어느 친구와 여기에서 만나기로 했습니다."

K군은 이렇게 말하고 창문을 열고 아래를 내려다본다.

나는 그대로 자리 위에 앉았다가 편집실로 들어와서 모자를 들고 응접실로 다시 왔다.

창문 아래서 모터 '싸이렌' 이 요란하게 울었다.

K군은 앞을 서서 나를 인도한다.

정문 앞에는 '싸이드카' 를 붙인 '모터싸이클' 이 놓여 있다. K군과는 거의 연갑[5]되는 젊은이가 섬적 '카' 에서 내리자 K군의 소개로 인사를 한다. 그도 역시 C주의 젊은이였다. H의 일에 대하여 C주의 젊은이들이 이렇게 노력하는 것이 한 기적처럼 생각이 되었다. H는 그들의 노

---

5) 연배.

리갯 감이 되기 싫다고 도망해온 사람이 아니냐. 그들은 노리갯 감을 잃은 그들이 아닌가. 그들은 배반당한 풍류랑이 아닌가. 그러나 반역자를 위하여 힘쓰는 그들의 가슴에도 아직도 인서仁恕의 내가 있었던 것이다. 인간으로 사랑이 있었던 것이다. 이야말로 인간성의 발로라 할까.

* * *

젊은이는 나를 '싸이드카'에 태우고 육조 앞 넓은 길로 전속력을 놓아 번개같이 '드라이브' 하였다. 귀 밑에서는 첫 여름 훈훈한 바람이 휘파람을 불었다. 서십자각 모퉁이를 슬며시 지난 카는 북악산을 향하고 살같이 달아났다.

이렇게 따라가면서도 여러 가지 복잡한 감정이 가슴을 채웠다.

빨리 가는 곳이 어디며 또한 어떤 이유일까.

활동사진에서 흔히 보는 속아서 잡혀가는 가엾은 남성의 짓이나 아닐까. 여러 가지 환영을 나의 머리에 그렸다.

효자동 종점 가까이 가매 '카'가 스탑을 한다. 나는 K군 일행의 뒤를 따라 개천을 끼고 실골목으로 들어서서 한참동안 걸었다. 개천가를 향한 조그마한 대문으로 그들은 들어선다. 나도 따라 들어섰다. 집안이 한참 역사 중에 있는 것 같았다. 한편에서 미장이들이 토역을 하고 있고 한편에서는 목수가 나무를 깎고 있다. 마당에는 여러 가지 살림이 늘어 놓였다. 그리고 한편 방에서는 도배를 하고 있다.

K군은 H를 찾는다. 분명히 있는 모양이었다. 그러나 H의 대답은 없다. 그가 정녕코 K군 일행 보기를 부끄럽게 생각한 것이었다. 나는 K군의 시키는 대로 마루 끝에 걸터앉았다. K군이 부엌문 앞으로 가더니 무어라 수근대는 소리가 들렸다. 아마 내가 왔다는 말을 전하는 모양이

었다. H가 주저주저하고 잘 나서지 못하는 것은 아마 의복이 남루하든지 얼굴에 화장이 없든지 한 것이 상상되었다. "괜찮아…… 어째서……" 하는 소리가 나더니 부엌에서 H가 나온다. 그는 트레머리를 하였다. 암만해도 쪽진 것보다는 좀 어색해보였다. 물론 얼굴에 분기는 없었다. 그러나 웬일인지 반창고가 얼굴의 두세 군데를 조금씩 점령한 얼굴의 면적은 백분의 일이나 될까 말까 하지만 흰 얼굴의 미를 파괴하기는 거의 전부인 느낌이 있었다. 그리고 그의 입은 옷은 너무나 후줄근해 보였다. 그가 C주에 있을 때에는 잠잘 때에도 아니 입었으리라. 하여간 H가 사람 앞에 나서기를 주저한 것도 무리는 아니었다. 그 전해 여름 C주에서 만날 때보다는 좀더 엉정기튼 곳이 있어보였다. 직업이 직업인만큼 그때에 나를 대하던 그의 태도와 집을 벗어나고 직업을 떠나서 나를 대하는 오늘날 태도가 같을 리가 만무하였다. 그의 모든 표정이 부끄러움으로 한 껍질을 씌운 것 같았다. 다른 남자를 청해 놓고 도리어 부끄러운 생각을 하는 것이 그가 다시 처녀성으로 돌아선 것인지도 알 수 없다.

나는 자리에서 몸을 일으키며 "이게 웬일이오" 하고 물었다.

H는 얼굴이 발개지며 변변히 대답을 못하고 눈에다 미소만을 띄우다가 다시 머리를 숙인다. 이것은 '왜 K씨한테서 자세한 말은 들으셨지요' 하는 표정이다.

나는 무슨 말을 내어야 좋을지 알수 없어 그대로 섰다가

"얼굴이 왜 저렇소" 하고 물었다. 너무나 물색없는[6] 물음이었다. 나에게는 언제든지 이런 말을 함부로 내놓아 여자들의 비위를 거스르는 버릇이 있었다. 그 버릇을 이 자리에서도 발작적으로 또 내어놓은 것이었다.

---

6) 말이나 행동이 조리에 닿지 않는.

"여름마다 얼굴짓걸로 고생을 해요. 여름이 가까우니까 아마 또 그러는 모양이야요."

H는 의외로 부끄러워하지 않았다.

그 전 해 여름에도 그는 얼굴에 몇 군데의 반창고를 붙였었다는 기억이 났다. 동그랗게 오려붙인 반창고는 구름 없는 하늘에 보름달 같이 뚜렷하다고 농담하던 생각까지 난다. 그러나 올에는 달도 너무 수회가 많아서 아름다운 것을 잃어버린 것이었다. 그러나 반창고를 많이 붙이고도 그렇게 부끄러워할 줄 모르는 것은 그의 맘이 아름다워진 것이었다. 적어도 얼굴미와 직업심리의 교섭이 적어진 것만은 짐작할 수 있었다. 그리고 그에게는 말버릇이 하나 있었다. 내가 C에서 그를 만나볼 때에 조금 대답하기가 거북한 말이면 그는 반드시 '아이구 참……'으로 호도糊塗[7] 할 뿐이었다. 지금에는 '아이구 참……'의 말버릇을 발견치 못하였다. 전일 같으면 '당신 얼굴이 왜 저렇소' 하고 물었을 때에 그는 '아이구 참……'이 벌써 나오고야 말았을 것이다.

어찌 되었든 여러 점으로 보아서 H에게 여러가지의 변화가 생긴 것은 사실인 것 같다.

주인 듣는 데에 갈 곳을, 장차 있을 곳을 묻는 것이 좀 안된 듯도 하였지만 H가 나를 보자는 것이 당분간 피신할 문제인 것을 알고 온 이상 그의 입에서 그런 말을 먼저 듣는 것보다는 내가 미리 내놓는 것이 도리어 생색이 나고 인정다울 듯하여

"대관절 조용한 숙소를 잡아야 할 것 같은데…… 어떻게 하면 좋을까요?"

하고 어리뻥뻥한 말을 나는 내놓은 것이었다. H는 말소리를 조금 낮추어

"이 집에는 오래 못 있을 형편인데 안 되었어요. 사람 만날까 무서워

---

7) 어물쩍하게 넘겨버림.

서 출입도 맘대로 못해요" 하고 말끝을 흐리고 바라만 본다.

　이것은 서울에 사는 나더러 조용한 여관을 잡아달라는 의미였다. 그는 그렇게 생각지 않았다 할지라도 나는 그렇게 해석치 않을 수 없었다. 별안간 피신할 말썽 없는 여관을 찾기는 매우 힘드는 일이었다. 나역시 시원한 대답을 하지 못하고 있는 것을 곁에 섰던 K군이 미안하게 생각하였든지

　"그러면 선생 댁이 어떠할까요. 지금 형편 같아서는 선생 댁이 제일 안전할 것 같은데요."

하고 나의 얼굴을 번갈아가며 바라본다. H에게도 그러한 의견은 있었지마는 직접 나에게는 말을 못하고 K에게다만 미리 의사를 물어본 것도 같았다.

　이 말을 이 자리에서 가부간 직답하기는 좀 어려웠다.

　첫째, 도망해온 여성을 내 집에다 숨겨두었다는 것이 말썽이나 되지 않을까. 더구나 나의 H에 대한 감정이 불순한 것을 청산치 못한 이때에 그를 나의 집에다 숨겨두었다가 어떠한 가정적 파탄이나 생기지 않을까 하는 생각이 대답을 주저하게 한 것이었다. K의 입에서 그런 말을 들을 것도 없이도 나는 신문사 응접실에서 K의 말을 들을 그때부터 벌써 그런 방편까지도 생각하였던 터이다. 그러나 가족의 양해가 없이 H를 내 집에 머무르게 한다는 것이 내가 그에게 호기심을 비록 안 가졌다 할지라도 문제 거리였다.

　나는 생각을 돌리었다. 지금까지 가진 그에 대한 나의 호기심은 물론 절대의 것이 아니다. 그가 화류계의 여자라는 점에서 가지게 된 것이다. 그는 다시 살겠다는 새 세상을 찾겠다는 가련한 여성이라는 의식 아래서도 나의 호기심이 영원성을 가지고 발작할 리는 만무하다는 자신이 그에 대한 대답을 재촉하였다.

　"당신의 생각에 아무 관계없으면 당분간 내 집에 와 계셔도 좋겠지

요."

하고 쾌락을 하였다.

　H는 매우 반가운 모양이었다. 곁에 섰던 K군도 남의 일 같지 않게 반가운 모양이다.

　"그러면 이 선생 댁으로 가는 게 좋겠지요."

하고 K군은 H를 재촉하고 나더러는

　"저는 좀 볼일이 있어요. 요다음에 또 뵈옵겠어요" 하고 자기의 직분은 다 마쳤다는 것 같이 밖으로 나갔다.

　"서울에 있으면 무얼 하시겠소?"

하고 물었더니 H는 머리를 숙이면서

　"공부를 좀 해볼까 해요."

　공부! 물론 좋은 일인 것은 틀림이 없었지만 좋은 일이라고 저마다 다 하는 것은 못된다. 첫째는 학비가 있어야 될 것이요 끈기와 노력이 있어야 할 것이다. 공부가 좋다 하니까 여자들이 항용 가지고 있는 허영심으로 전후사정을 불고하고 뛰어나온 것이나 아닐까 하여

　"집안 형편이 공부를 하여도 관계치 않을 정도입니까" 하고 물었다. 그는 대답이 없다.

　대답 않는 것을 보니 자기 집안 형편은 자기를 공부시키지 못할 정도이지만 다른 방법으로 어떻게든지 분투해보자는 것인 듯하였다. 그러나 젊은 여자가 공부하기 위해서 분투한다는 것이 저마다 할 일이 못되는 것은 누구든지 안다. H인들 모를 리가 없다. 필연코 공부하는 데는 어떠한 자신을 가진 것 같았다. 모처럼 인육시장이나 다름없는 화류계에서 몸을 빼서 나온 그더러 너무 무모한 짓이나 아닐까 그의 장래를 근심하는 것은 그의 용기를 눌러주는 것이요 그의 처지를 동정하는 것이라고 생각할 수 없다. 그저 H에게는 상당한 후원자가 생겨서 공부하려 하였으나 욕심 많은 그의 부모들이 기생 어미나 기생 아비의 짓을

발휘하느라고 그를 붙들고 내놓지 않는 까닭에 그는 하는 수 없이 경성
으로 도망질을 친 것으로만 해석하는 수밖에 없다. 이 말 저 말 묻는 것
이 H를 자기 집에 숨겨두기 싫어서만 하는 말 같아서 딴 말은 중지하고
　"좌우간 당신의 일이 해결될 때까지 나의 집에 있어도 무방하면 오셔
도 좋습니다." 다시 환영하는 뜻을 보였다.
　"네 그렇게 해주시면 고맙겠어요. 그러면 언제 갈까요. 낮에는 갈 수
없고……."
　H는 시일을 묻는다. 나는 나의 집 번지를 적어주었다. "언제든지 좋
으니 당신 형편 닿는 대로 하시구려!"
하고 그 집을 나섰다. 잠깐 이야기하는 동안에 반 시간이 넘어갔다. 신
문사 일이 다시 생각나서 바삐 돌아왔다.

* * *

　내 집에는 미인 손님이 하나 붙었다. H가 며칠 뒤에 석양의 어둠발을
타서 부엉이처럼 찾아왔었다. 물론 나는 H가 오기 전에 미리 H의 사정
을 어머니와 아내에게 양해하도록 설명하고 얼마동안 그가 집에 있게
될 것을 말하였었다. 어머니는 아내의 감정이 어떠할는지를 몰라 그러
함인지 가부간에 쾌한 대답을 하지 않는다. 아내는 나의 성미를 아는
까닭에 마음에도 불가하더라도 정면으로 자기 감정을 내보이지 않고
"나도 적적한데 친구가 생겨서 좋겠지요. 오라고 하시지요." 선뜻 말한
다. 아내는 사실 자기의 반대로 남편이 남에게 약속한 일을 중지할 리
가 만무하리라는 것을 짐작할 만치 영리하다면 영리하다고도 할 수 있
었다. 또 한편으로는 다른 여자에 대해서 자기 남편을 어떠한 전과자로
만 대접하는 것이 자기의 체신상에 안된 것이라고 생각한 모양이었다.
나도 부득이하여 할 말 이외에는 H와 말할 기회도 만들지 않았다. 말

을 한대야 양심상 별로 부끄러울 것은 없지만 너무 달근달근하게 굴다가 가족의 오해를 사서 나에게 올 핍박이 약한 H에게로 가면 이것은 H를 도리어 해롭게 하는 일이었다. H에게 대한 태도는 어디까지든지 정중을 아니 지킬 수 없었다. 젊은 침입자에 대하여 아내는 매우 주의를 하는 모양이었다. 그러나 보통학교에 다니는 열 살 먹은 어린 것은 반가운 동무가 생긴 것 같이 그를 따랐다. H가 이십이 미만한 여자이니까 어린 것은 그를 형같이 생각하고 며칠 있는 동안에 '언니 언니!' 하고 불렀다. 나의 딸이 H를 언니로 대접하는 데에는 한 고소苦笑가 절로 나왔다. H를 다만 화류계의 여자로 대접하고 온갖 농짓거리하던 일을 생각하면 아니 웃을 수 없다. 결국 나의 딸자식 뻘이 되는 여자에게 실없이 한 것이 되고 만 것 아닌가. 이보다도 더 우스운 일이 생겼다. 말하자면 나도 아직 젊은 남자요 H도 젊은 여자이다. 청춘남녀가 한집에서 함께 지내는 것이 매우 위험한 생각이 났던지 어머니는 H를 조 손[8]대접을 하고 그더러 나의 아내를 어머니로 대접을 하라 한다. 이것은 필경 어린 딸이 한 픗점이 되어 내가 H에게 아버지 대접을 받게 된 것이다. 가만히 생각할수록 터져나오려는 웃음이 양볼을 비행선의 기양氣囊을 만들고 말았다. H도 이 눈치를 챈 듯하고 빙긋 웃는 것이 더욱 웃음거리였다. 그러나 H가 물론 나를 부를 때에 아버지란 말을 쓴 적은 없었다. 여러 가지로 가정 평화를 근심하고 외며느리의 환심을 사시려는 어머니의 늙으신 변덕이 H와 나를 부녀를 만들 수는 없었다. 형편이 이렇게 되니 H를 대하여 말할 때에 존경하는 말을 쓰기가 좀 거북하였다. 어쩌다가 '허우'를 쓰고 대개는 '반말'을 쓰게 되었다. H에 대한 용어用語는 어머니의 변덕으로 그가 화류계에 있던 그대로 환원되고 말았다. 물론 H는 태도를 매우 근신히 갖고 나를 존경하였다. 이렇게

---

8) 할아버지와 손자.

사오 일 있는 동안에 집안 공기가 이상스럽게 긴장한 것도 같고 해이한 것도 같아졌다. H는 우리 집으로 온 뒤에 식사 한 번 맛있게 하는 것을 못 보았다. 아내는 미안한 생각이 났는지 있는 것 없는 것 차려서 그를 먹이느라고 매우 노력하는 모양이었다. 이것은 나의 태도를 보고 안심한 까닭인 듯하였다. H는 어린아이의 보통학교 교과서를 빌어서 산술도 해보고 일어도 읽어보고 습자도 해본다. 습자는 나도 미치지 못할 만큼 초서까지 능하였다. 나는 아니 놀랄 수 없었다. 그가 그렇게 글씨를 능란히 쓸 줄은 짐작도 못했었다. 그가 공부를 하겠다고 집을 도망해 나온 이유가 상당하다고 생각하였다. 금후의 학비가 문제이지만 될 수만 있으면 저러한 여자는 화류항에서 몸을 빼어주는 것이 연연한 일이라고 생각하였다. 내 집에 그대로 머무르게 하고 어느 속성과나 마치게 한 뒤에 직업부인이 되게 하든지 상당한 곳으로 시집을 가도록 하든지 하여 주었으면 좋겠다는 생각이 그를 볼 때마다 새로워졌다. 그러나 가정의 평화를 유지하는 점으로나 또는 나의 핍박한 물질생활로 보아 한 여자를 상당한 사람으로 만들어주겠다는 것은 큰 공상에 지나지 못한 짓이었다.

그가 내 집으로 온 지 아마 일주일이 되는 날 저녁이다. 나는 늦게야 집에 들어갔다.

아내는 내가 묻기도 전에

"H는 오늘 갔어요."

"H가 가다니? 어디로……."

나는 이상하여 물었다. H가 무슨 감정문제로 집에 있을 수가 없어서 그런 것이 아닐까 하는 의심이 부쩍 나서 나의 되묻는 말끝에 조금 불안한 기색을 보였다.

"그 애의 부모 되는 이가 와서 데리고 갔어요."

아내는 딸 같이 대접함인지 그 '애' 라고 부르는 것이었다.

"부모가 데려갔어…… 언제…….”

"바로 낮에 데려갔어요. 신문사로 전화를 한다더니 안 했습디까.”

"전화가 무슨 전화…… 아무 말도 없던데…….”

나는 불쾌한 생각이 났다. 아무리 기생 부모로 그 자식의 고기조각을 찢어 팔아먹는다 할지라도 제 자식이 남의 집에 와서 근 열흘을 묵었으니 데려갈 때에는 좌우간 인사 한 마디라도 있음직한 일이다. 그런데 나에게 아무 말 없이 그대로 데려갔다는 것은 무례한 일이요 H 자신도 전화로라도 그 연유를 말하는 것이 정분을 지키는 일이다. 지금껏 아무 말 없는 것은 섭섭한 일이었다.

그러나 또 한편으로는 H의 부모가 그들의 딸자식을 은닉해두었다 하여 나를 원망이나 하지 않을까 하는 생각이 나며 불쾌하기도 짝이 없다.

이맛살도 절로 찌푸려지지 않을 수 없었다. 내가 불쾌하게 여기는 표정에 아내는 새로운 의심을 가지는 모양이다.

한편으로는 H가 그들에게 붙들려가서 경이나 치지 않는가 하는 가엾은 생각도 하였다. H의 갈 길은 빤하게 보였다. 다시 K주로 자기 부모들을 따라가서 기생 노릇 하는 수밖에 별 도리가 없을 것 같았다. 좌우간 그의 부모를 한번 만나보고 H를 어떻게 할는지 그 의견을 들어보고 싶었다.

H의 일로 며칠 동안 마음을 써오다가 H가 그대로 가고 보니 허둥하기도 하였지만 한편으로 등에 졌던 짐을 내려놓은 듯한 가뿐한 생각도 없지 않았다. 이러한 가운데에 H의 신상이 매우 걱정되어 남의 일에 이렇게 걱정을 살 필요가 무엇인가 하고 나의 조그마한 연민을 도리어 원망스럽게 여겼다.

* * *

H가 그의 양친에게 붙들려간 그 이튿날 석양에 나는 신문사를 나서서 인사동 C여관에 들렀다. 시골친구를 만나볼까 함이었다. 만나보러 간 친구는 없고 H가 저편 방에서 머리를 내놓고 바깥을 내다본다. 그는 나를 바라보고는 깜짝 놀라 뛰어나왔다. 그러나 그의 얼굴은 주홍을 뿌린 것 같이 붉었다. 뛰어나오기는 나왔으나 할 말은 없는 모양이다.

내가 먼저 입을 떼었다.

"어떻게 된 일이오."

이렇게 묻자 H의 방에서는 새로운 대가리가 둘이 또 나왔다. 하나는 남자의 얼굴이요 하나는 여자의 얼굴이다. 그의 양친인 것을 알았다.

"이 어른이 ××선생님이세요."

하고 H는 나를 자기 양친에게 소개한다.

그들은 창황히 마루로 나서며 여편네가 먼저

"그렇지 않아도 오늘은 가 뵈옵고 인사 말씀이라도 여쭐까 하였어요. 괜히 이 애가 댁에 가서 폐를 끼치고 해서 너무나 뵐 염치가 없어요."

달게 수작을 붙인다. 사내는 들어오라고 권한다. H도 올라오라고 권한다. 나는 들어갈까 말까 망설이다가 안 들어가는 것이 쑥스러운 듯하여 방안으로 들어섰다.

"저희들이 이 계집애 때문에 어떻게 놀랐는지 알 수 없었답니다. 이 새 계집애들 까닥하면 죽느니 사느니 해서 부모 애를 태우는 것이 버릇이 된 모양이예요. 종적이 없이 이 애가 나온 뒤로 여러 날 잠도 못자고 밥도 먹지 못했어요. 요렇게 부모 애를 태우는 계집애가 어디 있을까요? 보기만 하면 찢어 죽일까 했더니 그래도 만나고 보니까 불쌍한 생각이 나서 그럴 수가 있어야 합지요. 그저 저 안 죽고 산 것만 다행해서 잘 타이르기만 하였어요."

기생 어미의 일류의 변설을 늘어놓는다.

나는 사실 무엇이라 대답하여야 좋을지 몰라서 가만히 앉았을 뿐이다. H는 얼굴이 붉은 그대로 머리를 숙이고 앉았다.

인제는 아범 되는 이가 입을 연다.

"어떤 아비가 자식을 기생 노릇을 시키려고만 하겠습니까, 마는 어찌 어찌 하다가 발을 한번 그르친 이상 장래의 실속이나 잡아야 할 것이 아닙니까. 제 주제에 지금 공부를 해서 무엇을 하겠습니까. 학교 선생이 되겠어요, 도지사가 되겠습니까. 그도 집안 형편이 공부를 시킬 만하면 제 소원대로 장래일은 어떻게 되든지 간에 공부를 하도록 해주겠지요만 내일 굶을지 모레 굶을지 모르는 판에 공부가 다 무얼로 비틀어진 것입니까. 어서 상당한 남편을 얻어가서 부모나 편히 모실 생각은 없고 괜히 맘만 들떠가지고 말이 아닙니다. 참 걱정이에요."

부친 되는 이도 역시 사계의 웅변가인 듯하다.

나는 아무 말도 할 수 없다. 첫째 그의 공부에 대한 책임 있는 말을 그들에게 들려주기 어려운 까닭이다. 그러나 H는 톡톡한 어멈, 아범에게 걸린 가련한 계집아이란 것만 절실하게 느꼈다.

"사람이 팔자 도적은 할 수 없는 것이에요. 제가 기생 되라는 팔자를 타고 나서 여학생 노릇을 하려니 그게 될 일입니까."

어멈 되는 이가 말을 다시 거든다.

"제가 조금만 참고 있으면 공부보다 더 좋은 것이라도 시켜줄 사람이 있는 것을 괜히 방정을 떨어서 일이 모두 낭패가 되었습니다."

어떠한 자가 H의 환심을 사기 위하여 온갖 술책을 그들 부모에게 썼다는 것이 역력히 보인다. 자기의 사람만 되면 공부도 시켜주겠다고 약속한 자가 있었으나 H가 그것을 마다고 도망질친 것인 듯하였다.

"그래서요 집으로 내려가서 영원히 공부할 학비도 변통하고 집안 살도리도 좀 꾸며놓은 후에 일을 시작하자고 어젯밤 내둥 혀가 닳도록 말을 일렀지만 도무지 듣지 않습니다. 참으로 딱한 일이지요."

아범 되는 이가 탄식하듯 또 말한다.

나는 이 자리에 오래 앉았는 것이 불안한 생각이 났다.

"본인이 잘못된 일을 원하는 것이 아니니까 부모 되는 이들도 자식의 의사를 좀 존중히 하는 것이 좋겠지요."

하고 나는 그 자리에서 몸을 일으켰다.

H는 자기를 위하여 좀 책임 있는 말을 자기의 부모에게 하여 주었으면 좋을 모양이나 나로서는 철저한 기생 부모의 수작을 대응할 아무것도 가지지 못한 까닭에 섭섭해 하는 H의 표정을 그대로 눈 감고 모른 체한 것이었다. 역시 팔자 도적은 못하는 것인가 하는 생각이 새로웠다. 만일 H 자신이 기생 노릇하는 것이 죽기보다 더 싫은 일이면 그의 부모들이 와서 찾는다고 그대로 앞을 서서 여관으로 올 리가 만무한 것이다. 여자의 약한 심정이라 할 아름다운 인정의 발로라 할는지 그들의 부모의 위협에 거항할 용기가 없는 것은 사실이었다. 조그만 곤란만 오면 다시 옛 보금자리로 돌아갈 것은 분명한 일이었다. 다만 일시의 감정의 지배로 집을 뛰어나왔다가 며칠 동안이라도 불편한 생활을 해보니 옛 생활이 그리운 것 같이 보였다. 차라리 H는 부모를 따라갈 생각이 더 간절하지나 않은지 알 수 없었다. 아! 운명의 지배에서 헤어날 수 없는 여성들이여! 나는 ××여관을 나서면서 이렇게 부르짖었다.

* * *

그 뒤에 H는 서울을 떠났다. 그가 부모를 따라갈 때에 간다는 인사말 한 마디도 듣지 못했다. 있던 여관에서 얼마 동안 지내던 이야기를 그 주인에게 들었다. H에게는 그를 사랑하는 애인이 있었다고 한다. 필경 그를 따라 K주로 내려갔다 하였다.

일년이 지난 뒤이다. K주에 있는 나의 친구에서 H를 아느냐는 편지가 왔다. 그 편지 사연으로 보면 H가 다시 기생 노릇을 하는 모양이었다. 나는 다시 놀랐다. 데려간 애인과 재미가 끓는 생활을 하는 줄만 짐작하고 있었던 나로는 다시 환멸을 아니 느낄 수 없었다. '참으로 팔자 도적은 못하는 법인가.' 속으로 나는 중얼대었다. 여자가 팔자를 마음대로 만들 수 있는 사회가 이 지구 위 어디에 있는가. H를 그리로 인도나 해줄까 하고 다시 중얼대었다. 입가에는 차디찬 미소가 떠돌 뿐이었다.

— 《신소설》 1930. 1.

낙오자落伍者

선외選外 가작佳作

일 개월을 지내지 못하여, 자기 수대전래數代傳來하는 가택佳宅을, 훼철毀撤[1]치 아니 못할 운명에 당한 진화鎭華는 책보를 곁에 끼고 ○사社 정문을 나왔다. 문에서, 한번 주저하며, 뒤에 있는 현관을 돌아다보며, 이곳에 다시 발을 들여놓으면, 나는 사람이 아니라고, 중얼거리며 나왔다. 위선자, 협잡배들이 가면을 쓰고, 권력 하에서 굽실굽실 아유阿諛[2]하는 것을, 차마 볼 수 없다고 진화鎭華는 생각한다. 그는 머리를 들어, 가로街路에 분주히 다니는 모든 사람 얼굴을, 의미 있게 쳐다보았다. 다 평화로운 듯하다. 너는 낙오자이다……. 조소하는 것 같다. 그의 머리에서는, 한달 지나면 집을 헐어! 하는 것이, 간단없이 울리어 온다.

그는 자기가, 병적 신경을 가진 것이라고, 스스로 알지 못하는 것도 아니다. 어떠한 때에는 행동을 힘껏 고쳐보려 결심도 하였으나, 이것은 반분半分의 효험이 없이 경우에 당하면 자기의 병적 맘이, 머리를 들고 나오는 것을 심한 고통으로, 생각하였다. 그는 이와 같이 생각하였다. 나는 생활을 근본적으로 고쳐야 한다. 국면을 타파하여야 한다. 고식적

---

1) 헐어 부수어서 걷어버림.
2) 아첨.

姑息的[3] 생활을 그대로 하여가다가는 필경 발광을 하고 말 것이다. 가로
街路 상에로 활개를 벌리고, 춤을 추고 돌아다닐 것이다. 그 뒤에는 뭇
애들이 돌맹이질을 하며 따라다닐 것이다. ○광병원의 액개물厄介物이
되고 말 것이다. 그 병원 철창 안에서, 봉두난발을 하고, 새까만 얼굴에
하얀 이빨을 내놓고 히―히―웃으며, 구멍으로 주는 밥을 받아먹으
렷다. 아―나는 도회에 아주 머리가 내둘린다. 이 매연과 진애塵埃[4] 속
에서 죽어가는 핼쑥한 얼굴을 가지고, 꾸무럭꾸무럭 하는 것은 차마 할
수 없다. 어서 뒤에 ○이 있고 산에 수목이 울鬱하고, 앞에는 맑은 시내
가 발渤사하게 흐르고, 거기에는 고기 노는 데에…… 가서 살아야 하겠
다. 무사기無邪氣한 순박한 농부들과 함께 술을 먹고 밥을 먹고 뛰고 노
는 것도 또한 취미가 있음 직하다. 새 갓을 쓰고 아침볕에 영롱하게 빛
나는 이슬 맺힌 풀을 밟고 돌아다니는 것도 상쾌하겠지―. 종일토록
땀을 흘리고 일하다 벽공碧空[5]에서 떠오는 듯한 둥근 달을 쳐다보고 괭
이를 끌고 돌아올 때에는 신성하고 순결한 생각이 가슴에서 무럭무럭
나오겠지―. 가족이 단란하게 모여 식사를 마치고 신간 서적을 보면서
이 세상의 모든 일의 형편을 추상할 때에는…… 이와 같은 것을 초월한
묵상을 계속할 때에는 너의 앞에는 아무 것도 없겠지……. 나는 어서
용단勇斷을 하여야 하겠다 하였다. 진화는 고민을 망각한 것 같다. 전신
에 활기가 드는 듯이 집에 돌아왔다. 아무 말 없이, 의복도 갈아입지 않
았다. ○○지방에 있는 친우親友 M에게 편지를 썼다. M 자기의 지금에
당한 형편과, 도회 생활에 싫증이 난 것이라든가, 전원생활에 동경한
것이라든가를, 일일이 두서 없이 썼다. 이와 같은 글자를 더 굵게 적었
다. 그대의 지방으로 불가불不可不 반이搬移[6]할 터이니 그 지방에 적당

---

3) 일시적이며 임시변통적인.
4) 티끌, 먼지.
5) 푸른 하늘.

한 전장田莊[7]이 있으면 가격의 고하를 물론하고 살 터이라 하였다. 진화는, 편지를 부친 뒤에도 그 지방에 마침 전장이 있기를 바라고, 맘으로 빌었다. 또한 M이 자기를 병적 사상을 가졌다 논박論駁[8]이나 아니 할는지 너는 도회 생활을 무상無上한 과장으로 알더니, 금일今日에 표변豹變[9]함은 어떤 까닭이냐고 조롱을 할는지도 알 수 없다. 이와 같이 생각할 때에는 편지한 것을 도리어 후회하였다. 그러나 순실淳實한[10] M의 성격을 아는 진화는, 그러할 리가 만무하겠지 하고, 스스로 그러한 생각을 취소하였다. 상상한 것과 다름없이 사오일 뒤에, M에게서 상세한 회보回報가 왔다. 내용은 대개 이러하였다. 그대의 즉금卽今 경우에 생활을 개량함은 물론 대 찬성이나 그대의 말과 같이 그대가 지방에 와서 농부의 생활을, 달게 여기고 할는지 의문이라 하였고 또한 그대의 체격이 능히 감당할는지 알 수 없다 하고, 그러나 노동은 신성하다 하니까. 그대의 결심 여하에 있다 하여 있다. 이에 이르러는 자기를 소아小兒와 같이 보았나 하고, 성을 내었다. 진화는 자기 희망대로 전장의 있는 것을 큰 행복으로 알지 아니할 수 없었다. 또한 전원 생활에 대한 취미도 약간 쓰여져 있다. 그 중에 진화가 가장 낯을 붉히도록 부끄럽게 감동한 것은 전원은 결코 낙오자의 수용소도 아니요, 은둔자의 피난처가 아니외다. 전원생활에는 전원생활의 정신이, 따로 있어야 합니다. 특별한 각오가 있어야 합니다. 함이다. 이와 같이 한 일월一月 후에 진화의 가족과 사물을 실은 열차는, 남으로 향하여 내려갔다.

—《매일신보》 1919. 7. 14.

---

6) 짐을 운반하여 옮김. 세간을 싣고 이사함.
7) (소유하고 있는) 논과 밭.
8) 원문에는 '논어論駁'로 되어 있음.
9) '마음이나 행동이 갑자기 변함'을 이르는 말.
10) 순박하고 참됨.

흠집

    소희紹姬는 C에서 T행 전차電車를 기다리고 섰다. 가는 사람 오는 사람 또는 전차를 기다리는 사람들의 모든 눈이 피녀彼女[1]에게로 모여드는 것을 피녀는 피녀의 불유쾌할 때에 많이 쓰는 독특한 시선으로 쫓으면서도 다른 이들의 시선이 다른 곳으로 돌아갈 때에는 어떠한 불안과 일종의 염려를 느끼었었다. 왜?―그의 목에는 정면으로 보이는 곳에 누구의 눈에든지 곧 뜨일 만한 큰 흠집이 있는 까닭이다.

    소희는 '저들이 나의 목에 있는 흠집을 보고 머리를 다른 데로 돌리지나 않는 것인가?' 하고 생각할 때마다 목을 조금씩 움츠렸다. 그리고 다시 흠집이 있는 곳을 한번 어루만져 보았다. 토실―한 것이 여전히 만져졌었다. 그는 다섯 손가락을 갈퀴처럼 움츠려서 왈칵 쥐어뜯고 싶었다. '목에 흠집만 없었드면―' 하는 생각을 그가 거울을 대할 때와 같이 다시 하며 속으로 사毗하였다. 그리고 만일 곁에 남의 눈치 모르는 사람이 있어서

    '당신 목에는 왜―그렇게 큰 흠집이 생겼소?' 하고 물을 것 같으면 무엇이라 대답할까 생각일 때에는 그 흠집이 다시 크게 입을 벌리고 빨

---

1) 그녀.

간 피를 줄줄이 토하는 듯한 아픔을 느끼었다. 살을 에이는 듯 아픔이
란 것보다 과거의 기억이 마음의 가슴을 빠개이는 아픔이었다.

  그 흠집은 빨간 입을 벌리고 이와 같이 말하는 것 같다.

  '여보! 소희 씨氏! 당신은 홀로 살았구려! 나는 당신의 목에 칼을 무의
식으로 대일 때에 손에 ○이 풀어져서 당신의

  (2행 판독 불가)

  뻔한 목숨을 다시 이어갈 때에 당신의 생명과 ○○하여 오는 번민조
차 끊어주지 못하였소. 도리어 천배나 만배나 아픈 기억만을 시시로 불
러일으키게 하였을 따름이오. 그러나 세상 사람의 조소만이 당신의 주
위에 모여들게 하였소. 그 희고도 야들—한 당신의 목에서 새빨간 피
가 쏟아져 나올 때에 나는 당신의 싸늘하고 창백한 뺨에 나의 상기한
뺨을 대고 문질러 보았었소. 그때에 당신은 영기靈氣 없는 눈으로 물끄
러미 보고 '당신은 거저 살아 계십니다. 그렇게 이 생에 못 잊을 것이
계세요?' 하고 말씀하셨지요? 잘 돌아가지 않는 혀로—나는 그 말끝에
다시 최후의 키스를 싸늘하여가는 당신의 뺨에 한 뒤에 광란한 듯이 나
의 왼편 가슴을 당신의 목에서 흐른 피에 빨갛게 물들은 칼로 눈을 감
고 힘껏 찌른 뒤에 혼미하게 누워있는 당신을 포옹하였었습니다. 그런
데 그런데 나의 몸이 우의羽衣²⁾를 입은 듯이 가벼이 알지 못하는 세계로
훌훌 날아갈 때에는 나의 곁에 꼭 있으리라고 생각하던 당신의 그림자
는 보이지도 안합데다. 그래서 나는 홀로 미지의 세계에서 방황하였었
습니다. 불계不界에 귀를 기울일 때에 응응—신음하는 당신의 소리만,
희미하게 들리는 듯하였을 뿐이었습니다. 나는 지금에도 당신이 나의
뒤를 따라오는 듯해서 방황하고 있습니다. 내가 당신의 곁으로 가고 싶
지오마는 당신 있는 그 ○○로 가기에는 나의 몸이 너무나 가벼워요.

---

2) 새의 깃으로 만든 옷.

마치 바다에 표랑하는 한 낙엽이 해저에 잠기어 들어갈 수 없는 것처럼—소희는 전차에 몸을 실은 뒤에도 그러한 생각만이 그의 머리에 가득하였다. 몇 달 전부터 생각하여오던 바 흠집 고치는 것을 다시 생각하였다. 흠집을 그대로 두고 어느 때까지든지 그 쓰리고도 비참한 과거를 회상하는 것이 소희 자신에 대하여는 도리어 자기의 생을 순화시키는 것도 되었었다. 그리고 항상 어느 동경憧憬이 떠나지 않는 것이 생을 의미 있게 하는 것도 같았다. 그러나 회상할 때마다 추억할 때마다 그 흠집이 반드시 입을 벌리게 되는 듯하였다. 그래서 오늘에는 이러한 회상과 추억을 자주—일으키게 하는 이 흠집을 차라리 없애 버리자는 것이 그의 충동되는 순간의 전부였다.

소희는 도중에서 차를 내려서 K의원 정형외과에 갔었다. 진찰 받을 수속을 마친 뒤에 환자 공소控所에서 조금 기다리다가 이름을 불리워 진찰실로 들어갔었다. 의사는 소독약 냄새나는 손으로 그의 목의 흠집을 만지며

"언제부터 이렇게 되었어요?"

소희는 대답을 주저하다가

"어렸을 때에…… 자세히 몰라요." 의사는 의아하는 듯이

"그래요? 그러나 그 흠집은 고치기가 좀 어려운데요. 바로 곁에 큰 동맥이 있어서요. 하자면 아주 거창한데요. 그대로 두는 것이 어떠해요? 아무리 고친다 하드래도 감쪽같이는 아니 됩니다."

소희는 그대로 의원 문을 나올 때에 목에 있는 흠집을 바라보고 과거의 비통한 것을 때때로 회상하는 것이 운명같이 생각되었다. 그래서 다시 흠집을 만지며 한숨을 한번 쉬었다.

— 《매일신보》, 1923. 11. 25.

남자 없는 나라

"여봐요 경희씨! 우리들 사이에 사랑이 식어서 싫증이 나거든 언제든지 단연히 갈립시다."

"그렇게 하는 게 옳겠지요. 그렇지만은 사랑이 한편만 식고 다른 한편은 식지 않은 경우에는 어떻게 될까요."

"한편이 아무리 식지 않아도 할 수 없겠지요. 식지 않은 편은 식은 편을 위하야 눈물을 머금고라도 축복해야 되겠지요."

"그러면 제가 변심을 하는 때가 있어도 전 조금치도 미워하지는 않으시겠습니다그려!"

"그리고 말고요. 미웁단 생각을 열렬한 사랑으로 태워 버리겠지요."

"참으로 그렇게 될까요."

"되고 말고요. 그리해야 됩니다."

"그러면 만일 싫증이 나시거든 언제든지 말씀해주세요. 저도 싫증이 나면 속이지 않고 말씀을 여쭐 터이니……."

"암 그러고 말고요. 사랑으로써 사랑하는 사람의 행동을 속박하여서는 안 됩니다. 사랑할수록 사랑하는 사람의 의사를 존중하여야 됩니다."

이것은 K 부부가 결혼 전 달콤한 사랑이 '클라이막스'에 이른 때에 감격에 넘쳐 맹세 겸 한 말이었다.

* * *

K의 문 두드리는 소리가 야경꾼夜警軍의 딱딱이 소리보다 앞서서 그의 안해[1]의 귀에 들어온 일이 별로 없었다. 딱딱이 소리의 뒤를 따라서 들어오는 것만도 안해에게는 다행한 일이었다.

눈 위에 비가 내렸던 날 밤이다. 녹은 눈이 얼음이 되어 어디 열을 아주 봉쇄한 까닭인지 다시 춥기 시작하였다. 주정등酒精燈을 전신에 켜고 천방지축으로 축지법 연습을 하다가 실족을 하였다.

* * *

의사의 말을 들으면 이주일 동안은 안정해야 된다고 한다. 병석에 드러누워 있는 K의 마음은 붙잡아맨 경기구輕氣球[2]처럼 공중에 휘몰았다. 걱정을 해야 할 안해는 전일에 보지 못하던 웃는 얼굴을 도리어 보인다.

"사람이 아파 죽겠는데 웃을 게야 뭐람?"

"기쁘니까 웃지요."

"기쁘다니?"

"집에 점잖이 들어있으니 말이야요."

"팔자 사납다."

K는 벽을 향하고 돌아눕는다.

"여봐요 제게 할 말을 잊으신 것 없어요?

---

1) 〈옛〉 아내.
2) 기구氣球.

"무슨 말······."

K는 안해 편을 향한다.

"나는 인제는 싫증이 났다고······ 사랑이 식어서······."

"깜박 잊었지······."

"깜박 이해 동안이나 계속 했습니다그려."

"약속한 생각만을 잊은 게 아니라 당신의 존재를 전부 잊어버린 것이지요."

"그러면 지금 당신 앞에 앉은 것은 무엇이야요?"

"밥 해주고 옷 해주는 충실한 친구."

"꼭 그렇습니까?"

"물론······."

부부는 다같이 아무 말이 없다.

"저는 공상일는지 모르지만요 이러한 것을 늘 생각해요."

"무슨 생각?"

"저····· 결혼은 하지 않고 그대로 지낼 사랑이 있으면 다시 한 번 사랑을 해볼까 하는 생각이야요."

"그것은 좋은 생각인걸! 그렇지만 그런 생활을 남자가 아니 사는 나라로 가야만 될걸!"

K의 안해는 한숨을 길게 쉰다.

— 《조선일보》 1929. 3. 16.

평론

빙허군憑虛君의 〈빈처貧妻〉와
목성군牧星君의 〈그날 밤〉을 읽은 인상

1. 빈처貧妻

《개벽開闢》 신년호新年號에 난 것인데 그 내용으로 말하면 어떠한 무명 작가의 빈궁한 생활의 기록이다.

주인공 K가 예술적 충동에 타오르는 열정과 예술의 동산에 동경憧憬을 두고 세간을 부지不知하고 시일을 보내었다. 물질의 곤란을 받아서 가정에 소풍파小風波가 일어나는 것과 그 신경질인 성격의 소유자 K의 심적 변화가 일어나서 나중에는 의복 집물什物까지 전당포에 집어넣고 입을 것이 없게 된 자기의 처를 괴롭게 하였고 깨쳐서는[1] 천사와 같이 여기고 찬미하게 된 것이 차작此作[2]의 경개梗概[3]이다. K가 자기의 처에 대한 동정이든지 측은히 여기는 맘이 그와 같은 빈궁한 생활의 과중過中에서 번롱翻弄[4]을 당하는 동안에는 자연히 있을 것이 인정의 떠떳함[5]이라 할 것이다. 표현한 바 사실이라든지 심리의 묘사에는 심각한 맛이 확실히 있다. 결코 유탕적遊蕩的인 것이 없다. 우리 가슴에서 우러나오

---

1) 깨우쳐서는.
2) 차작(借作) - 글.
3) 전체의 내용을 간추린 대강의 줄거리.
4) 이리저리 마음대로 놀림.
5) 따뜻함 혹은 떳떳함.

는 내적 생활의 고민과 모든 갈등이 이러한 작품에서 얻은 바 인상에 자연히 울리움이 된다.

그러나 이 작품은 결점缺點과 미점美點이 상반하다 할 수 있다. 내용을 자세히 살피건대 작품에 표현된 인물의 성격과 행위가 호상互相 모순되는 것이라든지 또한 '폼'도 일사불란한 통일을 결缺한 듯하다. 이것으로 보면 작자에게 표현에 숙련한 수완이 아직 없는 듯하다. 나는 이 작가가 아직 노련한 맛이 없고 생생한 기운이 보이는 것이 즉 장래에 큰 촉망을 두게 하는 것이다.

K의 성격으로 말하면 자만도 강하고 또한 덕의심德義心[6]도 상당하게 있는 듯하다. 근자近者 예술가로서의 돌비突飛[7]하고 편기偏奇[8]한 개성은 그렇게 보이지 않고 그 이면에는 이 세간과 융합하려는 미증微增[9]이 보인다고 생각한다. 자기를 모르는 세간을 비웃으며 서로 세간에 반항하지 못하고 추수追隨하는 듯하다. 이로 보면 K는 예술가로서는 너무 본능을 억압하고 그 창조의 특성이 암만해도 부족치 아니한가 한다. 퇴영적退嬰的인[10] 인생관 "빌어먹을 것―되어가는 대로 되어라" 하는 중얼거림이라든지 자기의 사위四圍 사람들이 자기를 악평한다고 그것에 불평과 불만을 품는 것이든지 남이 인정해 주지 않는 것을 심고心苦로 여기는 것이든지 세간과 자기의 처지가 배치背馳되는 것을 알면서도 여하한 특수特殊의 각오가 없는 듯한 것은 모두 K의 성격의 약점인가 한다. 이러한 성격의 소유자에 대한 작가의 동정이 너무 농후한 듯하다. 너무 K의 행위를 미화시키려고 하고 그것을 호의로 해석하려고 함이 과도하지 않은가 한다.

---

6) (사람으로서 지켜야 할 마땅한 도리를) 귀중히 여기는 마음.
7) 액체가 끓는점에 이르렀는데도 끓지 않고 있다가, 가열을 더 계속했을 때 갑자기 격렬하게 끓는 일. 突沸.
8) 치우치게 즐김, 또는 편벽된 기호. 偏嗜.
9) 조금 불어남.
10) 퇴보적인.

K는 처가妻家 덕으로 생활을 하여왔고 나중에는 염치가 없어서 자가自家의 집물의복什物衣服 등을 전당포나 고물상에 맡기고 생활하게 된 결과 자기의 처의 아끼던 모본단毛本緞[11] 저고리 한 벌까지 잡히게 되었다.

여기에 작자의 소小 주관이 너무 나타나지 아님인가 한다. 말하면 우리 조선에는 가족끼리나 친척끼리 상호 부조扶助하는 것을 자고로 미풍으로 알았다. 이러한 의미에서 K의 처가에서 K의 생활을 보장하여 온 것이다. K는 자기의 예술에 열중함으로 세간을 모르고 먹으면 밥이요 입으면 옷으로 알 줄로[12] 표현되었다. 그러나 이렇게 생활하기를 수삼 년 동안이나 되었고 그 작품을 통하여는 자기의 처가와는 이러한 동안에 하등의 갈등이 난 것도 보이지 않고 조석朝夕을 걱정하게 되었고 입을 의복이 없어서 출입을 못하도록 된 것은 나의 처의 결백한 성격을 순화純化시키려 함이 아닌가 한다.

생일에 K 부처夫妻를 청한 것이며 K가 아무 아니꼬운 생각이라든지 창피한 빛 없이 자기 처와 동부인同夫人해서 자기의 처가에 간 것으로 말하면 K와 그의 처가와는 아무 갈등된 일도 없었고 규각圭角[13]난 것이 없는 것을 알 수가 있다. 또한 자기 처가의 대문에 들어갈 때에 알지 못하는 사람들이 많은 것이라든지 '이 사람은 누구인가 아마 이 집 차인[14]인가 보다' 하는 것이며 그들이 '경모輕侮[15]를 아니하는가' 하고 의심한 것과 기타 모든 것으로 보면 K의 처가는 얼마큼 요부饒富한[16] 줄을 알 수가 있다. 그런데 아무 상반되는 일도 없이 갈등 난 일도 없이 자기의 혈육인 딸의 단가單家 살림[17]을 불고不顧[18]하게 되어 입을 옷이 없게

---

11) 模本緞 - 중국에서 나는 비단의 한 가지.
12) 원문엔 '도'로 표기.
13) 언행이나 성격 등이 원만하지 못하고 모가 나서 남과 잘 어울릴 수 없는 일.
14) 차인꾼 -남의 가게에서 장사 일에 시중을 드는 사람.
15) 남을 깔보아 업신여김.
16) 살림이 넉넉한.
17) 식구가 많지 아니한 단출한 살림.

되고 밥을 굶게 된 것도 몰랐다 하면 조선의 현실사회에서 반드시 있을 현상으로 관찰하면 그러할까 하는 생각이 소少하다. 작자가 K에게 동정함이 너무 깊은 까닭에 그 고상한 성격을 너무 과장함이 아닌가 한다. 차라리 지금까지 처가의 구호救護를 받아왔으나 의식衣食의 외에는 다른 것을 청구할 수 없는 고로 세간집물과 의복이 고물상에로나 전당국[19]에로 점점 나아가고 말았다고 하면 작품에 솔직한 맛이 있을 듯하다. 이것은 작자가 더 일층 올라가지 못한 것이라고 심히 유감으로 생각하는 바이다.

결백한 성격의 소유자가 자기의 처가에 가서 잘 먹지도 못하는 술을 난작亂酌하고 전후를 불고不顧하고 주정한다는 것이며 인력거에 실려 자기의 집으로 온 것이며 장모가 인력거 삯 줄 때에 그 돈을 나를 주었으면 책을 한 권 사 보겠다고 취중이라도 그와 같은 비열한 생각을 한다는 것은 전에 표현 된 바 순결한 K의 성격과 서로 모순이 아닌가 한다.

보통인普通人의 음주 심리로 말하더라도 못 먹는 술을 넉 잔이나 마셨다 하지마는 겁나怯懶한 K의 소위로는 생각나지 못한다. 이것은 아마 작자가 음주에 대한 경험이 없는가 한다. 아무리 부주객不酒客이라도 사약死藥으로 알고 마시지 않은 이상에는 실신하도록은 너무 과장이요, 추상적인가 한다. 저항하고 감내堪耐할 수 없이 퇴도頹倒하기까지에는 명료明瞭한 의식이 반드시 있다는 것은 처음으로 술 먹는 이들의 고백이다. 그러면 K가 못 먹는 술을 넉 잔이나 먹었다고 손을 내젓는다든지 "안 돼요 안 돼요 집에 가겠소" 하고 자기의 장모 앞에서 참으로 주정군酒酲軍 노릇을 한 것은 아무리 생각하여도 부자연함이 아닌가 한다.

또한 얼만큼 '센티멘탈'을 면할 수 없는 혐嫌이 있다. 자처自妻의 늘— "아! 나에게 위안을 주는 천사여— 원조援助를 주는 천사여!"하고 찬미

---

18) 돌보지 않음.
19) 전당포.

하는 것이든지 "후—" 한숨을 늘 쉬는 것이든지 '그렁그렁한 눈물이 물 끓듯 넘쳐흐른다' 하는 것은 다 그러하다. 자기가 그와 같이 사랑하고 찬미하는 애처愛妻에게 맘에 조금만 틀리면 "계집이란 할 수 없다" 하는 것이며 "나를 숙맥으로 알우" 하는 것이며 "막벌이꾼한테나 시집을 갈 것이지 누가 내게 시집을 오랬어 저 따위가 예술가의 처가 다 무엇이 야" 하는 것은 어떠한 히스테릭한 여성이나 다름없다.

K의 처로 말하자. 그는 구식 가정에서 자라난 여자인 듯하다. 그가 그와 같은 구차한 살림에도 싫증을 내지 않고 자기 양인良人에게 순종 하는 것은 참으로 양처良妻의 전형이라 할 수 있다. 그러나 예술가의 처 노릇 하려고 독특한 결심을 하였다 함에는 그 성격 소행에 대하여 의아 하지 않을 수 없다. 구식 여자로서 예술을 요해了解[20]한 듯한 것이며 예 술가라는 것이 어떠한 것을 양해한다는 것도 부자연함이 아닌가 한다. 내 생각에는 K의 처는 차라리 현금現今 도덕의 관념으로 자기의 양인良 人의 그 애쓰고 노력하는 데에 애처로운 생각을 하고 동정하며 초민焦悶 히[21] 여기고 자신의 고로苦勞를 망각하게 되고 모든 것을 희생에 바친다 는 것이 더욱 자연함이 아닌가 한다.

고로苦勞하는 남편에게 "당신도 살 도리를 하셔요" 하고 구박한다는 것은 그와 같이 요조窈窕한 K의 아내의 입으로 나왔다는 것은 의외의 감感이 불무不無하다[22]. "왜? 맘을 조급히 하셔요? 저는 꼭 당신의 이름 이 이 세상에 빛날 날이 있을 줄 믿어요. 우리가 이렇게 고생을 하는 것 이 장래에 잘 될 장본張本[23]이야요" 이러한 기특한 말을 하면서 다른 사 나이가 그의 처에게 사다주는 양산 한 개의 자격으로 말미암아 사랑하 는 그의 남편에게 괴로운 생각을 주는 것은 다만 작자가 묘사하기 위하

---

20) 사물의 이치나 뜻 따위를 분명히 이해함.
21) 몹시 민망히.
22) 없지 않다.
23) 일의 발단이 되는 근원. 張本. 원문에는 '장본將本'으로 되어 있음.

여 묘사함이 아닌가 한다.

이 작품을 읽는 누구든지 주인공 K가 문예에 특별한 취미를 가지고 있는 것을 알 수 있다. 작품 중에 예술가니 예술가의 처니 하는 명사를 붙이지 않더라도 그가 무보수無報酬한 독서와 창작으로 시일을 보낸다 하면 예술가 되려는 것은 알 수가 있을 것이다. 주인공이 예술가이고 아닌 것은 독자의 판정에 맡기는 것이 당연함이 아닌가 한다. 그러한 말을 남용하여서 작作에 대한 진실하고 솔직한 맛을 감減하게 하는 것은 한 유감으로 생각하는 바이다.

그러나 이 작품의 전체로 말하면 수긍할 만한 점도 많다. 글을 쓰는 그 조자調子가 침잠沈潛하고 온화한 것과 붓이 부드럽게 나아간 것이며 제재가 금일 우리 문단에서 볼 수 없는 우리 생활과 부합되는 것이며 따라서 독자로 하여금 심각한 기분을 일으키게 하는 것이 우리의 가슴을 그대로 두고는 말지 않았다. 내 생각에는 이상의 나의 말한 바를 더 구상화具象化하였다면 결점이 소少한 예술품됨이 확실하였을 것이다. 모처럼 그 좋은 제재를 가지고 그대로 거기에 그친 것은 참으로 유감으로 생각하는 바이다.

작중에 감출 수 없는 작자의 우의寓意[24]는 근래 조선청년들이 신여자新女子와 가정을 짓는 것에 동경하고 자기의 현재 가정생활을 파괴하려는 것이 일대 운동이 되고 유행이 된 것을 풍자하고 이상理想의 가정은 반드시 신여자만이 이루는 것이 아니라는 것을 알 수가 있다. K가 외국에도 돌아다닐 때에 소위 신풍조新風潮에 띠어 까닭 없이 구식여자가 싫었다하는 문구에 '소위所謂' 라든가 '띠어' 라든가 '까닭 없이' 라든가를 보면 확실히 그러하다. 또한 "그러나 낫살[25]이 들어 갈수록 그러한 생각이 없어지고 집에 돌아와 아내를 겪어보니 의외에 그에게 따뜻한

---

24) 어떤 의미를 직접 말하지 않고 다른 사물에 빗대어 넌지시 비춤.
25) 나잇살.

맛과 순결한 맛을 발견하였다" 함과 "그의 사랑은 이기적이 아니요 헌신적 사랑이라" 함과 같은 것은 자기가 표현시킨 바 작품의 전체를 일언으로 고백한 것에 불외不外한다. 모처럼 호好 제재를 가지고 노력한 작품에 사족을 가하여 근대적 상징의 맛이 있을 작품을 은유화시킨 혐嫌이 불무不無하다. 나는 이 작자에 대하여 큰 기대를 가지고 있다. 그러나 현금이 작가의 도의적道義的 관념과 구식여자에 대한 동정이 하시何時[26]까지 계속할는지 이것은 한 의문으로 두자.

2. 그날 밤

이것은 어떤 청년 남녀의 연애로 그들의 가정에 풍파風波가 일어나고 그들의 어린 가슴에는 육肉과 영靈의 충돌 그로 말미암아 번뇌 · 고통 · 질투 · 실망 · 자살 모든 인생의 암흑면의 사실을 그대로 끌어 집어내인 것이다.

영식英植이 정숙貞淑과 서로 사모하고 사랑하는 사이가 되었고 그들은 자기네의 가슴에서 물결치는 본능을 억압하고 신성한 영적靈的 사랑을 꿈꾸었었다. 그러나 육肉적 충돌에는 영靈의 순결한 것도 미진微塵[27]처럼 파쇄破碎[28]되고 말았다. 야합野合[29]까지 하게 되었다. 영식은 이것을 후회하고 양심에 부끄러워 하였다. 그러나 이러한 회한은 일시적이요 어떠한 빙판을 달려가는 사력과 같이 표면을 지나가고 말았다. 그러할수록 그는 본능적인 애愛를 요구하여 말지 않았다.

영식의 사위四圍의 형편이 자신이 요구하는 바와는 배치되는 행동을 그에게 강요하였다. 결과에 실연 자살까지에 이르렀다.

그러나 나는 영식이가 자기의 생명 같은 연애에 불충실함을 알지 않

---

26) 언제.
27) 아주 작은 티끌이나 먼지.
28) 깨뜨려 부스러뜨림.
29) (정식으로 결혼의 절차를 밟지 않고) 남녀가 정을 통하거나 함께 삶.

을 수 없다. 또한 연애가 둘 사이에 성립된 동기가 너무 충동이므로 파열破裂이 곧 오지 않았는가를 말하려한다. 그들은 왜? 자기의 부모네가 결혼을 강요할 때에 맹렬히 반항하는 태도를 취치 아니하였는가. 금일 상당한 교육과 신풍조新風潮에 젖은 청년으로는 너무 인순因循[30]하고 굴종적屈從的인가 한다. 이것이 주인공의 약미弱味를 나타내는 동시에 작품에도 어떠한 하자瑕疵를 던지지 않았는가 한다. 아무리 인순因循하고 심약한 사람이라 할지라도 자신과 결합한 이성異性에 대한 애愛가 진실하다 할 것 같으면 당연히 반항적 태도를 가질 것이다. 그와 같이 소극적 수단을 취하여 소절수첩小切手帖을 훔친 것이며 자기의 삼촌의 전당포 철궤鐵櫃를 엿보려는 맘이 나오기 전에 적어도 한 번은 반항함이 인정에 떳떳한 일인가 한다. 가정이 아무리 엄격하다기로 그만한 말도 못해본다는 것은 그들의 애愛가 너무 착실치 못함인가 한다. 자기 가정이 이러한 말하기에는 형편이 그렇게 어렵지도 아니한 듯하다. 그는 이와 같은 불성실한 애愛에 실패한 뒤에 모든 사물에 대하여 병적 사상을 품게 된 것이 어떠한 회심의 작作이라고 할 수 없다. 전차나 거리에서 여학생을 보면 반드시 그들에게는 비밀이 있는 것처럼 생각하고 인생이란 것은 모두 추악한 것으로 보았다. 더욱 여자를 죄악의 덩어리로 보았다. 이 인생과 세간을 저주하고 증오한 결과 이 세계보다도 비밀도 없고 여자도 없는 천국을 구하여서 인천 해안에서 몸을 던지게 된 듯하다. 그의 연인이었던 정숙은 자기의 애인을 버리고 미국 유학생이란 미명美名에 취하여 결혼을 하고 말았다. 그는 "나도 안 가겠다 싫으니 안 가겠다"는 단단한 맹서盟誓도 다 잊어버리고 "이 세상을 떠날 때까지 귀하를 그리다가 죽겠다든지 암만해도 인간의 일이 조종하는 운명의 실줄이 미리 매어서 있는다든지" 하는 단념하기에 고운 말을 드리고

---

30) 낡은 인습을 고집하고 고치지 않음.

그대로 다른 사람의 품에로 들어간 것은 어찌했든지 둘 사이에는 성실한 애愛가 있었다고는 생각할 수 없다.

이렇게 생각하여 보면 불충실하고 불순수한 애愛에 애착하고 미련을 두어 실망 민번悶煩[31]한다는 것이며 그 우유부단하던 영식이가 생명을 희생한다는 것은 아무리 생각하여도 부자연함이 아닌가 한다.

영식의 성격으로 보면 자살을 결정하기까지에는 다수한 시일을 요하여야 할 것인데 전차에 정숙을 만나며 바로 죽을 장소를 찾아 인천까지 간 것은 너무 '로맨틱'하다 할 수가 있다. 인천 해안의 그 악마 같은 파도와 수평선에서 환멸하는 모든 신비적의 암시가 그 약하고 인순因循한 성격의 소유자 영식에게 아무 공포를 주지 않고 종용從容히[32] 죽음에 나아가게 하였을는지도 의문이다.

이 작作을 일언으로 말하면 작자가 너무 결말을 급히 하지 않았는가 한다. 어찌했든지 죽음에까지 이르기에는 좀 더 곡절曲節이 있고 파란波瀾이 있어야 할 것이다. 작자가 심리묘사에는 상당한 수완과 예민한 신경을 가졌으나 좀 더 냉정한 태도를 가지고 주도周到히 관찰하였다면 이 작품에 심각한 맛을 얻었을 것인가 한다. 사실의 전개가 마치 활동사진 '필름'처럼 연連하게 나온 듯한 혐嫌이 불무不無하다. 또 한 가지 감동될 것은 작자의 어휘語彙가 많은 것이다. 우리들의 누구든지 곤란으로 여기는 우리나라 말에 상당한 다수의 말을 적소適所에 적용하는 것은 작자의 큰 강미强味인가 한다. 따라서 문장도 상당한 세련洗練[33]을 받은 듯하다.

　2월 20일

— 《개벽》 11호, 1921. 5.

---

31) 번민(煩悶).
32) 조용히.
33) (글이나 교양·인품 따위를) 갈고 다듬어 우아하고 고상하게 함.

예술적 양심이 결여한 우리 문단

1

원목顯目을 이와 같이 정하고 고稿를 기起하려고 붓을 들음에 당하여 이러한 기억이 절로 나옵니다.

내가 우리나라에 있을 때에 나의 벗 K는 자기의 엄격한 가정의 간섭과 제재로 말미암아 자유로운 것이 하나도 없었습니다. 엄격하다는 것보다도 차라리 완고頑固라 하는 편이 더욱 적절한 말이라 하겠습니다. 그래서 K는 자기 부친의 너무 완명頑冥[1] 고루固陋한 것을 민연憫然히[2] 여기는 동시에 우리 조선 부로父老[3]들에게 큰 반감을 품고 있었습니다.

일일은 여러 친구가 모여서 우리 청년들이 어느 때에든지 말하는 바와 같이 현금 우리 사회의 모든 불평에 대하여 호상互相[4] 만장萬丈[5]의 기염을 토할 때에 K는 말하기를

"우리 부로父老들의 완고한 행동에 대하여는 소위 언론기관이란 것들이 너무 침묵을 지키고 무신경한 듯해요. 꼭 남의 일 보듯이 해요. 나는

---

1) 완고하고 사리에 어두운.
2) 딱하게.
3) 한 동네에서 나이가 많은 어른을 일컫는 말.
4) 상호相互.
5) (만길이나 되도록) 매우 높음, 또는 매우 깊음.

한번 신문이나 잡지의 지면을 빌어서 우리 부로父老네의 완명頑冥한 행동에 일대 통봉痛棒[6]을 주려 하였더니 일전 모某 신문의 사설에 내가 말하려는 바 같은 논조로 그것을 통리痛詈[7] 하였습디다. 나는 참으로 통쾌히 여겼습니다"라 하였습니다.

K가 자기의 느낀 바를 능히 써서 신문이나 잡지에 언론다운 언론으로 발표할 만한 두뇌의 소유자인지 또는 부로父老들이 그 언론에 감명되어 금후今後로는 행동을 고치어야 되겠다는 그 효과는 별 문제로 하고 나는 K의 말에 한 비소鼻笑[8]로 답을 대하였을 뿐이었나이다.

그런데 그와 같은 비소가 나의 코에서 사라지기도 전에 나의 자신이 또 다른 사람에게 비소받을 것도 불고不顧[9]하고 이 붓을 잡게 된 것은 무슨 인과에 관계가 없지나 아니한가 합니다.

나는 우리 문단文壇(무슨 문단이라고 크게 말할 것도 없지마는 무엇이라 이름 할 수 없으니 그저 문단이라 불러둡시다)에서 활동하시는 문사文士들, 잡지 광고에 화형문사花形文士 화형花形[10]이니 일류 사상가니 천재시인이니 하는 여러 문사들에게 우리 민족의 장래와 예술의 귀추歸趨[11]를 위하여 적지 않은 불만을 가졌습니다. 불만하다는 것보다 민연憫然하고 가석可惜하다[12] 할는지 어쨌든지 그대로 가서는 아니되겠다, 묵과默過할 수 없다고 생각한 것은 사실입니다.

그래서 나의 벗 K가 신문이나 잡지의 일우一隅[13]를 빌어가지고 우리 부로父老들에게 간諫하려던 것처럼 나는 문사 여러분께 의견을 드리고 그들의 예술적 양심을 물어보려고 하였었습니다.

---

6) 좌선(坐禪)할 때 마음의 안정을 잡지 못하는 사람을 징벌하는 데 쓰는 방망이.
7) 아프게 꾸짖음.
8) 코웃음.
9) 돌보지 않음. 돌아보지 않음.
10) 화형花形. 꽃모양.
11) 귀착하는 바.
12) 안타깝다.
13) 한 구석.

그런데 금번今番 문예잡지 《창조》 신년호에서 우리 문단에 오랫동안 적적하던 춘원春園 군君의 붓으로 쓴 바 〈조선朝鮮 문사文士와 수양修養〉이란 논문을 읽고 K가 우리 부로들을 통리痛罹한 사설을 읽고 통쾌히 생각한 것과 같이 나 역시 '쾌재快哉'라는 부르짖음이 절로 나왔습니다. 평소에 불량한 행동을 기탄忌憚[14] 없이 하던 사람이 또 불량한 행동을 맘대로 하려다가 남에게 뺨을 얻어맞았다는 것 같은 말을 들을 때에 감동하던 바와 같은 시원한 생각을 하게 되었습니다.

춘원春園 군의 열정이 뭉친 그 글이 우리 문단에 날뛰는 문사 여러분에게 참고가 되고 경성警醒[15]이 됨에 족할 것은 내가 확실히 믿는 바외다. 그러면 누구시든지 나에게 "너는 우리 문단에 대하여 어떠한 불만을 품고 있었더냐"고 물으시면 나는 "춘원군이 창조創造 신년호에 발표한 그것과 대동大同합니다. 나더러 지금 다시 말하라 하더래도 역시 그러하겠습니다"라고 대답할 수밖에 없습니다. 나는 여기에 이르러 먼저 말한 바 나의 벗 K가 하던 말과 내가 비소하던 것을 생각하고 내가 하던 바 비소와 같은 비소가 지금 이 글을 보시는 여러분에게서도 자연히 나오리라고 생각하매 그러면 그만둘까하는 생각도 없지 않지마는 조선 문단에서 현금 활동하는 문사文士로 문사려니와 춘원군의 손에서 그와 같은 사자후獅子吼하고 풍자하는 글이 써졌다 함을 더욱 희괴稀怪한[16] 현상이라 생각하는 고故로 비소는 비소하는 여러분의 임의任意으로 하고 나의 미숙한 붓을 들게 된 까닭이외다. 이것이 동요를 만들어 준 것이외다.

현금 우리나라에 문학열文學熱이 팽배하려는 것은 사실이외다. 문학이라는 것보다도 문예열文藝熱이라는 것이 더욱 적절할는지 알 수 없으

---

14) 꺼림.
15) 정신을 차려 그릇된 행동을 하지 않도록 타일러 깨닫게 함.
16) 썩 드물고 괴이한.

나 하여튼지 《문文》이란 말이 청년 학생 간에 큰 흥미와 자격을 주는 듯하외다. 그러면 이와 같은 문예의 열熱이 고조에 달하려는 것이 불호不好한 경향은 물론 아니외다. 차라리 크게 환영하고 지도할만한 호好 경향이라 할 수 있습니다. 한문 이외에는 문文이란 것이 다시없는 줄로만 믿던 우리의 완고한 노인네나 소위 신풍조에 목욕하고 신교육을 받았다면서도 연문학軟文學파이니 경문학硬文學파이니 문예란 것은 일개 오락물이요 소일거리라 한인閑人[17] 무사자無事者의 탐닉할 바라고 멸시하는 시대착오의 사상을 가진 사이비 신인들에게는 이것이 참으로 우려할만한 경향이라 할는지 알 수 없으나 조금이라도 예술을 이해하고 그것이 인생과 어떠한 관계를 가진 것을 아는 이는 도리어 회심의 미소를 금치 못할 것이외다. 카펜타-의 "생활이 곧 예술이라" 말이 이것을 갈파喝破[18] 함이 아닌가요. 우리가 참으로 인간성에 눈뜨고 진眞의 감정에 살려고 할 것 같으면 예술에 살아야 합니다. 이러한 의미에서 우리나라 청년들이 문예를 애호하게 된다 함은 인간으로서 생활하자는 제 일성一聲[19]인가 합니다. 이것은 우리 사상 발달에 큰 원동력이 될 뿐 아니라 결국은 우리 전 생활을 지배하게 되어야 우리는 참생활을 할 것이외다.

그 '러시아'의 소년으로 '도스토예프스키'의 작품을 성서聖書처럼 애독愛讀하던 청년들이 장성한 금일에 그들이 우리 인류의 불합리한 생활을 위하여 노력함이 어떠하며 희생을 바침이 어떻게 큰 것을 우리가 목도目睹[20]하지 않습니까. 그러나 우리나라 청년들의 금일에 발기勃起한 바 문예의 취미가 어떠한 방면으로 기울어질는지 기울어지며 있는 것을 보건대 내가 이상에 말한 바와는 배치하려는 경향이 없지 아니한가 합니다.

---

17) 한가한 사람. 할 일이 없는 사람.
18) 큰 소리로 꾸짖음. 잘못을 바로잡고 진실을 설파함.
19) (큰) 한마디의 소리.
20) 목격. 원문은 '목도目覩'로 되어 있음.

내가 문단에 대한 요구가 춘원군과 대동大同하다는 것을 제언提言[21] 하였으므로 다시 사족을 가할 필요도 없겠고 또한 예술론이나 문학론을 들어서 우리 현금 문단의 문사文士의 작품을 조준照準하고 그 가치를 비평할만한가 하는 것도 의문에 지나지 못합니다. 이러한 비평을 받을 만한 자격도 결여한가 합니다. 이것은 마치 벼룩같이 작은 동물을 해부함에 소나 말의 해부에 쓰는 '메스'를 사용할 수 없음과 같습니다.

예술은 제 일의적一義的으로 우리 진眞 인생의 참 감정의 유로流露[22]가 아닌가요. 이러므로 그 시대의 진실한 감정의 표현이야말로 그 시대의 예술이라 할 것이외다. 그런데 현금 우리 문사들의 작품에 표현된 바 감정이 그와 같은 진실한 시대고時代苦나 인생의 번뇌를 표현하였는지 나는 아직 발견하지 못하였습니다. 나의 가슴에 순화醇化될 만한 감정이 발랄한 작품에 접한 일이 없습니다. 나는 문사 여러분의 가슴에 타오르는 인간고人間苦가 있는가 인간성에 하소연할 만한 감정의 유무를 의심치 아니할 수 없습니다. 이것은 작가 여러분의 예술적 양심에 물어보는 수밖에 별 수가 없습니다.

2

창조創造 신년호에 〈조선 문사文士와 수양修養〉이란 글의 필자筆者 춘원春園 군은 우리 문단을 건설한 일원一員이요 우리 문단에서는 잊을 수 없는 유공有功한[23] 이요 또한 우리가 군에게 다대多大한 기대를 가지고 있습니다. 이러한 의미에서 나는 군에게서 더 절실한 고백이 나오기를 바랍니다. 군은 이와 같이 말하였다.

"나는 십여 년 내로 논문 혹은 소설하고 분량으로는 삼천여 혈頁[24]을

---

21) 생각이나 의견을 냄.
22) (진상이) 나타나거나 드러남.
23) 공로가 있는.

썼거니와 우리나라에 신문체를 보급시키는데 일조一助가 된 외에 다소간 무슨 자격이나 주었을까 지금 생각하면 십의 칠팔은 아니 썼더면 하는 것이요 그 무지하고 천박한 문文이 사랑하는 우리 청년 형제자매에게 해독을 끼쳤으리라고 생각하면 이 붓대 잡은 손을 끊어 버리고 싶도록 죄송하고 가슴이 쓰립니다."

이 불꽃 같이 타오르는 열렬한 회한悔恨의 고백으로 보면 군의 우리 동포를 사랑함이 어떻게 열정적이요 절대적인 것을 누구나 알 수가 있습니다. 과연 그러합니다. 금일 우리 문사들 중에는 춘원군의 본 바와 같은 경향이 확실히 있고 군이 끼친 바와 같은 해독을 끼치며 있는 것도 사실이외다. 우리 민족은 여러 세기 동안을 두고 구윤리舊倫理 구도덕舊道德 하에서 무한한 압박을 받았고 또한 정치적으로도 자유로운 세계를 본 적이 소少하였습니다. 우리는 인간으로서의 생활을 해 본 일이 적었습니다. 그러면 우리의 가슴에는 울분한 것과 고뇌한 피의 덩어리가 뭉쳐있을 것이요 사지四肢에는 반항적의 피 조수潮水가 물결쳐야 할 것이외다. 이러한 것이 전통적으로 있어야 할 것이외다. 이러한 기분과 정서가 어느 나라 국민보다도 민족보다도 강렬하게 있을 것은 누구나 사색적 두뇌의 소유자면은 인지할 수 있을 것이외다.

그러면 문예는 감정의 표현이요 고민의 상징으로서 되었다 하면 우리 문단에는 피가 끓는 듯한 사람에게 감격한 기분을 주지 않고는 말지 아니할 작품이 다산多産할 것이요 바늘처럼 살을 찌를 듯한 인간성에 하소연하는 예술이 발흥勃興할 것이외다. 그런데 이와는 반대로 유탕적 遊蕩的[25] 기분이 물결치는 경향이 문사들에게 있음은 참으로 괴상한 현상이외다. 따라서 우리네에게도 참으로 인간성이 있는지 없는지 의심 아니 할 수 없습니다. 우리는 이러한 현상을 재료로 삼아 그렇게 만든

---

24) 쪽, 페이지.
25) 만판 놀기만 함. 遊蕩.

바와 되어온 바 원인을 탐구할 필요가 있습니다.

춘원군의 말한 바와 같이 신문체가 일어난 당시의 우리나라의 민도民度[26]와 시세時勢를 말하여 봅시다. 갑오경장 이후에 문약文弱[27]이란 표어가 우리 민족의 과거 역사를 통괄하여 말하였습니다. 과문科文[28]을 폐지하고 인재를 등용한다는 반면에는 불식문맹不識文盲이라도 운수 좋으면 일조一朝[29]에 고관대작高官大爵이 되며 권모술수로 출서出書하는 유일唯一의 건약鍵論을 삼으며 조정朝廷에는 매관매직賣官賣職하는 위조충신僞造忠信이 만하였고 지방에는 탐관오리가 의연히 도량跳梁[30] 하였었습니다. 그들은 결국은 자기들의 양심으로 이러한 것을 고치지 못하고 타他 민족이나 타국他國의 세력에 눌려서 이러한 짓을 중지하고 말았습니다. 그러한 결국에 자각한 민중의 반항운동이 일어났었습니다. 자강회自彊會니 국민협회國民協會니 일진회一進會니 대한협회大韓協會니 하는 단체들이 우후죽순처럼 일어났습니다. 매관매직하던 대관의 퇴물退物[31]과 탐관오리의 말류배末流輩[32]들이 하등의 자각도 없고 심오한 학식도 없이 군중의 암매暗昧한[33] 것과 시대의 약점을 이용하며 고명조예沽名釣譽하는 것으로 유일한 목적을 삼았었습니다. 그래서 허명虛名[34]지사志士와 위조 애국자가 배출하였습니다. (기중其中에는 진정의 열렬한 애국자도 없지는 않으나) 그들은 사려없이 뻔뻔한 것으로 무기를 삼아 비분강개悲憤慷慨한 소리로 책상을 두드리며 '여러분' 하는 말을 수차 계속하면 그래도 지사志士나 명사名士가 되고 말았나이다. 그들의 성문聲聞[35]은 여항閭巷[36]에

---

26) 국민의 문화생활의 수준.
27) 문약文弱하다 - 상무尙武의 정신이 없이 글만 숭상하여 나약한.
28) 지난날, 과거의 문과文科에서 보이던 여러 가지 문체의 글.
29) 하루아침.
30) 함부로 날뜀.
31) '어떤 직업에 종사하다가 물러앉은 사람'을 얕잡아 이르는 말.
32) 말류末流 - 하찮은 유파나 분파, 또는 거기에 딸린 사람.
33) 사리에 어둡고 어리석은.
34) 실속이 없거나 사실 이상으로 알려진 명성.
35) 명성.

자자하게 되고 군우群遇는 울어보고 이망羨望에 타오르는 찬성을 그들에게 드렸습니다. 그들은 의기가 양양하고 자기네의 인격이 참으로 고상하고 식견이 월등하여 군중에게 숭배 받을 자격이 확유確有한 줄로 자만하고 있었습니다. 이것이 시대의 죄인지 오인吾人[37]이 자작自作함인지 알 수 없으나 우리 민족처럼 심한 이는 없었습니다. 그 피상적의 명예심이 우리 민족을 어떻게 해害하였는지 이것은 조선의 현실이 증명하고 있습니다. 문제가 너무 탈선이나 하지 않았는가 하지만 나는 현금 우리 문단을 논하려니까 이러한 것을 자연히 말하지 아니할 수 없습니다. 이것이 너무 과격한 말이요 피상皮相의 관찰에 불과할는지 알 수 없으나 소위 명사名士들은 그 영예에 대한 동경이 우리 민족의 문화를 위함보다 무엇보다도 강렬하였던 것은 사실이외다. 국가나 민족이 무저無底[38]의 나락에 떨어지는 것보다도 자기의 명예가 추실墜失[39] 할까 유공唯恐하던 명사나 유지들은 자기들의 지위와 명예를 위하여 호상互相 질투하고 쟁투爭鬪하게 된 것도 세勢[40]의 자연이외다. 웅변술을 독습獨習[41]하고 명사名士를 추종하던 청년들의 가슴에 충만한 것도 자기의 영예심이었습니다. 나는 이상에 누누히 말한 바와 같은 경향이 현금 우리 신흥하려는 문단에도 불무不無한가[42] 합니다. 영예심榮譽心이라든지 공명심功名心이라든지가 무슨 일을 발흥勃興케 하고 창시創始하려는 동기 중에 하나가 되는 것은 부인할 수 없는 사실이나 그러나 이것을 그 전체로 볼수도 없고 더욱이 최고한 목적으로는 생각도 할 수 없습니다.

그런데 우리 조선에 문예를 애독하는 사람들은 노인도 아니요 장년

---

36) 여염閻閭 - 인가人家가 모여 있는 곳.
37) 나. 우리.
38) 밑바닥 없는.
39) 실추失墜.
40) 세력. 판세. 형세形勢.
41) 혼자 배워서 익힘.
42) 없지 않은가.

도 아니요 혈기血氣가 미정未定⁴³⁾한 중등中等 정도 학교의 남녀 학생이나 역경에서 방황하는 청년이외다. 신문학의 세례를 그들보다 먼저 수受한 이들 근일近日 신문이나 잡지에 황망慌忙하게⁴⁴⁾ 붓을 휘두른 여러 문사들도 역시 청년들이외다. 우리들의 혈관에는 과도한 공명功名과 영예욕이 전통적으로 창일漲溢한⁴⁵⁾ 듯하외다. 그래서 문예의 본질인 창조 창작의 감정, 내부 생명력의 진전하려는 자기의 표현이라든지의 진실하고 염焰○한 광휘光輝를 발發하려는 자기의 예술의 충동보다도 그 천박하고 가증한 영예나 공명을 요구함이 더욱 간절치나 아니한가 합니다. 우리 현금의 처지를 한 번 살펴봅시다. 필사必死의 경境에 빈瀕한⁴⁶⁾ 이의 규호叫呼⁴⁷⁾와 같은 열렬히 생을 요구하는 문예가 번뇌에 타오른 우리 머리에서 창조되어야 할 것이요 감상자에게도 우리가 느낀 바와 같은 감격한 기회를 그들의 가슴에 던져야 할 것이외다. 독자도 그와 같은 작품을 요구하여야 할 것이외다. 그러나 이와는 반대로 향락이나 유희의 기분이 충일充溢한⁴⁸⁾ 작품, 오인吾人에게 하등의 감격을 주지 못하고 독자의 호신심好新心이나 호기심에 영합하는 예술적 가치가 핍乏한 추상적 작품뿐이 있다하면 이것은 예술의 최고한 표준과는 요원遼遠한 거리에서 방황함이 아닌가 합니다. 직정直正한⁴⁹⁾ 생명의 오저奧底에서 우러나온 예술이야말로 창작자나 또는 이것을 감상하는 우리 독자로 하여금 그 편협하고 저열한 공명과 영예를 요망要望하는 소아小我⁵⁰⁾를 망각하고 광대하고 고원한 대아大我에 눈뜨는 것이외다. 그러면 너는 예술을 "우리 사회의 개량에나 도덕의 일개 수단으로 생각하느냐"고 반문할 듯하외

---

43) 아직 결정하지 못함.
44) 바빠서 어리둥절하게.
45) (의기나 의욕이) 왕성하게 일어난.
46) 임박한.
47) 큰 소리로 부르짖음.
48) 가득차서 넘치는.
49) 직정直情 - 거짓이나 꾸밈이 없는, 있는 그대로의 감정

다. 또한 예술을 무시하고 이해치 못한 폭론暴論으로만 인정할는지 알수 없으나 나도 예술은 예술로의 독특한 생명이 있을 것이요 다만 우리 사회적 생활을 보조하는 일개 수단이라고는 결코 생각치 않습니다. 그러나 아무리 고상한 예술일지라도 우리 인생을 떠나고 사회를 떠나서는 그 광휘光輝를 발發한다는 것이 의문이외다. 노방路傍[51]에서 데굴데굴 구르는 사력砂礫[52]이나 차를 헐떡거리며 끄는 우마牛馬가 요구할 것이 아니요 특수한 생명력과 이성을 가진 우리 인생사회에서만 광휘가 있을 것이요 열렬한 요구가 있을 것이외다. 우리 인생이 이 사회를 떠나서는 생존이란 것이 무의미한 데서 마칠 것이요 또한 얻지도 못할 것과 같이 예술이란 것도 우리 인생과 떠나서는 그 가치가 엷어질 것이요 우리 인생과 빈틈없이 부합符合하는 데에서 비로소 유의의有意義한 것은 부인할 수 없습니다.

금일 우리 문단의 경향으로 보아서는 우리들의 혈관에도 무한히 진전하려는 생명력이 내재한가를 의심하게 됩니다. 이것이 곧 문사들의 사회적 의식과 자기의 내부요구의 여하如何함을 구안자具眼者[53]이면 누구나 알 것이외다 봅시다. 문사연文士然하고 대 예술가연藝術家然하는 그들이 내적 생명의 요구가 없이 호기심이나 일시의 충동으로 남도 하니 나도 하겠다는 것 같으면 결코 오인吾人의 요구하는 바의 예술가나 문사가 되지 못할 것이외다. 환언하면 자기가 예술가나 문사로 자인自認하는 것보다도 먼저 자신이 예술에 대한 요구가 여하한 것을 반성할 필요가 있습니다. 자기의 생명의 오저奧底에서 타서 오려는 요구와 그에 대한 오뇌懊惱가 어떠한 것을 한 번 탐구하여 볼 것이외다.

50) 작은 자아.
51) 길가.
52) 모래와 자갈.
53) 안목을 갖춘 자.

그런데 춘원군은 우리 문사들을 일본제日本製라고 말하였습니다. 이것은 금일 실제가 그러합니다. 우리가 일본에서 배우고 일본에서 얻은 것이 있는 이상에는 모든 제도와 사상의 귀추歸趨가 자연히 우리의 보고들은 바 그것을 모방하게 되는 것은 어쩔 수 없는 사실인 듯하외다. 그러므로 우리 문사들도 자국自國의 독특한 문예가 없는 이상에는 타국他國 문단의 영향을 받게 되는 것도 세勢의 자연함이외다.

더구나 우리 민족에게 있는 바 모든 것이 향상하려는 과도기이므로 제 현상이 모방과 추종에 자연히 흐르게 되는 것이외다. 이것이 동서나 고금을 불문하고 사상이나 문화의 유동하는 원칙인가 합니다.

이와 같이 춘원군은 우리 문사를 사랑하고 민족을 걱정함으로 '십의 칠팔이나 아니 썼더면' 하는 생각을 하게 되었고 '해독害毒끼친 것을 생각하면 붓대 잡았던 이 손을 끊어 버릴 생각이 나옵니다' 하고 그 허위虛僞 없는 회한悔恨을 하게 된 듯합니다. 이와 같이 참회하는 춘원에게 "우리 문단을 그렇게 만들어 놓은 장본인은 군君이다"하고 다시 책責하려는 것은 너무나 무자비하지 않은가 하나 나의 춘원군에 대한 기대가 크고 또한 군을 생각함이 열렬함으로 수언數言을 가加하고사 합니다.

나는 군의 작품을 다른 사람에게 뒤지지 아니할 만큼 애독하여 왔었고 지금도 애독하는 한 사람이외다. 나는 향촌鄕村[54]에서 신문이나 잡지로 오락을 삼아 시일을 보낼 때에 춘원군의 작품처럼 나를 기쁘게 한 것은 없었습니다. 지금 생각하여 보면 그때의 신문이나 잡지라 하면 총계總計 삼사종三四種에 불과하였고 또한 그 내용의 빈약함도 그 수효에 같았습니다. 그때 붓을 잡고 글을 쓴다는 이도 극히 소수이었습니다. 그들은 대부분이 구식 인물로 그 내용이 전통적이요 인습의 전형을 거

---

54) 시골

쳐 나온 것으로 고루하고 산취酸臭나는 것이 많았습니다. 기중其中에 이런 한 반동으로 부르짖기 시작한 것은 생기가 발랄한 춘원군의 글월이라 합니다.

그는 신생활론을 써서 완고頑固 간에 물의를 일으켰고 〈개척자〉나 〈윤광호尹光浩〉와 같은 소설을 써서 도덕가와 종교가의 반감을 샀었고 〈무정〉을 쓸 때에 조선어와 일어의 반 섞기를 써서 애국지사들에게 빈축嚬蹙을 받았었습니다. 그러나 의연히 청년과 남녀 학생 간에 흠모欽慕하는 목표가 되고 존경을 받게 된 것은 우연함이 아니라 합니다. 그때에 군의 〈오도답파기吾道踏破記〉란 기행문을 절발切拔하라고 학생 간에 신문 쟁탈이 유행한다는 것을 내가 향촌에서 들었습니다. 이러한 것으로만 보아도 당시 청년들의 신문예에 대한 동경이 여하한 것과 춘원군의 새로 부르짖는 일언일구가 새 것에 동경한 그들에게 영향을 줌이 어떻게 크고 깊은 것을 우리가 능히 알 수 있습니다. 그러나 지금 생각하여 보면 그때의 우리들에게 춘원군이 붓대 잡았던 손을 끊을 생각이 나도록 후회할 만한 영향을 준 것도 사실이외다.

나는 확실히 단언합니다. 지금 우리 문단에 활동하는 문사들이 춘원군의 본 바와 같이 아무 소양素養도 없고 발달도 못된 일개 문사의 '씨'로 군다 하면 이것은 춘원군에게도 사피辭避[55]할 수 없는 책임의 문제가 있을 것이외다. 이 책임에 대하여는 여러 가지로 추궁코자 아니합니다. 그것은 군이 자기가 사랑하는 우리 청년들에게 해독을 주었다 자백하였고 자기가 밟은 바와 같은 길을 밟을까 두려워서 후진을 경계하였으므로.

하여튼지 고요한 바다에 물결을 일으켰던 춘원군이요 금일 퇴폐적 경향을 유기誘起한 이도 그들 중의 일원一員인 춘원이외다.

---

55) 말이나 글로 표현해 회피함.

우리 민족을 사랑하고 장래를 염려하는 춘원군으로서 이러한 경향을 고쳐 보려고 그와 같은 추상적 단평短評으로 문사들을 매도罵倒하다시피 하였으나 만일 자신에 하등의 회한이 없었다면 이것은 일시의 구슬림에 불과하고 그 효력이 희박하겠지마는 그 후회의 열렬함이 인人으로 하여금 감격을 일으킴에 족한 줄로 나는 믿습니다.

4

나는 군의 문사의 씨 될 만한 문사들이 씨 그대로 문단에 활동하게 되는 원인을 좀 말할까 합니다. 군의 항상 그 결과를 논하여 이상理想에 돌진突進하는 용기에는 물론 수긍하나 우리는 필연적으로 이른바 현실도 말하지 아니할 수 없는가 하외다.

우리들은 시대의 자격을 받아서 언론기관 기타 학술이나 문예잡지가 현금 발행하는 것이 기幾 십종에 달하였으나 그 경영자나 편집자들의 말을 들으면 경제상에도 물론 곤란이 다대多大하거니와 또한 극히 곤란을 감하는 것은 원고의 수집이라 합니다. 즉 지면에 붓을 잡을만한 사람이 적다 함이외다. 월간月刊으로 발행한다는 것이 수개월 내지 반년만에 발행하게 되는 것이요 이것은 물론 원고뿐만의 관계는 아니지마는 잡지다운 잡지와 언론다운 언론을 선택하여 내용의 충실을 도圖하려면 이상以上의 곤란이 있다 합니다. 그래서 정한 혈수頁數를 전충塡充[56] 하려고 조제일작粗製溢作한[57] 악문惡文이라도 무의식無意識이나 유의식有意識으로 기재하게 된다 합니다. 그러면 철없는 소년문사들 즉 춘원군이 주의한 바와 같은 미학이나 수사학이나 논리학이나 사회학이나 기외 형이상形而上이나 형이하形而下의 과학을 좀 더 배우고 학교를 졸업하여야 할 문사들의 악질惡質의 문文을 다량으로 착출搾出하게 되는 까닭이

---

56) 빈 곳을 채워서 매움.
57) 물건을 조잡하게 만드는 일.

외다. 질의 양부良否를 고려하고 탐구할 여가 없이 활자로 변하여 세간에 나오게 되는 것이 아닌가 합니다. 또한 이렇게 쓰려면 나도 쓰겠다는 생각이 다른 단견短見[58]이요 천려淺慮[59]인 문사文士씨들에게 공명功名이나 영예에 대한 충동을 더욱 일으킴이 아닌가 합니다. 이것이 삼문三文 문사文士들이 배출輩出하게 된 까닭이라 합니다. 이러한 현상이 모든 문화 발전기에 자연히 있을 것이나 자기의 글이 활자로 변하여 옴을 명예로 알던 그들은 결국에 문사연文士然하고 예술가연藝術家然하게 되는 것이 아닌가 합니다. 그 결과는 극히 저급이요 음탕적淫蕩的인 것이 청년남녀의 약점을 영합하게 되는 것이외다.

소위 비평적 태도를 가지고 사상 문제들을 이야기한다 하여도 필자 자신에 독특한 주의主義의 심오한 견식見識이 적음으로 논의한 바 그것은 흡사히 비단쪽이나 포목쪽으로 얻어 만들은 보자褓子와 같이 보이고 그 내용이 빈약하고 형식의 통일을 결缺하게 되는 이유인 듯하외다. 따라서 독자에게 하등의 감격한 기분을 일으키지 못하고 오리무중에서 방황하는 듯한 몽롱한 생각을 일으키게 하는 것이외다. 만일 여사如斯한 저급하고 부조리하고 불철저한 문文이 우리들에게 감격한 기분을 준다 하면 이것은 반드시 허위일 것이외다.

다시 우리 문단의 수확을 봅시다. 모두 어떠한 일종의 정화이외다. 소설을 창작하려고 그 제재를 선택할 때에 누구를 물론하고 연애문제를 중심을 삼는 듯하외다. 지금 우리 문사들의 작품을 손가락 꼽아 세더라도 내용이 거개 연애의 발전 아닌 것이 하나도 없습니다. 실연자의 부르짖음이나 연애에 승리한 이의 환호에 불외不外한 듯하외다. 소설에 연애문제를 취급하여 이성異性 사이에 나오던 모든 갈등과 고뇌와 비애와 모순과 질투 등을 구상화하고 이에 대한 인생관이라든지 작품에 표

---

58) 얕은 소견.
59) 생각이 얕음, 또는 얕은 생각.

현된 개성들이 우리 인생의 오저奧底에 잠재한 모든 의식과 합하고 이 것에 대하여 감격한 기분을 얻을 때에는 이만한 것 같은 재료가 없을 것이나 이러한 것을 결여한 소설은 우리 혈기血氣 미정未定한 청년독자 에게 주는 것이 해독害毒뿐인가 합니다. 천박한 성적性的 문제만을 저급 한 독자의 호기심을 위하여서만 취택取擇[60] 한다 하면 예술을 오욕汚辱[61] 함이 이에 더함이 없습니다. 나는 연애소설 중에서 '우리 문사의 손에 서 된 것' 예술적 가치가 있는 것을 지금껏 읽지 못한 것은 참으로 유 감이외다. 이러한 작품이 유행할수록 작가나 감상자를 물론하고 유탕遊 蕩의 기분으로 문예를 오락娛樂하자는 경향이 농후하여 갈 것이외다.

우리는 기억하여야 할 것이요 우리가 문예품文藝品을 창작할 때에 반 드시 연애를 중심으로 한 제재를 취하여야만 웅편걸작雄篇傑作[62]이 되는 이유가 없는 것을.

우리가 제재를 발견하기에 우리가 일생을 두고 쓰지 못할 만큼의 대 상이 있는 것이외다. 오인吾人 생활의 전 노정路程과 환경에 매일 환멸하 는 사상이 모두 제재되지 않을 것이 없습니다. 연애문제라야만 창작의 제재될 것이라는 이치가 어디 있겠습니까.

나는 참으로 걱정합니다. 이상以上에 누진縷陳한 바와 같이 우리 민족 의 부르짖는 바 모든 소리는 수만 근斤의 중重으로 눌린 강압 하에서 고 통을 이기지 못하는 비명과 절규가 아니면 아니 될 것이외다. 따라서 시대사조의 반영이오 내부 생명력의 진전하려는 고민의 상징인 문예에 도 반항적 색채가 부지중에 표현되어 있어야만 자연함이요 진眞이라 할 수 있습니다. 혁명 전 '러시아' 문예의 경향이 어떠하였습니까. 민 정파民情派와 '니체'의 강력强力을 이상화理想化한 '고리키'의 작품이 생

---

60) 많은 중에서 골라 뽑음.
61) 욕되게 함.
62) 빼어나게 좋은 글이나 작품. 웅편雄篇.

을 요구하는 청년들의 가슴에서 물결치는 울적한 혈조血朝에 용감한 힘을 던진 것도 우연한 결과가 아닌가 합니다. 이러한 것을 보며 생각할 때에 손과 발을 매인 우리들이 금일 처지에서 연애를 구가謳歌하며 향락에 도취하려는 것을 참으로 가증하고 한심치 않다 할 수 없습니다. 따라서 현대의 사조思潮가 우리 민족에게 반동을 주고 우리가 글로 고뇌한다는 것도 그만두고 자기의 살을 버이고[63] 소금을 넣더라도 그 고통을 감각할 만한 신경의 소유자인가를 나는 의심합니다.

이와 같은 말이 아직 움나려는[64] 우리 문예에 과중한 기대인지 알 수 없으나 또 한편으로 보면 방금 움나려고 하고 출발하려는 기회이므로 더욱 간절히 바라는 바이외다. 지금 방향을 정하기에 그 도착점이 따라서 있을 것이외다. 우리는 결코 서양사조의 말류末流에서 헤엄치는 일본문단을 그대로 본 뜰 것은 없습니다.

그러면 어떠한 이는 말하시겠지요. "예술은 결코 다른 사람을 위하여서 얻는 것이 아니라 자기가 기뻐하고 자신이 다른 사람이 상상치도 못할 무아無我의 경境에서 기뻐하면 그만이라고." 만일 우리들에게 사회와는 아무 교섭도 없고 자신을 위하여 만의 예술이 있다하면 과연 그것이 사회의식이 발달한 금일에 성립될까요. 이것은 수세기 전의 사회적 의식이 없는 퇴패파頹敗派[65]의 예어囈語에 불과하고 말 것이외다. 우리들은 절대의 자유를 얻을 수 없는 것과 같이 우리 사회를 배경으로 삼고 우리 인생이나 기타 시시각각으로 환멸하는 현상을 제재로 삼는 예술도 우리 사회나 인생을 몰각沒却하고 몰교섭沒交涉하고는 성립치 못할 듯합니다. 이것이 인간사회와 씨가 다른 신이나 유령의 사회, 금수禽獸의 사회의 창조가 아닌 이상에는 더욱 그러할 것이외다. 그러므로 예술은 예

63) 베다(?).
64) 싹나려는.
65) 퇴폐파頹廢派.

술로의 독특한 존재의 상대성은 용허容許[66]할 수 있으나 우리 인생과 사회를 몰각沒却하고 까지라도의 절대성이 있다 하면 나는 그것을 긍정할 수 없습니다.

5

근일 흔히 주의主義를 말합니다. 예술지상주의란 것도 절대적의 의미로는 성립할 수 없는가 합니다. 또한 사조思潮라는 것은 결코 정적靜的이 아니요 일상 유동流動하여 쉬지 않는 동적動的이외다. 문학사조文學思潮라든지 철학사상哲學思想이라든지 기타 일반 사조가 사회와 시대를 따라 변천變遷하는 것은 다언多言을 부대不待할 것이외다. 그러므로 우리가 반드시 어느 주의主義나 사조思潮를 맹목적으로 신봉하는 추종자가 되어서는 아니 될 것이외다. 우리는 우리의 생명에 내재한 독특한 광휘光輝를 발휘하여야 할 것이오. 남의 밟은 바 그 발자취만 따라가려고 하면 그것이 무슨 독특한 가치가 있다 하겠습니까. 추종하지 않으려도 인간의 내부생명에는 공통의 고민이라든지 시대고時代苦가 있어서 자연히 어떠한 주의主義나 류를 이루고 또는 부합하게 되는 것이외다. 처음부터 부수付隨[67] 하려고 애쓰는 것처럼 애처로운 일은 다시 없겠습니다. 어린아이가 연극을 구경하고 그것을 흉내 내었다 하면 그것도 예술이라 하며 그 아이를 예술가라 할 수 있을까요. 연극을 흉내 내인 그 아이를 예술가라 이를 수 없는 것 같이 다른 사람이나 다른 주의主義를 모방만을 시무始務[68] 한다 하면 그것도 예술가나 예술이라고 이를 수 없습니다. 남도 하니 나도 하겠다는 것은 천박한 사려思慮에서 나온 것은 물론이거니와 나는 유미주의唯美主義이니 예술지상주의이니 표방標榜을 먼저 하

---

66) 허용許容.
67) 주되는 것에 따라감, 또는 따라서 일어남.
68) 업무를 시작하는 일.
69) 사물의 밑바탕.

는 것도 예술에 대한 근저根柢[69]가 박약함인가 합니다. (우리 문사들 중에는 물론 없겠지마는) 또한 비평가로 어떠한 작품을 비평할 때에 우리는 자연주의의 문학을 반드시 거치어 간다는 뜻으로 평론한 것을 읽은 기억이 있습니다. 이것은 문예나 일반 사조의 진전하는 취향에 그렇게 되어온 바 내력을 사적史的으로 설명함이요 금후라도 신흥하는 어느 나라의 문학이라도 이러한 경로를 밟아야만 된다는 것은 아니외다. 전자前者 비평의 말이 이로 보면 너무 숙명론적 고찰이 아닌가 합니다. 어떠한 문사가 처음에 창작할 때에는 반드시 고전주의古典主義로부터 '로맨티시즘' ―자연주의― 신新 '로맨티시즘'을 경유한다는 것은 너무 우스운 일이외다.

물론 우리는 문학사로서의 연구할 필요는 크게 있겠지요 마는 우리 신흥하려는 문단에도 그것을 반드시 겪어야 한다는 것은 아무리 생각하여도 난해의 점이 다多하외다. 문제가 너무 지엽枝葉으로 나아가서 지리支離하게 되었지마는 이것이 근일의 나의 우리 문단에 대한 말하고자 하던 바의 하나이외다.

6

춘원春園군은 말하기를 "나는 우리 문단에 지금 문사가 되도록 공부하면 될 듯한 천재天才 가진 문사의 씨를 보았지마는 이미 장성長成한 문사를 보지 못합니다. 그러고 심히 슬퍼하는 것은 이 문사의 씨 되는 이들이 촌음寸陰[70]을 시경是競하여 각고刻苦[71]하는 빛이 아니 보임이외다." 하였다.

이것은 군의 주관적 관찰일는지도 알 수 없으나 이밖에 속성速成한 문사가 있다합시다. 이러한 문사의 씨와 급성문사急性文士(말이 좀 우스우나

---

70) 매우 짧은 시각.
71) 고생을 견디며 몹시 애씀.

수양修養과 천품天稟이 없이 어찌어찌 하다가 뛰어나온 문사)들에게만 우리의 신문화의 선구先驅요 모母되는 문예를 맡기고 매독균梅毒菌과 결핵균結核菌 같은 것을 무난히 산포散布함을 수수방관하는 기성 문사가 있다하면 그의 심사야말로 이해할 수 없습니다. 이것은 철모르고 자기의 미숙한 예술의 충동이나 공명심에 빠져서 아무 의식 없이 해독害毒을 주는 것보다도 그 죄악이 천 배나 만 배나 중하다 하겠습니다. 왜? 수수방관하는가. 왜? 우리 민족의 문예 감상안感想眼을 높이도록 노력하지 않는가. 왜? 불순한 문사들을 한편에서 치워버리지 않는가. 왜? 발행하는 잡지의 지면을 문사의 씨나 급성문사急性文士들에게 방임하는가. 어찌했든지 보고만 앉았는 기성 문사네의 죄가 더 크다 할 수 있습니다. 참으로 민족을 위한다 하면 위선爲先[72] '괴테'나 '셰익스피어'를 꿈꾸지 말고 자기의 힘 자라는 대로 우리 문단을 인도하여야 할 것이외다. 매독균이나 결핵균과 같은 병독病毒에 감염되지 않을 만큼 한 항독소抗毒素가 우리의 체질에 발생하도록 하는 것이 기성문사 제씨諸氏의 사명이 아닌가 합니다.

백주白晝에는 형광螢光을 볼 수 없는 것과 같이 태양의 앞에서는 군성群星이 광光을 잃는 것과 같이 위대한 인격자의 앞에는 소인小人이 용납할 수 없는 것 같이 실력이 있고 천품天品이 풍부한 문사의 작품 앞에는 문사 될 만한 씨나 급조急造 문사들의 작품은 용인을 받을 수 없을 것이외다. 나는 선진문사先進文士 제언諸彦의 특히 노력 분기奮起함을 열망하는 동시에 문사될 만한 소질을 가진 제씨諸氏도 완전한 발육을 얻기를 바랍니다. 어서 우리 문단에도 소양素養이 부풍富豊[73]한 천재의 문사가 배출하여야 할 것이외다.

이러한 의미에서 우리 문사들께 열렬한 충고를 드린 춘원군도 질이

---

72) 우선于先.
73) 풍부豊富.

양호한 작품을 다량으로 제공하기를 바랍니다. 이것이 천백 번 불량한 문사를 매도하는 것보다 문단을 혁신함에는 그 효과가 위대할 줄 믿습니다.

(1921년 3월 3일)

─《개벽》 11호, 1921. 5.

고언이삼苦言二三

1

현금 우리 조선에 어떤 분들이 일류 작가인지 또한 어떤 작품은 많이 발표하였는지 그 작품의 내용이 어떠한지 우리 문단文壇과는 몰교섭沒交涉이던 나는 자세히 알 수 없으나 발표한 그것만이 우리 문단의 전소 수확이라 하면 그것을 그 빈약이란 말로만 형용할 수 없이 좀더 빈약 그 의미보다 강한 말이 있으면 곧 우리 문단의 형용사를 만들고 싶다고 생각한다. 이만한 우리 문단의 지식을 얻은 것도 우리 조선 잡지계의 권위로 자임自任하는 모지某誌에서 연중年中 문단 총결산기를 보고야 비로소 알았다. 나는 그 회계기會計記를 보고 그 항목을 조사하여 눈에 닥치는 대로 그 결산이 옳게 되었는가를 검사하여 보았다. 그러나 전부를 유루遺漏 없이 한 것이 아니오 눈이 띠는 대로 보았던 것에 불과한다. 그러나 나의 본 바 그것만으로는 결산한 주판을 퉁길 때 항桁을 그릇하지 않았는가 한다. 가령 십위十位에 있는 알을 퉁길 때에 백위百位나 천위千位의 알을 퉁기지 않았는가 생각한다. 모두 과분의 평을 받지 않았는가 생각한다.

그리고 권위 있는 평자評者에게 자기의 작품을 묵살默殺 당하는 것이 물론 고통일 것이다. 더욱 문단적 야심을 가진 그들에게 치사적致死的

창철創鐵을 받은 것처럼 아플 것이다. 평자評者의 호의나 한 자비심에서 나왔는지는 알 수 없으나 사람을 두들겨 주어도 정도가 있지! 모처럼 자기의 내부 생명에 열구熱求에 못 이기어 심혈을 천주瀳注한 역작을 겨우 서사書肆에 좌고우면左雇右眄하여 가지고 권위 있는 평을 얻기 위하여 "어! 비평가시여! 호평을 원합니다." 애걸하고 올린 그것을 보지 않았소. 요리회계기처럼 너절함이다. "이후에 더 공부 하여 가지고 더 좀 좋은 것을 가지고 오시오. 그러면 보아줄 터이니" 하는 말이 아니고 무엇이냐? 나는 싸움하라고 충동이 하는 말은 아니다마는 작자作者로서 양심이 있고 남자이거든 그러한 모욕을 압력을 쓰더라도 받지 아니할 것이라고 생각한다. 내 이름이 그러한 대가大家의 필단筆端에 오른 그것만이 영광이라 하면 그만이거니와─. 평자評者 그 사람도 마음씨가 바른 사람이라 할 수 없다. 사람을 죽이려면 어떻게 못해서…….

2

일본 문단에 수삼 년 년래來로 소위 종교문학이 유행하게 되었었다. 물론 이것은 "센티멘탈리즘"이 종교宗敎라는 말을 쓰고 나와서 재자가녀才子佳女[1]를 많이 올린 것이었다. 소위 친○親○이니 노자老子니 야소耶蘇니 맹자孟子니 하였지마는 그것은 일시의 경향에 불과하였고 작년도에는 눈을 씻고 보려도 없었다. 그런데 일본문단에서는 그 얼굴을 감춘 금일에 우리 조선에는 비로소 나오게 되었다. 일이 개가 나왔다고 조선에도 유행이라고는 말할 수 없으나 조선에는 일년 동안을 두고 발표되는 작품이 열 손가락을 꼽을 수 없으므로 하나나 둘이 그렇게 소小 부분이오 소수가 아니다. 그 타他에 여러 가지 역사에서 취재取材한 것도 많은 듯하다. 자기의 체험이나 생활의 배경이 박약한 고백소설 같은 것

---

1) 재자가인才子佳人.

을 수박 겉핥기인 실감實感으로 소위 창작이란 탈을 씌워서 내놓는 것
보다는 호好 경향이라 하면 호好 경향이라 할 수도 있거니와 종교상 인
물이나 역사상의 인물의 이름을 빌어다가 조그만 자기의 주관만을 살
리려 한다 하면 나는 크게 항의코저 한다. 우리가 역사에서 종교에서
취재取材하려 할 것 같으면 종교나 역사의 지식이 넉넉히 취급된 그 사
람의 사상思想의 진수眞髓를 체득하여야 할 것이다. 화호불성畫虎不成[2] 반
위구자反爲狗子라 하면 이것은 최초에 그러한 곳에서 취재取材 아니 하는
것만 불여不如하다고 생각한다. 가령 허생許生 야소耶蘇나 주紂[3]나 신숙주
申叔舟를 취재取材하였거든 금일에라도 허생許生이나 숙주叔舟나 주紂나
야소耶蘇를 그 무덤에서 불러일으키고 내가 취급한 바 작품에 재현된
너희들의 사상에 아무 이의가 없느냐고 물어보더라도 그들은 아무 불
복不服이 없습니다. 대답할 만큼 그의 참[眞]을 얻지 않으면 아니 될 것
이다. 그러나 나의 생각에는 그들에게 뺨이나 아니 맞으면 행幸이라 한
다. 구체적 비판은 후일을 기期하자!

　그리고 위선爲先 우리 조선 학계를 우러러볼 때 은연 중 느끼게 되는
난감을 이 아래 써보려 한다.

3

　일본 모 평론가와 담화할 때에, 그는 개가 바위 틈 지내듯 경성京城 방
면에 잠깐 있다가, 조선을 모조리 이해할 듯이 말하던, 고故 도촌포월島
村抱月 씨를 모방한 말이, 물론 아니겠지마는, "애란愛蘭에는 애란문학이
있고, 파란波蘭에는 파란문학이 있는데, 조선에 조선문학이 없는 것은
참으로 괴상한 일이외다. 꼭 있어야 할 조선 꼭 있음직한 조선에 조선
문학이 없는 것은, 참으로 괴이하게 아니 여길 수 없소"하는 말을 들을

---

2) '남을 흉내 내거나 힘에 겨운 일을 하려다가 도리어 잘못됨'을 이르는 말.
3) '주紂' 임금. 은殷나라 마지막 임금.

때에, 나는 정금整襟[4]치 않을 수 없었다. 조선의 문학이란 비밀 절도絕島[5]가, 어느 해중海中에 있어서 혜안慧眼을 가진 심험자深險者의, 내방來訪을 고대하고 있는지 또는 기다리다 못하여, 자분自憤에 못 이기어 폭발이 되어 해중海中에로, 들어가 버렸는지, 언제든지 해상海上에 돌기突起하려고, 산호초처럼 해중海中에 숨어 있는지, 평범하고 문학에 조예가 없는 나는 알 수 없으나, 어쨌든지 나의 아는 바 범위로 말하면, 하나도 남 앞에, 뽄[6] 좋게 내놓을 만한 것 없는 것은 사실이다. 그렇게 알음이 적고, 세상에 알리움이 적은 나와 같은 아무리 후안厚顔[7]의 소유자일지라도 정금正襟하고 아니 들을 수 없다. 과연 그러하다. 우리에게 있는 모든 것 중에, 과연 남 앞에, 뽄 좋게 내놀 만한 것이 무엇이냐, 더욱 문학에 들어가 굽어다 보자! 내 안력眼力이 부족하여, 잘 들여다보지 못하여 알 수 없는지, 문학 자체가 무든 박테리아나 같아서, 현미경을 들이대지 않으면, 아니 뵐일 만큼, 미묘한지 알 수 없으나, 춘향전이나 놀부전 같은 것으로, 조선에도, 이러한 작품이 재래在來로 있었소 하고, 내어놓을 수는 없을 것이다.

4

재래在來도 재래在來려니와, 현금을 말하여보자! 언어에 기반을 두지 않은 문학이 이 세상에 없을 것은 말할 것도 없다. 만일 언어를 떠나서 문학이 있다는 예가 있거든 누구든지 가지고 오너라. 그때에 나는 나의 무식을 사과하기 위하여 백번이나 절할 터이니—다른 나라 특수한 언어를 가진 나라들은 그 국어로서 만든 사서辭書[8]가 기십幾十 기백幾百 종

---

4) 옷깃을 여미어 자세를 바로잡음. 원문은 '정금正襟'으로 되어 있음.
5) 절해고도(絶海孤島) ; 뭍에서 멀리 떨어진 외딴 섬.
6) 뽄새-본새.
7) 뻔뻔스러운.

으로도 셀 수 없게 많이 있지 않은가. 그러나 우리 조선 현재를 보라! 조선어 사서辭書가 기종機種이나 있는가? 강희자전康熙字典[9]에서 발췌한 옥편 등은 신구新舊 서포書鋪[10]의 책장에서 데글궁글지마는 조선총독부에서 중추원中樞院 나리들을 모아놓고 그분들의 담배 피는 동안에 한마디 두 마디씩 수집하여 둔 한문漢文 투성인 조선어 사전 외에는 조선말 사서辭書는 눈 씻고 보려도 하나도 없다. 아초俄初에 만들지 않은 것이 세상에 존재할 리가 없겠지마는 나는 신서적新書籍의 출판 광고를 무슨 도서주식회사니 무슨 회會니 무슨 서포書鋪니 하는 굉장한 이름으로 낸 것을 볼 때마다 출판은커녕 예고豫告하는 것도 못 보았다. 국어의 사전 한 개가 없는 터에 문학이니 무엇이니가 다 무엇인가. 영국에 사전이 있어서 셰익스피어가 생기고 독일에 말모듬이 있어서 괴테가 나왔다고 할 수는 없으나 괴테나 셰익스피어가 표현의 도구로 사용한 것은 역시 언어이다. 벙어리[啞] 성학가聲學家[11]가 없을 것이다. 장님[盲] 화가畵家가 없을 것처럼 표현 없는 예술가가 없을 것이다. 현재 사전이 없다는 것은 언어의 통일이 없다는 것을 의미함이다. 경성에서는 경성말이 아니면 말 아닌 것처럼 생각하고 지방에서 그 지방 말이 아니면 언어로 듣지 않는 것이라 극단으로 말할 수 있다고 생각한다. 이것을 어떠한 작품에 로컬칼라[12]를 나타낼 때에 한하여 용인한다는 의미와는 딴판이다. 실제로 우리가 붓을 들고 창작이나 논문을 쓸 때에 지방 사람으로서 언어 그것으로서 얼마나 많은 구속을 받는지 알 수 없다. 더구나 그 작품이나 논문을 자기 책상 서랍에다 죽을 때까지 감춰둘 작정이면 모르거니와 그래도 그것을 세상에 내놓아서 나름 독자를 구한다 하면 이

---

8) 사전辭典.
9) 중국 청淸나라 제 4대 성조聖祖가 장옥서 · 진정경 등에 명하여 만들게 한 중국 최대의 자전.
10) 서점書店과 같은 뜻.
11) 성악가聲樂家.
12) Local color 지방색.

것이 그렇게 범연泛然한[13] 문제가 아니다. 작품으로서는 사활死活 문제다. 기왕의 한시漢詩나 순純 한문장漢文章처럼 굉대宏大[14] 장쾌壯快[15]하고 미려美麗 요염한 문구만을 나열하는 것이 석학碩學과 거유巨儒[16]의 능사로 알아서 심장적구尋章摘句만을 유사唯事하던 시대의 문학이라 하면 기ㄹ어니와 적어도 시대에 있어서 생명인 문학, 심각한 인간성에 뿌리박은 문학에야 그러한 추상적인 문구가 오인吾人의 가슴에 빈틈없이 안길 리가 있겠느냐? 경성에서만 쓰는 말이라고 다 적합하며 정확한 것이 아니오 지방에서만 쓰라고 다 와어訛語[17]와 오류가 아닌 것이다. 경성에서만 쓰는 그 말에도 와어와 오류가 있을 것이오 지방에서 쓴다는 그 말에도 정확한 의미를 가진 것이 있을 것이다.

그러한데 혼돈한 우리나라의 금일에 있어서는 가장 적당하고 가장 교묘하게 표현된 말에 있어서도 그 말이 자기가 이해할 수 없을 것 같으면 이것을 곧 지방어나 토어土語[18]로 돌려보내고 마는 일이 종종種種하다. 그렇게 표현한 말 가운데에는 물론 특수한 지방어로만 행세할 말이 없는 것이 아니나, 그러나 이것을 한결같이 배척함과 같은 것은, 너무 무모함이 아닌가 한다. 그렇게 말하고 보면 자기의 언휘言彙[19] 부족한 것이 다른 사람의 말을 용인할 수 없게 되는 것이다. 만일 이러한 때에 정확한 사서辭書의 비치備置가 있다 하면 어느 정도까지 작자作者의 의의가, 여하한 곳에 있었던 것을 이해할 수 있을 것이다. 금일 영국에 사서辭書가 없어 보아라 셰익스피어의 극시劇詩를 게 누가 용이하게 해석할까?

---

13) 차근차근한 맛이 없이 데면데면한.
14) 굉장히 트다.
15) 힘차고 상쾌하다.
16) 학문과 덕이 높은 이름난 선비.
17) 사투리.
18) 사투리.
19) 어휘.

이러한 의미에서 나는 우리 조선에도 곧 사서辭書가 나오기를 열망하는 사람의 하나이다. 금일 소위 문학에 종사하는 창작가 제군諸君들에게 그 예술가라는 간판을 떼어버리고 언어학자라는 문패를 새로 붙이라는 것만이 아니라 우리 조선의 현금 형편은 로서아露西亞의 문학자나 영길리英吉利 시성詩聖의 역사이며 그 작품을 다수히 제공하는 것보다는 차라리 고린 조선말일지라도 다만 한 권의 사서辭書가 더욱 필요하다고 생각한다는 말이다. 이와 같이 조선의 문화가, 위미부진萎微不振[20]하는 것을 다만 우리 조선인의 노력 부족에만 있다는 것이 아니다.

모든 환경이 자연 그렇게 만들어 주는 것인 것도 사실이나 그러나 우리 사회에는 노력하려는 노력이 적은 것은 참으로 유감遺憾으로 생각하는 바이다.

—《금성》 제2호, 1924. 1.

---

20) 위미부진萎靡不振 : 시들고 약해서 떨치고 일어나지 못함.

11월 창작創作 개평槪評

춘원春園의 〈군을 생각하고〉(《조선문단》)

H라는 청년의 짧은 일생을 가장 인상적으로 묘사한 것이다. 병고病苦로 실연으로—그 위에 또 빈궁貧窮으로 지내다가 종용從容히[1] 이 세상을 떠나게 된 운명을 오인吾人 앞에 여실히 내보였다. 이 작품의 무엇보다도 강한 매력을 가진 것은 오인吾人에게 실감을 주는 것이다. H의 그 기구한 운명에 동정 아니 할 수 없는 것이다. 이것은 물론 춘원의 의례히 그러한 필치筆致로서만 볼 것이 아니라 작중作中에 나타난 서한書翰의 구절구절은 적어도 H라는 청년의 참스러운 감정의 유로流露라고 생각할 수 있다. 병고病苦와 실연으로 말미암아 극히 모든 생각이 감상적에서 감상적으로 깊이 깊이 파고들어가는 인생관은 자연히 그렇게 될 것이다. H란 인물에 대하여 작자가 취급한 바와 동감이다. 이의가 없다. 조금 불만족하게 생각되는 점이 있다고 하면 그것은 폐병으로 죽어가면서도 교단敎壇을 떠나지 않으려는 것과 같은 강함 인내성을 가진 H가 선배인 '나' 란 이에게 대한 태도며 애인인 C에 대한 태도가 너무도 남

---

1) 조용히.

성적이 아닌 것이라고 할 수 있다. 그러나 이것은 누구에게든지 있는 성격상의 모순이라 이 H에게만 한하여 책責하는 것은 너무나 가혹한 것이라 생각한다.

그러나 이 작중作中에 C라는 인물의 그림자는 대단히 엷고 희미하다고 아니할 수 없다. C란 인물은 이 작품 가운데 한 '스핑스' 다. 요부妖婦 '타입'의 여성인 듯도 하고 순진한 숙녀 '타입'의 여성인 듯도 하다. 작자는 왜 C란 인물에 대하여서는 '스핑스' 그대로 두었을까 하는 것이 의문이다. 소위 연인이라는 H가 병고病苦를 참아가며 벌어 보내는 학비로서 공부를 해가며 따로 연인을 몇 사람씩 두고 향락을 누리었다는 것이 이 작품 중에 무엇보다도 큰 문제라고 아니할 수 없다. 이와 같이 인간에게는 이러한 반면反面이 반드시 없다고 할 수 없다. 약한 인간으로서는 있음직한 일이다. H에게 치명상을 준 것은 이 실연 문제이다. 나중에 병을 간호하였다는 것 같은 것은 임종 시에 다다라 잊어버리고 극락으로 잘 돌아가라 하며 홉뜬[2] 눈을 쓰다듬어 주는 것이나 그렇게 다를 것이 무엇일까. 작자作者는 이러한 최후의 간호만으로 C는 정숙한 처녀이다. 동경東京에서 이랬다 저랬다 하는 것은 한 중상中傷[3]이나 풍설風說[4]에 지나지 못한 것을 설명한 것이라고 생각할는지 알 수 없으나 이것만으로 동경東京에서 하였다는 모든 행위를 부정할 수는 없다. C라는 인물이 '나'라는 선배의 전보 한 장으로 C를 찾아보았다는 그것만으로 무사기無邪氣[5]하고 정숙하다고는 생각할 수 없다. 이것은 작자의 속단이다. 말하자면 작자의 주관이 너무나 이 작품에 활동을 과함이나 아닌가 한다.

따라서 이 C란 여성은 극히 희미하여 정체를 알 수 없는 인물이 되고

---

2) 눈알을 굴려 눈시울을 위로 치뜬.
3) 터무니없는 말로 남을 헐뜯어 명예를 손상시킴.
4) 항간에 떠돌아 다니는 말.
5) 무사無邪 - 사심이나 악의가 없는.

말았다. 정체를 다른 사람이 알 수 없는 것이 C란 여성의 특징이라 하면 그만이거니와 그렇지 않으면 작자가 현숙賢淑하다고 설명은 해버릴 수 없으리라고 생각한다.

C란 여성이 학비 대주는 연인과 육적肉的 향락을 주는 연인을 다 각각 두었다는 것도 O안 여성으로 있음직한 일이오 또 이 사회에는 수두룩하게 발견할 수 있는 사실이다. 이와 같이 약한 성격을 가진 여성이라 학비 대던 옛날 연인의 그 눈물 나올 만한 광경을 볼 때에 자기의 책임관이라든가 또는 의리 인정에 자신의 영고榮枯[6]를 돌아볼 여가가 없이 어떻게든지 이 병을 구해 주겠다 결심하게 된 것이다.

그와 같이 민감한 동시에 감격성이 많은 것이다. 감격하는 순간에는 모든 것을 다 잊어버리게 되는 심리를 우리가 경험하였다하면 C가 동경에서 어떠한 다른 이성異性에 대하여 동경하는 그 때에는 고국에 있어 학비 대주는 학장님 애인이야 안중에 물론 없을 것이라 한다. 그가 어떠한 새로운 애愛의 대상을 발견하고 돌진하는 순간에는 무슨 냉정한 판단이 있느냐? 이러한 성격을 가졌다는 C라야만 비로소 애인을 배반하였다는 것과 간호하였다는 것이 모순인 듯하고 모순이 아닌 것이 비로소 명백하게 되지나 아니할까 한다. 그리하여 이와같이 됨에 좀더 파란波瀾과 곡절曲折이 있어야 할 것이다. 이와 같은 주요한 부분을 그대로 이와 같이 간단히 처치해버리는 것은 어떠한 일인지 알 수 없다. 좀더 구체적으로 이 인물을 취급하였다면 이 작품은 그만한 효과가 더욱 있었으리라고 생각한다. 그리고 이 C란 인물에 대하여 작자는 어떠한 요견料見으로 그러함인지는 알 수 없으나 C란 여성은 처녀성을 안 잃어버린 것처럼 알고 그것을 변명하는 듯한 형적形蹟이 보인다. C의 정숙을 비호庇護하는 데에는 이것보다 더 큰 방법이 없겠지만은 독자의 생

---

6) 성함과 쇠함.

각에는 작자가 생각한 그것과는 다른 방면을 아니 생각할 수 없다. 나의 생각에는 내가 이러한 작품을 취급하게 된다하면 나는 좀더 현실을 응시하여 H란 청년의 죽음을 촉진시켜 사死의 연淵에 밀어 넣은 것을 여실히 취급할 것이다. 왜, H란 인물의 폐위肺痿가 악증화惡症化한 것은 C란 여성에 대한 실연(이것은 H의 착각인지 알 수 없으나)으로 말미암은 것이요, 속히 죽게 된 것은 최후에 만난 연인과 건강을 헤아리지 않고 과도의 육교肉交를 한 것으로 취급한 것이다. 과학적으로 우리가 이 문제를 취급할 때에 C란 연인과 서로 만날 때에 그래도 보행할 힘을 가졌던 H임으로 육의 충동을 맹렬히 느꼈을 것이다. 더구나 폐병환자가 육肉에 대하여는 보통인보다 집착이 심한 것은 누구든지 아는 바이다. 만인이 한결같이 그러하다고 생각할 수는 없으나 작자가 너무나 이 H와 C사이를 순화시키려 노력한 형적形蹟은 도리어 이 작품에 한 하자를 줌이나 아닌가 한다. 좀더 현실을 확절確切히 쥐었더라면 이 작품의 효과는 순화시키려고 한 노력 그것보다 많았으리라 생각한다. 그러나 어쨌든 이 작품은 읽는 사람으로 하여금 중도에 압증壓症을 내지 않을 만한 가치는 확실히 있고 또 그만한 실감을 우리에게 주는 것도 사실이다.

팔봉산인八峯山人의 〈붉은 쥐〉(《개벽》)

이 작품에는 말살抹殺된 부분이 많다. 그러므로 그 내용이 어떠한 것인지 전부 읽을 수는 없었다. 따라서 만일 그 부분이 전편 중에 사상思想의 핵심이 되었다 하면 나의 지금 말하려는 것은 어떠한 추상론에 지나지 못할 것이다. 결국 일반으로 전체를 평하는 셈이 되고 말는지도 알 수 없다. 그러한 점이 있거든 작자作者는 토吐 혹은 비比를 양해하기를 바란다. 그야말로 맹평盲評이니까.

그런데 이 작품을 나는 세 가지의 다른 마음으로 읽었다. 제일 처음에 (1)을 읽을 때에는 박영준이란 주인공의 사건이 전개하여 올 것보다도 편지 겉봉을 써달라고 하는 옆에 방 여편네의 사건이 이 작품 중에는 중요한 '팩트'[7]가 되리라고 예상하였다. 이것은 이 여편네의 지껄대는 소리라든지 모든 자기 사정을 하소연하는 말 같은 것이 어느 사건보다도 많이 취급되었고 들리는 말 가운데에만 흥미를 느끼게 된 까닭이다. 그리고 (2)에 이르러서는 명식이란 사람은 꽤 이론을 좋아하는 말썽꾼이라고 생각하였다. 그리고 꽤 초연한 생각을 가진 이라 하였다. 현대의 사회고社會苦를 맛보는 지식계급의 한 전형의 청년이라고 생각하였다. 따라서 작자作者의 이 심리묘사는 꽤 심각한 곳까지 이르렀다고 생각하였다. 어떤 때에는 너무나 잔소리가 많지나 아니한가 라고 생각하였다. 너무나 끌어가는 동안에 압증壓症이 나려 하였다. 그리고 한 의문은 이영식의 인생관에는 한 모순이 없지나 아니한가 하였다. 그리고 또 이러한 것은 소설로 쓰는 것보다 차라리 논문이나 감상문으로 썼더라면 더 좋을 뻔했다고 생각하였다. (3)에 이르러서는 사건이 너무나 급격히 변화하므로 아니 놀랄 수가 없었다. 과자집에 들어가서 빵을 훔치고 귀금속전貴金屬廛에 들어가서 금은金銀을 훔쳐 가지고 도망하다가 소방대 자동차에 치어 죽었다는 것은 너무나 돌비突飛[8]한 사실이 아닌가 하였다. 아무리 하여도 상식으로는 판단할 수 없었다. 그리고 영식이가 이와 같은 직접 행동을 취하기까지에는 그 심리 중에 좀 더 어떠한 변화와 과정이 있어야 할 것이 아닌가? 말하자면 그와 같은 행동을 취할 이유가 반드시 있어야 할 것이 아닌가? 작자作者는 왜 이 사건을 좀 더 구체적으로, 소상하게 취급하지 않았는가. 의심 아니 할 수 없었다. (2)에서 너무나 염증이 생기도록 한 심리묘사를 여기 와서는 범연泛

---

7) 팩트(fact) : 사실
8) (일본식 한자어)엉뚱함. 별남. 기발함.

^然히⁹⁾ 여긴 것이나 아닌가 생각 아니 할 수 없었다. 일언으로 말하면 이 작품은 너무나 무기교하다고 할 수 있지 않을까. 문장에도 좀더 '리파인'¹⁰⁾된 언어를 선택하였더라면 하는 생각도 없지 않았다. 이것은 미정고_{未定稿}이라 할 수 없는 바이지마는 내용의 의미와 표현된 말에는 두 가지가 빈틈없이 들어맞지는 않는 개소_{個所}¹¹⁾가 가끔 있었다. 이것은 읽을 때의 나의 느낌이나 다시 책을 덮어놓고 이것을 다시 생각할 때 나는 이 작품─에서─느낀 여러 가지 불평을 다시 한 번 돌이켜 생각해 보았다. 이 작자_{作者}에 대하여 내가 생각하는 것과 같은 것을 그대로 주문하는 것은 너무나 무리라고 하였다. 이 작자_{作者}는 우리가 보는 바 작품에 대한 기교에는 그렇게 돈착_{頓着}¹²⁾치 않는 것을 알았다. 그리고 이러한 기교에는 아주 무돈착_{無頓着}한 것이 나타난 것이라 하였다. 표현파식의 주관을 무엇보다도 존중히 여김을 알 수 있다. 이 작가의 생명은 여기에 있을 것을 알았다. 조그마한 어떠한 '카테고리'에 집어넣고 생각할 수 없다고 생각하였다. 이러한 경지를 개척하는 데에 이 작가의 생명은 영원히 있을 줄 믿는다. 가편_{加鞭}¹³⁾을 바란다.

─《조선일보》1924. 11. 10.

회월의 〈이중병자〉(《개벽》)

'윤주'라는 신경병 환자가 C란 병원에 입원 치료하는 중에 간호부 윤경이란 여성에게 어떠한 위안을 얻어 맛보다가 ○○은 연애로 변하

---

9) 차근차근한 맛이 없이 데면데면히.
10) 리파인(refine) : 정제하다, 품위있게 하다.
11) 군데. 곳.
12) 개의. 신경을 씀. 괘념(일본식 한자어).
13) 주마가편_{走馬加鞭}의 준말, 달리는 말에 채찍질한다는 뜻으로, 잘하는 사람을 더욱 장려함을 이르는 말.

였다. 그러나 이것은 짝사랑이었고 윤경에게는 참 연인인 박 의사란 이가 있었다. 이러한 사실은 얼마 지난 뒤에 윤경과 박 의사 두 사람이 그 병원에서는 제일 고가高價인 현미경을 훔쳐가지고 도망함 뒤에야 비로소 자기와는 서로 켕기지 않는 사랑을 저 혼자 한 것을 깨닫게 되었다는 간단한 사실을 극히 면밀하게 묘사한 것이다. 이 작품을 대단히 유쾌한 마음으로 읽었다. 물론 신경병 환자의 심리를 그대로 묘사한 것이라 간혹 불건전한 부분이 없지 아니하나 이것은 도리어 이 작품의 자연성을 잃지 않은 특색이다. 음울한 병원과 병실을 배경으로 하고 사실이 전개하니까 우리가 항용 생각하면 이러한 것에서 취재取才한 작품의 기분이라 한 것도 좀더 음울하고 처참한 맛이 있으리라고 생각할 수 있을 것이다. 그러나 이 작품은 그런 곳 이러한 인물을 취급하면서도 하등의 음울 처창悽愴한 것이 적다. 도리어 명쾌한 맛이 넘친다. 읽은 뒤에 마음이 무거워지는 일은 없다. 이 작품의 가치의 판단은 다 읽고 책을 덮으면서 빙그레 웃는 표정 하나가 웅변으로 말한 것이라 할 수 있다. 이 작품을 통하여 보이는 작자作者의 수완에는 어떠한 인생의 암흑면이라도 광명한 곳으로 끄집어 내 놓을 때에는 그것이 광명한 것 같이 내어놓을 힘을 가졌다는 것을 알 수가 있다.

그러면 어떠한 의미에서 이 작품은 부자연하다. 명쾌한 재료는 어디까지든지 명쾌하게 음울한 재료는 음울하게 취급하여야 할 것이라 말할 수 있으나 이것은 그러한 의미와는 딴 문제이다. 취재取才의 여하를 불문하고 작자의 주관 그것이 다소간이라도 사실을 살리고 죽이고 하는 이상에는 이것은 피할 수 없는 사실이다. 다만 신문 기사 하나를 쓰는 때에도 붓끝 하나의 돌아가는 것을 따라 독자의 읽은 인상이 판연히 다를 수 있는 것과 마찬가지로 작자의 고유한 기품이나 성격이 감출 수 없이 그 작품에 나타나는 것은 그 작품의 특색인 동시同時에 작가의 기분이 되는 것이다. 물론 억강부회抑強附會[14]하는 경우에는 부자연으로 돌아가고 말 것은 물론이다. 성격 그대로의 허위 없는 표현에는 도리어 진실미가 있는 것이라 할 수 있다. 이 작품은 정히 그것이다. 다시 이 이중병자에서 얻은 바 암시가 있다 하면 이것은 다른 것이 아니라 다만 인간은 공리적功利的[15]에서 떠날 수 없다는 것이다. 윤경이가 병원을 탈출한 뒤의 편지 박 의사의 한 말— "당신의 사랑은 오락적이라 하면 우리의 사랑은 치명적 생활의 연합이올시다"라 한 것과 또는 윤경의 편지에 "당신이 나를 당신의 안해와 같이 사랑하시는 것을 알았습니다. 그러나 나는 당신에게서 조그마한 요소일지라도 나와 합할 만한 정신을 정신을 찾지 못하였습니다……. 나는 죽는 땅에 나아갈지라도 그의 사업적 정신에서 일치하겠습니다"라는 것을 종합해 보더라도 작자가 이러한 연애관을 가지고 있는 것은 짐작할 수 있다. 윤경이나 박 의사로 하여금 그러한 것을 대변시킨 것이나 아닌가 한다.

어쨌든 작품은 큰 흥미를 가지고 읽었다. 병자인 '윤주'를 조금도 정신병자라는 생각이 없이 읽었다. 물론 병원이나 병실의 침○沈○한 공기를 통하여 작중의 인물을 본 일은 없었고 맑은 바람이 불고 밝은 광선이 쪼이는 가을들에서 활동하는 청년 남녀의 무리를 바라는 듯하였다. 그래서 읽은 뒤의 인상은 명쾌하다 '나는 이중병자이다. 아! 나는 건전한 생활의 전지에서 쫓기어 나고 말았다. 나의 몸은 병이 들었다. 또 하나의 정신에 병이 들었었다—정신병자이다' 라고 실연의 타령을 부르는 것은 어떠한 어여쁜 아이가 연극 흉내를 내는 것을 보는 것처럼 어여쁜 생각은 있을지언정 참 안되었다 가엾다! 불쌍하다는 생각은 할 수 없다. 이것은 윤주는 정신병 환자이면서도 어느 곳인지 이성理性의 주머니가 달려있는 듯한 까닭이다.

---

14) 억강부약抑强扶弱 혹은 견강부회牽强附會의 오기誤記로 보임.
15) 그 행위가 이익이 되는가 어떤가를 첫째로 생각하는 것.

임노월林蘆月의 〈악몽惡夢〉(《영대靈臺》)

연애의 삼각관계를 취급한 작품이다. ○투○套의 연애소설보다는 조금 신선한 맛이 없는 것은 아니로되 아무리 생각하여도 서양에 흔히 유행하는 탐정소설의 일부분의 발췌인 듯한 감이 불무不無하다. 물론 특별한 예술미를 찾아낼 수 없다.

연적戀敵의 주살혐의誅殺嫌疑로 경찰서 누상樓上에서 취조를 받을 때에 취조하는 형사가 A. B. C의 범례를 내놓고 설명하는 것 같은 것은 탐정소설의 형식 그것에 아무것도 다른 것이 없다. 그러나 탐정소설에는 오히려 흥미나 신기한 맛이 있지마는 이것에는 그러한 흥미조차 느낄 수 없는 중언부언한 것이 그렇게 길어지고 말았다. 작자作者는 어떠한 요견了見으로 한 형사의 한 자리의 말을 그 작품의 반 이상이나 차지하게 하였는지 알 수 없다. 훨씬 더 간단하게 명료하게 취급할 수 있다고 생각한다. 이 작품의 안목이 다만 그러한 탐정적 흥미만에 두지 않았다 할 것 같으면— 이것이 이 작품의 조화를 깨뜨려 버리고 말았다. 절름발이 작품을 만들어버리고 말았다. 통일이 없는 작품이다. 작품에서는 진실한 맛이란 것은 얻어볼 수 없다. 세상은 허무니 인생은 도피니 사死는 유일의 실재니 사死는 위대하니 하는 것은 다만 문자나 관념유희에 지나지 못하는 것으로만 생각된다.

아무리 하여도 진실한 맛을 찾아낼 수 없다. 이러한 작품에서 그러한 것을 구하고 맛보려는 것이 도리어 무리한 요구인지 알 수 없으나 단꿈인 것으로만 생각난다. 동시에 작자의 정신이 어느 곳에 가 들어있는지 알 수 없다. 삼각 연애에 있어서 이성異性의 애愛 그것만을 독점치 못하여 번뇌 우수憂愁하는 것보다 차라리 그러한 모순에는 부생副生하는 인간적인 감정에서 많은 오뇌懊惱가 있을 줄 믿는다. 이 작중의 '나'란 인물은 상당한 교양이 있는 듯하다(이것은 길가에서 자기 벗을 만났을 때 그는 자기의 대학에서 공부할 때의 동창이라고 설명한 것을 보더라도 상당한 교양이 있음직한 사람이라고 생각된다). 그러나 작중에 나타나는 그것만으로 보면 '나' 란 인물은 상당한 교양이 있는 사람의 고민하는 그것은 아니다. 어린아이가 장난감을 못 얻어서 투덜대는 것이나 조금도 다를 것이 없다. 대학을 마치었다는 것이 거짓말이 아니면 이 인물은 얼마큼 저능아의 풍모가 없지 않다. 나는 여기에서 어떠한 (아이러니)를 아니 느낄 수 없다. 좀더 인간고人間苦를 맛본 뒤에 고민하는 고민이 아니면 근대인의 참된 고민이 될 수 없는 것은 알음직한 교양 있는 인사人士에게는 좀더 심각한 인생관을 품게 하여야 할 것이다. 수박 겉 핥기 의 고민은 한갓 '센티멘탈' 한 것에 빠져버리고 말 것이다. 이러한 작품에서 무론無論 그러한 것을 구하는 것은 무리이다. 표현에 농담음영濃淡陰影이 없을 수 없으나 이 작품은 너무나 분명해 버렸다.

맹평다사盲評多謝

— 《조선일보》 1924. 11. 17.

사상문예思想文藝에 대한 편상片想

이 문제를 논하기 전에 나는 이 논論이 우리 현금 문단을 토대로 삼은 것을 말하고자 한다. 영국 문단 이나 일본 문단 그것을 말함이 아니요 우리 조선 문단을 표준하여 말하는 것을 미리 말하여 둔다. 나는 항상 '우리 문단' 이라 문단, 문단 하면서도 문단이란 의의가 머리에 분명히 떠오르지 않는다. 없는 것을 억지로 만들어 가지고 부르는 듯싶다. 어느 비판가의 말과 같이 문단이란 문예작품을 매매하는 시장이오 상인화한 문예상인들이 모여드는 장소라 말하는 것이 과연 옳은 것 같으면 조선에서 문단이란 것을 말할 여지도 없다고 생각한다. 시장화한 문단은 아직 없다. 조선에서 글을 팔아서 빵을 먹는 작가가 몇 사람이냐? 한 사람이 없다 하여도 과언이 아니다. 이것은 우리 조선 문단인의 '프라우드' 로 여기는 점이다. 이러한 의미에서 조선에 아직 문단이라 칭할 만한 것이 성립되지 못하였다는 것은 조선 예술은 상품화하지 않았다는 것을 말함이다. 한편에는 세계적 시장에라도 내보낼 만한 상품화한 작품을 내어놓을 작가가 없다는 것을 의미한 것이요 또 한편으로 자국自國에서 자라나는 문예품을 수용할 경제력과 감상력이 일반사회에 없다는 것을 의미함이다. 여하튼 이러한 문단이라도 형성하지 못하였다는 것이 소위 사계斯界[1]에 헌신한 제인諸人에게는 불명예가 되는 동시에 또한 명예가 될는지도 알 수 없다.

그러나 확실히 되지도 못한 문단이 비기리도[2]의 실失을 사면四面에서 던지는 모양이다. 이 비훼리도誹毀詈倒의 중심 문제는 말하자면 문예작품에 중심 사상이 없다는 것이다. 즉—있지도 않은 '부르주아 문학'에 '프롤레타리아 문학'으로 대하라는 주문 같은 것은 이러한 종류의 하나이다. 그리고 친절히 무슨 주의 무슨 사상을 표현한 것이면 안 된다. 그리고 이러한 방향으로 나아가라고 방면까지 교시敎示한다. 비평하는 것만으로도 대大한 친절한 일이다. 게다가 교시敎示까지는 너무나 과분한 친절이다. 이러한 추상적 교시敎示가 그래도 작가 그 사람에게 (작가가 있는지 없는지 의문) 하등의 공효功效[3]가 있는지는 알 수 없으나 그 작품을 읽는 일반 감상가에게는 확실히 어떠한 충동을 줄 것을 사실인가 한다. 작가가 있든지 없든지 작품이 나오든지 아니 나오든지 문단이란 형성이 되었든지 못되었든지 미리, 단단히 비훼리도誹毀詈倒 하여 보는 것도 장래를 위하야 그렇게 무의미한 일은 아닐 것이다. 그러나 나는 이 비기리도에 구니拘泥[4]하는 작가가 생길까를 두려워한다. 그러한 작가는 아니 나오는 것이 우리 문단을 위하야 경하慶賀하여야 할 터이므로 나만 그러한 비훼리도의 소리를 들을 수 없는 산중山中이나 해중海中에 있는 사람이 돌연히 나와서 여러 사람이 열망하는 그것과 빈틈없이 들어맞는 작품을 내놓아야 할 것이다. 그리고 이러한 사람이 많이 있어야 한다.

그러면 이와 같이 여러 사람들이 미리부터 숙망熟望[5] 하는 사상문예思想文藝란 무엇일까? 이것은 말할 것도 없이 문예작품 가운데에 무엇보

---

1) (지금 말하고 있는) 이 방면의 사회. 이 분야.
2) 올바르게 비판하지 않고 한쪽에 치우치는 것. '비훼리도'와 비슷한 말.
3) 공을 들인 보람.
4) 어떤 일에 얽매임.
5) 오래전부터 품어 온 소망. 宿望.

다도 사상적 요소와 주의적 색채가 농후하고 선명한 것을 가리킴이다. 다시 말하자면 사상思想의 작품 가운데 들어 있는 문예文藝라는 것이다.

이 사상문예란 말이 문예의 본질로 보아 당연히 성립될는지 그 말 부否는 한 의문이다. 이것은 그 의의가 너무나 막연한 까닭이다. 다시 말하면 사상 없는 문예가 어디 있을까 하는 말이다. 이 사상思想이란 말을 광범한 의미로 해석하면 어느 문예에든지 사상이 없을 리가 없다. 단적으로 나타난 작중 모든 인물의 특별한 인생관이나 또는 작중 인물을 통하여 작자作者가 보인 자신의 인생관 같은 것이 없을 리가 없다. 적어도 이러한 인생관 같은 것이 없다 하면 그것은 문예작품으로 무가치한 것이다. 작품 가운데에 넣고 셀 것도 없는 것이라고 생각한다. 또는 아주 썩 광범하게 극단으로 생각하면 작자가 다만 여실하게[6] 어떠한 인생이나 사상事相을 묘사하였을 뿐이라 하여도 그 여실히 묘사하여야 한다는 것과 하겠다는 그것만도 어떠한 의미에서는 사상으로 생각할 수 있는 것이다. 이렇게 생각하고 보면 물론 사상 없는 문예품은 없다고 말할 수 있다. 이와 같이 작품에 대한 작자作者의 주관 여하를 물론하고 거기에 집주集注[7]한 정신 여하로 그 작품의 사상을 삼을 수 있고 이것을 어떠한 일부 사상으로 간주하려면 간주할 수도 있다. 그 사상의 객관적 가치로 어떠한 경우에는 제 이의적二義的 문제가 되는 수도 있다. 따라서 작품에 나타나는 중대한 인생의 당위 문제 사상 문제 같은 것이 제 이의적 二義的이 되면서도 그 작품은 어떠한 때에는 훌륭한 사상이 있는 문예품처럼 여기게 될 수도 있을 것이다.

이와 같이 관찰하고 보면 이 사상문제는 한 막연한 추상적 문제가 되고 말 것이다. 그러나 문예에 사상이 있는 작품과 사상이 없는 작품을 구별하려면 먼저 이 사상이란 것을 어느 정도까지 제한하여 그 경계선

6) 사실과 똑같게.
7) (마음이나 힘 따위를) 한군데로 모으거나 한 가지 일에 쏟음.

을 분명히 한 뒤에라야만 할 것이다. 그렇지 않으면 이상 같은 혼돈을 다시 되풀이하게 될 뿐인 까닭이다. 적어도 문예작품에 나타난 기분이나 개인의 개성이나 또는 인생관 같은 것을 개별적으로 구분하여야 할 것이다. 물론 어느 의미로 보면 인생관이나 독특한 개성 같은 것을 어떠한 다른 특수 사상이라고도 말할 수 있으나 만일 이것을 이러한 무차별하고 광범한 의의로 해석하면 어떠한 착오에 빠질 염려가 있다고 생각한다. 부분은 어디까지든지 부분이요 전체는 어디까지든지 전체이다. 인생관, 개성 같은 것은 사상의 부분이다. 사상은 이러한 여러 요소를 종합하고 의지로 결정한 조직적 의욕의 존재이다. 그러므로 인생관은 사상의 부분이 되는 동시에 또는 어떠한 종류의 사상을 조직하는 동기가 되는 일도 있다고 생각한다. 어찌 일시의 기분으로만 좌우하는 행동을 사상 있는 행동이라 할 수 있으랴.

따라서 일시의 말상초경末相稍經의 감각에만 하소한[8) 작품을 어찌 사상이 있는 문예라고 할 수 있으랴

그러나 문예는 사상이 있어야만 한다는 것과 문예에는 사상이 있기도 하다는 말은 같은 듯하나 기실其實은 그 가운데에 큰 경정逕庭[9)이 있는 말이다. 이것은 즉 규범 문제와 현실 문제의 차이다. 우리가 문학사적으로 모든 작품을 고찰할 때는 소위 재래 문호文豪들의 불후작不朽作이란 것에도 전혀 사상이 없는 것도 있고 있는 것도 있다. 이것은 특수한 시대나 특별한 환경을 둔 까닭이다. 이렇게 특수 사정을 가진 나라의 문예에 있어서는 그 시대나 환경을 따라 자연히 그러하게 되는 것이라고 생각한다. 그러므로 태서泰西 문학에 있어서도 남구南歐[10)의 문학과 북구北歐[11)의 문학의 그것과는 대단히 다르게 되는 것인가 한다. 또

---

8) 하소연한.
9) 아주 심한 차이.逕庭.
10) 남유럽.
11) 북유럽.

는 같은 환경 같은 시대에 있어서는 작자 자신의 문예에 대한 태도 여하로 말미암아 사상이 있는 문예와 없는 문예와의 구별이 생기는 것인 듯하다. 즉 예술지상파藝術至上波의 예술에 있어서는 작중에 나타나는 사상이란 것은 물론 제 이의적 二義的이 될 것이요 인생파人生派 예술에 있어서는 무엇보다도 우리 인생에게 주는 바 무엇이 있어야 할 것이 제일의적 一義的이 될 것이다. 말하면 사상적으로 우리에게 무엇이든지 하나 얻는 바가 있어야 할 것이다.

그러므로 우리가 이 복잡한 생활에 있어서 모든 것을 어떠한 범주에 집어넣어 보려고 생각하는 것이 문예에서도 그러한 독단을 한다 할 것 같으면 모르거니와 그렇지 않으면 도저히 통일적 결론 하에 문예란 것은 이러이러하여야 된다는 규범을 내어놓기는 좀 어려운 일이라 한다.

이것은 예술이란 것은 많은 경우에 무엇보다도 주관적 요소가 많은 까닭이다.

이렇게 생각하는 것이 문예의 본연성本然性에 대한 모독독冒瀆讀이라고 상아탑象牙塔 속에서 크게 부르짖는 참으로 문예가가 있을는지 알 수 없으나 장래 할 조선문단은 무엇보다도 사상 있는 문예가 나오리라고 생각한다. 또 나와야만 할 것이다. 물론 사상 그 물건은 영위성이 없다. 그것은 그 환경이나 시대나 그보다도 한걸음 나아가서 이상理想으로 삼은 현실을 동경하고 의지적으로 숙구熟求하는 심리이므로 그 이상理想을 실현하는 동시에 의지적으로 숙구熟求하는 것이 없을 것이다. 그러한 심리의 동경憧憬이 없어질 것이다. 따라서 그때에는 그 사상이란 자멸自滅하여가지고 말 것이다.

그러므로 사상이란 영위성이 없다. 가령 사회주의 사상을 취급한 문예적 작품이 사회주의를 이상으로 하던 시대나 사회에 있어서는 일반이 희구希求 감격하는 바가 되었을는지 알 수 없다. 그러나 사회주의가 실행된 사회에 있어서는 그렇게 감격할 아무것도 없을 것이다. 그러므로 예술지상藝術至上을 부르짖는 사람이나 인간성을 주창主唱하는 예술에 있어서는 영구성이 없는 사상을 제 일의적一義的으로 한 사상 문예라는 것은 그렇게 문제될 것이 없을 것이다. 예술 무용론無用論을 주장하는 몰상식한 사람도 많이 있는 시대이라 나는 얼마큼 인간성과 예술의 영원성을 신봉하는 사람이 있기를 바란다. 그리고 내 자신도 인간성과 예술의 영원성을 얼마큼은 인정한다. 이것은 모순된 심리이나 나는 문예에 있어서 모든 기교나 표현 문제보다도 그 시대의 정신이나 또는 시대고민을 상징한 예술이 아니면 참으로 그 시대인時代人의 감격을 얻을 수 있다는 의미에서는 소위 예술의 영원성이란 것을 부인하려 한다.

또는 이렇게 말할 수도 있다고 생각한다. 지금까지 영원히 남아 있는 예술을 모두 다 생명의 예술이라고―이것은 한 추상론에 가까우나 불공평한 사회조직이나 혹은 어떠한 패반覇絆을 벗어나려고 하는 것은 천만千萬 시대나 백천百千의 사회를 막론하고 보통普通한 인간의 희구希求로 참 인간성의 발로發露로 볼 수 있는 까닭이다. 따라서 공통한 인간성의 발로는 자유분방한 것을 동경하는 의욕이 될 것이다. 사상이란 여기에서 발속發足한다. 그러므로 작중에 나타나는 인생관이나 개성이 분명히 살아있는 이상에는 인생관이나 개성을 만들어낸 시대나 환경을 곁에다 젖혀놓고 그 작품의 가치를 계산할 수 없을 것이다. 결국을 우수한 문예는 어느 곳이든지 사상적으로 사람을 끌 힘이 있고 무엇이든지 한 가지를 오인吾人에게 단단히 쥐어 주리라고 생각한다. 따라서 특수한 지위에 있는 조선에서 나오는 작품은 특별한 희구喜求와 동경을 가지고 조선인의 손에서 된 작품은 애란愛蘭의 그것이나 파란波蘭[12]의 그것 같이 또는 로서아露西亞의 그것 같이 우리에게 힘을 주는 작품이 될 것이

---

12) 폴란드.

다. 나는 문예에 대한 '한 아이러니'를 느끼면서도 그것을 열망한다.

　　　　　　　　　　　　　　　　　　　　— 《개벽》 55호, 1925. 1.

문단산화 文壇散話

1. 천박한 선입견 先入見

현금 조선에서 수확된 창작품이나 또는 기타 발표되는 논문 같은 것을 옛날 일본소설 《금색야차 金色夜叉》나 《불여귀 不如歸》같이 신문지상에 자기 것처럼 발표하던 그때의 것이나 다름없이 아는 자가 있는 모양이다. 그리하여 '조선 사람이 창작이 무슨 일이 있나. 일본 것을 번역하여 가지고 이름만 바꾸어 놓은 것이겠지!' 라 한다. 이것은 호랑이 담배 먹던 시절에 중인 衆人의 무지한 것을 이용한 자의 죄가 없는 것은 아니로되 그렇다고 또는 덮어놓고 조선 사람이란 어느 때까지든지 우미 愚昧한 것이라는 선입견으로 자기의 손과 발이 닳도록 애를 써서 수확한 작품이나 논문을 다른 사람의 것을 표찬 剽撰한 것처럼 말하는 것은 되지 못한 우월감을 가지고 다른 사람의 진보나 사회 진화를 무시하는 천견단려 淺見短慮를 폭발시킴에 지나지 못하는 말이다. 그리고 또는 일반을 가지고 전표 全豹를 평하는 우를 면치 못할 것이다. 유아가 어느 때까지든지 소동 少童으로 있지 아니할 것은 그것을 말하는 것이 도리어 어리석다 할 만큼 자명한 이치이다. 사회의 진화를 부인하는 완고류 頑固流나 사람을 보거든 도적으로 알려는 속한배 俗漢輩[1]가 창작품이나 논문이 어찌하여 쓰게 된 것인지 어떠한 생명의 요구에 부응하려 하는지 물론 체험할 수 없으니까 이해를 가질 수 없다는 것만은 용혹무괴容或無怪[2] 어니와 자기의 이해 못하는 그것으로써 민족적으로 모욕을 가하는 자 있다 하면 오인吾人은 다만 조소로 그에 응할 뿐이다.

재생된 애란愛蘭과 파란波蘭에 찬연燦然한 문학이 있음을 알라! 그리고 여하한 힘으로든지 마음 동산에 된 사상이나 예술의 꽃을 꺾어 버리지 못한 것을 알라! 그것은 생명과 떠날 수 없는 생명 즉 문학이었던 것이다. 창작을 표찬剽撰으로 보는 이러한 모욕 가운데에 그래도 정신을 차리지 못하여 인생의 비가합주悲歌合奏를 들을 수 없이 신경이 마비한 소위 문학자가 있다 하면 마땅히 장사葬事 지내야 할 것이다.

2. 색다른 창작 삼 편

나는 사월四月 각 잡지에 발표된 색다른 창작 3편을 읽었다. 발표된 것이 물론 3편 뿐이 아니요 여러 편이었으나 읽은 뒤에 얻은바 인상으로 말하면 세 가지라 할 수 있다. 하나는 가장 사실적인 자연주의自然主義의 분위기에 쌓인 것이요 하나는 가장 기교 만능인 기교주의技巧主義의 흥미에 끌린 것이요 또 하나는 사상적思想的으로 주제를 삼은 통쾌한 풍자를 느끼게 하는 것이다.

여러 가지 작품에 일부의 공통한 주의 색채가 보이는 것이 아님은 아니로되 대별하여 그 대표적인 것을 취한다면 자연주의 분위기에 벗어나지 못한 것은 《생장生長》에 발표된 민우보閔牛步 씨의 작 〈적막寂寞의 반주자伴奏者〉이오 기교주의의 흥미를 떠나지 못한 것은 동지同紙에 발표한 김랑운金浪雲 씨의 《가난한 부부》이다. 최후의 사상적 주제를 취급하

1) 성품이 천박한 무리.
2) 혹시 그럴지라도 괴이할 것이 없음.

여 통쾌한 맛을 주게 하는 것은 《개벽開闢》에 발표한 박회월朴懷月씨의 〈사냥개〉이다. 이 세 작품이 다 각기 자기의 처지에서 상당히 가치 있는 작품이라 할 수 있으나 이것을 그 자체를 떠나 냉정히 관찰할 때는 물론 일단일장을 면치 못할 것이라 생각한다.

위선爲先 〈고독孤獨의 반주자[3]〉로 말하면 작품에 나타난 그 정경情景이 완연히 엷은 유리를 통하여 은근히 내다보이는 듯한 작자의 냉정한 객관적 태도가 감출 수 없이 나타나 보인다. 응시를 가장 존중하는 태도가 완연히 눈앞에 보인다. 물론 이 작품의 내용에 대한 검토는 틈이 없으므로 더 말할 것이 없으나 그 분위기 즉 그것을 읽은 뒤의 기분이 작자의 싸늘하여진 감정을 넉넉히 짐작할 수 있다. 그 작품 가운데에 어느 곳에 작자의 열정을 풀어 섞은 곳이 있는가 보아라. 영자英子의 과거를 고백하는 장면에 있어서도 오히려 열렬한 기분을 맛볼 수 없다.

그러한 오인吾人의 객관주의 문예文藝에 대한 태도 문제는 결국은 문학사 상에 비록 단기간이라 할지라도 반드시 경과하게 되리라는 견지에서 맹목적으로 열정만을 고규高叫하는 사람에게는 타산他山의 석石이 될 줄 믿는다.

그리고 〈가난한 부부〉라는 작품은 그 제재는 우리에게 무슨 큰 기대를 가지게 하였다. 그러나 읽은 뒤의 느낌은 썩 교묘하게 달콤하게 잘 그려내었다―즉 다시 말하면 묘사가 썩 치밀하게 되었다는 것 외에는 하등의 것도 없다. 우리의 가슴을 무슨 주먹으로나 단단히 두드리는 것 같은 아픔과 묵직한 것은 없었다. 바늘 끝으로 얕게 찔리는 듯한 아픔과 간지러움을 느낄 뿐이다. 차라리 그렇게 날카롭게 아픔과 간지러움만을 맛보는 것보다 차라리 묵직한 주먹으로 또는 넓은 손바닥으로 한 번 얻어맞는 것만 못하다는 느낌이 읽은 사람에게서 자연히 일어나게

---

3) 앞에서는 '적막寂寞' 으로 표기.

된다. 이것은 근대인의 극단의 말초신경 발달이 그러한 작품이 아니면 만족할 수 없음을 요구하므로 작자作者 자신도 부지중에 또는 의식하는 가운데에 자연히 이러한 경향을 가지게 되는 것은 어찌할 수 없는 사실이나 나는 이러한 기교만으로 만사 종언終焉이라 할 수 없다고 생각하며 따라서 근대의 문예—특히 조선에 있어서 이러한 경향으로 만들어가려 하는 것에 대하여 적이 불만을 느낌으로 나는 〈가난한 부부〉에 대하여도 교묘히 그렸다는 찬사는 아끼지 아니하나 우리 가슴에 무엇을 안기어주었다는 예찬을 아무리 헐가歇價인 것이라도 드릴 수 없다. 이것이 ○○ 작가가 기교 만능으로 빠지기 쉬운 까닭이다. 우리는 될 수 있으면 손끝으로만 글을 쓰지 말고 머리로 가슴으로 쓰도록 힘씀을 바라는 동시에 우리 가슴과 머리에 충분한 준비를 가져야 할 것이라고 한다. 그러나 우리 소위 글 쓰는 사람 사이에는 이러한 노력이 피아彼我[4]를 막론하고 적지나 아니한가 생각한다. 물론 〈가난한 부부〉만을 가리킴은 아니다.

  이러한 의미에서 우리 가슴에 무엇인지 알 수 없는 무거운 인간적으로의 아픔을 주는 것은 회월 씨의 〈사냥개〉라고 나는 생각한다. 이 소설은 수전노 중의 가장 전형적인 인물을 묘사한 것이다. 물론 그의 행위만을 그린 것이 아니요 그보다 더욱 많이 심리를 그려낸 것이다. 처음으로부터 나중까지 심리묘사로 좌우한 것이다. 그리하여 심리소설이 있다하면 이것을 심리소설이라고 명명하고 싶다. 그리고 이것을 수전노 군群에 한 '프로테스트'[5]로 내놓고 싶다. 수전노로서 그러한 고민도 할 줄 모르는 수전노의 한 교과서로 사용하고 싶다. 그러한 것을 아무리 귀로 들리어 주어도 깨닫지 못하는 이에게 한 극劇으로 연출시키고 싶다. 어쨌든 통쾌한 작품의 하나이다. 그리고 자연주의의 말류末流

---

4) 저와 나. 저편과 이편.
5) Protest, 주장.

나 사실주의寫實主義의 방계傍系에서 헤매는 조선 문단에서는 호개好個의
반기叛旗이다. 너무나 그러한 사실이 있을까 없을까 묻지 마라. 걸핏하
면 부자연하다 평치 마라. 부자연한 사실이 많은 세상에 문예만이 자연
한 사실, 현실, 사실만을 그려내면 항상 그림자만을 돌아보는 단견을
면치 못할 것이다. 근대의 새로운 예술운동이 이에서 반기를 들게 된
것이 아니냐. 이러한 생의 비곡悲曲을 될 수 있으면 많이 들리어 주라.
공상空想도 좋다. 이상理想도 좋다. 현실에 있었던 일도 물론 좋다. 〈사
냥개〉는 정正히 그것의 하나이다.

— 《조선일보》 1925. 4. 27.

현하現下 출판과 문화

1

'현상現狀 이대로 가다가는 큰일났다' 하는 사실을 우리들은 너무나 많이 가졌습니다. 그러므로 우리가 이러한 경지를 벗어나기 위해서는 그러한 각 방면에 노력과 운동이 단체적으로나 또는 개인적으로 반드시 있어야 할 것입니다. 물론 노력과 운동이 현재에 있는 것도 사실입니다 만은 그러나 반드시 그럼직한 방면을 의외에 등한시하는 소홀과 누락이 우리 사회에 있는 것은 큰 위험이라 아니할 수 없습니다. 즉 출판업이 그 가운데에 가장 중요한 자者의 하나라 하겠습니다. 진시황이 협서挾書의 률律을 제정한 것도 서적 중에 산재한 노력이 만리장성을 쌓고 아방궁을 지은 그의 절대의 힘보다 강한 것을 두려워한 것으로 볼 수 있습니다. 또한 '멀튼'의 말한 바 '선량한 서적을 파괴하는 자는 진리를 살해하는 자라' 한 것을 기다리지 않아도 서적이 얼마나 인생에 없지 못할 중요한 것인지는 누구든지 아는 바입니다.

현금 영국의 '에취, 지웰스'는 말하되 세계문화의 장래를 지배할 것은 서적 학교 신문의 삼대력三大力이라 하였습니다. 그런데 이 삼대력三大力 중에 서적과 신문은 출판에 속한 부분으로 볼 수 있으니 그러면 이 출판이란 실로 문화의 장래를 지배할 삼대력三大力 중에 두 개의 력力의

견실한 지위를 차지한 것입니다. 참으로 출판은 어느 사회를 물론하고 그 사회 문화의 반영이라 합니다. 반영뿐이 아니라 그 자체의 내부에는 적극적으로 자진自進하며 서적의 반영을 그 사회에서 구할 수 있을 줄 압니다.

이와 같이 중요한 사업을 일반사회가 불문에 붙인다는 것은 기괴한 감感을 아니 일으킬 수 없습니다.

그러므로 나는 출판 통계의 일반을 거擧하여 우리네의 면전에 내어놓는 동시에 조선문화를 건설하려고 부단의 공헌을 하는 인사人士의 주의注意를 일촉一促고자 합니다.

우리의 출판계 현상을 말하기 전에 우선 가까운 일본의 현재 출판 상황을 소개하여 우리의 것과 참고 겸 비교해 볼까 합니다. 처음에는 멀리 구미 각국의 통계로 들어볼까 하였으나 그것은 매우 곤란한 일이었으므로 구미 각국의 그것과 대차大差가 없으므로 일본의 출판 상황을 말하고자 한 것입니다.

대정大正 14년도에 일본에서 출판된 서적이 여좌如左합니다.

정치	513
법률	503
경제	420
사회문제	527
통계	154
신서神書 종교	871
철학	381
문학	3075
어학	716
역사	287

전기傳記	278
수학	238
이학理學	332
공학	428
의학	568
산업	798
교통	100
군사	91
음악	817
미술	560
기예技藝	889
사서辭書	141
총서叢書	26
잡서	1037
합계	18028 종

이상 18028 종의 단순한 출판물 이외에 대정大正 14년도의 정기간행물인 신문 잡지를 거擧하면 여좌如左합니다.

보유保有 신문	일간 826	월 4회 이상 313	
전체	잡지 3600	합계 4739	
보무保無 신문	일간 187	월 4회 이상 142	
전체	잡지 1832	계 2160	
총 합계 6899 종			

이것을 이상의 단행본 출판물과 총합하면 21927 종이 됩니다.

그러면 조선출판계의 현상을 어떠한가.

대정大正 15년도의 통계 조사에 의하면 여좌如左합니다.

소설	386
족보	290
정치, 경제, 수양	27
지리, 역사, 수학	70
농업	7
공업	2
음악 연극	10
아동	24
합계	214

이상 단행본 출판물 외에 출판법에 의한 정기물은 여좌如左합니다.

문예	47
농촌문제	4
사상	19
아동	33
종교	5
부인	4
기타	39
합계	141 건

차此에 신문지新聞紙 법에 의한 일간 신문 4, 주간 신문 4, 월간 잡지 6을 가加하면 정기간행물이 155 건이 됩니다.

단행본 간행물과 정기 간행물을 합하면 '971종'이 됩니다.

그러나 기중其中에서도 다른 나라에서는 볼 수 없는 것은 족보族譜 간행이니 이것은 간행하는 그를 일가一家에는 중요한 출판물이 될는지는 알 수 없으나 일반사회에는 출판물로서의 하등의 의미가 없는 간행이 될 것이므로 족보 290 종을 제외하면 진정한 의미의 출판물은 681 종 뿐일 것입니다. 그뿐 아니라 최대수를 점한 소설 386 종 중에는 잡지와 신문에 발표된 것까지 포함되었다 하며 비근卑近한 통속소설류의 재간再刊이 많다 합니다. 또한 조선에 있어서는 특수한 검열제도가 있으므로 이상의 통계로 말한 것도 반드시 간행된 것으로 볼 수 없습니다. 681 종이 조선총독부 도서과의 검열 제濟가 될 뿐이요 전부가 발행된 것으로 계산할 수 없습니다. 기중에는 검열받은 것이 상재上梓되지 못하고 원고 그대로 얼마나 많이 묵어있을 것이며 출판된 가운데도 관행물官行物이 역시 불소不少할 것입니다. 그러고 보면 출판되어 가두로 나와 개인에게 분포된 것은 극히 근소하다고 볼 수 있습니다.

이러한 현상을 일본의 24927 종에 비교하여 말한다는 것이 망상일 만큼 구우일모九牛一毛의 감이 없지 아니합니다. 아무리 우리의 민족적 지위가 특수하다 할지라도 문화의 장래를 지배할 출판이 이만큼 뒤떨어졌다는 것은 식자識者의 일고一考할 문제가 아니 무엇입니까.

동경東京에만 유수한 서적 발행소가 329 개소個所가 있고 문필로서 업을 삼는 자가 626이나 되는 현재의 일본에 비하여 조선의 출판계를 동일히 말할 수 없으나 그래도 조선의 현상에 상응한 정도에서는 우리도 그만한 노력과 운동이 없어서는 안 될 것입니다. 그러나 유감이지만은 현상의 상응한 정도에도 못 미치게 되는 것은 어떠한 일입니까.

물론 출판물에 있어서도 질과 양의 ○○가 없지 않을 것이나 서적에 ○○의 '크레샴' 법칙을 적용할 수 없으므로 질이 양호한 것이 다량 중에서는 나오지 못할 것이라 단정할 수 없는 것입니다.

생명 있는 저술著述은 어디까지든지 군소群小 잡서雜書의 경쟁 중에서도 남을 것입니다. 그러므로 양으로 너무 근소하다는 것을 양호한 현상이라고 자위할 수는 없는 것임이 분명합니다.

2

그러면 조선 출판계가 어찌하여 이와 같이 위○부진萎○不振하는지 한번 생각해본 즉 한 문제입니다. 여기에는 반드시 여러 가지 원인이 있을 것이니 그것은 서로 유기적 관계를 가지고 있어서 이것을 일일이 개별적으로 들어 말하기는 좀 어려운 일이나 편의상 분分하여 볼 수 있습니다. 즉,

일반의 교육이 보급치 못하여 불식문맹不識文盲이 다多한 것
경제적으로 독서할 여유가 없는 것
저술에 종사할 만한 인재가 결핍한 것
출판업자가 목하目下의 소리小利에만 급급한 것
출판 봉공奉公의 독지 기업가가 절무絶無한 것
특수한 검열제도의 영향을 받는 것

이상의 여섯 가지를 다시 상세히 말하겠습니다.

(가) 일반에 교육이 보급치 못하여 불식문맹不識文盲이 다多한 것
이것은 출판계의 침체부진하는 최대의 원인이 될 줄 압니다. 우리의 일상생활에 없지 못할 것이 많은 가운데에 서적도 하나라 하면 자연한 요구로부터 출판계가 반성할 것은 물론입니다. 사실 우리 사회에는 일반 서적을 부녀자가 요구치 않고 농촌에서 요구치 않고 소위 독서능력이 있다는 한학漢學, 양학洋學, 화학和學의 수양을 가진 사람들은 다 각각

양서洋書, 한서漢書, 화서和書를 구독하게 되므로 조선어로서의 출판은 결국 조선어 이해자에 한하여 수용이 되는 형편이므로 불식문맹이 많은 조선에서는 장래는 모르거니와 현재는 미미한 상태를 유지하기도 어려울 것입니다.

(나) 경제적으로 독서할 여유가 무無한 것

불식문맹 이외에 약간의 독서력을 가진 농촌의 청년이나 가정의 부인으로서 독서를 하고싶지만은 그의 일상생활이 궁곤窮困한 까닭에 신문 장이나 잡지 권을 얻어보는 것은 그들에게는 한 사치한 행동이 되고 맙니다. 하물며 일반 서적이겠습니까. 그러므로 수요공급의 경제적 법칙에 의하여 출판물은 상품으로서 일반 시장에 나오지 않게 됩니다. 모든 것이 출판계가 한 공황의 ○위기에 쌓이고 말 것은 분명한 일입니다.

(다)저술에 종사할 인재가 결핍한 것

아무리 우리들에게 독서할 여유가 경제적으로 있고 또한 일반 민중이 불식문맹의 역域을 벗어나서 독서할 능력이 있다 하여도 독서자에게 실익實益을 주고 취미를 가지게 할 만한 능력을 가진 저술가가 없다면 서적은 그 형용을 보기가 어려울 것은 더 말할 것 없습니다. 다소간 물질을 희생하고라도 서적을 구독하겠다는 향상심이나 구지욕求知慾이나 위안감은 저술자를 신용하고 흠모하고 존경하는 념念에서도 나오는 경우가 적지 않은 것인가 합니다. 신용할 만한 저작가著作家 없는 사회에 출판물이 은부殷富할 수가 어디 있겠습니까. 만일 있다면 이것은 도리어 우려할 만한 현상이라 하겠습니다.

이러한 기형적 발전이나 변태적 성황盛況은 필경은 가공할 만한 결과를 우리에게 보이게 되는 경우가 많습니다. 그런데 우리 조선의 장래는

모르거니와 또한 숨어있는 독학대가가 있는지는 알 수 없으나 현금 이
대로 보면 저술에 종사하며 남부끄럽지 않을 만한 저술가가 과연 기인
幾人이나 될는지가 의문입니다. 십지十指를 굴屈키 어려울 것 같습니다.
저술가다운 저술가의 수와 출판되어 시정市井으로 나오는 출판물의 분
량은 도리어 그 균형이 맞지 않는다고 하겠으니 결국은 하등의 저술에
종사할 능력이 없는 사람의 조○람조粗○濫造가 성행됨이나 아닌가 합
니다. 되지 못하게 신문 광고나 굉장하게 하여야 일시의 횡재나 또는
매명賣名을 하려는 것도 그 이면에 들어서면 넉넉히 들추어낼 수 있겠
습니다. 이러한 악서惡書가 유행한 결과는 독서자의 독서욕을 말살시키
게 되며 출판계의 부진을 촉성할 뿐입니다. 이것도 우리 출판계에는 큰
우려할 현상입니다.

　우수한 저술가가 나오지 않는 원인은 또다시 있을 것입니다. 이것은
사회상태의 혼잡입니다. 이 원인은 기회가 있으면 제題를 달리 하여 말
하기로 합니다.

　(라) 출판업자가 소리小利에만 급급한 것
　출판업이라 하면 문화사업의 일분야인 동시에 또한 거기에 종사하는
자의 이업 동기를 따라 영리사업營利事業이 되는 것입니다. 이 출판업은
금일 조선의 현상으로 보면 완전히 영리화만 하고 말았습니다. (물론 신
문이나 잡지를 지칭함이 아니요 일반 출판물을 의미함) 그리하여 차업此業
종사하는 인들은 무엇보다 목전에 잘 팔릴 것이 아니면 출판을 하지 않
는 경향을 가지지 않은 사람이 거의 없습니다. 물론 그 서적을 간행하
여 사회적으로 여하한 해독을 일반 민중에게 주게 되느냐 하는 것은 그
들의 염두에 없는 것 같습니다. 겨우 저술가의 이름을 보아서 유명하면
이름으로라도 팔리리라는 요행심 아래에서 약간의 출판이 있을 뿐이요
저작물의 내용 가치는 문제거리도 아니 삼는 듯합니다. 그들에게는 선

택할 여유가 없이 그저 재미있는 것, 통속적인 것, 원고료나 인세印稅나 아니 줄 것, 되었든 안 되었든 신문지상에 광고나 착실히 된 사람의 것만이 겨우 발행하게 됩니다. 영리만을 목적하는 소小출판업자 편으로 보면 허물할 수도 없는 일이지마는 이것을 어느 때까지 이러한 현상 그대로 방치한다는 것은 문제입니다. 조선 문화의 장래를 위하여 좋은 경향이 되지 못할 것이라면 이것은 식자識者의 고려를 요하는 바입니다. 이러한 까닭에 춘화春畫에 가까운 저급소설과 시집 못가 애쓰는 처녀의 한숨을 자아낼 만한 시詩니 감상 같은 것이 경쟁적으로 간행되는 것도 연유 없는 일이 아닙니다. 무서운 이 소리小利만을 식食하여 발행하는 출판물! 이 해독을 누가 구축驅逐하겠습니까.

(마) 출판 봉공奉公의 독지적 기업가가 절무絶無한 것.

출판은 사업의 성질상 일개의 문화사업으로 보지 않을 수 없습니다. 이상에도 말하였거니와 우리 조선에는 불식문맹이 많고 또한 경제적으로 독서할 여유가 없습니다. 이러한 가운데에서 그들의 독서욕을 일으키는 데에는 인간의 이지적 방면보다도 정경情憬 방면을 붙드는 것이 제일 간단한 방법인 듯합니다. 이것은 우리 조선뿐이 아니라 어느 곳이든지 사람이 사는 곳이면 다 그러하겠지마는 겨우 600여 되는 출판물 중에 비속卑俗 소설이 근 400에 달한다는 것은 웅변雄辯으로써 차此를 증명하는 것입니다. 이러한 경우에 있어서 일시의 유행이나 목전의 수입收入에 악착齷齪하지 않고 적어도 그 간행물이 민중에게 여하한 영향을 미칠 것이며 우리 사회생활에 얼마만한 공헌이 있을 것이며 그 저작이 문헌으로써 어떠한 가치를 가졌는지 또는 사상의 경향이 여하한 방면으로 진전하는지— 모든 것을 통제할 만한 안식을 가지고 적어도 4, 5년이나 10여 년 후까지에 희망을 두고 끈기 있게 출판 봉공奉公을 하겠다는 자각 하에서 헌신하는 사람이 조선에서 과연 누구이겠습니까. 이러한 독지 출판업자가 있다면 비록 양으로는 부족할는지 알 수 없지만 질에 있어서는 우리 출판계도 얼마큼 그 '레벨'이 올라갈 것은 사실입니다.

(바) 특수한 검열제도의 영향을 받는 것

출판은 자유입니다. 그러나 그것이 인류 문화에 큰 ○동력인 것만큼 사회의 안녕질서를 유지하는 방면으로 어떠한 제한을 주는 것은 현대 국가의 권력인가 합니다. 출판이 특권의 제재를 받는 것은 사실입니다. 출판법이 즉 그것입니다. 더욱이 조선에 있어서는 특수한 시세時勢와 민도民度라는 이름 아래에서 번뇌한 출판 수속手續과 가혹에 가까운 취체取締[1]를 받는 것은 사실입니다. 거번去番[2] 법조계에서도 문제를 일으킨 것도 그러한 까닭입니다. 이와 같은 언론 취체取締가 출판업에 영향을 주는 것은 말할 것도 없습니다. 민중과 관료들의 이해가 상반하는 경우도 있습니다. 검열의 일시의 가혹이 진리를 살육殺戮하여 참으로 민중이 알아야 할 소연昭然한[3] 사실을 정책상으로 벙어리와 장님을 만드는 것을 압수나 삭제를 당한 저서의 작자는 흔히 경험하는 일입니다. 이러한 액운厄運을 만나는 출판불이 기수基數가 다른 사회에 비하여 특별히 많은 것은 조선 물판계의 특색이라고 하겠습니다. 원고압수의 처분을 받은 그만큼 저작자의 의기는 첨예尖銳를 이를 것이며 출판물은 그만큼 양과 질을 잃을 것입니다. 결과는 침체의 한 원인을 일으키고 합니다.

---

1) 규칙, 법령, 명령 따위를 지키도록 통제함.
2) 지난번. 저번.
3) (일이나 이치가) 밝고 뚜렷한.

이상에서 말한 것은 간단하나마 조선 출판계의 ○○부진의 이유를 편의상으로 분별한 것이나 여러 가지가 서로서로 인과의 관계를 가지고 그렇게 만든 것입니다. 그리하여 어찌하면 출판계가 흥왕興旺하겠느냐 하는 것을 말하고자 하는 것이 나의 근본 취의趣意[4]입니다. 이상에 말한 것 가운데서 어떠한 조건이든지 2, 3만 적당한 방법으로써 고쳐진다면 잘되는 것은 물론 문제가 없을 것이니 일반 민중이 교양이 있어 서적을 선택할 능력을 가지고 또한 경제력이 있고 우수한 저술가가 따라서 있고 출판업자가 시세時勢와 민도民度를 통제할 안식이 있고 출판에 상당한 자유가 있다면 이 위에 더 문제될 것이 무엇이겠습니까.

그러나 조선에는 특수한 사정이 있습니다. 불식문맹이 없어질 날을 기다리기는 너무나 요연遼然한 장래 문제입니다. 더욱이 조선 문화는 나날이 그 빛을 잃어갑니다. 또한 경제적으로 능히 독서할 여유가 생기어 출판계가 자연히 융창隆昌[5]하기를 기다리는 것은 감나무 아래서 숙熟○ 떨어지를 기다리는 폭입니다. 그러면 출판 상인더러 소리小利에 귀歸하지 말라 하겠습니까. 이것도 안 될 말입니다. 그들은 소리小利라도 먹는 것이 목적일 것이요 사회의 봉공奉公이니 무엇이니 하는 것은 그들 사전에서는 찾아보기 어려운 말입니다. 세상이 그렇게 그들을 가르칩니다. 또한 저술가만 많아지면 출판계가 흥왕興旺하리라고는 할 수 없습니다. 또한 무엇이고 저작이면 다 출판하게 된다는 그러한 자유만 있어도 될 수 없는 것입니다.

목하의 형편은 출판에 다소간이라도 생기를 넣어서 조선 문화의 장래를 고려한다면 현금 우리 조선에 있어서 교육 사업에 수천 수만 원의

---

4) 취지趣旨.
5) 융성隆盛.
6) 좋은 일을 해내기 위해 내는 특별한 뜻.

재산을 공헌하는 특지特志[6]가 연년年年이 나오는 것 같이 또는 언론 기관이 조선이 있어서는 문화 사업 단체로 알고 문질과 정신을 다대多大히 희생하는 인사人士가 배출하는 것 같이 출판계에 있어서도 그러한 신新 특지特志 기업가의 신사업욕이 나와야 할 것입니다. 오인吾人은 이러한 견지에서 출판업의 문화사업화를 제창提唱하는 바입니다.

— 《동아일보》 1927. 9. 13-14

수필

생활의 괴뢰

다른 사람의 일에 간섭하기를, 좋아하는 사람이 있어, 나더러 묻기를 "네가 왜? 하고 많은 것 가운데에서, 하필 붓대를, 들게 되었느냐? 그리고, 되지 않은 너의 대통만한 속에서, 우러나오는 그것을, 다른 사람에게, 보기를 강청強請[1] 하느냐?" 물을 것 같으면, 나는 무엇이라 대답할까를, 문필文筆에 뜻 둔 그때부터, 나의 생각이, 부채살 퍼지듯이, 외계外界로 향하여 방사放射하였다가, 혹은 고요한 밤, 혹은 적막한 기분에 싸일 때―곧 나의 모든 생각이 다시 내부로 향하여 집중될 때에, 아니 생각한 일이 없었다.

나는 그러한 의문이, 나의 머리에 일어날 때에, 혹은 그러할 것을 생각할 필요가 없다고, 스스로 그러한 마음을, 돌이킨 일도 있었고, 어디까지든지, 자기를 변호하려는 억설臆說[2] 같은 대답을 이리로 저리로, 끄집어 대인 적도 있었고 혹은 내일부터라도, 붓대를 내던지고, 호미나 망치 자루를, 쥐겠다고, 스스로 맹서盟誓한 일도 있었다, 그러나 항상 그러한 의문 중에서, 가장 많은 도수度數[3]와 강경強硬한 힘으로, 그대로

---

1) 무리하게 청함.
2) 근거 없이 제멋대로 추측하거나 억지를 부려 하는 말.
3) 거듭된 번수나 횟수.

붓대를 붙잡게 한 것은, "내가 하고 싶어 하는 것이오, 나의 내부의 열렬한 요구가, 이것을 강요하는 까닭이오, 나의 감정이 그것을 버리고는, 아무 것도 요구치 않는 까닭이오, 나에게 울적한 고뇌가, 무엇을 그려내고 만드는 그 순간, 그것이 생각한 바 그대로 이루는 그 찰나에, 환희로 변하여, 어떠한 겁탈怯脫을, 느끼는 까닭이오, 그리고 나와 같은 사람—처지와 경우가 같은 사람들에게, 나의 생각한 바를, 어느 기호로 그려내어, 이것을 다시 뵈일 때에, 그들이 내가 생각한 바 그대로, 혹은 슬퍼도 하며, 혹은 기뻐도 하며, 혹은 분憤도 내며, 혹은 아프게도 생각하게 되리라는 믿음이 있을 때에, 창조의 충동이 시키는 바 모든 의욕을, 혹은 안일安逸 혹은 태타怠惰[4] 같은 것으로 말미암아, 그대로 억제한다는 것은, 자기의 생활—정신의 생활에, 불충실할 뿐 아니라, 그만한 오뇌懊惱나 환희로 말미암아, 얻을 바 인인隣人[5]의 위안을, 그대로 몰각沒覺한다는 것은, 너무나 무책임함이 아닌가, 두려워하는 까닭이오"라고 대답하였을 것이다. 그러나 이 대답이 과연 틀림이 없는 대답일까. 나의 양심에 물어 보고, 또는 천인千人이나 만인萬人에게, 물어볼지라도, 나의 양심이나 천만인의 대답이, 한결같이 그렇다 할까? 내가 나의 마음으로 생각한 바이므로, 적어도 나의 양심은 과연 그러하다고 대답할는지 알 수 없으나 다른 천인이나 만인 가운데에서는, 많은 사람이 그렇지 않다고, 대답할 줄을, 내가 확실히 아는 바이다. 내가 노, 부否라는 대답을 듣고 다시 나의 양심과 의논할 때에, 나의 양심은 반드시 자아自我를 주장하여, 내가 생각한 바를, 그대로 어디까지든지, 굽히지 않고 세우라 질호疾呼[6] 할 것이다. 그때에 나는 그렇게 하겠다고 맹서盟誓할 것인가? 맹서할 수 있을까? 네가 왜 붓대를, 주권 없이 잡았느냐 묻

---

4) 게으름.
5) 이웃 사람.
6) 소리를 질러 부름.

는 그 말에, 미리 대답하려 준비하여 둔 것 같이 이상과 같은 대답을 다시 되풀이 할 수 있을까? 더 좀 심각하게 들어가서 "네가 과연 그러한 천분天分[7]을 가졌느냐. 네가 과연 너의 마음에 각각으로 움직이는 감정을, 네가 느낀바 그대로, 다른 사람 역亦 느끼도록 온전히 빈틈없이 나타낼 수 있겠느냐? 그리고 너의 느끼는 바 환희나 고민이, 반드시 너 이외인 제삼자 즉 일반 인인隣人의 환희나 고민이 될까를, 보장할 수 있겠느냐?"라는 신소辛疎한 순문盾問을 발發할 때에 나는 또다시 무엇이라 대답할까? 내가 이 대답에 궁한 것을 볼 때에, 묻는 그 사람이 나에게 동정하는 바가 없다 하면 그는 더 일층 깊이 들어가서, "그렇게 대답에 주저할 것이 무엇인가. 나는 천분天分도 없습니다 하여라! 나는 나의 생각한 것을, 여실히 아무 허위 없이, 나타낼 아무 능력도 없습니다 하여라! 나의 환희나 고민이 반드시 만인의 환희나 고민이 되리라고 보장할 수는 없습니다 하여라" 할 것이다. 그렇게 말하여도 내가 주저하며, 그래도 오히려 무슨 미련이나 남아 있는 것처럼, 아무 말도 없을 때에, 그가 참으로 아무 가리는 것 없이, 풍자하는 사람이라 하면, 반드시 명령적으로, 어서 붓대를 내버리고 호미나 괭이나를―잡아라―아! 분한分限[8]을 모르는 자여! 라고 질호叱呼할 것이다. 그리고 자애自愛 깊은 소리로 나직이 말하리라. "네가 생각하는 그대로 나타낼 힘이 네게 있느냐"고 그리고 세상에, 붓을 잡은 모든 자들 중에 네가 생각하는 그와 같은 사람이 기하幾何[9]나 있는 줄 아느냐, 그들 중에는 다른 사람이, 눈물 흘릴 때에, 가가대소한 자도 많이 있었다. 만인이 한결같이 희희낙락할 때에, 저 혼자 통곡한 자도 많이 있었다. 물론 네가 아는 바, 자고로 이름을 가진 사람 가운데에는 그러한 사람이 없겠지마는 붓을 잡아라 할

7) 타고난 재질이나 분복分福.
8) 분수分數.
9) 얼마.

지라도 이름 없는 모든 사람 가운데에는 참으로 인간으로서, 곧 만인이나 천인 고인古人이나 금인今人이 한결같이 울어야 할 일 한결같이 기뻐하여야 할 일에 기뻐하여 보지도 못하였고 울어 보지도 못하였던 사람들 뿐이다. 하물며 근일近日에 와서 붓대를 잡은 그 사람들이야 말할 것 무엇이냐. 아직도 미지수에 있는 것이다. 나는 그때에 단연코 주저 없이 말하리라. 과연 그러하다, 그들 가운데에, 참으로 인간성에 공통한 고민, 공통한 환희가 무엇인 것을 파악하였는지 아니 그들에게 그러한 것을 느낄 만한 소질이 갖추어 있는지! 모두 자기 향락에 빠졌다. 그들은 자기란 외에는 아무 것도 없다는 것을 감출 수 없을 것이다 라고— 그때에 묻는 그 사람은 반드시 나를 조소하며 모멸의 시선을 던질 것이다. "왜? 너의 말을 물을 때에, 아무 말도 없이 불평한 얼굴빛이 보이더니, 다른 사람의 말을 끌어낼 때에, 그와 같이 쾌재라 규호叫號[10] 하려는 듯한 얼굴을 보이는가." 나는 다시 대면對面이 없을 것이다. 그가 다시 나를 추궁한다 하면 "나는 그러한 전통을 받아 내려온 까닭인가 한다. 또한 그러한 분위기 중에 있는 까닭인가 한다, 나는 아무쪼록 다른 사람의 아름다운 곳을 찾으려 한다 마는, 그리고 아름다운 곳을, 많이 찾아내어야만 할 줄 안다마는, 거의 본능적으로 다른 사람의 잘못 하는 일에는, 더욱 눈이 잘 뜨이는 듯하다, 그리하여 나의 열 가지 잘못 되는 것이, 다른 이의 한 가지 그릇 하는 것보다 경輕한 것처럼, 보호하며 변호하려는 감정이 굳센 것은, 나의 내부에서 자라나려는 영靈에게, 큰 고통을 주는 것이라 한다. 그런데 이것은 서양 사회보다 동양 사회가 심한 듯하다, 동양 모든 다른 나라보다 우리 조선이 우심尤甚한[11] 듯하다"라 대답할 것이다. 묻던 그 사람이 두뇌가 밝다 하면, 문제가 다른 데에로 벗어났다 하고, 다시 화제를 근본으로 돌리어 물을 것이다. "너

---

10) 큰 소리로 부르짖음.
11) 더욱 심한.

의 내부 생명의 열구熱求가, 너로 하여금 붓을 잡게 하였다 하면, 지금 껏 밟아온 모든 너의 경정經程이 내부 생명의 열구熱求와 저어齟齬한[12] 바가 없는가? 모순이 없는가?" 나는 그때에 주저 없이 대답할 것이다. "저어뿐이오. 모순뿐이라"고—"무엇이 모순이며 무엇이 저어이냐." 다시 전착顚錯[13]하면, 나는 곧 말할 것이다, "나의 이상과 현실에, 너무 많은 거리가 있는 것이다. 바꾸어 말하면 나의 현실의 생활—본능적 생존과 이상理想의 생활—정신적 생존에 하등의 조화가 없는 것이다. 이 부조화, 모순 저어가 나의 인격적 생활에 고민이란 형식으로 표현되는 것이다." 그는 다시 "그러면 어찌 조화를 구하지 않는가. 구하면 얻을 수 있는 것이다." 할 것이다. 나는 "구하여 얻을 수 없는 것이다. 야소耶蘇나 석가釋迦는 조화를 구한 것이 아니요 한편만을 오롯이[14] 한 것이다. 그들이 둘을 다 오롯이 하려 할 때, 두 편에 조화를 구하려 할 때 그들에게 보수報酬로 온 것은 오뇌懊惱[15] 였었다"고 말하리라. "그러면 너는 무엇을 취하려는가." 물을 때에 나는 소리를 높여 아래와 같이 대답할 것이다.

"나는 항상 철석같은 이지理知가 없는 것이 한이다, 나에게 그와 같은 이지가 없었거든, 아주 기분에 생활할 소질을 충분히, 가지지 못한 것을 한한다. 나는 자신 생활의 부조화로 고뇌할 때마다, 나는 섣부른 앎과, 미즉한 양심이 있는 것을 도리어 한한다. 나에게 그러한 아무것도 없었으면, 따뜻한 밥 한 숟가락과, 훌은한 국 한 모금이, 족히 나에게 환희와 위안을 줄 것이다. 나는 모든 것을 몰각沒却하고 본능적 생존에 만족할 것이다. 그러나 그도 할 수 없다. 왜? 조그마한 앎과 미즉한 양심이 허락지 않으니까. 나는 본능적 생존을 떠나 법열삼매法悅三昧의 경

---

12) 사물이나 일이 잘 맞지 않고 어긋난.
13) 앞뒤를 바꾸어 어그러뜨림. 원문은 '전착跧鑿'으로 되어 있음.
14) 〈옛〉오로지. 온전히.
15) 뉘우쳐 한탄하고 괴로워함.

境에 들어가려 한다. 그러나 본능적 생존의 모든 조건이 허락치 않는다. 아! 고민!" 그는 소리쳐 꾸짖으며 "이 생활의 괴뢰傀儡[16]여! 비겁자卑怯者여!"

나는 부르짖으리라.

"네! 그렇소이다. 생활의 괴뢰傀儡이외다 비겁자올시다. 나는 이러함으로 고민이란 형벌을 받소이다. 고민하는 가운데 생기는 것이 있다 하면 우연히 얻는 바가 있다 하면 이것은 나의 사업이외다. 내가 이 세상에 왔다 간 발자취라고 사람이 볼 수 있습니다. 그러나 나는 억지로 무슨 자취를 남기려고 노력할 수는 없습니다. 나의 미즉한 양심이 그것조차 허락지 않습니다. 생활의 괴뢰傀儡로 있다가 공공허허空空虛虛한 곳으로—."

—《개벽》46호 1924. 4.

---

16) 꼭두각시

남극南極의 가을밤

지평선 위에 걸린 해와 창공에 오른 달을 바라볼 때마다 나는 나의 옛날에 들은 바 해와 달 이야기를 아니 생각할 수 없습니다. 새빨갛게 이글이글하게 달은 해와 얼음덩어리처럼 싸늘하고도 맑은 달이 나의 어린 마음에 깊이깊이 뿌리박았던 것이 오늘까지도 오히려 그대로 남아있는 것인가 합니다.

이것은 내가 칠팔 세 되었을 때 어느 가을밤 일이었습니다. 그러니 이 일처럼 나의 어렸을 때의 모든 기억 가운데 분명히 남아있는 것은 다시 없다고 생각합니다.

어머니는 언제나 마찬가지로 등잔불 아래에서 바느질을 하고 있었습니다. 그때는 가을이라 겨울옷 준비에 매우 바쁜 것이 어린 나에게도 알려줄 만 하였었습니다. 등잔불이라 하여도 오늘 같은 전기등 같은 것은 물론 아니었습니다. 더구나 내 집은 시골이었으므로 그리고 가난하였으므로 램프불 같은 것조차 얻어볼 수 없었습니다. 새 양철 등잔에 대추씨만한 불송이가 어두컴컴한 빛을 방 안에 가득히 던졌을 뿐이었습니다. 이것이 다만 하나의 광명이었습니다. 그러나 그때에는 이것만으로 아무 부자유스러운 것 없이 바느질도 하고 책도 읽고 한 것입니다. 밤마다 밤마다 이러한 등잔불 밑에 제일 가까이 앉은 것은 어머니였습니다. 그 다음에는 누이였습니다. 제일 많이 등잔불과 거리를 두고 떨어져 앉았는 이는 언제든지 어린 나였습니다. 그리고 등잔불을 놓는 자리는 어느 때든지 방 윗목으로 작정되었었습니다. 이것은 어떠한 이유인지 알 수 없으나 사내자식이 등잔불 밑에 쪼그리고 앉은 것은 보기 싫다 하여 어머니에게 가끔가끔 꾸지람을 들었음으로 밤이 되면 등잔불과 가장 멀리 떨어져 앉는 것이 어린 나의 매우 주의하는 일의 하나가 되었던 것입니다.

그 날은 달이 특별히 밝아 보였습니다. 지금 생각하면 그때는 아마 구월 보름께나 되었던 것입니다. 방안에 등잔불이 있는데도 오히려 창 바깥의 달빛이 창살에 푸르스름하게 비칠 만큼 밝았습니다.

어머니는 바느질이 거의 끝났었을 때에 이야기책을 그 등잔불 밑에서 보기 시작했습니다. 어머니는 아버지가 돌아가신 뒤로 그러한 이야기책을 보시는 것이 유일한 위안이었던 것을 지금에도 넉넉히 상상할 수 있습니다. 지금 그러한 책이름을 일일이 기억할 수는 없습니다마는 또는 그러한 책을 지금에는 본 일도 별로 없습니다마는 《하씨 선행록》이니 《전우치전》이니 《삼국지》이니 《팔생록》이니 하는 모두 이러한 것이었습니다. 물론 우리나라 언문으로 베낀 책이었습니다. 책장이 해질까 염려하여 종이에 기름까지 겨른 것이었습니다. 지금 생각해보면 내가 늦도록 잠을 자지 않고 앉았던 것은 어머니의 책을 읽는 소리 가운데에서 한마디 한마디씩 귀에 들어오는 말을 주워 모아 가지고 내 껏 어떠한 해석을 해보는 것이 큰 재미였던 것입니다. 어떠한 때에는 어머니가 "너는 잠도 오지 않느냐? 너만 할 때에는 밥만 먹으면 거꾸러져 자게 될 텐데…… 별 아이도 다 보았지!" 꾸지람도 같고 귀여워하는 듯도 한 말을 흔히 들은 일이 있었습니다. 그리고 또 어머니가 옛날 이야기나 수수께끼 같은 것도 하며 나에게 흔히 들려주었습니다. 그래서 밤이 늦도록 잠을 자지 않고 어머니의 틈나기를 나는 기다렸던 것입니다.

어머니가 바느질을 끝내고 책을 볼 때였으므로 밤은 꽤 깊었습니다. 어머니는 책 보던 눈을 나에게로 돌리며 "저 소리 들어보아라! 너는 저게 무슨 소린 줄 아느냐?"라고 별안간에 물었습니다. 나도 누님도 따라서 귀를 기울이게 되었습니다. 그러나 귀에 분명히 들릴 만큼 나오는 소리는 없었습니다. 다만 조용하던 방안이 더욱 고요하여졌을 뿐이었습니다. 누이는 한참이나 귀를 기울이고 있더니 무슨 소리를 알아들은 것처럼 손가락으로 방문을 가리켜 주었습니다. 나는 가리키는 방문에 더욱 주의를 하였었습니다. 그리하였더니 과연 그 방문에서 무슨 '뚝닥뚝닥' 쪼는 소리 같은 것이 들렸습니다. 어머니는 나더러 "그게 무슨 소린 줄 아느냐?"고 물었습니다. 나는 모른다고 대답하였습니다. 어머니는 그것이 "문살각시 다듬이하는 소리다—"라고 설명하였습니다. 우리 시골에는 이러한 말이 있습니다. 이 문살각시 다듬이 소리란 것은 그때에 처음 알았습니다. 더욱 주의를 하고 들었더니 그것은 과연 먼 곳에서 울려오는 다듬이 소리와 조금도 틀림없이 들리었습니다.

누이는 곁에 뇌었던[1] 자[尺]를 집어 방문을 한번 탁— 쳤습니다. 그런 뒤에는 '뚝닥뚝닥' 하는 소리가 뚝 그쳐버리고 말았습니다.

어머니는 다시 가을이 되면 문살각시도 입이 바빠서 다듬이질을 한다고 설명하여 주었습니다. 나는 무서운 생각이 났습니다. 그래서 어머니 곁으로 바짝 가까이 앉았습니다. 이 문살각시 이야기는 내가 그 뒤에 보통학교에 이과理科를 배울 때에 선생에게 물어보았더니 그것은 귀신이 아니요 가을이 되면 그러한 벌레가 있어서 문을 앞으로 쪼는 소리라 하였습니다. 그리하여 비로소 벌레인줄 알았던 것입니다.

한참이나 있었더니 또다시 '뚝닥뚝닥' 소리가 났습니다. 그때에는

---

1) 놓았던.

누이가 일부러 방문을 열었습니다. 문살각시는 또다시 다듬이를 그쳤습니다. 우리 어머니나 누이는 이것을 다른 귀신처럼 무섭게 여기지 않고 무슨 친근한 귀여운 벗처럼 여기는 줄 알았었습니다. 누이는 문을 열고 바깥 마루로 나아갔습니다. 나도 무시무시한 생각을 하면서 뒤를 따라 나아갔었습니다. 검푸른 하늘에는 구름 한 점 없고 뚜렷한 달이 떠올랐었습니다. 물론 그때에는 달빛이 희푸른지 하늘빛이 검푸른지 알 수 없었으나 달밤의 엄숙한 기운이 비록 어린 나에게라도 황홀을 느끼게 한 것은 사실인 듯합니다. 이때에 나는 누이에게 이러한 질문을 받았습니다.

"너는 저 달이 얼마나 큰지 알겠니?" 나는 그렇게 애써 생각도 않고 바로 대답했습니다. "우리 집 방석만 하지!"

이것은 우리 집에서 베나 고추 같은 것을 말릴 때 쓰는 둥근 방석만을 본 나였으므로 이것도 보이는 달의 크기 그것만으로 하면 이 대답보다도 더 쉽게 우리 집에 있는 둥근 소반이나 또는 쟁반 같은 것을 가리켜 비교하였을 것이었습니다. 그러나 만일 나의 눈에 보이는 그것만한 것만 생각하고 그대로 대답하여도 관계찮은 것이라면 누이가 달의 크기가 얼마나 한 것을 물을 리가 없다는 것을 어린 마음에도 생각하였으므로 나의 눈에 보이는 그것보다는 좀더 클 것이라 생각하고 에누리하여 방석만 하다고 대답한 것이었습니다.

누이는 "하—하"라 웃어버렸습니다. 나는 이러한 웃음을 두 번째 누이에게서 듣게 되었습니다. 한번은 내가 하늘을 만져보러 앞산에 올라가자고 누이에게 청하다가 이러한 웃음을 받은 적이 있었습니다. 이것은 내가 하루 우연히 하늘을 만져볼 생각이 났었던 것입니다. 앞 산봉우리와 하늘이 꼭 닿은 것 같이 생각한 까닭에 앞산 위에만 올라가면 하늘은 아무 어려운 것 없이 만져보리라고 생각한 것이었습니다. 달의 크기가 방석 만하다고 한 나의 대답을 들은 누이는 다시 내가 말한 것보다는 더 크다는 것을 말하였습니다.

그런데 나에게는 둥글고도 큰 것으로 아는 것이 또 하나가 있었습니다. 그것은 우리 시골의 D라는 큰 연못이었습니다. 그 연못은 주위가 십리나 된다고 합니다. 그래서 'D방죽 (연못의 뜻)만 하지!' 라 하였습니다. 누이는 웃으며 훨씬 더 크다고 말하였습니다. 나는 D방죽보다도 더 큰 것으로 둥근 것을 보지 못하였으므로 다시 더 말할 수 없었습니다.

그러다가 이 '달'의 크기 문제로 필경은 어머니에게 가서 어떠한 것을 물어보게 되었습니다.

* * *

어머니는 그때까지 이야기책을 보고 있었습니다. 내가 누이의 말에 불복한 듯이 달을 얼마나 크냐고 어머니께 물었더니 어머니는 웃으면서 "조선 팔도보다도 더 크다"고 대답하였습니다. 지금 생각하여보면 아마 어머니가 아시는 것으로 제일 큰 것은 조선팔도였었던 것인지도 알 수 없습니다.

물론 그때에 나는 조선팔도라는 것이 어떠한 것인지 알 수 없었습니다. 다만 둥글고 큰 것은 조선팔도인 줄 짐작하게 되었습니다.

* * *

이때에 어머니는 달이 얼마나 크냐고 묻는 말에 달과 해 이야기 생각이 났었던지 나에게 해와 달 이야기를 하여 주었습니다. 어머니는 손에 들었던 이야기책을 방바닥에 내려놓고 이야기를 시작하셨습니다. 그런데 그 이야기의 내용은 대강 이러하였습니다.

어떠한 산중에 과부 한 사람이 어린 자식 셋을 데리고 가난한 살림을 하였습니다. 물론 고운 의복과 맛있는 음식을 입을 수도 없고 먹을 수도 없었습니다. 그러나 이 과부는 다만 어린 자식들이 커 가는 것만 큰 기쁨으로 삼고 살아오던 터였습니다. 어떠한 가을날에 어머니는 어린 자식들을 먹이려고 잔등 넘어 장자집으로 밥을 얻으러 갔었습니다. 과부는 집에 어린 아이들만 남겨두고 가는 것이 마음이 놓이지 않았으나 주린 배를 어떻게 채울 수 없어 방문단속을 단단히 하고 잔등 넘어 장자의 집으로 갔었습니다.

가을해가 거의 저물었을 때에 과부는 장자집의 방아를 찧어주고 그 방아 밑으로 범벅떡을 만들어 가지고 자기 집으로 급히 돌아오던 길이었습니다. 과부는 어서 집에 돌아가 어린 아이들에게 이 범벅떡을 주어서 그 기뻐하는 얼굴을 보고싶다 생각하며 한 잔등을 넘어왔습니다. 이때에 급히 가는 길을 막아서는 큰 호랑이가 있었습니다. 과부는 깜짝 놀랐습니다. 이때에 호랑이는 "그 떡 하나 주면 안 잡아먹지!"하며 앞길을 막아섰습니다. 과부는 할 수 없이 떡을 하나 던져주었습니다. 호랑이는 "또 한 덩이 주면 안 잡아먹지!" 여러 번 되풀이하여 과부의 가진 떡을 다 빼앗아 먹어버렸습니다. 그리고 난 뒤에는 호랑이는 다시 "저고리 벗어주면 안 잡아먹지!" "치마를 벗어주면 안 잡아먹지!"를 고개를 넘을 때마다 앞을 가로막으며 위협하여 다 빼앗아 갔습니다. 과부는 집에서 기다리는 자기 자식들 일을 생각하고 어떻게든지 목숨이나 보전하려 하여 호랑이가 달라는 대로 의복까지 다 벗어주었습니다. 그러나 이 흉측한 호랑이는 의복까지 다 빼앗아 입고 ― 나중에는 이 과부를 잡아먹었습니다.

* * *

과부를 잡아먹은 호랑이는 그 과부의 옷을 입고 과부로 둔갑을 하여 가지고 집에 남아있는 어린아이들을 잡아먹으러 갔습니다. 집에 있는 어린아이들은 고픈 배를 참아가며 자기 어머니가 돌아오기만 기다리고 있었습니다. 그러나 어머니는 그렇게 쉽게 돌아오지 않았습니다. 어린 아기는 자기 어머니를 기다리다 못하여 어느덧 잠이 들었었습니다. 누이와 동생 두 어린아이는 잠도 자지 않고 자기 어머니 오기만 기다렸습니다. 이와 같이 기다리는 때에 호랑이가 둔갑한 어머니가 집으로 들어와서 방문을 열라고 하였습니다. 그러나 문 열라고 부르는 소리는 그들의 어머니 말소리와는 달랐으므로 영리한 누이는 '당신은 우리 어머니가 아니라'고 말하고 문을 열어주지 않았습니다. 호랑이는 자기가 틀림없는 너의 어머니니 문을 열어달라고 몇 번이나 말하였습니다. 나중에는 먹을 것을 많이 가지고 와서 짐이 무거우니 문을 속히 열라고 재촉하였었습니다. 이때에 누이는 문 앞으로 가까이 가서 만일 우리 어머니일 것 같으면 손을 문틈으로 보이라고 하였습니다. 호랑이는 문틈으로 손을 내밀었습니다. 손은 맨 털빛이었습니다. 아이들은 이상하여 우리 어머니 손에는 이렇게 털이 나지 않았다고 물어보았습니다. 호랑이는 오늘밤은 너무나 추워서 털토시를 꼈다고 대답하였습니다. 동생 되는 어린아이는 "어머니! 너무나 추우셨겠소. 어서 들어오시오"하며 문을 열어주었습니다. 어머니로 둔갑한 호랑이는 들어오더니 여러 말 하지 않고 한편 구석에서 곤히 자는 어린 아기를 붙들고 부엌으로 들어가면서 "너희들은 어서 자거라. 밥을 지어줄터이니……"라 말하였습니다. 남매 두 아이들은 먹을 것을 줄 줄 알고 한참이나 기다렸으나 아무것도 주지 않고 부엌에서 무엇인지 깨무는 소리만 들렸습니다. 동생 되는 아이는 하도 갑갑하여 "어머니, 무엇을 먹소? 우리도 좀 주오!"라 말하였습니다. 호랑이는 "아니다! 너희들 먹을 것이 아니다. 내가 좀 시장해서 콩을 먹어본다!"라 대답하였습니다. 그러나 이 소리는 콩을 깨무는 소리와는 다르므로 남매 두 아이는 문구멍으로 부엌을 내다보았습니다. 그랬더니 지금까지 어머니로 여겼던 것이 어머니가 아니라 큰 호랑이였습니다. 그리고 가장 사랑하는 어린 동생을 부엌에서 깨물어 먹는 소리가 그렇게 방에까지 들린 것이었습니다.

* * *

두 남매는 겨우 뒷문을 열고 밖으로 도망하여 우물 곁에 있는 큰 나무 위로 올라갔습니다.

호랑이는 어린 아기를 다 먹고는 다시 방에 있는 두 아이를 잡아먹으려고 하였으나 벌써 두 사람은 거기에 있지 않았습니다. 호랑이는 사면팔방으로 찾아다녔습니다. 열린 뒷문으로 우물가에까지 왔습니다. 그래서 우물 속을 들여다보았습니다. 마침 이때 나무그림자가 그 우물 가운데에 비치었습니다. 우물 가운데에 비친 두 아이의 그림자를 본 호랑이는 이것을 건지려고 여러 가지 건질 물건을 가지고 와서 '조리로 건지나, 두레박으로 건지자—'라고 노래를 부르며 우물가로 돌아다녔습니다. 이 호랑이의 하는 짓이 하도 우스웠던지 남매 두 아이는 나무 위에서 웃어버렸습니다. 지금까지 두 아이가 우물 안에 빠졌다고만 생각하던 호랑이는 깜짝 놀라 나무 위를 쳐다보았습니다. 나무 위에는 두 아이가 앉아 있었습니다. 호랑이는 위협하듯이 물었습니다.

"너희들은 어떻게 올라갔느냐?"

"장자네 집에 가 참기름을 얻어다 바르고 올라왔지—"라고 누이가 대답하였습니다. 호랑이는 참기름을 바르고 올라오려고 하였으나 더욱 미끄러웠을 뿐이었습니다.

아무 철모르는 동생아이는

"장자네 집에 가 도끼를 얻어다가 콕콕 하고 올라왔지!"라고 일러주었습니다. 호랑이는 참으로 도끼를 가지고 왔습니다. 그래서 도끼로 발 붙일 자국을 만들어가며 올라왔습니다.

얼마 아니 되면 이 남매 두 아이도 호랑이의 밥이 되려 할 때에 두 아이는 하느님께 "우리를 살리려거든 새 동아줄을 내려주시고 죽이려거든 썩은 동아줄을 내려줍시오"하고 빌었습니다. 이때에 새 동아줄이 주르륵 내려왔습니다. 그리하여 남매 두 아이는 줄을 붙잡고 하늘로 올라갔습니다. 이 뒤에 올라온 호랑이도 어린아이를 본을 받아 하느님께 빌었습니다. 썩은 동아줄이 내려왔습니다. 호랑이는 이것을 붙잡고 올라갔습니다. 얼마 아니 되어 줄이 끊어져버렸습니다. 그리하여 이 줄을 붙잡았던 호랑이는 수백 길 되는 공중에서 수수밭으로 떨어졌습니다. 그때에 막 베어낸 수수깡이가 꽁무니에 찔려 죽어버렸습니다. 그리하여 수수에 피가 묻은 것은 이러한 까닭이라 합니다. 그리고 하늘로 올라간 남매 두 사람은 하느님 앞에 불려가서 누이는 해가 되고 동생은 달이 되었다고 합니다. 이것도 처음에 하느님이 누이더러 달이 되라 하였으나 달은 밤에 있는 것이라 여자로 밤에 다니는 것은 무서웁다 하여 낮의 해가 되었다 합니다. 한낮에 다니면 여러 사람이 너무나 물긋물긋 바라보니까 이것을 피하려고 눈이 현란하여 찬찬히 보지 못할 만큼 해는 반짝거리게 되었다 합니다. 그리하여 여자인 해는 사람 뿐으로 하여금 똑바로 보지 못하게 한다 합니다. 어린 나는 이 이야기를 어머니에게서 들을 때에 얼마나 슬프고도 우스웠는지 알 수 없었습니다. 그리고 어머니는 이 이야기를 내놓을 때에 맨 처음부터 우리 집과 비교하여 말하였었습니다. 우리 집과 같이 가난하게 지냈다는 둥, 또는 너희들 남매간과 같이 의좋게 지내었다는 둥 여러 가지 우리 집과 같은 것을 말하였습니다. 그래서 듣고 있는 나도 이야기가 다른 사람의 일처럼 생각하지는 않았었습니다. 자기 자신이 당한 일이나 조금도 다름없이 알았습니다. 더구나 이야기하는 어머니는 그때의 광경을 그대로 듣는 사람에게 연상시킬 만큼 얼굴의 표정을 변하여 가며 말하였습니다. 이 이야기를 듣는 동안에 나는 몇 번이나 어머니 앞으로 가까이 갔는지 알 수 없습니다. 그리고 특별히 '옷 벗어주면 안 잡아먹지!' '떡을 주면 안 잡아먹지!' 하는 호랑이의 흉녕한[2] 소리를 어머니가 우리 지방의 고유한 '악센트'를 붙여 호랑이가 바로 그 곁에서 부르짖는 것처럼 말씀할 때에 나는 전신에 소름이 끼쳤습니다. 또는 나무 위에 올라앉아 숨어있으면서 무엇이 우스워 그렇게 웃어버렸는지 나는 알 수 없었습니다.

* * *

어쨌든 이 하룻밤 이야기가 영원영원히 나의 머리에 슬어있게 되었습니다. 그래서 지금도 이 이야기를 다시 생각할 때마다 나에게는 무엇이라 형언할 수 없는 적막이 찾아와서 나의 가슴을 오롯이 점령하게 됩니다.

—《신여성》 3권 1호, 1925. 1.

---

2) 성질이 흉악하고 모진.

운명의 연애

Love is best라고까지 할 수 없으나 인생에 연애 문제는 매우 중대한 문제라고 생각합니다. 사랑이 없는 인생은 고적합니다. 그러나 이것은 그러한 고적을 느끼기 쉬운 사람에게 한하여 그러할 것이외다. 세속적 도덕률이나 가장 이성적으로 모든 것을 판단 비평할 때에는—냉정한 태도로 인생을 떠난 한 측면[1]에서 내려다볼 때에는 연애니 쟁투爭鬪니 하는 모든 것이 한 우스운 일이겠습니다 마는 그래도 감정을 가진 모든 평범한 인간으로 생활이란 과중過中에서 사람으로서의 생명을 가지고 또는 생명의 요구를 채우려 한다면 연애 문제란 그렇게 치자稚子[2] 용녀 庸女의 향락적 행위라고만 볼 수 없습니다. 이 연애란 것은 그렇게 추상 적 문제가 아니요 현실 문제올시다. 우리의 이상적理想的 사색은 기아飢 餓의 공박恐迫이 있을지라도 결코 비굴하거나 탐욕을 내어서는 안 될 것 이외다 마는 기아飢餓의 공박恐迫에 비굴한 생각이나 탐욕한 생각을 아 니 느끼는 사람이 얼마나 되겠습니까? 물론 우리 생활 자체를 철학적 으로 '당위當爲' 문제에 부쳐 생각한다 하면 '소크라테스'나 '칸트' 같 은 생활을 얻을 수 있겠지요마는 이것은 모두 관념적 생활이외다. 근일

1) 원문에는 '침우'로 되어있음.
2) 여남은 살의 어린이.

에 와서 이러한 연애에는 소위 철학적으로 기초를 붙여 설명하려는 경향도 물론 없는 것은 아니로되 어디까지든지 이것은 현실문제이며 인간적인 문제인 고로 관념 생활이나 또는 도덕률로 보면 그러할 가치 문제를 붙여 생각할 것은 없겠습니다.

또는 극단의 육욕설肉慾說을 주장하는 사람은 어떠한 우부愚夫[3] 우부愚婦[4]가 일시 충동으로 어떠한 곳에서 야합野合을 하겠다 하는 그러한 것을 가르쳐서도 곧 연애를 설명하려 합니다. 물론 인생이란 자체가 반수半獸 반인半人의 권화權化[5]에 지나지 못하므로 (인간다울수록 그러함) 모든 행위를 단원적單元的으로 육욕적肉慾的 행위에 부쳐버리는 것도 확실히 인생의 일면을 파악한 것이라고 할 수 있습니다. 그러나 이것은 그의 일면에 지나지 못합니다. 결코 입체적 관념은 되지 못할 것입니다. 육욕肉慾 행위의 결과를 가르쳐서 연애라고만 할 수 있다 하면 이것은 별문제이나 그렇지 아니하고 우리의 정신적 방면도 생각한다 하면 '플라토닉 러브'도 인정치 아니할 수 없습니다. 그러나 이것은 가장 어려운 일이겠지마는 실제로 보면 이러한 예로 많이 있을 것입니다. 어떠한 여성과 남성이 서로 동경하고 사모하여 그러한 육적肉的 행위에 들어가지 않고 그대로 어떠한 동기에 자기네의 생활을 다른 방면에서 영육靈肉 양면으로 개척하게 되었다 하여도 그러한 '플라토닉'한 사랑을 결코 저주받을 것도 없으며 증오할 것도 없으며 따라서 자기 양심에도 부끄러울 것이 없을 것입니다. 도리어 두 사람 생활에 순진純眞을 느끼며 생활을 어느 방면으로 정화시킬 것입니다. 그러므로 나는 이러한 '델리케이트'한 문제를 일반 세속적으로 육욕이나 충동을 채우기 위한 향락적 행위라고만 생각하고 싶지는 않습니다.

---

3) 어리석은 남자.
4) 어리석은 여자.
5) 어떤 추상적인 것이 구체적인 모습으로 나타난 것처럼 여겨지는 것, 또는 그러한 사람.

그리고 연애란 것은 세상 사람이 항상 생각하기는 향락적이요 비사회적이요 비도덕적이라 하는 듯싶습니다. 그리고 행위가 어떠한 파렴치적 행위처럼 여기는 경향도 없지 않겠습니다. 이것은 연애한 결과가 자연히 그러한 것을 낳기 쉬운 까닭입니다. 여기에서 우리는 정신적인 방면이 더욱 필요합니다. 제일애第一愛에 대하여는 책임감이 있어야 될 것입니다. 조삼모사朝三暮四를 연애 생활이라고 할 수 없는 것이 이러한 까닭입니다.

연애를 일대 우상시偶像視하는 맹목적 청춘남녀가 없는 바는 아니나 적어도 우리의 이상적인 애愛의 생활에는 맹목盲目 그것만으로 안될 줄 압니다. 제일, 일시의 충동이나 본능을 떠난 정신적으로 둘이 서로 결합을 요구하여 동경함인 것이어야 할 것입니다.

이 정신적 요구 결합이야말로 비로소 참으로 사랑이라고 부르고 싶습니다. 이 정신적으로 서로 사랑을 느끼게 되는 것이 비로소 완전한 생명의 요구라고 할 수 있습니다. 이 참 생명의 요구에는 이 동경의 앞에는 모든 도의적 관념이나 사회적 지위나 또는 장래 할 공박恐迫 같은 것도 도무지 고려치 않게 되는 신념이 생기는 동시에 자기의 생에만 대하여 충실하게 되는 것인 듯합니다. 그러므로 혹은 소극적으로 자기의 생명의 요구에 충실하기 위하여 정사情死니 무엇이니 하는 일도 생기는 것인 듯합니다.

그런데 이러한 생활이란 외면에서 보는 그것과 갈라서 자기의 생활을 체험하는 그 당사자들의 소위 애적愛的 생활이란 것은 그렇게 향락적이 되지 못합니다. 연애 중에는 물론 꿀같이 단 것도 있겠지요 마는 많은 경우에는 제삼자가 보는 것과는 다른 고통을 맛보게 되는 것이라 합니다.

모든 것이 우리 인생의 짧은 생애 중에 일어나는 일— 섬광閃光에 지나지 못하는 것을 그렇게 중대시할 것은 없으나 이 연애 문제는 어쨌든지 섬광閃光 중에서도 가장 참된 섬광이오 힘이 있는 섬광입니다. 이 섬광 가운데에도 그렇게 금강석金剛石 같이 황홀한 빛이 감추어 있는 것이 아니라 그 가운데 연지옥煉地獄의 화재 같이 고통인 것도 있습니다. 이러한 결과에 우리는 많은 고통에 빠지는 일이 있습니다. 나는 그러므로 "연애란 것은 선택이 아니오 운명이라" 하는 것을 인정합니다. 어떠한 불가항력으로 들어가게 되는 것인가 합니다. 이러한 운명관을 가지게 되는 것은 좀 부자유한 사회 도덕률과 또는 자기의 참 생명의 요구와 충돌되는 데에서 일어나는 것이라 합니다. 이러한 생의 요구로 일어나는 비관悲觀은 비로소 인간의 정체를 비추어줄 줄 믿습니다. 그때에 세간적世間的으로 또 자기 정신상으로 시달린[6] 감정에서 피는 꽃이 있다 하면 그것은 고민의 결정結晶일 것입니다. 이 고민은 사람마다 원하는 고민이외다. 한번은 맛보아야 할 고민이외다. 그러나 이 고민을 맛본 사람은 아직 맛보지 않은 사람의 팔을 붙들고 만류하게 됩니다. 만류하여야 합니다. 그러나 만류하면 만류할수록 그들은 손을 뿌리치고 맹진猛進[7] 합니다. 받아야 할 운명은 받아야 할 것인가요?

— 《조선문단》 제10호, 1925. 4.

---

6) 원문은 '시달키인'으로 되어있음.
7) 세찬 기세로 나아감.

윤심덕尹心悳 정사情死에 관하여

　김우진과 윤심덕양에 대한 나의 지식은 가장 박약하다. 그러므로 그 둘의 자살한 원인이 어떠하였으며 어떠한 동기가 그들로 하여금 자살을 결심케 하였는지도 자세히 알 수 없다. 다만 신문지상으로 보도되는 그것만으로 보아 어느 정도까지 추측할 수 있다. 그러나 나의 생각에는 신문 그 물건이 말하는 그것과 같은 원인이나 동기가 그들을 죽음으로 이끌고 갔다면 끌리어가는 그들의 평일의 사상에 대하여 좀더 생각할 여지가 없었던가는 느낌도 없지도 아니하다.

　김우진군과 물론 한번도 면식이 없고 다만 군의 춘원군에 대한 박문이 수산水山이란 아호로 조선지광에 발표되었을 때에 나는 그 글을 통하여 수산은 김우진이란 것을 알게 되었다. 그리고 최근에 내가 조선일보 학예란에서 군의 최후논문이라 할 만한 〈신극운동의 첫길〉이란 논문을 취급하면서 군의 조선현실에 대하여도 비교적 치밀한 관찰력과 비평안을 가지고 있는 이라는 느낌을 가지게 되었었다. 론은 군을 이상의 사람이란 것도 현실의 사람이라고 생각하였다.

　그리고 윤심덕양을 알기는 그가 우리 조선사회에 문제의 인물인 그것만치 오래이다. 그의 동경 유학시대에 서로 낯은 익었으나 인사 같은 것은 할 기회가 없었다. 그러다가 요 얼마전 양이 토월회 배우로 들어

가서 온 세상이 한참 떠들 때에 토월회 악옥樂屋에서 분장 중인 그를 만나게 되었다. 그는 '이게 얼마만이요' 뜻밖에 인사말을 하였다. 이것이 동기가 되어 그를 그의 성문聲聞과 면분을 다 알았던 것이었다.

이 두 사람에 대하여서 나의 지식은 다만 이뿐인 까닭에 그들의 자살한 사건에 대한 나의 관찰도 비교적 심각미深刻美와 동정을 발견치 못할는지 알 수 없다. 그러나 수산군은 모르거니와 윤심덕양을 직면하였을 때에 내가 받은 인상으로 말하면 '저 여자는 언제든지 한번 끔찍한 일을 해서 세상에 소동을 일으키고 말 것이야' 이란 예감을 얻게 된 것이었다. 그러하다고 그 어떠한 남자를 데리고 정사를 하리라는 그러한 구체적 사실을 미리 생각해 본 적은 물론 없었다. 다만 막연히 '큰 일을 한번 저지를 것!' 이라는 것 뿐이었다.

그러므로 요 얼마전에 내가 전주에서 윤심덕양이 청년문사와 정사하였다는 보도를 신문지상으로 볼 때에 문득 느낀 것은 '그가 필경 일을 저지르고 말았군' 하는 것과 그 청년문사가 가엽다는 것이었었다. 다만 예지하였던 사건이 돌발 할 때에 누구든지 느낄 수 있는 그러한 '쇼크'를 받았을 뿐이었다.

그러나 이러한 자살사건에 대하여 그러한 '쇼크' 이외에 그것을 인생사회의 한 엄숙한 사실로서의 비판을 내릴 때에 그 사실 자체를 따라 얼마든지 죽음직한 죽음과 하지않은 죽음이 물론 있을 것이다마는 살아 있는 보통 사람편으로 보면 어떠한 경우를 물론하고 자살이나 정사를 한다는 것이 종교상으로 보든지 도덕상으로 보든지 많은 경우에 죄악이요 퇴영이요 비겁이라 하겠고 죽은 그 자신으로 말하면 환희요 해탈이요 구원인 것이다. 항상 이러나 서로 다른 처지에서 이 자살이나 정사 같은 것을 비판하게 되는 까닭에 어느 때에든지 사람의 죽음에 견해가 어느 정도까지에는 다르고 말 것이다.

나는 이 두 사람의 소위 정사라 할는지 또는 공모자살이라 할는지 이름은 어떻든지 간에 두 사람이 한 때 한 장소에서 죽었다는 사실에 대하여 옳고 그른 것을 판단하여 말하기 전에 소위 사람의 자살이란 것에 대하여 잠깐 생각하고 싶다.

죽는다는 것은 죽은 그 사람밖에는 경험할 수 없는 사실이다. 그러므로 자살하기로 결심하였다는 것은 필경 한 결심한 그 사람 밖에는 심리의 진상을 알 수가 없는 것이다. 결국 자살할 결심을 하여보지 못하고 또는 죽어보지 못한 제삼자가 그 죽음에 대하여 이러하니저러하니 하고 그 동기와 원인을 알려고 애를 쓰며 또는 분명히 그러한 것이라는 판단을 내리는 것은 결국은 천문학자나 철학자가 우주의 현상을 의논하는 것이나 조금도 다름 없을 것이다. 정당한 관찰과 추리가 없는 것은 아니로되 추리는 어디까지 추리요 관찰은 어디까지든지 관찰이다. 자기 자신의 체험은 될 수 없는 것이다. 그러므로 우리가 자살이란 것을 철학적으로 생각할 때에다만 생각할 뿐 이것도 자유의사의 한 발동으로 볼 수가 있다. 사는 것도 자유의사이요 또한 죽는 것도 자유의사이다. 자기가 소유한 생명이니까, 자기의 의사대로 어떻게든지 할 수 있는 것이다. 그러면 무슨 까닭으로 자살을 하는가? 간단히 말하면 사는 것이 고통이니까 더 잘 편하게 살기 위해서 죽는 것이라고 할 수도 있다. 즉 사람이란 것은 자기가 가지고 있는 생활의식이 가장 높은 정도까지에 팽배하고 가장 굳센 힘으로 고조될 때에 도리어 죽음의 길을 밟게 되는 경우가 있다는 것이다. 김우진군이 가장 숭배하는 유도무랑 有島武郎씨(신문지상에서 보도한 것을 다만 볼 뿐이요 실상은 숭배를 하였는지 나는 모르는 바이나 그러하였다 하니 인용하는 것이다)의 어느 작품 가운데에 '생활의 고조高潮가 사랑에 있고 사랑의 고조는 죽음에 있다' 고 하였으니까 혹은 김우진군이 윤심덕양의 죽음을 이러한 데에다 붙여놓고 생각할 수도 있으나 어쨌든 이 자살이란 것은 생이란 것을 부인하는 데에 도리어 생이란 것을 더 큰 의미에서 현실의 생활이 참 생활이 아닌 것인 그것만큼 참 생활과 또 의미 있는 생활을 동경함이라 할 수 있다. 결국은 말하면 현실의 생활에서 가장 비통한 것을 버리고 미지未知의 나라에 동경한 것이라 할 수 있는 것이다.(그러나 이도 역시 우리들의 관찰이요 해석이요 그 사람들의 죽음을 결정하는 순간의 참 심리는 모르는 바이다.)

이러한 견지에서 두 사람의 자살을 관찰할 때에는 자기의 행위를 자기들의 최선으로 알고 결정한 것인즉 제삼자로서는 그들의 죽음을 우리 생활에 있어서 한 엄숙한 사실로 볼 뿐이다. 우리가 만일 사회생활에 있어서 소위 재래의 인습이나 도덕관념을 떠나서 이 두 사람의 죽음의 가치를 판단한다면 여기에는 비로소 여러 문제가 생길 것이다. 한 말로 말하면 그들의 죽음은 가치없는 죽음이라고 할 수 있다. 그들은 극단의 이기주의자라고 할 수 있다. 우리 사회생활에 있어서 공동으로 지고 있는 생활도덕의 현대적 책임을 배반한 사람이라고도 할 수 있을 것이다. 가장 동정있는 말을 그들에게 한다면 좀더 생각해 볼 여지가 없었던가 하는 것이다.

더욱이 윤심덕양의 죽음이란 것을 그가 죽음을 결심하고 최후에 불렀다는 '사의 예찬'이란 것을 통하여 보면 그 동기가 우리의 산 사람으로 보아서는(그에게는 가장 참된 일이라하겠지만 얼마나 천박하였던 것을 알 수 있다.) 물론 죽음에 대하여 옅고 깊은 의미가 별로 따로 없겠지만은 그는 다만 죽기 위하여 죽었을 뿐이다. 한갓 세상을 저주하였을 뿐이다. 막연하게 허무하다 하였을 뿐이다. 이 세상이 참으로 허무하고 또한 저주할 만하였다면 윤으로도 그 허무한 것과 저주함직한 것을 뵈여줄 다른 도리가 분명히 있을 것이다. 다만 '죽음의 찬미'로만 그의 의사를 표시 않고도 되었을 것이다. 나는 생각건대 그가 '죽음의 찬미'를 짓고 또는 그것을, 부르고 눈물을 흘렸을 때까지도 그는 우리 보통사람이 가지는 생의 의식을 가졌던 것이다. 그 이후의 것은 우리의 모르는 바이다. 우리 보통사람으로 보면 그들의 의식은 벌써 변태이었 던 것이다. 그러나 나는 지금에 변태니 나쁜 것이요 상태常態니 좋은 것 이라 하는 그러한 가치를 말하고자는 아니한다. 지금껏 나에게 한 의문 으로 남아 있는 것은 김우진군이 가장 현실과 타협하던 군의 최근 논문 으로 보아 자살이다. 그는 가장 분투적이었다. 감상주의感傷主義나 인도 주의적人道主義的 색채도 보이지 않았었다. 그런데 군은 죽었다. 어쨌든 의문의 하나이다. 결국 큰 일을 저지르고야 말 윤심덕양의 길동무가 되 고 말 것이랴 또는 남성에게 복수하랴는 그의 원수의 대표로 선택됨이 었드냐 참으로 모를 일이다. - 8월 24일 조朝

— 《신여성》 제4권 제9호, 1926. 9.

여행지에서 본 여인의 인상,
이상한 기연

　C신문사를 퇴사하던 이튿날—8월 10일 밤 일이었다. 한일월開日月[1]을 얻은 김에 흡신 철저하게 한적閑寂을 맛보자 하는 엷지 않은 욕심을 가지고 석왕사釋王寺를 향하게 되었다. 종로에서 전차를 탈 때부터 나의 마음에는 여행 기분이 가득하였다. 여행하는 사람의 특성과 또는 여행의 성질에 따라 여행하는 사람이 느끼는 바가 다르지만은 나의 그때의 여행은 대단히 감상적이었다. 어쨌든 4년 간이나 정들여 놓았던 C사社를 하직한, 섭섭한 마음에 가슴에는 무엇인지를 두근거리었다. 그렇지 않아도 여행은 흔히 그 특수한 의의가 고독을 느끼는 데에 있는 터에 나의 그때 길은 온 세상을 저버리고 나 혼자 사람 없는 곳을 찾아가는 듯하였다. 그렇게 고독을 느끼는 만큼 사람이 그리웠다. 전차 중에서 한참 동안 눈을 감고 울렁거리는 가슴을 진정할 때에 나의 어깨를 흔드는 사람이 있었다. 눈을 번쩍 떠서 쳐다보았다.

　그는 나의 고향사람 R이었다.

　"자네 어디 가나?" 그가 손에 여행구旅行具를 들은 까닭에 나는 물었던 것이다.

---

1) 한가한 세월.

"어떤 이가 좀 어디를 간대서……."

"가는 이가 누구야?" 좀 심악甚惡[2]스럽지만 나는 물어보았다.

"저이가……" 하고 R의 가리키는 편에는 몸이 날씬하고 얼굴빛이 희고, 트레머리에 에나멜 구두를 날아갈 듯이 신은 신여성 한 분이 차창 밖을 내다보고 섰었다. 나에게서 일종의 호기심이 번쩍 일어났다.

"어디를 간대?"

"원산元山으로 해수욕을 간대……."

나와는 같은 북행北行이었다. 그러나 그는 원산元山이요 나는 석왕사釋王寺였다.

"그러면 나와 한 차로 가겠군?"

이러하자 여자는 이편으로 머리를 돌렸다. 그는 얼굴에 비교하여 눈과 입이 작았다. 극장에서 더러 본 듯한 기억도 있었다.

"어떠한 인가."

"차차 알지!" R의 대답은 시원치 못하였다.

꼬치꼬치 묻기도 안 되어서 그대로 정거장까지 아무 말 없이 갔다. 한번 호기심을 가진 이상에 그 여자의 행동이 눈에 아니 띨 수 없었다. 그 여자를 작별하려 나온 남자의 수가 의외에 다수인 것을 알았다. 그는 마치 아양부리는 여왕처럼 그들 사이에서 납시었다.

발차發車 시간이 가까워오자 나는 그대로 사람 물결에 휩싸여 구내構內로 들어가서 자리를 보전을 하고 그대로 누웠다. 그 여자와 나는 차의 등等이 벌써 달랐었다.

석탄냄새와 입김의 탄산가스로 혼탁해질 대로 혼탁하여진 공기를 밤새도록 마시고 아침 해가 차창을 비추일 때에 나는 석왕사역에 내리었

---

2) 매우 악하다.

다. 석탄연기에 까맣게 그을린 얼굴에 새벽 서늘한 바람을 쏘이며 정거
장 출구로 향하자 어제 밤에 원산元山으로 해수욕 간다는 칠피漆皮[3] 구
두 신은 여성이 바로 내 앞을 서서 걸어간다. 나는 웬 셈인지를 몰랐다.
물론 원산 간다는 말을 그 여성의 입에서 직접으로 들은 것은 아니었으
나 R의 말과는 다른 것이 나로 하여금 더욱 호기심을 일으키었다. 그
여자는 무심코 뒤를 돌아보았으나, 나는 유심히 보는 것 같이 느끼었
다. 그네[4]는 어제 밤에 자기의 일을 R과 내가 말한 것을 눈치채었는지
알 수 없으나 한번 보는 데에도 사람의 뱃속을 훑어낼 듯한 매서운 맛
이 있었다. 그네의 의복은 벌써 어제 밤 의복은 아니었다. 차중車中에서
청결하게 꾸미고 나온 것이 더욱 눈에 띠었다. 어제 밤 보던 것이란 칠
피 구두 뿐이었다. 아마 석왕사를 좀 들려서 목적지로 향하는 것인가
보다하고, 바로 승합자동차를 몰아 석왕사 여관으로 향하였다. 자동차
를 내리자 그는 어느 곳으로 사라져 버렸는지 그림자도 볼 수 없었다.

그 며칠 뒤이다. 조석朝夕으로 약수터에 물 먹으러 왕래하는 것이 한
노동이었다. 한번은 아침이 느직하였을 때에 약수를 먹으려 내려갔더
니 화장을 힘껏 정성 들여 한 그 여자가 물구가를 들고 약수터 안으로
들어왔다. 어깨를 서로 나란히 해서 만나기는 처음이었다. 그의 눈에는
벌써 한 두 번 본 것이 아니라는 목례에 가까운 친한 시선이 떠돌았다.
같은 남성끼리도 향수를 느끼는 여창旅窓[5]에서 이와 같이 정다운 시선
을 만나는 것이 그다지 불유쾌한 일이라고는 할 수 없거든 하물며 꽃
같이 아름다운 여성에서랴! 말 할 수 없는 '쇼크'를 아니 느끼고는 있
을 수 없었다. 나는 그의 얼굴을 바라보느라고 어정어정 하다가 물 뜰
자리를 잃어버렸다. 그는 물주전자에 한참 물을 뜨다가 물구가를 들고

---

3) 에나멜을 칠한 가죽.
4) 그 편 사람들.
5) 나그네가 객지에서 묵는 방.

나를 바라본다. 이것은, '컵'을 앞으로 내놓으라는 말이었다. 나는 감사하는 뜻을 말하고 물을 컵에 가득히 받아 여러 숨에 삼키었다. 이것이 그 여자와는 말을 나눈 것이 처음이었다. 그의 여관을 묻고자 하였으나 어쩐지 남점직한 생각이 나서 그만두었었다. 그리하여 그대로 그는 산 아래로 내려가고 우리 일행은 위로 올라왔다.

이러한 일이 있은 뒤로 그 여자를 물먹으러 내왕來往하는 길에서 두어 번이나 만났다. 서로 목례를 반드시 하고 지내었다.

이삼일을 지난 뒤에 S관館에 동숙하던 K형과 원산 해수욕장으로 일일一日을 소창消暢[6]하러 가려고 석왕사역으로 향하였다. 정거장에 와보니 칠피 구두 신은 여성이 나와 앉았다. 처음에는 차에서 내리는 이를 마중이나 나왔나 하였더니 차표 사는 것을 보니 그도 원산을 가는 것이 분명하였다. 웬일인지 오늘에는 그는 본 체 만 체하고 인사도 없다. 내가 인사를 먼저 할 필요도 없거니와 그렇게 건망증에 잘 걸리는 것이 현대여성인가 하고 혼자 웃으면서 K형과 함께 발차를 기다리었다. 그 여자는 모친인 듯한 중늙은이와 동생인 듯한 어린 계집아이와 동행되었었다. 같은 차에 앉아서도 서로 눈 한번 말 한마디 사귀지 않고 원산역에 내려서 그들은 인력거를 몰아 어느 곳인지 급히 가 버리고 나는 시가市街를 어정거리고 한참 돌아다니다가 정오에 송도원松濤圓 해수욕장으로 차를 몰아갔다. 나는 자연히, 그 여자가 해수욕장에 오지나 않았나 하고 살피게 되었으나 그는 보이지 않았다. '참 괴상한 여자야! 어쩌면 하던 인사를 그렇게 적인 듯이 끊어버리나!' 하고 호기심을 더욱 가지게 되었다. 소위 세인世人들이 떠드는 애매한 여성인 것이 분명하다고 생각하였다.

그날 석양에 석왕사로 돌아오려고 급히 원산역을 향하였다.

---

6) 심심하거나 갑갑한 마음을 풀어 후련하게 함.

그 여자가 또 나와있다. 그리하여 아침이나 마찬가지로 아무 말 없이 차를 탔다. 내 생각에 그는 바로 경성京城이나 삼방三防으로 향하나보다 하였더니 석왕사에 이르자 그도 또한 차를 내리었다.

그 뒤 며칠 석왕사에 머무르면서 한 번인가 두 번인가 역시 물터에서 만났다. 그는 여전히 다시 인사를 한다. 나는 이 인사란 결국 물터에서만 하는 인사인가 보다 하고 혼자 웃었다.

그 이틀 뒤에 삼방을 들려 경성으로 돌아오려고 정거장으로 나왔다. 자동차 앞에 인력거 세대가 달려갔다. 그 인력거 셋 가운데에 하나는 분명히 그 여성이었다. 그리고 또 한 대는 그와 백중伯仲[7]을 다툴 만한 미인이 탔고 또 한 대에 수염을 불란서식佛蘭西式으로 전제剪制한 중년신사가 한 분 탔다. 풍채가 당당한 것이 '부르주아'나 귀족계급인 듯하였다. 그들은 경성으로 가나보다 하고 무심히 정거장에서 기차를 기다리었다. 그들의 인력거가 정거장에 닿았을 때에, 그 여성은 또다시 모르는 체하고 시선을 다른 곳으로 돌린다. 약물터에서만 하는 인사인 것이 분명하였다.

기차는 얼마 뒤에 삼방 가假 정거장에 도착하였다. 나는 행장行裝[8]을 챙겨 가지고 급히 내렸다. 앞 제 이第二 승강대乘降臺에서 그 여자 일행이 내려온다.

그 동안 그 여자는 경성에서 원산까지 어떠한 활동을 하기 위하여 몇 번이나 왕래를 하였는지 그것은 알 수 없으나 내가 경성으로부터 석왕사까지에, 또 석왕사에서 원산까지, 또 다시 석왕사에서 삼방까지에, 무슨 약속이나 한 것처럼 또는 일행인 것처럼 도정道程을 함께 하게 되었다. 마치 내가 그를 미행이나 한 것처럼 되고 말았다. 그 여자 역시 하도 이상하게 여기는 모양이었다. 그리하여 저이들이 무슨 이야기를

---

7) 서로 어금지금하여 우열을 가리기 힘듦.
8) 여행할 때에 쓰이는 물건.

하는 것이 마침 저이가 나를 따라다니나 봐요 하는 듯한 계면쩍은[9] 생각도 났다.(이것을 역용逆用하면 그가 나를 미행하는 것인지도 모르지마는)

하나 이상한 생각으로 바로 나는 충충 산협山峽[10] 길을 걸어 백수白水 여관으로 들어갔다. K군 R군을 만나 여장旅裝을 푼 뒤에 광장 휴게실에 앉아서 이상스러운 여성과 기연奇緣으로 행정行程이 집 떠난 뒤로 오늘까지 꼭 같이 된 것을 말하고 웃는 차에 그 여성이 양장을 하고, 우리 앉은 곁으로 지나갔다. 이번에는 그의 얼굴과 우리의 눈이 서로 피할 수 없게 꽉 만났다. 그는 머리를 숙여 인사를 받는 사람 아니면 모를 만큼 슬쩍 하고는 그대로 문 밖으로 나아갔다.

"아! 저 여자 말이오! 요전에 여기 와서 돈을 물 쓰듯이 쓰고 갔다고 여관 안의 평판이 자자한 여자이라우."

"그리고 올 때마다 따라오는 남자의 얼굴은 다르다고 하던걸요." 이것은 R군의 그 여자에 대한 설명이었다.

그의 얼굴을 그 이튿날까지 그곳에서 구경하였으나 그 뒤에 그와 같이 온 중년신사만 남아있었고 그는 도무지 보이지 않았다.

그 뒤에 우리들끼리 앉으면 말말끝에 그 여자의 말이 나왔다. 그러나, 그 여자의 정체는 분명히 아는 이는 없었다.

삼방에서 4일간을 묵은 뒤에 경성으로 돌아오는 차중車中에서 그가 또 타지나 아니하였나 하고 살피었으나 그의 그림자도 보이지 않았다.

— 《별건곤》 제9호, 1927. 10.

---

9) 몹시 미안하여 낯이 화끈거리는.
10) 산 속의 골짜기.

'저항의 논리'에서 '생활의 수락'으로
오창은

1. 동경 유학―계몽적 지식인의 결단

이익상李益相(1895~1935)은 1920년대 신경향파 문학을 대표하는 소설가였다. 하지만 그는 이제는 잊혀진 작가군에 포함되어 있고, 최서해 · 박영희 · 김기진 · 조명희 · 이기영 등을 평가할 때 조연으로 등장할 뿐이다. 그의 작품세계에 대한 문학 연구자들의 이해가 풍성하지 못하다 하더라도, 그가 신경향파 문학과 카프 문단에 기여한 공로는 결코 간과할 수 없다. 식민지 조선의 좌파문학의 1세대인 그는 파스큘라를 창립했고 카프의 발기인이었으며 조선문예가협회의 핵심 구성원이었다. 그러나 그는 말년에 어용신문으로 일컬어지는 《매일신보》 편집국장을 지내면서 훼절의 길을 걷기도 했다. 이러한 그의 삶의 궤적은 일제 강점기에 식민지 지식인이 걸었던 한 길을 대표한다.

이익상은 1895년 2월 11일 전북 전주 대화정 24번지에서 이건한과 김성녀의 둘째 아들로 태어났다. 호적상의 이름은 이윤상李允相이며 성해星海 혹은 이성해李星海라는 필명을 사용했다. 그는 일본 유학 생활을 통해 사회주의 운동과 관계를 맺었다. 이익상이 일본 유학을 단행한 것은 1920년이었다. 그는 경성의 명문 보성중학교를 졸업하고(1914) 경성제일고등보통학교 교원양성소를 나와(1915) 교편을 잡은 지 5년여에 접어든 시기에 유학을 감행했다. 당시 이익상은 부인 신계정 씨와 두 딸의 생계를 책임져야 하는 가장의 신분이기도 했다.

왜 이익상은 스물여섯이라는 적지 않은 나이에 동경 유학을 감행했을까? 당시의 심경은, 그가 《매일신보》에 투고해 '선외選外 가작佳作'으로 뽑힌 〈낙오자 (1919)〉를 통해 유추해 볼 수 있다.

〈낙오자〉는 '진화'라는 인물이 도회 생활에 염증을 내고 전원으로 돌아가 농사일을 하게 되는 과정을 그린 짧은 소설이다. 이 소설에서 화자인 '진화'는 "위선자, 협잡배들이 가면을 쓰고 권력하에서 굽실굽실"하는 도시의 회사 생활을 견딜 수 없었다고 토로한다. 그러면서 "나는 생활을 근본적으로 고쳐야 한다, 국면을 타파하여야 한다"라고 되뇐다. 작중 화자의 말과 작가의 말을 동일한 것으로 파악할 수는 없다. 하지만 〈낙오자〉가 《매일신보》 1919년 7월 14일자에 발표되었다는 사실에 주목할 필요가 있다. 이 시기는 3·1운동의 여운이 채 가시지 않았던 때였다. 작품 〈낙오자〉를 통해 유추컨대, 그는 부안에서의 교원 생활에서 열패감을 느낀데다 3·1운동의 충격 때문에 일본 유학을 결심한 것으로 보인다. 그가 일본대학에서 문학부가 아닌 사회학과를 선택한 것도 의미심장하다. 어떤 식으로든 식민지 현실에 대한 사회과학적 해명이 그의 관심사였을 가능성이 있기 때문이다.

자신의 중학시절을 자전적으로 쓴 〈어린이의 예어〉는 이익상에게 동경이 어떤 의미로 자리잡고 있었는지를 살필 수 있도록 해준다. 소설 속 화자인 광필은 "자기와 같은 운명에 지배받는 사람이 많"은 곳이 동경이라고 되뇐다. 그래서 광필은 "좀더 넓고 문화가 열리고 최고의 학부가 많"은 곳에서 공부하고 싶다는 욕망을 숨김없이 드러낸다. 광필은 "일본에서 배우고 일본에서 얻은 것이 있는 이상에는 모든 제도와 사상의 귀추가 자연히 우리의 보고 들은 바 그것을 모방하게 되는 것은 어쩔 수 없는 사실"로 인정한다. 광필은 식민지 조선의 현실 극복을 위해서는

"모방과 추종"을 통해 "우리 민족에게 있는 바 모든 것이 향상"되어야 한다고 보았다(《어린이의 예어》). 유추컨대 이익상은 조선의 현실을 '과도기'로 파악한 듯하다. 이익상이 동경 유학시절에 유학생들의 조직인 '재일본 동경 유학생 학우회'와 '전주 서도회' 등에서 활동한 것이나, 방학 중에는 식민지 조선을 방문해 순회강연 활동을 지속했던 것도 '모방과 추종'을 통해 식민지 현실의 '극복'을 탐색한 것으로 볼 수 있다.

이익상은 1922년경 그가 다니던 일본대학에서 만난 야마구치山口誠子와 사랑에 빠진다. 이익상의 절친한 친구였던 유엽은 이 두 사람이 "학과 교실에서 우연히 이성동지異性同志를 발견한 것이 동기가 되어 이론전개를 해오던 끝에 기대 이상의 동감을 갖게 되고 그것이 다시 상사相思의 실마리로 풀리게 되어 드디어 서로 한시라도 떨어져서는 견딜 수 없게 된 사이"가 됐다고 회고했다. 일본대학 사회과를 졸업한 후 이익상은 일본에 남을 계획이었다. 표면상으로는 "공부나 좀더 하는 것이 낫겠다"라는 것이었지만, "선생의 소개장 같은 것을 가지고 신문사나 잡지사의 유력자를 찾아"가기도 했다. 이익상은 사랑하는 야마구치와의 관계를 청산하고, 귀국 후 부인 신계정 씨와 다시 생활하는 것을 두려워했던 것 같다. 하지만 식민지 지식인이 제국의 수도 동경에서 안정적인 직장을 얻는 것은 쉽지 않았다. 취업에 거듭 실패한 이익상은 야마구치와 함께 동경을 떠나 경성으로 오게 되었다. 당시 동경에서 유학하던 지식인들이 그러했듯, 그 또한 구舊여성인 부인을 버리고 신新여성과의 새생활을 시작한 것이다. 다만 그가 선택한 신여성이 조선인이 아니라 일본인이었다는 사실이 특이하다.

귀국 후 그는 문인들과 다양한 교우관계를 맺는 한편, 문단 조직에 직접 참여하는 등 신경향파 문학 운동의 핵심 멤버가 되었다. 1923년에는 박영희·안석주·김형원·김복진·김기진·연학년·이상화 등과 함께 청년운동 단체인 '파스큘라'를 조직했고, 1925년에는 《조선지광》을 중심으로 모였던 이기영·이상화·송영·이적효·한설야 등과 함께 '조선프롤레타리아예술동맹'(KAPF)을 결성했다. 이즈음 신경향파 문학으로 꼽히는 〈어촌〉(1925), 〈광란〉(1925), 〈쫓기어 가는 이들〉(1925), 〈위협의 채찍〉(1926) 등을 발표해 문단의 주목을 받기도 했다. 그러면서 그는 1924년에 《조선일보》 학예부 기자로 입사한 후 《동아일보》 학예부장을 거쳐 말년에는 《매일신보》 편집국장을 역임하는 등 언론인으로도 활동했다.

1927년경부터 이익상은 일상의 문제를 소재로 한 작품을 발표했다. 그 전환을 보여주는 대표작이 〈그믐날〉(1927)이다. 이 작품은 외상값에 마음 졸이는 소시민 가정의 하루를 그리고 있는데, 생활의 곤란이 야기하는 도시적 불안이 실감 있게 표현되어 있다. 〈그믐날〉에 그려진 생활고는 당시 이익상의 실제 경험이기도 했다. 이러한 경제적 곤란으로 인해 일본인 부인 야마구치가 이익상과 결별하고 아들 정晶을 데리고 조선을 떠나버리고 만다. 이즈음 이익상은 정신적 충격으로 인해 삶이 급격히 피폐해졌다고 한다. 작품세계 또한 사회적 관심이 현저히 줄어드는 경향을 보였다. 야마구치와의 결별 이후 발표된 소설은 '사소설적이면서도 소시민의 생활세계를 다룬 것'이 대부분이다. 〈대필연서〉(1927), 〈버릇〉(1929), 〈가상의 불량소녀〉(1929) 등이 이 시기의 대표작이다.

그가 카프문학과 실질적으로 결별한 시기는 1930년경이다. 이때 그는 편집국장 대리의 직함을 얻고 《매일신보》에 입사했다. 《매일신보》는 조선총독부의 지원으로 중앙 관공소 및 지방행정기구에 배포되던 어용신문이었다. 이익상은 《매일신보》 편집국장 대리로 가게 된 데는 박석윤朴錫胤의 영향이 컸다. 박석윤은 동경제국대학 법학과를 졸업하고 영국 케임브리지 대학에서 수학한 이력의 소유자다. 그런 박석윤이 1930년에 조선인으로서는 최초로 《매일신보》 부사장에 임명되었는데, 이때 이익상을 편집국장 대리로 영입한 것이었다. 《매일신보》 편집국장 재직시절에는 이익상은 작품 활동을 거의 하지 못했다. 단지 장편 〈그들은 어디로〉(1931~1932)만을 《매일신보》에 연재했을 뿐이다.

이익상은 《매일신보》 편집국장으로 재직중이던 1935년 4월 19일 자택인 연건동 270번지 자택에서 동맥경화증으로 세상을 떠났다. 당시 그의 나이는 41세였다. 이익상 사후 한 달여가 지난 1935년 5월 21일, 공교롭게도 임화와 김남천은 카프 해산계를 경기도 경찰부에 제출하면서 '프로문학 운동' 의 한 장이 마감되었다. 우연처럼 이익상은 카프 초창기에 가장 활동적인 맹원이었다가, 카프의 해산 즈음에 사망했다.

2. 신경향파 소설 : 불평등에 대한 비판적 인식

《개벽》 1924년 4월호에 발표된 이익상의 〈연의 서곡〉에는 K양과 S군의 인상적인 대화 장면이 나온다. 이 작품의 배경은 동경의 기숙사로 설정되어 있다. K양은 S군에게 "세상이 왜 이렇게 야속하고 불공평한가요?"라고 질문한다. 이에 S군은 "당신이나 나의 지금 형편은 그래도 행복"하다면서, "남의 것이 되었든지 제 것이 되었든지 먹고 입을 것"이 있고 "장래를 위하여 동경"에서 공부하고 있지 않느냐고 K양에게 반문한다. S군은 덧붙여 "아침도 못 먹고 배를 지금 집어 쥐인 사람이 어떻게 많은가"를 생각해 보라고 추궁하기까지 한다. S군이 말한 '아침도 못 먹고 굶는 사람' 은 식민지 조선에 있는 가난한 사람들이라고 볼 수 있다.

지식인의 윤리의식은 '가난한 사람들' 을 의식하면서 움트기 시작한다. 더군다나, 일제 강점기에 동경에서 유학하고 있던 유학생들의 윤리의식은 스스로를 '대리인' 으로 자각하는 것과 깊은 관련이 있다. 식민지 민중이 유학생들에게 의무감을 강요한 것은 아니다. 하지만 스스로 '구원의 의무' 를 지닌다고 인식하면 계몽주의적 열정에 빠져들게 된다. 제국에서 유학한 지식인들은 식민지 '민중' 을 의식할 때, '윤리적 책임감' 을 자각하게 된다. S군이 K양에게 요구한 것은 바로 '지식인의 윤리적 책임감'이었으리라.

〈연의 서곡〉은 그런 의미에서 1920년대 초중반에 이익상이 지니고 있던 시대의식을 반영한다. 이 작품에서 이익상은 S군의 입장을 빌려 '사회주의의 이론이나 그 실제의 행동'에 대해 직접적으로 언급한다. 그 핵심에는 '불평등한 세상'에 대한 비판적 사회인식이 자리하고 있다. 이익상은 계급적 불평등에 관한 관심에서 출발해 어촌과 농촌, 그리고 도시를 넘나들며 부조리한 현실을 서사화하려 했다. 그는 조선문학에서는 최초로 어촌을 배경으로 하는 소설을 창작했고(〈어촌〉), 지주와 소작농의 갈등을 담아낸 신경향파 계열의 소설을 발표했는가 하면(〈쫓기어 가는 이들〉, 〈위협의 채찍〉), 타락한 화자를 내세워 세상을 질타하기도 했다(〈광란〉, 〈망령의 난무〉).

〈어촌〉(1925)은 한국 근대 초기 소설 중 최초로 '어민의 삶'을 형상화한 작품이다. T어촌을 배경으로 점동이네 가족의 수난을 형상화한 이 소설은 자연주의적 민중소설이라고 일컬을 수 있다. 가장인 성팔이 십여 척의 어선과 함께 고기잡이 나갔다가 풍랑을 만나 행방불명되지만, 그의 처와 아들 점동이는 희망을 잃지 않고 그의 생환을 기다린다는 것이 소설의 중심 내용이다.

이 소설에는 출어를 나갔던 어민들이 "손과 손을 생선 엮듯 단단히 매"어져 오육 구의 시체로 발견되었다는 충격적인 장면이 나온다. 폭풍 속에서 절망한 어민들이 "생명이 떠난 시체로 마을에 돌아갈 것"을 각오하고 "뒷날 시체 찾는 사람의 수고를 덜기 위하여, 또는 한 배에서 최후의 운명을 같이하였다는 것을 표하기 위"하여 손과 손을 단단히 맨 것이다. 최후의 순간에 결연히 죽음을 받아들였을 어민들의 모습을 보여준 이 장면은 비장미를 자아낸다. 하지만 성팔은 그 시신들 속에도 없었다. 성팔의 처와 점동이는 한 가닥 희망을 부여잡고 '성팔의 밥그릇을 끼니 때마다 방 아랫목에 파묻어' 놓는다. 이 지방에서는 "밥 담은 식기의 뚜껑을 열 때에 그 뚜껑에서 물방울이 떨어지면 그 식기 임자는 아직도 살아 있는 것을 표"한다고 믿고 있기 때문이다. 소설은 아들 점동이가 "어머니! 이것 보아! 물이 떨어지네!"라고 부르짖으면서 끝난다. 죽음을 앞두고 서로의 손을 묶어야 했던 어민들의 상황에 비춰볼 때 성팔이 생존해 있을 가능성은 희박하다. 손을 묶고 발견된 시신들의 비극적 상황과 식기 뚜껑의 물방울은 서로 대립으로 긴장하며 강렬한 이미지를 생성한다.

〈어촌〉은 신경향파 소설의 영향하에서 씌어진 것이지만 계급의식이 직접적으로 드러나지는 않는다. 오히려 자연주의적 경향으로 인해 낭만적 분위기가 느껴지기도 하다. 이는 초기 이익상의 신경향파 소설이 민중의 삶을 비극적으로 형상화하면서도 계급의식보다는 자연주의적 태도에 기반해 창작되었음을 보여준다. 또한 지식인 작가가 민중의 삶에 접근할 때 민중에 대한 동일시보다는 대상화를 통해 민중의 삶을 형상화하려 했음을 보여준다. 신경향파의 대표 작가인 최서해의 소설과 이익상의 소설은 바로 이 부분에서 차이를 드러낸다. 최서해가 자신의 체험에 기반해 민중의 삶에 밀착해 들어갔다면, 이익상은 지식인으로서 민중의 삶을 관찰하거나 취재했다. 따라서 최서해는 민중과의 동일시가 가능했지만, 이익상은 좀처럼 민중을 관찰하는 태도에서 벗어나지 못했다.

이익상은 〈어촌〉 이후 농촌을 배경으로 〈쫓기어 가는 이들〉과 〈위협의 채찍〉을 발표했다. 〈위협의 채찍〉은 〈어촌〉과 대비되는 작품이다. 〈어촌〉은 자연의 힘이 어떻게 인간의 운명을 장악하는가를 보여준다면, 〈위협의 채찍〉은 농촌을 배경으로 일본인 지주와 조선인 소작인 사이의 계급갈등을 그렸다. 자연의 힘에 의해 지배받는 민중의 삶을 형상화하는 데서(〈어촌〉) 사회관계의 모순으로 억압받는 민중의 삶을 그리는 것으로(〈위협의 채찍〉) 전환이 이루어진 것이다.

〈위협의 채찍〉(1926)은 소작농인 김성삼이 생명이 위중한 아들을 집에 두고 '두어 섬 되는 소작료'를 내러 K농장으로만 가야만 하는 상황을 제시한다. 여기서 K농장은 "일인日人이 경영하는 농장"이라고 직접적으로 기술되고 있어 이채롭다. 1920년대 중반에 일인 지주는 "게딱지처럼 땅에 들러붙은 조선 가옥에 비하면 그 마을에서는 보기 좋은 왕궁이나 다름"없는 가옥에서 생활했다. 농민들에 대한 수탈도 가혹해서 기한 내에 소작료를 내지 않으면 소작권을 빼앗기까지 했다. 성삼은 '생활의 위협' 때문에 어쩔 수 없이 '노예계약'을 연장하기 위해 병든 아들을 남겨둔 채 K농장으로 향했다. 일종의 운명적 아이러니와 연결된 성삼의 선택은 갈수록 어려운 상황에 내몰린다. 성삼이 K농장에 도착하자 사무원은 막무가내로 모든 소작인들에게 '돌을 한 짐씩 지고 와야 소작료를 받아주겠다'고 선언한다. 성삼의 눈앞에는 '아들의 파리한 얼굴'이 어른거리지만 결국 오랜 시간을 들여 돌 한 짐을 져다 주고 난 다음에야 소작을 낼 수 있게 된다. 성삼이 집에 도착했을 때, 아들은 "백랍으로 지어 만들은 듯한 얼굴에 인형과 같이 움직이지 않는 눈을 반쯤 뜬 채 드러누웠는 시체"로 변해 있었다.

이 소설의 핵심어는 '생활의 위협'이다. 아들의 위중한 병보다 한 해의 소작 연장이 더 긴박한 현실일 수밖에 없는 비극적 현실이 소설적 긴장을 자아낸다. 무엇보다 이 소설은 일본인이 경영하는 K농장의 횡포를 직접적으로 드러내고 있다는 점에서 주목할 만하다. 계급적 인식에 기반한 '지주와 소작인'의 관계는 일방적이다. 지주의 불합리한 요구에 소작인은 제대로 된 저항을 해보지도 못한다. 계급적 인식의 초기 단계에는 적대계급의 부도덕한 행태를 적극적으로 폭로하려는 경향이 있다. 여기에는 사회적 모순의 책임이 지배계급에 있음을 밝히고, 농민들의 자발적 각성을 촉구하려는 의도성이 개입되어 있다. 이익상은 〈위협의 채찍〉에서 성삼이 놓인 상황을 비극적으로 제시한 뒤 그 비극성을 고조시키는 지주계급과 K농장 사무원의 부도덕한 행위를 비판하고 있는 것이다.

주목할 만한 작품은 〈쫓기어 가는 이들〉(1926)이다. 이 작품은 초창기 카프 문학을 대표하는 소설이다. 〈위협의 채찍〉에 비해 농촌 사회의 계급적 적대의식을 직접적으로 그리고 있지는 않지만 당대 현실에 대한 사실적 접근이 돋보인다. 득춘이라는 한 인물이 어떤 과정을 통해 피폐한 농촌 현실을 이해하게 되는가가 이 소설의 중심 서사이다.

원래 득춘은 황해안에 있는 D어촌에서 살았다. 그는 고향에서 똑똑한 사람으로 평가받던 인물이었다. 하지만 오히려 이 똑똑함 때문에 지주나 군·면청의 관리들과 갈등하게 된다. 그가 결혼한 지 두 해 만에 고향을 등지고 전북 평야의 C촌으로 이주한 것도 이러한 불화가 한 원인이었다.

득춘이 새롭게 이주한 C촌은 팔촌 형이 서울 귀족의 마름 노릇을 하고 있던 곳이었다. 삼 년 동안은 그럭저럭 팔촌 형 덕택으로 소작농 생활을 유지했지만, 팔촌 형이 마름 자리를 빼앗기게 되자 득춘은 또다시 곤란한 지경에 처하게 된다. 빚은 밀려 있는데 갑작스럽게 소작이 떨어지게 되어 득춘은 고민 끝에 아내와 함께 야반도주를 결심하게 된다.

　　많은 가난한 사람들은 도조도 치룰 수 없고 다른 얻어 쓴 빚도 갚을 수 없어 집을 지니고 살 수 없는 경우이면 그대로 농사진 것을 얼마 되든지 뭉뚱그려 가지고 다른 먼 지방으로 도망을 하든지 그렇지 않으면 집안 식구가 다 각기 흩어져 바가지를 들고 걸식을 하였다. 이것이 그들의 이 세상을 살아가는 계책의 하나였던 것이다. 그리하여 그들은 그와 같은 정처 없이 유랑 생활을 하는 것을 자기네의 운명처럼 여기던 것이다.

　　평일에는 득춘이 이러한 무리를 볼 때에 한 경멸輕蔑과 조소嘲笑로 대하였었다. 그러하던 득춘 자신이 이러한 일을 자기 스스로 실행하게 되었다. 이것을 생각하매 이러한 파멸에 갇힌 운명에 우는 자기 자신을 동정하는 동시에 평일에 업수이 여기는 눈초리로 그런 유랑 가족流浪家族을 대한 것이 도리어 부끄러운 생각이 난다. (성해, 〈쫓기어 가는 이들〉, 《개벽》 65호, 1926년 1월호, 44~45쪽)

득춘은 빚을 갚지 못해 먼 지방으로 도망치는 것이 '삶의 계책' 이 될 수밖에 없는 상황에 내몰린다. 1920년대 식민지 농촌에서 소작이 떨어진다는 것은 삶의 기반이 송두리째 해체되는 것을 의미했다. 농촌을 떠난 이주민들은 도시 빈민이 되거나, 화전민이 되면 그나마 다행이고, 심지어는 길거리의 걸인으로 나앉기까지 했다. 1920년대 중반 이후 유랑민들이 크게 증가하게 된 것은 조선총독부의 농업정책의 변화에 기인한다. 1910년대의 토지조사사업으로 인해 농민의 계층분화가 촉발되었고, 1920년대의 산미증산계획으로 인해 농민의 삶은 더욱 피폐해지게 된 것이다. 농민 경제적 곤란으로 인해 빈농들은 빚을 얻어 삶을 영위했으며, 빚을 갚지 못하는 경우 유민으로 떠돌아야만 했다. 득춘도 한 때는 개인의 무능으로 '농민들이 유랑 생활' 을 하는 것으로 생각했다. 하지만 자신이 빚을 갚을 방책이 없게 되자 상황인식을 다시 하게 된다. 사회의 구조적 모순이 농민들을 유랑 생활로 내몰고 있다는 사실을 깨닫게 된 것이다.

야반도주 후, 득춘 부부가 새 삶을 시작한 곳이 경부선과 호남선이 접속하는 T역(대전역)이었다. 그곳에서 술가게를 열게 된 득춘 부부는 술꾼들에게 심한 모욕을 받으면서도 '일년 동안만 견디어 보자' 라는 생각으로 하루하루를 버틴다. 득춘은 돈만 벌면 "고향에다 좋은 토지"를 장만하여, "충실한 머슴이나 두엇 부리"면서 아내와 함께 행복하게 살 공상에 젖곤 했다. 하지만 현실은 너무도 자주 꿈을 배반하고 만다. 득춘 부부의 경우도 마찬가지다. T역 근처에서 세력가 행세를 하는 '건너 동리 사는 부잣집 서방님' (지주의 아들)이 개입하면서 소설은 파국으로 치달는다.

득춘의 아내에게 계속 치근덕거리던 부잣집 서방님은 어느날 밤늦게 득춘의 가게에 찾아와 횡포를 부리고, 이를 참지 못한 득춘은 그를 "장작개비로 후려갈기"고 만다. 돌발적인 사건처럼 보이는 결말 부분에서 득춘의 말이 눈길을 끈다. 득춘은 "지금까지의 자기의 살아가려고 애쓰고 다른 사람에게 굴종한 것이 무엇보다도 부끄러웠다"고 외친다. 이는 개인적 안위에 매몰되어 '굴종의 삶'을 살았던 것에 대한 반성을 의미한다. 뿐만 아니라 부잣집 서방이라는 개인은 어느새 계급적 의미를 담은 "아! 그 부자놈! 나를 업신 여기는 부잣집 서방님이라는 놈!"이라고 지칭된다. 돌출적이기는 하지만 결말부에서 득춘은 계급의식을 표출하고 있는 것이다. 또한, 득춘은 새로운 삶을 살겠다고 다짐하는 듯 "이놈들 나는 처음으로 이 세상을 지내갈 방침을 정하였다. 내일 죽어도 좋다! 악은 악으로 갚을 터이다"라고 절규하게 된다. 득춘과 부잣집 서방님의 싸움은 개별적 사건처럼 보이지만, 득춘이 내뱉는 말로 인해 그것은 사회적 사건으로 확장된다.

흔히 신경향파 문학은 김기진이 〈붉은 쥐〉(1924. 11)를 창작한 이후 조명희가 〈낙동강〉(1927. 7)을 발표하기까지의 시기에 발표된 좌파 문학을 지칭한다. 이 시기에 이익상은 〈어촌〉, 〈위협의 채찍〉, 〈쫓기어 가는 이들〉을 발표해 신경향파 문학 시기를 대표하는 작가로 부상했다. 1910년 대까지만 해도 조선문단은 일본 유학파 지식인이 주도하는 낭만적 계몽주의가 주류를 형성했다. 〈무정〉(1917)의 경우에도 주요 인물인 형식과 선형이 교육자가 되는 것을 목표로 생물학과 수학을 전공하려 하고, 병욱과 영채도 '음악으로써 조선 사람을 구제'하겠다고 했다. 그러나 1910년대 계몽의식은 현실감을 결여하고 있었다. 즉, 서양학문에 대한 동경을 직접적으로 민중계몽·교육사업으로 연결시키고 있기에, 구체적 방법론으로써 서구학문의 수용이라는 문제의식이 부재했다.

1920년대 초기에 발표된 소설은 이러한 문제점을 부분적으로 극복했다. 근대문학 초기 소설 속 인물이 유학생·지식인·청춘남녀 등과 같은 계몽적 주체였다면, 현진건·나도향·전영택 등의 소설속 인물은 농민·도시빈민 등과 같은 민중이었다. 지식인이 바라보는 세계에서 민중이 처한 현실로 점차 시선이 이동하기 시작한 것이다. 드디어 1920년대 중반에 이르면, 일본에서 직접적으로 사회주의의 세례를 받은 작가들이 '스스로 민중되기'를 시도한다. 이익상의 경우도 현실에 대한 비판적 인식에서 출발해 '계급적 불평등' 문제로 접근해 갔다. 불평등의 구조적 형상화까지는 못미쳤지만, 그의 초기 소설은 '민중 삶의 피폐화'를 포착하고 있다. 이익상이 그려내는 부정적 현실은 자연의 압도적 힘에 속수무책인 어민의 삶, 지주와 소작농 사이에 발생하는 구조적 갈등 등과 연관해 이해할 수 있다.

　그간 신경향파 문학은 박영희의 경향과 최서해의 경향으로 구분해 이해하는 것이 일반적이었다. 하지만 이익상 소설이 이 시기에 이룩한 성취 또한 결코 간과할 수 없다. 〈어촌〉, 〈위협의 채찍〉, 〈쫓기어 가는 이들〉 등은 민중의 삶에 다가서려는 지식인의 노력을 담고 있다. 이들 소설이 어민·소작농·유랑민을 대상화해 접근하려 한 데서 일정한 한계를 지닌 것은 사실이다. 실제로 소설 속에는 작가와 민중 사이의 심적 거리가 자리하고 있다. 하지만 작가가 민중의 현실을 자신이 본 그대로 그리려 하는데서 출발해(《어촌》), 계급적 갈등으로 형상화하려는 시도로 이어지고 있으며(《위협의 채찍》), 유랑민이 발생할 수밖에 없는 사회구조적 모순에 대한 탐구(《쫓기어 가는 이들》)로 나아간 것은 인식의 진전이었다. 이익상 초기 소설이 신경향파 소설로서 갖는 의미도 바로 여기에 있다. 이익상 소설은 초기 지식인이 민중을 어떤 방식으로 접근했는가를 탐구할 수 있는 적절한 사례인 것이다.

　이후, 이익상은 신경향파 소설을 창작한 이후 급격히 '생활의 세계'

로 침잠해 들어가는 양상을 보였다. 그것은 정체성 바꾸기에 실패한 지식인이 그의 좌절감을 우회적으로 표현한 것이고, '생활의 논리'로 도피한 것이기도 하다. 바로 이 전환의 지점에서 갈등하고 있는 모습을 보여준 소설이 〈흙의 세례〉와 〈그믐날〉이다.

3. 생활의 위협 : 도시적 일상과 소시민적 번민

〈흙의 세례〉는 귀농소설, 혹은 농민소설의 초기 형태를 보여주는 의미있는 작품이다. 일반적으로 1920년대의 대표적인 농민소설은 방인근의 〈마지막 편지〉(《조선문단》 1925. 8)이나 고성의 〈계몽운동자〉(《조선농민》 1926. 11)를 꼽곤 한다. 〈흙의 세례〉는 이들 작품보다 먼저 발표되었다. 다만 〈마지막 편지〉나 〈계몽운동자〉가 농촌계몽이라는 분명한 목적의식을 보여준다면, 〈흙의 세례〉는 현실에서 좌절한 지식인의 내적 갈등을 표현한 심리 소설에 가깝다.

이 소설의 주인공은 명호다. 그는 한 때 신경증을 앓은 적이 있으며, 지금은 아내 혜정과 함께 농촌으로 이사와 새로운 생활을 시작하려 한다. 소설 속에서 귀농 전에 명호가 어떤 일을 했는지 분명히 제시되어 있지 않다. 그는 "비열한 생활수단을 위하여 사회적으로 성공자가 되는 것보다 차라리 자기 양심을 속이지 않고 진실한 내면의 요구에 응하기 위해서는 사회적으로 실패자가 됨을 도리어 기뻐한다"는 태도를 보인다. 그가 귀농 전에는 현실과 영합하지 않으려 노력했고, 귀농을 패배자 의식과 연결시키고 있음을 위의 인용문을 통해 알 수 있다. 그에게 귀농은 적극적인 실천이 아니라, 현실 도피에 가까운 의미를 지니고 있었던 것이다. 이는 명호가 농촌에서 마을 사람들과는 "서로 친하게 상종"하지 않고 오직 '칠봉 아범'하고만 가깝게 지낸 것에도 분명히 드러난다.

명호의 귀농은 '계몽'보다는 '고립'에 가까운 것이었다. 이러한 명호의 상태는 방인근의 〈마지막 편지〉에서 '나'가 농민들과 함께 생활하면

서 교육계몽사업을 하겠다고 피력한 것이나, 고성의 〈계몽운동자〉에서
상묵이 협동농장을 만들고 강습회를 조직하는 것과 대비된다. 명호의
심적 균열과 귀농에 대한 불명확한 태도는 작품 속에서도 그대로 드러
난다.

　자신의 이 사회에 대한 조금 많은 불평! 또는 여러 사람 가운데에 뜻을 얻지
못하였다는 실망 그것만으로 온 세상에 대한 자기의 인생관이 변하여 이러한
농촌을 찾게 된 것은 냉정한 생각이 그를 에워쌀 때에는 그러한 소극적인 행
위를 그의 양심은 부인하였다. 그리고 또는 자신으로 …… 어떠한 개념 생활
에 열중하였든 그로서 한편 호주머니에 폭탄을 넣고 다니는 '테러리스트' 가
되지 못한 것은 큰 유감이었다. 그의 천연의 유나<ruby>柔懦<rt>유나</rt></ruby>한 성격이 그것을 허락치
아니하였다. 그는 항상 혼돈한 사회에서 몹시 자극받을 때에는 어떠한 '테러
리스트' 가 되든지 그렇지 않으면 극단이라 할만한 은둔적 생활을 하는 것이
자신의 배태胚胎한 생명력을 신장시킴이라 하였다. (이익상, 〈흙의 세례〉, 문예
운동출판사, 1926, 12~13쪽)

　명호는 혁명가, 혹은 테러리스트로서 사는 것이 자신에게는 맞지 않다
고 이야기한다. 그는 "'테' 냐 '퇴退' 냐 하는 갈림길에서 '퇴退' 를 취했
다"고 했다. 소설 속에서 명호는 '테러리스트' 와 '은둔적 생활' 을 대립
적으로 진술하고 있다. 위의 인용문에서도 확인할 수 있듯이 명호는 세
상 속에 스며들지 않으면서도 자신의 존재가치를 보존하려고 '은둔적
생활' 을 택했다. 그렇기 때문에 〈흙의 세례〉 속의 명호는 계몽적 지식인
이 아니라 상처받은 지식인이라고 할 수 있다. 그는 자신의 내면적 갈등
을 확인하거나 치유하기에 급급해 농민의 삶을 바라볼 여유가 없다. 내
적으로 상처를 갈무리하고 있는 지식인 귀농자에게 피폐한 농촌의 현실
과 이로 인한 농민의 곤궁한 생활상이 비집고 들어올 여지가 없었던 것

이다.

그렇다고 소설 속 주인공의 내적 갈등이 없는 것은 아니다. 명호는 자신이 밭을 갈고 농사일을 하는 것이 과연 온당한가에 대해 회의한다. 그는 "다른 사람의 생존을 위하여 일하는 직업"을 유희나 위안거리로 삼는 것은 온당하지 못하다는 사실을 알고 있다. 명호가 '밭을 갈겠다'고 이야기한 지 일주일이 지나도록 밭으로 나가지 못한 이유가 여기에 있다. 그는 스스로의 생각을 정리하지 못한 상태에서 밭갈이에 나가는 것은 "오히려 다른 사람의 직업을 모독함"이라고 보았다.

오랜 갈등 끝에 명호는 밭에 나가 일을 하게 되고, '평소에 동경해 오던 생활의 세례, 흙의 세례를 오늘에야 처음 받았다'고 환호하게 된다. 이는 노동 속에서 삶의 '경건함'을 체득한 것이라고도 볼 수 있다. 고단한 노동은 이들 부부에게 육체적 피곤를 안겨주지만, 노동의 원초적 욕망을 자극해 나름의 충족감을 선물한다.

결론에서 명호와 혜정은 하루의 고된 노동을 끝내고 사랑방에서 "서울서 온 신문"을 보며 담소를 나누게 된다. S신문 가정란家庭欄에는 평소 알고 지냈던 정숙이 "사회에 명망 있는 여류작가가 되었"다는 기사가 실려 있었나. ㄱ 기사를 보면서 혜정은 "우리가 이대로 여기에서 늙어죽을 때까지 아무도 알 사람이 없겠지요"라고 한탄하게 되고, 명호 또한 "자기 명망이라는 것을 무엇보다도 좀더 날려보자는 본능이 대단히 굳센 것"을 스스로 짐작하게 된다. 그러면서 명호 부부는 "정신이나 육신에 한가지로 피로"를 느끼게 된다. 명호 부부가 도시의 정신적 피로감을 못이겨 귀농을 결심했다면, 농촌의 현실은 '정신적 피로 뿐만 아니라 육신의 피로'까지 감내해야 하는 것이다. 또한, 명망을 얻고자 하는 욕망을 떨치지 못한 명호 부부에게 농촌생활은 '견디기 힘든 고적'을 안겨준다. 이익상은 〈흙의 세례〉를 통해 '낭만적 귀농'의 한계를 소설 속에서 냉정히 보여주고 있다.

〈흙의 세례〉는 지식인의 귀농이 농촌현실과 충돌했을 때, 어떤 갈등이 일어날 수 있는가를 예시하는 소설로도 읽을 수 있다. 사회적 맥락 속에서 읽을 경우, 〈흙의 세례〉에 나타난 내면적 갈등은 시대상황을 반영한다. 1920년대 중반은 식민지 조선에서 귀농운동이 시작되던 시기였다. 윤기정은 효봉산인이라는 필명으로 《조선일보》 1924년 12월 8일자에 〈신흥문단과 농촌문예〉라는 글을 발표했다. 이 글에서 윤기정은 "농촌으로 돌아가라"고 외치면서, '조선의 프로문사들이 귀농에 앞장서야 한다'고 주장한 바 있다. 또한, 기독교청년회(YMCA)도 1925년 청년부를 설치하고 농촌계몽운동에 적극 나서기 시작했다. 역사적으로 볼 때, 지식인·학생의 귀농운동이 대중적으로 전개된 것은 《동아일보》가 1931년 여름방학부터 '브나로드 운동'을 전개하면서부터였다. 하지만 이미 1925년경에 '민중 속으로'가 제기되어 〈마지막 편지〉, 〈계몽운동자〉 같은 '농촌소설'이 창작되었다. 이러한 시대적 분위기 속에서 이익상은 '부안에서 교사생활'을 했던 경험을 반추하며 〈흙의 세례〉가 창작한 것으로 보인다. 하루의 노동만으로 "팔다리가 뻣뻣"해지고 "굴신할 수도 없이 아파"오는 실재 현실을 제시함으로써, 낭만적 농촌계몽운동이 부딪힐 수 있는 난관을 적나라하게 제시하고 있는 것이다. 그렇다고 〈흙의 세례〉가 풍자소설은 아니다. 이 소설은 명호라는 화자와 작가가 밀착되어 있어 오히려 작가의 체험이 반영된 내면 소설처럼 읽힌다.

이익상은 첫 소설집 〈흙의 세례〉(1926)를 묶어낼 때, 단편 〈흙의 세례〉를 표제작으로 삼았다. 이 작품은 1920년대 중반의 신경향파 소설로 꼽히지는 않는다. 그런데도 이익상이 이 작품을 자신의 대표작으로 선정한 이유는 무엇일까? 〈흙의 세례〉는 '테러리스트냐 은둔이냐' 사이에서 갈등하는 주체의 내면세계를 보여준다. 물론 과도한 이분법적 세계관이 직설적으로 제시되어 새로운 전망을 제시하지 못하고 있다. 뿐만 아니라, 지식인의 낭만적 귀농이 봉착할 수밖에 없는 현실적인 문제를 보여

주고 있어 신경향파 소설과 충돌한다. 그런데도 이익상은 굳이 〈흙의 세례〉를 표제작으로 선택했다. 이 작품이 이익상에게 소중하게 여겨진 이유는 1920년대 중반 즈음 작가의 세계관이 〈흙의 세례〉에 투영되었기 때문이다. 이익상은 명호의 시선을 통해 현실에 대한 자신의 입장을 표명하고, 생활의 논리로 인해 곤란한 지경에 처해 있는 자신을 드러낸 것으로 보인다.

그는 〈흙의 세례〉를 발표한 이후부터 일상생활을 소재로 하는 작품을 다수 발표한다. 작품의 소재도 민중의 삶 속에서 취하는 것이 아니라, 도시적 소시민의 일상생활에서 선택하는 양상을 보였다. 이 경향을 대표하는 작품이 바로 〈그믐날〉이다.

〈그믐날〉(1927)은 경성의 풍경을 풍부하게 그려내고 있는 도시소설이다. 이 작품은 신변잡기적 소설로 간주되어 연구자들이 평가절하한 텍스트이기도 하다. 그런데도 필자가 〈그믐날〉을 주목하는 이유는 이 작품이 1920년대 소비자본주의에 훈육되어가는 식민지 소시민적 주체를 예리하게 포착하고 있기 때문이다.

소설 속 주인공인 성호는 근무하던 신문사에서 두 달째 월급이 나오시 않자 곤란한 상황에 처하게 된다. 그간 그의 가족은 '그믐날에는 모든 외상을 갚겠다' 고 약속하고는 방세 등을 모두 미뤄왔다. 그런데 그믐 전날에도 월급이 나오지 않자, 그의 가족은 모두 집을 비우고 피신해야 하는 처지에 몰리고 만다. 외상값을 받으러 올 '상인들을 만나면 어떻게 할까' 하는 두려움과 '창피를 당' 할 수도 있다는 불안감이 성호네 가족의 일상을 뒤흔든다.

〈그믐날〉은 근대사회의 중요한 특징인 '불안의식' 을 곳곳에 드러내고 있다. 월급쟁이의 반복되는 일상과 상대적인 궁핍은 소시민들의 삶을 드러내기에 적절한 장치이다. 성호 가족은 월급이 나오기 전까지는 전전긍긍하지만, 막상 밀린 월급이 나오자 소비생활에 온몸을 내맡겨 버린다. 본정통本町通에서 과자·잡지·장난감 등을 사고, S백화점에 들러서는 실용품·넥타이·양말 등을 구매한다. 게다가 당시 식민지 일반 민중이라면 들락거리기를 주저했을 법한, 일본인 빙수 가게로 들어가 아이스크림을 사먹기도 한다. 소비생활은 여기서 끝나지 않고, 황금정의 'C 레스토랑'에서 양식을 먹는 데까지 이어진다.

이러한 성호 가족의 행태를 통해 식민지 근대 초기에 소비생활이 어떻게 소시민의식을 강화하게 되는가를 파악할 수 있다. 상품 소비는 동경과 만족 사이에서 불충분한 성취를 통해 지속된다. 상품 소비가 만족적으로 해소되면 소비는 지속되지 못한다. 생명이 활동적 소모를 통해 유지되듯, 자본주의의 상품 소비도 욕망의 지연을 통해 지속되도록 시스템화되어 있다. 그 시스템은 동경과 만족 사이의 긴장에 의해 작동된다. 성호 가족이 외상값에 쫓길 때는 '불안감'의 지배를 받지만, 막상 밀린 월급을 받게 되면 '소비를 통한 충족'으로 바로 치닫게 된다. 이러한 신경증적 태도는 지연된 욕망에 대한 보상심리와 관련이 있다.

일제 강점기에 식민지적 일상이 지속되는 패턴도 비슷한 맥락에서 파악할 수 있다. 본정통·S백화점·C레스토랑 등에서 이뤄지는 소비행위는 욕망의 충족이면서 지연이다. 경성의 소비 상품은 일본을 통해 유입된 근대적인 것이고, 그 욕망의 대상에 가닿기 위해서는 자본을 필요로 한다. 하지만 식민지 경성에는 충분한 자본이 없기에 그것은 식민지적 불안이며, 제국의 질서를 정당화하는 일상의 작동기제이기도 하다. 노동을 통해 일상을 마모시키고서야 획득할 수 있는 자본은 부족하게 공급됨으로써 '욕망을 유예'한다. 이렇게 반복되는 일상은 식민지 자본주의 상품 소비의 특이성으로 이어지고, 종국에는 주체를 근대적 소비주체로 훈육한다. 그래서 일상은 점진적으로 의식을 지배하는 이데올로기적 효과를 낳는다.

여기서 문제삼을 수 있는 것은 소설 속에 표현된 작가의 의식변화이다. 〈연의 서곡〉에서 작가는 S의 입장을 빌려 "남의 것이 되었든지 제 것이 되었든지 먹고 입을 것"이 있을 뿐만 아니라 "장래를 위하여 동경"에서 공부하고 있다는 것을 강조했다. S는 "아침도 못 먹고 배를 지금 집어쥐인 사람이 어떻게 많은가"를 말하면서 윤리적 책임의식을 〈연의 서곡〉에서 드러낸 바 있다. 그런데 〈그믐날〉에 와서도 "이도 못해서 굶어죽는 사람도 많으니까 우리는 무던한 폭이라고, 배속을 좀 편하게 먹는 수밖에 별도리 없"다라고 말한다. '아침도 못 먹고 배를 집어쥐인 사람'들의 존재가 자신의 윤리적 책임과 긴장하는 상황에서는 그들이 대상화될 수 없다. 배고픈 민중이 '나의 윤리적 자장 안에 있느냐, 아니면 나와 무관하냐'는 윤리적 자질을 가르는 중요한 변별점이 된다. 그런데 〈그믐날〉에 이르러서는 '굶어죽은 사람'이 '나(가족)를 위안하는 대상'으로 규정되고 있다. 타자의 존재가 나의 삶과 관계를 맺고 있는 '내 안의 타자'일 때, 그들은 불편한 존재일지언정 주체를 윤리적으로 긴장하게 한다. 하지만 타자의 존재가 나의 삶을 위로하는 수단이 된다면, 그 때 주체는 자신의 우월적 지위를 '타자'에게 시위하고 있을 뿐이다. 〈그믐날〉의 주요 인물인 성호는 더 이상 '타자에 대한 윤리적 자의식'을 표현하고 있지 못하다. 이는 식민지적 일상에 포획된 주체의 형상이기도 하다.

〈그믐날〉이 발표된 시기는 이익상의 생활이 급격히 변화할 즈음이었다. 1927년 경에 일본인 부인 야마구치가 생활고를 견디지 못해, 아들 정晶을 데리고 경성을 떠나 버렸다. 작가로서 생활고를 해결하는 것은 이즈음 이익상의 최대 관심사였던 것으로 보인다. 이 때문에 이익상은 '조선문예가협회'를 주도적으로 조직해 문인들의 생활문제에 직접적으로 개입하기도 했다. '조선문예가협회'는 문인들의 원고료 문제 해결을 위해 1927년 1월 7일 조직된 단체다. 이 단체는 1) 원고료 최저액 상정 2) 단행본인세 3) 판권에 관한 건 등의 문제 해결을 위해 활동했다. '조선문예가협회'는 실제로 이기영 등이 잡지사로부터 받지 못한 원고료를 받아내기도 했다.

이익상은 '조선문예가협회'의 일을 보게 되면서 사상운동에서 문인 조합운동으로 활동방식을 전환하는 양상을 보인다. 더불어 《동아일보》 학예부장으로 자리를 옮기면서 외형적인 생활의 안정도 이루었다. 이 때, 그는 전주에 기거하던 부인 신계정 씨와 딸들을 경성으로 불러들여 새로운 가족생활을 시작했다. 하지만 그와 동시에 그의 작품의 성향은 급격히 보수적으로 선회하는 양상을 보인다. 이러한 태도 변화는 〈대필연서〉와 〈가상의 불량소녀〉에서 확인할 수 있다. 이 두 소설은 모두 풍속소설의 형식을 취하고 있다.

〈대필연서〉(1927)의 화자인 준경은 신문사에서 편집업무를 4년여 동안 해 왔다. 그는 반복되는 일상으로 인해 모든 일이 "냉정화/직업화"되고 있음을 느끼게 된다. "오, 님이여 나의 가슴은 타나이다"라고 읊는 사랑의 노래나, "무산 대중아, 너희는 눈을 뜨라"라고 외치는 계급문학 모두 별 감흥없이 바라보게 된다. 사랑의 노래는 성욕性慾에 대한 표현으로, 계급문학은 식욕食慾에 대한 표현으로 읽혀 둘 다 "모멸侮蔑에 가까운 심리"로 대할 뿐이다. 그런 준경에게 "옥색 '레터-페이퍼'에 구슬을 꿰인 듯 곱게 쓴 편지"로 한 여인이 유혹의 손길을 뻗어온다. 마모된 일상에 침범해 온 연애 감정은 준경의 생활에 돌연 활력을 준다. 그러면서도 "편지를 주고 받는 것이 까딱하면 헤어나오지 못할 구멍에 들어가는 첫길이 될 위험"이 있다고 생각해 신중한 태도를 취한다.

준경에게 육박해 오듯 적극적 공세를 취하는 여성은 이현정이라는 신여성이었다. 그녀는 "경성에서 굴지하는 '하이카라' 제조소"인 R여학교 출신이다. 끊임없이 보내오는 편지는 유창하면서 지적 분위기가 물씬 풍기는데, 직접 만나서 대화해 보면 좀처럼 의사표현에 서툴다. 그래서 준경은 이현정이라는 여성에 대해 어떤 의구심을 품게 된다. 소설의 결말 부분은 이현정의 애인과 준경의 대화로 채워진다. 이현정의 애인은 준경을 찾아와 편지는 자신이 대필한 것이라고 밝히면서, 젊은 세대의 사랑론을 설파한다. 청년은 사랑이 '자유의사'에 근거한 것이라고 주장한다. 청년은 사랑하는 사이라면 "한편에서 사랑의 대상을 다른 곳에서 또다시 발견할 때에는 그대로 나가도록 축복"해야 한다는 입장을 보인다. 그것은 "세속에서 말하는 인정이나 의리를 위하여 모호한 태도로 받거나 거절하거나 하지는 않"는 것이기도 하다. 이러한 사랑법에 대해 준경은 "보는 세계가 하도 엄청나게 달"라져 있음을 실감한다. 그러면서 "내가 뒤떨어졌나"라고 한탄한다. 이것은 연애 및 사랑에 대한 회의적 태도와 맞닿아 있다.

이익상은 〈대필연서〉에서 그 자신이 야마구치와의 이별을 경험한 후, 근대적 연애에 기반한 사랑과 이별에 대한 태도가 변했음을 드러낸다. 이러한 회의적 태도는 세대간의 갈등을 내장하는 것이고, 이제는 안정적 삶에 접어든 자신의 불안의식이 간접적으로 표현된 것이기도 하다. 소설 속 화자인 준경은 자신을 유혹했던 이현정이 '순결한 하이칼라 여성'이 아니라, '별로 고등한 교양도 없고 다만 외화와 허영에서 헤매는 여자'라는 사실에 충격을 받는다. 이것은 연애의 대상이 된 여성이 자신의 안정성을 위협할 수 있는 '악녀'의 이미지로 표현되고 있음을 보여준다. 이 지점에서 일상을 파괴하지 않는 상태에서 편안하게 이뤄지는 부르주아지의 연애를 꿈꿨던 준경의 희망은 여지없이 무너지고 만다. 이익상 후기 소설에 나타나는 '부르주아적 연애'에 대한 동경은 〈가상의 불량소녀〉에서 더 구체적으로 확인할 수 있다.

〈가상의 불량소녀〉(1929)는 성적으로 방탕한 듯한 여성을 내세워 '부르주아 남성의 욕망'을 좀더 극단적으로 드러낸다. 병주는 창경원 문안에서 야앵夜櫻(밤 벚꽃놀이)을 하다 우연히 순영을 만나게 된다. 그녀는 일주일 동안 하룻밤도 빠지지 않고 창경원에 나오는데, 매번 다른 남성과 함께였다. 한때, "여성 예술가로 장래가 믿음직"했던 순영을 병주는 이전부터 알고 있었다. 하지만 "어떤 색마 재산가의 애첩"이 되었다는 소식 이후에 보지 못하다 창경원 야앵에서 우연히 만나게 된 것이다. 야앵의 마지막날 순영은 "오늘 밤에는 선생님이 계시지 않아요?"라면서 병주를 유혹한다. 이른바 타락한 삶을 사는 순영은 병주에게 "저 같은 사람에게 는 과거도 없고 미래도 없고 현재가 있을 뿐"이라고 주장한다. 순영의 사랑법은 "(사랑하는 사람)의 마음이 장차 어떻게 변할까 미리 겁을 집 어먹고 그 사람의 마음을 시험하려다가 현재의 기쁨조차 잃어버리고 마 는 그러한 어리석은 짓을 하지는 않"는다는 것이다. 병주는 며칠 동안 순영과 사귀면서도, "현재가 기쁠수록 장래가 두려"워지는 경험을 한다. 그 의식의 기저에는 "두려움과 기쁨의 타력他力에 그는 끌려가는 것" 같 은 불안감이 자리하고 있었던 것이다.

〈대필연서〉와 〈가상의 불량소녀〉에는 이른바 '타락한 여성'이 등장한 다. 문제는 이들 여성이 남성 주인공에게 위협적인 존재로 형상화된다 는 점이다. 그의 초기 소설인 〈번뇌의 밤〉과 〈연의 서곡〉에 등장하는 여 성은 '타락이나 악녀'의 이미지는 아니었다. 그런데 〈대필연서〉의 이현 정과 〈가상의 불량소녀〉의 순영은 이익상이 인식하는 부정적 세계가 투 영된 팜므 파탈(femme fatale)의 이미지를 간직하고 있다. 이 여성들은 성 적 욕망이든, 근대적 소비 욕망이든 간에 자신의 욕망을 적극적으로 표 현한다. 또 그것을 바라보는 남성 화자는 어느 정도는 경멸적 시선을 간 직하고 있다. 바로 이 부분에서 1920년대 후반 이익상의 의식세계를 유 추할 수 있다. 그는 세계를 타락한 것으로 바라보지만, 그것을 어쩔 수 없이 수락해야 하는 현실로 인정한다. 더불어 '타락한 세계'에 대해 책 임을 전가할 대상으로 세계의 안정적 질서를 위협하는 '타락한 여성'을 제시한다. 이러한 제유적 수법은 변화된 정체성을 정당화하기 위한 자 기 기만으로 이해할 수 있다. 앞으로의 세계가 지금과 같기를 바라는 보 수적인 작가는 '희생양'을 내세워 자신을 정당화하려는 경향이 있다. 이익상의 후기 소설에 등장하는 남성은 보수적 태도로 안정적인 지위를 유지하면서 '성적 욕망'을 충족하려 한다. 이들 소설에 나타나는 남성들의 보수적 성향은 사회현실에 대한 관심의 후퇴로 이어지고 있으며, 일상의 자극에 마모된 무감각한 정신을 노골적으로 드러낸다.

〈대필연서〉와 〈가상의 불량소녀〉에 나타나듯, 소설 속 남성이 원하는 삶의 활력은 위태롭지 않으면서도 자극적인 '연애'이다. 하지만 연애의 상대자들은 '허영에 들떠 있'거나 타락해 있다. 혹은 이들 여성은 부르주아 문화의 상징인 "과거도 없고 미래도 없고 현재"만 있는 즉자적 존재로 자신의 정체성을 위협적으로 드러낸다. 이익상은 〈대필연서〉와 〈가상의 불량소녀〉에 이르러 부르주아 일상문화의 파괴성을 내면화하고 있음을 보여준다. 그런 의미에서 그가 말년에 《매일신보》 편집국장 대리를 받아들인 것은 그의 훼절에 따른 수순이었을 뿐이다. 그는 이미 1929년 즈음에 카프 문학과 결별하고 있었으며, 생활의 논리를 앞세워 식민지적 일상을 수락하고 있었던 것이다.

4. 일상생활과 윤리적 책임 : 식민지적 일상이라는 굴레

이익상은 식민성과 근대성이 만나는 지점에서 갈등했던 작가였다. 그는 26세의 늦은 나이에 동경 유학을 떠난 후, 식민지 시대의 근대문학 형성에 공헌했다. 그가 초기에 보여준 급진적 태도는 자신의 삶을 질곡으로 내몰던 전근대적인 것과의 투쟁 과정에서 형성된 것이었다. 하지만 그의 후기 소설은 자기 밖의 타자를 끌어안아 형상화하는 데에 실패하고 말았다. 그가 식민지 지식인이 안고 있는 굴레에 매이고 만 것은 아쉬운 부분이다. 하지만 이익상이 1920년대 식민지 조선문단에 미친 영향력은 결코 간과할 수 없다. 그의 삶과 소설 세계가 갖고 있는 문학사적 가치는 다음 몇가지로 정리할 수 있다.

첫째, 이익상은 초기 식민지 조선 문단 조직에 적극적으로 참여한 조직 활동가였다. 그는 한 때 《폐허》 동인이었고, 청년운동단체인 '파스큘라' 결성을 주도하기도 했다. 뿐만 아니라 카프 발기인으로 참여해 좌파 문단 조직의 형성에 중요한 기여를 했다. 1920년대를 대표하는 이들 조직들은 문학을 통한 실천적 사회운동에 관심을 갖고 있었다. 이들 조직에 관계했던 작가들은 '식민지 지배체제 하의 민중'을 문학 속에서 적극적으로 형상화했다. 문학과 실천을 결합하려 했던 문단 조직의 구성원으로서 이익상은 식민지 조선문학조직의 활성화에 기여했다. 문학사에서 중요하게 취급되지는 않았지만, 이익상은 또한 '조선문필가협회'라는 조직의 창립을 주도해 간사로 활동한 바 있다. '조선문필가협회'는 최초의 문인권익보호 단체였다. 이 조직은 문인의 원고료 책정, 단행본 인세 조정 등에 개입함으로써 문인의 빈곤을 해결하려했던 조합조직이었다. 이와 같이 그는 1920년대 주요한 문학단체의 창립멤버 혹은 발기인으로서 식민지 조선문학의 조직적 활력을 주도했다.

둘째, 이익상의 초기 소설은 신경향파 문학을 풍부화하는데 기여했다. 그는 한국 근대문학에서는 최초로 어민들의 삶을 다룬 〈어촌〉을 발표해 문단을 주목을 받았고, 〈쫓기어 가는 이들〉과 〈위협의 채찍〉을 통해 계급의식의 심화과정을 보여주었다. 그간 신경향파 문학은 최서해적 경향과 박영희적 경향으로만 변별되어 왔다. 여기에 더해 이익상 소설의 변별적 자질 또한 주목할 필요가 있다. 그는 지식인 작가의 정체성을 간직한 채, '민중의 생활상'에 접근하려 노력했다. 그는 〈어촌〉에서 민중의 현실을 자신이 포착한 그대로 그리려 노력했고, 〈위협의 채찍〉에서는 계급적 갈등으로 형상화하려는 했으며, 〈쫓기어 가는 이들〉에 이르러서는 식민지 농촌에서 유랑민이 발생할 수밖에 없는 식민지의 사회구조적 모순을 폭로했다. 이러한 이익상의 변화 과정은 신경향파 소설이 '계급문학 초기단계'에서 나타나는 인식의 심화 과정을 적절히 예시해 준다는데 의미가 있다.

셋째, 이익상의 소설은 1920년대 식민지 조선의 도시적 일상을 적절히 포착했다. 〈그믐날〉을 포함한 그의 후기 작품은 신변잡기를 소설화한 작품으로 폄하되어 왔다. 이익상은 1927년 이후부터 삶의 안정을 추구하면서 부르주아적 주체로 변화했다. 그의 소설이 문학사에서 제대로 된 가치 평가를 받지 못하고 있는 이유도 일상의 지루한 사건들을 그리고 있기 때문이었다. 하지만 그가 작품 속에서 포착한 식민지 일상성을 적극적으로 재해석할 필요가 있다. 〈그믐날〉이나 〈대필연서〉, 그리고 〈가상의 불량소녀〉는 식민지 현실에서 '일상의 반복과 일상 탈피의 욕망'이 어떻게 주체를 훈육하는가를 보여준다. 그의 후기 소설들에는 생활의 안정을 유지한 채 안온한 일탈을 꿈꾸는 부르주아적 주체가 등장한다. 이러한 부르주아 주체들은 끊임없이 자신의 일상을 파괴하면서 일상의 지루함을 견디려 한다. 이것은 또한 '자본주의 현대성'이기도 하다. 이익상의 후기 소설은 부르주아의 불안의식과 세계관을 '식민지 일상성'과 연관해 해석할 수 있는 여지를 제공하고 있기에 의미가 있다.

전근대사회와는 변별되는 근대적 일상은 미시적 생활세계에서 삶의 리듬을 바꿈으로써 생활양식 자체를 바꿔 버린다. 그렇다고 보편적인 근대성이 압도적으로 주체를 훈육하는 것은 아니다. 특정한 역사적 상황에 따라 형성된 복수의 근대성이 각각 상이한 형태로 주체를 훈육한다. 일제 강점기의 식민지 일상성도 비슷한 맥락에서 이해할 수 있을 것이다.

이익상의 초기 소설은 신경향파 문학의 한 전범이었다. 하지만 그의 후기 소설은 식민지적 일상에 함몰되는 소시민적 주체를 다루었다. 이익상 소설의 변모 과정은 '제국과 식민'의 관계에서 '일상성'을 중심으로 재해석될 여지가 풍부하다.

반복되는 일상이 당연히 따라야 할 이데올로기로 고착되면, 압도적인 '상황의 논리'에 의해 '저항의 논리'는 자신의 입지를 확보하기 힘들게 된다. 일제 강점기 지식인의 다양한 선택(협력과 저항)은 '식민지적 일상'에 대한 태도 속에서 어느 정도 결정되어 있었다고 할 수 있다. '순응의 메커니즘'에 대해 일상적으로 어떻게 저항했느냐가 결국 '제국과 식민'의 관계에서 주체의 역할을 규정하고 있었던 것이다. 결국, 이익상의 소설은 이 갈등 국면에서 초기에는 '저항의 논리'를 구축했지만, 종국에 가서는 '생활의 논리'를 수락하고 만 식민지 지식인의 슬픈 운명을 보여주고 있다.

1895년 2월 11일 전북 전주 대화정 24번지에서 이건한과 김성녀의 둘
째 아들로 출생. 호적상의 이름은 이윤상李允相.

1908년 전주제일공립보통학교 졸업.

1914년 보성중학교 졸업, 경성제일고등보통학교 교원양성소 수료.

1915년 영월 신씨 신기량의 삼녀 신계정 씨와 결혼(자녀로 딸 선옥·선
동·선남·선희·선향을 둠), 부안공립보통학교 교원 생활.

1919년 〈낙오자〉가 《매일신보》 선외 가작으로 뽑힘.

1920년 日本大學 전문부 사회과 입학. 전주 출생 일본유학생회 모임인
'전주 서조회' 회원 자격으로 고향을 방문해 〈예술과 실생활〉
이라는 주제로 강연함. 김억金億·남궁 벽南宮璧·오상순吳相淳·
황석우黃錫禹·변영로卞榮魯·염상섭廉想涉·민태원閔泰瑗과 함께
《폐허》 동인 창간 후 2호(1921. 1.)에 참여.

1921년 하기 방학 중 '동경 조선인 유학생 학우회'의 전국순회강연
활동 참여해 성진·길주 등지에서 〈생활과 개조〉라는 주제로
강연함. 《학지광》에 〈번뇌의 밤〉 〈망우 최인군의 추억〉 등을
발표.

1922년 김과전金科全. 이용기李龍基 등 11명과 함께 1922년 2월 4일자
《조선일보》에 〈전조선노동자 제씨에게 격함〉이라는 '동경 조
선인 유학생 학우회' 선언 발표. 일본대학 동기인 야마구치山
口誠子와 연애.

1923년 야마구치와의 사이에 정晶 출생. 후에 아들 정晶을 신계정 소
생으로 호적에 입적. 귀국 후 박영희·안석주·김형원·김복

진·김기진·연학년·이상화 등과 함께 〈파스큘라〉 조직.

1924년 4월 개벽 46호에 〈연의 서곡〉 발표. 9월 《조선일보》 입사. 야마구치는 《경성일보》 기자로 입사. 《조선일보》에 첫 장편 〈젊은 교사〉 연재.

1925년 카프 조직 발기인으로 참여. 각종 강연회에서 〈민중이 요구하는 문예〉 〈현대 교육〉 등의 주제로 강연함. 《개벽》에 대표작인 〈흙의 세례〉 〈어촌〉 〈광란〉 등 발표.

1926년 단편소설집 《흙의 세례》를 문예운동사에서 간행. 나카니시 이노스케中西伊之助의 〈열풍熱風〉을 《조선일보》에, 〈여등汝等의 배후背後에서〉를 《중외일보》에 연재 번역. 〈여등汝等의 배후에서〉를 문예운동사에서 간행.

1927년 1월 7일 결성된 〈조선문예가협회〉에 주도적으로 참여. 최서해·김광배 등과 더불어 〈문예가협회〉 간사직 맡아 활동. 이즈음 야마구치가 생활고를 견디지 못하고 아들 정晶과 함께 경성을 떠남. 8월 9일 《조선일보》 퇴사하고 《동아일보》로 이직. 유엽의 도움으로 전주의 가족·서울로 이사해 함께 생활. 《동아일보》 학예부 기자로 재직 중에 안석주(조선일보) 이서구(매일신보) 김기진(중외일보) 등 연예부 기자와 함께 '찬영회' 조직.

1928년 3월 1일자로 《동아일보》 학예부장으로 발령.

1929년 조선어사전편찬위원회 발기인으로 참여.

1930년 2월 5일 《동아일보》 학예부장 의원 해직. 《매일신보》 편집국장 대리로 발령.

1931년 《매일신보》에 장편소설 〈그들은 어디로〉 연재.

1935년 4월 19일 오후 7시 30분 경성 연건동 270번지 자택에서 동맥경화증으로 숨짐. 당시 《매일신보》 편집국장 재직 중이었고, 4

월 21일 오후 2시 각황사에서 영결식 거행.

소설

〈낙오자〉,《매일신보》, 1919. 7. 13.

〈번뇌의 밤〉,《학지광》,1921. 6.

〈생을 구하는 마음〉(미완),《신생활》, 1922. 9.

〈흠집〉,《매일신보》, 1923. 11. 25.

〈연戀의 서곡序曲〉,《개벽》, 1924. 4.

〈젊은 교사〉(연재소설),《조선일보》, 1924. 12. 25 ~ 1925. 1. 18.

〈어촌〉,《생장》, 1925. 3.

〈광란狂亂〉,《개벽》, 1925. 3.

〈흙의 세례〉,《개벽》, 1925. 5.

〈구속의 첫날〉,《개벽》, 1925. 8.

〈쫓기어 가는 이들〉,《개벽》, 1926. 1.

〈위협의 채찍〉,《문예운동》, 1926. 1.

〈열풍熱風〉(번역 연재소설),《조선일보》, 1926. 2. 3~12. 21.

〈망령亡靈의 난무〉,《개벽》, 1926. 5.

〈여등汝等의 배후背後에서〉(번역 연재소설),《중외일보》, 1926. 6. 23~11. 7.

〈흙의 세례〉(단편소설집), 문예운동사, 1926. 11. 15.

〈다시는 안 보겠소〉,《별건곤》, 1926. 12.

〈어여쁜 악마〉,《동광》, 1927. 1.

〈그믐날〉,《별건곤》, 1927. 1.

〈키 잃은 범선帆船〉(연재소설),《조선일보》, 1927. 1. 1~7. 19.

〈대필연서〉, 《동아일보》, 1927. 12. 5~17.

〈짓밟힌 진주眞珠〉, 《동아일보》, 1928. 5. 5~11. 27.

〈남자 없는 나라〉, 《조선일보》,1929. 3. 16.

〈버릇〉, 《문예공론》,1929. 7. 15.

〈가상의 불량 소녀〉, 《중성》, 1929. 6.

〈유산〉, 《신소설》, 1929. 12.

〈옛 보금자리로〉, 《신소설》, 1930. 1.

〈그들은 어디로〉, 《매일신보》, 1931. 10. 3~1932. 9. 29.

〈어린이의 예어囈語〉, 《흙의 세례》, 문예운동사, 1926.

평론

〈혁신 문단의 건설 – 사회개조의 원동력은 혁신 문학이다〉, 《동아일
　　　보》, 1921. 6. 7.

〈빙허군의 〈빈처〉와 목성군의 〈그날밤〉을 읽은 단상〉, 《개벽》,1921. 5.

〈예술적 양심이 결여한 우리 문단〉, 《개벽》, 1921. 5.

〈불란서의 혁명과 문학의 혁신〉, 《동아일보》, 1921. 9. 1~10. 29.

〈건설도중에 있는 우리 문단을 위하여〉, 《매일신보》, 1923. 7. 17~ 19.

〈고언이삼〉, 《금성》, 1924. 1.

〈동화에 나타난 조선의 정조〉, 《조선일보》, 1924. 10. 13 ~ 20.

〈문학운동을 하려거든 좀더 활기를 내보자〉, 《조선일보》, 1924. 11. 3.

〈11월의 창작 개평〉, 《조선일보》, 1924. 11. 10, 17.

〈사상문예에 대한 편상〉, 《개벽》, 1925. 1.

〈친절이 적은 문단〉, 《개벽》, 1925. 2.

〈문예의 영원성〉, 《생장》, 1925. 2.

〈문단산화 – 천박한 선입견〉, 《시대일보》, 1925. 4. 27.

〈착오된 비평〉, 《조선일보》, 1925. 6. 8 ~12.

〈현실생활을 붓잡은 뒤에〉, 《개벽》, 1926. 1.

〈예술쟁이와 아편쟁이〉, 《문예운동》, 1926. 5.

〈그러케 문제 삼을 것은 업다〉, 《신민》, 1927. 3.

〈현하 출판과 문화〉, 《동아일보》, 1927. 9. 13 ~ 15.

〈문단사회에 대한 시비〉, 《중외일보》, 1927. 11. 16.

〈생활을 위한 예술〉, 《조선지광》, 1928. 1.

〈읽히기 위한 소설 – 신기운 이은 신문소설을 봄〉, 《중외일보》, 1928.
     1. 1 ~ 3.

〈내 소설과 모델 – '짓밟힌 진주' 와 내 심경心境〉, 《삼천리》, 1930. 5.

수필

〈망우亡友 최인군의 추억〉, 《학지광》, 1921. 1.

〈생활의 괴뢰〉, 《개벽》, 1924. 4.

〈남극의 밤〉, 《신여성》, 1925. 1.

〈중학시절의 추억〉, 《생장》, 1925. 2.

〈처녀작 발표 당시의 감상에서 – 3호실의 반신상〉, 《조선문단》, 1925. 3.

〈추억〉, 《생장》, 1925. 4.

〈운명의 연애〉, 《조선문단》, 1925. 7.

〈생활의 기적〉, 《조선농민》, 1926. 8.

〈여행지에서 본 여인의 인상, 이상한 기연〉, 《별건곤》, 1927. 10.

〈도서 순례 – 거문도 방면〉, 《조선일보》, 1928. 7. 17 ~ 24.

〈해외로 원주하려고〉, 《삼천리》, 1933. 3.

김승종, 〈한국 근대소설론의 양상연구 : 1920년대를 중심으로〉, 중앙
　　　대 대학원 석사논문, 1984.

김영숙, 〈성해 이익상의 생애와 문학〉, 《자하어문논집》 제17집, 상명어
　　　문학회, 2002.

김철, 〈이익상 연구〉, 《교수논총》, 한국교원대학교, 1987. 6.

김철, 〈이익상의 소설과 신경향파〉, 《한국 현대소설 연구》(서종택 · 정
　　　덕준 공저), 새문사, 1990.

박범신, 〈이익상 소설연구〉, 고려대 교육대학원 석사논문, 1984.

송하춘, 〈이익상 연구〉, 《일산 김준영선생 화갑기념 논총》, 형설출판
　　　사, 1980.

신춘호, 〈이익상론〉, 《어문논집》 제18호, 고려대 국어국문학연구회,
　　　1977.

오창은, 〈식민지 일상성과 생활의 곤란 – 이익상 소설을 중심으로〉, 《우
　　　리말글》 제 39집, 우리말 글학회, 2007

유문선, 〈신경향파 문학비평 연구〉, 서울대 대학원 박사논문, 1995.

유엽, 〈성해 이익상〉, 《현대문학》, 1968. 3.

유철종, 〈성해 이익상 문학 연구〉, 충남대 대학원 석사논문, 1987.

이조욱, 〈이익상 연구〉, 인하대 석사학위논문, 1984.

이종근, 《전북문학기행》, 신아출판사, 1997.

이주성, 〈한국 농민소설 연구〉, 세종대 대학원 석사논문, 1987.

장순희, 〈한국 신경향파 소설의 현실대응양상 연구 : 이익상, 주요섭,

최서해, 조명희의 작품을 중심으로〉, 한국외국어대 교육대학원 석사논문, 1999.

조남철, 〈일제하 한국농민소설 연구〉, 연세대 대학원 석사논문, 1986.

조연현, 《한국현대문학사》, 성문각, 1969.

채훈, 〈1920년대 작가연구〉, 숙명여대 대학원 박사논문, 1975.

채훈, 〈성해 이익상론〉, 《진단학보》 37, 1974.

최독견, 〈이익상형에게 주는 글〉, 《현대문학》, 1963. 2.

책임편집 오창은

1970년 전남 해남 출생. 문학평론가.
중앙대학교 국어국문학과 졸업. 중앙대학교 대학원 국어국문학과 석·박사.
2002년《경향신문》신춘문예 문학평론 부문 당선.
중앙대학교 국어국문학과 강사.
저서《비평의 모험》《한국문학권력의 계보》(공저) 등.
주요논문〈1960년대 소설의 4·19혁명 관련 양상 연구〉,〈한국 도시소설 연구〉등.

입력·교정 진설아

1980년 경기도 수원 출생.
중앙대학교 국어국문학과 졸업. 중앙대학교 국어국문학과 박사과정.
주요논문으로〈1920년대 동인지 문학연구 : 창조, 폐허, 백조를 중심으로〉등.

범우비평판 한국문학·40-❶

그믐날(외)

초판 1쇄 발행 2007년 6월 15일

지은이   이익상
책임편집 오창은
펴낸이   윤형두
펴낸데   **종합출판 범우(주)**
기 획   임헌영 오창은
편 집   김영석
디자인   김지선
등 록   2004. 1. 6. 제406-2004-000012호
주 소   413-756 경기도 파주시 교하읍 문발리 출판도시 525-2
전 화   (031) 955-6900~4
팩 스   (031) 955-6905
홈페이지 http://www.bumwoosa.co.kr
이메일   bumwoosa@chol.com
ISBN   978-89-91167-30-8 04810
         978-89-954861-0-8 (세트)

온고지신(溫故知新)으로 21세기를!

현대사회를 보다 새로운 시각으로 종합진단하여
그 처방을 제시해주는

범우사상신서

 범우사 경기도 파주시 교하읍 문발리 525-2 출판문화정보산업단지 전화) 031-955-6900~4
http://www.bumwoosa.co.kr (이메일) bumwoosa@chol.com

범우고전선

시대를 초월해 인간성 구현의 모범으로 삼을 만한 책을 엄선

▶ 계속 펴냅니다

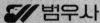
범우사
경기도 파주시 교하읍 문발리 525-2 출판문화정보산업단지 전화) 031-955-6900~4
http://www.bumwoosa.co.kr [이메일] bumwoosa@chol.com

근대 개화기부터 8·15광복까지

잊혀진 작가의 복원과 묻혀진 작품을 발굴, 근대 이후 100년간 민족정신사적으로

범우비평판 한국문학

범우비평판 한국문학의 특징

▶ 문학의 개념을 민족 정신사의 총체적 반영으로 확대.
▶ 기존의 문학전집에서 누락된 작가 복원 및 최초 발굴작품 수록.
▶ '문학전집' 편찬 관성을 탈피, 작가 중심의 새로운 편집.
▶ 학계의 전문적인 문학 연구자들이 직접 교열, 작가론과 작품론 및 작가·작품
   연보 작성.

1차분 전40권 완간

종합출판 범우(주) 경기도 파주시 교하읍 문발리 파주출판도시 525-2

배낭속의 친구
「범우문고」
각권 값 2,800원

▶전국 서점에서 낱권으로 판매합니다
▶계속 출간됩니다

www.bumwoosa.co.kr TEL 031)955-6900 **범우사**

미국 수능시험주관 대학위원회 추천도서!

위한 책 최다 선정(31종) 1위!

세계문학

범우학술·평론·예술

 범우사 　경기도 파주시 교하읍 문발리 525-2 출판문화정보산업단지 　전화 031-955-6900~4
http://www.bumwoosa.co.kr 이메일 : bumwoosa@chol.com